더치
하우스

The Dutch House

더치
하우스

앤 패칫 장편소설

정연희 옮김

문학동네

이 책을 패트릭 라이언에게 바친다

차 례

1부

1장

아버지가 앤드리아를 처음 더치 하우스로 데려왔을 때, 우리집 가사도우미인 샌디는 누나의 방에 들어와서 우리에게 아래층으로 내려가보라고 했다. "아빠가 너희를 친구분한테 인사시키고 싶으시단다." 그녀가 말했다.

"직장 친구예요?" 메이브가 물었다. 누나는 나이가 더 많은 만큼 우정의 복잡한 면을 좀더 이해하고 있었다.

샌디는 그 질문을 곰곰이 생각해보았다. "아닌 것 같은데. 동생은 어디 있니?"

"창가 자리에요." 메이브가 말했다.

샌디가 나를 찾으려면 커튼을 걷어야 했다. "커튼은 왜 쳐놓는 거니?"

나는 책을 읽고 있었다. "프라이버시예요." 내가 말했지만, 여덟 살짜리가 프라이버시에 대한 개념이 있을 리 없었다. 나는 그 단어가 좋았고, 커튼을 쳐놓으면 박스 안에 들어간 듯한 느낌이 들어서 좋았다.

손님이라니, 그건 미스터리였다. 아버지에게는 친구가 없었고, 적어도 토요일 늦은 오후에 집에 찾아올 친구는 없었다. 나는 내 비밀 공간을 떠나 계단으로 가서 그 앞에 깔아놓은 러그에 드러누웠다. 경험상 그곳 바닥에 누워 난간의 엄지기둥과 첫번째 난간동자 사이로 내려다보면 응접실 안이 보인다는 것을 알고 있었다. 아버지가 한 여인과 함께 벽난로 앞에 앉아 있었고, 내가 보기에 반후베이크 씨와 그 부인의 초상화를 살펴보고 있는 듯했다. 나는 일어나 누나의 방으로 돌아가 그렇게 보고했다.

"여자야." 내가 메이브에게 말했다. 샌디는 이미 알고 있었을 것이다.

샌디는 내게 이를 닦았는지 물었는데, 그건 그날 아침에 닦았는지 묻는 것이었다. 아무도 오후 네시에 이를 닦지는 않았다. 토요일은 조슬린이 쉬는 날이라 샌디 혼자 모든 것을 도맡아야 했다. 불을 지피고 문을 열어주고 음료수를 접대하고, 무엇보다 지금은 내가 이를 닦았는지까지 챙겨야 하는 것이다. 샌디는 월요일에 쉬었다. 일요일에는 샌디와 조슬린 둘 다 쉬었는데, 아버지가 일요일에는 누구든 일해서는 안 된다고 생각해서였다.

"닦았어요." 내가 말했는데, 닦은 것 같았기 때문이었다.

"다시 닦으렴." 그녀가 말했다. "그리고 머리도 빗고."

뒷말은 누나에게 한 것이었을 텐데, 누나의 머리칼은 길고 검었으며 말 꼬리 열 타래를 묶어놓은 것처럼 풍성했다. 아무리 빗어도 빗은 것처럼 보이지 않을 터였다.

다른 사람들 앞에 세워도 될 만한 모습이 되자, 메이브와 나는 아래층으로 내려가 널찍한 현관의 아치형 입구에 서서 아버지와 앤드리아가 반후베이크 씨와 그 부인을 바라보는 것을 지켜보았다. 그들은 우리를 보지 못했거나, 본 내색을 하지 않았다—어느 쪽인지 말하기 어려웠다. 그래서 우리는 기다렸다. 메이브와 나는 집안에서 조용히 움직이는 법을 알았는데, 아버지의 신경을 건드리지 않으려는 데서 생긴 습관이었다. 하지만 우리가 슬금슬금 다가간다고 느끼면 아버지는 더욱 예민한 반응을 보였다. 그는 지금 푸른색 슈트를 입고 있었다. 토요일에는 절대 슈트를 입지 않는데도. 처음으로 나는 아버지의 머리칼이 뒤쪽에서 회색으로 세기 시작한 것을 볼 수 있었다. 앤드리아 옆에 선 아버지는 실제 키보다 훨씬 더 커 보였다.

　"여기 같이 있으니 위로가 되겠군요." 앤드리아가 그에게 말했는데, 자식들을 가리킨 게 아니라 그림을 가리킨 것이었다. 반후베이크 씨와 그 부인, 그들이 성이 아닌 이름으로 불리는 것을 나는 들은 적이 없었고, 초상화에서 보이는 모습으로는 나이가 지긋했으나 완전히 늙은 것은 아니었다. 두 사람 다 검은 옷을 입었고, 다른 시대 사람임을 말해주는 꼿꼿하고 격식을 차린 자세로 서 있었다. 각각 다른 액자에 넣어져 있었지만, 너무나 붙어 있는 것 같고 너무나 결혼한 사이 같아, 나는 원래 큰 그림 한 점이었던 것을 누가 반으로 갈라놓은 거라고 늘 생각했다. 앤드리아가 고개를 살짝 젖혀 의뭉스러워 보이는 네 개의 눈동자를 살펴보았는데, 그림 속의 눈은 한 소년이 어느 소파로 가서 앉든 간에 그 동선을 마뜩잖은 시선으로 좇는 것 같았다. 메이브는 말없이 내 갈빗대 사이를 손가락으로 찔러 내가 소리를 지르게 하려고 했지만, 나는 간신히 참았다. 우리는 아직 앤드리아에게 소개되지 않았는데, 벨티드 드레스 차림에 머리를 틀어올리고 옅은 색 머리칼 위에 컵받침보다 크지 않은 짙은 색 모자를 핀으로 고정한 그녀의 모습은 뒤에서 보면 자그마하고 단정했다. 나는 수녀들이 가르치는 학교에 다녀서, 웃음을 터뜨려 손님을 당황하게 만들어서는 안 된다는 것 정도는 알았다. 앤드리아가 그림 속 인물이 이 집을 살 때 딸려온 거라는 사실, 이 집안에 있는 모든 것이 이 집에 딸려온 거라는 사실을 알았을 리는 없었다.

응접실에 있는 반후베이크 부부는 쇼 스토퍼*이자 시간의 흐름에 마모된 사람을 담은 실물 크기의 기록이었다. 또한 그 완고하고 사랑스럽지 않은 얼굴은 네덜란드인의 정밀성과 빛에 대한 네덜란드인 특유의 해석으로 그려진 것이었다. 하지만 각 층에 좀더 작은 크기의 초상화도 수십 점 걸려 있었다―복도에는 반후베이크 부부의 자녀들이, 침실에는 그들의 조상들이, 그리고 그들이 존경하는 이름 모를 사람들이 집 전체에 흩어져 있었다. 열 살인 메이브를 그린 초상화도 한 점 있었는데, 반후베이크 부부의 그림만큼 크진 않았지만, 나무랄 데 없이 잘 그린 것이었다. 시카고 출신의 유명한 화가가 아버지의 부름을 받고 기차를 타고 왔다고 했다. 들리는 이야기로, 그는 어머니를 그리기로 되어 있었지만, 우리집에 화가가 와서 두 주 동안 머물 거라는 말을 사전에 듣지 못한 어머니는 모델로 서는 걸 거부했고, 그래서 대신 메이브를 그렸다. 초상

---

* 공연 중간에 박수갈채를 받는 노래나 연기 등을 말한다.

화가 완성되고 액자에 담기자 아버지는 그것을 응접실에, 반후베이크 부부의 초상화 바로 맞은편에 걸었다. 메이브는 거기가 자신이 사람들을 아래로 내려다보는 법을 배운 곳이라고 즐겨 말했다.

"대니." 아버지가 마침내 돌아서서 말하며, 우리가 서 있는 자리가 정확히 예상했던 그 자리라는 표정을 지었다. "와서 스미스 부인에게 인사드려라."

메이브와 나를 본 앤드리아의 얼굴에 실망이 드리워졌다고 나는 늘 믿는다. 아버지가 자식 이야기를 하지 않았다고 해도 그녀는 우리 존재를 당연히 알았을 것이다. 엘킨스파크에 사는 모두가 더치 하우스에서 무슨 일이 일어나는지 알았다. 아마 그녀는 우리가 이층에만 있을 거라고 생각했을 것이다. 그녀는 결국 집을 보려고 온 것이지, 아이들을 보려고 온 것은 아니었다. 어쩌면 앤드리아의 얼굴에 떠오른 표정은 메이브 때문이었을지도 모른다. 열다섯 살에 테니스화를 신은 메이브는 힐을 신은 앤드리아보다 이미 머리 하나는 더 컸다. 메이브는 같은 반의 다른 모든 여학생과 대부분의 남학생보다 키가 더 클 것이 처음으로 분명해졌을 때 자세가 약간 구부정해지려 했고, 그러자 아버지는 누나의 자세를 교정하는 데 가차없는 태도를 보였다. 머리는 들고 어깨는 뒤로가 누나의 이름이라고 해도 될 정도였다. 아버지는 여러 해 동안 집에서 메이브의 옆을 지나갈 때면 판판한 손바닥으로 양쪽 견갑골 사이를 툭 쳤는데, 의도치 않게도 그 결과 지금 메이브의 선 자세는 여왕이 사는 궁정의 병사처럼, 혹은 여왕처럼 보였다. 나조차도 메이브가 얼마나 위협적으로 보일 수 있는지 알 수 있었다. 큰 키, 빛나는 검은 벽처럼 풍성한 머리카락, 사람을 쳐다볼 때 고개를 숙이기보단 눈을 아래로 까는 방식이 그랬다. 하지만 여덟 살이던 나는 아버지가 나중에 결혼하게 될 그 여자보다 여전히 더 작았으니, 편안하게 느껴졌을 것이다. 나는 손을 내밀어 그녀의 작은 손을 잡고 흔들며 내 이름을 말했고, 이어 메이브도 똑같이 했다. 이렇게 말하면 메이브와 앤드리아의 사이가 애초부터 틀어졌다고 기억되겠지만, 그건 사실이 아니었다. 메이브는 앤드리아와 만났을 때 완벽히 공정하고 예의발랐으며, 앤드리아도 그 이상은 불가능할 정도로 공정하고 예의바른 태도를 유지했다.

"안녕하십니까?" 메이브가 말하자, 앤드리아는 아주 안녕하다고 대답했다.

앤드리아는 안녕했다. 물론 그랬다. 집안으로 들어와 아버지의 팔짱을 낀 채 넓은 석조계단을 올라가고 빨간 타일이 깔린 테라스를 걸어보는 게 앤드리아의 오랜 목표였다. 그녀는 어머니가 떠난 뒤 아버지가 집에 데려온 최초의 여자였지만, 메이브는 아버지가 우리의 보모인 아일랜드 여자 피오나와 뭔가 관계가 있었다고 말했다.

"아버지가 플러피하고 잤다는 거야?" 내가 물었다. 플러피는 우리가 어렸을 때 피오나를 부르던 이름이었는데, 내가 피오나라는 이름을 발음하는 걸 힘들어했다는 이유도 있었지만, 그녀의 등뒤로 빨간 머리카락이 굼실굼실 흘러내려 눈을 뗄 수 없는 구름처럼 드리워져 있었다는 데도 이유가 있었다. 그 일은 내게 대부분의 정보가 전해진 방식으로, 그러니까 그 일이 있고 한참의 시간이 지난 뒤 더치 하우스 밖에 세워둔 차 안에서 누나와 함께 있을 때 밝혀졌다.

"그게 아니면, 플러피가 한밤중에 아버지의 방을 청소한 거겠지." 메이브가 말했다.

아버지와 플러피의 범행 현장. 나는 고개를 가로저었다. "상상이 안 돼."

"상상하려고 하지 마. 맙소사, 대니, 역겨워. 어쨌거나 플러피 정권기에 넌 사실상 아기였어. 네가 플러피를 기억한다는 게 난 놀라운데."

하지만 내가 네 살 때 플러피가 나무 숟가락으로 나를 때린 일이 있었다. 내 왼쪽 눈 옆에는 메이브가 플러피의 흔적이라 부르던 골프채 모양의 작은 흉터가 아직 남아 있다. 플러피는 사과소스를 만들고 있는데 내가 자기 스커트를 잡는 바람에 깜짝 놀랐다고 주장했다. 나를 레인지에서 멀찍이 떼어놓으려고 했던 것이지 단연코 때릴 의도는 없었다고 말했지만, 생각해보면 아이의 얼굴을 어쩌다가 숟가락으로 때리는 건 쉽지 않은 일이다. 그 이야기는 그것이 뚜렷이 떠오르는 내 첫 기억—다른 누군가에 대해서건, 더치하우스에 대해서건, 혹은 나 자신의 삶에 대해서건—이라는 사실로서만 흥미로웠다. 나는 어머니에 대한 기억은 하나도 없지만, 플러피의 숟가락이 내 얼굴 옆면을 때리며 갈라지는 소리가 난 것은 기억했다. 나는 메이브도 기억했는데, 누나는 내가 비명을 질렀을 때 저만치 부엌 밖에 있다가 사슴이 사유지 뒤쪽에서 날아올라 산울타리를 넘듯 부엌 안으로 날아들어왔다. 메이브는 플러피를 향해 몸을 던졌고 그 바람에 플러피가 레인지에 몸을 부딪히면서 끓고 있던 사과소스 냄비가 바닥으로 떨어졌다. 푸른 불꽃이 날름거리고 소스가 철퍼덕 쏟아지며 우리 모두 소스가 튄 자리에 화상을 입었다. 나는 병원에 가서 여섯 바늘을 꿰맸고, 메이브는 손에 붕대를 감았으며, 내 기억에 플러피는 울면서 정말 미안하다고, 그냥 사고였을 뿐이라고 말했지만 해고되었다. 그녀는 떠날 생각이 없었다. 누나의 말로는 그게 아버지의 다른 관계였다는 것인데 누나가 그 사실을 아는 건 내 흉터가 생겼을 때 나는 네 살이고 누나는 이미 열한 살이었기 때문이다.

공교롭게도 플러피의 부모는 반후베이크 가족의 집에서 각각 운전기사와 요리사로 일했었다. 플러피는 자신의 어린 시절을 더치하우스나 차고 위 작은 방에서 보냈기 때문에, 아주 많은 시간이 지나 그녀의 이름이 나왔을 때, 나는 떠나라는 말을 들은 그녀가 어디로 갔을지가 궁금해졌다.

플러피가 그 집에서 반후베이크 가족을 알았던 유일한 사람이었다. 심지어 아버지도 그들을 만난 적이 없었다. 하지만 우리는 그들의 의자에 앉고 그들의 침대에서 자고 그들의 델프트 자기 그릇으로 음식을 먹었다. 반후베이크 가족의 이야기를 하려는 건 아니지만, 어떻게 보면 이야기는 집에 대한 것이고, 그 집은 그들의 것이었다. 그들은 담배 도매상을 해서 떼돈을 벌었다. 그건 반후베이크 씨가 1차대전이 발발하기 직전에 뛰어든 행운의 사업이었다. 담배는 사기 진작을 위해 전장의 병사들에게 배급됐고, 그 습관이 그들의 고향까지 따라와 그들의 사업은 십 년 동안 번창했다. 반후베이크 부부는 시시각각 부유해졌고, 건축가에게 의뢰하여 당시 필라델피아 외곽의 농지였던 땅에 집을 지었다.

집이 눈부시게 성공적으로 지어진 것은 건축가의 공이겠지만, 내가 그 건축가에 대해 찾아봐야겠다고 생각했을 무렵 그의 작품

중 현존하는 다른 것은 없었다. 완고한 표정을 한 반후베이크 부부 중 한쪽이나 둘 모두에게 미학적인 안목이 있었거나, 그 땅 자체가 누구의 상상도 뛰어넘는 경이로운 결과를 낳는 영감을 일으켰거나, 아니면 1차대전 이후 미국에 오래전에 폐기된 기준에 따라 집을 짓는 장인이 수두룩했기 때문일 것이다. 어떤 설명을 붙이든, 그들이 살게 된 집―나중에는 우리가 살게 된 집―은 재능과 행운이 독특하게 결합된 것이었다. 삼층 높이의 집이 어떻게 그렇게 딱 적당한 만큼의 공간을 차지한 듯 보이는지 나로서는 설명할 수 없지만, 정말로 그랬다. 아니면 그 집은 누구에게든 너무 과하며 엄청나고 터무니없는 낭비지만, 우리가 그 집이 결코 다른 모습이기를 바라지 않았다고 말하는 게 낫겠다. 더치 하우스는 엘킨스파크와 젠킨타운, 글렌사이드에서뿐 아니라, 멀게는 필라델피아에서도 집의 건축양식이 아니라 그 거주자들을 가리키는 말로 알려졌다. 더치 하우스는 발음하기 어려운 이름을 가진 네덜란드인이 사는 곳이었다. 적정한 거리를 두고 떨어져서 보면, 그 집은 언덕 위로 몇 인치 허공에 떠 있는 것처럼 보였다. 유리로 된 앞문 주위로 벽도 유리였는데, 판 하나하나가 가게 진열창만큼 컸고, 넝쿨 모양의 연철 장식이 그것을 지탱했다. 창문은 햇빛을 받아들이고 넓은 잔디밭 저멀리까지 반사했는데, 아마 신고전주의 양식이겠지만 선의 단순함은 지중해나 프랑스풍에 가까웠다. 응접실과 서재, 주 침실에 있는 델프트 자기 벽난로는 네덜란드풍은 아니었으나, 군주의 도박 빚을 갚기 위해 위트레흐트에 있는 어느 성에서 떼어내 반후베이크 부부에게 판 것이었다. 벽난로를 들여놓으면서 완성되어, 그 집은 1922년에 완공되었다.

"그들이 족히 칠 년은 살았을 때 은행가들이 창문에서 뛰어내리는 일이 벌어진 거야.[*]" 메이브는 우리를 앞서 살았던 사람들이 역사적으로 어느 시기에 속하는지 짚어주었다.

내가 이 집이 매각된 뒤의 이야기를 처음 들은 것은 앤드리아가 우리집에 온 첫날이었다. 그녀는 아버지를 쫓아 현관까지 가서 앞마당을 내다보고 있었다.

"유리가 아주 많네요." 앤드리아가 유리를 진짜 벽으로 교체하면 비용이 얼마나 들지 계산해보는 것처럼 말했다. "사람들이 안을 들여다볼지도 모르는데 걱정되지 않아요?"

더치 하우스는 밖에서 내부를 들여다보는 정도가 아니라, 깊은 안쪽까지 꿰뚫어볼 수 있었다. 그 집은 중앙부의 길이가 짧았고, 깊숙한 현관은 전망실로 곧장 이어졌는데, 벽이 유리창으로 된 그 방은 뒷마당과 맞닿아 있었다. 진입로에 서서 눈을 들어 앞쪽 계단을 바라보면 시선은 테라스를 지나고 앞문을 통과하고 현관의 긴 대리석 바닥을 지나고 전망실을 통과하여, 집 뒤쪽 정원에서 세상만사 다 잊은 듯 하늘거리는 라일락까지 이어졌다.

아버지는 그제야 그 문제를 생각해보기 시작한 것처럼 천장으로, 이어 문 양옆으로 눈길을 주었다. "길에서 충분히 떨어져 있어요." 그가 말했다. 5월의 어느 오후였다. 우리 사유지의 경계를 따라 자라며 벽을 만든 린든나무는 잎을 무성히 달고 있었고, 여름마다 내가 개처럼 뒹굴던 경사진 푸른 잔디밭은 드넓었다.

---

[*] 1929년 경제 대공황이 시작되면서 많은 은행가와 투자자들이 자살한 것을 이르는 표현.

"하지만 밤에는요." 앤드리아가 염려하는 목소리로 말했다. "커튼을 달 방법이 있는지 모르겠네요."

커튼을 달아 전망을 가린다는 것은 내게는 불가능할 뿐 아니라 지금껏 들어본 생각 중 가장 어리석은 것으로 여겨졌다.

"밤에 우리가 보인 적 있어요?" 메이브가 물었다.

"그들이 이 집을 지었을 때 여기 땅이 어땠는지 기억해야 해요." 아버지가 메이브의 머리 위에서 말했다. "200에이커보다 더 넓었지요. 사유지가 멜로즈파크까지 이어졌어요."

"하지만 그들은 왜 땅을 팔았을까요?" 앤드리아는 불현듯 주변에 다른 집이 없었다면 이 집이 얼마나 더 의미가 있었을지 깨달은 것 같았다. 시야는 잔디가 자라는 비탈을 지나고 작약 화단과 장미밭 너머 멀리까지 펼쳐졌다. 시선은 넓은 골짜기와 둑을 따라 쭉 내려가 숲으로 이어지게 돼 있어, 반후베이크 가족이나 손님 누군가가 밤중에 연회실에서 창밖을 내다본다 해도 보이는 빛은 별빛이 전부일 것이었다. 당시에는 뒤쪽에 거리가 없었고 동네도 형성되어 있지 않았지만, 이제 거리도 생겼고 나무가 잎을 떨구는 겨울이 되면 길 건너 부크스바움 가족의 집이 완벽히 보였다.

"돈 때문이죠." 메이브가 말했다.

"돈 때문이죠." 아버지가 고개를 끄덕이며 말했다. 그건 생각하기 어려운 것이 아니었다. 여덟 살인 나조차 그 정도는 짐작할 수 있었다.

"하지만 그들이 잘못한 거예요." 앤드리아가 말했다. 입매가 굳어져 있었다. "이곳이 얼마나 아름다웠을지 생각해보면 말이죠. 제 생각에 그들은 더 존중하는 마음을 가졌어야 해요. 이 집은 예술 작품이에요."

그 순간 나는 웃음을 터뜨렸는데, 앤드리아가 한 말이 반후베이크 부부가 그 땅을 팔기 전에 그녀에게 물어봤어야 한다는 뜻으로 들렸기 때문이다. 아버지는 그게 거슬렸는지, 내가 가는 길을 잊어버렸을지 모른다는 듯 메이브에게 나를 데리고 이층으로 올라가라고 말했다.

주인이 한 번도 밟지 않은 넓은 땅이 그런 것처럼, 담뱃갑에 가지런히 들어찬 기성품 담배는 부자를 위한 사치품이었다. 집에서 먼 곳부터 땅은 조금씩 깎여나갔다. 땅의 양도는 공적 기록에 남았고, 그 역사는 토지 등기권리증에 기록되었다. 땅은 빚을 갚기 위해 조각조각 팔려나갔다—10에이커, 다음엔 50에이커, 그다음엔 28에이커. 엘킨스파크는 점점 문에 가까워졌다. 반후베이크 가족은 이런 식으로 대공황을 견뎌나갔지만, 1940년에 남편 반후베이크가 폐렴으로 죽고 말았다. 반후베이크 아들 하나는 어린 시절에 죽었고, 손위 둘은 전사했다. 반후베이크 부인이 1945년에 숨졌을 때 옆 마당 말고는 팔 땅이 전혀 남아 있지 않았다. 집도, 집안의 물건도 전부 은행의 손에 들어갔다. 먼지에서 먼지로.

플러피는 펜실베이니아 저축대부조합의 배려로 그 집에 계속 남아, 그 땅을 관리하면서 적은 보수를 받았다. 플러피의 부모는 죽었거나 다른 직장을 구했을 것이다. 어쨌거나 그녀는 혼자 차고 위에 살면서, 매일 그 집에 가서 지붕에서 물이 새지 않는지, 배수관은 녹슬지 않았는지 확인했다. 그녀는 잔디 깎는 기계로 차고에서 앞문까지 직선으로 곧장 이어지는 길을 냈고, 나머지 잔디는 제멋대로 자라게 두었다. 집 뒤쪽에 남은 나무에서 과일을 땄고, 겨울을 대비해 사과잼이나 복숭아 병조림을 만들었다. 아버지가 1946년에 그 집을 사들였을 때는 라쿤이 연회실을 장악해 배선까지 씹어먹은 상태였다. 플러피는 해가 중천에 떠올랐을 때만 집안에 들어갔고, 그때는 모든 야행성 동물이 한데 포개져 깊이 잠들어 있는 시간이었다. 기적이라면 그것들이 집을 홀랑 태워먹지는 않았다는 것이다. 라쿤은 결국 포획되어 처리되었지만 떠나면서 벼룩을 남겼고, 벼룩은 모든 것에 파고들었다. 메이브는 이 집에서 살기 시작하고 가장 초기의 기억이 긁는 것, 그리고 플러피가 칼라민 로션을 묻힌 면봉으로 모든 부은 자리를 톡톡 찍어준 것이었다고 말했다. 부모님은 플러피를 누나의 보모로 고용했다.

*

메이브와 내가 반후베이크 스트리트(반후베이크VanHoebeek, 엘킨스파크에 사는 사람은 모두 반호비크로 잘못 발음했다)에 맨 처음 차를 세운 것은, 내가 초트 학교에서 지내다 봄방학 기간에 처음 집에 돌아왔을 때였다. 그해 봄은 봄이라는 단어가 잘못 붙은 것처럼 느껴졌는데, 매서운 겨울을 별것 아닌 것으로 만들어버리는 만우절 농담처럼, 땅에 눈이 1피트는 쌓였기 때문이다. 기숙학교에 들어가 첫 학기의 절반을 보내면서, 나는 진정한 봄은 부모님이 버뮤다로 데려가 요트를 태워주는 남자애들을 위한 시간이라는 것을 알게 되었다.

"뭐하려고?" 누나가 더치 하우스 맞은편 부크스바움 가족의 집 앞에 차를 세웠을 때 내가 물었다.

"보고 싶은 게 있어서." 메이브는 몸을 앞으로 숙이고 소켓 안에 라이터를 밀어넣었다.

"여기 볼 건 없어." 내가 누나에게 말했다. "그냥 가." 나는 날씨 때문에도 그랬지만 내가 가진 것과 마땅히 가져야 할 것 사이에 존재하는 불공정함 때문에도 기분이 영 좋지 않았다. 그럼에도 엘킨스파크로 돌아온 게 기뻤고, 누나의 차에 타고 있는 것이 기뻤다. 누나가 자신의 아파트에서 혼자 살게 됐을 때 아버지가 누나에게 준 차이자 우리가 어린 시절에 타던 푸른색 올즈모빌 왜건에. 나는 열다섯 살이고 대체로 멍청해서, 지금 경험하는 집에 돌아온 이 느낌이 전적으로, 그리고 감사하게도 누나 덕분이라고 생각하지 못하고, 그 차나 거기 차를 댄 것과 관련이 있다고 생각했다.

"어디 급하게 갈 데 있어?" 누나가 담뱃갑에서 담배를 흔들어 빼낸 뒤 손을 라이터로 가져갔다. 라이터를 제때 잡지 못하면 너무 세게 튀어나와, 그것이 어디 떨어지느냐에 따라 시트나 바닥 매트나 다리에 구멍이 날 터였다.

"내가 학교에서 지낼 때도 여기 차를 몰고 와?"

탈칵. 누나가 튀어나오는 라이터를 잡아 담배에 불을 붙였다. "아니."

"하지만 우린 지금 여기 왔잖아." 내가 말했다. 눈발이 부드럽게 꾸준히 날렸고, 하루의 마지막 햇살은 접혀 구름 속으로 들어갔다. 메이브는 아이슬란드인 트럭 운전기사의 심장을 가지고 있어 어떤 날씨도 누나를 막지 못했지만, 나는 기차에서 내린 지 얼마 되지 않아 피곤하고 추웠다. 그릴드 치즈 샌드위치를 만들어 먹고 욕조에 몸을 담그면 좋겠다고 생각했다. 목욕은 초트에서는 끝없는 조롱의 대상이었지만, 나는 그 이유를 결코 알 수 없었다. 그곳에선 샤워만이 남자다운 것으로 여겨졌다.

메이브는 폐에 담배 연기를 담았다가 내뿜었고, 이어 차의 시동을 껐다. "여기로 오려고 몇 번이나 생각했지만 너를 기다리기로 했어." 누나가 나를 보고 싱긋 웃으며, 손잡이를 돌려 북극 같은 공기를 조금 들일 만큼만 차창을 내렸다. 초트에 가기 전에 나는 누나에게 담배를 끊으라고 잔소리를 했었는데, 이제 내가 피우기 시작했다는 말은 하지 않았다. 담배는 초트에서 우리에게 목욕 대신이었다.

나는 목을 쭉 빼고 진입로를 쳐다보았다. "그들이 보여?"

메이브가 운전석 쪽 차창 밖을 내다보았다. "이유는 모르겠지만, 나는 그 여자가 백만 년 전 이 집에 처음 왔을 때가 계속 생각나. 너는 그게 기억은 나?"

당연히 기억났다. 앤드리아의 등장을 누가 잊을 수 있겠는가?

"앤드리아는 밤에 사람들이 창문 안을 들여다볼까봐 걱정된다고 말했었지?"

그 말이 메이브의 입 밖으로 나오자마자 샹들리에의 따뜻한 금색 불빛이 현관에 쏟아졌다. 그리고 잠시 뒤 계단 위로 전등이 켜졌고, 이어 이층 주 침실의 전등이 켜졌다. 더치 하우스에 불이 켜진 순간이 누나가 그 말을 한 시점과 너무도 일치해서 내 심장이 거의 멎을 뻔했다. 메이브는 나 없이 이 집에 오곤 했던 게 틀림없었다. 메이브는 해가 지는 바로 그 순간에 앤드리아가 불을 켠다는 것을 알고 있었다. 아니라고 한 건 누나 입장에서는 약간 연극을 한 것이었고, 나는 나중에 그걸 깨닫고 나서야 누나가 들인 공을 알아보았다. 그건 그야말로 대단한 쇼였다.

"저길 봐." 내가 속삭였다.

린든나무에는 잎이 한 장도 남지 않았고, 눈은 계속 내렸지만 폭설은 아니었다. 아니나다를까 집안이 바로 들여다보였고, 깊숙한 안까지 보였는데, 당연히 자세히는 아니었지만 기억이 빈자리를 채워주었다. 샹들리에 아래로 샌디가 저녁마다 아버지의 우편물을 놓아두던 둥근 테이블이 있었다. 그 뒤로 괘종시계가 있었는데, 일요일에 미사를 드리고 오면 숫자 6 밑에 있는 배가 두 줄의 푸른 파도 사이에서 좌우로 계속 부드럽게 흔들리도록 내가 태엽을 감아주었다. 여기서는 배도, 파도도 보이지 않았지만 나는 알았다. 벽에는 반달 모양의 콘솔을 바짝 붙여놓았고, 소녀와 개의 그림이 그려진 코발트색 꽃병이 있었으며, 아무도 앉지 않는 프렌치 의자 두 개, 틀이 금색 문어의 뒤틀린 다리를 연상시키는 큰 거울이 있었다. 앤드리아가 큐 사인을 받은 것처럼 현관을 통과했다. 너무 멀리 떨어져 있어서 얼굴을 볼 수는 없었지만, 나는 걷는 자세를 보고 그녀인 걸 알아보았다. 노마가 전속력으로 계단을 내려오다가 갑자기 멈추었는데, 아마 그애 어머니가 뛰지 말라고 했을 것이다. 노마는 지금쯤 키가 더 컸을 테니, 브라이트일 수도 있겠다고 나는 생각했다.

"그 여자가 우릴 지켜봤을 거야." 메이브가 말했다. "처음 온 날 집에 들어오기 전에."

"아니면 모두가 우리를 지켜봤거나. 겨울에 이 거리로 차를 몰고 들어온 사람 모두가." 나는 누나의 손가방에 손을 넣어 담배를 꺼냈다.

"그렇게 말하면 우리가 좀 너무 대단한 것 같잖아." 메이브가 말했다. "모두라고 하면."

"초트에서 우리한테 가르치는 게 그거야."

메이브가 웃었다. 누나 스스로 자기가 무슨 일로든 웃으리라곤 예상치 않았던 것 같아서, 나는 이루 말할 수 없이 기뻤다.

"너하고 집에서 꼬박 닷새를 보내는 거네." 누나가 열린 차창 밖으로 담배 연기를 내뿜으며 말했다. "올해 가장 멋진 닷새가 될 거야."

2장

    더치 하우스에 등장한 그 첫날 이후 앤드리아는 바이러스처럼 어슬렁거렸다. 우리가 그녀를 마지막으로 본 뒤 그 이름을 언급하지 않고 몇 달이 지났다는 확신이 들자마자, 그녀는 다시 식사실 테이블에 나타났고, 처음에는 자신이 이 자리를 비웠던 게 후회된다는 표정이다가 시간이 지나면서 서서히 활기를 되찾았다. 충분히 활기가 돌면 앤드리아는 집 말고 다른 이야기는 아무것도 하지 않았다. 마치 천장을 보는 게 우리에게 완전히 새로운 경험이라는 듯 크라운 몰딩에 대해 끊임없이 이런저런 말을 쏟아냈고, 그 정확한 높이를 가늠했다. "저걸 에그 앤드 다트 문양이라고 부른다." 그녀가 위를 가리키며 내게 말했다. 그러다 그녀의 존재를 정말로 참을 수 없는 시점이 되면 그녀는 다시 사라졌고, 그러면 메이브와 내게 찬란한 고요와 함께 안도감이 밀려왔다(그리고 우리는 아버지도 그럴 거라고 생각했다).

어느 일요일, 미사를 마치고 집으로 돌아왔을 때 우리는 앤드리아가 수영장 옆 하얀 철제 의자에 앉아 있는 것을 발견했다. 메이브가 발견했다고 해야 할 것이다. 메이브는 서재를 통과하다가 우연히 창문을 통해 그녀를 보았다. 나라면 아버지를 불렀겠지만 누나는 그렇게 하지 않고 부엌 뒷문으로 가서 밖으로 나갔다.

"스미스 부인?" 메이브가 손차양으로 눈을 가리며 말했다. 우리는 두 사람이 결혼할 때까지 그녀를 스미스 부인이라고 불렀고, 다르게 불러달라는 말은 듣지 못했다. 아버지와 결혼한 뒤 단언컨대 그녀는 우리가 자기를 콘로이 부인이라고 불러주는 걸 더 좋아했겠지만, 메이브와 나도 콘로이다보니 그렇게 하면 더욱 어색해졌을 것이다.

메이브는 앤드리아가 깜짝 놀랐다고 말해주었는데, 누가 알겠는가, 아마도 자고 있었을지. "아버지는 어디 계시니?"

"집에요." 메이브가 고개를 돌려 뒤를 보았다. "아빠가 부인이 오는 걸 기다리고 계세요?"

"내가 한 시간 전부터 그를 기다리고 있지." 앤드리아가 상황을 바로잡았다.

일요일이어서 샌디와 조슬린 둘 다 일을 쉬었다. 두 사람 다 우리가 집에 없으면 앤드리아를 집안으로 들이지 않았을 것 같지만, 잘 모르겠다. 조슬린은 의심이 더 많았지만, 샌디는 마음이 더 따뜻했다. 그들은 앤드리아를 좋아하지 않았으니, 아마 우리가 집에 돌아올 때까지 밖에서 기다리게 했을 것이다. 조금 추웠을 뿐, 수영장 옆에 앉아 있기에 충분히 좋은 날씨였다. 햇살이 푸른 물위에서 영롱하게 반짝거렸고, 바닥에 깐 판석들 사이로 보드라운 이끼가 선을 그리며 자라고 있었다. 메이브는 우리가 성당에 다녀왔다고 말했다.

그리고 그들은 누구도 시선을 피하지 않은 채, 그저 서로를 응시했다. "난 절반은 네덜란드 혈통이야, 알겠지만." 앤드리아가 마침내 말했다.

"뭐라고 하셨어요?"

"엄마 쪽이. 내 어머니는 순수한 네덜란드 혈통이야."

"우리는 아일랜드인이에요." 메이브가 말했다.

앤드리아가 그들 사이에 불화가 있었는데 이제 자신에게 유리한 쪽으로 해결됐다는 듯 고개를 끄덕였다. 더는 대화가 이어지지 않으리라는 게 분명해졌을 때 메이브는 안으로 들어가 아버지에게 스미스 부인이 수영장 옆에서 기다리고 있다고 말했다.

"제길 차는 어디 세웠대?" 아버지가 바깥으로 나간 뒤 메이브가 내게 말했다. 누나는 당시에 욕을 거의 하지 않았고, 미사를 드리고 온 뒤에는 특히 그랬다. "늘 바로 집 앞에 댔는데."

그래서 우리는 차를 찾으러 나갔고, 집에서 가장 먼 쪽을 먼저 살펴보고 차고 뒤쪽을 보았다. 차를 댔을 만한 장소를 다 살펴도 없어서, 우리는 주일용 신발을 신은 채 자그락자그락 콩자갈을 밟으며 진입로를 걸어갔고, 이어 거리로 나섰다. 우리는 앤드리아가 어디 사는지 몰랐지만 이웃이 아니란 건 알았으니, 그녀가 여기까지 걸어오진 않았을 것이다. 마침내 한 블록 떨어진 곳에 크림색 임팔라가 앞쪽 좌측 모서리가 짜부라진 채 세워져 있는 것을 발견했다. 메이브는 쭈그리고 앉아서 훼손된 곳을 살폈고, 나는 더 과감하게 덜렁거리는 펜더를 만져보고 헤드라이트가 살아남은 것에 감탄했다. 분명 앤드리아는 어딘가에 차를 박았고, 우리가 아는 걸 바라지 않았던 것이다.

우리는 아버지에게 차에 대한 이야기는 하지 않았다. 어쨌거나 아버지도 우리에게 말해주는 게 없었다. 그는 앤드리아가 사라졌 거나 돌아왔거나, 그녀에 대한 이야기는 아예 하지 않았다. 우리의 미래에 그녀가 맡게 될 역할에 대해 생각하고 있다는 말도 하지 않 았다. 그녀가 와 있으면 아버지는 그녀가 줄곧 거기 있었던 것처럼 행동했고, 사라지면 아버지가 그녀에게 돌아오라고 할까봐 우리는 그 사실을 그에게 일깨워주고 싶은 생각이 전혀 없었다. 솔직히 나 는 아버지가 앤드리아에게 특별한 관심이 있었으리라고는 생각하 지 않는다. 그저 그가 그녀의 집요함을 다루는 방법을 알지 못했다 고 생각할 뿐이다. 그의 전략은, 내가 파악하는 한, 그녀가 가버릴 때까지 무시하는 것이었다. "그 방법으론 절대 안 될 거야." 메이 브가 내게 말했다.

아버지가 인생에서 정말로 관심 있는 것은 오로지 일이었다. 그 는 건물을 짓고 소유하고 임대했다. 거의 어떤 건물도 팔지 않았 고, 오히려 더 많이 사기 위해 가진 것으로 대출을 받아 투자했다. 은행과의 약속이 있을 때는 간부가 찾아왔고, 아버지는 그를 기다 리게 했다. 아버지의 비서인 케네디 부인이 간부에게 커피를 대접 하면서 오래 걸리지 않을 거라고 말했지만, 가끔은 오래 걸렸다. 간부는 그저 아버지 사무실의 작은 대기실에 모자를 쥔 채 앉아 있 는 것 말고는 할 수 있는 일이 없었다.

아버지가 주말에 남겨둔 작은 관심은 나를 위한 것이었는데, 그 는 그마저 자기 일의 일부로 만들었다. 집세를 걷는 날인 매달 첫번째 토요일에 그는 나를 뷰익에 태우고 다녔고, 내게는 연필과 작은 장부를 주어 세입자들의 밀린 월세를 기록한 칸에 얼마나 갚았는지 적어넣게 했다. 곧 나는 누가 집에 절대 없는지, 누가 문 앞에서 봉투를 들고 기다리는지 알게 되었다. 누가 불평거리—변기가 샌다, 변기가 막혔다, 전등 스위치가 고장났다—가 있는지도 알게 되었다. 어떤 사람들은 매달 무슨 문제가 생겼다고 하면서 해결될 때까지 돈을 내지 않겠다고 했다. 전쟁에서 무릎을 심하게 다친 아버지는 약간 절뚝거리며 차 트렁크로 걸어가 문제 수습에 필요한 공구를 꺼냈다. 어렸을 때 나는 트렁크를 모든 게 다 들어 있는 마법의 상자—펜치, 쥠쇠, 망치, 스크루드라이버, 코크, 못—같은 걸로 생각했다. 사람들이 토요일 아침에 요청하는 일은 쉽게 고칠 수 있는 것들이고, 아버지는 그런 것을 직접 고치기를 좋아했다는 걸 이제는 안다. 그는 돈이 많았지만, 그럼에도 자신이 그런 게 어떻게 작동하는지 아는 사람이라는 것을 사람들에게 보여주고 싶어했다. 그게 아니면 그런 과시는 오로지 나를 위한 것이었을 텐데, 그가 차를 직접 운전하고 다니면서 집세를 걷을 필요가 없는 건 물론이거니와 헐거워진 지붕널을 살피러 다친 다리를 질질 끌며 사다리를 올라갈 필요 또한 없었기 때문이다. 그런 일을 처리하는 보수팀이 따로 있었다. 아버지가 셔츠 소매를 걷어올리고 레인지의 상판을 들어낸 뒤 전열선을 살핀 건 아마 나를 위해서였을 테고, 나는 그러는 동안 그가 알고 있는 모든 것에 감탄하며 서 있었다. 그는 언젠가 이 사업이 내 것이 될 테니 집중해서 보라고 말했다. 그런 일을 어떻게 처리하는지 나도 알 필요가 있다면서.

"돈이 의미하는 게 뭔지를 정말로 이해할 수 있는 유일한 방법은 가난하게 살아보는 것이다." 우리가 차 안에서 점심을 먹을 때 아버지가 말했다. "그건 자신에게 하는 파업이다. 너처럼 부족한 것 없이, 배고파본 적 없이 풍족하게 자란 사내아이는⋯⋯" 그는 마치 그런 실망스러운 선택을 한 사람이 나라는 듯 고개를 가로저었다. "누구든 그런 걸 어떻게 극복할 수 있을지 모르겠다. 너는 원하는 만큼 그들을 지켜보면서 가난하게 산다는 게 어떤 건지 눈으로 볼 수 있지만, 그건 네가 직접 그렇게 사는 것과 같지 않다." 그가 샌드위치를 내려놓고 보온병에서 커피를 따라서 마셨다.

"네, 알겠습니다." 나는 그렇게 말했는데, 달리 뭐라고 말할 수 있었겠는가?

"이 사업에서 가장 큰 거짓말은 돈을 벌려면 돈이 있어야 한다는 것이다. 이걸 기억해라. 머리를 쓰고, 계획을 세우고, 주변에서 일어나는 일에 주의를 기울여라. 그중에서 한푼이라도 돈이 드는 건 없어." 아버지는 조언하기 좋아하는 사람은 아니어서 그렇게 말하고 나니 지치는 것 같았다. 말을 다 끝내자 아버지는 주머니에서 손수건을 꺼내 이마를 훔쳤다.

내 마음이 너그러워진 듯한 기분이 들 때면, 나는 이 순간을 되돌아보며 그게 상황이 그런 식으로 전개된 이유였다고 혼잣말을 한다. 아버지는 내게 자신의 경험에서 얻은 유익한 깨달음을 전해주려고 했다.

아버지는 늘 집이나 사무실의 사람들과 있을 때보다 세입자들과 있을 때 더 편안해 보였다. 세입자는 뭔가 이야기를 시작했는데, 어떤 때는 필리스가 브루클린 타자들과 맞서면 공을 잘 못 던진다는 이야기였고, 또 어떤 때는 봉투에 돈을 많이 넣지 못한 이유에 관한 것이었다. 나는 아버지가 열심히 듣고 있다는 것을 서 있는 자세나 이런저런 대목에 고개를 끄덕이는 모습에서 알 수 있었다. 집세 낼 돈이 부족한 사람들은 페인트칠이 잘못되어 창문이 열리지 않는다고 불평하는 일이 없었다. 그들은 그저 그달에 무슨 일이 있었는지 말하고 다시는 그런 일이 일어나지 않을 거라고 아버지를 설득할 기회만을 바랐다. 나는 아버지가 세입자들을 나무라거나 어떤 형태로든 협박하는 모습은 결코 보지 못했다. 그는 그저 들을 뿐이었고, 그러고는 최선을 다하라고 말했다. 하지만 석달 동안 그런 대화가 오가고 다음번에 그 집에 가보면 다른 가족이 살고 있었다. 나는 가혹한 운명이 주어진 그 사람들에게 어떤 일이 일어났는지 전혀 몰랐지만, 그런 일은 그달의 첫번째 토요일이 아닌 다른 날에 일어났다.

그 하루가 지나가는 동안 아버지는 담배를 더 많이 피웠다. 나는 차의 넓은 벤치형 좌석에서 아버지 옆에 앉아, 장부에 기록된 숫자를 훑거나 창밖으로 휙휙 지나가는 나무를 쳐다봤다. 내가 알기로 아버지가 담배를 피울 때는 생각에 빠져 있을 때였고, 그건 내가 조용히 해야 한다는 의미였다. 우리가 필라델피아로 들어서면 동네 분위기는 더 안 좋아졌다. 아버지는 가장 가난한 세입자에게는 낼 돈을 마련할 시간을 더 주려는 것처럼 방문을 하루의 마지막으로 미뤘다. 그런 마지막 장소들에 이르면 나는 차라리 라디오나 만지작거리며 차 안에 남아 있고 싶었지만, 그 말을 하면 안 된다는 것 정도는 알았다. 내가 남아 있겠다고 해도 아버지가 안 된다고 말할 게 뻔했다. 마운트에어리와 젠킨타운의 세입자들은 늘 내게 잘해주면서 학교나 농구에 대해 묻고, 아버지가 내게 받으면 안 된다고 신신당부한 캔디를 내밀었다. "하루가 다르게 아빠를 더 닮아가는구나." 그들이 말하곤 했다. "꼭 아빠처럼 자라고 있어." 하지만 더 가난한 동네로 가면 상황은 달랐다. 세입자들이 친절하지 않다는 게 아니라, 그들은 돈이 준비되어 있을 때조차 불안해했는데, 아마 지난달은 어땠고 다음달은 어떨지 생각하느라 그랬을 것이다. 그들은 아버지에게뿐 아니라 내게도 존경을 보였는데, 그 때문에 나는 몸만 두고 달아나고 싶은 심정이었다. 내 나이가 열 살도 채 되지 않았을 때, 아버지보다 나이 많은 남자들이 아버지와 나 사이에 보이는 닮은 점이 신체적인 것 이상이라는 듯 나를 미스터 콘로이라고 불렀다. 그들은 아마 상황을 아버지가 보는 대로, 나를 언젠가 집세를 받아갈 사람으로 보았을 테고, 따라서 대니라고 불러서는 안 된다고 생각했을 것이다. 건물 계단을 올라가면서 나는 벗어져나오는 페인트를 뜯어냈고 부서진 슬레이트 조각을 넘어갔다. 반쯤 열린 문은 경첩에 매달려 이리저리 흔들렸고, 방충문 같은 건 없었다. 복도에 고인 열기는 열대만큼 뜨겁게 흐르거나, 아예 흐르지 않았다. 나는 그걸 보면서 수도꼭지에 나사받이가 필요하다고 불평하는 건 사치라는 생각을 했지만, 이 건물 역시 아버지의 소유이며 아버지의 능력이 여기 사는 사람들을 위해 차 트렁크를 열고 상황을 개선시켜주기에 충분하다는 사실은 미처 떠올리지 못했다. 아버지는 한 집 한 집 문을 두들겼고, 문이 열리면 우리는 그 안에 사는 사람들이 하는 이야기는 무엇에든 귀를 기울였다. 남편이 실직했다, 남편이 달아났다, 아내가 달아났다, 아이들이 아프다, 그런 이야기들. 한번은 한 남자가 아들이 너무 아파서 자신이 집에 있으면서 아이를 돌봐야 했기 때문에 집세를 마련하지 못했다는 하소연을 늘어놓았다. 그 어두운 아파트에는 아들과 남자만 있고, 다른 모두는 어디론가 사라진 것 같았다. 아버지는 충분히 들었다고 생각하자 거실로 가서 열이 난 아이를 카우치에서 안아올렸다. 당시 나는 죽음이 어떤 모습인지 전혀 몰랐는데, 아버지의 품안에 안긴 아이의 팔은 축 늘어지고 머리는 뒤로 젖혀져 있었다. 그 모습이 내 안에 신에 대한 두려움을 심었다. 가슴 저 안쪽에서 막혀 있는 듯한 아이의 호흡이 없었다면 나는 우리가 너무 늦게 왔다고 생각했을 것이다. 실내 공기에는 병자가 있음을 나타내는 멘톨 냄새가 짙게 배어 있었다. 소년은 대여섯 살쯤 되는 것 같았고 아주 작았다. 아버지는 아이를 안고 계단을 내려가 뷰익에 태웠고, 아이의 아버지는 걱정할 필요 없다고 말하면서 우리를 뒤쫓아 내려왔다. "아무것도 아닐 거예요." 그가 계속 말했다. "아들은 괜찮을 거예요." 하지만 그는 우리 차의 뒷좌석에 탔고, 아들 옆에 앉아 병원으로 같이 갔다. 어른이 뒤에 앉고 내가 앞에 앉은 게 처음이라 나는 불안했다. 수녀들이 우리가 지나가는 걸 봤다면 뭐라고 말했을지는 그저 상상할 수 있을 뿐이었다. 병원에 도착하자 아버지는 접수를 받는 여자와 필요한 절차를 밟은 뒤 그들을 두고 나왔고, 우리는 무슨 일이 있었는지에 대해서는 한마디도 나누지 않고 어둠 속에서 집으로 돌아왔다.

"아빠가 왜 그랬을까?" 그날 밤 저녁을 먹은 뒤 내가 메이브의 침실에 있을 때 누나가 내게 물었다. 아버지는 집세를 걷을 때는 결코 메이브를 데려가지 않았는데, 나보다 일곱 살이나 많고 매년 학교에서 열리는 수학경시대회에서 상을 받는 메이브가 장부를 정리하는 일을 훨씬 잘할 테니 그건 이해되지 않는 일이었다. 매달 첫번째 토요일에, 우리가 식탁에서 일어나는 게 허락되고 아버지가 술과 신문을 들고 서재로 들어가면, 메이브는 나를 끌어당겨 자신의 침실로 데리고 들어간 뒤 문을 닫았다. 누나는 그날 하루 동안 있었던 일을 하나도 빼놓지 않고 다 듣고 싶어했다. 각각의 집에서 무슨 일이 일어났는지, 세입자들은 뭐라고 했는지, 아버지는 뭐라고 답했는지. 누나는 심지어 우리가 늘 차를 세우고 샌드위치를 사는 카터스 마켓에서 점심으로 뭘 샀는지도 알고 싶어했다.

"그애는 정말로 아팠어. 그게 다야. 한 번도 눈을 안 떴어. 심지어 아빠가 차 안으로 옮기는 순간에도." 우리가 병원에 도착했을 때, 나는 그 아이를 만지지 않았는데도 아버지는 내게 화장실로 가서 손을 씻으라고, 뜨거운 물에 비누로 씻으라고 말했다.

메이브는 그 일을 곰곰이 생각해보았다.

"뭔데?" 내가 물었다.

"음, 생각해봐. 아빠는 아픈 사람을 싫어해. 네가 아팠을 때 아빠가 네 방 문턱을 넘은 적이 있어?" 메이브는 침대 위 내 옆에 몸을 쭉 뻗고 누워 머리 아래 베개를 부풀렸다. "내 침대에 발을 올릴 거면 적어도 네 지저분한 신발은 벗어줘."

나는 발을 차서 신발을 벗었다. 아버지가 내 침대 모서리에 앉아 내 이마에 손을 얹었던가? 그가 진저에일을 가져오고 다시 토할 것 같은 기분인지 내게 물었던가? 그렇게 한 사람은 메이브였다. 메이브가 학교에 가 있을 때는 샌디와 조슬린이 했다. "아빠는 내 방엔 절대 들어오지 않아."

"하지만 거기 그애 아빠가 있었는데, 왜 아빠가 그 모든 일을 했을까?"

나는 메이브보다 먼저 답을 내는 경우가 거의 없었지만, 이번 경우는 너무 뻔했다. "거기 엄마가 없었으니까." 집에 여자가 있었다면 아빠는 그 모든 일의 한복판에 뛰어들지 않았을 것이다.

엄마란 존재는 안전의 척도였고, 그건 내가 메이브보다 더 안전하다는 의미였다. 우리의 어머니가 떠난 뒤 메이브는 나를 위해 그 일을 떠맡았지만, 누구도 메이브에게는 그렇게 해주지 않았기 때문이다. 물론 샌디와 조슬린이 우리에게 엄마 역할을 했다. 우리가 씻고 먹는 것을 살피고 점심 도시락을 싸주고 우리의 스카우트 회비를 챙겨주었다. 그들은 우리를 사랑했고 나는 그걸 알았지만, 그들은 하루가 끝나면 집으로 돌아갔다. 한밤중에 악몽을 꿔도 샌디나 조슬린의 침대로 기어들 수 없었고, 아버지의 침실 문을 두드린다는 생각은 해본 적도 없었다. 나는 메이브에게 갔다. 누나가 포크를 잡는 올바른 방법을 알려주었다. 누나가 내 농구 시합을 보러 왔고, 내 모든 친구를 알았고, 내 숙제를 봐줬고, 내가 원하든 원하지 않든 매일 아침 헤어져 각자의 학교로 가기 전에 내게 키스해주고 밤에 잠자리에 들기 전에 다시 키스해주었다. 누나는 내가 친절하고 똑똑하고 민첩하다고, 마음만 먹으면 훌륭한 사람이 될 수 있다고 집요하게 반복적으로 말해주었다. 누나에게 그렇게 해준 사람이 아무도 없었음에도 누나는 그 모든 일을 아주 능숙하게 해냈다.

"엄마가 해줬지." 메이브는 내가 그 이야기를 꺼냈다는 사실에 놀라며 말했다. "잘 들어, 꼬맹이. 운이 좋은 사람은 나였어. 나는 엄마하고 여러 해를 살았지만 너는 그러지 못했잖아. 네가 얼마나 엄마를 그리워할지 난 짐작도 못하겠는데."

하지만 전혀 알지 못하는 사람을 어떻게 그리워할 수 있는가?

그때 나는 겨우 세 살이었고, 설령 무슨 일이 일어나고 있는지 알았다 해도 전혀 기억이 없었다. 내게 그 이야기를 전부 다 해준 사람은 샌디였지만, 부분적으로는 당연히 누나에게서 들었다. 어머니가 처음 집을 비우기 시작했을 때 메이브는 열 살이었다. 메이브는 침대에서 내려와 밤새 눈이 왔는지 보려고 창가 자리 위로 드리워진 커튼을 걷었고, 눈은 와 있었다. 더치 하우스는 늘 얼어붙을 듯 추웠다. 메이브의 침실에는 벽난로가 있어, 샌디가 구겨진 신문 뭉치 위로 쇠살대에 마른 장작을 놓아두면 메이브는 아침에 그저 성냥을 켜기만 하면 되었다. 그건 여덟번째 생일부터 메이브에게 허락된 일이었다. ("엄마가 내 여덟번째 생일에 성냥 한 갑을 줬어." 메이브가 언젠가 내게 말했다. "엄마가 여덟 살이 됐을 때 엄마의 엄마가 성냥 한 갑을 줘서, 두 사람이 아침 내내 성냥 켜는 법을 배우면서 시간을 보냈다. 엄마가 불 지피는 법을 가르쳐줬고, 그날 밤 케이크에 꽂은 초에 내가 불을 붙이게 해줬어.") 메이브는 불을 지피고 가운을 입고 슬리퍼를 신은 뒤 나를 살펴보러 내가 쓰는 옆방으로 왔다. 나는 세 살이었고, 아직 자고 있었다. 이 이야기에 내가 포함된 부분은 없다.

그리고 누나는 복도 맞은편 부모님의 방으로 갔는데, 방에는 아무도 없고 침대는 이미 정돈되어 있었다. 메이브는 자신의 방으로 돌아가 학교에 갈 준비를 했다. 이를 닦고 세수를 하고 옷을 반쯤 입으면 플러피가 깨우러 들어왔다.

"매일 아침 네가 더 빠르네." 플러피가 말했다.

"저를 더 일찍 깨워야죠." 메이브가 말했다.

플러피는 자신은 더 일찍 일어날 필요가 없다고 말했다.

아버지가 이미 집에서 나갔다는 사실은 특별한 일이 아니었다. 어머니가 집에 없다는 사실은 특별하지만 선례가 없지 않았다. 샌디와 조슬린과 플러피 모두 평소 그대로로 보였다. 그들이 걱정하고 있지 않다면 걱정할 이유는 없었다. 메이브를 학교에 데려다주는 사람은 어머니였지만, 그날 아침에는 플러피가 운전해서 누나를 데려다주고 조슬린이 싼 점심 도시락을 들려주었다. 그날 학교가 끝났을 때 플러피가 다시 누나를 데려왔다. 메이브가 우리 어머니는 어디 있는지 묻자 플러피는 어깨를 으쓱했다. "아마 너희 아빠하고 같이 있겠지?"

그날 저녁식사 시간이 되었는데도 어머니는 없었고, 아버지가 나타나자 메이브는 어머니가 어디로 갔는지 물었다. 아버지는 메이브를 두 팔로 감싸안고 목에 키스했다. 당시에는 여전히 그렇게 하곤 했다. 그는 메이브에게 어머니가 옛친구들을 만나러 필라델피아에 갔다고 말했다.

"간다는 말도 없이요?"

"나한테는 간다고 했어." 아버지가 말했다. "엄마는 아주 일찍 일어났어."

"저도 일찍 일어나 있었어요."

"음, 엄마는 너보다 더 일찍 일어났고, 네게 하루나 이틀 뒤에 보자는 말을 전해달랬어. 모두 휴가는 필요하잖아."

"무엇으로부터요?" 메이브가 물었고, 누나가 의미한 것은 이것이었다. 나로부터? 우리로부터?

"집으로부터." 아버지가 누나의 손을 잡고 저녁식사가 차려진 자리로 데려갔다. "이 공간을 맡는 건 큰 책임이지."

조슬린과 샌디와 플러피가 집안일의 대부분을 떠맡았고, 정원사들이 와서 잔디밭을 가꾸거나 잎을 갈퀴로 쓸거나 눈을 치웠고, 메이브는 도움이 되는 일은 뭐든 했을 텐데, 어머니의 책임이 크다면 얼마나 크지?

다음날 아침 누나가 일어났을 때도 어머니는 없어서, 그날도 플러피가 메이브를 차에 태워 학교에 데려다주고 다시 데려왔다. 하지만 그 둘째 날 집에 돌아왔을 때는 어머니가 부엌에 앉아 샌디와 조슬린과 함께 차를 마시고 있었다. 나는 바닥에 앉아 모든 냄비의 뚜껑을 열면서 놀고 있었다.

"엄마는 아주 고단해 보였어." 메이브가 내게 말했다. "집을 비운 사이 한잠도 자지 않은 사람처럼."

어머니는 컵을 내려놓고 메이브를 끌어당겨 무릎에 앉혔다. "내 귀여운 아가." 어머니가 말하고, 메이브의 이마에, 이어 가르마에 입맞췄다. "엄마가 정말로 사랑하는 아이가 여기 있네."

메이브는 어머니의 목에 두 팔을 감고 어머니의 가슴팍에 머리를 기댄 채, 어머니가 머리카락을 쓰다듬어주는 동안 어머니의 냄새를 들이마셨다. "누가 이런 딸을 가졌대요?" 어머니가 샌디와 조슬린에게 말했다. "누가 이렇게 착하고 똑똑하고 예쁜 딸을 가졌대요? 내가 뭘 했길래 이렇게 귀한 딸을 가졌을까요?"

이와 비슷한 일이 세 번 더 일어났다.

다음 두 달 동안 어머니가 집을 비운 건 이틀 밤이었다가, 나흘 밤이었다가, 이어 일주일이 되었다. 메이브는 부모님의 방에 가보고 어머니가 아직 있는지 확인하려고 한밤중에 일어나기 시작했다. 가끔 어머니는 깨어 있다가 문 쪽에 서 있는 메이브를 보고 이

불을 들어주었고, 메이브는 소리 없이 방을 가로질러 슬며시 침대로 가서 포근한 곡선을 그리는 어머니의 몸에 미끄러지듯 파고들었다. 메이브는 어머니의 두 팔에 감싸인 채 어머니의 심장박동과 뒤쪽에서 들리는 어머니의 숨소리를 느끼며 생각 없이 잠들었다. 삶의 어떤 순간도 이 순간에 비길 수 없었다.

"떠나기 전에 왜 제게 간다고 알려주지 않아요?" 메이브가 물으면 어머니는 그저 고개만 가로저었다.

"그건 절대 할 수 없어. 백만 년이 지나도 네게 간다는 인사는 할 수 없을 거야."

어머니가 아팠는가? 상태가 점점 나빠지고 있었는가?

메이브는 고개를 끄덕였다. "어머니는 유령이 되어가고 있었어. 어느 주에 보면 어머니는 더 말라 있었고, 곧 더 창백해졌어. 모든 것이 아주 빠른 속도로 악화되고 있었어. 우리 모두 지쳐갔어. 엄마는 집에 돌아오면 몇 날 며칠을 울었지. 나는 학교가 끝나면 엄마의 침대에 가서 엄마 옆에 앉아 있곤 했어. 가끔은 너도 엄마의 침대에 같이 있으면서 놀았어. 아빠가 집에 있을 때는 늘 엄마를 붙잡으려는 것처럼 보였어. 두 손을 앞으로 내밀고 돌아다닌다고 해도 될 만큼. 그때쯤엔 샌디와 조슬린과 플러피 모두 고양이처럼 긴장하고 있었지만, 누구도 그 이야기를 꺼내진 않았어. 어머니가 사라지면 참을 수 없었고, 어머니가 돌아오면 다른 이유로 참을 수 없었지. 어머니가 또 떠나리란 걸 알았으니까."

어머니가 마지막으로 또다시 떠났을 때, 메이브는 아버지에게 어머니는 언제 돌아오느냐고 물었다. 아버지는 메이브를 한참 쳐다보았다. 열 살짜리 아이에게 어느 쪽의 진실을 말해야 할지 알 수 없었고, 그래서 그는 전부 다 말하기로 했다. 어머니는 인도로 갔고, 돌아오지 않을 거라고.

메이브는 그 이야기의 어느 부분이 최악인지 결코 결론을 내리지 못했다. 어머니가 사라진 부분인지, 인도가 지구 반대편에 있다는 부분인지. "인도에는 아무도 가지 않아요!"

"메이브." 아버지가 말했다.

"아마 아직 떠나지 않았을 거예요!" 메이브는 아버지를 믿지 않았다. 잠시도 믿지 않았지만, 이야기가 이미 시작된 거라면 멈출 필요가 있었다.

아버지는 고개를 가로저었지만, 누나에게 손을 내밀지는 않았다. 어쨌거나 그 이야기 전체에서 가장 이상한 부분은 그것이었을 것이다.

그것이 우리 어머니가 떠난 이야기이고, 여기가 그 이야기가 멈추는 지점이다. 질문이나 설명이 있었어야 했다. 어머니가 인도로 갔다면 아버지가 가서 찾아 데려와야 했지만, 그런 일은 일어나지 않았다. 메이브가 아침에 일어나는 것을 그만두었기 때문이다. 메이브는 학교에도 가지 않았다. 샌디는 크림오브휘트를 쟁반에 담아가, 침대 모서리에 앉아 메이브에게 몇 입이라도 먹어보라고 사정했지만 설득되는 경우는 거의 없었다고 했다. 모두 그것을 어머니를 그리워하는 딸이 앓을 만한 병이라고 보았다. 다른 사람도 다 비슷한 형태로 힘들어하고 있어서, 아이가 그 안에서 헤어나오지 못하는데도 그냥 내버려두었고, 여전히 오렌지주스를 마시고 물을 마시고 캐모마일차 한 주전자를 다 비운다는 사실에는 제대로 신경도 쓰지 않았다. 누나는 컵을 욕실로 가져가 물을 채우고 채우고 또 채웠고, 마침내 머리를 세면대에 처박고 흐르는 수돗물을 마셨다. 플러피가 나를 메이브의 방으로 데려가 침대에 눕혀주면, 누나는 내게 이야기책을 읽어주다 다시 잠들었다. 그러던 어느 오후 어머니가 영원히 떠나고 일주일도 채 되지 않았을 때 메이브가 깨어나지 않았다. 플러피가 누나를 흔들고 또 흔들다가 두 팔로 들쳐안고 계단을 뛰어내려가 차로 달려갔다.

그때 다른 모두는 어디 있었는가? 아버지와 샌디와 조슬린은 어디에 가 있었는가? 나는 어디 있었는가? 샌디는 기억나지 않는다고 했다. "끔찍한 시간이었어." 그녀가 고개를 저으며 말했다. 그녀가 아는 건 플러피가 차를 몰고 메이브를 병원에 데려갔고, 로비에서 간호사들이 그녀의 품에서 자는 아이를 받아간 사실뿐이었다. 누나는 병원에 두 주 동안 입원해 있었다. 의사들은 트라우마 때문에 당뇨병이 생겼을 수도 있고, 바이러스 때문일 수도 있다고 했다. 몸은 이해할 수 없는 일을 감당하기 위해 모든 수단을 동원한다. 병원에서 누나의 혈당을 안정적으로 만들려고 애쓰는 동안 메이브는 의식이 오락가락했다. 누나에게 일어난 모든 일은 꿈의 일부였다. 누나는 어머니가 자신을 보러 오는 게 허락되지 않는 건, 자신이 기억나지 않는 무슨 일로 잘못을 했고 그래서 두 사람 모두 벌을 받기 때문이라고 혼잣말을 했다. 자비의 성모 동정회 수녀들과 어머니의 친구 모두가 누나를 보러 왔다. 세이크리드허트 학교에서 여학생 두 명이 와서 누나에게 학급 친구 모두의 이름이 적힌 카드를 건넸지만, 더 오래 머물러 있는 것은 허락되지 않았다. 아버지는 저녁에 왔지만 말은 거의 하지 않았다. 그는 하얀 면이불이 덮인 메이브의 발을 잡고 이제 회복할 필요가 있다고, 누구도 그 일을 해줄 수는 없다고 말했다. 조슬린과 샌디와 플러피가 교대로 병실에서 누나의 곁을 지켰다. "우리 중 하나는 너를 맡고, 하나는 네 동생을 맡고, 하나는 네 아빠를 맡았지." 샌디가 말하곤 했다. "그러면 빠진 사람은 하나도 없는 셈이야." 샌디는 울고 싶어지면 메이브가 잠들 때까지 기다렸다가 복도로 나갔다고 말했다.

메이브가 퇴원하고 집으로 돌아온 뒤 상황은 더 나빠졌다. 어머니의 부재가 누나를 병들게 했으므로, 어머니 이야기를 더 하면 누나가 죽을 수도 있다는 논리가 세워졌다. 더치 하우스는 점점 조용해졌다. 샌디와 조슬린과 플러피는 누나와 주삿바늘과 인슐린을 철저히 챙겼다. 그들은 주사를 놓을 때마다 누나가 어떻게 달라지는지에 잔뜩 겁을 먹었다. 아버지는 그 일에는 아예 신경을 쓰지 않으려고 했다. 플러피는 몇 주 동안 메이브와 같은 침대에서 잤고, 결국 한밤중에 다시 병원에 데려갔다. 병원에서는 다시 누나를 안정시키기 위해 애썼고, 누나는 다시 집으로 돌아왔다. 메이브는 마침내 아버지가 누나의 방에 들어가 이제 그만하라고 말할 때까지 울고 또 울었다. 그들 모두 동화에서 최악의 부분에 나오는 등장인물이 되어 있었다. 그는 이제 백 살이었다. "그만." 그가 그 말을 하기도 힘들다는 듯 말했다. "이제 그만 멈춰야 한다."

그리고 마침내 메이브는 멈추었다.

3장

집에 불규칙적으로 나타나 얼마간 머물다 가곤 한 지 거의 이년이 지난 어느 토요일 오후, 앤드리아가 작은 여자아이 둘을 데리고 집으로 들어왔다. 앤드리아에 대해 어떤 말을 하건 그녀에겐 불가능한 것을 자연스러워 보이게 만드는 재주가 있었다. 메이브와 나만 그녀의 딸들을 처음 만난 것인지, 아니면 아버지에게도 노마와 브라이트 스미스가 처음 보는 존재였는지 확실히는 모른다. 아니, 아버지는 당연히 알았을 것이다. 아버지가 그애들을 쳐다보지 않았다는 건 이미 익숙한 존재라는 의미였다. 그애들은 나보다 한참 어렸다. 둘 중 작은 쪽인 브라이트는 크리스마스카드에 등장할 만한 외모였는데, 자기 어머니처럼 흰 피부에 뺨은 발그레하고 눈동자는 파랬으며 누구에게든 활짝 웃어 보였다. 노마는 옅은 갈색 머리에 눈은 녹색이었다. 노마는 너무 심각해 보이는 것 때문에라도 반짝거리는 동생과 경쟁이 되지 않았다. 노마의 입술은 일직선

으로 꾹 다물려 있었다. 이것저것 챙기는 건 노마의 몫인 게 분명
했다.

"얘들아." 그애들의 어머니가 말했다. "이쪽은 대니, 그리고 이
쪽은 대니의 누나 메이브야."

우리는 물론 충격을 받았지만, 깊은 속마음은 기뻤다. 스미스 성
을 쓰는 이 여자애들이 앤드리아를 영원히 쫓아버릴 거라고 확신
했기 때문이다. 아버지는 이 집에 아이가 두 명 더 있는 것을 견딜
수 없을 것이고, 여자아이 둘이라면 더욱 그럴 것이다. 앤드리아가
우리집에 저녁을 먹으러 와서 집에 돌아가야 한다고 단 한 번도 말
하지 않은 그 모든 토요일 밤에 이 아이들은 누가 돌봤는가? 그건
용서받을 수 없는 일이었다. 비교적 짧았던 그들의 방문이 끝나고
문 앞에 서서 세 사람에게 작별인사를 하며, 우리는 이것이 영원한
작별인사가 될 거라고 생각했다.

"사요나라, 스미스 부인." 메이브가 욕실에서 내 칫솔에, 그리고
자신의 칫솔에 치약을 짜면서 말했다. 나도 완벽하게 내 손으로 치
약을 짤 수 있었지만, 이건 우리의 의례적인 절차였다. 우리는 함
께 이를 닦고 기도했다.

"부에나스 노체스, 브라이트, 그리고 노마." 내가 말했다. 메이브
는 내가 그 말을 했다는 걸 믿을 수 없다는 듯 잠시 나를 쳐다보더
니 웃기 시작했는데 너무 심하게 웃어서 꼭 물개가 우는 것 같았다.

메이브와 나는 우리의 삶에 대한 암호를 해독하는 순간이 멀지
않은 것 같은, 그리고 불가해한 미스터리인 우리 아버지를 곧 이해
할 수 있을 것 같은 기분을 계속 느꼈지만, 앤드리아의 딸들의 출
현에 대해서는 완전히 잘못 해석했다. 그것은 어설픈 소개가 아니

었다. 최종적으로 밝혀진 사실은 앤드리아가 패키지 상품처럼 온다는 것이었는데, 그건 그녀가 전적으로 동화되었다는 증거였다. 우리는 어쨌거나 그 사실을 놓친 것이다. 곧 앤드리아의 딸들은 규칙적으로 나타나 우리와 함께 같은 식탁에서 저녁을 먹었고, 양말을 벗고 수영장에서 물장구를 쳤다—둘 다 수영은 할 줄 몰랐다. 다른 아이들이 우리 주위에 있다는 게 이상하게 느껴졌다. 메이브와 나는 학교 친구들이 있었고, 그들의 집에 파티나 공부를 하러 가거나 거기서 하룻밤 자곤 했다. 하지만 더치 하우스로는 누구도 놀러오지 않았다. 집에 어머니가 없다는 사실에 친구들의 관심을 끌고 싶지 않거나 집 때문에 우리가 놀림의 대상이 되는 게 두려웠기 때문이기도 했지만, 정말로는 아버지가 아이들을 좋아하지 않는다는 걸 우리가 알고 있었기 때문일 것이다. 그리고 그것이 아버지가 두 아이를 받아들이는 게 이해되지 않는 이유였다.

어느 밤 그애들이 아주 고급스러운 푸른색 실크 드레스를 입은 자신들의 어머니와 함께 나타났다. 브라이트는 풍성한 스커트를 계속 손으로 쓸어내려 바스락바스락 잎이 바람에 날리는 소리를 냈고, 노마는 대리석이 깔린 현관에서 작고 검은 사각형에만 발을 딛는 놀이를 하고 있었다. 앤드리아는 아버지와 함께 저녁 외출을 할 거라고 우리 넷에게 선언했다. 아무 예고도 없이 그녀는 딸들을 메이브와 내게 맡기고 외출할 계획을 세운 것이다.

"얘들을 데리고 뭘 하면 되죠?" 메이브가 물었는데, 우리는 정말로 몰랐기 때문이다. 그애들은 우리 책임이 아니었다. 우리는 이 아이들하고만 있어본 적이 없었다.

앤드리아는 손을 저어 누나의 질문을 물리쳤다. 당시에 그녀는 모든 것이 결정된 것처럼 당당했다. 아마 결정이 내려진 뒤였을 것이다. "아무것도 하지 않아도 돼." 그녀가 메이브에게 말한 뒤 딸들을 보며 활짝 웃었다. "너희 스스로 알아서 할 수 있지, 안 그래, 딸들? 책은 있니? 노마, 메이브에게 한 권만 달라고 부탁해."

메이브의 침대 옆 협탁에는 헨리 제임스의 소설책들이 쌓여 있었다. 『나사의 회전』? 저애들이 그걸 읽고 싶어할까? 아버지가 가장 좋은 슈트를 입고 앞을 똑바로 보면서 넓은 계단을 내려왔다. 그는 난간을 잡고 있었는데, 그건 무릎이 아프다는 뜻이었고, 즉 기분이 좋지 않다는 뜻이었다. 앤드리아가 그걸 알까? "갈 시간이군요." 아버지가 앤드리아에게 말했고, 남겨지는 우리에게는 한마디도 하지 않았다. 고맙다는 말도 없었고, 잘 자라는 말도 없었다. 그는 곧장 문으로 갔다. 내 생각엔 아마 부끄러워서 그랬을 것이다.

"너흰 아무 문제 없을 거야." 앤드리아가 낭랑한 목소리로 뒤돌아보며 말한 뒤 아버지를 쫓아 밖으로 나갔다. 그는 그녀를 기다려주지 않았다. 어린 두 여자애는 어머니의 모자 위쪽이 보이지 않을 때까지 충격을 받은 표정이다가 곧 울기 시작했다.

"예수님, 마리아님, 요셉님." 메이브가 말하고, 화장지를 찾으러 갔다. 공정하게 말하면, 그애들이 울고불고 난리를 친 건 아니었다. 사실 울지 않으려고 최선의 노력을 다했다고 나는 생각하지만, 그럼에도 울음이 터져버린 것이었다. 그애들은 프렌치 의자 하나에 같이 앉아 있었다. 브라이트는 자기 언니의 가슴에 머리를 갖다 댔고, 노마는 세상의 종말이 다가왔다는 소식을 들은 것처럼 얼굴을 두 손에 묻었다. 나는 그애들에게 정말로 책을 읽고 싶은지, 아니면 텔레비전을 보거나 아이스크림을 먹고 싶은지 물었다. 그애들은 나를 쳐다보지도 않았다. 하지만 그 순간 메이브가 돌아와 화장지를 한 장씩 건넸고, 운 아이가 아무도 없었던 것처럼 그애들에게 집을 구경하고 싶은지 물었다.

서럽게 울던 중에도 노마와 브라이트는 메이브의 말을 들은 게 분명했다. 그애들은 우는 게 그날 저녁 자기들이 해야 하는 일인 것처럼 계속 울고 싶어했지만, 무슨 말인지 들으려고 훌쩍거리는 것을 좀 가라앉혔다.

"현관은 집이 아니야." 메이브가 말했다. "집의 작은 일부일 뿐이지. 현관을 통해 집의 반대쪽 끝까지 볼 수 있다는 걸 주목해야 해. 앞마당에서," 그리고 그애들이 방금 들어온 문을 가리켰고, 이어 반대 방향으로 돌아서서 전망실의 창문을 가리켰다. "뒷마당까지."

브라이트는 양쪽 방향을 다 보려고 일어나 앉았고, 노마는 마지막 눈물까지 흘려보낸 뒤 머뭇거리며 역시 그리로 시선을 돌렸다.

"식사실과 응접실은 봤으니까." 메이브가 나를 돌아보았다. "그랬던 것 같은데, 맞지? 쟤들이 부엌엔 가보지 않았을 거야."

"쟤들이 왜 부엌에 가봤겠어?" 나는 뿌루퉁해 보이지 않으려고 애썼지만—뿌루퉁한 건 그애들이었다—저녁 시간에 앤드리아의 아이들을 놀아주는 것보다 더 하고 싶은 일을 백 가지는 생각해낼 수 있었다.

메이브는 손전등을 찾으러 갔다가 돌아와, 지하실로 내려가는 문을 열었다. "난간은 잡지 마." 누나가 뒤돌아보며 말했다. "가시가 박힐 거야. 정신 똑바로 차리고 발을 봐."

"나는 지하실에 내려가고 싶지 않아." 브라이트가 맨 위 계단에서 어둠 속을 내려다보며 말했다.

"그럼 내려오지 마." 메이브가 말했다. "오래 내려가 있지는 않을 거야."

"나를 안고 가." 브라이트가 말했다. 메이브는 그 말에는 대꾸도 하지 않았다.

노마는 두 계단 내려가다가 멈추었다. "여기 거미 있어?"

"당연히 있지." 메이브는 계속 내려갔다. 천장 한복판에 달아놓은 전구에 매단 줄을 찾고 있었다. 그애들은 어느 쪽을 선택할지 고민했다. 올라갈까, 내려갈까. 그러더니 곧 누나를 따라 내려가기 시작했고, 나는 원정대의 후방을 맡았다. 여자애들 둘 다 원피스를 입고 하얀 타이츠에 에나멜가죽 구두를 신고 있었다. 집의 지하실은 다른 세기에 만들어진 것이었다. 그 위에 들어앉은 구조물과는 아무 관련성이 없었다. 어떤 모서리는 벽이 부서져 흙더미가 내려앉아 있었다. 예전에 거기서 화살촉 하나를 발견한 적이 있었다. 좀더 탐험해볼 수도 있었겠지만, 솔직히 나는 지하실을 좋아하지 않았다.

"여긴 왜 내려와?" 노마가 반쯤 겁에 질리고 반쯤 호기심에 차서 물었다.

"보여줄게." 메이브가 지하실 저 안쪽까지 손전등을 비추자 빛이 벽에 있는 작은 금속 문에 닿고 튕겨나왔다. "저게 두꺼비집이야. 위층 복도에 있는 화장실의 불이 나갔는데 그게 전구 때문은 아니라고 해보자. 그럼 여기로 내려와서 두꺼비집을 확인해야 해. 가끔 퓨즈 여분이 남아 있지 않을 때가 있는데, 그럼 쓰던 퓨즈 뒤에 동전 하나를 끼워넣으면 다시 살아날 거야. 난방이 꺼져도 여기 내려와서 보일러를 살펴봐야 하고, 온수가 나오지 않아도 보일러를 살펴봐야 해. 점화용 불씨가 꺼진 걸 수도 있는데, 그런 경우엔 조심해서 성냥을 켜야 해. 가스가 새고 있을 수도 있거든. 펑." 누나는 대수롭지 않게 말했다.

솔직히 나는 아무 생각이 없었다.

메이브는 용감하게 앞장섰고, 노마와 브라이트와 나는 손전등 불빛이 닿는 범위를 벗어나지 않으려고 애썼다. 누나가 나무문을 열자 요란하게 삐걱 소리가 났고, 여자애들이 잠시 내 몸에 바짝 붙었다. 이어 누나는 줄 하나를 더 당겨 알전구를 하나 더 켰다. "여기가 식료품 여분을 보관해두는 지하 저장실이야. 여기 있다가 배가 고파질지도 모르잖아. 샌디와 조슬린이 피클과 잼과 토마토 스튜를 만들어놨어. 병에 담아 보관할 수 있는 게 대부분이야." 우리는 티 없이 깨끗한 병들이 놓인 선반을 올려다보았는데, 각각 날짜가 적혀 있고 색깔별로 정리되어 있었다. 시럽 안에 둥둥 떠 있는 반으로 자른 황금색 복숭아, 산딸기잼. 차가운 바닥에 놓인 궤짝 안에는 고구마와 적갈색 사과, 양파가 있었다. 그애들이 있는 자리에서 그 많은 식료품이 보관되어 있는 것을 본 그 순간까지, 나는 부자가 된다는 것에 대해 정확히 생각해본 적이 없었다.

마침내 다시 올라갈 준비가 되었을 때 브라이트는 걸음을 멈추고 계단 밑에 쌓아놓은 상자를 가리켰다. "저 안에는 뭐가 들었어?"

메이브가 퀴퀴한 판지 상자가 탑처럼 쌓여 있는 곳에 손전등을 비추었다. "크리스마스 장식이나 이런저런 장식 같은 것."

브라이트는 크리스마스라는 말을 듣자 표정이 밝아지면서 상자를 열어봐도 되는지 물었다. 장식이 있는 곳에 선물이 있을 테고 어쩌면 자기를 위한 선물이 있을지도 모른다는 생각은 그럴듯했지만, 메이브는 안 된다고 말했다. "크리스마스 때 다시 와서 열어보자."

그날 밤 우리가 이를 닦을 때 나는 메이브에게 한마디도 하지 않았고, 우리가 기도할 때도 누나에 대한 부분은 뺐다.

"왜 그래." 메이브가 말했다. "화내지 마."

하지만 나는 화가 났다. 화난 상태로 잠자리에 들었다. 집을 보여주느라 저녁 시간이 다 날아갔다. 누나는 그애들에게 보여줄 수 있는 모든 것을 보여주었다. 접시를 보관하고 식탁보를 감아놓은 큰 원통을 두는 식기 보관실도 보여주고, 뒤쪽에 좁은 다락으로 통하는 문이 있는 삼층 침실의 옷방도 보여주었다. 누나는 삼층 연회실에서 왈츠를 추는 것처럼 빙그르르 몸을 돌려보게도 해주었다. 우리는 거기서 춤을 춘다는 생각을 한 번도 해본 적이 없었다. "삼층에 연회실을 만드는 사람이 어디 있어?" 노마가 물었다.

메이브가 이 집이 지어졌을 당시에는 삼층에 연회실을 만드는 게 유행의 절정이었다고 설명했다. "정말로 유행이었다니까." 누나가 말했다. "오래가진 않았어. 하지만 일단 삼층에 연회실을 만들면 딴 데로 옮기는 건 거의 불가능해." 메이브는 집에 있는 침실이란 침실은 빼놓지 않고 다 보여주었다. 노마와 브라이트 모두 메이브의 방이 최고라는 데 동의했고, 그애들이 창가 자리에 앉자 메이브는 그 자리가 가려지게 커튼을 쳐주었다. 여자애들이 웃음을 터뜨리며 꽥 비명을 지르고 "안 돼, 그러지 마!" 하고 소리치자 메이브는 다시 커튼을 걷었다. 집 구경이 끝나자 메이브는 부엌에서 계단형 사다리를 가져왔고, 일요일 아침에 내가 가장 먼저 하는 일이 그거란 걸 알면서도 그애들이 교대로 올라가 괘종시계의 태엽을 감아보게 해주었다.

메이브는 침대 위 내 옆에 앉았다. "걔들한테 이 집이 얼마나 어마어마하게 크게 느껴질지 생각해봐. 우리는 또 얼마나 어마어마하게 커 보이겠니. 그러니까 우리가 걔들한테 좋은 것만 보여주는 대신 모든 걸 보여주면, 잘 모르지만, 그게 더 친절한 게 아닐까?"

"아주 친절했지." 내가 친절하지 않은 목소리로 말했다.

메이브가 내가 아플 때 그래주는 것처럼 내 이마를 손으로 짚었다. "애들이잖아, 대니. 난 그만큼 어린 애들이면 누구든 안돼 보여."

메이브는 그애들을 자신의 침대에 눕혔고, 아버지와 앤드리아는 집으로 돌아온 뒤 잠든 아이를 하나씩 안고 계단을 내려가 앤드리아의 차로 데려갔다. 메이브는 그들을 따라잡으려고 계단을 뛰어 내려가야 했다. 신발을 두고 간 것이다. 메이브는 내게 앤드리아가 약간 취했더라고 말했다.

누나가 결코 공을 인정받지 못한 일의 긴 목록에는 이것도 보태야 한다. 누나가 그애들한테 잘해줬다는 것. 아버지나 앤드리아가 한 공간에 함께 있을 때 누나는 예의를 지키는 선에서 그애들에게 신경을 쓰지 않았지만, 노마와 브라이트하고만 있게 되면 항상 뭔가 좋은 것을 해줬다—코바늘뜨기하는 법을 가르쳐주거나, 자신의 머리를 땋아보게 하거나, 타피오카 만드는 걸 보여주었다. 그러면 그애들은 반려인을 우러러보는 한 쌍의 코커스패니얼처럼 집안에서 메이브 뒤를 졸졸 쫓아다녔다.

어느 밤이건, 우리가 저녁식사를 하는 곳에서는 샌디와 조슬린이 도입한 복잡한 집안 관리 법칙을 따라야 했다. 아버지가 시간 맞춰 퇴근하면, 우리 셋은 식사실에서 저녁을 먹었다. 우리가 큰 식탁 위로 안개처럼 드리운 가구 광택제의 레몬향 기름 냄새를 들이마시고 있으면, 샌디가 우리 접시에 음식을 내려놓았다. 하지만 아버지가 늦게 퇴근하거나 다른 일정이 있으면, 메이브와 나는 부엌에서 먹었다. 그런 밤에는 샌디가 음식을 접시에 담고 파라핀지를 덮어 냉장고에 넣어두었고, 그러면 아버지가 집에 돌아와 부엌에서 먹었다. 아버지가 그랬을 거라는 건 내 추측이다. 아버지는 접시를 식사실로 가져가 거기서 혼자 먹었을지도 몰랐다. 물론 앤드리아와 여자애들이 와 있으면 우리는 식사실에서 먹었다. 앤드리아가 있을 때 샌디는 저녁을 준비하는 것뿐 아니라 접시까지 치웠지만, 앤드리아가 없을 때는 다 먹고 나면 각자 접시를 부엌으로 가져갔다. 이렇게 하라고 설명을 들은 것은 아니었지만, 그냥 알았다. 일요일 저녁 여섯시에는 메이브와 아버지와 내가 부엌에 모여 샌디가 전날 만들어놓은 차가운 음식을 먹는다는 걸 아는 것처럼. 앤드리아와 여자애들은 일요일 밤에는 결코 우리와 함께 식사하지 않았다. 집에 우리끼리만 남아 작은 식탁에 둘러앉으면 가족 비슷한 느낌이 들었는데, 오직 이 작은 공간에 밀어넣어진 것만이 그 이유인 듯했다. 더치 하우스는 큰 집이었지만, 부엌만큼은 이상하게 작았다. 샌디는 부엌을 이용하는 사람은 고용인뿐이기 때문에 그렇다고 말하면서, 웅장한 저택을 짓는 사람들은 고용인이 돌아설 공간이 있는지에는 쥐 궁둥짝(쥐 궁둥짝이라니, 꼭 샌디가 쓸 법한 표현이었다)만큼도 관심이 없다고 말했다. 구석에는 작고 푸른 포마이카 테이블이 있어서, 조슬린이 앉아서 완두콩을 까거나 납작한 파이 반죽을 만들었다. 그 테이블에서 샌디와 조슬린은 점심과 저녁을 먹었다. 메이브는 부엌은 샌디와 조슬린의 것이라고 생각해서, 우리가 식사를 마치면 늘 식탁을 깨끗이 닦고 모든 것을 원래대로 되돌려놓았다. 그 작은 공간은 가스레인지가 대부분을 차지했는데, 화구가 아홉 개고 서랍식 보온고 하나와 오븐 두 개가 딸린 엄청나게 큰 것이었고, 오븐 각각이 칠면조 한 마리를 통째로 구울 만큼 컸다. 겨울에 그 집의 나머지 부분은 샌디가 장작을 아무리 높이 쌓고 불을 지펴도 북극의 빙원 같았지만, 레인지 덕에 작은 부엌은 계속 따뜻했다. 물론 여름에는 사정이 달랐지만, 심지어 여름에도 나는 부엌이 더 좋았다. 수영장과 통하는 부엌문은 늘 열려 있었고, 구석에 있는 선풍기는 뭘 굽고 있든 그 냄새를 날려 보냈다. 나는 눈앞이 안 보일 정도로 햇살이 좋은 한낮에는 수영장에 누운 자세로 떠 있으면서 조슬린이 오븐에 넣어 굽는 체리파이 냄새를 맡았다.

앤드리아의 딸들이 우리 책임으로 던져지고 난 뒤 일요일 저녁에, 나는 어딘지 모르게 누나가 이상해진 것 같다고 확신하면서 메이브를 주의깊게 지켜보았다. 나는 누나의 혈당을 날씨처럼 읽을 수 있었다. 누나가 더이상 내 말을 듣지 않고 곧 쓰러지려 할 때가 언제인지 알았다. 누나가 땀을 흘리거나 창백해질 때 가장 먼저 알아보는 사람이 늘 나였다. 샌디와 조슬린 역시 그런 순간을 알아차렸다. 그들은 누나에게 주스가 언제 필요한지, 언제 그들이 주사를 놓아야 하는지 알았지만, 아버지는 그런 일이 있을 때마다 매번 놀랐다. 그는 늘 메이브의 머리 위 허공을 보았다.

하지만 이번은 혈당 문제가 전혀 아니었다. 내가 누나를 지켜보고 있는 동안 누나는 내가 알기로 지금까지 누나가 한 것 중에서 가장 놀라운 일을 했다. 감자샐러드를 스푼으로 퍼내면서, 아주 자연스럽게 아버지에게 앤드리아의 딸들을 돌보는 건 우리 책임이 아니라고 말한 것이다.

그 말을 들은 아버지는 방금 입안에 넣은 치킨 조각을 씹으면서 잠시 앉아 있었다. "어젯밤에 뭔가 다른 것을 할 계획이 있었니?"

"숙제요." 메이브가 말했다.

"토요일에?"

메이브는 충분히 예뻤고 토요일 밤에 집에 있지 않아도 될 만큼 충분히 인기가 많았지만 대부분의 시간에 집에 있었는데, 나는 처음으로 그게 나 때문인 것을 깨달았다. 나를 절대 집에 혼자 두지 않으려는 것이었다. "이번주엔 숙제가 많았어요."

"음." 아버지가 말했다. "그래도 숙제를 끝낸 것 같구나. 그애들이 집에 있어도 숙제는 할 수 있지."

"토요일엔 전혀 하지 못했어요. 애들하고 놀아주느라고요."

"하지만 지금은 숙제를 마친 것 아니니? 내일 학교에서 창피를 당하진 않을 것 같은데."

"그게 요점은 아니고요."

아버지는 접시 위에 칼과 포크를 교차하여 내려놓고 딸을 쳐다보았다. "그러면 네가 생각하는 요점을 말해주겠니?"

메이브는 대답할 준비가 되어 있었다. 미리 생각해놓은 것 같았다. 아마 집 구경에 대해 내가 반대한 뒤로 계속 생각했을 것이다. "걔들은 앤드리아의 아이들이니까 그 아줌마가 돌봐야죠, 제가 아니라."

아버지는 고개를 살짝 내 쪽으로 기울였다. "너는 이 아이를 돌보고."

누나는 아침, 낮, 밤 할 것 없이 늘 나를 돌봤다. 그게 누나가 말하려는 것인가? 돌봐줄 아이가 두 명이나 더 있을 필요가 없다는 것?

"대니는 제 동생이에요. 그애들은 우리하고 상관없는 아이들이고요." 아버지가 누나에게 가르친 모든 것이 이제 그에게 불리하게 활용되고 있었다. 메이브, 허리를 펴고 앉아라, 메이브, 뭔가 요구하고 싶은 게 있으면 내 눈을 똑바로 봐라. 메이브, 손을 머리칼에서 떼라. 메이브, 더 크게 말해라, 네가 애써 목소리를 높이지 않아도 누가 네 말을 들어주는 호의를 베풀 거라고 기대해서는 안 된다.

"하지만 걔들이 네 가족이면, 괜찮겠지?" 그는 접시에 아직 음식이 남았는데도 식탁 앞에 앉아 담배에 불을 붙였다. 전에는 한 번도 보지 못한 공격적이고 세련되지 않은 행동이었다.

메이브는 그저 아버지를 빤히 쳐다보았다. 나는 누나가 그의 시선을 받는 방식이 거의 믿기지 않았다. "가족이 아니잖아요."

그가 고개를 끄덕였다. "네가 내 집 지붕 아래 살고 내 음식을 먹는 한, 내가 부탁하면 우리의 손님을 돌보는 수고 정도는 할 수 있을 것 같은데."

부엌 수도꼭지에서 물방울이 떨어지고 있었다. 똑, 똑, 똑. 그 소리는 세입자들이 그들의 집 수도꼭지에 대해 불평할 때 말한 것처럼, 벽에 튕겨 믿을 수 없을 만큼 시끄러운 반향음을 만들어냈다. 나는 아버지가 나사받이를 교체하는 걸 볼 만큼 봐서 나 혼자서도 그 문제를 간단히 해결할 수 있으리라 생각했다. 내가 식탁에서 일어나 스패너를 찾으러 가면 누구라도 내가 사라진 걸 알아차릴지 궁금했다.

"아빠가 부탁하지 않았잖아요." 메이브가 말했다.

아버지가 의자를 뒤로 미는데 누나가 한발 앞섰다. 여전히 냅킨을 꼭 움켜쥔 채 먼저 일어나겠다는 양해도 구하지 않고 일어서서 가버린 것이다.

아버지는 평소처럼 말없이 한동안 앉아 있다가 빵 접시에 담배를 비벼 껐다. 아버지와 나는 식사를 마쳤지만, 내가 그 시간을 어떻게 견뎠는지 모르겠다. 식사가 끝나자 그는 뉴스를 보러 서재로 갔고, 나는 조슬린이 아침에 설거지하기 좋게 식탁을 치우고 접시를 헹구고 개수대에 쌓았다. 식사 후 정리는 메이브가 하는 일이었지만, 내가 했다. 아버지는 디저트는 잊었다. 냉장고 안에 레몬바가 담긴 접시가 있어서, 내가 먹으려고 한 조각을 자르고 메이브의 것으로 오렌지를 챙겨 한 접시에 담아 이층으로 올라갔다.

메이브는 자기 방에서 긴 다리를 쭉 뻗은 채 창가 자리에 앉아 있었다. 무릎에 책을 올려놓고 있었지만 읽지는 않고 정원을 내다보고 있었다. 방의 각도가 서쪽을 향하고 있었지만 정방향은 아니라, 마지막 떨어지는 햇살 조각 속에 앉은 누나는 한 폭의 그림처럼 보였다.

내가 오렌지를 건넸고, 메이브는 손톱을 밀어넣어 오렌지를 깠다. 누나는 내가 앞에 앉을 수 있게 무릎을 구부렸다. "이건 우리한테 좋은 조짐이 아니야, 대니." 누나가 말했다. "너도 알고 있는 게 좋을 것 같아서."

4장

바너드대학에 입학하고 육 주가 지났을 때, 메이브는 결혼식 참석을 위해 엘킨스파크로 불려왔다. 아버지는 응접실에서, 반후베이크 부부의 눈이 지켜보는 가운데 앤드리아와 결혼했다. 브라이트는 스페인제 사보느리 러그에 분홍색 장미 꽃잎을 두 손 가득 뿌렸고, 노마는 결혼반지 두 개가 놓인 분홍색 벨벳 받침을 들고 자기 어머니에게 기대서 있었다. 메이브와 나는 서른 남짓한 수의 하객과 함께 서 있었다. 우리는 그때 앤드리아에게도 어머니, 언니, 보험 판매원인 형부, 그리고 케이크를 자르는 동안 고개를 뒤로 살짝 젖힌 채 입을 벌리고 식사실 천장을 올려다보는 몇 안 되는 친구들이 있다는 사실을 깨달았다. (식사실 천장은 짙고 강렬한 색조의 푸른색 바탕에, 복잡한 문양으로 세공된 금색 잎사귀가 전체적으로 퍼져 있었다. 좀더 정확히 말하면 잎사귀는 금을 입힌 것이었다. 도금된 잎사귀로 이루어진 사각형 안에 도금된 잎사귀로 이루어진 원이 있고, 그 안에 도금된 잎사귀가 장식적으로 배치된 형태였다. 천장은 펜실베이니아주 동부보다는 베르사유와 더 잘 어울렸고, 어렸을 때는 그것이 몹시 창피하게 느껴졌다. 메이브와 아버지와 나는 식사 시간에는 습관적으로 각자의 접시에만 눈길을 보냈다.) 피로연에서는 샌디와 조슬린 둘 다 앤드리아가 이날을 위해 사준 칼라와 소맷동이 하얀 검은색 제복을 입고서 샴페인을 따랐다. "우리, 여성 전용 교도소의 교도관 같은데." 조슬린이 자기 손목을 들어올리며 말했다. 메이브는 샴페인 한 병을 더 따야 할 때마다 부엌으로 왔는데, 코르크 마개를 따는 것이 자신이 대학에서 거의 맨 처음 배운 기술이라면서 허세를 부렸기 때문이다. 샌디와 조슬린에게 샴페인은 장전된 총에 불과했다.

결혼식을 올린 날은 아주 화창한 가을날이어서, 햇살이 태양에서뿐 아니라 풀이나 잎사귀에서도 쏟아져나오는 것 같았다. 집 뒤쪽의 창문은 죄다 가로로 세 칸씩 나뉘고 길이가 바닥까지 이어졌는데, 아버지는 이 행사를 위해 수고스럽게도 창문을 빠짐없이 열어놓았다. 나는 그렇게 해놓은 걸 전에는 한 번도 보지 못했었다. 열린 창문은 뒤쪽 테라스로 이어지는 열두 개의 문이 되었고, 그 문들은 수련을 가득 띄워놓은 수영장으로 통했다. 그날 하루를 위해 수련을 빌릴 수 있다는 사실을 누가 알았겠는가? 모두가 그 모든 것이 얼마나 아름다운지 찬사를 늘어놓았다. 집과 꽃과 햇빛도 아름다웠고, 심지어 전망실에서 피아노를 치는 여자마저 아름다웠다. 하지만 메이브와 샌디와 조슬린과 나는 그 모든 것이 낭비라는 걸 알고 있었다.

아버지는 앤드리아와 이매큘리트 컨셉션 교회에서 결혼식을 올릴 수 없었고, 브루어 신부를 집으로 초대해 예식을 집전해달라고 청할 수도 없었는데, 아버지가 이혼했고 앤드리아는 가톨릭이 아니었기 때문이다. 그 바람에 그들이 정말로 결혼하는 게 아닌 것처럼 느껴졌다. 결혼식은 우리 중 누구도 알지 못하는 판사가 집전했는데, 돈을 주고 전기기사를 부르듯 아버지가 이날을 위해 돈을 주고 데려온 사람이었다. 결혼식이 끝났을 때 앤드리아는 햇빛을 향해 잔을 든 채 샴페인 색깔이 자신의 드레스 색깔과 똑같다고 말했다. 나는 처음으로 그녀가 얼마나 예쁘고 얼마나 행복하고 젊은지 알 수 있었다. 아버지는 두번째 결혼식을 올린 날 마흔아홉 살이었고, 샴페인 색깔의 새틴 드레스를 입은 새 아내는 서른한 살이었다. 하지만 메이브와 나는 아버지가 왜 그녀와 결혼하는지 도통 이해할 수 없었다. 돌이켜보면, 우리의 상상력이 부족했다고 말해야 할 것이다.

*

"과거를 실제로 있었던 그대로 보는 게 가능한 것 같아?" 내가 누나에게 물었다. 우리는 초여름의 환한 대낮에, 더치 하우스 앞에 세워놓은 누나의 차 안에 앉아 있었다. 린든나무에 가로막혀 린든나무 말고는 아무것도 볼 수 없었다. 나는 어렸을 때 그 나무가 어마어마하게 크다고 생각했지만, 나무는 그뒤에도 계속 자랐던 것이다. 아마 더 자라면 어느 날 앤드리아의 꿈인 벽이 만들어질지도 몰랐다. 차창은 내려져 있었고, 우리는 담배를 피우느라 각각 한 팔—메이브는 왼팔, 나는 오른팔—을 밖으로 내놓고 있었다. 내가 컬럼비아 메디컬스쿨의 첫 학년을 막 마친 때였다. 그 여름이 지나는 사이 우리는 어느 정도 담배를 끊게 되는데, 이 특정한 날에는 여전히 끊을 생각만 하고 있었다.

"나는 과거를 실제로 있었던 그대로 봐." 메이브가 말했다. 누나는 나무를 보고 있었다.

"하지만 우리는 현재를 과거에 투사하지. 우리는 과거를 지금 알고 있는 것의 렌즈를 통해 돌아봐. 그러니 우리는 과거를 과거의 우리로서 보지 못하고 현재의 우리로서 볼 뿐이야. 그건 과거가 급격히 다른 모습이 된다는 걸 의미하고."

메이브는 담배를 한 모금 빨고는 싱긋 웃었다. "나 이런 이야기 정말 좋아. 학교에서 이런 걸 가르쳐줘?"

"정신의학 개론."

"정신과 의사가 될 거라고 말해줘. 아주 유익할 것 같아."

"정신과 의사를 찾아볼 생각은 한 적 있어?" 그때가 1971년이었을 것이다. 정신의학이 맹위를 떨치던 때였다.

"나는 과거를 분명히 볼 수 있으니까 정신과 의사는 필요 없어. 하지만 네가 누굴 데리고 연습해볼 필요가 있으면, 내가 얼마든지 그 상대가 되어줄게. 내 정신하고 네 정신하고 같으니까."

"오늘은 왜 일하러 안 갔어?"

메이브는 완전히 놀란 것 같았다. "그게 무슨 바보 같은 질문이야? 네가 여기 왔잖아. 그러니까 일하러 안 가는 거지."

"병가를 썼어?"

"오터슨 씨한테 네가 집에 돌아온다고 말했지. 그는 내가 회사에 언제 있는지는 신경쓰지 않아. 내가 일을 다 끝내놓거든." 누나는 차창 밖으로 재를 톡톡 털었다. 메이브는 대학을 졸업한 뒤부터 오터슨 씨 회사에서 회계를 맡고 있었다. 냉동 채소를 포장하고 배송하는 회사였다. 누나는 바너드대학에서 수학 메달을 받은 사람이었다. 같은 해 컬럼비아에서 수학 메달을 받은 남자보다 누적 평점이 더 높았다. 그 남자의 누나이자 메이브의 친구인 사람을 통해 알게 된 짜릿한 사실이었다. 누나는 자신의 모든 지식과 능력을 써서 직원의 급여를 관리하고 세금을 계산했을 뿐 아니라, 배송 체계를 개선해 냉동 옥수수가 북동부 전역의 식료품점 냉동고로 신속하게 운송될 수 있게 했다.

"계속 거기서 일할 거야? 학교로 돌아가야지."

"우리는 과거 이야기를 하고 있어요, 의사 선생님. 미래가 아니라요. 요점에서 벗어나면 안 되지."

나는 담뱃재를 톡톡 털었다. 내가 말하고 싶은 과거는 앤드리아였지만, 마침 부크스바움 부인이 우편물을 가지러 나왔다가 거기 앉아 있는 우리를 보았다. 부인이 곧장 내 쪽의 열린 차창으로 다가와 몸을 기울였다. "대니, 돌아왔구나!" 부인이 말했다. "컬럼비아는 어때?"

"그전하고 같아요. 더 힘들 뿐이죠." 나는 학부생일 때도 컬럼비아에 다녔다.

"저런, 이애가 널 봐서 행복하다는 건 내가 알지." 그녀가 메이브 쪽으로 고개를 까딱했다.

"안녕하세요, 부크스바움 부인." 메이브가 말했다.

부크스바움 부인이 내 팔을 가볍게 잡았다. "네가 누나 남자친구 좀 찾아봐. 병원에 아내를 찾아볼 시간이 없는 멋진 의사가 있을 거야. 멋지고 키 큰 의사."

"제 기준에 맞추려면 키만 커서는 안 돼요." 메이브가 말했다.

"내 말을 오해하지는 마. 난 이 동네에서 네 누나를 다시 보게 되는 게 늘 좋지만, 그래도 걱정이 돼서." 부크스바움 부인은 차에서 우리 둘만 분리된 공간에 있는 것처럼 내게만 말하고 있었다. "네 누나가 여기 와서 혼자 앉아 있는 건 삼가야 해. 이상하게 보는 사람들이 있을지도 몰라. 언제든 환영이지만, 물론, 그런 뜻이 아니고."

"알아요." 내가 말했다. "저도 걱정돼요. 누나한테 말해볼게요."

"그리고 길 건너 그 사람." 부크스바움 부인이 이마로 모호하게 린든나무 쪽을 가리켰다. "별건 아닌데. 저 여자는 차를 몰고 지나가면서 손을 흔들지 않아. 다른 누가 여기 사는지에는 관심도 없고. 아주 큰 슬픔에 빠진 사람 같아."

"아닐 수도 있죠." 메이브가 말했다.

"딸들은 가끔 봐. 너도 걔들을 만나니? 걔들 태도는 괜찮아. 굳이 말하면, 딱한 건 걔들이지."

나는 고개를 가로저었다. "저흰 걔들을 안 만나요."

부크스바움 부인은 내 아래팔을 꽉 잡았다가, 손을 흔들어 메이브에게 작별인사를 했다. "언제든 우리집에 놀러와." 그녀가 말했고, 우리는 그녀가 떠날 때 고맙다고 말했다.

"부크스바움 부인이 과거에 대한 내 기억을 확증해주는데." 우리 둘만 남겨졌을 때 메이브가 말했다.

앤드리아와 딸들이 더치 하우스로 옮기고 메이브가 학교로 돌아
간 뒤, 아버지와 나는 더 가까워졌다. 나를 돌보는 건 늘 누나의 책
임이었는데, 이제 누나가 떠나니 뜻밖에도 아버지가 내 학업이나
농구 시합에 관심을 보이기 시작했다. 내 삶에서 메이브가 맡았던
역할이 앤드리아에게 옮겨갈 거라고 생각하는 사람은 아무도 없었
다. 진짜 문제는 열한 살인 내가, 지켜보는 눈이 없는 삶을 이끌어
가기에 충분할 만큼 나이를 먹었는지의 여부였다. 샌디와 조슬린
은 나를 먹이고 언제 모자 없이 밖에 나가면 안 되는지 일러주면서
늘 그래왔듯 그들의 역할에 충실했다. 두 사람 다 내 외로움에 대
해 예리한 안테나를 달고 있었다. 내가 방에서 숙제를 하고 있으면
샌디가 문을 똑똑 두드린다. "아래층에 내려와서 공부해." 그녀는
그렇게 말한 뒤 대답할 틈도 주지 않고 돌아선다. 나는 대수학 책
을 손에 들고 내려간다. 부엌에 있던 조슬린이 작은 라디오를 끄고
나를 위해 의자를 빼준다.

"먹을 게 있으면 머리가 더 잘 돌아가지." 조슬린이 갓 구운 식
빵의 한쪽 끝을 잘라내 버터를 바른 뒤 내게 주었다. 나는 늘 끝부
분을 좋아했다.

"메이브가 엽서를 보내왔더라." 샌디가 말하고, 냉장고에 자석
으로 붙여놓은 카드를 가리켰다. 눈 덮인 바너드대학 도서관 풍경
이었다. 카드가 거기 붙어 있다는 건 앤드리아가 결코 부엌에 들어
오지 않는다는 증거였다. "메이브가 우리보고 너 먹는 걸 계속 챙
겨줘야 한대."

조슬린이 고개를 끄덕였다. "우린 메이브가 떠나면 너 먹는 건 안 챙길 작정이었거든. 하지만 메이브가 그러라고 하면 그래야 하는 거지."

메이브는 내게 긴 편지를 써 보내 뉴욕과 수업과 룸메이트인 레슬리라는 여자에 대한 이야기를 해주었다. 레슬리는 대학에서 제공하는 재정 지원 패키지의 일환으로 매일 밤 카페테리아에서 저녁 근무조로 일한 뒤 침대에서 공부하다 옷을 입은 채로 잠든다고 했다. 메이브는 학교생활이 힘들다거나 고향이 그립다거나 하는 내색은 전혀 없었지만, 늘 내가 보고 싶다고 썼다. 이제 내 옆에서 숙제를 도와줄 누나가 없으니, 나는 처음으로 누나가 어렸을 때는 누가 누나를 도와주었을까 하는 궁금증이 들었다. 플러피가? 그건 아니었을 것이다. 나는 부엌 식탁에 앉아 책을 폈다.

샌디는 내 어깨 너머로 쳐다보았다. "내가 한번 볼까. 나도 수학은 곧잘 했거든."

"제가 할 수 있어요." 내가 말했다.

"넌 그저 누나가 어서 가줬으면 하는 생각뿐이겠지." 조슬린이 내가 난처하지 않게 내 어깨를 탁 힘주어 잡으며 말했다. "그런데 막상 가면 그리워하고."

샌디가 웃으며 접시 닦는 행주로 조슬린을 찰싹 때렸다.

조슬린의 말은 절반만 맞았다. 나는 메이브가 갔으면 하고 바란 적이 없었다. "아줌마는 여자 형제가 있어요?" 내가 그녀에게 물었다.

샌디와 조슬린 둘 다 깔깔 웃다가 동시에 멈췄다. "농담이지?" 조슬린이 물었다.

"아닌데요." 나는 뭐가 재미있다가 금세 재미없는지 의아해하면서 그렇게 말했고, 그들이 내게 정답을 알려주기 직전에 깨달았다. 내가 부지불식중에 알고 있던 두 여인의 닮은 점을.

샌디가 고개를 한쪽으로 갸웃했다. "대니, 진짜야? 우리가 자매인 걸 몰랐어?"

그 순간 나는 그들이 서로를 편들던 모든 방식과 그들이 전혀 닮아 보이지 않는 모든 점을 말해줄 수도 있었지만, 그런 건 중요하지 않았을 것이다. 나는 그들의 가족이 누구고 집에 돌아가면 누가 있는지 결코 궁금해했던 적이 없었다. 내가 아는 전부는 그들이 우리를 돌봐준다는 것이었다. 샌디가 남편이 아프다고 두 주 동안 오지 않았던 것과 남편이 죽었다고 다시 며칠 오지 않았던 것은 기억났다. "몰랐어요."

"내가 훨씬 더 예뻐서 그럴 거야." 조슬린이 말했다. 분위기를 재미있게 만들고 나를 난처한 상황에서 벗어나게 해주려고 그렇게 말한 것이겠지만, 나는 한쪽이 다른 쪽보다 더 예쁘다고 말할 수는 없었다. 그들은 아버지보다는 나이가 아래였고 앤드리아보다는 위였지만, 나는 그것보다 나이대를 더 좁혀볼 수는 없었다. 그런 걸 묻지 않아야 한다는 것 정도는 나도 알았다. 조슬린은 키가 더 크고 말랐으며 머리칼은 부자연스러운 금발이었고, 샌디는 늘 숱이 많은 갈색 머리칼을 뒤로 보내 머리핀 두 개로 고정했고 얼굴이 더 예쁘다고 말할 수 있었다. 불가능하리만큼 뺨이 발그레하고 눈썹이 아주 예뻤다. 나는 몰랐다. 조슬린은 결혼한 상태고, 샌디는 남편과 사별했다. 두 사람 다 아이들이 있었는데, 그건 메이브가 우리한테 작아져 못 입게 된 옷을 줬기 때문에 알았다. 아이들 중 누가 심하게 아프면 일하러 오지 않았기 때문에 알았다. 내가 그들에게 언제 돌아오는지, 누가 아픈지 물어본 적이 있었던가? 지금은 괜찮아졌는지 물어봤는가? 그러지 않았다. 나는 샌디와 조슬린 두 사람을 아주 많이 좋아했다. 그들을 실망시켰다고 생각하니 기분이 아주 안 좋았다.

샌디가 고개를 가로저었다. "사내애들이란." 그녀가 말했고, 그 한마디로 내 모든 책임이 면제되었다.

메이브가 사는 기숙사 안내데스크에 전화가 있었다. 나는 그 전화번호를 외우고 있었다. 내가 전화하면 여자 한 명이 삼층에 올라가 누나가 방에 있는지 문을 두들겨 확인했다. 누나는 도서관에서 공부하는 걸 좋아했기 때문에 대체로 방에 없었다. 누나가 없다는 걸 확인하고 메시지를 남기는 과정 전체가 적어도 칠 분이 걸렸다—아버지가 장거리전화 이용 시간으로 적당하다고 생각하는 시간보다 대략 사 분 더 길었다. 그래서 누나와 통화하면서 누나는 그 사실을 알았는지—알았다면 왜 내게 그 말을 해주지 않았는지—물어보고 싶은 마음이 굴뚝 같았지만, 나는 전화하지 않았다. 그 대신 응접실로 가서 누나의 초상화 앞에 서서, 열 살인 누나의 자애로운 시선 아래 혼자 조용히 구시렁거렸다. 나는 토요일까지 기다렸다가, 누나 대신 아버지에게 물어보기로 했다. 하루하루 지나면서 샌디와 조슬린 사이의 닮은 점이 두드러져 보였다. 나는 매일 아침 학교 버스를 타러 나갈 때 부엌에 나란히 서 있는 그들의 모습에서 그것을 보았고, 그들이 두 명의 싱크로나이즈드스위밍 선수처럼 손을 흔드는 방식에서 그것을 보았다. 그리고 물론 그들은 정확히 같은 목소리를 갖고 있었다. 이층에 있는 나를 부를 때 그들 중 어느 쪽이 불렀는지 내가 한 번도 알았던 적이 없다는 사실도 깨달았다. 그 모든 것을 놓쳤다니, 나는 뭐가 잘못되었던 걸까?

"안다고 뭐 달라지는 게 있니?" 마침내 토요일이 되어 우리가 집세를 걷으러 나왔을 때 아버지가 말했다.

"하지만 아빠는 아셨잖아요."

"당연히 알았지. 내가 고용했으니까. 네 엄마가 고용했다고 할 수도 있고. 네 엄마는 늘 사람들을 고용했으니까. 처음에는 샌디가 왔고, 몇 주 뒤에 샌디가 일자리가 필요한 친언니가 있다고 말했어. 그래서 결국 두 사람을 같이 고용한 거였지. 그들을 대하는 네 태도는 늘 완벽했어. 나는 아무런 문제도 못 찾겠는데."

문제는 내가 세상일에 잠들어 있었던 거라고 말하고 싶었다. 내 집에서조차 나는 무슨 일이 벌어지고 있는지 몰랐던 것이다. 어머니는 그들이 자매라는 사실을 알았기 때문에 그들을 고용했고, 그건 어머니가 좋은 사람이라는 뜻이었다. 나는 심지어 그들이 자매라는 사실을 몰랐고, 그건 내가 두꺼비처럼 둔하다는 뜻이었다. 하지만 과거 위에 현재의 렌즈를 놓고 볼 때 내가 그렇다는 것이다. 당시에는 내가 왜 그렇게 당황했는지 뭐라고 말을 꺼내볼 수도 없었을 것이다. 몇 주 동안 나는 가능한 한 샌디와 조슬린을 피하려고 해보았지만, 그건 불가능했다. 마침내 나는 그들이 서로 어떤 관계였는지 내가 줄곧 알고 있었지만 잊어버렸던 거라고 믿기로 했다.

샌디와 조슬린은 집을 관리하는 데 있어 늘 완벽히 자율적이었다. 우리가 덤플링을 넣은 비프스튜나 맛이 아주 좋았던 사과 케이크를 다시 먹으면 정말 좋겠다고 말한 적도 있긴 했겠지만, 심지어 그런 말을 하는 일도 드물었다. 그들은 우리가 뭘 좋아하는지 알아서, 굳이 부탁할 필요도 없이 만들어주었기 때문이다. 사과나 크래커가 떨어지는 일도 없었고, 서재 책상의 왼쪽 서랍에는 우표가, 욕실에는 깨끗한 수건이 늘 준비되어 있었다. 샌디는 우리의 옷뿐 아니라 시트와 베갯잇까지 다림질했다. 메이브가 집에 와 있을 때는 늘 밝은 은색 뚜껑의 인슐린 병이 냉장고 문 선반에 나란히 놓인 채 바르르 몸을 떨었다. 일회용 주사기를 사용하기 전이라 그들은 주사기도 소독했다. 우리가 알아차릴 새도 없이 그들이 모든 걸 다 해놓았기 때문에, 우리는 빨래나 바닥 청소를 해야 한다는 말도 할 필요가 없었다.

앤드리아가 오고 나서 모든 것이 달라졌다. 그녀는 조슬린에게 일주일 치 메뉴를 정해주면서 그대로 만들라고 했고, 모든 요리에 대해 자기 의견을 말했다. 수프에 소금이 충분히 들어가지 않았다든가, 딸들에게 으깬 감자를 너무 많이 줬다든가. 어떻게 그애들이 으깬 감자를 그렇게 많이 먹을 거라고 생각할 수 있지? 앤드리아가 구체적으로 가자미라고 정해줬는데 조슬린은 왜 대구 요리를 내놓은 거지? 다른 시장에 가보는 수고는 하지도 않았나? 앤드리아가 모든 걸 다 해야 하나? 앤드리아는 팬트리의 선반 먼지를 떨거나 속커튼을 빨게 하는 등 날마다 샌디에게 시킬 다른 일을 생각해냈다. 나는 복도에서 샌디와 조슬린이 이야기를 나누는 소리를 더이상 듣지 못했다. 조슬린이 아침에 집에 도착해서 부는 굉장한 휘파람소리도 더이상 듣지 못했다. 뭘 물어보려고 계단 위를 향해 소리치는 것도 허락되지 않았고, 우리를 찾으려면 교양 있는 사람들처럼 계단을 올라와야 했다. 앤드리아가 그렇게 요구했다. 샌디와 조슬린은 눈에 덜 띄어야 하고, 더 교양 있게 행동해야 하고, 우리가 없는 곳에서 일해야 했다. 어쩌면 내가 그렇게 느낀 걸 수도 있었다. 메이브가 떠난 뒤 내 방에서 지내는 시간이 더 많아졌기 때문이다.

그 집의 이층에는 침실이 여섯 개 있었다. 아버지의 방, 내 방, 메이브의 방, 브라이트와 노마가 쓰는 1인용 침대 두 개가 놓인 햇볕 좋은 방, 손님이 없어 쓸 일이 없는 손님방, 그리고 마지막으로 집안 관리실로 사용되는 방이 있었다. 계단을 다 올라간 곳에도 앉을 수 있는 공간이 있었는데, 노마와 브라이트가 나타나기 전까지는 아무도 이용하지 않던 곳이었다. 그애들은 계단을 다 올라가 거기 앉는 걸 좋아하는 것 같았다.

어느 날 밤 앤드리아는 저녁을 먹으면서 방을 바꾸는 계획을 선포했다. "노마를 창가 자리가 있는 방으로 옮길 거예요." 그녀가 말했다.

아버지와 나는 그녀를 그저 빤히 쳐다볼 뿐이었지만, 유리잔에 물을 따르고 있던 샌디는 식탁에서 한 걸음 물러섰다.

앤드리아는 아무것도 알아차리지 못했다. "이제 노마가 가장 큰 딸이에요. 거긴 가장 큰 딸이 쓰는 방이에요."

노마의 입이 약간 벌어졌다. 그 모든 이야기가 노마도 처음 듣는 소리란 걸 알 수 있었다. 그애가 메이브의 방에 있고 싶어했다면 메이브와 같이 있고 싶었기 때문일 것이다.

"메이브는 다시 집에 돌아올 거요." 아버지가 말했다. "잠시 뉴욕에 간 거라고."

"그애가 집에 잠시 와 있을 때는 삼층에 있는 예쁜 방을 쓰면 돼요. 샌디가 그 방을 준비하면 되고요, 그렇죠, 샌디?"

하지만 샌디는 대답하지 않았다. 샌디는 던지고 싶은 걸 간신히 참는 것처럼 물병을 가슴에 끌어안고 있었다.

"지금 그럴 필요는 없는 것 같은데." 아버지가 말했다. "여기 잠 잘 곳이 부족한 것도 아니고. 노마가 원한다면 손님방을 써도 되고."

"손님방은 손님이 쓰는 거고요. 노마는 창가 자리가 있는 방을 쓸 거예요. 그게 이 집에서 가장 멋진 침실이고, 전망도 가장 좋아요. 여기 살지도 않는 사람을 위해 거길 성지처럼 여기고 쓰지 않는 건 바보 같은 일이죠. 솔직히 우리가 그 방을 써도 되겠다고 생각했지만, 옷방이 그리 넓지 않아서요. 노마에겐 옷이 많지 않으니까. 그 옷방이면 넌 괜찮겠지, 응?"

노마는 어머니 때문에 겁을 먹었으나 창가 자리에 대한 생각에 마음을 뺏겨 천천히 고개를 끄덕였다. 모든 것을 차단해주는 그 멋진 커튼을 생각하면서.

"나도 메이브의 방에서 자고 싶어요." 브라이트가 말했다. 브라이트는 그렇게 큰 공간에서 지내는 것에 익숙지 않았고, 내가 누나에게 붙어 있는 것처럼 자기 언니에게 딱 붙어 있었다.

"방은 각각 쓸 거야. 네가 그 방에 가는 건 노마도 괜찮을 거야." 그애들의 어머니가 말했다. "모두 잘 적응할 거야. 너희 아버지가 말씀하신 것처럼, 이 집은 모두 각자 자기 방을 가질 만큼 충분히 크니까."

그 말로 그 문제는 종결되었다. 나는 한마디도 하지 않았다. 나는 아버지가 그 문제에 대해 다시 무슨 말이라도 하기를 기대하며 이제 노마와 브라이트의 아버지이기도 한 내 아버지를 쳐다보았지만, 그는 그냥 거기서 끝냈다. 앤드리아는 아주 예쁜 여자였다. 아버지는 그녀가 지금 당장 자기 마음대로 하게 두거나, 좀 기다렸다가 자기 마음대로 하게 할 수 있었겠지만, 어느 쪽이건 그녀는 자기가 하고 싶은 대로 하게 될 것이었다.

이 모든 일이 내가 반후베이크 부부의 딸들 중 하나, 혹은 그 딸의 초상화와 사랑에 빠진 무렵에 일어났다. 나는 그녀를 줄리아라고 불렀다. 줄리아는 어깨가 좁고 노란 머리칼을 뒤로 넘겨 녹색 리본으로 묶은 모습이었다. 그녀의 초상화는 더치 하우스의 삼층 침실에, 아무도 쓰지 않는 침대 위에 걸려 있었다. 목요일마다 진공청소기를 돌리고 걸레로 먼지를 닦아내는 샌디를 제외하면, 나 말고는 아무도 거기 올라가보지 않았다. 나는 줄리아와 내가 시대를 엇갈려 태어나 사랑을 이루지 못한 진정한 연인이라고 믿었다. 그 모든 부당한 일을 겪는 와중에 키운 감정이라, 한번은 바너드로 누나에게 전화를 걸어 삼층 침실에 걸려 있는 그림 속 소녀에 대해 물어보는 실수를 하고 말았다. 반후베이크 부부의 딸들 중 하나인 회녹색 눈을 한 소녀에 대해 궁금해한 적이 있었냐고.

"딸?" 메이브가 말했다. 그날은 운좋게 누나와 통화를 할 수 있었다. "그들에겐 딸이 없었는데. 반후베이크 부인의 소녀 때 모습일 거야. 그 그림을 가지고 아래층에 내려가서 두 개를 같이 놓고 봐. 둘 다 그 부인일걸."

누나는 내 귀에서 피가 날 만큼 나를 놀릴 수도 있었지만, 그만큼 자주 우리가 동등한 입장인 것처럼 대화하고 어떤 질문에도 솔직하게 대답해주었다. 누나의 목소리에서 나는 이게 농담이 아닌 걸 알 수 있었고, 심지어 내가 한 질문에 신경을 특히 더 쓰는 것도 알 수 있었다. 나는 삼층까지 꺾어 도는 계단을 뛰어올라 쓰지 않는 침대 위에 올라섰고, 내가 사랑하는 소녀가 담긴, 장식 무늬가 새겨진 도금 액자를 벽에서 떼어냈다(액자의 크기는 그녀가 원했을 만큼보다 더 컸고, 그녀가 마땅히 받아야 할 만큼보다는 크지 않았다). 나의 줄리아가 반후베이크 부인일 리 없었다. 하지만 그림을 아래층으로 가져가 벽난로 선반 위에 기대놓았을 때 메이브가 맞았다는 게 분명해졌다. 이 그림들은 인생의 양끝에서 그려진 같은 여인의 그림이었다. 늙은 반후베이크 부인은 검은 실크 단추를 목까지 채우고 있었고, 어린 줄리아는 산들바람에 감싸여 있었다. 그리고 정말로 같은 여인이 아니었다고 해도, 그토록 닮은 모습에서 어느 날 어떻게 딸이 엄마가 되는지가 분명히 보였다. 그 순간 조슬린이 모퉁이를 돌다 내가 두 그림을 같이 보며 서 있는 걸 보았다. 그러고는 고개를 가로저었다. "세월 참 빠르지." 그녀가 말했다.

샌디와 조슬린이 메이브의 짐을 삼층으로 옮겼다. 적어도 그 방은 누나의 옛 방처럼 뒤쪽 정원을 내다보고는 있었다. 적어도 전망이 얼마간 비슷했고, 심지어 나뭇가지는 조금 덜 보이고 잎은 더 많이 보여 더 좋다고 할 수도 있었다. 하지만 창문은 당연히 지붕 창이었고, 창가 자리는 없었다. 또한 새 방은 크기가 원래 쓰던 방보다 아주 작았고, 처마밑이라 천장이 기울어 있었다. 메이브는 키가 크니 걸핏하면 천장에 머리를 부딪힐 것이다.

메이브의 방을 노마의 방으로 바꾸는 것은 대대적이고 우울한 일이었고, 그 과정 전체는 누구의 상상보다 시간이 오래 걸렸다. 메이브의 물건을 빼내자마자 앤드리아가 그 방에 새로 페인트칠을 하겠다고 했고, 페인트칠을 마친 뒤에는 마음이 바뀌어 벽지 견본 책을 집으로 가져오기 시작했기 때문이다. 그녀는 새 침대보와 새 러그를 사들였다. 누가 됐건 방을 새로 꾸민 이야기를 두어 주 동안 질리도록 들어야 했지만, 추수감사절이 되고 메이브가 집에 돌아오고서야 나는 누나의 추방 사실을 본인에게 용감히 알려준 사람이 아무도 없었다는 사실을 깨달았다. 그건 당연히 아버지가 할 일이었으나, 우리가 알기로 아버지는 당연히 그렇게 할 리가 없었다. 메이브는 현관에서 나를 붙잡고 빙빙 돌고, 샌디와 조슬린에게 키스하고, 꼬맹이들에게도 키스했다. 그 순간에 우리 모두는 불현듯 메이브가 이제 곧 이층으로 올라가 자신이 자던 침대에 인형이 여기저기 널브러져 있는 것을 보게 되리란 사실을 깨달았다. 늘 사령관처럼 굴던 앤드리아가 침착성을 보여주었다.

"메이브, 네가 없는 사이 우리가 변화를 좀 줬어. 이제 너는 삼층을 쓰게 됐다. 거기 아주 좋아."

"다락 말인가요?" 메이브가 물었다.

"삼층." 앤드리아가 다시 말했다.

아버지가 누나의 가방을 집어들었다. 그는 그 문제에 대해 할 수 있는 말이 없었지만, 적어도 누나와 같이 올라가려고는 했다. 아버지는 무릎 때문에 계단을 올라가는 게 힘들어서 삼층에는 절대 올라가지 않았었다. 메이브는 여전히 빨간 코트를 입은 채였고, 장갑도 끼고 있었다. 누나가 웃었다. "꼭 『소공녀』 같네요!" 누나가 말했다. "주인공 소녀가 전 재산을 모조리 잃고 다락으로 쫓겨나 벽난로 청소를 하잖아요." 그리고 노마를 돌아보았다. "네겐 특별하게 해줄 말이 없네, 아가씨. 나는 네 벽난로 청소를 해주진 않을 테니까."

"그 일은 아직 내가 해." 샌디가 말했다. 샌디가 그렇게 농담을 하며 끼어든 건 몇 달 만에 처음이었다. 메이브가 삼층으로 옮긴 것에 사실은 뭔가 재미있는 점이 있다는 듯 말이다.

"음, 그럼 올라가요." 메이브가 아버지에게 말했다. "긴 하이킹이 되겠네요. 저녁 먹을 시간에 맞춰 돌아오려면 지금 출발해야겠어요. 맛있는 냄새가 나는데요." 메이브가 브라이트를 쳐다보았다. "너니?"

브라이트는 웃었지만, 이어 메이브의 방을 차지한 게 메이브에게 어떤 의미인지 깨달은 노마가 눈물을 흘리며 뛰쳐나갔다. 메이브는 노마가 나가는 모습을 지켜보았고, 나는 누나의 얼굴에서 자기가 누구를 위로해야 할지 모르겠다는 표정을 읽었다. 노마를? 샌디를? 나를? 아버지는 누나의 가방을 들고 이미 계단을 올라가고 있었다. 잠시 머뭇거린 뒤 누나도 아버지를 뒤따랐다. 사실 그들은 올라가서 아주 오랫동안 거기 있었지만, 누구도 삼층으로 올라가 저녁식사가 식탁에 준비되었고 우리가 기다리고 있다고 재촉하지 않았다.

5장

메이브는 그해 크리스마스에 다시 집에 왔지만, 며칠만 머물렀
을 뿐이었다. 뉴햄프셔주에 사는 친구가 스키를 타자고 집에 초대
해서, 누나는 필라델피아에 살면서 바너드에 다니는 다른 친구의
차를 타고 거기 갈 거라고 했다. 모두 부잣집 딸이었다. 똑똑하고,
인기 많고, 스키를 탈 줄 알면서 동시에 『적과 흑』을 프랑스어로
읽기를 열망하는 여자들이었다. 부활절에 기숙사를 닫지 않는 걸
알게 되자, 메이브는 학교에 남기로 했다. 그 도시에 사는 친구는
충분히 많았고, 저녁식사 초대도 늘 있었다. 게다가 메이브에게는
할일이 있었다. 세인트패트릭교회로 부활절 미사를 드리러 갈 수
도 있었고, 매년 한결같이 피프스 애비뉴를 걷는 여자애들과 함께
거리를 걸을 수도 있었다. 누구도 누나를 비난할 수 없었겠지만,
그럼에도 나는 늘 누나를 비난했다. 누나 없이 어떻게 부활절을 보
낸단 말인가?

"기차를 타고 이 도시로 와." 누나가 전화로 말했다. "내가 데리러 갈게. 아빠 직장으로 전화해서 그렇게 말해볼게. 너 혼자서도 기차를 타고 올 수 있을 거야."

나는 내가 학교 친구들, 어머니 아버지가 다 있고 보통 크기의 집을 가진 그들보다 더 성숙한 것처럼 느껴졌다. 나는 겉모습도 더 성숙해 보였다. 이제 우리 반에서 키가 가장 컸다. "누나가 키가 크면 그 남동생들은 나중에 다 키가 크더라." 메이브가 말했었고, 그 말은 맞았다. 하지만 나는 아버지가 나 혼자 뉴욕에 가게 허락해줄 거라는 확신이 없었다. 내가 키가 크고 착한 학생이라 해도, 대체로 어느 날이건 나 자신을 잘 방어할 수 있다 해도, 나는 고작 열두 살이었다.

하지만 아버지는 차로 뉴욕까지 직접 데려다줄 테니 나중에는 혼자 기차를 타고 집에 돌아오라고 했고, 나는 깜짝 놀랐다. 바너드는 차로 두 시간 반 거리였다. 아버지는 메이브를 차에 태워 셋이 같이 점심을 먹으러 갔다가, 나 없이 엘킨스파크로 돌아오겠다고 말했다. 그가 우리 셋이라고 말했을 때 짙은 그리움이 배어나오는 것처럼 들렸다. 우리가 그저 하나의 환경이 아니라, 한때는 하나의 단위였던 것처럼.

앤드리아는 그 계획을 눈치채고 자기도 따라가겠다고 저녁을 먹는 자리에서 선언했다. 도시에 가서 할 게 아주 많다는 것이었다. 하지만 잠시 더 생각해보더니 딸들도 데려가야 한다면서, 나를 메이브의 집에 내려준 뒤 그들을 데리고 도시 구경을 시켜달라고 했다. "딸들은 아직 뉴욕에 가본 적이 없는데, 당신은 거기 출신이잖아요!" 앤드리아는 그가 자기들이 뉴욕에 가지 못하게 음모를 꾸

미기라도 한 것처럼 말했다. "우리는 배를 타고 자유의 여신상을 보러 갈 거야. 그러면 정말 좋겠지?" 그녀가 딸들에게 말했다.

나도 뉴욕에 가본 적이 없었지만 따라가겠다고 하는 것처럼 보일까봐 그 말을 꺼내지는 않았다. 샌디가 디저트를 가져왔을 때쯤 앤드리아는 호텔을 예약하고 공연을 보러 가자는 이야기를 하고 있었다. 아버지가 〈사운드 오브 뮤직〉 표를 구해줄 만한 누군가를 아는가?

"왜 늘 마지막 순간에 가서야 계획을 세워요?" 앤드리아가 물었고, 이어 초상화 화가들과 면접을 보는 게 가능할지에 대해 말하기 시작했다. "딸들 초상화도 그려야죠."

나는 내 접시에 마지막으로 남은 루바브 크리스피 자국을 물끄러미 보고 있었다. 상관없다. 내가 놓치는 건 그저 점심이다. 우리 셋이라는 그 터무니없는 발상만 놓치는 것이다. 그래도 나는 차를 타고 메이브를 만나러 갈 것이고, 그게 정말로 내가 원하는 전부다. 누가 차에 타는지는 중요하지 않다. 기대가 있어야 실망이 있는데, 당시에 나는 앤드리아가 자신이 원하는 것보다 뭔가를 덜 얻어내리라는 기대는 전혀 없었다.

하지만 아침에 내가 아직 시리얼을 먹고 있을 때 아버지가 부엌문을 밀고 안으로 들어왔다. 그러고는 손가락 두 개로 내 그릇 앞을 톡톡 쳤다. "떠날 시간이다." 그가 말했다. "지금 당장." 앤드리아는 어디에도 보이지 않았다. 딸들은 아직 메이브의 방에 있었고 (브라이트가 예고한 대로 둘이 거기서 같이 잤다), 샌디와 조슬린은 아직 오지 않았다. 나는 무슨 일인지 묻지 않았고, 아버지에게 그의 아내와 그녀의 딸들이 같이 가기로 했던 것을 일깨워주지도 않았다. 집으로 돌아오는 길에 기차에서 읽으려고 했던 책을 가져오려고 위층에 올라가지 않았고, 지금부터 두 시간 뒤에 떠나기로 하지 않았느냐는 말을 하지도 않았다. 나는 반쯤 먹은 치리오스 그릇을 샌디가 치우게 그냥 두고, 그를 따라 문밖으로 나섰다. 우리가 앤드리아를 따돌리는 것이다. 그해는 부활절이 늦어서, 그날 아침에는 히아신스 향이 미친듯이 달콤하고 진하게 퍼져 있었다. 아버지가 빠르게 걷는데다 한쪽 무릎이 안 좋은데도 다리가 워낙 길어서, 나는 그를 따라잡으려면 뛰어야 했다. 우리는 아직 꽃을 피우지 않은 등나무가 붙어 자라는 긴 터널형 구조물 아래를 지나갔다. 차고로 가는 내내, 나는 탈출하는 거다, 탈출하는 거다, 탈출하는 거다, 하고 생각했다. 우리가 한 걸음 한 걸음 옮길 때마다 자갈에 그 단어가 박혔다.

나는 앤드리아에게 우리와 같이 갈 수 없다고 말하는 용기를 내는 걸 상상조차 할 수 없었는데, 그 말을 했다면 그녀는 언쟁을 시작했을 것이고 아버지는 감당하기 힘들었을 것이다. 그에게 중요한 것은 앤드리아가 아래층으로 내려와 그녀의 입장에서 또 뭐라고 하기 전에 집에서 나오는 것이었고, 그런 다급한 심정으로 우리는 달아났다. 그래서 우리는 원래 계획한 것보다 몇 시간 일찍 출발했다.

아버지가 조용히 있을 때 내가 뭔가 물어보면, 아버지는 자기 자신과 대화를 나누고 있으니 방해하지 말라고 말할 때가 종종 있었다. 나는 지금 그가 그런 대화를 나누고 있다는 걸 알 수 있었고, 그래서 차창 밖으로 찬란한 아침을 바라보며 맨해튼과 누나와 우리가 함께 즐길 그 모든 시간을 생각했다. 메이브가 뱃멀미를 하니 자유의 여신상을 구경시켜달라는 말은 하지 않겠지만, 엠파이어스 테이트빌딩을 보러 가자고 하는 건 괜찮을지 궁금했다.

"내가 뉴욕에 살았던 거 너도 알 거다." 우리가 펜실베이니아 고속도로에 들어서자 아버지가 말했다.

나는 그럴 거라고 짐작했다고 말했다. 하지만 앤드리아가 식탁에서 그 이야기를 꺼낸 것이 바로 얼마 전이라는 말은 하지 않았다.

그 순간 그가 방향 지시등을 켜더니 출구 쪽으로 차를 몰았다. "우리에겐 시간이 충분히 있다. 네게 구경을 시켜주마."

대체로 내가 아버지에 대해 아는 것은 눈으로 본 모습이었다. 키가 크고 말랐고 피부는 세월에 가칠해졌으며 머리칼은 나와 같은 녹슨 철 색깔이었다. 우리 셋 모두 눈은 파란색이었다. 왼쪽 무릎은 구부리는 데 시간이 걸렸고, 겨울이나 비가 올 때는 상태가 더 안 좋았다. 그는 그것에 대해 한마디도 하지 않았지만, 무릎 때문에 아픈 순간이 언제인지 알아차리기는 충분히 쉬웠다. 그는 팰맬 담배를 피웠고, 커피에 우유를 타서 마셨으며, 신문의 첫 면을 읽기 전에 크로스워드 퍼즐을 풀었다. 그는 남자애들이 개를 좋아하는 것처럼 건물을 좋아했다. 여덟 살 때 나는 식탁 앞에 앉아 저녁을 먹으면서 아버지에게 아이젠하워를 찍을 건지 스티븐슨을 찍을 건지 물었다. 아이젠하워는 재선을 노리는 중이었고, 학교에서는 모든 남자애가 그를 지지했다. 아버지는 칼끝을 접시에 탁탁 치면서 그런 질문은 절대로 해서는 안 된다고, 자신에게든 누구에게든 해서는 안 된다고 말했다. "애들은 투표권이 없으니 누구를 찍을지 생각해볼 수 있겠지." 그가 말했다. "하지만 어른에게 그런 질문을 하는 건 프라이버시에 대한 권리를 침해하는 것이다." 돌이켜 생각하면, 아버지는 자신이 스티븐슨에게 투표할 거라고 혹시라도 내가 생각할까봐 그게 몹시 싫었던 것 같지만, 당시의 나는 그런 건 알지 못했다. 내가 아는 건 뜨거운 난로는 딱 한 번만 만져야 한다는 사실이었다. 나는 소년 시절에 아버지에게 이런 것을 말했다. 야구―그는 필리스를 좋아했다. 나무―그는 모든 나무의 이름을 알았고, 같은 나무의 이름을 한 번 이상 물으면 나를 나무랐다. 새―마찬가지였다. 그는 뒷마당에 모이통을 두었고 그곳을 찾는 모든 단골을 쉽게 식별해냈다. 건물―구조적 견고함이건 건축학적 디테일이건 토지의 가치건 토지의 세금이건 뭐건―아버지는 건물 이야기를 하는 걸 좋아했다. 내가 아버지에게 묻지 않은 것의 목록은 하늘에 있는 별의 이름을 열거하는 것과 같으므로, 한 가지만 말해보겠다. 나는 아버지에게 여자에 대해 묻지 않았다. 일반적인 여자에 대해서, 그들하고 뭘 해야 하는지 묻지 않았고, 특정한 여자, 즉 내 어머니나 누나나 앤드리아에 대해서도 단연코 묻지 않았다.

그날은 왜 달랐는지 그 이유를 말할 수는 없었지만, 분명 앤드리아와 언쟁한 것과 연관이 있었을 것이다. 어쩌면 그 사실과 더불어, 그가 자신과 내 어머니가 나고 자란 뉴욕으로 돌아간다는 사실, 메이브를 보러 처음 학교에 간다는 사실이 그의 안에서 향수의 파도를 일으켰을 것이다. 어쩌면 그가 내게 말한 것 이상은 아니었을지도 모른다. 우리에게 시간이 남는다는 사실 이상은.

"지금과는 모든 게 달랐어." 우리가 브루클린에서 차를 타고 이 거리 저 거리 지나갈 때 아버지가 내게 말했다. 하지만 브루클린은 내가 필라델피아에서 본 동네, 우리가 토요일마다 집세를 걷는 동네와 크게 다르지 않았다. 브루클린은 그저 모든 것이 조금씩 그 이상이었고, 밀집된 느낌이 사방으로 뻗어 있었다. 그가 차를 저속으로 늦춘 뒤 어딘가를 가리켰다. "저 아파트 건물 보이니? 내가 이 동네에 살았을 때 저긴 목조 건물이었다. 오래된 건물은 철거했거나, 불이 났을 거다. 저 블록 전체가 그렇게 됐어. 저기 있는 저 커피숍은," 그가 밥스 컵 앤드 소서를 가리켰다. 창가 카운터 자리에 앉은 사람들이 아주 늦은 아침식사를 끝내면서 일부는 신문을 읽고 또 일부는 거리를 내다보고 있었다. "가게에서 꽈배기 도넛을 직접 만들었지. 다른 데선 그런 걸 못 봤어. 일요일에 미사를 드리고 나오면 사람들이 블록 저 아래까지 줄을 서 있었어. 저기 구두 수선가게 보이니? 어니스트 슈 리페어. 한결같이 저 자리를 지켰어." 그가 다시 가게를 가리켰고, 진열창은 가게문만큼도 더 넓지 않았다. "나는 저 가게 주인의 아들과 같은 학교에 다녔어. 우리가 지금 바로 들어가도 그는 저기서 구두에 새 굽을 박아넣고 있을 거다. 그것 또한 삶의 한 모습이지."

"그런 것 같아요." 내가 말했다. 내 말이 바보같이 들렸지만, 나는 이 상황을 전부 어떻게 받아들여야 할지 자신이 없었다.

모퉁이에서 방향을 바꾸고 신호등에서 한번 더 바꾸니 포틴스 애비뉴가 나왔다. "바로 저기," 아버지가 우리가 지나쳐온 다른 모든 건물과 별반 다르지 않은 건물의 삼층을 가리키며 말했다. "저기가 내가 살던 곳이다. 네 엄마는 저쪽으로 한 블록 떨어진 곳에 살았고." 그는 엄지로 어깨 너머를 획 가리켰다.

"어디요?"

"바로 우리 뒤에."

나는 좌석에 무릎을 댄 채 몸을 세우고 뒤쪽 차창 밖을 내다보았고, 심장이 쿵쾅거렸다. 엄마가? "가보고 싶어요." 나는 말했다.

"다른 데하고 다 똑같아."

"그래도 아직 시간이 남았잖아요." 성목요일이라, 미사를 드리러 가는 사람들은 이미 일찍 갔다 왔거나, 퇴근하고 늦게 갈 것이다. 돌아다니는 사람은 쇼핑하러 나온 여자들뿐이었다. 우리가 이중 주차를 해놓은 상태라 아버지가 안 된다고 말하려는 찰나 우리 앞에 세워져 있던 차가 초대장을 보내듯이 쏙 빠져나갔다.

"음, 내가 저기 뭐라고 답하면 될까?" 아버지가 말하고 그 자리를 차지했다.

그날 우리가 펜실베이니아를 떠난 뒤로 하늘에는 구름이 가득 드리웠으나 비가 오지는 않아서, 우리는 한 블록을 걸어 그곳으로 갔고, 아버지는 추운 날씨 속에서 약간 절뚝거렸다. "바로 저기다. 일층."

건물은 다른 모든 건물과 같아 보였지만, 어머니가 거기 살았었다고 생각하니 우리가 달에 착륙한 기분이었는데, 그만큼 있을 법하지 않다는 느낌이었다. 창문에 창살이 덧대어져 있어서 나는 손을 올려 그것을 만져보았다.

"저건 건달들의 접근을 막으려고 단 거다." 아버지가 말했다. "네 할아버지가 하던 말씀이지. 그분이 저걸 달았거든."

나는 그를 쳐다보았다. "제 할아버지요?"

"네 엄마의 아버지. 소방관이셨어. 밤에 소방서에서 잘 때가 많아서 창문에 창살을 단 거야. 하지만 그게 필요했었는지는 모르겠다. 당시에는 사건이 많지 않았거든."

나는 손을 오므려 창살 하나를 잡았다. "아직 여기 사세요?"

"누가?"

"제 할아버지요." 나는 전에는 그 두 단어를 붙여 말해본 적이 없었다.

"오, 그럴 리가." 아버지가 기억을 떠올리며 고개를 가로저었다. "잭은 돌아가신 지 한참 됐어. 폐에 뭔가 문제가 있었지. 정확히는 모르겠구나. 화재 현장에 그렇게 많이 있었으니."

"그러면 제 할머니는요?" 이번에도 그렇게 말하고 나는 깜짝 놀랐다.

아버지의 얼굴을 보니, 이건 그가 알려주기로 계획한 사실이 아니리는 것을 알 수 있었다. 그는 그저 브루클린을 통과하면서 내게 자신이 아는 장소, 자신이 살았던 건물을 보여주고 싶었던 것이다. "폐렴이었어. 잭이 죽고 나서 그리 오래되지 않아 가셨다."

나는 또다른 친척이 있는지 물었다.

"너는 그걸 모르고 있었니?"

나는 고개를 가로저었다. 그가 창살에서 내 손가락을 얼마간 부드럽게 떼어내고 차를 대놓은 방향으로 나를 돌려세우며 말했다. "버디와 톰은 독감으로 죽었고, 로레타는 아기를 낳다가 죽었어. 도린은 어떤 남자하고 결혼해서 캐나다로 갔고, 제임스, 제임스는 내 친구였는데 전사했지. 네 엄마는 가족 중 막내였고, 그들 모두보다 오래 살아남았어. 아마 도린은 빼고. 내 생각에 도린은 아직 캐나다에 살고 있을 것 같구나."

나는 내 안에 있는지 없는지 잘 알 수 없는 뭔가를 찾으려고 내 마음속 깊이 내려가보았다. 누나와 같은, 나의 일부가 있는지 보려고. "도린은 왜 떠났어요?"

"결혼한 남자가 떠나고 싶어했어." 아버지가 내 질문을 이해하지 못한 채 말했다. "남자가 캐나다 사람이었고, 거기 직장이 있었어. 어디였는지는 기억나지 않는구나."

나는 걸음을 멈추었다. 심지어 굳이 고개를 젓지도 않았다. 그리고 다시 걸음을 옮기기 시작했다. 그건 내 삶의 가장 중심이 되는 질문이었고, 전에는 한 번도 물어보지 않은 것이었다. "엄마는 왜 떠났어요?"

아버지는 한숨을 쉬더니 손을 주머니 깊숙이 찔러넣은 뒤 눈을 들어 구름의 위치를 가늠했고, 이어 어머니는 미쳤다고 말했다. 길게 말하건 짧게 말하건 그게 핵심이었다.

"어떻게 미쳤어요?"

"무엇보다 코트를 달라고 먼저 요구하지도 않은 사람에게 코트를 벗어줄 만큼 미쳤지. 네 코트를 벗겨서 그것도 줄 만큼 미쳤어."

"그렇게 해야 하는 것 아니에요?" 내가 말하고 싶었던 것은, 우리가 그렇게 하진 않지만, 그렇게 해야 하는 것 아니었나?

아버지가 고개를 가로저었다. "아니, 그렇게 하면 안 돼. 잘 들어. 엄마에 대해 궁금해하는 건 의미가 없어. 모든 사람의 인생에는 각자 지고 가야 할 짐이 있어. 이건 네 짐이고. 엄마가 떠난 것 말이다. 너는 그 사실을 끌어안고 살아가야 해."

차로 돌아간 뒤 대화는 끊어졌고, 우리는 처음 보는 두 사람처럼 맨해튼으로 이동했다. 바너드로 가서 메이브를 시간 맞춰 차에 태웠다. 누나는 빨간 겨울 코트를 입고 검은 머리칼을 하나로 굵게 땋아 한쪽 어깨 위로 늘어뜨린 채 기숙사 앞 거리에 서서 기다리고 있었다. 샌디는 늘 메이브가 머리를 땋으면 더 예뻐 보인다고 말했지만, 누나는 집에서는 결코 그러지 않았다.

나는 누나하고만 이야기를 나누고 싶은 마음이 간절했지만, 내가 할 수 있는 것은 아무것도 없었다. 내 마음대로 할 수 있다면, 그 자리에서 아버지에게 작별인사를 하고 집으로 돌려보냈겠지만, 우리 셋이 같이 점심을 먹는다는 계획이 있었다. 우리는 대학 캠퍼스에서 멀지 않은, 메이브가 아는 이탈리아 레스토랑에 갔고, 거기서 나는 조슬린이라면 절대 점심식사로는 여기지 않았을 큰 그릇에 담겨 나오는 미트소스 스파게티를 먹었다. 아버지는 메이브에게 수업에 대해 물었고, 메이브는 그날 드물게 비친 햇살에 몸을 따뜻이 담근 채 이런저런 이야기를 했다. 미적분학 II와 경제학, 그리고 유럽사와 일본 소설 수업을 듣고 있다고 말했다. 아버지는 소설에 대해서는 믿기지 않는다는 듯 고개를 가로저었지만, 그게 어떻다는 평가는 없었다. 아마 딸을 본 것이 좋았거나, 브루클린 거리의 모퉁이에 서서 내게 말을 하고 있지 않아도 된다는 게 좋았을 것이다. 하지만 그는 평생 처음으로 딸에게 전적인 관심을 보이고 있었다. 메이브는 2학기째였고, 그는 딸이 어떤 수업을 듣는지 전혀 몰랐지만, 나는 모든 것을 알고 있었다. 『세설』은 『겐지 이야기』를 다 읽은 것에 대한 누나의 보상이었다. 경제학 수업에 사용하는 교재는 담당 교수의 저서였다. 누나는 미적분학 II가 미적분학 I보다 더 쉽다고 생각했다. 나는 나 때문에 대화의 주제가 바뀌는 걸 막으려고 입안에 스파게티를 쑤셔넣었다.

점심을 다 먹은 뒤 우리는 차를 대놓은 곳까지 걸어가 아버지를 배웅했다. 점심식사는 빠르게 끝났는데, 아버지가 레스토랑에 있는 것을 잘 견디지 못했기 때문이다. 나는 내가 그날 밤에 집에 가는 건지 다음날 가는 건지 모르고 있었다. 우리는 그 이야기는 하지 않았고, 나는 챙겨온 게 아무것도 없었다. 하지만 내가 집으로 간다는 말은 없었다. 나는 다시 메이브에게 맡겨졌고, 그게 다였다. 아버지가 메이브를 빠르게 포옹하고 코트 주머니에 돈을 좀 찔러주었고, 메이브와 나는 함께 서서 멀어지는 그에게 손을 흔들어주었다. 점심을 먹는 동안 찬비가 내리기 시작했고, 거세게 쏟아지는 비는 아니었지만, 메이브는 우리가 비를 맞을 이유는 없으니 지하철을 타고 메트로폴리탄박물관으로 가서 이집트 전시를 보자고 말했다. 엠파이어스테이트빌딩 다음으로 내가 정말로 기대하며 보고 싶었던 것이 지하철이었는데, 계단을 내려가면서 이제 나는 그것엔 거의 관심도 없었다.

우리가 회전문에 이르기 직전에 메이브가 걸음을 멈추고 나를 빤히 쳐다보았다. 내가 토하려고 한다는 생각이 든 것 같았는데, 잘못 짚은 것은 아니었을 것이다. "과식했니?"

나는 고개를 가로저었다. "브루클린에 갔었어." 누나에게 이 말을 하는 더 좋은 방법이 있었겠지만, 그날 아침의 일은 내가 말로 표현할 수 있는 것 이상이었다.

"오늘?"

우리 앞에는 검은색 철제 게이트가 있었고, 게이트 너머에는 열차 플랫폼이 있었다. 기차가 들어오고 문이 열리자 사람들이 내리고 탔지만, 메이브와 나는 그냥 그 자리에 서 있었다. 다른 사람들은 회전문을 때맞춰 통과하려고 우리 옆을 급히 지나갔다. "우리는 아주 일찍 길을 나섰어. 아빠하고 앤드리아하고 틀림없이 싸웠을 거야. 앤드리아가 우리하고 같이 가겠다고 했거든. 딸들까지 데리고. 그래서 아빠가 혼자 아래층으로 내려와서는 엄청 서두르면서 떠나자고 했어." 이건 울 일이 전혀 아닌데도, 나는 이미 울음이 터져 있었다. 어쨌거나 울 나이가 한참 지났는데도. 메이브가 나를 나무 벤치로 데려갔고, 우리는 거기 함께 앉았다. 누나가 손가방에서 화장지 한 장을 꺼내 내게 건넸다. 그리고 내 무릎에 손을 얹었다.

그 이야기를 전부 다 하고 나니 별일 아니라는 걸 알 수 있었지만, 그 아파트에 살았던 모든 사람이 이제 죽었다는 생각을 멈출수가 없었다. 역시 언제 죽을지 모르는, 캐나다로 떠났다는 이모와 우리 어머니만 빼고.

메이브가 아주 가까이 있었다. 레스토랑 입구에서 그릇에 담긴 페퍼민트 하나를 집어먹은 뒤였다. 우리 둘 다 먹었다. 누나의 눈은 나처럼 푸른색이었다. 누나의 눈은 훨씬 더 짙어서 거의 감청색이었다. "그 거리를 다시 찾을 수 있겠니?"

"포틴스였는데, 거기로 어떻게 가는지는 모르겠어."

"하지만 네가 그 커피숍과 구두 수선가게를 기억하면, 우리가 찾아낼 수 있을 거야." 메이브는 토큰을 파는 부스로 가서 거기 남자에게 지도를 빌려 돌아왔다. 그리고 포틴스 애비뉴를 찾았고, 어떤 열차를 타는지 알아냈다. 이어 지도를 돌려주고 내게 토큰 하나를 건넸다.

브루클린은 넓은 지역이었고, 맨해튼보다 더 넓었다. 전에 가본 적이 없는 곳에서 열두 살짜리 사내애가 오 분 동안 본 게 다인 특정한 아파트 건물로 돌아가는 길을 찾을 수 있으리라고는 누구도 생각하지 못하겠지만, 내겐 메이브가 있었다. 열차에서 내리자 누나는 밥스 컵 앤드 소서로 가는 방향을 물었고, 거기 도착하자 나는 가는 길이 기억났다. 모퉁이에서 한 번 돌고, 신호등에서 또 한 번 돈다. 나는 누나에게 우리 할아버지가 건달을 막는 용도로 창문에 달아놓은 창살을 보여주었고, 우리는 한동안 거기 벽돌에 등을 대고 서 있었다. 누나는 삼촌과 이모들의 이름을 말해달라고 했다. 나는 로레타와 버디와 제임스는 기억났지만, 나머지 둘은 기억나지 않았다. 누나는 그래도 괜찮다고 말했다. 비가 더 세차게 내려서, 우리는 밥스로 다시 걸어갔다. 우리가 꽈배기 도넛을 달라고 하자 종업원이 웃었다. 매일 아침 여덟시면 다 팔리고 없다고 했다. 우리는 배가 고프진 않아서, 그건 괜찮았다. 메이브는 커피를, 나는 핫초콜릿을 마셨다. 우리는 몸이 따뜻해지고 반쯤 마를 때까지 거기 있었다.

"아빠가 너한테 엄마가 살았던 곳을 보여줬다니 믿을 수 없어." 메이브가 말했다. "지금까지 내가 엄마에 대해, 엄마의 가족에 대해, 엄마가 어디 갔는지에 대해 그렇게 물어봤는데도, 아빤 내게 아무것도 말해주지 않았어."

"아빠는 그걸 말하면 누나가 죽을 거라고 생각했으니까." 나는 누나에게 아버지를 옹호하는 입장에 서고 싶진 않았지만, 그게 사실이었다. 어머니가 떠난 것 때문에 메이브는 병이 났다.

"그건 말도 안 돼. 사람이 뭔가를 알게 됐다고 죽진 않아. 아빤 그냥 나한텐 말하고 싶지 않았던 거야. 한번은 내가 고등학생이었을 때 엄마를 찾으러 인도로 가겠다고 말한 적이 있는데, 아빠가 뭐라 그랬는지 알아?"

나는 메이브가 인도에 간다는 생각, 그렇게 두 사람 모두 사라진다는 끔찍한 생각에 깜짝 놀라 고개를 가로저었다.

　"나보고 엄마를 죽은 걸로 생각할 필요가 있다고 그랬어. 엄마는 아마 지금쯤 죽었을 거라면서."

　정말 끔찍한 말이었지만 나는 알 것 같았다. "아빠는 누나가 가는 걸 원하지 않았던 거야."

　"아빠가 그랬어. '지금 인도의 인구는 거의 사억 오천만 명이다. 행운을 빈다.'"

　종업원이 돌아와서 커피 주전자를 들어올렸고, 메이브는 사양했다.

　나는 아파트 창문에 달아놓은 창살을 생각했다. 세상의 모든 건달에 대해 생각했다. "엄마가 왜 떠났는지 알아?"

　메이브는 컵 안에 남은 것을 다 마셨다. "내가 확실히 아는 건, 엄마가 그 집을 싫어했다는 거야."

　"더치 하우스?"

　"참을 수 없어 했어."

　"엄마가 그렇게 말하진 않았잖아."

　"오, 그렇게 말했어. 매일 티를 내고 다녔는걸. 엄마가 앉아 있는 유일한 방은 부엌이었고. 플러피가 뭘 물어볼 때마다 엄마는 '뭐든 스스로 가장 좋다고 생각되는 걸 해요. 여긴 당신 집이니까' 하고 말했어. 늘 거기가 플러피의 집이라고 말했어. 아빠는 그 말을 들으면 미치려고 했고. 그건 기억나. 한번은 엄마가 내게, 그 집을 엄마 뜻대로 할 수 있다면 수녀님들에게 주고 싶다고 말했어. 수녀님들이 거길 고아원이나 양로원으로 바꾸게 할 거라고. 그러고는 수녀님도, 고아도, 노인도 아마 너무 창피해서 거기선 못 살

거라고 말했지."

나는 그걸 상상하려고 해보았다. 식사실 천장이 싫은 건 그렇다 치고, 집 전체를? 거기보다 더 좋은 집은 없었다. "누나가 엄마를 오해했을 수도 있지."

"그 말을 한 게 한 번 이상이야."

"그러면 엄마가 미친 거네." 내가 말했는데, 그 말을 하자마자 잘못했다는 생각이 들었다.

메이브가 고개를 가로저었다. "엄마는 미치지 않았어."

맨해튼으로 돌아갔을 때 메이브는 나를 남성복 가게에 데려가 여벌의 속옷과 새 셔츠, 파자마 한 벌을 사주었고, 이어 옆에 있는 드러그스토어에 데려가 내 칫솔을 샀다. 그날 밤 우리는 패리스극장에 갔고, 〈나의 아저씨〉를 보았다. 메이브는 자크 타티를 아주 좋아한다고 말했다. 나는 자막이 있는 영화를 본다는 사실이 불안했지만, 실제로는 대사가 거의 없었다. 영화가 끝나고 우리는 아이스크림을 먹은 뒤 바너드로 돌아갔다. 어떤 관계라고 해도 남자는 기숙사 로비 이상을 통과하는 게 공공연히 금지되어 있었지만, 메이브는 친구이자 데스크를 지키는 여자에게 상황을 설명하고 나를 위층으로 데려갔다. 메이브의 룸메이트인 레슬리가 부활절 동안 집에 가고 없어서, 나는 그녀의 침대에서 잠을 잤다. 손을 뻗으면 빈 공간에서 서로의 손가락이 닿을 만큼 방이 아주 작았다. 나는 어렸을 때 늘 메이브의 방에서 잠을 잤는데, 한밤중에 일어나 누나의 한결같은 숨소리를 듣는 게 얼마나 기분좋은 일인지 그동안 잊고 있었다.

나는 결국 뉴욕에서 금요일 전체와 토요일 대부분을 보냈고, 메이브가 집에 전화를 걸어 누군가에게 우리의 계획을 알렸다고 해도 내가 지켜보는 자리에서는 아니었다. 누나는 그사이 공부에 너무 집중하느라 하고 싶었던 구경을 하지 못했다고 했고, 그래서 우리는 자연사박물관에도 가고 센트럴파크에 있는 동물원에도 갔다. 비가 내렸지만 엠파이어스테이트빌딩 꼭대기에도 올라갔는데, 보이는 건 우리가 발을 딛고 선 깊고 축축한 구름뿐이었다. 누나는 나를 데리고 컬럼비아대학교 캠퍼스를 돌아다니면서 여기가 내가 가야 하는 대학이라고 말했다. 우리는 노트르담교회에 가서 성금요일 미사를 드렸고, 그 끝없는 미사 시간의 거의 절반 동안 나는 그 건물의 아름다움에 정신이 팔려 있었다. 메이브는 결국 양해를 구하고 스스로 인슐린 주사를 놓으러 교회 건물 옆쪽 현관으로 갔다. 누나는 나중에 사람들이 아마 자신을 스웨터와 카디건 세트를 입은 약쟁이라고 생각했을 거라고 내게 말했다. 성토요일 늦게 메이브는 나를 펜 기차역으로 데려갔다. 누나는 아버지가 부활절에는 내가 집에 같이 있기를 바랄 거라고 말해주었다. 어쨌거나 우리 둘 다 월요일에는 학교에 가야 했다. 누나가 기차표를 사주면서 집에 전화해서 샌디에게 마중나올 시간을 알려주겠다고 약속했고, 내게서는 집에 도착하자마자 전화한다는 약속을 받아냈다. 메이브는 짐꾼에게 팁을 주면서 나를 기차에서 가장 안전해 보이는 사람 옆에 앉혀달라고 부탁했지만, 성토요일의 늦은 오후에 필라델피아로 가는 사람은 몇 명 되지 않아 나 혼자 한 줄을 다 차지했다. 브렌타노스 서점에서 누나에게 사달라고 조른 율리우스 카이사르에 관한 책이 있었지만, 결국 그 책은 무릎에 올려놓은 채 돌아가는 내내 창밖만 쳐다보았다. 기차가 뉴어크를 지나자마자 나는 누나에게 아버지가 자란 아파트 건물을 보여주는 것을 잊어버렸다는 사실과 누나도 그걸 물어보는 것을 잊어버렸단 사실을 깨달았다.

나는 집을 떠나 있는 동안 앤드리아 생각은 전혀 하지 않았지만, 이제는 뭔가 끔찍한 싸움이 있지 않았을까 궁금했다. 그리고 아버지가 내게 말한 것을 기억해냈다. 우리가 어떻게 해볼 수 없는 것은 마음에서 밀어내는 게 최선이라고. 나는 그렇게 해보았고, 그것이 생각했던 것보다 더 쉽다는 걸 알아냈다. 나는 그저 열차의 창문으로 세상이 총알처럼 빠르게 지나가는 것만 쳐다보았다. 타운이 지나갔고, 이어 집이, 나무가, 소가, 다시 나무가, 다시 집이, 다시 타운이 지나갔고, 그게 반복되었다.

샌디는 메이브가 약속한 대로 기차역으로 나를 마중나왔고, 나는 차 안에서 그 여행에 대해 전부 말했다. 샌디는 메이브가 어떻게 지내는지, 기숙사 방은 어떤지 알고 싶어했고, 나는 방이 아주 작더라고 말해주었다. 샌디는 내게 메이브가 충분히 잘 먹는 것 같으냐고 물었다. "크리스마스 때 보니 아주 말랐더라."

"그랬어요?" 내가 물었다. 내 눈에는 똑같아 보였다.

우리가 집에 돌아왔을 때는 모두 저녁을 먹고 있었다. 아버지가 말했다. "돌아왔구나."

내 평소 자리에 식기가 차려져 있었다.

"부활절에 토끼 잡으러 갈 거야." 브라이트가 말했다.

"아니, 넌 못 가." 노마가 말했다.

"내일을 기다렸다가 어떻게 되는지 보자." 앤드리아가 나를 쳐다보지도 않고 말했다. "저녁 먹어라."

조슬린이 거기 있다가 내 앞에 접시를 놓으면서 내게 눈을 찡긋

했다. 샌디가 역으로 나를 마중나와야 했기 때문에 조슬린이 도우러 온 것이었다.

"뉴욕에는 토끼가 있어?" 브라이트가 물었다. 그애들이 내가 이미 어른인 것처럼, 지위나 신분에서 내가 자신들보다 아버지나 앤드리아와 더 가깝다는 듯이 나를 대하는 게 재미있었다.

"아주 많아." 내가 말했다.

"봤어?"

사실 나는 삭스피프스애비뉴에서 부활절에 맞춰 준비한 진열창을 통해 토끼를 봤을 뿐이었다. 나는 토끼가 멋진 원피스를 입은 마네킹의 발목 주변을 깡충깡충 뛰어다니더라고, 메이브와 함께 길에 서서 다른 많은 사람과 함께 족히 십 분은 토끼를 구경했다고 말했다.

"연극은 보러 갔어?" 노마가 물었고, 그러자 앤드리아가 고개를 들었다. 메이브와 내가 자기가 원한 것을 했다고 생각하면 앤드리아가 굉장히 속상해할 것 같았다.

나는 고개를 끄덕였다. "노래를 아주 많이 불렀는데, 내가 생각했던 것보다 더 좋았어."

"표는 대체 어떻게 구했니?" 아버지가 물었다.

"메이브의 학교 친구를 통해서요. 그 친구 아버지가 극장에서 일하신대요." 나는 당시 거짓말한 경험이 많지 않았지만, 말이 자연스럽게 술술 나왔다. 식탁에 앉은 누구도 내 이야기를 확인하지 않을 터였고, 확인하더라도 메이브는 생각해볼 것도 없이 내 편을 들 것이었다.

그뒤로는 질문이 더 없어서, 나는 센트럴파크 동물원에서 펭귄을 본 것과 자연사박물관에서 공룡 뼈를 본 것, 그리고 〈나의 아저씨〉와 기숙사 방과 그 나머지는 전부 가슴속에 간직했다. 월요일에 학교에 가면 친구 매슈에게 모든 걸 말할 작정이었다. 맨해튼을 구경한다고 하니 매슈는 몹시 부러워했다. 앤드리아는 부활절 점심 이야기를 꺼내면서 내일 자기는 바쁠 거라고 말했지만, 차 안에서 샌디는 모든 요리가 이미 준비되어 있다고 말했었다. 나는 아버지가 나와 눈을 맞추고 우리 사이에 뭔가가 달라졌다는 작은 신호라도 주기를 기다렸지만, 그런 것은 없었다. 그는 메이브와 보낸 시간이 어땠는지, 내가 본 연극은 어땠는지 결코 묻지 않았고, 우리는 브루클린에 대한 이야기는 다시 하지 않았다.

*

"우리가 그 여자를 한 번도 못 본 게 이상하지 않아?" 내가 메이브에게 물었다. 나는 그때 이십대 후반이었고, 한두 번은 그런 일이 일어났을 수도 있다고 생각했다.

"우리가 왜 그 여잘 보는데?"

"음, 우리가 그 집 앞에 차를 세우니까. 어느 시점엔 우리하고 시간이 겹칠 수도 있잖아." 노마와 브라이트가 수영복 차림으로 마당을 지나가는 건 한 번 봤지만, 그건 그거고, 그것도 아주 오래전 일이었다.

"이건 잠복근무가 아니야. 우리가 여기 종일 있는 건 아니잖아. 두 달에 한 번씩 와서 십오 분 동안 있는 것뿐인데 뭘."

"십오 분은 넘지." 내가 말했다. 그리고 두 달에 한 번보다는 더 자주 왔을 것이다.

"어쨌든. 우리가 운이 좋았던 거지."

"그 여자에 대해 생각해?" 나는 앤드리아를 자주 생각하지 않았지만, 때때로 우리가 더치 하우스 앞에 차를 댔을 때 그녀가 차 뒷좌석에 앉아 있으면 어떨까 생각한 적은 있었다.

"가끔 그 여자가 죽어가고 있는 건 아닐까 생각해." 메이브가 말했다. "난 그 여자가 언제 죽을지 궁금해. 그게 다야."

나는 웃었지만, 누나가 농담을 하는 게 아닌 건 확실했다. "나는 좀 다른 맥락에서 생각하는데ㅡ그녀가 행복한지, 혹 다른 사람을 만나는지 궁금하더라고."

"아니. 나는 그런 건 안 궁금해."

"많이 늙지 않았을 테니. 다른 누구를 찾았을 수도 있지."

"그 여잔 누구도 그 집에 들이려 하지 않을걸."

"들어봐." 내가 말했다. "앤드리아는 마지막에 우리한테 아주 못되게 굴었어. 나도 그건 인정해. 하지만 가끔 그녀가 더 좋은 방법을 몰랐던 게 아닌가 하는 생각이 들어. 어쩌면 그 모든 걸 감당하기엔 너무 젊었거나, 아니면 그저 슬픔 때문이었겠지. 혹은 어쩌면 그녀의 삶에서 우리와는 아무 상관 없는 일이 일어났거나. 그러니까, 우리가 앤드리아에 대해 뭘 안 적이 있었어? 솔직히 난 그녀가 완벽히 괜찮았던 순간도 많이 기억나. 그저 그녀가 괜찮지 않던 기억을 붙잡고 있기로 선택하는 거지."

"너는 왜 그 여자에 대해 좋은 말을 해야 한다고 느끼는 거야?" 메이브가 말했다. "요점을 모르겠어."

"요점은, 그게 사실이라는 거야. 그때 내가 그녀를 미워하지 않았는데, 왜 아주 끔찍했던 기억은 간직하고, 잘해준 기억, 심지어 예의를 갖춰 행동한 기억은 지우는 거지?" 요점은, 그러니까 내가 말하고 싶은 건, 우리가 아직도 차를 몰고 더치 하우스로 와서는 안 된다는 것이었다. 우리가 마음에 증오를 담고 살면 살수록, 우리는 반후베이크 스트리트에 세워놓은 차 안에서 영원히 살아갈 운명이 될 것이었다.

"그 여자를 사랑했어?"

내 입에서 짜증의 소리로만 설명될 수 있을 소리가 새어나왔다. "아니, 사랑하지 않았어. 둘 중에 골라야 해? 사랑하는지, 아니면 미워하는지 중에서?"

"음." 누나가 말했다. "네가 그 여잘 미워하지 않았다고 말하니까 나는 그저 그 경계가 어디까지인지 알고 싶은 거야. 네가 내 의견을 듣고 싶다면, 일단 이런 대화를 한다는 거 자체가 웃겨. 이를테면 말이지, 이웃집에 꼬마가 사는데, 그 꼬마하고 너하고 특별한 우정을 나누는 사이는 아니지만 서로 아무 문제도 없어. 그러던 어느 날 그 꼬마가 네 집으로 들어와서 네 누나를 야구방망이로 때려 죽이는 거지."

"메이브, 맙소사."

누나가 한 손을 들어올렸다. "끝까지 들어봐. 현재의 사실이 과거를 없애버릴까? 네가 그 꼬마를 사랑한다면 아마 그렇지 않을 거야. 그 꼬마를 사랑한다면 너는 더 파헤쳐서 무슨 일이 일어났는지 알아보고, 그애 관점에서 그애 부모가 그애한테 어떻게 했는지, 뭔가 서로 잘 안 맞는 부분이 있진 않았는지 의문을 품겠지. 심지어 그 결과에 이르기까지 누나가 어떤 역할을 했을지도 모른다고 생각할 거야—누나가 그 소년을 괴롭혔을까? 누나가 잔인하게 굴었을까? 하지만 그런 생각은 네가 그애를 사랑할 때만 하는 거지. 네가 그애를 그냥 좋아한 거라면, 그애가 그냥 괜찮은 이웃 이상은 절대 아니었다면, 그런 거라면 난 좋은 기억을 샅샅이 뒤지는 이유를 모르겠어. 그애는 감옥에 갔어. 너는 다시는 그 개자식을 보지 않는 거고."

나는 그때 브롱크스에 있는 아인스타인 메디컬스쿨 내과에서 레지던트를 하고 있었고, 이삼 주에 한 번씩 기차를 타고 필라델피아로 갔다. 하룻밤 자고 올 만큼의 시간도 충분하지 않았지만, 한 달 동안 한 번도 가지 않은 적은 결코 없었다. 메이브는 늘 메디컬스쿨 과정이 끝나면 나를 더 자주 볼 줄 알았다고 말했지만, 그렇게 되지는 않았다. 당시에는 시간 여유가 많지 않아서, 내게 주어진 적은 시간을 그 빌어먹을 집 앞에 앉아 보내고 싶지 않았지만, 결국 우리는 거기로 갔다. 제비처럼, 연어처럼, 우리는 철새가 이동하듯 우리의 경로를 따르는 무력한 포로였다. 우리가 잃은 것이 어머니나 아버지가 아니라 집인 척했다. 우리가 잃은 것이 그 안에서 여전히 사는 그 사람에게 빼앗긴 것인 척했다. 추운 밤이 이미 몇번 있었고, 린든나무의 잎은 노랗게 물들기 시작했다.

"좋아." 내가 말했다. "그만할게."

메이브는 내게서 얼굴을 돌리고 나무를 바라보았다. "고마워."

그래서 나 혼자 그녀의 좋은 점을 기억해내려고 애썼다. 노마와 브라이트와 함께 웃는 앤드리아. 내가 사랑니를 뽑았을 때 한밤중에 한 번 나를 살펴보러 왔던 앤드리아. 내 방 입구에 서서 그녀는 내게 괜찮은지 물었다. 초기에 그녀가 아버지를 흐뭇하게 해준 순간이 몇 번 있었다. 그녀의 등허리에 잠시 손을 얹었던 아버지. 그런 건 소소한 기억이었고, 솔직히 나는 그들을 생각하는 게 피곤했다. 그래서 생각을 다시 병원으로 돌렸고, 오늘밤 봐야 할 환자들이 누군지 떠올리고 그들에게 할 말을 준비했다. 일곱시까지는 돌아가서 대기해야 했다.

6장

　메이브는 대학을 졸업하고 고향으로 돌아왔지만, 누나가 다시
집으로 들어온다는 말은 전혀 없었다. 누나는 삼층으로 추방된 뒤
로 거의 집에서 지내지 않았다. 그 대신 젠킨타운에 작은 아파트를
구했는데, 거긴 엘킨스파크보다 상당히 저렴했고, 우리가 다니는
이매큘리트 컨셉션 교회와 멀지 않았다. 누나는 냉동 채소를 운송
하는 새 회사에 직장을 구했다. 누나가 공표한 계획은 한두 해 거
기서 일하다가 다시 학교로 돌아가 경제학이나 법학 전공으로 석
사과정을 밟는 것이었지만, 누나가 이 근처로 온 것은 내 남은 고
등학교 시절을 지켜보면서 내게 한결같이 의지할 수 있는 대상이
되어주기 위해서라는 걸 나는 알았다.

　오터슨스 프로즌 베지터블스는 그들에게 어떤 존재가 나타났는
지 모르고 있었다. 청구서 발행 부서에서 일하고 두 달이 지났을
때, 메이브는 새 송장 시스템과 재고를 추적하는 새로운 방식을 도

입했다. 곧 누나는 회사와 오터슨 씨 개인의 세금을 모두 처리하게 되었다. 그 일은 누나에게 우스울 만큼 쉬웠는데, 누나는 그것— 휴식—이 자신이 원하는 것이라고 말했다. 바너드에 같이 다닌 메이브의 친구들도 휴식을 취했는데, 일 년을 파리에서 보내거나 결혼하거나 아버지가 맨해튼 아파트 비용을 대주는 동안 현대미술관에서 무보수 인턴으로 일하는 식이었다. 메이브는 늘 휴식에 대한 자기만의 정의가 있었다.

당시에는 평화와 비슷한 분위기가 감돌았다. 나는 고등학교 2학년 때 대표팀 농구 선수였다. 제대로 말하면 대표팀 벤치에 앉아 있던 것이지만, 거기 앉아 내 미래의 자리를 따내는 게 행복했다. 나는 친구가 많았고, 메이브의 아파트를 포함하여 학교 수업을 마치면 갈 곳도 많았다. 굳이 집에 있는 걸 피하려고 한 건 아니었고, 내가 아는 다른 모든 열다섯 살짜리 소년처럼 집에 있을 이유가 별로 없었다. 앤드리아와 그녀의 딸들은 자기들만의 평행우주에 존재하면서 발레 수업을 듣거나 쇼핑을 하러 갔다. 그들의 궤도는 내 궤도에서 아주 멀리 떨어져나가, 나는 그들에 대한 생각은 거의 전혀 하지 않았다. 이따금 내가 공부하고 있을 때 메이브의 방에서 노마와 브라이트가 내는 소리가 들렸다. 그애들은 깔깔거리며 웃거나 머리빗을 가지고 싸우거나 계단을 오르락내리락하며 서로를 뒤쫓았지만, 그건 소리 이상은 아니었다. 메이브와 내가 친구를 집에 초대하지 않았던 것처럼 그애들도 그러지 않았다. 어쩌면 친구가 없었을 것이다. 나는 그애들을 한 단위로 생각했다. 두 명의 작은 소녀로 구성된 광고회사처럼 '노마와 브라이트'로. 그애들의 소리가 듣기 피곤해지면 나는 라디오를 켜고 문을 닫았다.

아버지 또한 궤도에서 멀리 떨어져나가, 나의 부재는 모두에게 편리한 것이 되었다. 그는 교외 지역이 호황을 이루기 시작했고 사업을 두 배로 확장시킬 계획이라 그렇다고 말했는데, 그것도 사실이겠지만, 그가 어울리지 않는 여자와 결혼을 해서라는 것 또한 꽤 분명해 보였다. 모두 자신의 자리를 지키고 살면 모두에게 더 쉬웠다. 더 쉽고 더 행복할 뿐만 아니라, 그 집에는 각자 생활해나갈 만큼의 충분한 공간이 있었다. 샌디는 앤드리아와 그녀의 딸들을 위해 식사실에 이른 저녁식사를 차려주었고, 조슬린은 내 몫의 음식을 따로 챙겨놓았다. 농구 연습을 하고 집에 돌아오면, 친구들과 이미 피자를 먹은 뒤라도 나는 그것을 먹었다. 가끔 아버지에게 샌드위치를 갖다주려고 어둠 속에서 자전거를 타고 사무실로 가면, 함께 샌드위치를 또 먹곤 했다. 그는 건축 렌더링이 그려진 큰 흰색 종이를 펼쳐놓고, 내게 미래가 어떤 모습일지 보여주었다. 젠킨타운에서 글렌사이드까지 지어지는 모든 상업용 건물의 공사장에 콘로이라는 이름이 적힌 커다란 나무 간판이 세워졌다. 한 달에 세 번, 토요일에 그는 어디든 내가 필요한 곳에 나를 보냈다—목재와 못을 갖다주라고, 새로 만든 방을 빗자루로 쓸라고. 기초공사를 위해 시멘트가 쏟아부어졌고, 집의 골조가 세워졌다. 나는 서까래 위를 걸어다니는 법도 익혔는데, 저 아래에선 상시 일하는 일꾼들, 즉 엘킨스파크에 있는 각자의 집으로 돌아가지 않는 남자들이 내게 야유를 보냈다. "거기서 떨어지지 않는 게 좋을걸, 대니 보이!" 그들이 외쳤다. 하지만 내가 그들처럼 이 판자에서 저 판자로 뛰어 건너는 법을 익히고 전기와 수도 배관에 대해 말하기 시작하자, 그들은 나를 내버려두었다. 그때쯤 나는 미터박스를 이용해 크라운 몰딩을 잘라낼 수 있게 되었다. 학교나 농구 코트에 있을 때보다, 더치 하우스에 있을 때보다, 나는 공사 현장에서 더 편안했다. 가능할 때마다 나는 학교를 마치면 일하러 갔는데, 돈 때문이 아니라—아버지는 내가 일한 시간의 극히 일부에 대해서만 품삯을 계산해줄 수 있다고 생각했다—그 냄새와 소리를 사랑했기 때문이다. 나는 건설중인 건물에서 한 부분을 담당한다는 게 정말 좋았다. 매달 첫번째 토요일에는 여전히 아버지와 집세를 걷으러 다녔지만, 이제 우리는 이 공사장에 시멘트 트럭을 부르는 날짜를 먼저 잡고 저 공사장에는 나중에 잡자는 이야기를 했다. 우리가 뭔가를 완성하려고 계획한 특정한 날에 트럭이나 일꾼, 시간이 여유로웠던 적은 결코 없었다. 우리는 어느 공사가 얼마나 뒤처졌고 또다른 공사는 과연 예정된 날짜에 시작될 것인지에 대해 이야기했다.

"네가 운전면허를 따는 날이 내 인생에서 가장 행복한 날이 될 것 같구나." 아버지가 말했다.

"운전하는 거 싫증나셨어요? 저한테 가르쳐주시면 되잖아요."

그가 팔꿈치를 열린 차창 밖으로 내민 채 고개를 가로저었다. "시간 낭비라서 그래. 그게 다야. 우리 둘이 같이 돌아다니는 것 말이다. 네가 열여섯 살이 되면 혼자 집세를 걷으러 다닐 수 있을 거다."

나는 나 자신이 그만큼 컸다는 사실에 기분좋게 놀라면서, 앞으로는 그런 식이 되리라고 생각했다. 한 달에 한 번 토요일에 아버지와 같이 차를 타고 다니는 게 더 좋았지만, 그러는 대신 나는 아버지의 신임을 얻게 될 것이었다. 그게 성장한다는 것의 의미였다.

결론적으로 나는 어느 것도 얻지 못했다. 내가 열다섯 살 때 아버지가 돌아가셨다.

이 말을 하기 좀 그렇지만, 나는 아버지가 돌아가셨을 때 아버지의 나이가 많다고 생각했다. 쉰세 살이었다. 그는 거의 완공된 사무실 건물의 꼭대기 층까지 다섯 층의 계단을 올라가던 중이었다. 도급업자가 물이 샌다고 해서 창문의 비막이와 코크를 점검하려고 올라간 것이었다. 9월 10일, 푹푹 찌는 더운 날씨였다. 건물에 전기가 들어오기까지 아직 한 달이 남아 있었는데, 그 말인즉 엘리베이터도 탈 수 없고 에어컨도 켤 수 없다는 말이었다. 계단통에 발전기로 켜는 전구가 매달려 있었는데, 그 때문에 내부는 더욱 더웠다. 공사 관리자였던 브레넌 씨는 기온이 섭씨 38도는 되었을 거라고 말했다. 아버지는 이층을 통과할 때 몸이 안 좋다고 말했고, 그 뒤론 아무 말이 없었다. 무릎 때문에 결코 빨리 움직이지 못했지만, 그날은 시간이 두 배는 더 걸렸다. 그는 정장 재킷을 입은 채 땀을 뻘뻘 흘리고 있었다. 목적지를 여섯 계단 남겨두고 한마디도 없이 주저앉아 먹은 것을 토했고, 앞으로 똑바로 쓰러졌다. 머리를 콘크리트 계단에 부딪혔고, 이어 길쭉한 몸이 쿵쿵 아래로 굴렀다. 브레넌 씨는 그를 붙잡을 수 없었지만, 최선을 다해 층계참에 눕혀놓은 뒤, 계단을 뛰어내려가고 길을 건너 약국으로 갔다. 그러고는 계산대 여자에게 구급차를 부르라고 말한 뒤 현장에서 일하는 중이던 남자 넷을 불러모아, 함께 계단을 통해 아버지를 아래로 옮겼다. 브레넌 씨는 전쟁을 경험한 사람이었는데도, 남자가 그렇게 하얘진 것은 결코 본 적이 없었다고 말했다.

　브레넌 씨가 구급차에 함께 탔고, 병원에 도착한 뒤 아버지 사무실에서 일하는 케네디 부인에게 전화했다. 케네디 부인은 메이브에게 전화했다. 내가 기하학 수업을 듣고 있는데, 어떤 아이가 나를 찾으러 와서 교사에게 접힌 종이를 건넸고, 교사는 그것을 혼자 읽은 뒤 내게 가방을 챙겨 교장실로 가라고 말했다. 그 누구도 다음 농구 시합에서 주전으로 뛰게 되었다는 소식을 전하러 기하학 수업이 한창일 때 들어와 가방을 챙기라고 말하지 않는다. 복도를 걸어갈 때 들었던 생각은 한 가지뿐이었고, 그건 메이브에 대한 것이었다. 나는 너무 겁이 나서 속이 울렁거렸고, 억지로 걸음을 옮기는 게 내가 할 수 있는 전부였다. 누나가 가진 인슐린이 다 떨어졌거나, 인슐린이 효과가 없었던 것이다. 너무 많거나, 충분하지 않거나, 어느 쪽이건 누나는 죽을 수 있었다. 그 순간까지 나는 내가 어디로 가건, 내 삶의 어느 순간에서건 그 두려움을 어느 정도 크기로 품고 있는지 결코 알지 못했었다. 나는 반에서 가장 키가 컸고, 농구와 공사장 일을 해서 근육도 발달되어 있었다. 교장실은 앞면이 유리로 되어 있고 로비 쪽으로 문이 나 있어, 메이브가 나를 등진 방향으로 서 있는 게 보였다. 땋아서 등뒤로 길게 늘어뜨린 누나의 머리칼은 알아보지 못할 수가 없었다. 그 순간 내 입에서 뭔가 소리가 새어나왔는데, 무릎을 타고 올라온 것 같은 높고 날카로운 소리였다. 메이브가 뒤돌아보았고, 모두가 뒤돌아보았지만, 그건 상관없었다. 나는 신에게 한 가지를 간청했고, 신은 그것을 들어준 것이다—누나는 죽지 않았다. 메이브는 울면서 나를 두 팔로 끌어안았고, 나는 심지어 누나에게 무슨 일인지 물어보지도 않았다. 나중에 누나는 내 얼굴에 떠오른 표정을 보고 내가 아는 줄 알았다고 말했지만, 나는 전혀 몰랐다. 우리가 차에 탔을 때까지 몰랐고, 누나는 우리가 지금 병원으로 가는 중이며 아버지가 돌아가셨다고 말했다.

우리는 지독한 실수를 저질렀지만, 지금도 나는 그게 정확히 누구의 실수였는지 잘 모르겠다. 브레넌 씨의 실수였나? 케네디 부인의 실수였나? 메이브의? 나 자신의? 케네디 부인은 우리보다 먼저 병원에 가서, 우리가 도착했을 때는 브레넌 씨와 함께 기다리고 있었다. 브레넌 씨가 무슨 일이 일어났는지 말해주었다. 자신은 심폐소생술을 하는 법을 몰랐다고 말했다. 그 시절에는 누구도 심폐소생술을 하는 법을 몰랐다. 그의 아내가 간호사여서 그에게 그 강의를 들으라고 말했지만, 그는 그러지 않았다. 그의 얼굴에 너무 고통스러운 표정이 떠올라, 메이브는 그를 안아주었고, 브레넌 씨는 메이브의 어깨에 기대 울었다.

응급실 한쪽에 있는 작은 방에 아버지를 안치해서, 우리는 영안실로 가지 않아도 되었다. 아버지는 일반적인 병원 침대에 눕혀져 있었는데, 타이와 재킷은 보이지 않았고 푸른 셔츠는 목 부분의 단추가 풀어져 있고 피가 묻어 있었다. 입이 벌어져 있었는데, 어떻게 해도 다물려지지 않을 것 같았다. 하얀 맨발이 시트 아래쪽에서 삐죽 튀어나와 있었다. 신발과 양말이 어디 있는지는 알 길이 없었다. 나는 지난날 언젠가 아버지와 함께 호수로 놀러갔던 마지막 여름 이후로 오랫동안 아버지의 발을 보지 못했다. 이마에 끔찍하게 찢어진 자리가 있었는데, 피는 묻어 있지 않고 조잡하게 반창고가 붙여져 있었다. 나는 그를 만지지 않았지만, 메이브는 몸을 숙여 반창고 바로 옆 그의 이마에 입을 맞추고 한번 더 입을 맞추었다. 누나의 땋은 긴 머리가 아버지의 목에 닿았다. 누나는 벌어진 입을 신경쓰지 않는 것 같았지만, 나는 무서웠다. 누나가 아버지에게 아주 다정해서, 나는 무심결에 그가 깨어나면 누나가 얼마나 잘해줬는지, 누나가 얼마나 그를 사랑하는지 말해줘야겠다고 생각했다. 혹은 내가 깨어나면 아버지에게 말해줄 것이다. 우리 중 하나는 잠을 자는 중인데, 나는 그게 어느 쪽인지 알 수 없었다.

간호사가 우리에게 그와 있을 시간을 너무 많이 주었고, 이어 의사가 들어오더니 어떻게 죽음에 이르게 되었는지에 대해 말해주었다. 심장발작이 아주 빠르게 일어났고, 그를 구하기 위해 할 수 있는 일은 아무것도 없었다고. "추락하기 전에 사망했을 가능성도 있습니다. 그 일이 여기 병원에서 일어났다고 하더라도……" 그가 말했다. "결과는 다르지 않았을 수 있다는 말입니다." 의사가 위로의 수단으로 거짓말을 할 수도 있다는 걸 내가 알기 전의 일이었다. 부검을 하지 않았으니 그가 해준 말은 그럴 수도 있다는 이야기 이상은 아니었겠지만, 우리는 의문 없이 그의 말에 매달렸다. 메이브는 서류를 받아 서명했고, 재킷과 타이를 넣은 봉지와, 지갑과 시계와 결혼반지가 든 황색 서류 봉투를 돌려받았다.

우리는 아주 어렸고, 아버지는 돌아가셨다. 오늘날까지 나는 우리에게 책임이 있었다고 생각하지 않는다. 우리가 부엌문을 통해 들어왔을 때 샌디와 조슬린이 거기 있었고, 우리는 그들에게 자초지종을 말했다. 그들이 울기 시작한 그 순간에 나는 우리가 무슨 짓을 했는지 깨달았다. 샌디가 나를 두 팔로 끌어안았고, 나는 몸을 비틀어 떨어져나왔다. 나는 앤드리아를 찾아야 했다. 내가 앤드리아를 찾아야 했고, 앤드리아가 거기 있는 우리를 발견해서는 안 되었다. 내가 그 생각을 하자마자 그녀가 부엌으로, 우리 네 사람이 만든 혼란과 우리의 집단적이고 배타적인 슬픔의 현장으로 들어왔다. 우리가 울고불고하는 소리를 들은 모양이었다. 조슬린이 돌아보고 자신의 고용주를 두 팔로 끌어안았다. 장담하건대, 그녀가 전에도 한 적 없고 앞으로도 하지 않을 행동이었다. "오, 스미스 부인." 조슬린은 그렇게만 말했다.

그 순간 앤드리아의 얼굴에 공포의 표정이 드리웠다—그 표정은 지난 시절 내내 내 기억 속에 남았다. 병원 침대에 누운 아버지가 더이상 떠오르지 않게 되고도 한참이 지나서까지 앤드리아의 얼굴에 떠오른 공포는 여전히 생생했다. 그녀가 우리에게서 한 걸음 뒤로 물러났다.

"내 딸들은 어디 있지?" 그녀가 조그맣게 말했다.

메이브는 아주 조금 고개를 가로저었는데, 그때쯤엔 당연히 누나도 상황을 알아차렸기 때문이다. "걔들은 괜찮아요." 누나의 목소리는 거의 입 밖으로 나오지도 않았다. "아빠예요. 우리는 아빠를 잃었어요."

부엌 식탁 위에는 아빠의 옷을 넣은 비닐봉지가 놓여 있었다. 우리에게 불리한 증거였다. 나중에 우리는 케네디 부인이 앤드리아에게도 전화했을 거라고 우리 자신에게 말했지만, 그렇게 생각할 만한 근거는 없었다. 진실은 우리가 이렇게 멀리 오는 동안 앤드리아를 한 번도 생각하지 않았다는 것이다. 우리의 잔인함이 중요한 사안이 되었다. 아버지의 죽음이 아니라, 우리가 그녀를 이 일에서 어떻게 배제했는지가.

우리가 그때 더 잘 처신했어도 결과는 같았을까? 브레넌 씨가 케네디 부인에게가 아니라 앤드리아에게 전화했다면(하지만 브레넌 씨는 앤드리아를 만난 적이 없었고, 케네디 부인과 이십 년을 함께 일했다), 케네디 부인이 메이브가 아니라 앤드리아에게 전화했다면(하지만 앤드리아는 아버지 직장에 전화할 때마다 번번이 케네디 부인에게 무례했고, "내 남편 바꿔줘요" 외에는 한마디도 하지 않았다. 케네디 부인은 앤드리아에게 전화할 생각이 아예 없었다. 장례식에서 케네디 부인이 내게 그렇게 말해주었다). 메이브가 오터슨 씨 회사에서 나와 학교로 나를 데리러 오는 대신 더치 하우스로 달려갔더라면, 혹은 우리가 학교에서 나와 앤드리아를 데리러 갔다가 셋이 같이 병원으로 갔다면, 지금 우리는 어디에 있을까?

"바로 여기." 메이브가 말했다. "우리가 그녀를 그렇게 만든 게 아니야."

하지만 나는 결코 자신 있게 말할 수 없었다.

앤드리아의 상처받은 마음은 푸른 리본이라는 훈장이 되었고, 그 바람에 아버지의 죽음 이후 그 캄캄하던 나날에 내가 느낀 감정은 내가 잃은 대상에 대한 슬픔이 아니라 내가 한 행동에 대한 수치심이었다. 노마와 브라이트는 엄숙해야 한다는 걸 상기하는 순간에는 늘 엄숙했지만, 그럼에도 아직 어렸다. 그애들에게 슬픔은 계속 붙잡고 있기 불가능한 감정이었다. 앤드리아는 아버지가 죽은 다음날 그애들을 학교에 보내지 않았지만, 그다음날이 되자 그애들이 다시 가게 해달라고 졸랐다. 집은 너무 슬펐다. 나도 학교로 돌아갔지만, 그 집에서 그녀와 함께 있고 싶지 않아서였다. 그녀는 프로테스탄트 묘지에 묫자리 두 곳을 사서, 언젠가 자신이 묻히기로 계획한 빈자리 옆에 그를 묻겠다는 계획을 분명히 밝혔다. 그러자 메이브가 브루어 신부에게 전화를 걸었다. 앤드리아와 신부는 서재로 들어가 문을 닫은 채 이십오 분 동안 나오지 않았고,

다시 나왔을 때 아버지의 권리는 회복되어 있었다. 앤드리아가 아버지를 가톨릭 묘지에 묻기로 합의한 것이다. 그녀는 그 일에 대해서도 우리에게 적대감을 품었다.

"그는 이제 완전히 혼자겠구나." 그녀는 복도에서 나를 지나칠 때 그렇게 말했다. 다짜고짜. "너희가 원하는 대로 됐어. 흠, 좋겠구나. 내가 가톨릭 신자들과 함께 영생을 보낼 일은 단연코 없을 테니까."

그들이 결혼한 다음날 나는 메이브와 아버지와 함께 미사를 드리러 갔다. 앤드리아는 식사실에 혼자 앉아 있었고, 나는 새로 계모가 된 그녀에게 다정하게 대하고자 딸들을 데리고 우리와 같이 미사에 가겠느냐고 물었다.

"그런 장소에선 내가 죽은 뒤에도 나를 못 볼걸." 그녀가 말했다. 그러고는 내게 우산을 가져가라고 일러주기라도 한 듯한 태도로 달걀 반숙 요리를 계속 먹었다.

"가톨릭 신자를 그렇게나 미워하는데 왜 가톨릭 신자와 결혼했는지 생각해봐야 해요." 우리가 차에 올라탈 때 메이브가 말했다.

그러자 아버지가 웃었다. 우리가 그에게서 거의 들어보지 못한 너털웃음이었다. "가톨릭 신자의 집을 원했던 모양이지." 그가 말했다.

메이브의 추측과는 반대로, 나는 어렸을 때는 어머니를 거의 생각하지 않았다. 어머니를 몰랐고, 내가 기억하지 못하는 사람이나 시간을 그리워하는 건 힘들었다. 어머니가 내게 남겨준 식구—요리사, 가사도우미, 나를 애지중지 보살피는 누나, 서먹한 아버지—모두 나를 위해 좋은 쪽으로 잘해주었다. 따로 챙겨둔 몇 장

의 어머니 사진을 봐도, 키가 크고 마르고 턱선이 날카롭고 머리칼
이 짙은 색인 모습이 메이브와 너무 많이 닮아서, 내가 뭔가를 잃
었다는 생각은 들지 않았다. 하지만 아버지의 장례식 날, 나는 오
로지 어머니만 생각했고, 한 번도 상상해본 적 없는 아픔과 함께
어머니의 위로를 갈망했다.

집에는 꽃이 넘쳐났다. 앤드리아는 꽃이 충분할 거라고 예상하
지 못해서 꽃다발 수십 개를 주문해놓았다. 그녀가 영리했다면 카
드를 위조할 생각까지 했을 것이다. 앤드리아는 지역사회에서 우
리 아버지의 지위를 결코 이해하지 못했다. 성당 사람들이나 공사
장에서 일한 사람들, 그의 회사나 은행 사람들 등 곳곳에서 꽃이
쏟아져 들어왔다. 경찰, 레스토랑 주인, 교사, 지난 세월 동안 아버
지가 묵묵히 호의를 베풀었던 사람들이 꽃을 보내왔다. 그중에는
집세를 매달 꼬박꼬박 낸 세입자도 있었고, 경기 침체기에 그가 봐
준 사람들도 있었다. 대체로 내가 아는 사람들이었지만, 내 활동
시기보다 훨씬 전의 사람들, 다른 곳으로 이사를 갔거나 집을 사서
나간 사람들도 꽃을 보내왔다. 내가 장부에서 본 기억이 있는 이름
도 더러 있었다. 꽃은 모든 테이블과 피아노 위에 계속 쌓여갔다.
꽃은 빌려온 받침기둥 위에 조심히 올려졌고, 철제 이젤 옆에 세워
졌다. 집은 전혀 어울리지 않는 꽃들이 짝을 이루고 심지어 갑자기
키가 쑥 자란 정원이 되었다. 유리잔을 내려놓을 곳도 없었다. 앤
드리아는 장례식을 위해 이매큘리트 컨셉션 교회에 보냈던 화환
을, 우리가 무덤가에서 건장한 남자들이 밧줄로 고정한 관을 땅속
으로 내려놓는 것을 지켜보는 동안 다시 거두어 집에 가져다놓아
야 한다고 고집했다. 집으로 돌아오니, 앞쪽 계단에 꽃다발이 줄지

어 놓여 있고 문이 활짝 열려 있었다. 앤드리아는 이런 날에도 그 집을 보고 그녀처럼 얼이 빠질 사람들이 있다는 것을 잊고서 부고에 이렇게 써놓았다. 집에서 리셉션이 있습니다. 샌디와 조슬린은 부엌에서 핑거 샌드위치를 만들었고, 고용된 여자들이 검은 원피스를 입고 하얀 앞치마를 두른 채 그것을 들고 돌아다녔다. 샌디와 조슬린은 일에서 면제되지 않아 장례식에 가지 못한 것도 속상했고, 응접실에서 유리잔에 음료를 채워주기에 충분한 외모로 여겨지지 않는 것도 속상했다. "잔에 와인을 따라주려면 나보다 더 예뻐야 하나봐." 샌디가 말했다. 메이브는 부엌으로 가서 그들과 같이 있었고, 누나가 가장 좋은 감청색 원피스를 입고 허리께에 행주를 둘러맨 채 부드러운 식빵에 크림치즈를 바르고 있는 동안, 나는 응접실에서 앤드리아와 딸들을 보살폈다. 나는 대체로 노마와 브라이트가 나를 졸졸 쫓아다니는 것에 인내심이 별로 없었지만, 그날은 그들을 내버려두었다. 나보고 어떤 남자가 되라고 말해줄 아버지는 더이상 없었지만, 그가 내게 어떤 남자를 기대했을지는 알고 있었다. 그애들이 꽃잎을 손으로 어루만지고, 장미 꽃다발에 얼굴을 깊숙이 박고 향기를 들이마셨다. 각자 좋아하는 꽃다발을 정하려고 그러는 것이었는데, 그애들의 어머니가 꽃병 하나씩을 그들의 침실로, 즉 메이브의 방으로 가지고 올라가도 좋다고 말했기 때문이다.

"오빠는 어떤 걸 갖고 싶어?" 노마가 물었다. 노마는 앞쪽에 스모킹* 장식이 된 검은 면 원피스를 입고 있었다. 노마는 열두 살,

---

* 천에 잔주름을 잡고 장식 스티치를 하여 무늬를 만드는 유럽풍 자수.

브라이트는 열 살이었다. "엄마가 틀림없이 오빠도 하나 갖게 해줄 거야."

나는 게임을 하는 기분으로 해저에서 자랐을 것 같은 오묘한 오렌지색 꽃이 담긴 작은 꽃병을 골랐다. 그게 무슨 꽃인지 몰랐지만, 온통 끔찍한 하얀색 천지인 그날에 홀로 오렌지색이라는 점을 높이 평가했다.

내가 그때 앤드리아를 얼마나 걱정했는지 떠올리면 재미있다. 그녀는 나흘 내내 울었다. 장례식 때도 한순간도 쉬지 않고 울었다. 아버지의 죽음 이후 그 짧은 시간 동안 심지어 몸의 크기가 더 줄었고, 푸른 눈은 울어서 퉁퉁 부었다. 아버지와 함께 일하던 사람들이 그녀에게로 가서 그녀의 손을 잡고 조용한 목소리로 조의를 표하고 또 표했다. 집에 한 번도 초대받지 못했던 이웃들이 곳곳에 보였다. 나는 그들을 알아보았고, 그들은 내게 따뜻한 말을 건네면서도, 예의에 어긋나지 않는 선에서 그들이 들어와 있는 공간의 인테리어를 가능한 한 많이 구경하려고 했다. 나는 고개를 숙이며 위로의 말을 건네는 조용한 스웨덴 사람을 만났다. 그는 누나에게 자기가 왔다는 말을 전해달라고 했다. 그 사람은 오터슨 씨인 것으로 밝혀졌다. 내가 기다리라고, 메이브를 찾아 데려오겠다고 하자, 그는 단호히 그러지 말라고 했다. "그녀를 방해해서는 안 됩니다." 그는 누나가 부엌에서 샌드위치를 쟁반에 담고 있는 게 아니라 삼층에 올라가 울고 있기라도 한 것처럼 말했다. 브루어 신부는 제대봉사회에서 나온 두 여자에게 붙들려 집을 떠나지 못하고 아직 포치에 있었다. 나는 그에게 차를 내가는 메이브를 발견하고 오터슨 씨가 누나를 만나러 왔다고 말했다. 그와 이야기를 나눈 지일 분도 되지 않았는데, 우리가 찾으려고 했을 때 그는 이미 어디에도 보이지 않았다.

사람들이 모여 있는 곳 어디를 가도 나를 툭툭 쳐주거나 포옹하는 손길이 있었다. 그날 하루 전체가 흔히 꿈같았다고 말하는 꼭 그런 느낌으로 꿈같았다. 내 가족은 어떻게 내게서 멀어져갔는가? 나는 부모 중 한 사람만 있어도 아주 잘 지내왔지만, 이제 한 사람만으로는 미래를 위한 보험이 될 수 없다는 것을 깨달았다. 메이브는 곧 대학원에 갈 것이고, 나는 앤드리아와 그 딸들과 함께, 그리고 샌디와 조슬린과 함께 살아가게 되겠지? 이 집에서 이제 나는 여자들하고만 마주치며 살아가게 되는 건가? 그건 옳지 않았다. 아버지가 그걸 바랐을 것 같지는 않았다. 그와 나, 나는 그렇게 혼잣말을 시작했지만, 문장은 더 이어지지 않았다. 내 지난 삶에 대해 말하려던 게 정확히 그것이었다. 그와 나.

꽃들이 서로 경쟁하며 뿜어내는 향기가 북적거리는 실내를 휘덮기 시작했고, 나는 브루어 신부가 숨을 쉬려고 밖에 나가 있는 게 아닌지 궁금해지기 시작했다. 멀리서 농구 코치 마틴이 대표팀 선수를 다 데리고 현관으로 들어오는 것이 보였다. 한 명도 빠짐없이. 그들이 장례식에는 왔어도 리셉션에 나타나리라곤 생각지 못했었다. 그들은 전에는 우리집에 와본 적이 없었다. 나는 메이드 유니폼을 입은 여자가 들고 있는 쟁반에서 와인잔을 하나 집었고, 여자가 나를 보지 않을 때 욕실로 가져가 잔을 비웠다.

더치 하우스는 참을 수 없는 곳이었다. 전에는 그런 생각을 해본 적이 없었다. 메이브가 어머니는 여기를 싫어했다고 말했을 때, 나는 심지어 누나가 무슨 말을 하는지도 이해할 수 없었다. 화장실

벽의 패널은 호두나무 목재에 제비가 양각된 것인데, 꽃이 핀 식물을 통과해 초승달을 향해 날아오르는 모양이었다. 1920년대 초반에 이탈리아에서 세공되고 궤짝에 담겨 이곳으로 운송되어 반후베이크 저택의 아래층 화장실에 사용되었다. 누군가의 인생에서 얼마나 많은 해가 다른 나라에 있는 집의 벽을 세공하는 데 쓰인 것일까? 나는 손을 위로 뻗어 제비에 손가락을 대고 윤곽선을 따라 움직였다. 어머니가 말한 게 이런 의미였나? 나는 집 전체가 내가 평생 끌고 다녀야 하는, 내 위에 눌러앉은 조가비처럼 느껴졌다. 물론 그렇게 되지는 않았지만, 아버지의 장례식 날 나는 미래가 보인다고 생각했다.

미래에 대해서라면, 첫 탄환이 빠르게 발사되었다. 다음날 메이브가 집으로 와서 앤드리아에게 오터슨 씨 회사를 그만두고 콘로이에서 일하겠다고 말했다. 앤드리아가 사업에는 전혀 관심이 없고 아버지가 뭘 하는지도 완전히 이해하지 못했을 가능성이 크다는 건 말할 필요가 없었다. 그녀는 아무리 최선을 다해도 회사를 경영할 만큼 유능하지 않았고, 더욱이 슬픔에 빠져 있는 지금이라면 최선과는 거리가 멀었다.

"모든 공사를 일정대로 마칠 수 있어요." 메이브가 말했다. "월급이나 세금도 제가 처리하면 되고요. 우리가 회사를 어떻게 할지 결정할 때까지 당분간 그렇게 해요." 우리 모두 응접실에 앉아 있었다. 브라이트는 메이브의 무릎을 베고 누워 있었고, 메이브는 손가락으로 브라이트의 엉킨 노란 머리칼을 빗어주고 있었다. 노마는 소파 위 메이브 옆에 앉아 있었다.

"아니." 앤드리아가 말했다.

처음에 메이브는 자신의 능력을 앤드리아가 의심한다고 생각했다. 아니면 회사에 최선이 무엇인지, 하물며 메이브에게 최선이 무엇인지 고민하는 거라고. "제가 할 수 있어요." 누나가 말했다. "대학에 가기 전에 여름마다 회사에서 일하곤 했었어요. 회계 장부에 대해서도 알고요. 거기서 일하는 사람들도 알아요. 지금 오터슨 씨 회사에서 하는 일과 크게 다르지 않아요."

우리는 기다렸다. 브라이트조차 뒤따르는 설명을 들으려고 고개를 들었지만, 더는 없었다.

"다른 계획이 있어요?" 메이브가 마침내 물었다.

앤드리아가 천천히 고개를 끄덕였다. "노마, 샌디한테 가서 커피 좀 가져오라고 해."

노마는 긴장된 분위기와 지루한 대화에서 몹시 벗어나고 싶었는지 벌떡 일어서더니 사라졌다.

"뛰지 마!" 앤드리아가 노마의 등에 대고 소리쳤다.

"제가 회사를 인수하겠다는 게 아니라요." 메이브가 자신이 지나친 욕심을 부린 것으로 비쳤을 수도 있다는 듯 그렇게 말했다. "당분간 그렇게 하자는 거예요."

"네 어머니라면 네 머리칼을 짧게 자르게 했을 거야." 앤드리아가 말했다.

"네?"

"네 아버지한테 백번은 말했을 거다. 너더러 머리칼을 짧게 자르라고 하라고. 하지만 그는 그러지 않았어. 신경을 안 썼지. 나는 늘 직접 말해주고 싶었다. 너를 위해서—흉측하다고. 하지만 그가 그러지 못하게 했지. 늘 네 머리칼이니 네 마음이라고 말했어."

브라이트가 눈을 깜박이며 누나를 올려다보았다.

그 말이 너무 이상해서, 그냥 가볍게 무시하고 슬픔이나 충격이나 뭐 그런 것 때문이라고 치부해버릴 수 있었다. 앤드리아가 메이브의 머리칼을 정말로 신경썼을 리 없었다. 장례식 때 받은 화환이 어디에나 있었다. 나는 그 꽃이 모두 시들었을 때 얼마나 곤란해질지 계속 생각했다. 나는 우리 대화가 뭔가 더 작은 것에서 시작했어야 하지 않았나 생각했다—때가 되면 꽃병을 비운다거나 감사 카드를 쓰겠다는 제안 같은 것부터. "집세는 토요일에 제가 걷으면 돼요." 우리를 이성의 땅에 되돌려놓기를 바라며 내가 말했다. "메이브가 저를 태우고 다니면 되고요. 길은 제가 알아요."

"그럴 필요 없어."

이 말은 내가 전혀 이해하지 못했다. "제가 늘 집세를 걷었어요."

"네 아버지가 늘 집세를 걷었지." 앤드리아가 말했다. "너는 그 차를 탔고."

침묵이 방안을 덮쳤고, 누구도 그 아래에서 어떻게 빠져나올지 알지 못했다. 반후베이크 부부의 눈빛이 내 두개골을 뚫는 것 같았다. 늘 그렇게 느껴졌다.

"저희가 말씀드리려는 건, 도움이 되고 싶다는 거예요." 메이브가 말했다.

"그 마음은 안다." 앤드리아가 말했고, 이어 누나의 무릎을 베고 누운 딸을 향해 머리를 옆으로 갸웃한 채 미소를 지었다. "너도 메이브가 그 마음인 건 알지." 그녀가 다시 우리를 올려다보았다. "커피 한 잔 가져오는 게 이렇게 시간이 오래 걸리는 일인지 모르겠구나. 부엌에 커피가 한 주전자 있을 텐데. 그게 자기들 커피인 줄 아는 모양이지." 앤드리아는 더이상 못 참겠다는 제스처로 두 손바닥을 허벅지에 탁탁 치더니 자리에서 일어섰다. "내가 직접 가 져와야 할 모양이로구나. 그들이 뭐라고 할지 알 거다, 안 그러니? '일이 자기 뜻대로 되길 원하면.*'"

우리는 그녀가 자리를 뜬 뒤로 한동안 기다렸다. 메이브와 브라 이트와 나. 그리고 이층으로 올라가는 발소리가 들렸다. 그녀가 커 피를 들고 부엌 계단을 통해 올라가버린 것이다. 면담은 끝났다.

아버지가 돌아가시고 그 짧은 두 주 동안, 나는 아버지를 잃은 것과 세상 속에서 내 자리를 차지할 시점이 뒤로 미뤄진 것 같다는 그 두 가지 사실을 슬퍼했다. 선택의 여지가 있었다면 나는 열다섯 살에 고등학교를 그만두고 메이브와 함께 콘로이 회사를 경영했을 것이다. 사업은 내가 원하는 것, 내가 기대하는 것, 아버지가 나를 위해 계획한 것이었다. 내가 준비되기 전에 그 순간이 온 거라면, 내가 더 빨리 준비하면 된다. 나는 내가 모든 것을 처리할 방법을 다 안다는 생각은 전혀 하지 않았지만, 나를 도와줄 수 있는 사람 은 모두 알고 있었다. 그 사람들은 나를 좋아했다. 그들은 내가 일 하는 걸 수년째 지켜보고 있었다.

내 문제의 나머지 부분은 슬픔과 불편함이 융합되어 서로 떼어 놓을 수 없다는 것이었다. 앤드리아는 나를 피했지만, 그 딸들은 나와 가까이 있으려 했다. 노마나 브라이트는 거의 날마다 밤에 내 방에 들어와 나를 깨우고 꿈 이야기를 늘어놓았다. 혹은 나를 깨우

---

* 영어에 '일이 자기 뜻대로 되길 원하면 직접 하라'는 상용 표현이 있는데, 여기서 는 뒷말이 생략되었다.

지는 않았지만, 아침에 일어나보면 그애들 중 한 명이 내 방 카우치에 누워 자고 있었다. 나는 아버지가 그애들 중 누구에게 한마디라도 하는 것을 본 적이 없지만, 내가 아버지를 잃은 것처럼 그애들도 아버지를 잃은 것이었다.

그러던 어느 오후 학교에서 돌아온 나는 샌디와 조슬린에게 인사를 하고 부엌에서 햄 샌드위치를 만들어 먹었다. 이십 분 뒤 메이브가 뒷문으로 날아 들어왔다. 누나는 오터슨 씨 회사에서 더치하우스까지 쉬지 않고 달린 것처럼 얼굴이 붉어져 있었다. 나는 뭔가를 읽고 있었는데, 뭔지는 기억나지 않는다.

"뭐야? 지금 일하는 시간 아니야?" 대부분의 날에 메이브는 여섯시 전에는 퇴근하지 않았다.

"너 괜찮니?"

나는 내 셔츠에 피라도 묻었는가 싶어 아래를 내려다보았다. "내가 안 괜찮을 이유가 뭐 있어?"

"앤드리아가 내게 전화했어. 와서 너를 데려가라고. 나보고 당장 오라던데."

"무슨 일로 나를 데려가?"

누나는 소매로 이마를 훔치고, 손가방 위에 열쇠를 얹었다. 샌디와 조슬린이 어디 가 있었는지 모르겠지만, 그 순간에 부엌에는 메이브와 나뿐이었다.

"앤드리아 때문에 간 떨어질 뻔했네. 나는……"

"나는 괜찮아."

"내가 무슨 일인지 알아볼게." 누나가 말했다. 나도 내가 어째서 어디론가 가야 할 사람이 된 것인지 알아보려고 일어서서 누나를 뒤따랐다.

우리는 현관으로 가서 주위를 둘러보았다. 집에 돌아온 뒤로 나는 여자애들을 보지 못했는데, 그건 특별한 일이 아니었다. 그애들은 언제나 이런저런 것을 연습하고 있었다. 메이브가 앤드리아의 이름을 불렀다.

"응접실에 있다." 앤드리아가 말했다. "소리지를 필요 없어."

앤드리아는 벽난로 앞, 반후베이크 부부를 그린 대형 초상화 두 점 바로 아래 서 있었다. 수년 전에 우리가 그녀를 처음 봤을 때처럼.

"일하다 왔어요." 메이브가 말했다.

"네가 대니를 데려가야겠다." 앤드리아는 메이브만 쳐다보았다.

"어디로 데려가요?"

"네 집이나, 친구 집이나." 앤드리아가 고개를 가로저었다. "그건 네 마음이지."

"무슨 일이 있는 건가요?" 그 말은 메이브가 했지만, 질문은 우리 둘의 것이었다.

"무슨 일이 있냐고?" 앤드리아가 같은 말을 반복했다. "음, 보자. 너희 아버지가 돌아가셨지. 거기서부터 시작할 수 있겠구나."

앤드리아는 아주 멋있어 보였다. 머리칼은 위로 틀어올렸다. 내 기억에는 없는 빨간색과 하얀색의 격자무늬 원피스를 입었고, 빨간 립스틱도 바른 모습이었다. 나는 그녀가 파티나 오찬에 가려고 하는 건지 궁금했다. 우리 때문에 그렇게 차려입었다는 걸 나는 깨닫지 못하고 있었다.

"앤드리아?" 메이브가 말했다.

"이애는 내 아들이 아니다." 그녀가 말했고, 바로 그 지점에서

122

그녀의 목소리가 갈라졌다. "내가 이애를 키울 거라고 기대해선 안 되지. 이애는 내 책임이 아니야. 너희 아버지는 내가 자기 아들까 지 키워야 한다고는 결코 말한 적이 없어."

"아무도 그러라고 하지⋯⋯" 내가 말을 시작했지만, 그녀가 손 을 들어 막았다.

"여긴 내 집이야." 그녀가 말했다. "나는 내 집에서 안전하다고 느낄 권리가 있어. 너희는 내게 아주 못되게 굴었어. 너희 둘 다. 나를 한 번도 좋아한 적이 없었지. 나를 편들어준 적도 한 번도 없 었고. 네 아버지가 살아 계실 때는 그 사실을 받아들이는 게 내 의 무였겠지만⋯⋯"

"여기가 아줌마 집이라고요?" 메이브가 물었다.

"네 아버지가 돌아가셨을 때, 그때 너희는 본성을 드러냈어. 너 희 둘 다. 그는 이 집을 내게 남겼다. 내가 이 집을 갖길 원했어. 내 가 여기서 행복하길 바랐어. 내 딸들과 함께. 네가 이 아이를 데려 가야겠다. 이층으로 올라가서 이애의 짐을 챙겨 떠나라. 이건 내게 도 쉬운 일이 아니야."

"여기가 어째서 아줌마 집이에요?" 메이브가 물었다.

나는 우리가 거의 그녀의 눈동자에 반사된 것처럼, 우리 둘의 모 습을 볼 수 있었다. 그녀와 비교하면 우리는 키가 우스꽝스러우리 만큼 컸고, 어렸으며, 농구와 공사장 일로 다져져 강인했다. 메이 브가 장담한 대로, 내 키는 오래전에 메이브를 넘어섰다. 나는 여 전히 농구 연습을 하다 온 차림새로, 티셔츠에 웜업 바지를 입고 있었다.

"변호사하고 말해보려무나." 앤드리아가 말했다. "하지만 모든 부분을 훑어봤어. 꼼꼼히. 변호사가 모든 서류를 갖고 있어. 원한다면 그와 이야기를 해봐. 하지만 지금은 나가줘야겠다."

"애들은 어디 있어요?" 메이브가 말했다.

"내 딸들에 대해선 너희가 알 것 없다." 그녀의 얼굴은 우리를 미워하는 에너지로, 자신의 인생에 일어난 모든 나쁜 일은 우리 잘못이라고 자신을 설득하는 에너지로 이글거리고 있었다.

나는 그 시점에도 여전히 무슨 일이 일어나고 있는지 제대로 파악하지 못한 상태였는데, 앤드리아의 태도가 그보다 더 분명할 수 없었던 걸 생각하면 그건 좀 바보 같았다. 한편 메이브는 상황을 정확히 이해했고, 불길을 맞이하는 잔 다르크처럼 결연하게 일어섰다. "걔들이 아줌마를 미워할 거예요." 누나가 건조한 목소리로 말했다. "오늘밤 당신은 걔들이 저녁식사와 함께 삼킬 거짓말을 만들겠지만, 오래가지 않을 거예요. 걔들은 똑똑하니까요. 걔들은 우리가 자기들을 그냥 두고 가지 않으리란 걸 알아요. 무슨 일인지 알아보기 시작하면, 걔들은 당신이 어떤 짓을 했는지 알아낼 거예요. 우리에게선 아니더라도, 이 일에 대해 듣게 될 테니까요. 다들 알게 될 거예요. 당신의 딸들이 우리보다 당신을 더 미워할 거예요. 우리가 당신이 누군지 잊은 뒤에도 걔들은 당신을 미워할 거예요."

그 순간에도 나는 내가 뭔가 방법을 찾아낼 수 있을 거라고, 미래의 언젠가 내가 앤드리아와 이야기를 나눠보면 앤드리아는 우리가 자신의 적이 아님을 알게 될지도 모른다고 생각했다. 하지만 메이브가 그 문을 닫고 못을 쳐버렸다. 누나는 앤드리아의 미래를 예견하려는 게 아니었으나─그러고 있는 것은 앤드리아 자신이었다─메이브가 말한 내용은 그 방식으로 보아 저주로 들렸다.

메이브와 나는 내 방으로 올라가 하나뿐인 가방에 옷을 챙겨넣었고 메이브가 종이봉지를 가지러 부엌으로 내려갔다가 샌디와 조슬린과 함께 올라왔다. 두 사람 다 울고 있었다.

"아줌마." 내가 말했다. "아줌마, 그러지 마요. 우리가 방법을 알아볼게요." 이 순간을 어떻게든 부드럽게 만들어보려고 그렇게 말한 것은 아니었고, 메이브와 내가 더치 하우스의 적법한 상속자라는 사실이 밝혀지면 침입자를 타도할 수 있으리란 뜻이었다. 나는 몬테크리스토 백작이었다. 어떻게든 집으로 돌아오고야 말겠다는 의지가 가득했다.

"이건 악몽이야." 조슬린이 고개를 가로저으며 말했다. "너희 아버지가 불쌍하다."

샌디가 서랍을 하나씩 각각의 종이봉지 안에 비우고 있을 때, 앤드리아가 우리가 뭘 가져가는지 지켜보려고 나타나 문 입구에 섰다. "딸들이 집으로 돌아오기 전에 떠나줘야겠다."

조슬린은 손목으로 눈가를 훔쳤다. "식사 준비를 마쳐야겠어요."

"식사 준비를 마칠 것 없어요." 그녀가 말했다. "모두 가요. 네 사람 모두. 이런 일에는 늘 함께였잖아요. 스파이를 남기고 싶진 않아요."

"오, 맙소사." 메이브가 이 모든 일이 벌어지고 있는 와중에 처음으로 목소리를 높였다. "당신이 이분들을 해고할 순 없어요. 도대체 이분들이 당신한테 뭘 어쨌길래요?"

"한 세트니까." 앤드리아는 자신이 뭔가 재미있는 말을 했다는 듯 빙긋 웃었다. 애초에 그녀에게는 샌디와 조슬린을 해고할 의도가 없었다. 그 순간까지는 그 생각이 떠오르지 않았다가, 그 말을 내뱉자 그게 옳다고 느껴진 게 분명했다. "세트를 분리할 순 없지."

"앤드리아." 내가 말했다. 그리고 이유는 모르지만, 한 걸음 그 녀에게 다가갔다. 나는 어떻게든 그녀를 멈추게 하고, 원래 모습으로 돌려놓고 싶었다. 그녀는 내가 좋아하는 사람은 결코 될 수 없었지만, 이만큼 나쁜 사람은 아니었다.

그녀가 한 걸음 뒤로 물러섰다.

"우리가 뭘 어떻게 했는지 말해줄게." 조슬린이 앤드리아가 거기 없는 것처럼 말했다. "우리는 너희 어머니를 아는 사람이야. 그게 문제인 거지. 너희 어머니가 우리를 고용했어. 처음에는 샌디를, 다음엔 나를. 샌디가 너희 어머니에게 일자리가 필요한 언니가 있다고 했더니, 엘나가 내일 언니를 데려와요, 그런 거였어. 너희 어머니는 그런 분이셨어. 모두를 반겨줬어. 사람들이 이 집에 종일 찾아왔고, 그러면 그분은 음식을 주고 일거리를 줬어. 그분은 우리를 사랑했고, 우리는 그분을 사랑했어. 이 사람이 그걸 알고 있지." 조슬린이 자기 뒤에 선 여자를 두고 하는 말이라는 표시로 머리를 뒤로 조금 홱 젖혔다.

앤드리아가 믿지 못하겠다는 듯 눈을 둥그렇게 떴다. "그 여잔 자기 자식들을 버리고 떠났어! 남편을 버렸고 자식들을 버렸어. 여기 서서 당신 말을 더 듣지 않겠어……"

"너희 어머니보다 더 친절한 여자는 단연코 없었어." 조슬린은 여기서 말하고 있는 사람은 자기 말고 없다는 듯 계속 말을 이었다. 그리고 내 스웨터를 집어올려 입구가 벌어진 봉지 안에 툭 떨어뜨렸다. "정말 아름다운 분이셨지, 내면에서부터. 그분을 만난 모든 사람이 그걸 알아봤고, 모두 그분을 사랑했어. 그분은 섬기는 사람이었다. 내 말뜻 알겠니?" 조슬린이 나를 똑바로 보고 있었다. "예수님이 우리에게 말씀하신 것처럼. 이 모든 게 자기 것이었는데도 그런 생각은 조금도 하지 않았어. 그분이 알고 싶은 건 그저 자신이 누군가를 위해 할 수 있는 게 뭔지, 어떻게 도움이 될지였어."

샌디와 조슬린은 어머니 이야기를 한 적이 전혀 없었다. 한 번도. 정확히 이런 상황에 터뜨리려고 폭탄을 아껴둔 것이다. 앤드리아가 마음을 진정시키려고 문틀을 손으로 짚었다. "마저 꾸려라." 그녀가 목소리를 키우지 않고 말했다. "나는 아래층에 있을 거다."

조슬린이 앤드리아를 쳐다보았다. 한때는 그 여자를 위해 일했다. "당신이 이 집에 들어온 뒤로 우리는 하루도 빼놓지 않고 서로 이렇게 말했죠. '콘로이 씨는 도대체 무슨 생각인 거지?'"

"조슬린." 그녀의 동생이 말했다. 그 한마디만, 경고의 의미로.

하지만 조슬린은 고개를 가로저었다. "이미 들었어."

앤드리아의 입이 약간 벌어졌지만 더이상 말은 없었다. 우리는 그녀의 자제력이 사라지려는 것을 볼 수 있었다. 그녀는 타격을 받은 채 우리가 짐을 마저 싸게 두고 그 자리를 떠났다.

나는 그날 그 시간에 무슨 생각을 하고 있었던가? 내 삶의 거의 모든 밤 내가 잠들었던 그 방을 생각하고 있지는 않았다. 메이브의 말로는 지금 카우치가 있는 구석자리에 내가 쓰던 아기용 침대가 있었고, 처음에는 어머니에게 휴식할 시간을 주려고 플러피가 그 방에서 나하고 같이 잠을 잤다고 했다. 나는 방안을 가득 채우던 빛이나 폭풍이 칠 때 창문을 쓸던 오크나무에 대한 생각을 하고 있지도 않았다. 내 오크나무. 내 창문. 나는 가능한 한 빨리 그곳에서 빠져나와 앤드리아에게서 한시바삐 멀어지는 것만 생각하고 있었다.

우리 넷은 각자 쓰레기봉지를 하나씩 들고 넓은 계단을 내려와 메이브의 차에 실었다. 우리가 걸음을 옮겨 집과 멀어져서 쳐다보니 집은 웅장했다. 삼층 건물의 높은 창문들이 앞쪽 잔디밭을 내려다보고 있었다. 옅은 노란색 치장 벽토는 거의 하얀색이 되었는데, 늦은 오후의 구름과 같은 색깔이었다. 앤드리아가 샴페인 색깔의 드레스를 입은 채 어깨 너머로 부케를 던진 넓은 베란다는 그로부터 사 년 뒤 남편과 사별하고 혼자가 된 그녀에게 사람들이 줄을 서서 추모의 말을 건네는 곳이 되었다. 나는 자전거를 들어올려 차 뒤쪽 봉지들 위에 쑤셔넣었는데, 단지 내가 그걸 거기 잔디밭에 눕혀놓은 바람에 발이 걸려 거의 넘어질 뻔했기 때문이다. 앤드리아는 늘 아버지에게 나보고 자전거를 세워놓으라는 말을 하게 했다. 그녀는 그 이야기를 우리 둘이 함께 있는 자리에서 했다. "시릴, 대니에게 당신이 준 물건을 간수 좀 잘하라고 가르칠 수 없어요?"

우리는 샌디와 조슬린에게 작별의 키스를 했다. 그리고 상황이 해결되면 다시 함께 있자고 약속했지만, 누구도 우리가 더치 하우스에서 영원히 쫓겨나게 될 줄은 몰랐다. 우리가 차에 올라탔을 때 메이브의 손이 떨리고 있었다. 누나는 앞좌석에 손가방의 내용물을 엎었고, 소지품을 넣어두는 밝은 노란색 상자를 열었다. 혈당을 확인해야 했다. "여길 빠져나가야겠어." 누나가 말했다. 누나는 땀을 흘리기 시작했다.

나는 내려서 차의 반대쪽으로 걸어갔다. 중요한 건 오로지 메이브였다. 샌디와 조슬린은 이미 샌디의 차에 타 자리를 뜬 뒤였다. 우리를 보는 사람은 없었다. 나는 메이브에게 저쪽으로 옮겨 앉으라고 말했다. 메이브가 주사를 놓을 준비를 하고 있었다. 누나는 내게 운전하는 법을 모르지 않냐고 말하지 않았다. 누나는 내가 적어도 젠킨타운까지 갈 수 있다는 것을 알고 있었다.

뭘 가져오고 뭘 두고 왔는지에 있어, 우리가 얼마나 멍청했는지는 이루 말할 수 없다. 우리는 옷과 신발을 챙겼지만, 내가 커버려서 여섯 달 만에 그 옷은 입을 수 없게 되었고, 어머니가 자신의 옷가지를 이어붙여 만들어준 이불은 내 침대 발치에 두고 왔다. 책상에서 책은 가져왔지만, 압착유리로 만든 버터 접시는 부엌에 두고 왔다. 우리가 아는 한, 그건 어머니가 살던 브루클린 아파트에서 그 집까지 따라온 유일한 물건이었다. 아버지의 유품은 하나도 가져오지 않았고, 가져왔어야 한다고 뒤늦게 생각한 물건이 백 가지는 되었다. 그가 늘 차고 다니던 시계가 지갑과 반지와 함께 봉투에 담겨 있었다. 병원에서 집으로 오는 내내 손에 들고 있다가 앤드리아에게 주었다.

메이브의 물건 대부분은 노마가 누나의 방을 차지했을 때 정리해 박스에 넣어두었고, 메이브가 대학을 졸업한 뒤 많은 박스가 이미 누나의 아파트로 옮겨가 있었다. 앤드리아가 메이브는 이제 어른이니 자기 물건의 관리자가 되어야 한다고(앤드리아가 직접 한 말이다) 말했기 때문이다. 하지만 지난여름에 좀이 슬어서 누나의 좋은 겨울 코트를 삼나무 옷방에 다시 옮겨놓았고, 그것 말고도 더 있었다―졸업앨범, 누나가 이미 읽은 소설책을 넣어둔 박스 두 개, 누나가 언젠가 딸을 낳을 거라고 확신하고 남겨둔 인형 등 그 전부가 처마밑 다락이나 삼층 침실 옷방 안쪽의 작은 문 뒤에 있었다. 앤드리아가 그 공간에 대해 알기는 했을까? 메이브는 집을 구경시켜준 그날 밤에 그애들에게 그곳을 보여주었지만, 그애들이 거길 기억은 할까, 아니면 다시 거기 가본다는 생각은 했을까? 아니면 그 박스들도 이제 누나의 어린 시절을 담은 타임캡슐처럼 벽속에 봉인된 채 그 집의 소유가 된 걸까? 메이브는 신경쓰지 않겠다고 했다. 사진첩은 다 누나가 갖고 있었다. 누나가 대학에 가면서 가져갔었다. 놓고 온 유일한 사진은 액자에 넣어진 아버지 사진인데, 그가 소년 시절에 토끼를 무릎에 앉힌 채 찍은 것이었다. 그 사진은 어쩌다가 노마의 방에 남아 있었다. 나중에 우리가 무슨 일이 일어났는지 완전히 깨달았을 때, 메이브는 벽에 걸려 있는 내 바보 같은 스카우트 자격증 액자, 농구 대회 트로피, 퀼트 이불, 버터 접시, 그리고 그 사진을 놓고 왔다는 사실에 분노했다.

하지만 나는 응접실에 우리 없이 메이브의 초상화가 걸려 있다는 생각을 멈출 수 없었다. 우리가 어떻게 그 소녀를 잊었을 수 있는가? 빨간 코트를 입은 열 살의 메이브, 눈빛은 밝고 앞을 쏘아보며 검은 머리칼은 풀어져 있다. 그 그림은 반후베이크 부부 어느 쪽의 그림만큼 훌륭하지만 메이브를 그린 것이니 앤드리아가 그걸 어떻게 할 것인가? 축축한 지하실에 처박아놓는다? 없애버린다? 누나가 바로 내 앞에 있는데도 나는 어쩐지 누나를 두고 떠나온 것 같았다. 안전하지 않은 그 집에 누나 혼자만 두고.

메이브의 상태는 나아졌지만, 나는 계단을 오르내리며 삼층까지 누나의 아파트로 짐을 옮기는 것은 내가 할 테니 누나는 올라가 앉아 있으라고 말했다. 그 집에는 침실이 하나뿐이어서, 누나는 나보고 거길 쓰라고 했다. 나는 싫다고 했다.

"네가 침대를 써." 누나가 말했다. "너는 카우치에서 자기엔 너무 길고, 나는 그렇지 않잖아. 나는 늘 카우치에서 자."

나는 누나의 작은 아파트를 둘러보았다. 여러 번 와본 곳이었지만, 거기서 살게 된다고 생각하면 다른 눈으로 보게 된다. 작고 소박한 곳이어서 내가 더이상 반후베이크 스트리트에 살지 않는다는 사실을 잠시 잊고, 불현듯 누나에게 몹시 미안하다는 생각이 들었다. 나는 거기 사는데 누나는 이런 곳에 살아야 한다는 게 옳지 않다는 생각에. "왜 카우치에서 자?"

"텔레비전을 보다 잠들거든." 누나가 말했고, 이어 카우치에 앉아 눈을 감았다. 나는 누나가 울지 않을까 걱정이 되었지만, 누나는 그러지 않았다. 메이브는 잘 우는 사람이 아니었다. 누나는 얼굴에서 풍성한 검은 머리칼을 걷고 나를 쳐다보았다. "네가 여기 있으니 좋아."

나는 고개를 끄덕였다. 잠시 나는 메이브가 없었다면 내가 어떻게 했을까 생각해보았다—샌디나 조슬린의 집으로 갔을까? 농구팀 코치인 마틴 선생님을 찾아가 나를 받아줄 수 있을지 물어봤을까? 그걸 알 필요는 결코 없을 것이다.

그날 밤 나는 누나의 침대에서 천장을 쳐다보며 아버지를 잃었다는 사실을 절감했다. 그의 돈이나 집을 잃은 게 아니라, 차 안에서 내 옆에 앉아 있던 그 사람을 잃은 것이었다. 그가 나를 세상으로부터 완벽히 보호해주었기에, 나는 세상이 어떤 짓을 할 수 있는지 전혀 알지 못했다. 나는 아버지의 어린 시절은 결코 알지 못했다. 그에게 전쟁에 대해 물어본 적도 없었다. 나는 그를 그저 내 아버지로, 내가 평가한 아버지의 모습으로만 보았을 뿐이다. 지금은 그것에 대해 할 수 있는 게, 그것을 내 실수 목록에 추가하는 것 말고는 아무것도 없었다.

7장

구치 변호사—우리는 그를 늘 그렇게 불렀다—는 우리 아버지
와 동년배이자 친구였는데, 그가 다음날 메이브의 점심시간에 맞
춰 친구로서 메이브를 만나주겠다고 했다. 누나는 내가 학교에 빠
지고 같이 가는 건 안 된다고 했다. "상황 파악 좀 해보려고." 다
음날 아침 누나는 부엌의 작은 식탁에서 시리얼을 먹으며 말했다.
"우리가 같이 갈 기회가 앞으로도 많을 것 같은 느낌이야."

메이브는 출근길에 나를 학교 앞에 내려주었다. 모두 내 아버지
가 돌아가신 것을 알아서, 내게 잘해주려고 작정한 것 같았다. 선
생님들과 코치에게 그 사실은 나를 따로 불러 자기들은 언제든 들
을 준비가 되어 있으며 과제는 필요한 만큼 시간 여유 있게 제출해
도 된다고 말해주는 것을 의미했다. 내 친구들—나보다 농구를 조
금 더 잘하는 로버트, 나보다 상당히 못하는 T.J., 나하고 공사장
에 가는 것보다 더 좋아하는 게 없는 매슈—에게 그건 완전히 다

른 뭔가를 의미했다. 내 상황에 대해 그들이 느끼는 불편함은 서툰 행동으로, 내가 있는 자리에서는 어떤 재미있는 것에도 웃지 않으려 하는 결연한 노력으로 나타났다. 서로에게 짜증을 내던 것은 일시적으로 유예되었다. 슬픔에는 어떤 짜증도 부려서는 안 된다No grief for grief, 그런 식이었다. 아버지가 죽지 않은 척해보려는 생각은 해본 적 없지만, 나는 더치 하우스와 관련된 일은 누구도 모르기를 바랐다. 집을 잃은 것은 너무나도 개인적인 일이었고, 나로서는 이해할 수 없는 방식으로 부끄러웠다. 나는 여전히 메이브와 구치 변호사가 이 상황을 바로잡고 내가 쫓겨난 사실을 다른 누가 알기 전에 우리가 다시 그리로 돌아갈 수 있으리라 믿었다.

하지만 '다시 집으로'라는 건 앤드리아와 그녀의 딸들이 없는 곳으로 돌아간다는 의미일까? 그들에게는 정확히 어떤 일이 일어날까? 내 상상력은 방정식의 그 부분을 아직 풀어내지 못하고 있었다.

나는 그날 늦게 연습을 마쳤고, 아파트로 돌아오니 메이브는 이미 퇴근하고 집에 와 있었다. 누나는 저녁으로 스크램블드에그와 토스트를 준비할 생각이라고 말했다. 우리 중 누구도 요리할 줄 몰랐다.

나는 책가방을 거실에 툭 내려놓았다. "어떻게 됐어?"

"내가 상상한 것 이상으로 상황이 안 좋아." 누나의 어조가 좀 가볍게 들려서 나는 누나가 농담을 하는 거라고 생각했다. "맥주 마실래?"

나는 고개를 끄덕였다. 전에는 그런 권유를 받아본 적이 없었다. "내가 가져올게."

"두 병 가져와." 누나가 몸을 앞으로 숙여 레인지 불로 담배에 불을 붙였다.

"그거 안 하면 좋겠어." 내가 의미한 것은 이것이었다. 누나는 내 누나고, 내 유일한 핏줄이야. 빌어먹을 가스불에 얼굴 좀 갖다대지 말라고.

누나가 허리를 펴고 부엌 저만치로 길게 연기를 뿜었다. "지금은 선수가 다 됐어. 이 년쯤 전에 빌리지에서 열린 파티에서 속눈썹을 태웠거든. 그런 일은 한 번이면 족하지."

"완전 멋지네." 나는 맥주 두 병을 꺼낸 뒤 병따개를 찾아냈고, 한 병을 누나에게 건넸다.

누나가 한 모금 크게 꿀꺽 마신 뒤 목을 가다듬고 이야기를 시작했다. "그러니까, 내가 최대한 이해하기론 말이지, 이 세상에서 우리가 가진 건 네 눈에 보이는 게 다란 거야."

"아무것도 없다는 거네."

"정확해."

나는 전에는 가진 게 아무것도 없다는 가능성을 생각해본 적이 없었고, 아드레날린이 솟구치면서 내게 싸우거나 달아날 준비를 시켰다. "어째서?"

"구치 변호사가 그러는데, 어쨌거나 그는 친절했어, 그렇게 친절할 수 없었지. 아무튼 구치 변호사가 그러는데 일반적인 세상 법칙에 따르면, 빈손에서 빈손이 되는 데 삼대가 걸린대. 하지만 우리는 두 세대 만에 해낸 거야. 엄밀히 말하면 한 세대 만에 해낸 거지."

"그게 무슨 말이야?"

"전통적으로 1세대는 돈을 벌고, 2세대는 그 돈을 쓰고, 3세대는 다시 일해야 한다는 건데, 우리의 경우에는 아빠가 큰돈을 벌었고 아빠가 날려버렸어. 아빠는 자기 생애 안에 그 주기를 완성한 거야. 아빠는 가난했다가, 부자가 되었어, 그리고 이제 우리는 가난해."

"아빠한테 돈이 없었어?"

누나는 설명할 기회가 생겨 반갑다는 표정으로 고개를 가로저었다. "돈은 아주 많아. 다만 감각이 거의 없었지. 젊은 아내가 아빠에게 자기는 결혼이 파트너십이라고 믿는다고 말했대. 그 말을 잘 기억해, 대니. 결혼은 파트너십이다. 그 여자가 모든 것에 자기 이름을 써넣게 했어."

"모든 건물에 대해 자기 이름을 써넣게 했다고?" 그건 불가능해 보였다. 건물이 아주 많았고, 그는 그것을 꾸준히 사고팔았다.

누나가 고개를 가로젓고 다시 한 모금 마셨다. "아마추어가 그렇게 하는 거고. 콘로이 리얼에스테이트 앤드 컨스트럭션은 기업이야. 다시 말해 회사의 모든 것이 한 지붕 아래 모인다는 뜻이지. 아빠가 건물을 팔면 그 돈이 그 기업에 속하게 돼. 그러면 아빠는 그 돈으로 다른 건물을 사는 거고. 앤드리아는 자신의 이름을 그 회사에 써넣게 했고, 그건 그 여자가 생존자권을 가진, 그 회사의 공동 소유주란 뜻이야."

"법적으로 그렇다고?"

"공동 소유주라는 것 때문에 모든 자산이 법의 적용에 의해 아빠의 아내에게 넘어가는 거지. 무슨 말인지 알겠니? 나는 알아듣는데 시간이 조금 걸렸어."

"알 것 같아." 내가 정말로 아는지는 자신이 없었다.

"똑똑하구나. 그 집에 대해서도 마찬가지야. 그 집과 그 안에 있는 내용물 전부."

"구치 변호사가 그걸 했어?" 나도 구치 변호사를 알았다. 그는 가끔 내 농구 시합을 보러 와서 아버지와 함께 관람석에 앉아 있곤 했다. 그의 아들 중 둘이 비숍맥데빗고등학교를 졸업했다.

"오, 아니야." 누나가 고개를 가로저었다. 누나는 구치 변호사를 좋아했다. "앤드리아가 자기 변호사를 데려왔어. 필라델피아에서 일하는 사람이래. 큰 회사에서. 구치 변호사가 아빠하고 그 이야기를 여러 번 했다는데, 아빠가 뭐라 그랬는지 알아? 아빠가 그랬대. '앤드리아는 좋은 엄마야. 아이들을 잘 돌봐줄 거야.' 아빠가 결혼한 게, 그 여자가 아이들을 잘 돌봐줄 거라고 생각해서란 듯 말이야."

"유언장은?" 아마 메이브가 말한 두번째 세대에 대한 이야기는 맞았을 텐데, 나조차 유언장에 대해 물어볼 만큼은 알고 있었으니까 말이다.

그녀가 고개를 가로저었다. "유언장은 없어."

나는 부엌 의자에 앉아 맥주를 길게 한 모금 마셨다. 그리고 누나를 올려다보았다. "우리는 왜 비명을 지르지 않는 거지?"

"아직 충격에서 헤어나지 못했으니까."

"여기서 빠져나갈 방법이 있어야 해."

메이브가 고개를 끄덕였다. "나도 그렇게 생각해. 시도해봐야지. 하지만 구치 변호사가 큰 기대는 하지 말라고 했어. 아빠는 자신이 뭘 하는지 알고 있었어. 스스로 판단할 수 있었고. 그 여자가 아빠에게 억지로 서명을 시킨 건 아니었으니까."

"당연히 그 여자가 억지로 시킨 거지!"

"그러니까 아빠 머리에 총을 들이대진 않았다고. 생각해봐. 엄마는 아빠를 떠났고, 이 나긋나긋한 친칠라가 따라다니면서 자긴 결코 아빠를 떠나지 않겠다고 말하는 거지. 그리고 아빠가 하는 모든 일의 일부가 되고 싶어하는 거야. 내 것이 당신 것이다. 그 여자가 그 모든 것을 다 신경쓰니 아빠는 결코 걱정할 필요가 없는 거지."

"음, 그만큼은 사실인 거네. 아빠가 걱정할 필요가 없다는 것."

"사 년 동안 아내였던 사람이 모든 걸 다 가져갔어. 심지어 내 차도 그 여자 소유야. 구치 변호사가 말해주더라. 내 차가 그 여자 것이지만, 그 여자가 나보고 가져도 좋다고 했대. 마음을 바꾸기 전에 꼭 팔고 말겠어. 폴크스바겐을 살 생각인데. 네 생각은 어때?"

"안 그럴 이유가 뭐 있어?"

메이브가 고개를 끄덕였다. "넌 똑똑해." 누나가 말했다. "그리고 나도 꽤 똑똑하고. 나는 아빠가 똑똑하다고 생각했는데, 우리 셋을 다 합쳐도 앤드리아 스미스 콘로이에게는 명함도 못 내밀겠어. 구치 변호사가 너하고 나하고 같이 오라고 했어. 아직 살펴볼 게 몇 가지 남았다면서. 우리를 위해 계속 힘써주겠대. 돈은 안 받고."

"아빠가 살아 계실 때 그가 우리를 위해 일해줬다면 더 좋았을 텐데."

"그러려고 했던 것 같아. 아빠는 자신이 유언장을 쓸 만큼 늙지 않았다고 생각했대." 메이브가 잠시 그 문제를 생각했다. "앤드리아는 틀림없이 유언장을 써놓았을 거야."

나는 맥주를 다 비웠고, 메이브는 레인지에 기댄 채 담배를 피웠다. 우리는 우리만의 소소한 방식으로 범죄자였다. "남편 둘이 죽었어." 내가 말했다. 그런데도 앤드리아는 몇 살이지? 서른넷? 서른다섯? 십대 소년의 기준으로는 늙은 것이었다. "스미스 씨에게 무슨 일이 일어났는지 생각해본 적 있어?" 내가 물었다.

"한 번도 없어."

나는 고개를 가로저었다. "나도 없어. 이상하네, 안 그래? 스미스 씨가 어떻게 죽었는지 우리가 한 번도 생각해보지 않았다는 게."

"그가 죽었다고 생각하는 이유는 뭐야? 나는 그가 그 여자를 아이들과 함께 길가에 내쫓았다고 생각했거든. 아빠가 마침 타이밍 나쁘게 거길 지나가다 태워주겠다고 한 거고."

"노마와 브라이트가 걔들끼리만 거기 있어야 한다는 게 안됐어."

"지옥에서 뒹굴기를 바랄 뿐." 메이브가 컵받침에 담배를 비벼 껐다. "셋 다."

"진심은 아니지." 내가 말했다. "걔들은 빼."

누나가 너무 격하게 몸을 뒤로 빼는 바람에 나는 아주 잠시 나를 때리려는 게 아닌가 생각했다. "그 여자가 우리 걸 뺏어갔어. 그게 이해가 안 돼? 걔들이 우리 침대에서 자고 우리 접시로 음식을 먹는데, 우리는 결코, 그 무엇도 결코 되찾을 수 없다고."

나는 고개를 끄덕였다. 내가 말하고 싶었던 건, 내가 말하지 않았던 건, 나는 우리 아버지에 대해서도 같은 생각을 하고 있었다는 것이다. 우리는 그를 결코 다시 되찾을 수 없다고.

메이브와 나는 집안일을 나눠서 하기로 했다. 굿윌에서 중고 서랍장을 찾아내서 침실 구석에 밀어놓고 거기 내 옷을 넣어두었다. 나는 침실을 쓰는 게 여전히 내키지 않았지만, 메이브는 매일 밤 이불을 챙겨들고 카우치로 갔다. 누나에게 더 큰 집을 찾자고 말하

138

고 싶었지만, 모든 것—우리의 음식과 우리의 쉴 자리—을 누나가 책임지는 상황이다보니, 그러지 않는 게 좋겠다고 생각했다.

상황을 다 정리하고 난 뒤, 우리는 샌디와 조슬린에게 연락해서 우리가 뭘 해냈는지 보러 우리집에 오라고 말했다. 메이브는 빵집에서 하얀 상자에 담긴 쿠키를 사왔다. 접시에 쿠키를 담고, 우리가 그들을 속일 수 있다는 듯 상자는 버렸다. 나는 카우치에 쿠션을 가지런히 놓고, 누나는 식기 건조대에 놓인 유리잔을 치웠다. 마침내 초인종이 울렸고, 우리는 문을 활짝 열었다. 우리 넷은 기뻐서 어쩔 줄 몰랐다. 얼마나 감동적인 재회의 순간인가! 누가 봤다면 우리가 서로 헤어진 뒤로 많은 세월이 흘렀다고 생각했을 것이다.

고작 두 주였다.

"어디 보자." 샌디가 손을 위로 올려 내 어깨를 잡으며 말했다. 그녀의 머리칼이 더 센 것 같았다. 눈에 눈물이 그렁그렁했다.

샌디와 조슬린은 우리를 끌어안고 집에서는 한 번도 하지 않던 방식으로 키스했다. 조슬린은 무명천으로 만든 옷을 입었고, 샌디는 면 스커트에 값싼 테니스화를 신고 있었다. 그들은 이제 우리를 위해 일하는 사람이 아니라, 그냥 보통 사람이었다. 그럼에도 그들은 큰 병에 미네스트로네 수프(메이브가 좋아하는 것)를 가져와 건넸고, 비프스튜(내가 좋아하는 것)도 한 병 가져왔다.

"저희한테 먹을 걸 만들어주시면 안 돼요!" 메이브가 말했다.

"내가 줄곧 너희를 먹여 키웠는걸." 조슬린이 말했다.

샌디는 마뜩잖은 시선으로 거실을 둘러보았다. "가끔 와서 집을 좀 치워줘야겠다."

메이브가 웃었다. "제가 여길 깨끗이 치우지 못할까봐요?"

"너는 직장이 있잖아." 샌디가 아래를 내려다보고 바닥에 신발 앞코를 끌며 말했다. "다른 할일이 그렇게 많은데 집 치우는 걱정을 또 할 필요는 없지. 어쨌거나 내가 여기를 다 치운다고 해도 얼마나 걸리겠니, 한 시간?"

"제가 할 수 있어요." 내가 말했고, 세 사람 모두 내가 내 옷을 직접 만들겠다고 한 것처럼 나를 쳐다보았다. "메이브가 저보고 직장을 구하라고 하지는 않을 거예요."

"넌 농구를 해야지." 샌디가 말했다.

"성적도 잘 받고." 조슬린이 말했다.

메이브가 고개를 끄덕였다. "잠시 시간을 두고 우리가 어떻게 하는지 보세요."

"우리는 정말로 잘하고 있어요." 내가 말했다.

샌디가 침실로 사라졌다가 오 초 뒤에 돌아와 나를 쳐다보았다. "너는 어디서 자니?"

"동생이 너를 보살피는 방법은 알고 있니?" 조슬린이 누나에게 물었다.

메이브가 손을 휘저었다. "저는 괜찮아요."

"메이브." 조슬린이 말했다. 이렇게 말하는 건 이상하지만, 그녀는 완강한 태도를 보이고 있었다. 샌디와 조슬린은 메이브에게 결코 완강한 적이 없었다.

"제가 다 알아서 해요."

조슬린이 나를 돌아보았다. "네 누나가 의식을 잃고 쓰러진 걸 본 게 한두 번이 아니야. 가끔 먹는 것도 잊고, 인슐린을 충분히 투여하지도 않아. 잘못한 게 전혀 없는데도 혈당 수치가 떨어지기도 하고. 누나를 계속 주의해서 지켜봐야 해. 특히 스트레스 받을 만한 상황에서. 본인은 스트레스와는 아무런 상관이 없다고 말하겠지만, 상관이 있어."

"그만요." 메이브가 말했다.

"누나가 당분제 알약을 갖고 있어. 그걸 어디 두는지 알려달라고 해. 손가방 안에 여분을 꼭 넣어다니라고 하고. 누나가 곤란한 상황에 빠지면 네가 당분제를 먹이고 구급차를 불러야 해."

나는 메이브가 바닥에 쓰러진 상황에 대한 생각을 애써 받아들였다. "저도 어디 두는지 알아요." 내가 목소리를 차분히 유지하며 말했다. 나는 인슐린에 대해서는 알았지만, 당분제에 대해서는 몰랐다. "누나가 알려줬어요."

메이브는 미소를 지으며 뒤로 기대앉았다. "들으셨죠."

조슬린이 잠시 우리를 쳐다보고, 이어 고개를 가로저었다. "어이가 없구나, 너희 둘 다. 하지만 상관없어. 이제 동생이 알게 됐으니 네게 알려달라고 할 거다. 우리가 가고 나면 누나를 찔러서 알아내, 그렇게 할 거지, 대니?"

나는 메이브의 혈당 수치가 오르락내리락하는 것에 민감했음에도 구체적인 내용은 모르고 있었다는 것을 깨달았다. 나는 옆에서 누나가 스스로를 보살피는 것을 지켜보는 법은 알았지만, 그건 내가 누나를 보살피는 것과 같지 않았다. 하지만 조슬린의 말이 맞으니, 그들이 가고 나면 누나에게 모든 것을 설명해달라고 말하리라 생각했다. "그럴게요."

"내가 이 아파트에서 줄곧 혼자 살고 있었던 거 알지, 그렇지?"

메이브가 말했다. "대니가 제게 주사를 놓으러 밤에 자전거를 타고 오거나 그런 게 아니었잖아요."

"아니면 나한테 전화해." 조슬린이 누나의 말을 완전히 무시하며 말했다. "네가 알아야 할 모든 걸 내가 말해줄게."

샌디는 엘킨스파크에서 집안일을 하는 일자리를 찾았다. "그 집에서 충분히 잘해줘. 돈은 전만큼 많이 받지 않지만, 일도 그만큼 많진 않고." 조슬린은 젠킨타운에서 요리를 해주길 원하는 가정을 찾아냈지만, 거기 더해 두 아이를 돌보는 일도 도와야 했고 개도 산책시켜야 했다. 돈은 전만큼 받지 못하고 일은 상당히 더 많았다. 자매가 웃었다. 해고된 게 더 좋다고, 그들은 그렇게 말했다. 그게 명예의 훈장이 됐다고. 어쨌거나 내가 없었다면 일 분이라도 그 집에 더 머물지 않았을 거라고.

"내가 자리를 잡으면, 일하는 집에 말해서 조슬린을 고용해달라고 할 거야. 그 집에 요리할 사람도 필요하거든. 그렇게 되면 우리는 다시 함께 일할 수 있어." 샌디가 말했다.

내가 상황에 더 잘 대처하고 비판적이지 않았다면—마지막뿐 아니라 앤드리아가 우리의 삶에 들어온 그 모든 시간 동안—샌디와 조슬린은 지금도 푸른색 부엌 식탁에 같이 앉아 콩을 까고 라디오를 듣고 있을 것이다.

샌디는 머릿속으로 이곳의 크기를 측정하는 것처럼 천장과 창문을 올려다보고 있었다. "왜 아버지가 가진 건물 중 하나로 들어가 살지 않았니?" 샌디가 누나에게 물었다.

"오, 글쎄요." 메이브가 말했다. 누나는 여전히 인슐린 때문에 당황한 상태였다.

조슬린은 카우치 위 샌디 옆자리를 차지하고 앉아 있었다. 메이브는 의자에, 나는 바닥에 앉았다. "네가 이 집을 구했을 때는 그 생각을 하지 않았지만, 이해가 안 돼서." 샌디가 말했다. "이 타운에서 네 아빠 소유가 아닌 아파트를 찾으려면 정말로 애를 먹었을 텐데."

나도 그게 궁금했었다. 내가 생각해낸 유일한 이유는 메이브가 아버지에게 아파트를 달라고 했는데 아버지가 안 된다고 한 것이었다.

메이브가 우리를 쳐다보았다. 우리 셋, 누나의 가족 전부를. "그렇게 하면 아빠에게 강한 인상을 남길 수 있으리라 생각했어요."

"이런 곳으로?" 샌디가 몸을 숙이고 앞에 있는 커피 테이블 위에 놓인 내 교과서들을 반듯하게 정리했다.

메이브가 다시 싱긋 웃었다. "예산을 짜봤더니 여기가 감당할 만했어요. 제가 아빠에게 아무것도 요구하지 않은 걸, 마지막 학년에 받은 용돈을 모아둔 걸 아빠가 알아차릴 거라고 생각했어요. 제 손에 두 달 치의 월세가 있었어요. 직장도 있었고요. 먼저 침대를 샀고, 다음달엔 카우치를 샀고, 그리고 굿윌에서 의자를 샀어요. 아빠를 아시잖아요. 가난이 일으키는 경이에 대해 어떤 식으로 말하는 걸 좋아하는지요. 아빠는 혼자 힘으로 이루어내는 게 뭔가를 배우는 유일한 방법이라고 했어요. 나는 그렇게 하면서 내가 같은 학교를 나온 다른 부잣집 여자애들하고는 다르다는 걸 보여준다고 생각했어요. 아빠가 내게 언제쯤 말을 사줄까 하고 기다리는 게 아니라는 걸요."

샌디가 웃었다. "나는 누가 내게 말을 사줄 거란 생각은 한 번도 해본 적이 없었어."

"음, 멋지구나." 조슬린이 웃었다. "아빠는 너를 자랑스러워하셨어. 네가 혼자 힘으로 그 모든 걸 다 해낸 걸 말이다."

"아빠는 몰랐어요." 메이브가 말했다.

샌디가 고개를 가로저었다. "당연히 아셨어."

하지만 메이브가 맞았다. 아버지는 누나가 그에게 뭘 보여주고 싶어했는지 결코 알지 못했다. 그는 누나의 독립성에 대해서는 전혀 몰랐다. 아버지가 누나에게서 본 것은 몸의 자세뿐이었다.

메이브는 커피를 준비했고, 샌디와 내가 지켜보는 가운데 조슬린과 함께 담배를 피웠다. 우리는 쿠키를 먹었고, 각자 앤드리아에 대해 가진 끔찍한 기억을 전부 끄집어냈다. 우리는 야구 카드처럼 그 기억을 교환했고, 몰랐던 정보가 나올 때마다 함성을 질렀다. 앤드리아가 늦게 잠드는 것, 그녀에게 어울리지 않았던 모든 옷, 자기 어머니와 한 시간이나 통화하면서도 절대 집으로 초대하는 법이 없는 것에 대해 이야기했다. 그녀는 음식을 낭비하고 밤새 불을 켜놓았지만 책을 읽은 흔적은 하나도 없었다. 수영장 옆에 몇 시간이고 앉아 손톱만 쳐다보다가 조슬린이 점심을 쟁반에 담아 가져오기를 기다렸다. 그녀는 우리 아버지의 말은 듣지 않았다. 메이브의 침실을 그애들한테 줘버렸다. 나를 내쫓았다. 우리는 구덩이를 파고 앤드리아를 불에 구웠다.

"무엇보다 아빠가 왜 그 여자하고 결혼했는지 누가 설명해줄 수 있어요?" 메이브가 물었다.

"그럼." 조슬린이 생각도 해보지 않고 말했다. "앤드리아가 그 집을 좋아했어. 네 아빠는 그 집이 세상에서 가장 아름답다고 생각했고. 그런데 그 생각에 동의하는 여자를 만난 거야."

메이브가 두 손을 위로 들었다. "모두 동의했어요! 그 집을 좋아하는 괜찮은 여자를 찾기가 그렇게 어렵지는 않았을 텐데요."

조슬린이 어깨를 으쓱했다. "음, 네 어머니는 싫어했잖아. 앤드리아는 사랑했고. 그는 그 문제를 풀었다고 생각한 거지. 하지만 내가 그 여자의 심기를 건드렸어, 그렇지? 네 어머니에 대한 그 모든 말을 해서."

샌디는 두 손으로 얼굴을 가리고 웃었다. "그 여자가 그 자리에서 쓰러져 죽을 줄 알았는데."

나는 샌디를 보았고 이어 조슬린을 보았다. 이제 두 사람 다 웃고 있었다. "그거 진짜로 한 말 아니었죠?"

"뭐 말이니?" 샌디가 눈을 훔치며 말했다.

"우리 엄마가, 잘 모르지만, 성자 같다고 한 거요?"

방안에 긴장감이 감돌았고, 이어 우리 모두는 우리가 어떻게 앉아 있고 손으로 뭘 하고 있는지 의식했다. "네 어머니는," 조슬린이 말을 시작하다 말고 자신의 동생을 보았다.

"물론 우리는 네 어머니를 사랑했어." 샌디가 말했다.

"우리 모두 엄마를 사랑했어요." 메이브가 말했다.

"그분은 집을 비울 때가 많았지." 조슬린이 단어를 조심스럽게 고르면서 말했다.

"일을 했으니까요." 메이브는 긴장해 있었지만, 샌디와 조슬린과는 다른 쪽으로 긴장했다.

나는 그들 중 누구의 말도 알아들을 수 없었고, 어머니가 일을 했다는 사실도 처음 듣는 소리였다. "엄마가 무슨 일을 했어요?"

조슬린이 고개를 가로저었다. "안 한 일이 뭐가 있을까?"

"엄마는 가난한 사람들을 위해 일했어." 메이브가 말했다.

"엘킨스파크에서? 엘킨스파크에는 가난한 사람이 없었어. 적어도 내가 본 사람들 중에는."

"어디서든 가난한 사람을 위해 일했지." 샌디가 말했는데, 나는 그녀가 그 상황을 친절하게 설명하려고 최선을 다하고 있다는 것을 알 수 있었다. "뭔가를 필요로 하는 사람은 늘 찾을 수 있었어."

"가난한 사람을 찾아다녔다고요?" 내가 물었다.

"새벽부터 황혼까지." 조슬린이 말했다.

메이브가 담배를 비벼 껐다. "됐어요, 그만요. 엄마가 늘 집에 없었던 것처럼 들리잖아요."

조슬린이 어깨를 으쓱했고, 샌디는 가운데 살구잼이 박힌 쿠키를 집었다.

"음." 메이브가 말했다. "엄마가 집에 돌아오면 우리는 늘 행복했어요."

샌디가 미소를 지으며 고개를 끄덕였다. "늘 그랬지."

일요일 아침 일찍 메이브가 침실로 들어와 블라인드를 열었다. "일어나서 옷 입어. 성당에 가야지."

나는 이미 내용이 기억나지 않았지만 방금 빠져나온 꿈속으로 되돌아가는 길을 찾기 바라며 베개를 끌어와 머리를 덮었다. "싫어."

메이브가 몸을 숙이고 베개를 당겨서 빼냈다. "진짜라니까. 일어나, 일어나."

나는 한쪽 눈만 슬쩍 뜨고 누나를 쳐다보았다. 누나는 스커트를 입고 있었고, 방금 샤워를 마쳐 아직 젖은 머리칼을 땋은 모습이었다. "자는 중이야."

"내가 많이 봐준 거야. 여덟시 미사를 드리는 시간 동안 자게 해 줬잖아. 열시 반 미사에는 가야지."

나는 얼굴을 베개에 묻었다. 잠이 깨고 있었지만, 일어나고 싶지 않았다. "지켜보는 사람도 없는걸. 아무도 우리보고 억지로 성당에 가라고 할 수 없어."

"나는 할 수 있어."

나는 고개를 가로저었다. "혼자 가. 나는 다시 잘 테니까."

누나는 침대 모서리에 털썩 걸터앉았고, 반동으로 내 몸이 조금 튀어올랐다. "우리는 성당에 간다. 그게 우리가 할 일이야."

나는 몸을 굴려 똑바로 누운 채 마지못해 눈을 떴다. "누난 이해 못해."

"일어나, 일어나라고."

"나는 누가 나를 끌어안거나 나보고 정말 안타깝다고 말하는 거 싫다고. 나는 다시 자고 싶어."

"그 사람들, 이번 일요일엔 너를 끌어안겠지만, 다음 일요일엔 아무 일 없었던 것처럼 손을 흔들걸."

"다음 일요일에도 안 가."

"왜 이런 식으로 나오니? 전에는 성당 가는 거 불평한 적 한 번 도 없었잖아."

"내가 누구한테 불평할 수 있었겠어? 아빠한테?" 나는 누나를 쳐다보았다. "누나는 무슨 싸움에서든 다 이겨. 누나도 알지, 응? 누나한테 자식이 생기면 매일 아침 성당에 보내고 학교 가기 전에

묵주기도를 바치게 하면 되잖아. 하지만 나는 갈 필요가 없어. 누나도 갈 필요가 없어. 우리는 부모님이 없으니까. 우리는 나가서 팬케이크나 사 먹으면 된다고."

누나가 어깨를 으쓱했다. "팬케이크는 너나 사 먹어." 그리고 말했다. "나는 성당 갈 테니까."

"나를 위해 이럴 필요 없어." 내가 팔꿈치로 받치며 몸을 일으켰다. 누나가 이렇게까지 자기주장을 관철하려고 하는 게 믿기지 않았다. "나는 좋은 본보기가 필요하지 않아."

"널 위해서 이러는 게 아니야. 맙소사, 대니. 나는 미사를 드리러 가는 게 좋아. 나는 하느님을 믿는 게 좋아. 지역사회, 친절한 마음, 그 모든 게 좋아. 도대체 너는 여태 성당에 가서 뭘 했던 거니?"

"보통 농구 통계를 암기했지."

"그럼 다시 자."

"누나는 대학생일 때도 성당에 다녔다는 거야? 뉴욕에서 아무도 지켜보는 사람이 없는데 일요일 아침마다 일어나서 성당에 갔다고?"

"당연히 갔지. 네가 나를 보러 왔을 때 기억 안 나? 성금요일에 같이 미사 드리러 갔었잖아."

"나는 누나가 그냥, 내가 성당에 가게 하려는 거라고 생각했지." 그것 역시 진실이었다. 그때조차 나는 누나가 자기와 같이 지내게 해주면 나를 성금요일에 성당에 데려가겠다고 아버지와 약속한 거라고 생각했다.

누나가 뭔가 다른 말을 하려다가 그만두었다. 누나는 침대보 아래에 있는 내 발목을 톡톡 쳤다. "좀 쉬어." 그러고는 밖으로 나갔다.

우리가 성당에 가는 이유를 정확히 말하기는 어렵지만, 모두가 성당에 갔다. 아버지는 거기서 동료와 세입자를 만났다. 메이브와 나는 선생님과 친구를 만났다. 아버지는 돌아가신 아일랜드인 부모의 영혼을 위해 기도를 드리러 갔거나, 어쩌면 성당이 아버지가 우리 어머니에게 보여주는 마지막 존중의 흔적이었을 것이다. 사람들의 이야기를 들어보면, 어머니는 교회와 교구 공동체를 사랑했을 뿐 아니라 신부와 수녀도 한 사람도 빼놓지 않고 모두 사랑했다. 메이브는 어머니가 성당에서 가장 편안하게 느낀 순간은 자매들이 일어서서 노래할 때였다고 말했다. 내가 어머니에 대해 아는 몇 안 되는 사실로 보아, 나는 아버지가 성당에 기꺼이 가려고 하지 않았다면 어머니는 그와 결혼도 하지 않았을 거라고 확신했고, 아버지는 어머니가 없어도 우리를 계속 제단 앞으로 끌고 다니는 것으로 내용이 부재한 형식을 지킨 것이었다. 어쩌면 아버지는 그러지 않는 가능성은 결코 고려하지 않았을 수도 있고, 아니면 아들은 플레이오프전에서 식서스가 이길 가능성을 점치고 자신은 첼트넘 군구 변두리에 매물로 나온 건물을 생각하고 있는 동안, 딸이 손에 작은 미사전서를 들고 몸을 앞으로 숙인 채 강론을 들었기 때문일 수도 있지만, 내가 알기로 아버지는 신부님의 강론을 듣고 하느님의 목소리를 들었다. 우리는 그런 이야기는 결코 하지 않았다. 내 기억에, 일요일 아침에 우리가 다 준비됐는지 확인하면서 부지런히 뛰어다닌 건 늘 메이브였다. 옷을 갖춰 입고, 아침을 먹고, 여유 있게 차에 올라탔다. 누나가 대학에 간 뒤로, 아버지와 내가 그 모든 대단한 의례 행위를 놓아버리는 건 아주 쉬웠을 것이다. 하지만 그러기엔 앤드리아를 고려해야 했다. 그녀는 가톨릭 신앙을 경멸했고, 그 신앙이 우상을 숭배하고 육신을 먹는 것을 주장하는 미치광이들의 컬트라고 생각했다. 아버지는 월요일에서 금요일까지 첫 햇살이 비치기 전에 사무실로 출근하고 저녁식사 시간 내내 밖에 있을 핑계를 만들었다. 토요일에는 집세를 걷으러 다니거나 여러 공사 현장을 다니면서 차 안에서 식사를 했다. 하지만 일요일은 바쁘다고 둘러댈 수 없었다. 젊은 아내로부터 벗어나고 싶다면 성당 말고는 핑곗거리가 없었다. 아버지는 나를 복사로 세우는 문제로 브루어 신부와 이야기를 나눈 뒤 내게 의논도 하지 않고 그렇게 하기로 결정했다. 복사를 선다는 건 성당에 삼십 분 먼저 가서 성체성사를 준비하고 브루어 신부가 제의를 입는 것을 돕는 것을 의미했다. 나는 여덟시 미사에 서기로 했지만, 열시 반 미사에까지 서야 하는 경우도 허다했다. 누구는 아파서 못 오고, 누구는 휴가를 떠났고, 누구는 그냥 침대에서 나오지 않겠다고 했다는데, 그건 내가 누릴 수 없는 사치였다. 내가 복사가 되면서, 아버지는 내가 주일학교에 꼬박꼬박 출석하고 좋은 본보기가 되는 게 중요하다고 생각했다. 하지만 주일학교는 일주일에 닷새씩 특정한 종교 교리를 주입받지 않는 공립학교 학생들을 위한 것이었다. 그럼에도 아버지와 대화를 나누면서 그의 말이 터무니없다고 반박할 여지는 없었다. 미사가 끝나면 그는 담배와 신문을 들고 차 안에 앉아 기다리다가, 내가 마지막 기도를 암송하고 성배를 깨끗이 닦는 일까지 다 끝내면 나를 데리고 점심을 먹으러 갔다. 우리는 메이브가 집에 와 있을 때는 결코 밖에 나가서 점심을 먹지 않았다. 그렇게 우리가 미사를 드리는 한 시간은 일요일의 절반으로 길어져 우리를 가족의 의무로부터 지켜주었고, 적어도 촛불을 켜고 끄는 시점 사이의 시간만큼 우리 둘만 있을 시간을 벌어주었다. 이것에 대해 나는 늘 감사히 생각하겠지만, 침대에서 나오고 싶을 만큼 감사하지는 않았다.

하지만 월요일 아침에 마틴 코치가 나를 자기 사무실로 불러. 내 상황을 자신도 슬퍼한다고 또 한번 말했다. "비숍맥데빗고등학교의 대표팀 선수 전체가 미사를 드리러 가기로 했다." 그가 말했다. "한 명도 빠지지 않고 모두."

나도 그 숫자에 포함되었지만, 그 기간은 잠시가 되었을 뿐이다.

일주일 뒤에 구치 변호사의 사무실에서 연락이 와서 우리와 약속을 잡았다. 그는 내가 학교를 마친 뒤인 세시에 우리를 만날 수 있다고 했는데, 그럼에도 그건 내가 연습을 빠져야 하고 메이브가 직장에서 오후 휴가를 내야 한다는 의미였다. 우리 셋은 작은 회의실 테이블에 둘러앉았고, 그 자리에서 그는 아버지가 우리를 위해 마련해둔 한 가지 장치가 교육 신탁금이라고 말했다.

"우리 둘 다 해당되나요?" 내가 물었다. 누나는 장례식 때 입었던 감청색 원피스를 입고 내 옆 의자에 앉아 있었다. 나는 타이를 매고 있었다.

"신탁금은 너하고, 앤드리아의 딸들을 위한 거야."

"노마와 브라이트요?" 메이브는 거의 테이블을 가로지를 뻔했다. "그 여자가 모든 걸 가져갔는데, 우리가 걔들 교육비까지 내야 한다고요?"

"너희는 아무것도 낼 필요가 없어. 신탁금에서 빠져나가는 거지."

"하지만 메이브는 안 된다는 거고요?" 내가 물었다. 그 말은 그가 굳이 언급하지 않은 부분으로, 내가 불필요하게 덧붙인 것일 뿐이었다.

"메이브는 이미 대학을 마쳤으니까, 너희 아버지는 메이브의 교육은 다 끝났다고 생각했어." 구치 변호사가 말했다.

뉴욕에서 이탈리아 레스토랑에 가서 점심을 먹은 그 한 번을 빼면 아버지는 메이브의 교육에 대해서는 이야기한 적이 없었고, 누나가 말해도 듣지 않았다. 그는 누나가 대학원에 가더라도 도중에 결혼해서 공부를 중단할 거라고 생각했다.

"신탁금이면 대학 등록금이 해결되나요?" 메이브가 물었다. 나는 그 말을 듣고 그것이 누나가 걱정하던 또 한 가지였다는 것을 깨달았다. 나를 대학에 어떻게 보낼 것인지.

"신탁금은 교육을 위한 거야." 구치 변호사가 교육이라는 단어를 아주 분명하게 발음하며 말했다.

메이브가 몸을 앞으로 숙였다. "모든 교육을 말하나요?" 그 공간에 그들 두 사람만 있다고 말해도 될 것 같았다.

"모든 교육을 말하지."

"세 사람 전부 해당되고요?"

"그래. 하지만 당연히 대니가 가장 먼저 받게 될 거다. 나이가 가장 위니까. 돈이 다 없어질 확률은 아주 낮으리라 생각해. 노마와 버니스도 학교를 문제없이 잘 마칠 수 있을 거야."

브라이트, 나는 그렇게 말하고 싶었지만, 말하지 않았다. 아무도 그애를 버니스라고 부르지 않았다.

"남은 돈은 어떻게 되나요, 남는다면요?"

"세 아이가 교육을 다 마쳤을 때 신탁금이 조금이라도 남으면 네 사람이 똑같이 나눠가질 거야."

그건 그 돈의 절반이 앤드리아의 지갑 속으로 다시 들어간다고 말하는 것과 같았다.

"그러면 아저씨가 신탁금을 집행하나요?" 메이브가 물었다.

"앤드리아의 변호사가 절차를 마련해놓았어. 앤드리아가 너희 아버지에게 아이들의 교육비를 보장받고 싶다고 말한 모양이고, 그래서……" 그가 고개를 내저었다.

"'이왕 변호사 사무실에 왔으니 당신이 소유한 모든 것에 내 이름을 써넣는 게 어때요?'라고 했겠죠." 메이브가 최선을 다해 추측했다.

"그랬을 것 같구나."

"그렇다면 대니를 대학원에 보내는 걸 생각해야겠네요." 메이브가 말했다.

구치 변호사가 생각에 잠기며 노란 유선공책에 펜을 톡톡 쳤다. "먼 이야기지만, 그렇지. 대니가 대학원에 가는 데 관심이 있다면, 비용은 그걸로 충당될 거야. 신탁금 조항에는 최소 학점이 평균 3.0은 되어야 하고, 교육이 연속적이어야 한다고 되어 있어. 아버지는 학교가 휴가 같은 것이어서는 안 된다는 생각을 강하게 갖고 있었어."

"아버지가 대니의 성적을 걱정할 필요는 없었어요."

나는 이 시점에서 나 자신에 대해 뭔가 말하고 싶었지만, 둘 중 누구도 내 말을 들어주지 않을 것 같았다. 아버지는 내 성적은 전혀 걱정하지 않았지만, 문제가 있었다면 걱정했을 것이다. 내가 성공시키는 한, 그는 내 자유투에 대해 걱정하지 않았다. 그가 걱정한 것은 내가 못을 얼마나 빠르고 똑바르게 박을 수 있는지와 시멘트를 붓는 타이밍의 중요성을 이해하는 것이었다. 우리는 같은 것을 걱정했다.

"내가 초트에 다닌 거 아니?" 변호사가 자신의 고등학생 시절이 갑자기 대화에 적절한 주제가 된 것처럼 물었다.

메이브는 그 질문을 받고 잠시 있다가, 아니, 그건 몰랐다고 말했다. 구치 변호사가 기숙학교로 보내졌다는 사실이 누나를 슬프게 만들기라도 한 것처럼, 누나의 목소리가 갑자기 부드러워졌다. "학비가 비쌌어요?"

"거의 대학 학비 수준이었지."

누나가 고개를 끄덕이고 손을 쳐다보았다.

"전화를 몇 군데 돌려볼 수 있어. 보통 학년 중간에는 학생을 받지 않지만, 상황을 참작해서, 성적이 우수한 농구 선수라면 검토하고 싶어할 것 같은데."

두 사람은 내가 1월부터 초트에 다니는 것으로 결론을 내렸다.

"기숙학교에는 어떤 아이들이 가는지 알아?" 그의 사무실에서 나온 뒤, 나는 차 안에서 메이브에게 물었다. 내 말투에는 비난이 가득했지만, 사실 나는 기숙학교에 다닌 사람은 한 명도 본 적이 없었다. 나는 그저 대마초를 피우다가 걸렸거나 대수학 II에서 낙제했을 때 거기로 보내겠다는 부모의 협박을 받은 아이들을 알고 있을 뿐이었다. 앤드리아가 내가 세탁할 옷을 빨래 바구니에 넣지 않는다고, 샌디를 내 옷을 주워 빨고 개서 다시 내 방에 넣어두는 사람으로 여기는 것 같다고 아버지에게 말하면, 그는 "음, 그렇다면 기숙학교에 보내야겠군" 하고 말하곤 했다. 그게 기숙학교가 의미하는 것이었다―협박, 혹은 협박을 위한 농담.

메이브는 생각이 달랐다. "똑똑한 부잣집 아이가 기숙학교에 가는 거야. 그다음엔 컬럼비아에 가고."

나는 몸을 푹 낮춰 앉았고, 나 자신이 아주 불쌍하게 느껴졌다. 나는 내 학교와 친구들을, 무엇보다 누나를 잃을 필요가 없었다. "다 필요 없고, 나를 아예 고아원에 보내지그래?"

"너는 자격이 안 돼." 누나가 말했다.

"나한텐 부모가 없어." 우리는 그런 주제의 이야기는 나눠본 적이 없었다.

"너한텐 내가 있어." 누나가 말했다. "자격 미달이야."

*

"지금은 뭘 한댔지?" 메이브가 물었다. "알고 있는 건데, 절대 기억 안 나. 병원에서 널 너무 많이 이동시키는 것 같아."

"호흡기내과."

"기차를 공부하는 거니?*"

내가 미소를 지었다. 다시 봄이었다. 정확히는 부활절이었고, 나는 엘킨스파크로 돌아와 꼬박 이틀 밤을 보내는 중이었다. 부크스바움 부부의 집 쪽으로 길에 줄지어 자라는 벚나무는 분홍색이었고, 잔뜩 매단 꽃잎이 벅찬지 고단한 듯 몸을 떨고 있었다. 지금은

---

* '호흡기내과'를 의미하는 'Pulmonology'라는 영어 단어를 되는대로 이용한 말장난이다.

옅은 분홍색과 금색으로 변해 있었다. 지금은 벚나무의 날, 바로 저들의 시간이었고, 병원 밖의 풍경을 전혀 보지 못하고 지내던 나는 지금 그 순간을 목격하고 있었다. "기차 공부는 거의 끝났어. 다음주부턴 정형외과로 옮겨."

"노새만큼 튼튼해지고 노새보다 두 배 똑똑해진다." 메이브가 세워놓은 차의 창밖으로 한 팔을 내밀고 손가락으로 떠나보낸 담배에 대한 기억을 재연했다.

"무슨 뜻이야?"

"넌 못 들어봤어? 정형외과 의사들이 만든 농담은 아닌가보네. 아빠가 늘 하던 말인데."

"아빠가 정형외과 의사를 별로 안 좋아했어?"

"아니, 아빠가 별로 안 좋아했던 건 꽃양배추. 정형외과 의사는 증오했지."

"왜?"

"아빠의 무릎을 거꾸로 맞춰놨잖아. 너도 기억날걸."

"누가 아빠의 무릎을 거꾸로 맞췄다고?" 나는 고개를 가로저었다. "내가 태어나기 전이었겠지."

메이브가 잠시 생각했다. 누나가 마음속으로 그간의 세월을 두루마리 풀듯 펼쳐보는 게 보였다. "그럴 수도 있겠네. 아버지는 재미있으라고 한 말이었겠지만, 꼬마였을 때 나는 진짜인 줄 알았어. 아빠의 무릎은 정말로 이상한 방향으로 굽혀졌거든. 아빤 무릎을 반대 방향으로 굽히려고 계속 정형외과에 다녔던 것 같아. 지금 생각하니 좀 섬뜩하네."

내가 아버지에게 물어봤으면 좋았을 것을 일일이 열거하자면 결코 끝이 없었을 것이다. 이렇게 긴 세월이 지난 뒤 나는 아버지가 밝히지 않으려고 했다는 사실보다, 내가 더 열심히 물어보지 않은 게 참 어리석었다는 생각을 더 많이 한다. "그 의사가 아버지의 다리를 거꾸로 끼워맞췄더라도, 물론 그건 불가능하지만, 우린 그가 아버지의 다리를 절단하지 않은 걸 감사해야 할 거야. 전쟁에선 그런 일이 늘 일어나, 알겠지만. 잘라내는 것보다 남기는 데 시간이 훨씬 많이 걸리거든."

메이브가 얼굴을 찡그렸다. "남북전쟁 시절이 아니었어." 누나는 애퍼매톡스*에서의 항복 이후 의사들이 절단 수술을 그만둔 것처럼 말했다. "내 생각엔 아빠 무릎에 수술 자체를 해주지 않은 것 같아. 아빠 말로는, 프랑스에 있을 때 의사들이 너무 바빠서 늘 신경을 써주지 않았대. 그러다 거꾸로 붙은 거지. 정말로, 아빠가 그걸 가지고 농담할 수 있다는 것 자체가 감동적이야."

"그 일이 일어났을 때 수술을 받았어야 했어. 무릎에 총을 맞았으면, 누군가는 수술을 해줬어야 해."

메이브가 내가 방금 차문을 열고 자기 옆에 앉은 것처럼 나를 쳐다보았다. 완전히 낯선 사람처럼. "아빠는 총에 맞은 게 아니야."

"당연히 총에 맞은 거지."

"낙하산을 펴고 뛰어내리다가 어깨를 다치고 무릎 어딘가가 찢어졌어. 혹은 무릎을 세게 찧었겠지. 왼쪽 다리로 착지하다가 앞으로 굴러서 왼쪽 어깨가 부러졌어."

---

* 미국 버지니아주 중부에 있는 도시로, 1865년 4월 9일 이곳에서 남군 총사령관이 북군 총사령관에게 항복했고, 이로써 남북전쟁이 종결되었다.

누나 바로 뒤에서 더치 하우스가 모든 것에 대한 배경이 되어주고 있었다. 나는 우리가 같은 집에서 자랐는지조차 의문이 들었다. "나는 왜 늘 아빠가 전쟁에서 총에 맞았다고 생각했을까?"

"나야 모르지."

"하지만 아빠가 프랑스에 있는 병원에 있었던 거지?"

"어깨 치료를 할 때. 문제는 그 일이 있었을 때 아무도 아빠의 무릎에는 주의를 기울이지 않았단 거야. 어깨가 정말로 엉망이었겠지. 그러다가 시간이 지나면서 무릎이 과도하게 펴진 거고. 수년 동안 깁스를 했는데, 그러다 다리가 뻣뻣해졌어. 그걸 관절……" 누나가 말하다 말고 멈추었다.

"관절섬유증."

"바로 그거야."

깁스가 통증의 원인이었다는 건 기억났다. 무겁고 잘 맞지 않아서. 아버지는 무릎에 대해서가 아니라 깁스에 대해 불평했었다. "어깨는 어떻게 됐어?"

누나가 어깨를 으쓱했다. "괜찮아졌던 것 같아. 잘 모르겠지만, 어깨에 대해선 뭐라고 한 적 없었어."

메디컬스쿨에 다니는 내내, 그리고 그뒤로 적어도 십 년 동안 나는 대규모 회진을 돌면서 내가 한 번도 진찰해보지 않은 환자에 대해 의사들에게 설명하는 꿈을 꾸었다. 그것이 내가 그날 부활절 아침에 느낀 것이었다. 시릴 콘로이는 미국 낙하산 부대원으로, 나이는 서른세 살입니다. 총상은 아니고……

"뭐 하나 말해줄까." 메이브가 말했다. "아빠한테 심장발작이 일어났을 때 나는 늘 그게 계단 때문이라고 생각했어. 아빠가 어디든 육층까지 올라가려고 하는 걸 상상할 수 없었거든. 아빠가 그런 더위에 창문 실링을 살펴보겠다고 계단을 올라갔다면 누군가에게 몹시 화가 나서였을 거야. 내가 아는 한 아빠가 더치 하우스에서 삼층까지 올라간 것도 평생 두 번이었어. 엄마와 나를 그 집에 처음 데려가 구경시켜준 날하고, 내가 추수감사절에 집에 돌아왔을 때 앤드리아가 내 추방을 선포한 날하고. 그거 기억나? 아빠가 내 가방을 들고 계단을 올라갔잖아. 우리가 다 올라갔을 때 아빠는 침대에 누워 있어야 했어. 다리 통증이 아주 심해서. 나는 아빠가 다리를 올려놓을 수 있게 내 가방을 아빠 발밑에 놓아줬지. 나는 앤드리아에 대해 꽥꽥 소리를 지르며 화를 냈어야 했겠지만, 내가 생각할 수 있는 건 오로지 아빠가 계단 아래로 다시는 내려갈 수 없으리란 거였어. 우리, 그러니까 아빠와 나는 연회실 옆에 있는 작은 침실 두 개에서 살아야 할 거라고. 그건 제법 달콤한 생각이야, 정말. 진짜 그랬으면 좋았을 텐데. 아빠가 말했어. '이 집은 보기엔 아름답지만, 지독히 높구나.' 내가 아빠한테 그러면 이 집을 팔고 랜치 하우스*를 사라고 말했어. 그러면 아빠의 모든 문제가 해결될 거라고. 우리 둘 다 웃었어. 정말 굉장했어." 그러고는 차창 밖으로 부크스바움 가족의 집 쪽 벚나무를 바라보았다. "그 시절에 아빠를 무슨 이유로든 웃게 만든다는 거."

*

---

* 옆으로 길쭉한 단층집.

살다보면, 펄쩍 뛰어올랐지만 발을 딛고 서 있던 과거는 저만치 멀어지고 발을 디디려는 미래는 아직 오지 않아, 아무것도 모르고 누구도 모른 채, 심지어 자신조차 모른 채 잠시 허공에 떠 있어야 하는 순간이 몇 번 있다. 그해 겨울 메이브가 나를 올즈모빌에 태워 코네티컷에 데려다주었을 때 나는 거의 참을 수 없을 만큼 생생한 현재에 있었다. 누나는 그 차를 없애버리려고 했지만, 우리에겐 과거로부터 남겨진 유물이 너무 적었다. 하늘은 눈을 찌를 듯이 파랗고 눈에 반사된 햇살은 두 배로 눈부셔서 우리는 거의 눈이 멀 것 같았다. 우리가 잃은 모든 것에도 불구하고 누나의 작은 아파트에서 보낸 그 가을에 우리는 함께 있어 행복했다. 앤드리아는 회사를 모조리 처분했다. 아버지 소유의 건물이 마지막 남은 것까지 사라졌다. 그걸로 얼마나 많은 돈이 생겼을지 상상조차 할 수 없었다. 나는 메이브에게, 내가 노마와 브라이트의 미래에 주어질 푼돈까지 쥐어짜낼 만큼 학교에 충분히 오래 다닐 수는 없을 테니, 그게 우리가 헤어져 지내는 충분한 이유는 되지 않는다고 말하고 싶었다. 나는 대학에 갈 것이다. 당연히 대학에 갈 것이다. 하지만 지금으로서는 계속 친구들과 함께 농구를 하고, 부엌 식탁에 누나와 함께 앉아 달걀 요리와 토스트를 먹으면서 우리의 하루하루를 이야기하고 싶었다. 하지만 세상은 움직이고 있고, 그것을 멈추기 위해 내가 할 수 있는 것은 아무것도 없는 것 같았다. 메이브는 나를 초트에 보내기로 이미 마음을 굳혔다. 또한 메디컬스쿨에 보내기로 마음을 정했다. 누나가 부전공에서 배운 대로 합산했을 때 그게 누나가 짜맞출 수 있는 가장 길고 비싼 교육이었다.

"내가 의사가 되고 싶지 않다는 게 누나한테 중요하기는 해?"

내가 물었다. "내가 내 인생을 어떻게 하고 싶은지가 이 결정에 영향을 미칠까?"

"음, 넌 뭘 하고 싶은데?"

나는 아버지와 함께 일하면서 건물을 사고팔고 싶었다. 나도 맨땅에서 시작해서 건물을 짓고 싶었다. 하지만 그 기회는 사라졌다. "나도 몰라. 아마 농구나 하겠지." 내 목소리는 내가 듣기에도 심통이 난 것 같았다. 메이브는 어쩌면 나와 같은 상황에 기꺼이 처하고 싶었을 것이고, 자신이 얼마나 넓고 깊이 교육을 받을 수 있었을지 한계를 알아보고 싶었을 것이다.

"농구는 병원에서 일을 마치면 하고 싶은 만큼 해." 누나가 말하고, 코네티컷 표지판을 따라갔다.

2부

8장

추수감사절 전 수요일에 내린 폭설로 뉴욕은 젖어 있었다. 펜 기차역은 가축 사육장처럼 보였고, 우리 불안한 여행자들은 지나치게 더운 터미널에서 옷을 잔뜩 껴입고 바짝 붙어선 채 녹고 있는 눈의 진창에 서 있는 소들 같았다. 양손 가득 든 여행가방이나 손가방, 책을 지저분한 바닥에 내려놓고 싶지 않아서 코트나 모자나 스카프를 벗을 수도 없었다. 우리는 안내판을 쳐다보며 출발 정보가 뜨기를 기다렸다. 기차에 더 빨리 탈수록 진행 방향이면서 화장실에 너무 가깝지 않은 자리를 차지할 가능성이 커졌다. 벽돌이라도 넣은 듯한 백팩을 멘 소년이 여자친구를 돌아보며 자꾸 뭐라고 말했고, 그럴 때마다 그 안에 든 물건의 오롯한 무게가 나를 툭툭 쳤다.

나는 컬럼비아에 있는 기숙사 내 방으로 돌아가고 싶었다.

나는 기차에 타고 싶었다.

나는 코트를 벗고 싶었다.

나는 주기율표를 암기하고 싶었다.

메이브가 수고스럽더라도 뉴욕에 와주었다면 나를 이 모든 것에서 구해줄 수 있었을 것이다. 누나의 감독하에 헤아릴 수 없는 분량의 냉동 채소가 명절을 대비해 식료품점 곳곳으로 배송되는 일이 끝났기 때문에 오터슨 씨 회사는 월요일까지 문을 닫았다. 내 룸메이트는 그리니치로 가서 부모님과 함께 추수감사절을 보낼 테니 메이브는 그의 침대에서 자면 되고, 우리는 중국 음식을 먹고 연극을 한 편 보면 될 것이다. 하지만 메이브는 꼭 필요한 일이 있을 때만 뉴욕에 오려고 했다―이를테면 내가 대학에 들어가고 1학년 1학기에 맹장이 파열된 그때처럼. 나는 구급차에 실려 복도 시험 감독관과 함께 컬럼비아 장로교회 병원으로 옮겨졌다. 수술 후 깨어났더니 메이브가 거기 잠들어 있었는데, 의자는 침대 옆으로 바짝 끌어놓고 머리는 내 팔 옆 매트리스에 내려놓은 채였다. 짙은 색깔의 풍성한 머리칼이 흩어져 이불을 하나 더 덮은 것처럼 내 몸을 덮고 있었다. 내가 누나에게 전화한 기억은 없지만, 아마 다른 누군가가 했을 것이다. 어쨌거나 누나는 내 비상 연락처로 올라 있는 사람이었고, 나와 가장 가까운 피붙이였다. 나는 여전히 마취 상태와 깬 상태를 오락가락했고, 누나가 꿈꾸는 모습을 바라보며 이렇게 생각했다. 메이브가 뉴욕에 왔다. 메이브는 뉴욕에 오는 걸 싫어한다. 그것은 누나가 바너드를 얼마나 사랑하는지와, 당시 누나가 자기 안에서 본 모든 잠재적인 가능성과 관련이 있었다. 뉴욕은 결코 누나의 잘못이 아닌 것들에 대한 수치심을 상징했다. 적어도 나는 그렇게 생각하고 있었다. 나는 눈을 감았고, 다시 떴을 때 누나는 같은 의자에 앉아 내 손을 잡고 있었다.

"깨어났구나." 누나가 말하고 나를 보며 미소를 지었다. "기분은 어때?"

내게 일어난 일이 꽤 많이 위험했다는 걸 깨달은 건 그로부터 한참이 지난 뒤였다. 당시에 나는 수술을 성가신 것과 당황스러운 것 사이의 뭔가로 보았다. 나는 농담을 하려다가 누나가 나를 너무 다정하게 보고 있어서 입을 다물었다. "나는 괜찮아." 내가 말했다. 입술이 쩍쩍 들러붙고 말라 있었다.

"잘 들어." 누나의 목소리는 조용했다. "내가 먼저고, 다음이 너야. 알겠니?"

나는 어이없는 웃음을 지었고, 누나는 고개를 가로저었다.

"내가 먼저."

안내판의 글자와 숫자가 딸깍하며 빙빙 돌다가 멈추자 해리스버그, 4:05, 15번 트랙, 정시 도착이라는 정보가 나타났다. 농구는 내게 사람들을 뚫고 지나가는 요령을 가르쳐주었다. 불쌍한 소들 대부분은 일 년에 딱 한 번 펜 기차역에 오기 때문에 갈팡질팡하기 쉬웠다. 집단적으로 우왕좌왕하는 가운데, 방향을 제대로 찾는 사람은 극소수였다. 그들이 어느 쪽으로 가야 하는지 고민하고 있을 때 나는 이미 기차에 올라타 있었다.

유익한 측면이라면, 기차를 타면 나는 공부할 시간을 한 시간 넘게 가질 수 있었고, 유기화학을 계속 따라잡아야 한다는 걸 고려하면 그 시간은 내게 필요했다. 교수는 에이블* 박사라는 이름이 잘

---

* Able. 유능하다는 뜻.

어울리는 사람이었는데, 10월 초에 나를 연구실로 불러 이러다간 낙제를 하게 될 거라고 말해주었다. 1968년이었고, 컬럼비아는 불타고 있었다. 학생들은 폭동을 일으켰고, 행진했고, 점령했다. 우리는 전시인 나라의 축소판이었고, 날마다 거울을 들고 우리가 보는 것을 국가에 보여주었다. 3학년생이 화학에서 낙제하게 된 상황인 것을 알아차린 사람이 누구라도 있었다는 게 신기했지만, 내가 바로 그런 상황이었다. 나는 이미 수업을 몇 번 빼먹었고, 그의 앞에는 내가 쓴 퀴즈 답안지가 쌓여 있었으니, 지금이 골치 아픈 상황인 걸 알아보는 데 대단한 투시력이 필요하지는 않았을 것이다. 에이블 박사의 삼층 연구실에는 책이 빼곡히 꽂혀 있었고, 자그마한 칠판에는 이해할 수 없는 화학합성이 그려져 있었는데, 혹시라도 나에게 설명해보라고 할까봐 나는 겁이 났다.

"자네는 의학부 예과 학생이로군." 그가 기록을 보며 말하기 시작했다. "맞는가?"

나는 그렇다고 대답했다. "아직 학기초예요. 다시 궤도에 돌려놓겠습니다."

그는 쌓여 있는 내 실망스러운 답안지를 연필로 톡톡 쳤다. "메디컬스쿨에서는 화학을 중요하게 생각해. 이 과목을 통과하지 못하면 받아주지 않을 거야. 그게 우리가 이 이야기를 지금 하는 게 최선인 이유지. 더 기다렸다간 따라잡지 못할 걸세."

나는 하복부가 뒤틀리는 고통스러운 감각을 느끼면서 고개를 끄덕였다. 내가 학교에서 열심히 공부하고 좋은 성적을 받은 이유 중 하나는 정확히 이런 대화를 하지 않으려는 노력에서였다.

에이블 박사는 화학을 가르친 세월이 충분히 길어서 나 같은 남학생들을 본 적이 많았는데, 내 문제는 능력의 부족이 아니라 필요한 시간을 쏟아붓지 않는 것으로 보인다고 말했다. 내가 학기초부터 생각이 딴 데 가 있었으니 그의 말은 물론 옳았지만, 한편 틀린 것도 있었는데, 그가 나 같은 남학생을 많이 봤을 것 같지는 않았기 때문이다. 그는 마른 체형의 남자로, 숱이 많은 갈색 머리칼이 솜씨 없게 잘려져 있었다. 나이는 짐작하기 어려웠고, 타이를 매고 재킷을 입은 모습을 보니 그저 내가 반대쪽이라고 생각하는 세계에 사는 사람 같았다.

"화학은 하나의 아름다운 체계야." 에이블 박사가 말했다. "모든 블록이 앞서 쌓은 블록 위에 놓이지. 1장을 이해하지 못하면 2장으로 가봐야 소용없어. 1장은 2장의 열쇠가 되고, 1장과 2장이 합쳐져 3장의 열쇠가 된다. 우리는 지금 4장을 공부하고 있어. 갑자기 4장을 열심히 공부한다고 해서 다른 학생들을 따라잡는다는 건 말이 안 되는 소리야. 자네한테는 열쇠가 없어."

나는 그런 것 같았다고 말했다.

에이블 박사는 교과서의 맨 처음으로 돌아가 1장을 읽고 그 장 끝에 있는 모든 문제를 푼 뒤 그걸 던져놓았다가 다음날 아침 일어나 다시 풀라고 말했다. 두 번의 시도에서 모든 답을 바르게 썼을 때만 다음 장으로 넘어간다.

나는 그에게 총장실 바닥에서 잠을 자는 학생들이 있는 걸 아느냐고 묻고 싶었다. 하지만 그러는 대신 "다른 수업도 따라잡아야 합니다"라고, 내 귀중한 시간의 얼마만큼이 그의 수업에 쓰일지에 대한 타협이 필요한 것처럼 말했다. 그 수업을 듣는 학생들 중 누구도 각 장에 나오는 모든 문제를 풀 것을 요구받지 않았고, 두 번

푸는 건 더더욱 요구받지 않았다.

　그는 나를 한참 빤히 바라보았다. "그렇다면 올해는 자네가 화학을 배울 해가 아닌 것 같군."

　나는 유기화학을 낙제할 수 없었고, 어떤 과목도 낙제할 수 없었다. 징병 시기가 다가오고 있었고, 학교에 다니는 것으로 징병을 유예하지 않으면 케산에 가서 참호에서 잠을 자야 할 터였다. 게다가 내가 학생 신분을 잃으면 누나는 내게 정부가 집행할 수 있는 수준을 훨씬 능가하는 벌을 줄 것이었다. 이건 농담이 아니었다. 한밤중에 뉴저지 고속도로에서 눈보라를 뚫고 달리면서 운전대를 잡고 잠이 드는 꼴이었다. 차 앞유리로 헤드라이트 불빛이 곧장 쏟아져들어오는 순간 에이블 박사가 때마침 나를 흔들어 깨웠고, 이제 내가 차를 급히 돌려 원래 차선으로 돌아가기까지는 아주 짧은 시간밖에 남지 않았다. 나와 소멸 사이의 간격은 이제 눈송이 하나 너비였다.

　나는 기차의 통로 쪽 자리에 앉았다. 맨해튼과 필라델피아 사이에서 내가 더 봐야 할 것은 없었다. 보통 때라면 옆자리에 가방을 놓고 실제보다 덩치가 더 큰 사람으로 보이려고 했겠지만, 지금은 추수감사절 주간이니 누구도 두 자리를 차지할 수 없었다. 그래서 나는 교과서를 펴고 정확히 내 모습만큼만 보여주려고 했다. 날씨나 추수감사절이나 전쟁 이야기로 끌려들어갈 수 없는, 화학을 공부하는 진지한 학생으로. 펜 기차역에 모인 소들로 구성된 해리스버그 파견단은 회전식 문을 바짝 붙어 통과하고 일렬로 플랫폼을 걸어 열차에 올라탔다. 각자 지나가면서 각각의 좌석에 가방을 툭 던졌다. 내가 책에 시선을 박고 있는데 한 여인이 얼음장 같은 손가락으로 내 목을 톡톡 쳤다. 다른 사람들이 그러듯 어깨를 치는 게 아니라, 목을.

"젊은이." 그녀가 말했다. 그러고는 자기 발치에 있는 가방에 눈길을 주었다. 그녀는 누군가의 할머니뻘로, 자기가 어쩌다 평등이라는 이름으로 여자가 힘들게 가방을 들고 열차에 올라타는데 남자들이 지켜보기만 하는 세상에 살게 되었는지 의아한 것 같았다. 뒤에서는 소들이 잠시 흐름이 멎은 이유를 알지 못한 채 계속 밀고 들어왔다. 그들은 기차가 자기들을 두고 떠날까봐 몹시 겁을 먹은 것 같았다. 나는 일어서서 짐을 머리 위 선반에 올려주었다— 지퍼는 믿을 수 없다는 듯 가운데 쪽을 끈으로 단단히 묶은 허름한 갈색 격자무늬 모직 가방이었다. 이 한 번의 신사적인 행동이 나를 짐꾼으로 홍보한 셈이 되었고, 열차의 여기저기서 여자들이 너 나 할 것 없이 나를 부르기 시작했다. 몇 명은 여행가방에 더해 포장된 크리스마스 선물을 잔뜩 담은 메이시나 와나메이커 백화점 쇼핑백도 들고 있었고, 나는 먼 미래를 내다본다는 게 뭔지 생각했다. 이 가방 저 가방 잘 들어가지도 않는 짐을 좌석 위 철제 선반에 억지로 쑤셔넣었다. 우주는 점점 확장되고 있을지 몰라도, 짐 선반은 그렇지 않았다.

"신사시네." 한 여인이 두 손을 올려 키가 1피트만 더 컸어도 직접 했으리라는 시늉을 하며 말했다.

마침내 양방향을 다 돌아보고 더는 할일이 남지 않았다고 결론을 내린 뒤, 나는 흐름의 반대 방향으로 돌아서서 사람들을 헤치며 다시 내 자리로 돌아갔다. 거기 구불구불한 금발의 여자가 창가 자리에 앉아 내 화학책을 읽고 있었다.

"그 자리 그대로 뒀어요." 기차가 덜컹하며 나아가기 시작했을 때 그녀가 말했다.

나는 읽던 곳을 말하는 건지, 열차의 좌석을 말하는 건지 알 수 없었지만, 둘 다 그럴 필요는 없었으므로 묻지 않았다. 나는 9장을 공부하고 있었다. 화학에 이르는 열쇠가 마침내 내게 주어진 것이다. 나는 코트를 깔고 앉았는데, 선반에 올려둘 기회를 놓쳤기 때문이었다.

"고등학교 때 화학 수업을 들었어요." 금발 머리가 페이지를 넘기며 말했다. "다른 여자애들은 타자 수업을 들었지만, 화학에서 A를 받는 건 타자에서 A를 받는 것 이상의 가치가 있죠."

"어떻게 더 가치가 있나요?" 화학은 더 큰 선의에 기여할 기회가 있다는 의미에서는 더 좋겠지만, 타자법을 아는 게 필요한 사람이 분명 훨씬 더 많을 것이었다.

"평균 평점에 더 가치가 있죠."

그녀의 얼굴은 원이 동글동글 합류하는 느낌이었다. 둥근 눈, 둥근 뺨, 둥근 입, 작고 둥근 코. 나는 그녀와 이야기를 나누고 싶은 마음이 전혀 없었지만, 그녀가 내 책을 들고 있는 한 내게 어떤 다른 선택지가 있는지는 알 수 없었다. 내가 그녀에게 그 수업에서 A를 받았는지 물었는데도 그녀는 계속 책을 읽고 있었다. 흥미 있는 부분이 눈에 띄었는지, 그녀는 내 질문에는 무심히 고개를 끄덕이는 것으로 반응했다. 화학에서 A를 받은 사실보다 화학 자체에 더 끌리는 듯했고, 이건 인정해야겠는데, 나는 그 모습이 매력적이라고 생각했다. 꼬박 이 분을 기다린 뒤, 나는 그 책을 돌려받았으면 한다고 말했다.

"그럼요." 그녀가 말하고, 손가락 하나를 9장의 두번째 섹션에 댄 채로 책을 돌려주었다. "다시 보니 재미있어서요. 함께 많은 시간을 보낸 누군가를 다시 만나는 기분이랄까."

"나는 화학과 함께 많은 시간을 보내요."

"그건 변함없죠." 그녀가 말했다.

내가 그 페이지를 보는 동안, 그녀는 자신의 가방 안을 뒤적여 에이드리언 리치가 쓴 '삶의 필수품'이라는 제목의 얇은 시집을 꺼냈다. 나는 그녀가 수업 때문에 그걸 읽는지, 아니면 기차에서 시집을 읽는 유의 여자인지 궁금했다. 나는 묻지 않았고, 우리는 침묵하는 동행 사이로 뉴어크까지 갔다. 기차가 서고 문이 열리자 그녀가 주머니에 있던 주시프루트 팩에서 껌 하나를 꺼내 책 속에 찔러넣고, 이어 참을 수 없이 진지한 표정으로 나를 다시 쳐다보았다.

"우리 이야기 좀 하죠." 그녀가 말했다.

내 여자친구 수전은 1학년 말 헤어지자고 말하기 전에 우리 이야기 좀 해, 하고 말했었다. "그래야 하나요?"

"뉴어크에서 내리는 모든 여자의 짐을 내려주고 싶지 않으면, 그리고 기차에 타는 모든 여자의 짐을 올려주지 않으려면요."

아니나다를까, 그녀의 말이 맞았다. 여자들이 내 쪽을 뚫어지게 쳐다보고 있었고, 이어 고개를 들어 각자 가방을 가리켰다. 기차에는 신체 건장한 다른 남자들이 있었지만, 그들은 내가 익숙했다.

"집으로 돌아가는 중인가봐요." 옆자리 동행이 몸을 앞으로 숙이고 웃으며 말했다. 입술은 뭔가를 발라 반짝거렸다. 멀리서 보면 우리가 의미 있는 대화에 몰두해 있다고 생각했을 것이다. 아니면 약혼한 사이라고 생각했거나.* 나는 샴푸향이 맡아질 만큼 그녀와 가까이 있었다.

"추수감사절이니까요." 내가 말했다.

"좋네요." 그녀가 살짝 고개를 끄덕이고 내 시선을 맞받았는데, 왼쪽 눈꺼풀이 살짝 처진 것이 뚜렷이 보였다. 그렇게 빤히 쳐다볼 시간이 주어지지 않았다면 모르고 지나갔을 결점이었다. "해리스버그?"

"필라델피아." 내가 말했고, 그 순간 우리가 아주 가깝게 느껴져서 나는 지역까지 덧붙였다. "엘킨스파크." 잠시 내가 엘킨스파크에 더이상 살지 않는다는 사실을 잊은 것이다. 내가 사는 곳은 중요치 않았으므로 젠킨타운에 산다고 해도 괜찮았다. 젠킨타운에는 메이브가 살았다.

엘킨스파크라는 지명이 나오자, 잘 아는 곳이라는 듯 그녀의 눈동자에 반짝 불이 켜졌다. "나는 라이덜." 그녀는 흉골을 가린 파란색 모직 스카프를 만졌다. 엘킨스파크는 라이덜에서 타운 하나가 떨어진 곳이었고, 그건 우리가 사실상 이웃이라는 뜻이었다. 한 여자가 몸을 숙이며 뭔가를 말하려고 했지만, 옆자리 동행이 손을 저어 물리쳤다.

"버지 카터." 내가 말했는데, 라이덜 이야기가 나오면 그의 이름이 바로 튀어나왔기 때문이었다. 버지와 나는 같이 스카우트 활동을 했고, 나중에는 성당에서 농구 리그전을 할 때 서로 상대팀 선수로 뛰었다. 그는 태생적으로 인기가 많았고, 우리가 고등학생이

◆ 원서에서 '몰두해 있다'와 '약혼한 사이'에 쓰인 영어는 모두 'engage'로 작가가 같은 단어로 한 말장난이다.

되었을 때는 좋은 성적과 고른 치아에, 어시스트를 넣지 않고도 시합에서 사십 점을 따내는 실력을 갖추었다. 그는 이제 펜실베이니아대학교에서 전액 장학금을 받으면서 선수로 뛰고 있었다.

"나보다 일 년 선배였어요." 그녀가 여자들이 버즈를 생각할 때 떠올리는 표정을 지으며 말했다. "이유는 모르지만, 그가 2학년 댄스파티에 내 사촌을 데려갔어요. 당신은 첼트넘에 다녔나요?"

"비숍맥데빗에요." 나는 그렇게 말했고, 이야기가 복잡해지는 건 원하지 않았다. "하지만 마지막 두 해는 기숙학교에 다녔어요."

그녀가 빙긋 웃었다. "부모님이 당신을 못 참았어요?"

나는 이 여자가 마음에 들었다. 그녀는 타이밍을 잘 맞췄다. "네." 내가 말했다. "그 비슷한 거예요."

기차가 역을 떠나자 우리는 다시 철저히 낯선 사람으로 돌아가, 그녀는 시집을 읽고 나는 화학책을 읽었다. 그 평화로운 공존 속에서 우리는 서로의 존재를 거의 완전히 잊었다.

열차가 서티스 스트리트 역으로 들어가자 격자무늬 여행가방을 들었던 여자, 이 모든 일의 시발점이었던 그 여자가 내 옆으로 부랴부랴 다가와 자기 가방을 내려달라며 나를 끌고 갔다. 그 가방은 다른 가방들 사이에 끼어서 꼼짝도 하지 않았다. 그녀는 팔걸이에 올라서도 손이 닿지 않았을 것이다. 이어 다른 여자가 도움을 요청했고, 또다른 여자, 또다른 여자가 도움을 요청했다. 곧 나는 문이 닫혀서 파올리까지 갔다가 되돌아오는 일이 생길까봐 걱정되기 시작했다. 옆자리 동행인 금발 머리가 문으로 걸어가는 것이 보였다. 아마 그녀는 사려 깊다고 생각되는 만큼 기다렸을 것이고, 어쩌면 아예 기다리지 않았을 것이다. 나는 상관없다고 속으로 혼잣말을 했다. 내가 자신의 가방을 플랫폼까지 들어주어야 한다고 진심으로 생각하는 듯한 여자의 가방을 마지막으로 내려준 뒤, 나를 붙잡는 손길을 뿌리치고 코트와 가방, 교과서를 챙겨서 문이 닫히기 직전에 기차에서 미끄러지듯 내렸다.

누나를 찾는 건 결코 힘든 일이 아니었다. 우선은 누나가 누구보다 키가 크기 때문에 찾기가 아주 쉬웠고, 또 한 가지는 누나가 언제나 시간에 맞춰 왔기 때문이었다. 내가 기차를 타고 올 때면 메이브는 마중나온 사람들 무리의 앞줄 중앙에 서 있곤 했다. 그녀는 추수감사절 전 이 특별한 수요일에, 청바지와 잃어버린 줄 알았던 내 빨간색 모직 스웨터를 입은 채 터미널 건너편에 서 있었다. 누나가 내게 손을 흔들었고, 나도 흔들려고 손을 드는데 옆자리 동행이었던 여자가 내 손목을 잡았다.

"잘 가요!" 금발 머리의 그녀가 미소를 지으며 말했다. "화학하고 잘해봐요." 그녀는 가방을 훌렁 어깨에 올려 멨다. 나를 기다리느라 바닥에 내려둔 것 같았다.

"고마워요." 내가 그녀의 존재를 숨기거나 쫓아내려고 하는 것 같은 묘한 기분이 들었지만, 저만치 누나가 우리를 향해 씩씩하게 걸어오고 있었다. 메이브는 나를 두 팔로 감싸안고 바닥에서 1인치 정도 들어올려 흔들었다. 누나가 처음 그렇게 한 게 내가 초트에서 처음 집으로 돌아온 부활절이었다. 누나는 오로지 자신이 그럴 수 있다는 걸 입증해 보이려고 그걸 전통으로 만들었다.

"기차에서 누굴 만났어?" 메이브가 그녀 아닌 나를 보며 말했다.

나는 그 여자를 돌아보았다. 그녀는 완벽하게 평균키였지만, 누구든 나와 누나 사이에 서 있으면 작아 보였다. 그 순간 나는 내가 그녀의 이름을 물어보지 않은 것을 깨달았다.

"설레스트예요." 그녀가 말하고 손을 내밀었고, 우리 모두 서로 악수했다. "메이브예요." 메이브가 말했고, 내가 "대니예요" 하고 말했다. 그리고 우리는 서로 행복한 추수감사절을 빌어주고 작별 인사를 한 뒤 헤어졌다.

"누나 머리 잘랐네!" 우리 소리가 들리지 않을 만큼 멀어지자 내가 말했다.

메이브가 손을 올려 짙은 색 머리칼이 내려오다 단발로 뚝 끝나는 부분 바로 아래의 목을 만졌다. "보기 괜찮아? 이렇게 하면 좀 더 어른 같아 보일 거라고 생각했어."

나는 웃었다. "나는 누나가 늘 어른처럼 보이는 게 지겨워서 자른 줄 알았지."

누나가 내 팔에 팔짱을 끼고 머리를 약간 기울여 내 어깨에 슬며시 갖다댔다. 머리카락이 앞으로 흘러내려 순간적으로 누나의 얼굴을 가리자, 고개를 뒤로 홱 젖혔다. 여자애들 같긴, 나는 그렇게 생각했다가, 곧 메이브가 여자라는 사실을 떠올렸다.

"이번이 올해 가장 좋은 나흘이 될 거야." 누나가 말했다. "네가 크리스마스 때 집에 돌아오기 전까지 가장 좋은 나흘."

"크리스마스 때 누나가 나를 보러 올 수도 있잖아. 누나가 대학생일 땐 내가 부활절에 누나를 보러 갔는데."

"나는 기차가 싫어." 메이브가 그걸로 그 이야기는 끝이라는 듯 말했다.

"운전해서 와도 되잖아."

"맨해튼까지?" 누나가 그게 얼마나 바보 같은 제안인지 강조하려는 듯 나를 빤히 쳐다보았다. "기차를 타는 게 훨씬 쉽지."

"기차는 악몽이야." 내가 말했다.

"그 여자애가 악몽이었어?"

"아니, 걔는 괜찮았어. 사실 아주 큰 도움이 됐어."

"마음에 들었어?" 우리는 주차장으로 통하는 문에 거의 가까이 와 있었다. 메이브가 차를 운전해서 오겠다고 고집을 부린 것이었다.

"기차에서 옆에 괜찮은 사람이 앉았다고 생각하는 정도로 괜찮았어."

"어디 출신이래?"

"어디 출신인지가 왜 궁금해?"

"왜냐하면 걔가 저기 서서 누굴 기다리는데, 아무도 데리러 오지 않았거든. 쟤가 네 마음에 들면 우리가 태워줄 수도 있어."

나는 걸음을 멈추고 뒤를 돌아보았다. 그녀는 우리를 보고 있지 않았다. 다른 방향을 쳐다보고 있었다. "이제 누나는 뒤통수에도 눈이 달렸어?" 나는 늘 그게 가능하다고 생각했다. 셜레스트, 기차에서 아주 유능해 보였던 그녀가 기차역에서는 너무도 길을 잃은 사람처럼 보였다. 그녀는 많은 짐을 도맡을 뻔한 내 수고를 덜어준 사람이었다. "라이덜 출신이래."

"십 분을 더 쓰면 라이덜까지 태워줄 수 있어."

누나는 나보다 주변 지리를 더 잘 알았다. 또한 더 착한 사람이었다. 나더러 자기가 가방을 지키고 있을 테니 셜레스트에게 차를 태워주면 좋겠는지 물어보라고 했다. 가족 누가 나오지 않았는지 기차역을 몇 분 동안 더 살핀 뒤—그들 중 누가 마중나오기로 했는지는 전혀 분명하지 않았다—그녀는 자신이 큰 폐가 되지 않겠는지 내게 다시 물었다. 나는 전혀 문제가 되지 않는다고 했다. 우리 셋은 함께 주차장으로 걸어갔고, 설레스트는 계속 미안하다고 말했다. 이어 그녀는 누나의 폴크스바겐 뒷좌석에 기듯이 올라탔고, 우리는 그녀의 집으로 차를 몰았다.

*

"걜 태워주자고 한 사람은 너였어." 메이브가 말했다. "이 일에 대한 내 기억은 완벽해. 우리가 추수감사절에 구치 변호사를 찾아가기로 해서, 나는 집에 돌아가 파이를 만들어야 했어. 그런데 네가 기차에서 그애를 만났고 내가 집까지 태워줄 거라고 그애한테 약속했다고 했잖아."

"그런 말도 안 되는 소리가 어덨어. 평생 파이를 구워본 적도 없으면서."

"빵집에 가서 미리 주문해놓은 파이를 가져와야 했어."

내가 고개를 가로저었다. "나는 늘 네시 오분 기차를 탔어. 내가 도착했을 때는 빵집이 이미 문을 닫았을 시간이야."

"그만할래? 내가 말하고 싶은 건 그저 내가 설레스트 일엔 책임이 없다는 거야."

우리는 누나의 차를 타고 가면서 함께 웃고 있었다. 폴크스바겐은 없어진 지 오래고, 지금은 좌석에 난방이 들어오는 볼보 스테이션왜건으로 바뀌어 있었다. 그 차가 눈을 갉아먹으며 앞으로 나아갔다.

하지만 이 특정한 날에 날씨는 추웠고 눈은 내리지 않았다. 어둠을 배경으로 더치 하우스에는 이미 불이 켜져 있었다. 이것은 몇 년 뒤에 만들어진 새 전통의 일부였다. 설레스트와 내가 사귀고 헤어지고 다시 만난 뒤에, 우리가 결혼한 뒤에, 메이와 케빈이 태어난 뒤에, 내가 의사가 되고 의사를 그만둔 뒤에, 우리 모두 세련된 방식으로 추수감사절을 함께 보내려고 노력하다가 포기한 뒤에. 설레스트와 애들과 나는 매년 추수감사절 전 수요일에 뉴욕에서 라이덜로 갔다. 나는 그들 셋을 그녀의 부모님 집에 두고, 누나에게 가서 같이 저녁을 먹었다. 추수감사절에 메이브는 성당 사람들과 함께 노숙자들에게 점심을 나누어주었고, 나는 다시 돌아가 점점 그 수가 늘어나 거대해지는 설레스트의 가족과 함께 식사했다. 저녁 늦게 나는 메이브를 보러 아이들을 데리고 젠킨타운으로 돌아갔다. 우리는 먹고 남은 음식을 냉장고 보관용 용기에 넣어 한가득 가져가고, 설레스트의 어머니가 만든 파이 몇 조각도 가져갔다. 우리는 식사실 테이블에서 푼돈으로 포커를 치면서 찬 음식을 먹었다. 아주 어려서부터 배우 자질을 분명히 드러낸 내 딸은 이것―이렇게 왔다갔다하는 것―이 부모가 이혼한 상태보다 더 나쁘다고 종종 말했다. 나는 딸에게 너는 지금 네가 무슨 이야기를 하는 건지 전혀 모르고 있다고 말해주었다.

"노마와 브라이트가 지금도 추수감사절에 집에 오는지 궁금하네." 메이브가 말했다. "걔들이 앤드리아가 싫어하는 사람과 결혼했는지도 궁금하고."

"오, 틀림없이 그랬을 거야." 내가 말했고, 잠시 나는 그 모든 일이 어떻게 펼쳐졌을지 상상할 수 있었다. 내가 결코 만날 일 없는 그 남자들에게 미안한 마음이 들었다. "더치 하우스로 끌려왔을 그 자식들 안됐네."

메이브는 고개를 가로저었다. "누군가가 걔들한테 충분히 잘해줬으리란 게 잘 상상되지 않아."

나는 누나를 휙 쳐다보면서, 누나가 그 눈빛에 담긴 농담을 알아들으리라 생각했지만, 알아차리지 못한 것 같았다.

"왜 그러는데?"

"그게 설레스트가 누나에 대해 늘 말하는 거야." 내가 말했다.

"설레스트가 나에 대해 늘 무슨 말을 하는데?"

"누나는 나한테 충분히 잘해준 사람이 아무도 없었으리라 생각한다고."

"난 너한테 충분히 잘해준 사람이 아무도 없었다고 말한 적이 한 번도 없는데. 네가 그애보다 더 나은 상대를 만날 수 있었을 거란 말은 한 적 있지만."

"아." 내가 말하고, 한쪽 손을 들어올렸다. "진정해." 아내는 누나를 험담하고, 누나는 아내를 험담했다. 나는 두 사람의 말을 모두 들었는데, 듣지 않는 게 불가능했기 때문이다. 오랫동안 그들의 그런 습관을 깨고 두 사람의 명예를 서로 지켜주려고 애썼지만, 결국 포기했다. 하지만 그들이 아무리 막 나간다고 해도 한계가 있었고, 두 사람 다 그것을 알았다.

메이브는 다시 차창 밖으로 더치 하우스를 바라보았다. "설레스트는 예쁜 아이들을 낳았어." 메이브가 말했다.

"고마워."

"애들이 걜 하나도 안 닮았어."

아, 남녀노소 가릴 것 없이 우리 모두가 녹음과 사진과 짧은 영상을 위한 장치가 장착되어 태어나는 세상에 살았더라면. 내 기억력보다는, 반박할 수 없는 증거가 있었다면 좋았을 것을. 이 문제에 대해서는 누나도, 아내도 나를 편들지 않을 것이니 말이다. 설레스트를 처음 선택한 사람은 메이브였고, 설레스트가 처음 사랑한 사람은 메이브였다. 1968년에 나는 눈을 뒤집어쓴 차에 탄 채 서티스 스트리트 역에서 라이덜에 있는 설레스트의 부모님 집으로 이동하는 중이었고, 메이브는 길에 쌓인 눈을 녹여 없앨 만큼 온화했다. 설레스트는 뒤쪽 좌석에 둔 가방들 사이에 끼어 타고 있었고, 작은 비틀의 뒷좌석이 너무 좁아서 무릎을 당겨 앉아야 했다. 메이브는 질문을 쏟아내면서 시선을 자꾸 백미러로 보냈다. 학교는 어디 다녀요?

설레스트는 토머스모어 2학년생이었다. "스스로 여긴 포덤*이다, 하고 말해줘요."

"나도 거기 가고 싶었는데. 예수회 신자들과 함께 공부하고 싶었거든요."

"어느 학교에 다녔어요?" 설레스트가 물었다.

메이브가 한숨을 쉬었다. "바너드. 장학금을 준다고 해서 거기로 간 거예요."

내가 아는 한 그 이야기에서 진실은 하나도 없었다. 메이브는 장학금을 받은 학생이 단연코 아니었다.

"무슨 공부 해요?" 메이브가 물었다.

---

* 1964년 뉴욕에 개교한 여학교인 토머스모어 칼리지는 1974년 예수회 계열의 사립대학인 포덤대학으로 통합되었다.

"영문학 전공이에요." 설레스트가 말했다. "이번 학기엔 20세기 미국 시를 듣고 있어요."

"시 수업 좋아했는데!" 메이브가 반색하며 눈썹을 치켰다. "꾸준히 공부했어야 했는데, 그러지 못했어요. 졸업하기까지 정말로 진이 빠졌거든요. 강제로 시키는 사람이 없으면 읽을 시간을 많이 내기는 힘드니까."

"시 수업은 대체 언제 들었어?" 내가 누나에게 물었다.

"집은 너무 슬프다." 메이브가 말했다. "누군가가 떠났을 때의 모습 그대로, 다시 데려오려는 듯 그이의 편안함에 맞춘 형태로. 하지만 기쁘게 해줄 사람을 잃은 채, 집은 그렇게 시들어간다. 훔치는 손을 밀어낼 마음도 없이."

설레스트는 메이브가 멈춘 것을 확인하고 더 부드러운 목소리로 다음 행을 이어받았다. "그리고 다시 시작했을 때의 모습으로 되돌아간다. 사물이 어떻게 있는지를 보여주는 즐거운 장면, 길고 넓게 널브러져. 당신은 애초의 모습을 볼 수 있다. 사진과 식기류를 보라. 피아노 의자에 놓여 있는 악보를. 그 꽃병을."

"라킨.*" 두 사람이 동시에 외쳤다. 메이브와 설레스트, 그들은 그 자리에서 결혼이라도 했을 것이다. 그 순간에 그들의 사랑은 그러했다.

나는 놀라서 메이브를 쳐다보았다. "그걸 어떻게 알아?"

"그 시인의 수업은 다 못 들었어." 메이브가 고개를 내 쪽으로 살짝 기울이며 웃었고, 그러자 설레스트도 웃었다.

---

* 필립 라킨(1922~1985). 영국의 시인이자 소설가.

"전공이 뭐였어요?" 설레스트가 물었다. 나는 그녀를 돌아보았고 이제 그녀는 내게 완전히 신비한 존재였다. 두 사람 다 그랬다.

"회계학." 메이브가 손바닥으로 탁 밀어 기어를 저속으로 바꾸었고, 우리는 눈 덮인 언덕길을 조심해서 내려갔다. 강을 건너고 숲을 통과했다. "아주 따분하고, 아주 실용적이죠. 먹고살아야 했으니까."

"오, 그럼요." 설레스트가 고개를 끄덕였다.

하지만 메이브는 회계학 전공이 아니었다. 바너드에 회계학 전공 같은 건 없었다. 누나는 수학을 전공했다. 그리고 동기 중 수석이었다. 회계는 누나가 직업으로 삼은 것이지, 전공한 것은 아니었다. 회계는 누나가 잠을 자면서도 할 수 있는 것이었다.

"저기 앙증맞게 생긴 감독교 교회가 보이죠." 메이브가 홈스테드 로드에서 속도를 늦추었다. "거기서 하는 결혼식에 한 번 갔어요. 내가 자랄 때 수녀님들은 우리가 프로테스탄트 교회에 발을 들여놓기만 해도 거의 발작을 일으켰죠."

설레스트는 고개를 끄덕였지만, 자신이 질문을 받은 거라는 사실은 전혀 눈치채지 못했다. 토머스모어는 예수교 학교였지만, 그렇다고 그게 차 뒷좌석에 앉은 여자가 가톨릭 신자라는 뜻은 아니었다. "우리는 세인트힐러리성당에 가요."

그녀는 가톨릭 신자였다.

우리가 그녀의 집 앞에 차를 세웠을 때, 그 집은 규모가 더치 하우스보다는 상당히 작고 메이브가 그때까지도 살고 있던 계단 없는 삼층 건물보다는 상당히 컸다. 설레스트의 집은 곁면에 물막이 판자를 대고 노란 바탕에 하얀 테두리가 둘려 있는, 식민지 시대에 지어진 것이었다. 앞마당에 잎을 다 떨군 단풍나무 두 그루가 몸을 떨고 있었는데, 한 그루에는 밧줄 그네가 매달려 있었다. 누군가는 행복한 어린 시절을 보냈을 거라고 무심코 추정해볼 수 있는 그런 집이었고, 설레스트의 경우에는 그 가정이 맞는 것으로 드러났다.

"너무 잘해주셨어요." 설레스트가 말을 시작하려는데 메이브가 잘랐다.

"집안까지 바래다줄게요."

"하지만 그럴 건……"

"여기까지 왔잖아요." 메이브가 말하고 차를 댔다. "아무리 못해도 문까진 배웅해야죠."

나는 어쨌거나 내려야 했다. 좌석을 접어 앞으로 밀고 몸을 기울여 설레스트가 차에서 내릴 수 있게 도왔다. 그리고 그녀의 가방을 받아주었다. 그녀의 아버지는 추수감사절과 그다음날은 병원이 문을 닫기 때문에 아직 그의 치과에서 충치를 때우며 늦게까지 일하고 있었다. 사람들은 치료를 계속 미루던 치통과 함께 명절에 집에 돌아왔다. 그녀의 남동생 둘이 친구들과 함께 텔레비전을 보고 있다가 설레스트에게 뭐라고 소리를 질렀지만, 보던 프로그램을 포기하지는 않았다. 럼피라는 이름의 검은 래브라도레트리버 강아지가 훨씬 더 따뜻하게 반겨주었다. "강아지 땐 이름이 래리였는데, 크면서 울퉁불퉁해졌어요.*" 설레스트가 말했다.

설레스트의 어머니는 친절하고 호들갑스러웠고, 다음날 정오에 오는 친척 스물두 명이 한자리에 앉아 먹을 수 있는 식사를 준비하

---

* 럼피(lumpy)는 울퉁불퉁하다는 뜻이다.

고 있었다. 기차역에 가서 셋째 아이를 데려오는 걸 깜박했다는 것도 놀랄 일이 아니었다. (노크로스 부부에게는 다섯 명의 아이가 있었다.) 소개를 마치자 메이브는 설레스트에게 종이쪽지에 전화번호를 적어달라고 하면서, 자신이 이따금 도시로 나가면 차를 태워줄 수 있고 심지어 다음번에는 앞좌석에 태워주겠다고 약속했다. 설레스트는 고마워했고, 그녀의 어머니는 레인지에 올려놓은 냄비 안의 크랜베리를 저으면서 고맙다고 했다.

"두 사람 여기서 저녁 먹고 가요. 신세를 그렇게나 졌는데!" 설레스트의 어머니는 우리에게 그 말을 하고 곧바로 자신의 실수를 깨달았다. "내가 무슨 말을 하는 거지? 학생도 방금 집에 온 건데! 컬럼비아에 다닌댔죠! 부모님이 정말 보고 싶어하시겠네요."

메이브는 초대해줘서 고맙다고 말했고 설레스트에게 가벼운 포옹을 받았다. 설레스트가 내 손을 잡고 악수했다. 누나와 나는 눈 쌓인 앞쪽 보도를 걸어갔다. 블록 위아래 길 양옆으로 모든 집의 모든 불이 켜진 것 같았다. 라이덜에 사는 모두가 추수감사절을 맞아 집에 왔다.

"대체 언제부터 시 수업을 들었어?" 나는 우리가 다시 차에 타자마자 물었다.

"그애가 자기 가방에 시집을 넣는 걸 봤을 때부터." 메이브는 별소용도 없는 차의 히터를 켰다. "그래서 뭐?"

메이브는 누구에게도 애써 깊은 인상을 남기려 하지 않았고, 심지어 누나가 몰래 사랑하고 있는 것 같은 구치 변호사에게도 그랬다. "라이덜에 사는 설레스트가 누나가 시를 읽는 사람이라고 생각하든지 말든지 무슨 상관이라고?"

"조만간 너는 누군가를 만나게 될 테고, 나는 네가, 글쎄, 모로코 출신의 불교 신자를 만나는 것보단 라이덜 출신의 가톨릭 신자를 만나는 게 더 낫다고 생각하니까."

"진심이야? 나한테 여자친구를 만들어주려는 거야?"

"나 자신의 이익을 지키려는 거야, 그게 다야. 너무 깊이 생각하지 마."

나는 깊이 생각하지 않았다.

9장

1968년에 젠킨타운에 살거나 초트에 다니면 고개를 숙이거나 인사만 건네는 정도라도 오다가다 결국 거기 사람 대부분과 마주칠 가능성이 컸다. 하지만 뉴욕은 와일드카드였다. 매시간이 기회의 연속이어서, 이 거리 대신 다른 거리를 선택하면 모든 것이 달라질 수 있었다. 누구를 만날지, 무엇을 볼지, 무엇을 보지 않아도 되는지까지. 우리가 사귀고 얼마 되지 않았을 때 설레스트는 친구들이나 모르는 사람들에게 우리가 처음 만난 이야기를 늘어놓는 걸 무엇보다 좋아했고, 이따금 우리끼리만 있을 때 내게도 그렇게 했다. 그녀는 그날 펜 기차역에서 한시 삼십분 기차를 탈 생각이었는데, 룸메이트가 그랜드 센트럴 역까지 지하철을 같이 타고 가면 좋겠다고 했다. 그런데 룸메이트가 짐을 싸느라 꾸물거리며 시간을 너무 끈 바람에 설레스트는 그 기차를 놓쳤다.

"다른 기차를 탔을 수도 있었어." 그녀가 내 가슴에 머리를 기대며 말했다. "네시 오분 기차를 탔더라도 다른 칸에 탔을 수 있었고. 혹은 그 칸에 탔지만 다른 자리에 앉았을 수도 있었어. 우리는 서로를 놓쳤을지도 몰라."

"어쩌면 그날은 그랬겠지." 나는 매력적으로 구불거리는 그녀의 머리칼을 손끝으로 쓸어내리며 말했다. "하지만 결국 내가 너를 찾아냈을 거야." 내가 그렇게 말한 건 아이보리 비누향이 나는 설레스트, 내 품에 안긴 이 따뜻한 여자가 그 말을 듣고 싶어한다는 걸 알았기 때문이지만, 나는 낭만적으로는 아니어도 적어도 통계학적으로는 그것을 믿었다. 젠킨타운과 라이덜에서 자라고 뉴욕에서 대학에 다닌 두 아이라면 어딘가에서 서로 마주칠 법했다.

"내가 그 자리를 고른 이유는 오로지 그 화학책을 봤기 때문이었어. 넌 심지어 그 자리에 앉아 있지도 않았어."

"그랬지." 내가 말했다.

설레스트가 웃었다. "나는 늘 화학을 좋아했거든."

설레스트는 당시 충분히 행복했지만, 돌이켜보면 본인이 화학을 잘했으면서도 의사가 되는 것보단 의사와 결혼해야 한다고 생각했으니 궁극적으로 시대를 잘못 타고난 희생자였다. 몇 년 뒤에 태어났다면 절대 그 덫에 빠지지 않았을지도 몰랐다.

화학책은 그 자체로 우연의 한 조각이었다. 내가 학기초부터 요구되는 대로 마땅히 신경을 썼다면 에이블 박사가 내 가슴속에 낙제에 대한 두려움을 심어줄 이유는 없었을 것이다. 나는 『현대 유기화학』을 내 손의 확장처럼 들고 다니지 않았을 것이다. 화학책이 예쁜 여자를 낚는 미끼로 작용할지 누가 알았겠는가?

낙제 직전까지 가지 않았다면 내가 기차에서 화학책을 읽는 일은 없었을 것이다. 기차에서 화학책을 읽지 않았다면 설레스트를 만나지 않았을 것이고, 지금 아는 대로의 내 삶은 아예 시작되지도 않았을 것이다.

하지만 이 이야기를 책과 기차, 동역학과 여자의 관점에서만 하는 건 애초에 내가 왜 화학에서 거의 낙제할 뻔했는지 그 이유를 놓치는 것이다.

나는 컬럼비아대학 농구팀에 지원하려고 했지만, 누나는 그 희망을 깡그리 뭉갰다. 누나는 그렇게 하면 내가 학교 공부에 충실하지 못할 테고, 평점이 엉망이 될 테고, 그러면 노마와 브라이트가 신탁금을 받을 나이가 되기 전에 그 돈을 소진할 기회를 잃게 된다고 말했다. 사실 그 농구팀은 팀이라고 할 수도 없었다. 그 결과 나는 시합이 열리는 곳이 있으면 언제든 찾아가 농구를 했고, 2학년 초의 어느 화창한 토요일 오전에는 어쩌다보니 컬럼비아 학생 다섯 명과 마운트모리스파크로 향하게 되었다. 내게 농구공이 있었다. 우리 모습을 전체적으로 보면 비쩍 말랐고, 장발에 턱수염이 났고, 안경을 썼으며, 한 명은 맨발이었다. 신발을 신지 않고 기숙사 방을 나온 아리가 마운트모리스에는 농구를 하고 싶어하는 녀석들이 늘 있다고 들었다고 우리에게 말했다. 그에게서 느껴지는 권위가 우리에게 강한 인상을 남겼지만, 돌이켜보면 그는 분명 자기가 무슨 말을 하는지도 몰랐을 것이다. 할렘 지역은 엉망진창이었고, 시장인 린지는 기꺼이 거리를 걸어서 돌아다녔으며, 컬럼비아 학생들은 교문을 기준으로 자신들이 있는 쪽에만 머물러 있으려는 듯 보였다. 메이브가 바너드에 다니던 1959년과는 달랐다. 당시에는 여자들이 데이트 상대와 옷을 차려입고 아폴로극장에서 하는 〈아마추어 나이트〉*를 보러 갔지만, 1968년에 이 나라에서는 거의 모든 희망의 표현이 벽에 줄 세워져 총살되었다. 컬럼비아 남자애들은 수업을 들으러 갔고, 할렘에 사는 남자애들은 전쟁터에 나갔다. 현실은 토요일에 기분좋게 농구 한 게임을 하는 분위기가 아니었다.

공원으로 걸어가면서 우리 여섯은 그 사실을 깨닫기 시작했다. 우리는 눈을 크게 뜬 채, 지나가는 길에 마주친 모두—층계참에 드러누운 아이들, 모퉁이에 무리 지은 남자들, 창밖으로 몸을 내민 여자들—의 눈이 크게 뜨인 것을 보았다. 모두가 우리를 지켜보고 있었다. 지나가는 여자들이나 소녀들은 우리더러 집으로 돌아가 처놀라고 말했다. 연석에 쌓인 쓰레기봉지는 입을 벌린 채 거리로 쓰레기를 쏟아내고 있었다. 흰색 민소매 속옷만 입은 남자는 아프로 스타일의 머리칼 뒤쪽에 저녁식사용 접시만큼 큰 피크를 찔러넣은 채 라디오 볼륨을 한껏 키우고 열린 차창 밖으로 몸을 내밀고 있었다. 창문은 판자로 막아놓고 앞문은 사라지고 없는 브라운스톤 건물의 벽돌에는 이런 공고문이 나붙어 있었다. 세금 체납으로 압류. 공매 예정. 나는 가슴주머니에 넣고 다니는 스프링노트에 경매 날짜와 시간을 써넣는 아버지의 모습이 보이는 것 같았다.

"그런 안내문이 보이면," 내가 소년이었을 때, 한번은 노스필라델피아에 있는 어느 아파트 건물 앞에 서서 아버지가 말했다. "그건 와서 그냥 가져가시오, 그런 말이나 다름없다."

나는 무슨 말인지 모르겠다고 말했다.

---

* 아폴로극장에서 매주 수요일 저녁에 열리는 스타 발굴 프로그램. 엘라 피츠제럴드를 비롯한 유명한 음악가들이 이 프로그램으로 자신을 처음 알렸다.

"집주인이 포기했고, 은행도 포기한 집이란 뜻이다. 포기하지 않는 집단은 국세청에서 일하는 사람들뿐이지. 그들은 결코 포기하지 않거든. 이 건물을 가지려면 세금만 내면 돼."

"콘로이!" 화학 수업을 같이 듣는 월리스라는 이름의 아이가 나를 돌아보며 외쳤다. "빨리 가자." 그들은 이미 블록 저만치 가 있었고, 지금 농구공을 들고 있는 나는 여기에서 혼자 백인이었다.

"콘로이! 궁둥짝 좀 빨리 옮겨!" 옆 건물 계단에 앉아 있던 세 소년 중 하나가 내게 말했고, 또 한 명은 이렇게 외쳤다. "콘로이! 나 샌드위치 한 개만 만들어줘!"

그 순간이었다. 120번가에서 나는 영적인 깨달음을 얻었다.

나는 경매 공고가 붙은 건물을 가리켰다. "저긴 누가 사니?" 내가 자기 점심을 만들어주러 왔다고 생각하는 아이에게 말했다.

"씨발 그걸 내가 어떻게 알아?" 아이는 열 살짜리 남자애다운 말투로 말했다.

"저 사람 경찰이야." 두번째 아이가 말했다.

"경찰은 공을 갖고 있지 않아."* 세번째 아이가 말했고, 그러자 세 아이 모두 데굴데굴 구르며 발작적인 웃음을 터뜨렸다.

기다리고 있던 친구들이 조금 급한 걸음으로 다시 돌아왔다. "이제 가야 해, 친구." 아리가 말했다.

"저 사람 경찰이야." 소년이 다시 말하고, 손가락 하나를 총처럼 내밀었다. "당신들 전부, 경찰."

나는 빨간 티셔츠를 입은 아이에게 체스트 패스로 공을 던졌고,

---

* 원서에 쓰인 영어 'balls'는 '공'으로도, '배짱'으로도 해석될 수 있다.

아이는 곧바로 되받아 던졌다―하나, 둘.

"이리 던져." 옆에 있던 소년이 말했다.

"이 친구들을 데리고 공원에 가." 내가 소년들에게 말했다. "나는 잠시 뒤에 뒤따라갈게." 아무도 그걸 좋게 생각하지 않는 것 같았다. 농구 친구들도, 계단에 앉아 있던 소년들도. 하지만 나는 펜을 빌릴 수 있는지 물어보려고 모퉁이에 있는 주류 판매점으로 이미 돌아가고 있었다. 뭐든 알 필요가 있는 건 손바닥에 쓰면 된다.

마운트모리스에서 즉석 시합을 하려고 가는 길에, 나는 아버지의 사업이나 아버지의 집보다 더 큰 유산을 물려받은 유일한 수혜자가 되었다. 내 삶 전체가 갑자기 천연색 영화처럼 분명해졌다. 내가 되고 싶은 사람이 되기 위해서 나는 건물이, 구체적으로 레녹스 근처 120번가에 있는 그 건물이 필요했다. 내 손으로 창문을 끼우고 문을 바꿔 달 것이다. 석고 벽에 땜질을 하고, 바닥에 모래를 깔고, 언젠가는 토요일에 집세를 걷으러 다닐 것이다. 메이브는 메디컬스쿨이 내 운명이라고 믿었고, 설레스트는 자신이 내 운명이라고 믿었지만, 둘 다 틀렸다. 월요일에 나는 구치 변호사에게 전화를 걸어 내 사정을 설명했다. 아버지는 내 교육을 위한 자금을 마련해놓은 것이다, 그렇다, 하지만 그러는 대신 건물을 사서 아버지가 내게 시키려고 한 일을 시작하는 데 그 돈을 쓴다면 아버지의 소망과 더욱 일치하지 않겠는가? 폭력과 오물, 넘볼 수 없는 부촌이 있는 곳이지만, 시야를 더 넓혀보면 맨해튼은 결국 섬이었고, 섬의 이쪽 지역은 계속해서 확장하고 있는 대학 옆이다. 그가 나를 대신해 신탁금을 신청해줄 수 없겠는가? 구치 변호사는 인내심 있게 들어주었지만, 그 소망과 논리는 신탁금에 적용되지 않는다고 설명했다. 아버지는 내 교육을 위한 대비책을 세워놓은 것이지, 내가 부동산 일을 시작하도록 대비한 건 아니었다. 두 주 뒤에 나는 내 삶을 바꾸리라 생각했던 건물을 놓고 열리는 공매에 참석했다. 그 건물은 천팔백 달러에 팔렸다. 내겐 만회할 아무 계획이 없었다.

하지만 여느 때처럼 내가 잘못 알았음이 밝혀졌다. 그 무렵 내가 자주 다니던 동네에는 건물이 많았고, 경매에 나온, 불에 탔거나 불법 거주자들이 들어앉아 사는 또다른 건물을 찾기는 어렵지 않았다. 나 스스로도 수상쩍게 느껴질 만큼 많은 시간을 나는 할렘에서 보냈다. 거기서 백인은 뭔가 팔거나 살 것이 있는 사람, 혹은 다른 사람의 장사를 방해하는 사람으로 여겨졌다. 나도 그중 하나였지만, 나는 마리화나보다 더 큰 것을 사려고 마음먹은 사람이었고, 거기 계속 머물 작정이었다. 대부분의 컬럼비아 학생들이 할렘에는 가본 적도 없었지만, 나는 구경을 시켜줄 수도 있었다. 열 블록 반경 내에서 토지세와 시세에 대해 알아보기 위해, 나는 도서관과 공문서 보관소로 가서 품을 들여 열심히 조사했다. 매물로 나온 건물을 보러 가려고 약속을 잡았고, 문서에서 저당잡힌 내역을 추적했다. 그때까지 내가 소홀히 취급한 유일한 것은 화학이었는데, 마침내 라틴어, 생리학, 유럽사도 소홀히 하기 시작했다.

아버지는 내게 포치의 들보가 썩었는지 점검하는 법, 세입자의 분노를 대화로 가라앉히는 법, 콘센트를 접지하는 법을 가르쳤지만, 나는 그가 샌드위치보다 더 큰 것을 사는 모습은 본 적이 없었다. 나는 내가 아버지의 삶에 대해 두 가지 내러티브를 갖고 있다는 것을 깨달았다. 하나는 그가 브루클린에 살면서 가난했다는 것이고, 또하나는 그가 상당한 규모의 건설 및 부동산 회사를 소유하고 경영했으며 부자였다는 것이다. 내가 모르는 것은 그 둘을 연결하는 다리였다. 나는 그가 어떻게 이쪽에서 저쪽으로 넘어갔는지 몰랐다.

"부동산." 메이브가 말했다.

나는 어느 토요일에 누나의 집에 전화를 걸었다. 기숙사 공중전화 앞 금속선반에 둔 쿼터 동전을 모았다면 자루 하나는 채웠을 것이다. "부동산으로 그랬단 건 알아. 하지만 어떻게 그렇게 한 거야? 아빠는 뭘 샀지? 아빠가 늘 말한 것처럼 정말로 그렇게 가난했다면 누가 아빠에게 돈을 빌려줬을까?"

잠시 전화선이 고요해졌다. "너 왜 그러는데?"

"우리 삶에 일어난 일을 이해하려고 그러는 거야. 누나가 늘 하고 있는 걸 나도 하려는 거지. 과거의 암호를 푸는 중이야."

"토요일 아침에?" 누나가 물었다. "장거리전화로?"

메이브는 내 누나였고 돈에 대해서는 잘 알았으니, 정확히 내가 말해봐야 하는 대상이었다. 누구든 내가 그 문제를 풀도록 도와줄 수 있는 사람이 있다면 누나겠지만, 메이브는 메디컬스쿨이라는 자신의 꿈에서 나를 곁길로 빠지게 할 만한 이야기는 뭐든 들으려 하지 않을 것이었다. 그리고 누나에게 말을 할 수 있었더라도, 내가 무슨 말을 했겠는가? 할렘에서 경매에 나온 다른 건물을 찾았다고? 층마다 욕실이 하나씩만 있는 임대용 건물을 발견했다고? "나는 그저 어떻게 된 건지 알고 싶은 거야." 내가 말했고, 그만큼은 사실이었다. 나는 아버지의 회사에서 수없이 많은 시간을 보냈지만, 아버지에게 그 어떤 것도 묻지 않았다. 교환수의 목소리가 나오더니, 삼 분 더 통화를 하려면 칠십오 센트를 더 넣어야 한다고 말했다. 내가 그러지 않겠다고 하자 전화는 끊어졌다.

에이블 박사만이 내가 공부에서 슬며시 멀어지는 모습을 보았다. 나를 화학 공부라는 올바른 길로 돌려놓으려고 자신의 연구실로 부른 사람도 에이블 박사였다. 그는 나를 학과 비서에게 보내서 자신과 만날 약속을 잡게 했고, 나는 일주일에 한 번 그가 연구실에 나와 있는 시간에 그와 만났다. 그는 내게 더이상 결석은 불가능하고, 이제부터 건강이 어떻든 간에 계속 출석해야 한다고 말했다. 나머지 학생들에게 주어지는 과제가 각 장 끝에 있는 문제 네다섯 개를 푸는 것이라면, 나는 모든 문제를 풀고 가서 확인받아야 했다. 나는 이게 찍혀서 벌을 받는 건지, 아니면 박애의 행위인지 결코 확신하지 못했지만, 어느 쪽이건 내가 그런 걸 받을 자격이 있다고 생각하지 않았다.

"자네 부모님을 모셔와." 그가 학부모 방문 주말이 되기 며칠 전에 내게 말했다. "자네가 얼마나 잘하고 있는지 말씀드리고 그분들의 마음에서 걱정을 덜어드려야겠어."

나는 에이블 박사의 문 앞에 선 채 잠시 한 박자 멈추고 그에게 진실을 말할지, 아니면 고맙다고 말하고 그냥 갈지 고민했다. 나는 내 박해자를 좋아했지만, 내 이야기는 복잡하고 나로서는 결코 참을 수 없는 동정심을 다른 사람들의 마음에 유발할 가능성이 있었다.

"뭣 때문에 그러나?" 그가 내 대답을 기다리며 말했다. "부모님이 안 계신가?"

그는 농담으로 한 말이었고, 그래서 나는 웃었다. "부모님이 안 계세요." 내가 말했다.

"음, 자네와 자네의 법적 보호자가 같이 온다면 나도 토요일에 행사에 참여하는 의미로 연구실에 나와 있겠네."

"그렇게 해보겠습니다." 내가 말하고, 떠나면서 고맙다고 말했다.

나는 어떤 가정을 충분히 쉽게 세워볼 수 있었는데, 여러 해가 지나고 나서, 모두가 모리라고 불렀던 모리스 에이블이 내 의심을 확증해주었다. 그가 학적과로 가서 내 파일을 살펴봤을 거라고 말이다. 그는 다시는 부모님에 대해 묻지 않았지만, 매주 하는 면담을 헝가리안 페이스트리 숍에서 점심을 먹으면서 하자고 제안하기 시작했다. 그는 나를 그와 그의 아내가 화학과 대학원생을 위해 마련한 저녁식사에 초대했다. 그는 내가 다른 수업에서는 어떻게 하고 있는지 확인했고, 그 교수들에게 내 상황을 알려주었다. 모리에이블은 내가 학업 위기에 빠진 것은 부모님이 없기 때문이라고 생각하여, 나를 불쌍히 여기고 내 지도교수가 되어주었다. 사실 원인은 아버지였다. 대학을 절반쯤 다녔을 때 나는 내가 아버지와 상당히 많이 닮았다는 것을 알게 되었다.

아르키메데스의 원리는, 어떤 물체든 완전히 혹은 부분적으로 유체에 잠기면 부력의 작용을 받게 되는데 그 부력의 크기는 물체로 교체된 유체의 무게와 같다는 것이다. 혹은 다르게 표현하면 물속에서 비치볼을 잡은 상태라면, 놓는 순간 공이 곧장 위로 올라간다는 것이다. 따라서 내가 끝없이 학교에 다니던 그 기간 내내 내 본성은 억눌려 있었다. 나는 요구되는 모든 것을 해나가면서도, 오다가다 본 매매로 나온 건물의 목록을 몰래 간직하고 있었다. 부르는 값, 매매가, 시장에 매물로 몇 주 동안 나와 있었는지를 기록해두었다. 압류된 건물의 공매가 열리면 그 언저리를 서성였다. 그건 깨기 힘든 습관이었다. 셀레스트처럼 나는 유기화학에서 A를 받았다. 2학기 때는 생화학으로 넘어갔고, 마지막 학년에서는 물리학 실험 수업을 일 년 동안 들었다. 에이블 박사는 물에 빠져 죽어가고 있는 나를 만난 뒤로 내게서 눈을 떼지 않았다. 그 한 번의 반학기를 제외하면 나는 성실한 학생이었지만, 내가 내 자리로 돌아간 뒤에도 그는 늘 내가 더 잘할 수 있다는 생각을 갖고 있었다. 그는 어떻게 배우고 또 배우는지를, 모든 문제에 대한 답이 내 지문에 새겨질 때까지 어떻게 공부하는지를 가르쳤다. 나는 그에게 의사가 되고 싶다고 말했고, 그는 그 말을 믿었다. 메디컬스쿨에 지원할 시간이 왔을 때 그는 추천서를 써주었을 뿐 아니라, 내 지원서를 들고 도심에서 스무 블록 떨어진 곳까지 걸어가 컬럼비아 메디컬스쿨의 입학처장에게 그것을 직접 건넸다.

내가 의사가 되고 싶은 적이 한 번도 없었다는 사실은 아무도 흥미를 느끼지 않는 이야기에 대한 각주에 지나지 않는다. 원하지도 않는데 의학 같은 어려운 뭔가를 끝까지 해내는 사람이 있을 거라고는 생각되지 않겠지만, 나는 결국 자기 자신을 이겨낸 길고 고귀한 전통에 속하게 되었다. 나는 내 의사 동기의 적어도 절반은 차라리 다른 길을 갔었길 바랐을 거라고 생각한다. 우리는 우리에게 주어진 기대를 실현하고 있었다. 의사의 아들은 영예로운 전통을 지키기 위해 의사가 되리라는 기대. 이민자의 아들은 가족에게 더 나은 삶을 만들어주기 위해 의사가 되리라는 기대. 누구보다 성실히 공부하고 똑똑한 사람이 되도록 키워진 아들은 당시 여전히 가장 똑똑한 아이가 선택하는 것인 의학을 선택해 의사가 되리라는 기대. 여자도 학부생으로는 컬럼비아에 등록할 수 있었지만, 내가 들는 메디컬스쿨 수업에는 몇 명 없었다. 어쩌면 그들이야말로 정말로 원해서 여기 온 것일 수 있었다. 1970년에는 누구도 자신의 딸이 의사가 되기를 기대하지 않았고, 딸들은 그것을 쟁취하려면 여전히 싸워야 했다. 의과대학the College of Physicians & Surgeons으로 알려진 P&S에는 메디컬스쿨 학생 배우로 구성된 잘나가는 극단이 있었는데, P&S 클럽에서 올리는 공연을 보면—곧 따분한 방사선과나 비뇨기과 전문의가 될 사람들이 아이라이너를 이분의 일 인치 넓이로 바른 채 목청껏 신나게 노래를 불렀다—그들이 오롯이 자신들의 삶을 살 수 있었다면 어떻게 살았을지가 보이는 것 같았다.

오리엔테이션의 첫날은 스타디움 형태로 의자가 배열된 강의실에서 진행되었다. 여러 교수가 힘든 사례를 소개하면서 그해가 끝날 때쯤이면 우리가 그 사례를 해결은 못해도 적어도 지식을 갖추고 토론은 할 수 있게 될 거라고 말했다. 심장외과 과장이 연단에 올라가 심장외과 프로그램의 훌륭한 점을 극찬하자, 어머니에게 심장외과를 전공할 거라고 말한 학생들은 이 모습이 언젠가 자신의 미래가 될 거라고 생각하며 휘파람을 불고 소리를 지르고 손뼉을 쳤다. 모든 것의 제왕이 되는 것이다. 이어 신경외과 교수가 나왔고, 이번에는 청중석에 앉아 있던 다른 학생들이 환호했다. 인간의 모든 기관이 하나씩 햇빛을 받는 순간이 왔다. 신장! 폐! 오, 그것들은 얼마나 환하게 빛나는가! 우리는 주변의 멍청이들 중에서 가장 똑똑한 집단이었다.

내가 메디컬스쿨에 다닐 때 내 아파트에는 전화가 있었다. 우리 모두 전화가 있었다. 1학년인데도 그들은 우리가 언제라도 병원으로 호출될 수 있다는 걸 알려주려고 했다. 입학하고 두번째 주에 아파트 문을 열고 들어가는데, 전화벨이 울렸다.

"아주 멋진 소식이 있어." 메이브가 말했다. 장거리전화는 여섯시, 그리고 다시 열시에 요금이 싸졌다. 시계는 열시 오분을 가리키고 있었다.

"열심히 듣고 있어."

"오늘 구치 변호사하고 점심식사를 했어. 엄밀히는 사교적인 식사였는데, 이제 본인이 내 아버지가 된 것 같다더라. 식사 중간에 앤드리아한테 연락이 왔다는 이야기를 꺼냈어."

이런 소식에 내 귀가 쫑긋 서던 때도 있었겠지만, 지금 나는 그런 걸 신경쓰기엔 너무 지친 상태였다. 당장 숙제를 시작하면 새벽 두시에는 잠을 청할 수 있을 것이었다. "그래서?"

"앤드리아가 전화를 걸어서 너를 메디컬스쿨에 보내는 건 지나치다고 말했대. 자신은 그 신탁금이 학부 과정에만 주어지는 거라고 들어서 그렇게 알고 있다나."

"누가 그런 근거 없는 이야기를 해줬대?"

"아무도. 그 여자가 꾸며내는 거야. 초트에 대해서 항의하지 않은 건 그때 막 아빠를 잃었기 때문이지만, 지금 시점에는 우리가 신탁금을 사취한다고 느낀대."

"우리가 사취하는 건 맞지." 나는 하나뿐인 부엌 의자에 앉아 작은 식탁에 몸을 기댔다. 전화기는 부엌에 있었는데, 나는 거길 부엌 골방이라고 불렀다. 바퀴벌레가 노란 철제 캐비닛 앞을 이리저리 기다가 문 밑으로 빠져나가는 것을 눈으로 좇았다.

"그 여자가 컬럼비아 학비를 찾아봤는데, 이 나라의 메디컬스쿨

중에서 단독으로 가장 비쌌다는 거지. 너는 그거 알긴 했니? 일등이래. 그래서 그 모든 게 자기를 상대로 계략을 꾸민 증거래, 네가 유펜*에 갔다면 컬럼비아에 드는 비용의 절반이면 됐을 거고, 그러고도 딸들에게 쓸 돈이 남는다는 거지. 자긴 그냥 컬럼비아 학비로는 더이상 돈을 줄 수 없다고 그랬다는 거야."

"하지만 그 여자가 그 돈을 주는 게 아니잖아. 신탁금이 주는 거지."

"자기가 신탁금인 줄 아나보지."

나는 눈을 비비고 누구에게랄 것 없이 고개를 끄덕였다. "음, 구치 변호사는 뭐라고 해? 그 여자 말에 근거가 있대?"

"없지!" 메이브의 고소해하는 목소리가 내 귀에 크게 들렸다. "너는 죽을 때까지 학교에 다녀도 된대."

"그런 일은 일어나지 않을 거야."

"그건 절대 모를 일이지. 공부해볼 만한 매력적인 분야가 얼마나 많은데. 지식인의 삶을 살아도 되는 거고."

나는 컬럼비아 장로교회 메디컬센터의 끝없는 미로를, 그들만의 천국에 사는 신처럼 흰 가운을 입고 복도를 누비는 교수들을 생각했다. "나는 의사가 되고 싶지 않아. 누나도 알지?"

메이브는 한 박자도 쉬지 않았다. "네가 의사가 될 필요는 없어. 의사가 되는 공부만 하면 돼. 공부가 끝나면 네가 텔레비전에서 의사 연기를 해도 난 상관 안 해. 학교를 많이 다녀야 하는 거라면, 네가 원하는 건 뭐든 해도 돼."

---

* 펜실베이니아대학교.

"이제 가난한 사람들 도와주러 가봐." 내가 말했다. 메이브는 가톨릭 자선단체가 마련한 저녁 강의에서 예산 짜는 법을 가르치고 있었고, 화요일 밤에는 늦게까지 깨어 그들의 공책에 점수를 매기고 수학 답을 고쳐주었다. "난 공부해야 해."

"나는 네가 이 일에 대해 행복하면 좋겠어." 누나가 말했다. "하지만 솔직히, 그건 중요하지 않아. 난 우리 둘 모두에 대해 충분히 행복해."

행복은 계속 유예 상태였다. 나는 인체 조직학, 발생학, 육안 해부학 수업을 듣고 있었다. 에이블 박사가 주입시킨 화학 내용은 내 안에 단단히 박혀 있었다. 나는 각 장의 끝에 있는 모든 문제를 풀고, 아침에 일어나 다시 풀었다. 우리는 네 명씩 조를 이루었고, 우리에겐 시체와 톱과 메스가 주어졌다. 그리고 이제 시작하라는 말을 들었다. 그때까지 내가 본 죽은 사람은 아버지뿐이었고, 나는 흰 가운을 입은 의사들이 독수리처럼 그의 주변에 몰려들어 그를 해부하려고 기다리는 모습을 쉽사리 그려볼 수 있었다. 해체하고, 다시 짜맞춘다. 우리가 받은 시체는 내 아버지보다 나이가 더 많고 체구가 더 작은 갈색 피부의 남자였다. 이 남자의 입도 아버지처럼 소름 끼치는 형태로 벌어져 있었는데, 그것이 최후의 숨을 붙잡지 못한 보편적인 마지막 동작 같았다. 나는 한 남자의 몸을 가르고 그에게 꼬리표를 붙이려면 적어도 약간의 호기심은 필요할 거라는 생각을 했던 것 같지만, 현실은 그렇지 않았다. 그걸 한 건 과제였기 때문이다. 일부 동기는 첫날 실험실에서 토했고, 일부는 복도나 심지어 화장실로 달려갔지만, 우리의 대학살 행위를 내가 실감한 건 거리로 다시 나갔을 때였다. 내 콧속에는 들큼한 포르말린 냄새가 여전히 진동했다. 나는 약쟁이, 술꾼과 함께 워싱턴하이츠의 보도 위에 토사물을 쏟아냈다.

나는 설레스트를 대학 3학년과 4학년 때 이따금 만났다. 다른 여자들도 만났다. 데이트는 배려와 계획과 시간이 필요한 활동이었고, 메디컬스쿨에서 그런 사치를 부릴 시간은 없었다. 설레스트와 만나는 게 가장 데이트처럼 느껴지지 않았다. 그녀는 내게 거의 아무것도 요구하지 않았고, 보답으로 가장 많은 것을 주었다. 그녀는 밝고 명랑하고 예뻤지만 방해가 될 정도는 아니었다. 내가 기차를 타고 필라델피아로 갈 때 그녀도 같이 갔다. 메이브와 나는 그녀를 라이덜까지 태워주었지만, 설레스트는 내게 자신의 부모와 같이 시간을 보내자는 말은 결코 하지 않았다. 당시는 메이브와 설레스트가 아직 서로에게 애정을 느끼던 시절이었다. 컬럼비아 메디컬스쿨이 학비가 비싸고 순위가 최상위권이며 내게 어떤 학자금 지원도 하지 않는다고 메이브는 좋아했다. 설레스트는 거기가 컬럼비아 본교 캠퍼스보다 훨씬 북쪽이라 자신이 여전히 영어 전공 학부생으로 재학중인 토머스모어에서 오기 더 쉽다고 좋아했다. 내가 사는 작은 아파트는 메디컬스쿨 건물에서 두 블록 떨어져 있어서, 설레스트는 금요일 오후 마지막 수업이 끝나면 브롱크스에서 내려왔고, 월요일 아침에 학장 사무실 안내데스크로 일하러 가야 하는 시간이 될 때까지 나와 같이 있었다. 내가 학부생일 때는 내 룸메이트의 일정에 따랐지만, 메디컬스쿨에 들어간 뒤로 우리는 일주일에 사흘씩 결혼 비슷한 생활을 이어갔다. 돌이켜 생각하면 그게 아마도 우리가 감당할 수 있는 정도의 결혼이었을 것이다. 우리는 기차에서 만났을 때 만들어진 규칙에 따라 생활했다. 나는 공부를 하고, 그녀는 나를 내버려두는 식으로. 하지만 우리는 또한 1969년의 미국에서 살고 있었다. 전쟁은 늘어지고 있었고, 시위대가 거리를 채웠으며, 학생들은 여전히 행정실을 점거하고 있었다. 우리는 시간이 허락하는 만큼 페서리 피임을 하며 죄의식 없이 섹스했다. 나는 영원히, 인체 해부학을 떠올릴 때면 시체가 아니라 내 침대에 알몸으로 누운 설레스트의 젊은 몸을 연상할 것이다. 그녀는 내가 그녀의 모든 근육과 뼈를 두 손으로 만지면서 그 명칭을 말하는 것을 허락해주었다. 눈으로 볼 수 없는 부분은 손으로 느낄 수 있었고, 그러면서 어떻게 하면 그녀를 내게 가장 잘 묶어둘 수 있는지 알아냈다. 그 시절에 내가 약간의 재미를 느꼈다면 설레스트와 즐긴 것이었다—늦은 밤 병원 옥상에서 하얀 종이박스에 담긴 쓰촨식 면 요리를 양껏 먹었을 때나, 설레스트의 프랑스어 교수가 그녀와 같이 보려고 했던 〈미드나이트 카우보이〉 무료입장권을 그녀가 받아왔을 때처럼. 모든 것이 우리를 위해 아주 순조롭게 흘러갔고, 마침내 그녀는 다가오는 자신의 졸업에 관심을 돌렸다. 그녀는 미래의 계획을 세우는 일을 시작하고 싶어했다. 그리고 그 시기에 그녀는 우리가 결혼해야 한다고 말했다.

"메디컬스쿨 1학년을 마친 뒤에 결혼할 순 없어." 나는 내가 결혼하고 싶지 않다는 사실은 언급하지 않고 말했다. "공부는 점점 더 어려워지지, 쉬워지지 않아."

"하지만 부모님은 우리가 동거하는 걸 허락하지 않을 거고, 네가 학교를 마치는 동안 내가 여기서 집을 구해 기다리는 비용도 대주지 않을 거야. 우리 부모님은 그걸 감당할 수 없어."

"너는 직장을 구할 거지, 안 그래? 사람들은 대학을 졸업하면 그렇게 하잖아."

하지만 나는 그 말을 하자마자, 내가 설레스트의 직장이 된다는 사실을 깨달았다. 시 수업과 트롤럽에 대한 졸업논문도 모두 잘 진행되고 있었지만, 그녀가 공부하고 있는 것은 바로 나였다. 그녀는 작은 아파트를 깨끗이 치우고 식사를 준비하고 결국 아기를 낳으려는 것이다. 여자들은 책에서 자신들의 자유에 관해 읽었지만, 그것이 실제가 되면 어떤 모습일지 그려볼 수 있는 사람은 많지 않았다. 설레스트는 완전히 자기 것인 삶을 어떻게 이끌어갈지에 대한 생각이 전혀 없었다.

"나하고 헤어지겠다는 거네." 그녀가 말했다.

"너하고 헤어지겠다는 게 아니야." 내가 원한 건 지금 내가 갖고 있는 것이었다. 일주일에 사흘 밤. 그리고 정말로 솔직히 말하면, 이틀이면 더 행복했을 것이다. 나는 그녀가 왜 일요일에 자고 가는지, 그리고 월요일 아침에 그렇게 일찍 일어나 기차를 타고 학교로 가는지 이해할 수 없었다.

설레스트는 침대에 걸터앉아 창밖으로 통풍을 위해 만든 지저분한 수직 통로와 저만치 벽돌로 된 벽을 바라보았다. 그녀는 등을 굽히고 앉아 있었고, 구부정한 어깨 위로 예쁜 금발이 구불구불 흘러내려와 있었다. 나는 허리를 펴고 앉으라고 말하고 싶었다. 그녀가 허리를 펴고 앉을 수 있었다면 모든 것이 훨씬 더 좋았을 것이다.

"우리가 여기서 더 나아갈 수 없다면, 너는 나하고 헤어지는 거야."

"내가 너하고 헤어지겠다는 게 아니야." 내가 다시 말했지만, 나는 침대 위 그녀 옆에 앉지 않았고, 그녀의 손을 잡지도 않았다.

그녀의 불가능하리만치 둥글고 푸른 눈에 눈물이 글썽거렸다. "왜 나를 도와주지 않으려는 거야?" 그녀가 말했고, 목소리는 너무 작아 잘 들리지도 않았다.

*

"그애를 도와준다고?" 메이브가 말했다. "그애는 너보고 펑크난 타이어를 교체하라는 게 아니야. 네가 자기하고 결혼해주길 바라는 거지."

나는 주말에 기차를 타고 집으로 갔다. 누나와 이야기를 나누는 게 필요했다. 내 침대에 셀레스트가 없는 상태로 이 문제를 생각해볼 필요가 있었다. 그녀는 내가 자신과 헤어지려 한다고 계속 주장했지만, 여전히 내 침대에서 금요일부터 일요일까지 잠을 잤다. 나는 내 삶을 정리하기 위해 집으로 돌아온 것이었다.

메이브는 자동차 조수석 서랍에 비상용 담뱃갑이 있다고 말했고, 우리는 지금이 예전 습관으로 돌아가기에 좋은 때라고 결론을 내렸다. 이른봄의 나뭇잎과 꽃이 더치 하우스를 바라보는 우리의 시야를 이미 가득 채우고 있었다. 굴뚝새가 잔가지를 찾아 보도를 순찰했다. "메디컬스쿨에 들어가고 일 년이 지난 시점에 그애랑 결혼할 수는 없어. 그건 미친 짓이야. 그애가 너한테 그걸 요구할 권리는 없어. 네가 학업을 마친 뒤에도, 레지던트 과정에 들어가면 상황은 더 나빠질 뿐이야. 완전히 마칠 때까지는 시간이 전혀 없을걸."

지금 상태로 볼 때 메디컬스쿨에 비하면 내 학부 교육은 긴 배드민턴 한 게임 정도로 보일 뿐이었다. 상황이 악화되면 어떻게 이 모든 걸 버텨갈 수 있을지 별로 자신이 없었다. 그리고 상황은 늘 더 나빠질 것이었다. "수련 과정이 다 끝나도 시간은 전혀 없을 거야." 내가 말했다. "나는 전문의가 되고, 일을 해야 할 테니까. 그게 아니면, 난 의사가 되고 싶은 마음이 전혀 없으니 의사가 되지 않을 거고, 그렇게 되면 나가서 다른 일을 찾아야지. 그때도 적당한 시기는 아니야. 평생 그 말만 하고 살 수도 있어, 안 그래? 지금은 적당한 때가 아니라는 말만." 에이블 박사는 그게 그렇지는 않다고 내게 말해주었다. 첫해가 가장 힘들고, 그다음으론 두번째 해, 그다음으론 세번째 해가 힘들다고 했다. 그는 모든 게 학습의 새로운 체계를 배우는 문제이므로, 과정을 더 밟아나갈수록 더 유동적이 된다고 말했다. 나는 에이블 박사에게 셀레스트 이야기는 하지 않았다.

메이브는 담뱃갑에서 셀로판지를 벗겨냈다. 담배에 불을 붙이는 모습을 보니 누나는 정말로 담배를 끊은 게 아닌 모양이었다. 너무 자연스럽고, 너무 편안해 보였다. "그렇다면 그건 타이밍에 관한 문제가 아니라는 거지." 누나가 말했다. "너는 마땅히 결혼할 수 있는데, 타이밍은 늘 좋지 않을 테니까."

"당뇨병 환자는 담배를 피워서는 안 돼." 나도 그걸 알 만큼은 충분히 학교에 다녔다. 사실 그건 메디컬스쿨과는 전혀 상관없는 지식이기도 했다.

"당뇨병 환자는 뭐든 해서는 안 되지."

"혈당 체크는 해봤어?"

"맙소사. 지금 내 혈당에 대해 물어보는 거야? 주제에서 벗어나지 말자고. 셀레스트는 어떻게 할 건데?"

"여름에 결혼하지 뭐." 누나가 내게 딱딱거려서 나도 일부러 딱딱거렸지만, 그 말을 내뱉자 언뜻 진짜 그럴 수도 있겠다는 생각이 들어 깜짝 놀랐다. 그러지 않을 이유가 뭐지? 깨끗한 아파트에, 좋은 음식에, 섹스도 많이 하고, 셀레스트는 행복할 것이다. 내가 아직 상상해보지 않은 어른의 단계였다. 나는 오로지 그 말이 내 입에서 나올 때의 감각을 느껴보려고 그 말을 반복했다. 어쨌거나 그 말은 세속적으로 들렸다. 여름에 결혼하지 뭐. 지금까지 내 마음속에서 펼쳐본 그 모든 다양한 시나리오는 셀레스트를 실망시키는 것이었다—그녀는 마음의 상처를 입을 테고, 나는 죄의식을 느낄 테고, 그러고 나면 그 모든 것이 끝난 뒤에 나는 내 침대에 누운 벌거벗은 여자를 그리워할 것이다. 하지만 나는 결혼하자고 말할 가능성은, 단순히 이것을 앞으로 계속해서 있을 불편한 타이밍 중 하나로 볼 가능성은 한 번도 생각해보지 않았었다. 어쩌면 지금 결혼하는 것이 더 나쁘지는 않을 것이다. 어쩌면 더 좋을 수도 있었다.

메이브는 내가 그렇게 말하리라 예상했다는 듯 고개를 끄덕였다. "아빠와 앤드리아가 결혼했을 때 기억나?"

"당연하지." 누나는 내 말을 듣고 있지 않았다.

"이상하지만, 내 기억에선 늘 그 결혼식과 아빠 장례식이 뒤섞여버려."

"맞아, 나도 그래. 내 생각엔 그게 꽃과 관련이 있는 것 같아."

"아빠가 그 여자를 사랑했을까?"

"앤드리아를?" 나는 우리가 다른 누구의 이야기를 하고 있었기라도 한 것처럼 말했다. "전혀."

메이브는 다시 고개를 끄덕이고 창밖으로 연기를 길게 뿜었다.

"아빠는 혼자 지내는 데 지쳤던 것 같아. 나는 그렇게 생각해. 아빠의 삶에 큰 구멍이 있었고, 앤드리아가 마침 그 자리에 있다가 자기가 그 구멍을 채워줄 수 있는 사람이라고 말한 거야. 결국 아빠는 그 여자를 믿기로 한 거고."

"아니면 그 여자의 말을 듣는 데 지쳤거나."

"아빠가 단지 그 여자의 입을 다물게 하려고 결혼했다고 생각해?"

나는 어깨를 으쓱했다. "아빠는 결혼해야 하는지 아닌지에 대한 대화를 끝내려고 그 여자하고 결혼했어." 나는 그 말을 하자마자 우리가 지금 무슨 이야기를 하는 건지 이해했다.

"그러니까 너는 셀레스트를 사랑해서 그애하고 인생을 같이 보내고 싶은 거구나." 누나가 내게 질문을 하는 것은 아니었다. 그저 확인하고 이 문제를 종결하려는 것이었다.

나는 여름에 결혼하지 않을 것이다. 결혼에 대한 생각은 떠오르자마자 빠르고 완전하게 사라졌고, 내게 남겨진 감정은 내가 상상한 모든 것이었다. 슬픔, 고양된 느낌, 상실감. "아니, 그렇지 않아."

우리는 잠시 마지막 결정을 유보한 채 앉아 있었다. "확실해?"

나는 고개를 끄덕였고, 두번째 담배에 불을 붙였다. "우리는 왜 누나의 연애 이야기는 하지 않는 거지? 그 얘길 들으면 내가 마음이 크게 놓일 텐데."

"나도 그럴 텐데." 메이브가 말했다. "하지만 만나는 사람이 없어."

나는 누나를 똑바로 쳐다보았다. "안 믿어."

그러자 올빼미보다 더 오래 쏘아볼 수 있을 누나가 내게서 얼굴을 돌렸다. "음, 믿어야 해."

*

    내가 젠킨타운에서 돌아온 뒤 설레스트는 모든 것이 메이브의 탓이라고 결론 내렸다. "메이브가 너보고 기말고사를 삼 주 앞두고 나랑 헤어지라고 했지? 누가 그런 짓을 해?"

    우리는 내 아파트에 있었다. 나는 그녀에게 여기로 오지 말라고, 내가 기차를 타고 그녀를 보러 올라가겠다고, 거기서 이야기하자고 말했다. 하지만 그녀는 그건 말도 안 된다고 했다. "내 룸메이트 앞에서 이야기하지는 않을 거야." 그녀가 말했다.

    "메이브는 너하고 헤어지란 말을 하지 않았어. 누나는 나한테 아무 말 하지 않았어. 누나는 그저 듣기만 했어."

    "누나가 너보고 나랑 결혼하지 말라고 한 거야."

    "그러지 않았어."

    "어쨌거나 누가 그런 문제를 누나한테 말해? 우리 오빠가 치대에 갈지 말지 고민할 때 브롱크스까지 와서 우리가 함께 고민하고 결론을 내렸다고 생각해? 사람들은 그러지 않아. 그건 자연스럽지 않아."

    "네 오빠 아마 너하고 이야기할 생각이 없겠지." 나는 짜증이 치미는 것을 느꼈고, 그것은 곧 분노가 되었다. 분노는 죄의식보다는 무한히 더 나은 것이었다. "아니면 그는 네가 자기 이야기를 듣지 않으리란 걸 알았거나. 아니면 넌 부모님이 있으니까 부모님하고 이야기했겠지. 나는 메이브뿐이야, 됐어? 그게 다야."

    설레스트는 자신이 유리한 위치에서 멀어지는 것을 느끼고, 바람 부는 연못에 띄워진 작은 배처럼 항로를 바꾸었다. "오, 대니."

그녀가 내 팔에 손을 얹었다.

"그만하자." 나는 상처를 입을 사람이 나인 것처럼 말했다. "잘 안 될 거야. 누구의 잘못일 필요도 없어. 타이밍이 좋지 않아, 그것뿐이야."

그리고 허공에서 끌어낸 작은 회유의 문장으로 그녀는 나와 한 번 더 같이 잤다. 그러고 나서 자고 가겠다고, 아침에 일어나자마자 떠나겠다고 말했지만, 나는 안 된다고 했다. 더는 오가는 대화 없이 우리는 그녀의 짐을 꾸렸고, 각자 무릎에 가방을 하나씩 올린 채 브롱크스로 가는 기차에 나란히 앉았다.

10장

나는 인턴으로 외과 실습을 할 때 특히 잘했다. 동기 누구보다 꼼꼼하면서 두 배로 빨랐는데, 그건 농구를 한 덕분이었다. 정확성은 중요하게 여겨지지만, 빠른 것은 병원에 돈을 벌어주므로 속도가 주목을 받았다. 졸업 직전에 교수가 나보고 레지던트까지 마치고 나면 흉부외과를 하위 전공으로 하여 삼 년 더 있으라고 압력을 가했다. 그는 내가 지난 두 시간 동안 우하엽 절제술을 도우면서 매듭을 묶을 때 보여준 민첩한 솜씨에 감탄한 것이었다. 우리는 이층 침대와 책상 하나가 놓인 작은 방에 앉아 있었다. 우리가 환자를 보는 중에 이십 분씩 눈을 붙이는 곳이었다. 콧속에서 아직 피냄새가 나는 것 같아서, 나는 일어나 구석에 있는 작은 세면대로 가서 두번째로 세수를 했다. 그러는 동안 교수는 돈벌이가 되는 내 재능에 대한 이야기를 늘어놓고 있었다. 나는 들을 기분이 아니어서 종이수건으로 얼굴을 닦으며 내게 그런 재능이 있을지는 모르나 사용할 계획은 없다고 말했다.

"그럼 자넨 여기서 뭘 하고 있나?" 그는 내가 농담을 완성하는 펀치라인을 날리길 기대하며 웃고 있었다.

나는 고개를 가로저었다. "지금은 그냥 계속 과를 이동하는 거고요. 이 일은 나하고 맞지 않아요." 설명은 의미가 없었다. 그의 부모는 아마 아들이 언젠가 뉴욕에서 의사가 되기를 바라며 이곳으로 이주한 방글라데시 출신일 것이다. 가족 전체가 빚더미에 앉았을 테니, 교육 신탁금을 써 없애려는 노력에 대해 들을 필요는 없을 것이었다.

"들어봐." 그가 수술복 상의를 벗어 통에 던져넣으며 말했다. "외과 의사는 킹이야. 킹이 될 수 있는데 잭이 되는 건 의미가 없어, 내 말이 맞지 않은가?"

나는 그의 흉곽에 있는 모든 뼈가 다 보이는 듯했다. "저는 잭이에요." 내가 말했다.

내가 농담을 받아내지 못했는데도 그는 웃었다. "이곳에서 빠져나가는 사람은 두 부류가 있어. 외과 의사와 외과 의사가 되지 못한 사람. 그 외의 사람은 없어. 자네는 외과 의사가 될 거야."

나는 그저 그의 입을 다물게 하려고 생각해보겠다고 말했다. 내 이십 분이 십사 분으로 줄었고, 내게는 그 일 분 일 분이 모두 필요했다. 나는 기억할 수 있는 그 어느 때보다 더 지쳐 있었다. 그런 이유라면 레지던트든 인턴이든 하지 않을 거라고 그에게 말하고 싶었다. 메디컬스쿨 공부가 끝나면 부동산에 대해 철저히 공부한 뒤 이곳은 뒤도 돌아보지 않고 빠져나갈 것이다.

하지만 나는 그러지 못했다. 시도했지만 실패했고, 또 시도했지만 또 실패했다. 몇 년 동안 시장에서 팔리지 않던 건물들이 헐값으로 팔렸다. 나는 압류된 건물이 고작 천이백 달러에 팔려나가는 것도 보았다. 불에 타고 껍데기만 남은 채 그라피티로 뒤덮인 건물을 볼 때, 유리창이 죄다 벽돌에 맞아 깨진 건물을 볼 때, 나는 그것을 구할 사람은 바로 나라고 생각했다. 말해두는데, 사람들, 그러니까 그 건물에서 살고 있었을지 모르는 사람들을 구한다는 게 아니었다. 나는 남자든 여자든 응급실 복도에 줄을 선 채 내 시간의 일 분을 기다리는 사람들의 목숨을 살리는 자가 나라는 대단한 생각은 전혀 없었다. 내가 원하는 것은 건물이었다. 하지만 그렇게 하려면 체납 세금을 해결하고, 문짝을 사고, 창문을 고치고, 보험을 들어야 할 것이었다. 불법 거주자를 내보내고 쥐를 처치해야 할 것이었다. 나는 그중 어느 것도 하는 법을 몰랐다.

스스로 다짐한 모든 것에도 불구하고, 나는 브롱크스에 있는 앨버트 아인스타인 메디컬스쿨에서 인턴 과정을 시작했다. 거기 인턴 과정에는 학비가 들지 않았을 뿐 아니라("알았어." 메이브가 말했다. "그건 몰랐네.") 거기선 내게 월급도 주었다. 그 시점에 신탁금에서는 내 월세와 얼마 안 되는 생활비만 지급되었고, 나는 그 돈을 은행에 저축했다. 전에 그랬다는 건 아니지만, 나는 더이상 어떤 의미로도 앤드리아를 속이지 않았다. 더이상 누나를 대신해 복수를 하는 것도 아니었다. 사실 내 의학 수련은 끝나가고 있었다. 나는 같이 일하는 사람들과 잘 지냈고, 교수들에게 좋은 인상을 남겼으며, 환자들을 도왔고, 하루하루가 내가 화학에서 배운 교훈을 공고히 다져주었다. 교훈이란, 어떤 것을 잘하기 위해 그것을 좋아할 필요는 없다는 것이었다. 나는 레지던트 과정을 앨버트

아인스타인에서 했고, 그러는 동안 가끔이지만 컬럼비아 로스쿨에
가서 강의실 뒤쪽에 선 채 부동산법 강의를 들었다. 그런 경우는
아주 드물었다. 나는 부동산 시장의 추이를 다른 남자들이 야구에
대해 그러는 것처럼 살폈다. 통계는 외우고 게임은 절대 하지 않는
식으로.

에이블 박사는 여전히 나를 주시했다. 혹은 아마도 우리는 그가
말한 것처럼 친구가 되었을 것이다. 그는 서너 달에 한 번씩 나보
고 커피를 마시러 오라고 했고, 다음 날짜를 정할 때까지 나를 붙
잡아두었다. 그는 자신의 학생들에 대해 말했고, 나는 일이 많다고
불평했다. 우리는 학과 정책에 대해 이야기했고, 우리가 좀더 상태
가 좋을 때는 과학에 대해 이야기했다. 나는 부동산에 대해서는 말
하지 않았고, 화학이 그가 평생 하고 싶었던 것인지 물어보지도 않
았다. 그럴 생각이 떠오르지 않았을 것이다. 종업원이 우리에게 커
피를 가져왔다.

"이번 여름에 런던에 가려고 해." 그가 말했다. "나이츠브리지
에 아파트를 빌렸어. 두 주를 통으로. 우리 딸이 거기서 일하고 있
어, 넬 말이야. 넬 알지?"

"넬 알죠."

에이블 박사는 자신의 가족 이야기는 거의 하지 않았다. 내 상황
을 존중해서 그랬거나, 그게 우리 관계의 성격이 아니었기 때문이
겠지만, 이 특별한 봄날에 그는 기분이 너무 좋아서 개인적인 삶을
혼자 간직하고 있을 수만은 없는 것 같았다. "딸애가 미술품 복원
사로 일해. 삼 년 전에 박사 후 과정을 하려고 거기 갔다가 정규직
이 됐지. 그애가 돌아올 것 같지는 않고."

넬 에이블과 내가 몇 년 전 새해 전야에 그의 아파트에서 샴페인을 잔뜩 마시고 키스한 사실을 꺼낼 이유는 없었다. 넬이 자기 부모의 침실로 들어왔을 때 나는 셀레스트의 검은 코트를 찾으려고 무더기로 쌓인 검은 코트들을 헤집고 있었다. 방안은 어두웠고, 음악과 시끄러운 웃음소리가 흘러나오는 곳에서부터 백만 마일은 떨어져 있는 것 같았다. 넬 에이블. 우리는 몇 분 동안 코트 더미에 닿게 몸을 기울였다가, 자세를 바로잡았다.

"넬이 거기 간 뒤로 우리는 한 번도 그애를 보러 가지 않았어." 넬의 아버지가 말을 이었다. "늘 그애보고 우리집으로 오라고 했지. 하지만 앨리스가 마침내 헬스 사이언스 빌딩 기부금 마련 캠페인에서 큰 건을 따냈어. 그 돈을 끌어오려고 오 년 동안 애를 썼거든. 앨리스가 휴가를 받지 못하면 일을 그만두겠다고 말했대."

그 시절 내내 식탁에 내 자리를 마련해준 친절한 앨리스 에이블은 컬럼비아 메디컬스쿨의 개발부에서 일했다. 내가 그녀의 일에 대해 그것 이상으로 알았던 적이 있었던가 싶었다. 에이블 박사가 내게 줄곧 그 이야기를—아내가 하는 일이 새로 짓는 헬스 사이언스 빌딩의 자금을 마련하는 거라고—했는지도 궁금했다. 앨리스가 내게 직접 그 이야기를 했는데 내 머릿속에 남지 않았던 것일 수도 있었다. 나는 캠퍼스를 걸어가다 이따금 그녀와 마주쳤다. 그녀는 내게 수업에 대해 물었다. 내가 대화의 공손한 예절을 갖추어 그녀에게도 뭔가 질문을 했던가? 아니면 그저 대답만 하고 그녀가 내게 뭔가 다른 질문을 하기를 기다렸던가?

"이제 그림도 엑스레이 같은 걸 찍는대." 에이블 박사가 말하고 있었다. "그 아래 다른 그림이 숨겨져 있는지 알아보려고. 추측이 아니라 펜티멘토*를 찾는 거지."

"어디요?" 내가 물었다. 나는 완전히 파악하기도 전에 무슨 일이 다가오고 있는지 느낄 수 있었다―이 순간, 내 미래를.

"테이트미술관." 에이블 박사가 말했다. "넬이 일하는 곳이 테이트야."

나는 커피를 한 모금 마시고 열까지 셌다. "새 헬스 사이언스 빌딩은 어디에 짓나요?"

그는 저 위 북쪽을 가리키려는 듯 손을 움직였다. "나도 몰라. 자네는 그 일에서 그게 가장 먼저 정해질 거라고 생각하겠지만, 거액의 기부를 받기 전에는 어떤 확실한 결정도 내리지 않아. 내 생각엔 예비군 훈련장 근처 어디쯤일 거야. 자네 훈련장에 대해 아나? 거기가 참사의 현장이 되겠어."

나는 고개를 끄덕였고, 종업원이 계산서를 가져오자 가로챘다. 에이블 박사가 뺏어가려고 했지만, 그를 알게 된 뒤 처음으로 내가 이겼다.

나는 브롱크스로 돌아가기 전에 메디컬스쿨 캠퍼스와 워싱턴하이츠의 지도를 구하러 컬럼비아 서점에 들렀다. 지나면서 남자 학부생들을 열네 명 정도 본 것 같은데, 더벅머리에 맨발로 해변을 향해 걸어가고 있었다. 나는 사우스필드 앞 버틀러도서관 계단에 앉아 내가 산 지도를 펼쳤다. 메디컬스쿨이 아직 그 결론에 이르지 않았더라도 에이블 박사의 말처럼 트랙 앤드 필드 훈련장 근처 지역

---

* 제작 도중에 뭉개버린 형상이나 터치가 어렴풋이 남은 자취, 또는 아련히 나타나 보이는 원래의 형태를 말한다.

으로 결정될 수밖에 없을 것 같았다. 훈련장은 천팔백 개의 침대가 있는 노숙자 쉼터로 전환될 예정이었고, 그러면 주변 주차장 땅값이 떨어질 게 분명했다. 주차장을 찾기는 어렵지 않았다. 그 주의 끝에 나는 육 개월 실사 기간을 두는 조건으로 두 건의 계약을 진행했다. 잠긴 문을 두드리며 보낸 그 세월 끝에, 활짝 열린 문을 발견한 것이다. 매도인은 오랫동안 자신에게는 선택지가 없다고 믿고 있던 남자였다. 그는 이미 중개인을 해고한 상태였고, 자신이 직접 처리할 수 있기 바라며 칼라 달린 셔츠에 타이를 맨 차림으로 우리가 만나는 자리에 나왔다. 그는 내가 제안한 조건을 받아들일 만큼 충분히 지친 상태였다. 나는 그에게 내가 의사인데 의사들에게는 차를 대놓을 만한 안전한 장소가 없다고 말했다. 내가 우리 중 누구에게도 차가 없는 이유가 그거라고 말하자, 그가 웃었다. 그는 삼 년 동안 팔리지 않은 주차장 두 곳을 내게 떠안기는 것을 미안하게 생각할 만큼 충분히 나를 마음에 들어했다. 내가 계약서에 써넣을 구체적인 실행 조항을 요청했을 때, 그는 내가 내 목을 스스로 자르는 거라고 생각했다. 그는 자기 마음을 바꿀 권리를 포기하고, 나는 내 마음을 바꿀 권리를 포기하는 것. 우리가 함께 합의한 것은 이것이었다. 매도인은 여섯 달 뒤에 손에 돈을 쥐고 이 거래를 청산하는 것으로 약속을 받았다. 매수인은 그 돈을 마련해 주차장에 대한 권리를 가져가기로 약속했다. 돌이켜보면 너무도 분명해 보이지만, 당시에는 도박장 테이블을 등지고 서서 어깨 너머로 주사위를 던진 거나 다름없었다. 나는 어마어마한 규모의 노숙자 쉼터 옆 주차장 두 곳을 사려는 것이었다. 아직 들어서지도 않은 건물 아래의 땅을 내가 소유하리라 가정하고, 수중에도 없는 돈을 투자하는 것이었다. 결코 자격이 되지 않을 대출도 받기 전에, 건물이 들어선다는 결정에 돈을 거는 것이었다.

다섯 달 뒤 나는 그 주차장을 의과대학에 매각했고, 상당한 액수의 선금을 받아 매도인에게 땅값을 지불했다. 그리고 주택 펀드에서 대출을 받아 웨스트 116번가에 있는 내 최초의 건물에 계약금을 걸었다. 열여덟 채의 집 대부분에 세입자가 살고 있었고, 일층 전면에는 입구를 중심으로 양옆에 세탁소와 테이크아웃 중국 음식점—두 곳 다 장사가 잘됐다—이 있었다. 시세를 보면, 그 건물은 십이 퍼센트나 값이 쌌다. 나는 마침내 내 재원의 한계를 넘어서는 기회를 추구하고 있는 것이었다. 나는 의사가 아니었다. 나는 마침내 나 자신이 되었다. 조건부 서류에 날인한 그날 나는 레지던트 과정을 그만둘 수도 있었지만, 메이브가 안 된다고 했다.

"화학으로 박사과정에 들어갈 수도 있잖아." 그녀가 전화로 말했다. "너 화학 좋아하잖아."

나는 화학을 좋아하지 않았고, 어쩌다보니 잘하게 된 것뿐이었다. 우리는 전에도 이런 대화를 나누었다.

"그럼 비즈니스스쿨에 가는 걸 생각해봐. 지금은 그게 도움이 될 수도 있어. 아니면 로스쿨에 가거나. 법학 학위만 있으면 누구도 너를 막을 수 없어."

내 대답은 '아니'였다. 나는 내 일이 있었고, 적어도 이제 그 일이 시작되었다. 그것은 나로서는 거의 반란이라 할 만했다.

"음." 누나가 말했다. "지금 그만두는 건 의미가 없어. 시작한 건 끝내."

메이브는 내가 앨버트 아인스타인에서 여섯 달도 남지 않은 레지던트 과정을 마치는 동안 내 장부를 관리하고 세금교환법과 관련된 문제를 처리하겠다고 약속했다. 나는 후회하지 않았다. 그 마지막 몇 달이 의학 수련 과정에서 내가 즐겁게 보낸 유일한 시기였다. 내가 이제 그 문을 열고 빠져나가려 한다는 것을 알았기 때문이다. 나는 압류된 브라운스톤 건물 두 채를 샀다. 하나는 천구백 달러에, 또하나는 이천삼백 달러에. 건물 상태는 엉망진창이었다. 그리고 내 것이었다.

삼 주 뒤 나는 고등학교 농구 코치였던 마틴 선생님의 장례식에 참석하려고 젠킨타운에 있는 이매큘리트 컨셉션 교회로 갔다. 평생 하루도 담배를 피우지 않았는데 오십의 나이에 비소세포폐암에 걸린 것이다. 내가 아버지의 죽음 이후 폭풍 속에 내던져진 것 같던 그 시기에 마틴 선생님은 내게 잘해주었다. 나는 그의 아내도 기억하고 있었는데, 경기마다 빠짐없이 와서 관중석에 앉아 팀을 응원해주었다. 우리 모두에게 어머니와 같은 존재였다. 장례식이 끝나고 교회 지하실에서 리셉션이 있었는데, 나는 거기서 검은 원피스에 금발을 핀으로 단정하게 묶은 여자가 있는 것을 보고 다가가 어깨에 손을 얹었다. 셀레스트가 돌아서자마자 내가 그녀에 대해 좋아한 모든 것이 하나하나 기억났다. 원망도 없었고, 거리도 느껴지지 않았다. 나는 몸을 낮춰 그녀의 뺨에 키스했고, 그녀는 내 손을 꼭 잡았다. 장례식이 끝난 뒤 지하실에서 만나는 게 늘 우리의 의도였던 것처럼. 셀레스트가 마틴 코치의 딸과 친구 사이였다는 건 내가 듣고 잊어버렸거나 아니면 결코 알지 못한 사실이었다.

나는 셀레스트가 떠나 있던 시간 동안 그녀에 대해 많은 것을 깨달았다. 그녀가 나를 방해하지 않으려고 했던 것은 노력이 필요한 일이었다는 걸 알게 되었다. 다른 여자들과 사귈 때까지 나는 그것이 고마워할 일인지도 몰랐다. 그러나 그들은 내가 아침에 공부하고 있는데 신문기사를 읽어주거나, 심지어 자신들이나 나의 별자리를 읽어주려고 했고, 내 감정을 절대 설명해주지 않는다고 울면서 자신들의 감정을 내게 설명하려 했다. 한편 설레스트는 위대한 영국 소설에 푹 빠져 그 안에 머물러 있었다. 내 관심을 끌려고 접시를 탕탕 내려놓지도 않았고, 자신이 소음을 내지 않으려고 애쓸 만큼 배려심이 많다는 걸 알려주려고 발끝으로 걷지도 않았다. 그녀는 껍질을 벗긴 복숭아를 접시에 썰어놓았고, 혹은 샌드위치를 만들어 샌디와 조슬린이 그랬던 것처럼 별말 없이 식탁에 두었다. 설레스트는 아주 능숙하게 나를 자신의 직장으로 만들어서, 나는 그녀가 그러고 있다는 것을 알아차리지도 못했다. 설레스트가 떠나고 나서야 나는 그녀가 일요일 밤에 자고 간 이유가 일요일이 시트를 빼는 날이기 때문인 것을 알았다. 그녀는 나머지 빨래를 하고 침대를 정돈한 뒤 다시 그 침대에 누웠다.

그녀와 나는 우리가 헤어진 지점에서 다시 시작했다. 혹은 우리 관계가 끝나기 두어 달 전인 더 나은 지점에서 시작했다. 그녀는 라이덜에 있는 부모님의 집으로 돌아가 살고 있었다. 공립 초등학교에서 읽기를 가르쳤다. 도시가 그립다고 했다. 곧 그녀는, 내가 늘 바랐던 대로, 기차를 타고 금요일 밤에 왔다가 일요일에 집에 돌아가는 생활을 재개했다. 그녀는 내가 병원에서 회진을 도는 동안 수업안을 작성했다. 그녀의 부모님은 그 생활의 도덕성에 의문을 가졌더라도 한마디도 하지 않았다. 설레스트가 협상을 마무리하는 중이었으니, 하겠다는 대로 내버려두는 것이었을 테다.

우리가 처음 만난 기차와 화학책의 순간부터, 내가 그녀를 알았던 모든 시간 동안 나는 설레스트에게 내 계획에 대해 무엇이라도 말한 적이 결코 없었다. 그녀는 내게 부모가 없다는 것을 알았지만 그게 무슨 의미인지 구체적으로 들은 적은 없었다. 그녀는 앤드리아나 신탁금에 대해 몰랐고, 우리가 더치 하우스에서 산 적이 있었다는 사실도 몰랐다. 그녀는 내가 주차장 두 곳을 사고 그것을 팔아 건물을 샀다는 사실도, 내가 결코 의사로 살지 않으리라는 사실도 몰랐다. 심지어 내가 그녀에게 그 정보를 알려주지 않겠다고 의식적으로 마음을 먹은 것도 아니고, 그저 내 삶에 대해 말하지 않는 것이 습관이 된 것일 뿐이었다. 레지던트 과정이 거의 끝나서, 내 동기들은 면접을 마치고 일자리 제안을 받아들이고 이삿짐 트럭에 계약금을 걸었다. 자신이 질문을 너무 많이 하지 않는다는 사실에 자부심을 가진 설레스트는 내가 어디로 가는지, 자신은 나와 같이 가는지 그러지 않는지 모른 채 궁금해하는 상태로 남겨졌다. 그녀가 지난번 자신이 최후의 통첩을 내밀었을 때 무슨 일이 일어났는지 떠올리며 스스로를 억누르는 것이 느껴졌다. 나는 불확실성이 그녀를 두렵게 한다는 걸 알았지만, 그럼에도 그녀와 사랑을 나누고, 그녀가 준비한 저녁을 먹고, 가능한 한 그녀에게 내 이야기를 하는 시간을 미뤘다. 그게 더 쉬웠기 때문에.

　물론 결국에는 모든 것을 말했다. 호수에 뛰어들다 마는 일은 없었다. 한 가지 설명이 다음 설명으로 이어졌고, 우리는 곧 시간을 거슬러 과거로 뛰어들었다. 어머니, 아버지, 누나, 집과 앤드리아와 딸들과 신탁금까지. 설레스트는 모든 것을 받아들였고, 과거의 이야기가 밝혀지자 나에 대해 연민 말고는 아무것도 느끼지 않았다. 내 삶에 대해 말하는 데 시간이 그렇게 오래 걸린 이유를 궁금해하지 않았고, 지금 말한다는 사실을 사랑의 증거로 받아들였다. 내가 그녀의 허벅지에 손을 얹자 그녀는 반대쪽 다리를 그 위에 교차해서 빠져나가지 못하게 했다. 그녀가 이해할 수 없는 유일한 부분은 그 대하소설 전체에서 가장 재미없는 부분이었다. 내가 의사가 되지 않을 거라는 사실 말이다.

"하지만 배운 걸 써먹지도 않을 거면서 어떻게 그렇게 긴 수련과정을 밟을 수 있었지?" 우리는 벤치에 앉아 허드슨강을 바라보고 있었다. 4월 말이었고, 둘 다 티셔츠를 입고 있었다. "그 많은 교육을 받고, 그 많은 돈을 쓰고."

"그게 요점이야." 내가 말했다.

"너는 메디컬스쿨에 가고 싶지 않았어. 그건 알겠어. 그런데 나름 노력해서 거기 갔고. 그리고 이제 의사가 됐잖아. 적어도 시도는 해봐야지."

나는 고개를 가로저었다. 우리와 그리 멀지 않은 곳에서 견인선이 거대한 바지선을 밀어내고 있었고, 나는 잠시 물리학에 관한 생각에 빠졌다. "나는 의사가 되지 않을 거야."

"아직 의사 일을 해보지도 않았잖아. 시작하지도 않은 걸 그만둘 순 없어."

나는 여전히 강을 바라보고 있었다. "레지던트 과정이 그런 거야. 의사로 일해보는 것."

"그러면 앞으로 어떻게 살 건데?"

속마음으로는 그저 그녀에게 그 질문을 돌려주고 싶었지만, 그러지 않았다. "부동산과 개발. 내 소유의 건물이 세 채 있어."

"의사를 하면서 부동산 일을 할 수도 있잖아?"

내 미래의 문제에 대해 설레스트가 투표권을 행사할 자리는 없었다. "그렇게 단순한 문제가 아니야." 내 목소리에서 여유로운 오만이 느껴졌다. 그녀는 내 이야기의 가장 단순한 부분을 이해하지 않으려고 했다.

"그런 낭비가 어딨어." 그녀가 말했고, 눈에 분노의 불이 켜졌다. "네가 그런 마음의 짐을 갖고 어떻게 살 수 있을지 모르겠어. 진짜로. 너는 그 프로그램에서 다른 사람의 자리를 차지했잖아. 그 생각은 해봤어? 의사가 되고 싶은 누군가의 자리 말이야."

"내 말 믿어. 그 사람이 누구였건, 그 사람도 의사가 되고 싶지 않았어. 나는 그에게 호의를 베푼 거지."

그건 결국 내가 아니라 그녀의 문제였다. 설레스트는 의사와 결혼하기로 마음을 먹었던 것이다.

*

메이브와 내가 고등학교에서 테니스를 치고 있었을 때의 일이다. 번개가 번쩍 한 번 내려치자 누나는 게임을 그만하자고 했다. 나는 알루미늄 라켓을 쓰고 있었고, 누나는 내가 서브를 넣는 중에 감전되는 것을 보고 싶지 않다고 했다. 그래서 우리는 차에 타고 더치 하우스로 갔다. 어둡기 전에 살펴보려는 것이었다. 여름은 사실상 끝났고, 곧 나는 초트에서 2학년을 시작할 것이었다. 우리는 둘 다 그 사실이 슬펐다. 각자의 방식으로.

"내가 이 집을 맨 처음 봤을 때가 기억나." 메이브가 뜬금없이 말했다. 하늘은 펠트 천을 씌운 것처럼 무겁게 내려앉아 있었고, 금방이라도 찢어질 것 같았다.

"넌 기억나지 않겠지. 그때 어린애였으니까."

누나가 손잡이를 돌려 폴크스바겐의 창을 열었다. "나는 거의 여섯 살이었고. 여섯 살 때 일어난 일은 기억하니까. 그러니까, 너도 그랬다면 여기 왔던 걸 기억했을 거야."

누나 말이 당연히 맞았다. 나는 플러피가 스푼으로 내 머리를 가격한 순간부터는 내 삶이 아주 분명히 기억났다. "그래서 무슨 일이 있었는데?"

"아빠가 누군가의 차를 빌려서 우리를 태우고 필라델피아에서 여기까지 왔어. 토요일이었을 거야. 아니면 아빠가 하루 일을 쉬었거나." 메이브가 말을 멈추고, 자신을 다시 그 순간으로 데려가려는 듯 린든나무를 뚫어지게 쳐다보았다. 여름에는 나뭇잎이 너무 무성해서 속을 들여다볼 수가 없었다. "진입로를 따라 올라가면서 이 집을 봤는데 충격적이었어. 그게 그 순간을 설명하는 유일한 단어야. 내가 하고 싶은 말은, 그게 네겐 제2의 천성이라는 거지. 네가 태어난 곳은 여기야. 넌 아마 모두 이런 집에서 산다고 생각하면서 자랐을 거야."

나는 고개를 가로저었다. "나는 초트에 다니는 모두가 이런 집에 산다고 생각했어."

메이브가 웃었다. 누나는 나를 억지로 기숙학교에 넣었지만, 내가 그곳을 험담할 때마다 좋아했다. "아빠는 이미 집을 사두었는데, 엄마는 전혀 모르고 있었어."

"뭐?"

"정말이야. 아빠는 엄마를 위한 깜짝 선물로 이 집을 샀다니까."

"아빠는 그 돈이 어디서 났어?" 그때 나는 고등학생이었는데도 그게 내 첫번째 질문이었다.

메이브가 고개를 가로저었다. "내가 아는 건, 우리가 해군기지에서 살고 있었고, 아빠가 우리보고 친구 차로 드라이브하러 가자고 말했다는 게 다야. 점심 도시락을 준비해! 모두 타! 그러니까, 그 자체로 좀 많이 이상했어. 우리가 전에 누군가의 차를 빌린 적이 없었던 것도 아닌데."

가족은 그들 셋이었다. 나는 그 그림 속 어디에도 없었다.

메이브는 내 머리 뒤쪽으로 좌석 위에 가무잡잡한 팔을 걸쳐놓고 있었다. 누나는 여름 동안 오터슨 씨 회사에서 내 일자리를 구해놓았다. 옥수수를 넣은 비닐봉지를 헤아려 박스에 넣고 테이프로 봉하는 일이었다. 주말에 우리는 고등학교에서 테니스를 쳤다. 우리는 차 안에 라켓과 테니스공이 든 캔을 두었고, 가끔 누나는 점심시간에 나타나 나를 데려가 게임을 했다. 한창 근무하는 시간인데도 우리에게 뭐라고 하는 사람은 아무도 없었다. 마치 누나가 그곳을 소유한 것 같았다. "아빠는 그날 운전해서 가는 길에 정말로 기분이 좋은 것 같았어. 계속 길가에 차를 세우고 내게 소도 보여주고 양도 보여줬거든. 내가 아빠한테 소는 밤에 어디서 자냐고 물으니까, 아빠는 언덕 너머에 큰 외양간이 있는데, 소마다 각자의 방이 있다고 했어. 엄마가 아빠를 쳐다봤고, 두 분은 웃음을 터뜨렸지. 그 모든 일이 아주 즐거웠어."

나는 아버지와 내가 그 세월 동안 길에 새긴 헤아릴 수 없이 많은 마일을 생각했다. 그는 길가에 차를 세우고 소를 쳐다볼 사람이 아니었다. "그림이 안 그려져."

"내가 그랬잖아. 아주 오래전이었다고."

"알았어. 그래서 여기 도착한 다음엔."

누나가 고개를 끄덕이고 손가방 안을 뒤졌다. "아빠가 집 앞까지 차를 몰고 갔고, 우리 셋은 차에서 내린 뒤 그 앞에 서서 입을 쩍 벌렸지. 엄마는 아빠에게 여기가 박물관인지 물었고, 아빠는 고개를 가로저었어. 그러자 엄마는 도서관인지 물었어. 내가 말했지. '이건 집인데요.'"

"지금하고 똑같았어?"

"거의 똑같아. 마당엔 풀이 제멋대로 자라 있었어. 내 기억엔 풀이 아주 높이 자라 있었던 것 같아. 아빠는 엄마에게 이 집을 어떻게 생각하느냐고 물었고, 엄마는 '굉장하네. 괜찮은데' 하고 답했어. 그러자 아빠는 크게 미소를 지으며 엄마를 쳐다보고 말했어. '여긴 당신 집이야. 당신을 위해 샀어.'"

"진짜로?"

차 안의 공기는 무겁고 더웠다. 차창을 내렸는데도 다리가 좌석에 쩍쩍 달라붙었다. "정확히 그랬어."

그걸 어떻게 받아들이는 게 맞을까? 로맨틱하게? 나는 십대 소년이었고, 아내에게 깜짝 선물로 저택을 사준다는 건 내가 상상하기론 사랑의 종과 호각이 울리는 것과 같았지만, 나는 누나를 잘 알아서, 누나가 내게 러브스토리를 들려주는 게 아니라는 것 또한 알았다. "그래서 어떻게 됐어?"

메이브는 성냥을 켜서 담배에 불을 붙였다. 폴크스바겐 안에 있는 라이터는 한 번도 작동한 적이 없었다. "엄마는 그 말을 이해하지 못했는데, 정말이지, 엄마가 어떻게 이해할 수 있었겠어? 전쟁이 막 끝난 시점이었고, 우리는 해군기지에서 방 두 개짜리 작은 크래커 상자 같은 집에 살고 있었어. 그런데 아빠가 엄마를 타지마할에 데려가서 자, 이제부터 우리 셋이 여기 살 거야, 하고 말한 것과 같았거든. 누가 네 얼굴을 똑바로 보면서 말하는데, 그게 이해가 안 되는 거지."

"집안에 들어갔어?"

"당연히 들어갔지. 아빠 주머니에 열쇠가 있었어. 아빠가 소유한 집이니까. 아빠가 엄마의 손을 잡았고, 우리는 집 앞 계단을 올라갔어. 생각해보면, 여기가 진정한 집의 입구야." 누나가 풍경을 향해 손바닥을 내밀었다. "거리, 나무, 진입로. 그게 사람들을 막아주니까. 하지만 집 앞까지 가면 앞면이 유리로 되어 있어서, 눈앞에 집 전체가 펼쳐지는 셈이 돼. 우린 전에 그런 집을 본 적도 없었거니와, 집안에 있는 물건들도 본 적이 없는 것들이었어. 불쌍한 엄마." 메이브가 그 생각을 하며 고개를 저었다. "엄마는 겁에 질렸어. 아빠가 엄마를 호랑이가 우글거리는 방에 밀어넣으려는 것처럼. 엄마는 계속해서 '시릴, 여긴 다른 사람의 집이야. 우린 저 안에 들어갈 수 없어' 하고 말했어."

그것이 콘로이 가족에게 일어난 일이었다. 한 세대는 문안으로 떠밀려들어가고, 다음 세대는 떠밀려나온 것. "누난 어땠어?"

누나가 잠시 생각했다. "나는 꼬마였으니까, 재미있었어. 엄마 때문에 당황스럽기도 했지만. 엄마가 경직되어 있는 게 너무 잘 보였거든. 하지만 나는 여기가 우리집이고 우리가 여기서 살게 된다는 걸 이해했어. 다섯 살짜리들은 부동산에 대한 이해가 없으니까,

그냥 다 동화 같았어. 동화에서는 성에 살잖아. 솔직히 말하면, 아빠가 좀 안돼 보였어. 아빠가 노력한 게 하나도 잘되지 않았거든. 난 엄마보다 아빠가 더 안됐다고 생각했던 것 같아." 누나는 폐 안에 부드러운 회색 연기를 담았다가 부드러운 회색 하늘로 내뿜었다. "안으로 들어가면 좀 어리둥절해지잖아. 앞쪽 현관이 오후에 참 더웠던 거, 심지어 밖이 그렇게 덥지 않아도 그랬던 거 기억나?"

"그럼."

"그런 식이었어. 우리는 돌아다니기 시작했는데, 엄마가 문에서 너무 안까진 들어가고 싶어하지 않아서, 처음에는 많이 이동하지 않았어. 아무도 태엽을 감아주지 않아서 괘종시계의 배가 그냥 파도 속에 가만히 멈춰 있었던 게 기억나. 대리석 바닥과 샹들리에에도 기억나고. 아빠는 투어 가이드처럼 애를 썼어. '이 거울을 봐! 계단을 봐!' 엄마 눈에는 계단이 보이지 않는 것처럼 말이야. 아빠는 펜실베이니아에서 가장 아름다운 집을 샀는데, 아내는 남편이 자기를 총으로 쏜 것처럼 쳐다보는 거지. 우리는 결국 방마다 다 돌아다녔어. 상상할 수 있겠어? 엄마는 계속 말했어. '이 사람들은 누구야? 왜 이 모든 걸 다 두고 갔지?' 우리는 다시 현관으로 내려갔고, 거기 자기로 만든 작은 새들이 각각 따로 마련된 작은 선반에 올려져 있었어. 오, 정말이지, 내가 그 새들을 얼마나 사랑했는데. 하나를 주머니에 쏙 집어넣고 싶었어. 아빠가 그 집은 1920년대 초에 반후베이크 가족이 지은 건데, 그 사람들은 다 죽었다고 말했어. 그리고 우리는 응접실로 들어갔고, 거기 우리를 도둑 보듯 쏘아보는 거대한 반후베이크 부부가 있었던 거지."

"그 사람들은 다 죽었어." 내가 아빠가 된 것처럼 말했다. "그리고 내가 은행에서 그들의 집을 산 거고, 우리는 그들이 쓰던 물건을 그대로 둬야 해." 모든 게 그대로 거기 있었다고? 옷도 옷방 안에 걸려 있었고? 나는 어머니를 제대로 알지도 못했지만, 그렇게 생각하니 엄마가 안쓰러웠다.

"아빠가 계단을 올라가는 데 시간이 꽤 걸렸어. 우리는 모든 침실을 다 돌아다녔어. 모든 게 거기 그대로 있었어. 침대도, 베개도, 욕실에 걸린 수건도 다 그들이 쓰던 거였어. 주 침실 서랍장에 놓여 있던 은색 헤어브러시에 머리카락이 끼어 있던 것도 기억나. 우리가 내 침실에 이르렀을 때 아빠가 말했어. '메이브, 너는 여길 좋아할 거라고 생각하는데.' 어떤 아이가 그 방을 좋아하지 않을 수 있겠어? 우리가 그 방을 노마와 브라이트에게 보여준 날 기억나?"

"기억나지. 당연히."

"음, 솔직히 말하면, 그게 정확히 내 모습이었어. 나는 곧장 창가 자리로 걸어갔고, 아빠가 커튼을 쳐서 가려주었어. 샹그릴라.* 나는 넋이 나갔고, 엄마도 넋이 나갔는데, 엄마가 그런 건 이 모든 것이 다 녹아 없어지고 허물어질 거라 생각했기 때문이었어. 그럼 난 이 공주방을 가질 수도 없을 테고. 엄마가 말했어. '메이브, 거기서 나와. 거긴 네 자리가 아니야.' 하지만 맞았어. 나는 거기가 내 자리인 걸 알았지."

"그걸 그때 알았다고?" 나는 내게 주어진 것을 어떻게 할지 고민하는 입장이 되어본 적이 없었다. 그저 내가 무엇을 잃었는지 알았을 뿐이었다.

---

* 제임스 힐턴의 소설 『잃어버린 지평선』에서 '지상낙원'으로 묘사된 마을.

누나는 내게 고단한 미소를 지어 보이고 한 손으로 내 뒤통수를 한 번 쓰다듬었다. 내 머리칼은 짧았고, 목 부분에서 면도가 되어 있었다. 1960년대 중반이었는데도, 초트는 그런 식이었다. "어느 정도는 알았지만, 아니, 노마와 브라이트가 내 어린 시절의 모습을 재연했을 때까지 솔직히 그 전부를 알진 못했어. 내가 그애들을 안쓰럽게 여겼던 이유가 그거 같아. 한편으로 나 자신이 안쓰러웠기 때문에.

그날이 그런 밤이었어. 분명 나 자신이 안쓰럽게 느껴졌어."

메이브는 그 이야기는 그것으로 끝냈다. 그건 누나의 이야기이지 내 이야기는 아니었으니까. "침실에서 그런 낭패가 있고 나서 우리는 삼층으로 올라갔어. 아빠는 우리에게 모든 걸 보여주고 싶어했어. 집을 구경시켜줄수록 상황이 안 좋아지는 걸 알았지만, 아빠도 멈출 수가 없었어. 삼층에 올라가는 건 아빠에겐 죽을 만큼 힘든 일이었어. 당시 아빠는 무릎에 깁스를 하고 있었는데 그게 몸에 잘 맞지 않았던데다, 계단을 올라갈 때 다리를 편 채 끌어올려야 했으니까. 계단은 아빠에게 지옥이었어. 한 번 오르내리는 건 괜찮지만, 두 번은 아니었어. 그 집을 샀을 때 아빠는 삼층까지 가보지 않았는데, 우리가 마침내 거기 올라갔을 때 연회실의 천장 일부가 폭삭 꺼진 걸 알게 됐어. 폭탄이 떨어진 것처럼 보였어. 커다란 석고 덩어리가 부서져 사방에 흩어져 있었는데, 라쿤이, 그것도 벼룩이 붙은 라쿤이 갉아먹고 집안까지 침입한 거였어. 그것들이 보금자리를 만들려고 작은 침실의 매트리스를 뜯어 발겨놓았어. 베개도, 침대보도 다 물어뜯어서 사방 천지에 솜털과 깃털이 나뒹굴고 있었지. 야생동물 한 마리와 그 동물의 배설물과 그 동물의 죽은 사촌 냄새가 한데 어우러진 것 같은 지독하고 치명적인 냄새가 났어." 누나는 그 기억을 떠올리며 얼굴을 찡그렸다. "아빠가 첫인상을 좋게 심어줄 생각이었다면, 우리를 삼층에 데려가지 않았을 거야."

그때는 여전히 그 집이 내 삶에서 모든 이야기의 주인공인 시점이었다. 우리가 상실했으나 사랑하는 나라처럼. 그 집엔 우편함 키를 넘겨 자라도록 키운 잘 손질된 작은 회양목 울타리가 있었는데, 나는 차에서 내리고 길을 건너, 샌디가 우편물을 가져오게 시켰을 때 늘 하던 대로 그 울타리 위에 내 손을 대보고 싶었다. 그 순간에도 거기가 내 집인 것처럼. "그뒤엔 집에서 나왔다고 말해줘."

"오, 동생. 아니야. 그게 시작이야." 누나는 집을 등지고 내 얼굴을 바라보았다. 누나는 내가 초트에서 가져온 티셔츠와 낡은 반바지를 입고 있었다. 누나가 가무잡잡한 긴 다리를 좌석 위로 끌어올렸다. "아빠는 죽을 만큼 아픈 다리를 이끌고 차로 가서 봉지에 담긴 점심식사를 가져왔고, 부엌에 있던 접시를 꺼내고 유리잔에 수돗물을 채우는 등 우리를 식사실로 부를 준비를 했어. 그러는 동안 엄마는 부들부들 떨면서 현관에 놓인 그 끔찍한 프렌치 의자에 앉아 있었고. 아빠는 접시에 샌드위치를 올려놓고 우리를 불렀어. 식사실로! 그러니까, 아빠가 엄마를 쳐다보고 어떤 상황인지 눈치를 챘다면, 부엌이나 차 안이나, 어디든 푸른색과 금색의 천장이 없는 다른 장소에서 점심을 먹자고 했을 거야. 식사실은 가장 좋았던 시절에도 참을 수 없었어. 아빠는 엄마가 눈먼 사람인 것처럼 엄마를 식탁으로 안내했어. 엄마는 샌드위치를 조금씩 뜯어먹다가 내려놓았고, 그러는 동안 아빠는 여기 면적이 얼마나 되는지, 이 집이 지어진 건 언제였는지, 반후베이크 부부가 지난 전쟁에서 담배로 어떻게 돈을 벌었는지에 대한 이야기를 주절주절 늘어놓았어." 누나는 담배를 마지막으로 한 모금 빨고 차 안의 재떨이에 비벼 껐다. "고마워요, 반후베이크."

천둥이 치는 소리가 들렸고, 갑자기 비가 쏟아지기 시작했다. 거대한 빗방울이 후드득 떨어지며 차 앞유리를 깨끗이 씻어주었다. 우리 누구도 열어둔 창문을 애써 올리려고 하지 않았다. "하지만 거기서 잠은 안 잤어." 나는 내가 그 사실을 아는 것처럼 말했다. 잠까지 잤다면 내가 견딜 수 없을 것 같아서.

누나가 고개를 가로저었다. 비가 차 지붕을 하도 세차게 때려서, 누나는 목소리를 조금 키워야 했다. 우리의 등이 흠뻑 젖고 있었다. "응, 아빠가 우리를 데리고 잠시 바깥 구경을 시켜줬는데, 땅이 엉망이었어. 수영장은 나뭇잎으로 뒤덮여 있었고. 나는 그래도 신발과 양말을 벗고 물속에 발을 담가보고 싶었는데, 엄마가 안 된다고 했어. 나는 엄마가 내 손을 잡고 있는 게 내가 뛰쳐나갈까봐 무서워선 줄 알았는데, 엄마가 나를 꼭 잡고 있었던 건, 그게 그러니까, 엄마가 잡을 곳이 필요하기 때문이었어. 그 순간 아빠가 손뼉을 탁탁 치더니 이제 집으로 돌아가야 할 때가 된 것 같다고 말했어. 아빠는 그날 은행 간부에게서 차를 빌린 거여서 돌려줘야 했거든. 상상이 돼? 아빠가 이 집을 샀는데 차가 없다는 게? 우리는 안으로 다시 들어갔고, 아빠는 샌드위치를 다시 포장해 봉지에 넣었어. 우리 누구도 정말로 뭘 입에 대진 않아서, 당연히 저녁식사 때 먹으려고 그걸 다시 집으로 가져가는 거였어. 아빠는 샌드위치를 그냥 버릴 사람이 아니니까. 엄마는 접시를 치우기 시작했고, 이 순간이 가장 생생하게 떠오르는데, 아빠가 엄마의 손목을 잡고 말했어. '그대로 둬. 다른 여자가 치울 거야.'"

"설마."

"그러자 엄마가 '어느 여자?' 하고 말했어. 다른 무엇보다, 엄마는 이제 노예를 갖게 된 거였지."

"플러피구나."

"바로 맞혔어." 메이브가 말했다. "아빠는 자기 아내를 한 번도 제대로 알았던 적이 없어."

11장

    내게 전화를 걸어 메이브가 병원에 입원했다고 알려주는 책임이 샌디에게 떨어졌다. "메이브는 너 모르게 입원하고 퇴원할 계획이었지만, 그건 말이 안 되잖아. 병원에선 두 밤 입원해야 할 거라고 했어."

    샌디에게 무슨 일이냐고 물으면서, 나는 내 목소리에서 의사의 어투를 들었다. 모든 두려움을 잠재울 목적으로 꾸민 차분한 목소리. 무슨 일이 일어나고 있는지 내게 말해줘요. 내가 하고 싶은 건 문밖으로 뛰쳐나가 펜 기차역까지 달려가는 것이었다.

    "팔에 끔찍해 보이는 붉은 선이 길게 생겨 있었어. 손에 그게 보여서 뭔지 물었더니, 메이브가 신경쓰지 말라고 해서, 조슬린에게 전화를 걸었고 조슬린이 상황을 수습한 거야. 조슬린이 곧바로 달려와서 메이브를 병원에 데려갔어. 메이브보고 차에 타지 않으면 구급차를 부르겠다고 말했대. 조슬린이 그런 협박은 늘 나보다 잘하거든. 내 말은 안 들어도 조슬린이 시키면 했지. 머리를 빗으라는 말도 내가 하면 메이브는 듣지 않았는데."

"의사는 뭐라고 했대요?"

"당장 큰 병원에 가야 한다고. 의사는 심지어 메이브가 집에 가서 가방을 꾸리는 것도 못하게 했대. 그래서 메이브가 내게 전화를 했고, 나는 메이브의 물건을 챙기러 갔고. 나보고 너한테 절대 전화하지 않겠다는 맹세를 시켰는데, 내가 그 말을 듣겠어. 메이브가 입원했는데 내가 너한테 전화하지 않을 거라는 게 말이 돼?"

"빨간 선이 생긴 지 얼마나 오래됐대요?"

샌디가 한숨을 쉬었다. "그 선을 생각하지 않으려고 계속 소매 있는 옷을 입고 다녔대."

주중이어서 설레스트는 라이덜에 있는 부모님의 집에 가 있었다. 나는 펜 기차역에 도착해 공중전화로 내가 탄 기차가 몇시에 도착하는지 그녀에게 말해주었다. 그녀가 필라델피아에서 나를 태우고 가서 병원 앞 순환 진입로에 내려주었다. 메이브가 말했으면 내가 들었을 것처럼, 설레스트는 나를 내과 전문의로 개업하게 밀어붙이지 않은 것에 대해 메이브에게 화가 나 있었다. 몇 년 전에 내가 자기와 헤어지고 자신의 대학 졸업식을 망친 것이 여전히 메이브의 탓이라고 생각했다. 설레스트는 차마 나를 직접 비난하지 못하는 모든 것을 메이브의 탓으로 돌렸다. 메이브의 입장에서는, 메디컬스쿨 1학년인 나에게 결혼하자고 고집을 부린 것에 대해 설레스트를 결코 용서하지 않았다. 메이브는 또한 설레스트가 나와 마주칠 것을 알고서 일부러 마틴 선생님의 장례식에 나타나는 계략을 꾸민 거라고 믿었다. 나는 동의하지 않았지만, 그건 중요하지 않았다. 중요한 건 설레스트가 메이브를 만나고 싶어하지 않고 메이브도 설레스트를 만나고 싶어하지 않는다는 것이었고, 나는 그저 차에서 내려 누나를 보러 가고 싶을 뿐이었다.

"집에 갈 때 차 태워줄 사람이 필요하면 말해." 설레스트가 말했고, 내게 키스한 뒤 다시 차를 출발시켰다.

6월 21일, 연중 가장 낮이 긴 날이었다. 저녁 여덟시인데도 아직 병원 서쪽의 모든 창문을 통해 햇살이 비스듬히 들어오고 있었다. 안내데스크에 있는 여자가 내게 메이브의 입원실 호수를 알려주며 잘 찾아가보라고 했다. 내 삶의 칠 년을 뉴욕에 있는 여러 병원에서 보냈다는 사실은 펜실베이니아에 있는 병원에서 누나의 입원실을 찾는 데 전혀 도움이 되지 않았다. 어느 병원이건 내부가 배치되는 방식에는 전혀 논리가 없었다―병원은 암처럼 자라서, 터널 형태의 긴 복도 끝에 예상치 못한 새 건물이 들어서는 식이었다. 입원실이 있는 층을 찾고, 어디가 어딘지 분간이 되지 않는 바다에서 누나를 찾기까지 시간이 좀 걸렸다. 누나의 입원실로 들어가는 문이 조금 열려 있었고, 나는 들어가기 전에 문을 두 번 두드렸다. 2인실이었는데, 칸막이 커튼이 걷혀 있어 다른 침대는 깨끗하게 정돈된 채 대기중인 것이 보였다. 슈트를 입은 금발의 남자가 메이브의 침대 옆 의자에 앉아 있었다.

"아, 뭐야." 메이브가 나를 보자 말했다. "샌디가 자기 언니의 머리를 걸고 너한텐 절대 연락하지 않겠다고 맹세했는데."

"거짓말이었던 거지." 내가 말했다.

슈트를 입은 남자가 일어섰다. 그를 알아보는 데 잠시 시간이 걸렸지만, 곧 알아보았다.

"대니." 오터슨 씨가 손을 내밀었다.

나는 그의 손을 잡고 악수한 뒤 몸을 숙여 메이브의 이마에 키스했다. 누나의 얼굴은 발갛고 약간 축축했으며, 피부는 뜨거웠다. "난 괜찮아." 누나가 말했다. "더 괜찮을 수 없을 만큼."

"병원에서 항생제를 주고 있어요." 오터슨 씨가 점점 줄어드는 주사액 주머니가 걸려 있는 은색 봉을 가리켰고, 이어 메이브를 보았다. "휴식이 필요해요."

"지금 휴식하고 있어요. 이것보다 더 휴식이 되는 게 어디 있어요?"

침대에 누운 누나는 아주 어색해 보였다. 연극에서 환자 역을 하고 있지만, 이불 아래로는 자신의 옷과 신발을 신고 있는 것처럼.

"나는 가봐야겠어요." 오터슨 씨가 말했다.

나는 메이브가 그를 말릴 거라고 생각했지만, 누나는 그러지 않았다. "금요일엔 돌아갈게요."

"월요일. 당신 없이 우리가 일주일도 못 버틸 거라고 생각하는군요."

"못 버틸걸요." 누나가 말했고, 그러자 그는 그녀에게 아주 부드러운 미소를 지어 보였다.

오터슨 씨는 누나의 괜찮은 쪽 손을 톡톡 치고 내게 고개를 까딱한 뒤 떠났다. 우리는 긴 시간에 걸쳐 여러 번 만났고, 내가 여름 동안 초트에서 돌아왔을 때 그의 공장에서 일한 적도 있었다. 하지만 나는 그에 대해 수줍어한다는 느낌 이상은 가져본 적이 없었다. 그런 남자가 어떻게 그런 사업을 키웠는지 전혀 이해되지 않았다. 오터슨 씨의 냉동 채소는 이제 미시시피주 동쪽의 모든 주로 운송

되고 있었다. 메이브는 적지 않은 자부심을 드러내며 내게 그렇게 말했었다.

"나한테 먼저 전화했으면 오지 말라고 했을 텐데." 누나가 말했다.

"나한테 먼저 전화했으면 내가 몇시에 여기 도착하는지 말해줬을 텐데." 내가 누나의 침대 발치에 걸려 있는 금속 차트를 집어들었다. 누나의 혈압은 구십에 육십이었다. 그들은 누나에게 여섯 시간마다 세파졸린을 투여하고 있었다. "어떻게 된 건지 말해줄 거지?"

"네가 의사 일을 계속 전문적으로 하지 않을 건데, 이렇게 개인적으로 해도 되나."

나는 침대를 빙 돌아 정맥주사 튜브가 꽂힌 손을 잡았다. 성난 붉은 색깔의 연조직염은 누나의 손등에 생긴 상처에서 시작되어 구불구불 팔 안쪽을 감아 돌아 겨드랑이 속으로 사라졌다. 누군가가 감염의 진행을 추적하기 위해 검은 마커로 거기 선을 죽 그어놓았다. 누나의 팔은 뜨거웠고 약간 부어 있었다. "이게 언제 시작됐어?"

"그 팔을 좀 내려놓으면, 내가 말해줄 게 있어. 주말까지 기다릴 생각이었지만, 네가 지금 여기 왔으니까."

나는 그게 언제 시작됐는지 다시 물었다. 어쩌면 메디컬스쿨이 결국 내게 뭔가 좋은 일을 한 것이었다. 누구도 대답하는 데 의미가 없다고 생각하는 질문을 밀어붙이는 법을 가르친 것이다. "손을 어쩌다 다쳤어?"

"몰라."

내가 손가락을 위로 움직여 누나의 손목에서 멈추었다.

"내 맥박에서 손 떼." 누나가 말했다.

"누가 이게 어떻게 진행되는지 설명해줬어? 패혈성이야. 패혈증이 생긴 거야. 누나의 장기가 일을 하지 않는 거지." 메이브는 주말에 가난한 사람들의 옷장과 식료품 저장실을 채워주기 위해 옷과 음식을 모으는 자선활동을 했다. 누나의 피부엔 늘 튀어나온 철사침이나 못에 긁혀 생긴 상처가 있었다. 밖에서 기다리는 차의 트렁크에 박스를 싣다가 멍이 들기도 했다.

"그렇게 부정적인 태도로 나오는 거 그만 좀 할래? 나는 병원 침대에 누워 있잖아, 아니야? 사람들이 내 몸에 항생제를 가득 집어넣고 있고, 나는 달리 내가 뭘 해야 하는지도 잘 모르겠어."

"손에서 시작된 감염이 심장에 이르기 전에 의사를 찾아갔어야지. 누가 누나 팔에 붓으로 선을 그어놓은 것 같잖아. 그걸 못 봤어?"

"내가 알려줄 소식을 듣고 싶은 거야, 아니야?"

누나가 거기 누워 있는데 내가 분노를 느끼는 건 부적절해 보였다. 누나는 열이 있었다. 통증이 있을 수도 있었지만, 누나가 내게 만큼은 그 사실을 결코 인정할 리 없었다. 나는 그러지 말자고, 내가 그러면 누나는 내게 뭐든 절대 말하지 않을 거라고 속으로 혼잣말을 했다. 나는 침대의 반대쪽으로 돌아가 오터슨 씨의 체온이 여전히 남은 따뜻한 의자에 앉았다. 그리고 다시 시작했다. "누나가 아파서 속상해."

누나는 내가 진심인지 알아보려는 듯 나를 잠시 쳐다보았다. "고마워."

나는 누나를 잡아당기지 않으려고 두 손을 포개 무릎에 올렸다.

"그 이야기 해줘."

"플러피를 만났어." 누나가 말했다.

병원에 있었던 그날, 나는 스물아홉 살이었다. 메이브는 서른여
섯 살이었다. 우리가 플러피를 마지막으로 봤을 때 나는 네 살이었
다. "어디서?"

"어디였을 것 같니?"

"진짜 장난해?"

"이 말을 차 안에서 해줬다면 정말로 더 좋았을 텐데. 원래 그럴
계획이었거든."

우리는 가장 중요한 대화는 차에서 하려고 아껴두었지만, 상황
을 고려하건대 병실에서 해야 할 것 같았다. 녹색 타일 바닥, 낮고
음향이 좋은 천장, 코딩된 내용대로 흘러나오는 원내 방송을 뚫고
간간이 경보음이 들리는 그곳에서. "언제?"

"일요일에." 침대 머리 쪽 절반이 약간 위로 올라가 있었다. 누
나는 등을 기댄 채 고개를 돌려 내 쪽을 향하고 있었다. "성당에서
막 나와서 집으로 돌아가는 길에 더치 하우스에 잠시 들러볼까 했
었지."

"누난 성당에서 두 블록 떨어진 데 살잖아."

"끼어들지 마. 오 분도 안 지났는데 다른 차가 내 뒤에 서더니,
한 여자가 내려서 길을 건너는 거야. 플러피였어."

"그 사람이 플러피인 걸 도대체 어떻게 알아봤어?"

"그냥 알아봤어. 지금은 오십이 넘었을 텐데, 그 길던 머리칼을
짧게 잘랐더라. 그래도 여전히 빨간 머리였어. 염색을 하는 건지
도 모르지만. 머리칼이 여전히 풍성했어. 난 플러피가 아주 생생히

기억나거든."

나도 그랬다. "누나가 차에서 내렸고……"

"먼저 플러피를 지켜봤어. 진입로 끝에 서 있길래, 고민중이란 걸 알 수 있었어. 아마 그리로 가서 문을 두드려볼까 생각하고 있었겠지. 알다시피 플러피도 거기서 자랐잖아, 우리처럼."

"우리하고는 완전히 다르지."

메이브가 베개에 머리를 댄 채 고개를 끄덕였다. "내가 길을 건넜어. 우리가 떠난 뒤로 난 길 건너 그쪽에는 발도 딛지 않았는데, 솔직히, 속이 좀 울렁거리더라. 나는 앤드리아가 프라이팬을 들고 진입로를 달려올 거라고 줄곧 생각했었거든."

"누나가 뭐라고 말했어?"

"그냥 이름을 불렀어. 피오나, 그렇게. 그러니까 플러피가 돌아봤어. 오, 대니, 네가 그 얼굴에 떠오른 표정을 봤다면."

"플러피는 누나가 누군지 알아봤어?"

메이브가 달뜬 눈빛으로 다시 고개를 끄덕였다. "나보고 엄마 젊었을 때 모습이랑 똑같대. 나를 어디서 만났더라도 알아봤을 거라면서."

하얀 모자를 쓴 젊은 간호사가 들어오다, 우리를 보고는 걸음을 멈추었다. 나는 내 턱이 사실상 메이브의 어깨에 닿았다고 해도 될 만큼 몸을 앞으로 숙이고 있었다.

"제가 타이밍을 잘못 맞췄나요?" 간호사가 물었다.

"타이밍이 아주 별로죠." 메이브가 말했다. 간호사가 뭔가 다른 것을 말했지만 우리는 주의를 기울이지 않았다. 간호사가 나가며 문을 닫았고, 메이브가 다시 이야기를 시작했다. "플러피가 자긴 그냥 지나가는 길이었다면서, 우리가 여전히 그 집에 살고 있는지 물었어."

"그래서 아니, 그냥 그 집을 스토킹한다고 말해줬구나."

"우리는 아빠가 돌아가시고 1963년에 그 집을 나왔다고 말해줬어. 그런 식으로 말하지 말았어야 했는데, 아무 생각이 없었어. 그 말이 입에서 나오자마자 불쌍한 플러피, 얼굴이 벌게지더니 눈에 눈물이 그렁그렁 차오르더라. 플러피는 거기서 아빠를 볼 수 있을 거라 생각했나봐. 내 생각엔 플러피가 아빠를 만나러 왔던 것 같아."

"그래서 어떻게 됐어?"

"음, 플러피는 울었고, 나는 길 그쪽에는 서 있고 싶지 않아서 내 차로 가서 앉아서 이야기하자고 했지."

나는 고개를 가로저었다. "누나하고 플러피하고, 더치 하우스 앞에 차를 대놓고."

"말하자면 그렇지. 대니, 그건 정말로 굉장했어. 플러피가 차에 탔고, 우리는 너하고 지금 나 사이만큼 아주 가까웠어. 그 느낌은—나는 믿을 수 없을 만큼 행복했어, 심장이 터질 것 같았어. 플러피는 낡고 푸른 카디건을 입고 있었는데, 내가 기억하는 거의 그대로였어. 허리를 숙여 키스라도 해주고 싶은 심정이었어. 내 마음속에는 늘 플러피를 미워하는 감정이 있었어. 플러피는 너를 때렸고, 아빠하고 잤잖아. 그런데 밉다는 생각이 전혀 안 드는 거야. 앤드리아가 나타나기 전에 내 삶에 존재하던 사람이나 뭔가는 미워할 수 없게 된 그런 느낌이었어. 그리고 플러피는 그런 시절에 속한 사람이고. 얼굴이 여전히 예뻤어. 심지어 지금도. 네가 얼굴을 기억하는지 모르겠지만, 부드럽고 정말로 아일랜드적이었어. 이제

주근깨는 다 사라졌고, 눈은 여전히 크고 녹색이었어."

나는 그녀의 눈이 기억난다고 말했다.

"처음엔 이야기를 많이 했어. 아빠가 결혼한 이야기, 아빠가 돌아가신 이야기, 앤드리아가 너를 내쫓은 이야기. 플러피가 뭐라고 그랬는지 알아?"

"뭐라고 했는데?"

"'요사스런 년,' 그렇게 말했어."

"플러피가!"

메이브는 뺨이 붉어질 때까지 웃다가 기침을 하기 시작했다. "뭐냐, 곧장 핵심을 찌른 거지." 누나가 말했고, 나는 누나에게 화장지를 건넸다. "너에 대한 이야기를 전부 알고 싶어하더라. 네가 의사가 됐다고 하니까 감동한 것 같았어. 네가 얼마나 제멋대로였는지 계속 말하면서, 의학을 공부하는 건 고사하고 책을 읽을 만큼 오래 버틸 수 있다는 것도 상상이 안 된대."

"자신이 한 짓을 감추려는 거지. 내가 그렇게 제멋대로는 아니었어."

"아냐, 넌 그랬어."

"그 시간 내내 어디서 살았대?"

"맨해튼에서 살았대. 아빠가 자기를 내쫓은 그날은 뭘 해야 할지 정말 아무 생각이 안 나더래. 진입로 끝에 서서 울고 있는데, 마침내 샌디가 나와서는 자기 남편한테 전화해서 데려가라고 하겠다고 그랬대. 샌디 부부가 받아준 거지."

"샌디는 정말 정이 많아."

"그들은 며칠 동안 머리를 쥐어짜다, 마침내 이매큘리트 컨셉션 교회로 가서 신부님에게 상의하기로 했어. 늙은 크러처 신부님이 플러피에게 맨해튼에 있는 부유한 집에서 아이 보는 일을 구해줬대."

"가톨릭교회가 아이를 때린 것 때문에 해고된 여자에게 아이를 돌보는 일자리를 찾아줬다. 그거 아름다운데."

"아 진짜, 내가 이야기할 때 그만 좀 끼어들어. 이야기가 자꾸 끊어지잖아. 그녀는 보모로 좋은 일자리를 구해서, 그 집 애들이 아직 어릴 때 그 집 건물 수위하고 결혼했대. 임신할 때까지 결혼한 건 비밀로 했고. 그래야 일자리를 잃지 않을 테니까. 그들이 낳은 첫아기는 딸이었는데, 지금 그 딸이 러트거스대학에 다닌대. 그날 딸을 보러 가는 길에, 옛날 집에 들러보기로 한 거였고."

"이제 아무도 지리를 배우지 않나봐. 더치 하우스는 그 도시에서 러트거스로 가는 길에 있지 않아."

"지금은 브롱크스에 산대." 메이브가 나를 무시하며 말했다. "남편하고. 자식이 전부 셋인데, 딸을 낳고 그 밑으로 아들 둘."

더치 하우스가 브롱크스에서 러트거스로 가는 길에도 있지 않다는 말을 참으려고 나는 무진 애를 써야 했다.

"플러피는 이따금 그 집에 가봤는데, 그건 자기도 어쩔 수 없는 일이었대. 우리가 그 집으로 이사하기 전에도 거긴 그녀의 직장이었으니까. 반후베이크 부부가 죽은 뒤 그 집을 관리하는 게 그녀의 일이었어. 아빠가 자길 보면 뭐라고 할지 몰라서 가서 문을 두드리는 게 두려웠대. 하지만 거기서 우리 중 하나와 마주치기를 늘 바랐다고 했어."

나는 고개를 저었다. 그 긴 세월이 지난 뒤 나는 왜 반후베이크 부부를 그리워하는가?

"나보고 여전히 당뇨병이 있는지 물었고, 나는 당연히 그렇다고 대답해줬어. 그랬더니 새삼스레 속상해하더라고. 플러피는 우리가 어렸을 때는 아주 드셌는데, 누가 알아? 어쩌면 그렇지 않았는지도."

"그랬어."

"너를 만나보고 싶대."

"나를?"

"네가 사는 곳이 플러피 집에서 그리 멀지 않아."

"왜 나를 만나보고 싶대?"

메이브는 내가 그 의미를 파악할 만큼 충분히 똑똑하지 않느냐는 듯 나를 쳐다보았지만, 나는 전혀 알 수 없었다. "사과하고 싶대."

"사과는 필요하지 않다고 전해줘."

"들어봐. 이건 중요해. 너 바쁜 일도 없잖아." 메이브는 내가 건물과 관련해서 하는 일을 직업으로 치지 않았다. 이런 면에서 그녀와 셀레스트는 한편이었다.

"나는 네 살 이후로 한 번도 만난 적 없는 사람과 다시 연결되고 싶지 않아." 메이브가 플러피를 만난 것까지는 분명히 솔깃한 이야기였단 걸 인정하겠지만, 나 자신이 어떤 관계를 만드는 것에는 아무런 흥미가 없었다.

"음, 네 전화번호를 줬어. 네가 헝가리안 페이스트리 숍에서 만날 거라고 말했어. 그건 너한테 전혀 수고스럽지 않을 테니까."

"수고스럽다 아니다, 그런 문제가 아니야. 그냥 그러고 싶지 않다고."

누나는 야단스럽게 하품을 하더니 얼굴을 베개에 더욱 깊숙이 묻었다. "이제 피곤해."

"이렇게 빠져나가면 안 되지."

누나가 나를 올려다보았고, 눈시울이 붉어져 있었다. 나는 우리가 어디에 있는지, 왜 여기 있는지를 떠올렸다. 엄청난 수면 욕구가 갑자기 누나를 압도한 모양이었고, 누나는 그에 대해 아무 선택권이 없다는 듯 눈을 감았다.

나는 의자에 앉아 누나를 지켜보았다. 누나와 더 가까운 곳으로 집을 옮기는 게 필요한지 생각해보았다. 이제 레지던트 과정이 끝났고, 나는 뉴욕에 살 필요가 없었다. 내겐 건물이 세 채 있었지만, 완벽한 부동산 제국이 그 도시 밖에서 만들어진 것은 나도 아는 사실이었다.

나중에 의사가 메이브의 상태를 살피러 왔을 때 나는 일어서서 그와 악수했다.

"닥터 램입니다." 의사가 말했다. 그는 나보다 나이가 그리 많지 않았다. 내 또래라 해도 될 것 같았다.

"닥터 콘로이입니다." 내가 말했다. "메이브의 동생이에요."

메이브는 의사가 누나의 팔을 들고 옷소매 속으로 사라져버린 선을 따라 손가락을 이동시키는데도 움직이지 않았다. 나는 처음에 누나가 모르는 척하는 거라고, 질문을 피하려고 그러는 거라고 생각했지만, 곧 누나가 정말로 잠들어 있다는 걸 깨달았다. 먼저 온 오터슨 씨가 얼마나 오래 있었는지 나는 몰랐다. 내가 누나를 너무 오래 붙잡고 있었던 것이다.

"이틀 전에는 왔어야 합니다." 닥터 램이 나를 보며 말했다.

나는 고개를 저었다. "제가 마지막으로 알았습니다."

"음, 환자분이 거짓말을 하더라도 속으면 안 됩니다." 그는 그 공간에 우리만 있는 것처럼 말했다. "이건 심각합니다." 그가 누나의 팔을 다시 몸 옆에 내려놓고, 시트를 당겨 덮어주었다. 그러고는 차트에 뭔가 기록한 뒤 우리를 두고 병실을 떠났다.

12장

    짧은 의사 이력을 완수하자 예상치 못한 가벼움이 내 안을 채우는 것이 느껴졌다. 레지던트 과정이 끝난 뒤 나는 모든 것이 좋아 보이는 시기를 통과했다. 굉장히 악명 높은 맨해튼의 북쪽까지 좋아 보였다. 어른이 되고 처음으로 나는 철물점에서 한 남자와 실란트에 대한 이야기를 나누면서 한 시간을 보낼 수 있었다. 뭔가를 고칠 때, 이를테면 변기를 고칠 때는 내가 실수를 해도 결과가 치명적이진 않았다. 나는 내 건물에 있는 빈 아파트 한 채의 바닥을 사포로 문지르고 벽에 페인트칠을 했고, 다 끝마쳤을 때 그리로 이사했다. 풍족한 어린 시절 이후 살았던 모든 기숙사 방과 원룸 아파트의 기준으로 봤을 때, 아파트의 크기는 넉넉했다—햇볕이 잘 들고 시끄럽고, 내 것이었다. 내가 사는 공간의 주인이 되는 것, 혹은 내 이름으로 은행이 소유하게 하는 것은 내 안에서 오랫동안 휘파람소리를 내고 있던 빈 구멍을 채워주었다. 셀레스트는 라이덜에서 어머니의 싱어 미싱으로 커튼을 만들어, 기차를 타고 가져왔다. 그녀는 컬럼비아 근처 초등학교에서 직장을 구해 읽기와 이른바 언어기술*을 가르쳤고, 한편 나는 그 건물의 다른 집들을, 이어 브라운스톤 건물을 수리했다. 그녀가 내 결정과 화해했다고 생각할 근거는 전혀 없었지만, 그녀에겐 그것에 대해 계속 묻지 않을 만큼의 지각이 있었다. 우리는 우리를 앞으로만 데려갈 강물로 걸어들어간 것이다. 그 건물, 그 아파트, 그녀의 직장, 우리의 관계, 그 전부가 반박할 수 없는 논리로 한데 뭉쳐 다가왔다. 설레스트는 우리의 이야기를 부드럽게 만들어 말하기 좋아했다. 그녀가 대학을 졸업한 뒤 우리가 어떻게 헤어져 각자의 길로 갔는지, 어떻게 타이밍과 상황의 희생자가 되었는지, 그리고 어떻게 하고많은 장소 중 장례식장에서 서로를 다시 찾았는지. "그건 운명이었어." 그녀가 내게 몸을 기대오며 말했다.

그래서 플러피는 내 마음에 머물러 있지 않았다. 그녀는 내 마음 속에 없었지만, 메이브가 병원에서 퇴원하고 몇 달 뒤 전화벨이 울렸다. 그리고 전화선 반대쪽에서 그 목소리가 들렸다. "대니니?" 나는 곧바로 알았다. 메이브가 반후베이크 스트리트에서 플러피를 곧바로 알아본 것처럼. 그녀가 용기를 내고 있는 게 느껴져서, 내게 전화를 걸기까지 시간이 오래 걸렸다는 것을 깨달았다. 나는 내가 원하든 원하지 않든 우리가 헝가리안 페이스트리 숍에서 커피를 마시리란 걸 알았다. 거부하려고 애쓴다면 괜한 에너지 낭비가 될 것이었다.

---

* 읽기, 말하기, 쓰기, 듣기를 포괄하는 과목의 한 종류.

페이스트리 숍은 붐비지 않았던 적이 없었다. 플러피는 일찍 도착해 창가 자리를 잡고 앉아 있었다. 그녀는 내가 보도를 걸어오는 것을 보고 유리창을 톡톡 치며 손을 흔들었다. 내가 테이블로 다가가자 그녀는 막 몸을 일으키는 중이었다. 나는 메이브의 묘사만 듣고 그녀를 알아볼 수 있을지 궁금했었다. 그녀가 네 살이었던 내 모습에 근거해서 나를 알아보리라는 생각은 결코 해본 적이 없었다.

"안아봐도 되겠니?" 그녀가 물었다. "그래도 괜찮을까?"

나는 두 팔로 그녀를 감싸안았는데, 안 된다고 거절할 방법을 생각해낼 수 없었기 때문이다. 내 기억에 플러피는 시간이 지나면서 점점 키가 자란 거인이었는데, 사실 그녀는 작은 체구에 몸의 선이 둥글둥글한 여자였다. 그녀는 바지와 메이브가 말한 푸른색 카디건을 입고 있었다. 아니면 푸른색 카디건을 한 벌 이상 갖고 있었을 것이다. 그녀는 얼굴의 옆면을 잠시 내 흉골에 대고 있다가, 나를 풀어주었다.

"후유!" 그녀가 말하며 손으로 얼굴에 부채질을 했다. 녹색 눈이 촉촉했다. 그녀는 커피와 대니시 페이스트리가 놓인 테이블에 다시 앉았다. "가슴이 벅차. 너는 내 아기였잖아. 내가 돌봤던 아기는 누구를 만나건 이런 감정이 들지만, 너는 내 첫번째 아기였어. 당시에 나는 자기 자식이 아닌 아기에게 마음을 다 줘서는 안 된다는 걸 몰랐지. 그건 자살행위지만, 나도 그땐 어렸어. 네 어머니는 사라져버렸고, 네 누나는 아팠고, 네 아버지는." 그녀는 아버지에 대해 설명하는 부분은 그냥 넘어갔다. "내가 애착을 느낄 이유는 많았지." 그녀는 얼음이 든 물잔의 절반을 비울 동안 말을 멈추었다가, 이어 냅킨을 입에 갖다댔다. "여기 안이 덥지, 안 그래? 나만

더운지도 모르겠네. 좀 불안해서." 그녀는 블라우스의 둥근 칼라를
목에서 집어올려 팔락팔락 부채질을 했다. "불안하기도 하지만, 그
런 나이가 되기도 했고. 너한테 이런 말 해도 되지, 응? 너는 아직
고등학생 나이로 보이지만, 의사니까. 정말로 의사 맞지?"

"맞아요." 그 이야기를 시작하는 건 의미가 없었다.

"음, 잘됐구나. 기쁘다. 부모님이 자랑스러워하셨을 거야. 다른
이야길 해도 되겠니? 여기 앉아 너를 보는데, 네 얼굴이 완벽히 괜
찮아. 내가 뭘 예상하고 있었는지 모르겠지만 얼굴에 자국이 없어."

나는 눈썹 옆에 있는 작은 흉터를 가리킬까 생각했지만, 그러지
않는 게 좋을 것 같았다. 내가 알기로 이름이 리지인, 곱슬머리를
정수리까지 끌어올려 고무줄로 묶은 종업원이 테이블로 다가와 커
피와 양귀비씨 머핀을 내 앞에 내려놓았다. "방금 구워낸 거예요."
그러고는 떠났다.

플러피는 그녀가 가는 모습을 감탄의 눈빛으로 쳐다보았다. "여
기서 너를 아니?"

"근처에 사니까요."

"그리고 넌 잘생겼어." 그녀가 말했다. "여자라면 너처럼 잘생
긴 남자는 기억하지. 메이브가 너한테 여자친구가 있다고 그러더
라. 네가 모르나 해서 말인데, 누나는 그다지 마음에 들지 않는 모
양이야. 내가 상관할 바는 아니지만. 내가 네 얼굴을 망쳐놓은 게
아니어서 다행이야. 마지막으로 너를 봤을 때 너는 피투성이가 돼
서 악을 쓰며 울었거든. 그러자 조슬린이 달려와서 너를 병원에 데
려갔지. 나는 정말로 내가 너를 죽였다고 생각했어. 그 피를 생각
하면. 하지만 괜찮아 보이는구나."

"저는 괜찮아요."

그녀는 입술을 붙여 미소와 비슷한 표정을 만들었다. "네가 괜찮다고 샌디가 전해줬는데도 나는 믿지 않았어. 샌디가 무슨 다른 말을 할 수 있었겠어? 나는 아주 오랫동안 그 일이 계속 마음에 걸렸어. 내가 큰 잘못을 했다고 느꼈지. 누구와도 연락하지 않고 지냈어. 내가 도시로 이사하자 그걸로 끝이었어—뒤돌아보지 않았어. 이따금 과거는 과거에 둬야 하니까."

"그럼요."

"그 말을 하니 네 아빠가 생각나는구나." 그녀는 남은 물을 마셨다. "메이브가 그러는데, 아빠가 돌아가셨다고. 마음이 안 좋았어. 너하고 아빠하고 놀라우리만치 많이 닮은 거 알지? 내 애들은 잡종 개 같아. 셋 다. 나나 남편 어느 쪽도 닮지 않았어. 보비는 이탈리아인이야. 디카밀로. 피오나 디카밀로. 잡종 개 이름이지, 그런 게 있다면 말이야. 보비는 나와 네 아빠에 관한 이야기는 전혀 몰라." 그녀는 거기서 말을 멈추었고, 갑자기 패닉에 빠진 듯 목이 확 붉어졌다. 여기 상황이 달라질 때마다 생물학적인 작용에 배신당한 여자가 있었다. 감정의 깃발이 그녀의 얼굴 위로 폭풍을 맞은 듯 펄럭였다. "메이브가 네게 그 이야기 해줬지, 그렇지? 네 아빠와 나에 대해?"

"해줬어요."

플러피가 숨을 내쉬고 고개를 가로저었다. "어쩌다 그랬을까, 나는 내가 곤경에 빠졌다고 생각했어. 보비는 그 일에 대해 알 필요가 없어. 너도 아마 알 필요가 없겠지만, 이미 안다고 하니까. 나는 그때 그저 어린애였고, 어리석었어. 네 아빠가 나하고 결혼할 줄 알았지. 나는 이층에서, 너하고 네 누나 바로 옆방에서 잤으니, 그냥 내가 복도를 건너는 정도의 문제라고 생각했어. 글쎄, 하!"

헝가리안 페이스트리 숍에서는 종업원이 테이블 사이로 지나가면서 커피 주전자를 높이 들고 몸을 옆으로 틀어야 했다. 모두가 밀치며 다녔고, 빛이 포마이카 테이블과 은식기와 두껍고 하얀 자기 컵 위로 쏟아졌지만, 내 눈에는 아무것도 보이지 않았다. 나는 더치 하우스의 부엌으로 돌아가 있었고, 거기 플러피가 있었다.

"그날 아침에," 그녀가 말하고, 내가 어느 아침을 말하는지 안다는 걸 확인하려고 고개를 끄덕였다. "네 아빠하고 싸웠고, 나는 생각이 분명히 정리되지 않은 상태였어. 그게 내 잘못이 아니었다는 게 아니라, 내가 내가 아니었다고 말하는 거야."

"무슨 일 때문에 싸운 거죠?" 나는 페이스트리 진열대 위로 시선을 보냈는데, 파이와 케이크가 전부 평범한 높이보다 두 배는 높아 보였다.

"우리가 결혼하지 않는 것에 대해. 그는 나하고 결혼할 건지 아닌지 한 번도 솔직하게 말한 적이 없었어. 그때가 몇 년도였더라, 1950년, 51년? 난 우리가 결혼하지 않는다고 생각했던 적은 없었어. 이렇게 말하는 걸 용서해준다면, 나는 그의 침대에 누워 있었고, 그는 일어나서 옷을 입었어. 그때 나는 너무 행복했고, 그에게 우리가 당장 계획을 세워야 한다고 말했어. 그런데 그가 그러더라. '무엇에 대한 계획을 세우지?'"

"오." 내가 익숙한 불편함을 느끼며 말했다.

플러피가 눈썹을 치키자 녹색 눈이 더욱 커 보였다. "그가 나하고 결혼하지 않는 것뿐이라면, 그것만으로도 충분히 나빴지만, 그 이유가……"그녀가 말을 멈추고 대니시 페이스트리를 포크로 찍어 한 입 베어 물었다. 그리고 한 입 또 한 입 베어 물고, 그렇게 하나를 다 먹어치웠다. 그걸로 끝이었다. 플러피, 내가 문을 열고 들어온 뒤로 말을 멈추지 않던 플러피는 오 센트를 하나 더 넣어야 움직이는 기계 말처럼 입을 다물어버렸다. 나는 그녀가 다시 이야기를 시작하기까지 필요한 만큼 이상으로 신중하게 기다렸다.

"계속 이야기해줄 거죠?"

그녀가 고개를 끄덕였지만, 엄청난 양의 에너지가 빠져나간 표정이었다. "너한테 할 말이 아주 많구나." 그녀가 말했다.

"듣고 있어요."

그녀가 나를 단호하게 쳐다보았다. 가정교사가 건방진 아이를 쳐다보는 눈빛으로. "네 아빠는 네 엄마하고 여전히 결혼한 상태이기 때문에 나하고 결혼할 수 없다고 했어."

그건 내가 한 번도 생각해보지 못한 것이었다. "두 분이 여전히 결혼한 상태였다고요?"

"난 도덕적이지 않은 행동을 자진해서 한 거고, 내가 그렇게 만든 거라고 생각해. 결혼하지도 않을 남자하고 잔 거니까―좋아, 됐어, 내 실수였어. 끌어안고 살아야 하는 실수. 하지만 난 네 아빠가 이혼한 상태였다고 생각했어. 유부남이었다면 절대 같이 자지 않았을 거야. 내 말 믿지, 그렇지?"

나는 그렇다고, 절대적으로 믿는다고 말했다. 내가 말하지 않은 것은, 복도 맞은편 방을 쓰는 예쁘고 젊은 보모와 자고 싶어하는 남자는 결코 그 여자와 결혼하고 싶은 생각이 없다는 것이었다. 그 여자에게 자기는 여전히 결혼한 상태라고 말하는 것보다 더 좋은 거짓말이 뭐가 있겠는가? 아버지는 나보다 더 열심인 가톨릭 신자는 아니었지만, 이중 결혼을 하기에는 너무도 가톨릭 신자였다. 앤드리아는 중혼자와 결혼하기에는 너무 똑똑했고, 구치 변호사는 그런 내용을 간과하기에는 너무 철저했다.

"뭐든 네 엄마에게 불리한 일이었다면 절대 하지 않았을 거야. 나는 네 아빠를 괜찮은 사람이라고 생각했어. 정말로 그랬지. 잘생겼고 슬퍼하고 있었고 그 또래 여자들이 중요하다고 생각하는 그런 말도 안 되는 것을 전부 갖고 있었어. 하지만 엘나 콘로이는 내 심장과도 같은 사람이었어. 나는 내가 네 엄마의 자리를 채울 수 있는 사람일 거라고는 결코 생각하지 않았어. 누구도 그럴 수 없었을 거야. 하지만 나는 너와 네 누나와 네 아빠를 네 엄마가 바랐을 방식으로 보살피려고 했어. 네 엄마는 떠나기 전에 너를 아주 많이 걱정했어. 세 사람을 아주 많이 사랑했으니까."

묻고 싶은 모든 질문을 할 틈도 없이, 내 어깨를 잡는 강한 손이 느껴졌다. "대니! 쉬는 날이구나." 에이블 박사가 환하게 웃고 있었다. "레지던트 과정이 끝났으니 더 자주 봐야지. 더 적게 보는 게 아니라. 이런저런 소문이 들리던데."

플러피와 나는 4인용 테이블에 앉아 있었다. 은식기와 냅킨이 놓인 빈자리가 두 개 더 있었고, 나는 그가 그걸 보고 그냥 지나치는 센스를 가졌기를 바랐다. "에이블 박사님." 내가 말했다. "여긴 제 친구 피오나예요."

"모리입니다." 에이블 박사가 테이블 위로 몸을 기울여 그녀와 악수했다.

"플러피예요."

모리 에이블이 미소를 짓고 고개를 끄덕였다. "음, 두 사람 할이야기가 있는 모양이네요. 대니, 내가 너를 찾아다니게 만들지 마라, 알겠지?"

"그럴게요. 사모님에게 안부 전해주세요."

"그 사모님이 그 주차장이 누구 것인지 알더구나." 그가 말하고 웃었다. "올해 추수감사절엔 자네가 초대장을 받지 못할지도 모르겠어."

"잘된 일인데요." 플러피가 그에게 말했다. "그러면 대니가 우리집에 와서 추수감사절을 함께 보낼 수 있겠네요."

그가 테이블을 떠나자 플러피가 헝가리안 페이스트리 숍에서 우리가 보낼 수 있는 시간이 무한하지 않다는 걸 이해한 것 같았다. 그녀는 요점으로 곧장 들어가기로 했다. "네 엄마가 여기 살고 있어." 그녀가 말했다. "네 엄마를 봤어."

리지가 지나가면서 커피 주전자를 내 쪽으로 살짝 기울였다. 나는 고개를 저었고, 플러피는 좀더 달라고 잔을 들었다. "뭐라 그랬어요?" 문으로 찬바람이 들어오고 있었다. 엄마는 죽었어요, 나는 말하고 싶었다. 지금쯤 당연히 죽었을 거예요.

"네 누나한테는 말할 수 없었어. 당뇨병이 더 악화될 테니까."

"엄마가 어디 있는지 안다고 해서 당뇨병이 더 악화되진 않아요." 내가 논리가 존재하지 않는 대화에 논리를 적용하려고 애쓰며 말했다.

플러피가 고개를 가로저었다. "당연히 악화될 수 있지. 너는 누나가 얼마나 아팠는지 기억하지 못할 거야. 너무 어렸으니까. 네엄마는 나타났다가 사라지기를 반복했어. 그러다 마침내 영원히 떠났을 때 메이브는 거의 죽을 뻔했어. 그건 그냥 사실이야. 그뒤로 네 아빠가 네 엄마한테 다시는 집에 돌아오지 말라고 했어. 메이브가 병원에 입원했을 때 네 엄마에게 편지를 써 보냈지. 나도 그건 알아. 그는 네 엄마가 너희 둘 다 거의 죽일 뻔했다고 썼어."

"우리 둘이라고요?"

"음." 그녀가 말했다. "너는 아니었어. 너까지 집어넣은 건 네 엄마의 마음을 더 불편하게 만들기 위해서였지. 굳이 말하자면, 네 엄마를 다시 돌아오게 만들려고 그랬던 거야. 방법이 틀렸던 거지."

이 만남이 있기 한 시간 전에 누가 내게 어머니에 대해 어떻게 느끼는지 물었다면 그 대상에 대해서는 아무 감정이 없다고 말했을 테고, 그 때문에 지금 내 엄청난 분노는 이해하기 힘든 것이었다. 나는 내 뇌에 이야기를 따라잡을 시간을 주기 위해 손을 들어 플러피를 잠시 멈추게 했고, 그녀는 마치 서로의 손가락 길이를 재보려는 듯 자신의 손바닥을 내 손바닥에 슬며시 갖다댔다. 모리 에이블이 두 테이블 건너 우리가 처음 만났을 때 내 나이쯤 되는 남학생과 함께 앉아 있었기 때문에, 아마 나는 그의 연구실 입구에 서 있는 내 모습을 떠올렸던 것 같다.

부모님이 안 계신가? 그가 물었었다.

"엄마는 지금 어디 있어요?" 갑자기 나는 어머니가 헝가리안 페이스트리 숍으로 당장에라도 걸어들어와 의자를 뺄지 모른다는 생각이, 이 재회 전체가 끔찍한 서프라이즈로 마련된 걸지도 모른다는 생각이 들었다.

"지금은 어디 있는지 나도 몰라. 내가 본 건 일 년도 더 전이었어. 어쩌면 이 년. 나는 시간 감각이 별로야. 하지만 바워리*에서

였던 건 확실해. 버스 차창 밖을 보는데, 거기 있었어. 엘나 콘로이가. 나를 기다리고 있는 것처럼 거기 서 있었지. 심장이 멎는 줄 알았어."

나는 숨을 내쉬었고, 내 심장이 다시 뛰기 시작했다. "버스에 타고 있다가 엄마처럼 보이는 사람을 봤다는 거죠?" 버스 차창 밖으로 아는 사람을 본다는 생각이 황당하게 느껴졌다. 나는 버스는 절대 타지 않는데다, 타더라도 차창 밖을 내다볼 것 같진 않았다.

플러피가 눈알을 굴렸다. "맙소사. 내가 바보는 아니야, 대니. 나는 버스에서 내렸어. 돌아가서 찾아냈지."

"그러면 엄마가 맞았어요?" 밤중에 남편과 잠들어 있는 두 아이를 버리고 인도로 달아난 엘나 콘로이가 바워리에 있었다고?

"예전 모습 그대로였어. 맹세코. 머리칼이 회색으로 세고, 머리를 땋아 늘어뜨리고 있었어. 메이브가 예전에 그랬던 것처럼. 두 사람 다 머리칼이 좀 특이하잖아."

"엄마가 플러피를 기억하던가요?"

"나는 그렇게 많이 안 변했어." 플러피가 말했다.

변한 사람은 나였다.

플러피가 커피를 물잔에 붓고 얼음이 녹게 두었다. "네 엄마가 처음 물어본 게 너하고 메이브였어. 내가 아는 게 없어서 해줄 수 있는 이야기가 없더라고. 너희가 어디 사는지도 난 몰랐으니까. 그 일 전체가 어제 일어난 것처럼 수치심이 나를 덮쳤어. 난 결코 그걸 극복하지 못할 거야. 내가 해고된 걸 생각하면, 내가 왜 해고됐

---

* 뉴욕시에 있는 큰 거리로, 싸구려 술집이나 여관이 모여 있다.

는지 생각하면, 그리고 내가 그녀에게 약속한 대로 거기 남아서 너희를 돌보지 못한 걸 생각하면." 그녀의 슬픔이 우리 사이에 걸려 있었다.

"우리는 엄마의 자식들이었죠. 엄마가 남아서 우리를 직접 돌봤어야죠."

"그녀는 훌륭한 분이야, 대니. 힘든 시간을 보냈고."

"더치 하우스에서 살면서 힘든 시간을 보낸 건가요?"

플러피는 빈 접시를 내려다보았다. 이건 그녀의 잘못이 아니었다. 그녀가 나를 때렸다고 해도, 그녀가 그 일로 쫓겨났다고 해도. 내 가슴에는 용서가 거의 남아 있지 않았고, 그나마 있는 용서는 플러피에게 주었다.

"너는 결코 이해하지 못할 거야." 그녀가 말했다. "네 엄마는 그렇게 살 수 없었어. 지금 거기서 수프를 퍼주면서 속죄하고 있는 거야. 자신이 한 행동을 보상하려고 하는 거야."

"누구에게 보상해요? 저에게? 메이브에게?"

플러피가 곰곰이 생각해보았다. "신에게가 아닐까. 그게 아니면 그녀가 바워리에 있을 이유는 없거든."

할렘과 워싱턴하이츠에서 건물을 구입한 사람이 나였지만, 바워리는 막대기로라도 건드리지 않을 곳이었다. "인도에선 언제 떠났대요?"

플러피가 설탕 두 봉지를 뜯어 얼음이 든 커피에 넣고 저었다. 나는 커피가 아직 뜨거울 때 설탕을 넣었다면 그 전체가 훨씬 맛있어졌을 거라고 말해주고 싶었다. 사실 나는 우리가 설탕이 어떻게 녹는지 토론하기 위해 만났더라면 훨씬 좋았을 거라고 말해주고 싫었다. "오래전에. 아주아주 오래전이었대. 거기 사람들이 아주 친절히 대해줬다고 했어. 상상할 수 있겠니? 그녀는 거기서도 행복하게 머물렀겠지만, 자신을 필요로 하는 곳에 가야 했던 거야."

"거기가 엘킨스파크는 아니었던 거고요."

"그녀는 모든 것을 포기했어. 그게 네가 이해해야 하는 거야. 가난한 사람을 도우려고 너와 네 누나와 네 아빠와 그 집을 포기했어. 인도에서 살았고, 또 얼마나 많은 끔찍한 장소에서 살았는지는 신만이 알겠지. 그녀는 거기 바워리에 있었어. 온 천지에 고약한 냄새가 진동하는 곳이잖아. 쓰레기에, 사람들에, 지저분하고. 거기서 네 엄마가 약쟁이와 술꾼에게 수프를 나눠주고 있었어. 그게 미안해하는 게 아니라면, 뭐가 미안해하는 건지 나는 모르겠구나."

나는 고개를 저었다. "그건 망상이지, 미안해하는 게 아니에요."

"그녀와 더 많은 이야기를 나누었다면 좋았을 텐데." 플러피가 말했는데, 분명 감정이 상한 듯 보였다. "하지만 난 일하러 가야 했고, 지각할 수는 없었어. 지금은 아기를 봐주고 있어. 일을 맡았다가 아기에게 너무 애착을 느끼기 전에 그만두곤 하지. 그리고 솔직히 말하면 사방에 부랑자들이 어슬렁거리고 있어서 그 거리에 서 있는 게 마음이 편하지 않았어. 내가 그 생각을 하자마자 그녀는 나를 버스 정류장까지 데려다주겠다고 했어. 그녀는 우리가 오랜 친구 사이인 것처럼 내 팔을 자기 팔에 걸었어. 그리고 당분간은 거기서 일할 거라면서, 나보고 원하면 다시 와서 수프를 나눠주거나, 아니면 그냥 놀러와도 된다고 했어. 나는 쉬는 날에 다시 그녀를 만나러 가야겠다고 계속 생각했지만, 보비가 말렸어. 마약 주사를 달고 사는 놈들에게 점심을 만들어주는 건 내 일이 아니라면서."

나는 의자에 기대앉아 그 일을 이해하려고 애썼다. 메이브가 이 도시로 오지 않은 것이 다행이었다. 나는 누나가 버스를 타고 차창 밖을 내다보다가 어머니가 거리에 있는 모습을 보는 일은 없었으면 했다. "지금 엄마가 어디 있는지 알아요?"

그녀가 고개를 가로저었다. "너를 좀더 일찍 찾으려고 했다면, 말해줄 수 있었을 텐데. 그러는 게 힘들진 않았을 텐데. 그건 아쉽구나."

나는 리지에게 계산서를 달라고 손짓했다. "어머니가 우리를 만나고 싶어했다면 직접 찾았을 거예요. 방금 그 말처럼, 그러는 게 힘들진 않았을 테니까요."

플러피는 냅킨을 손가락으로 비틀고 있었다. "내 말 믿어. 모두 힘든 시기를 보냈다는 거 나도 알아. 나도 거기 있었잖아. 하지만 네 엄마는 우리보다 더 높은 소명을 받은 사람이야. 그뿐이야."

나는 테이블 위에 돈을 올려놓았다. "그럼 엄마가 그 소명을 즐기기를 바라야죠."

나는 손목시계를 보았고, 이미 늦었다는 걸 깨달았다. 플러피와 만나는 시간이 길어지지 않게 하는 방편으로 도급업자와 약속을 잡아놓았던 것이다. 그녀는 나와 함께 두 블록을 걸었는데, 곧 그녀가 반대 방향으로 가고 있다는 게 분명해졌다. 그녀가 내 손을 잡았다. "다시 만날 수 있겠지, 응?" 그녀가 말했다. "메이브가 내 전화번호를 갖고 있어. 너희 둘을 같이 만나면 좋겠다. 너희가 내 아이들을 만나보면 좋겠어. 훌륭한 아이들이야. 너하고 누나처럼."

메이브가 맞았다. 플러피를 다시 만난 건 놀랄 만한 일이었을 뿐 아니라, 나는 그녀에 대한 분노를 전혀 느끼지 못했다. 그녀는 어쩔 수 없는 상황에 처해 있었던 것이다. 그녀에게 일어난 일이 그녀의 잘못이었다고 말할 사람은 없을 것이다. "당신이라면 그들을 떠나겠어요?"

"누구를?"

"그 훌륭한 아이들요." 내가 말했다. "아이들을 두고 떠난 뒤에, 당신이 여전히 살아 있다는 걸 영원히 알리지 않을 건가요? 아이들이 당신을 기억할 만큼 충분히 자라기도 전에 두고 떠날 건가요? 그렇게 떠나서 보비가 혼자 키우게 둘 건가요?"

나는 그 타격이 그녀를 관통하는 것을 볼 수 있었고, 그녀는 내게서 한 걸음 뒤로 물러섰다. "아니." 그녀가 말했다.

"그러면 당신은 좋은 사람이에요." 내가 말했다. "우리 엄마 같은 사람이 아니라."

"오, 대니." 그녀가 말했고, 목멘 목소리였다. 그녀가 내게 작별의 포옹을 했다. 그리고 걸어가면서 나를 여러 번 돌아보았는데, 엉성한 동심원을 그리며 보도를 걸어가는 듯 보였다.

그 일에 관한 진실은, 나도 어머니를 보았지만 당시에는 몰랐다는 것이다. 플러피와 헤어져 116번가를 걸어가다가, 틀림없이 봤다는 것을 깨달았다. 앨버트 아인스타인 응급실에서 자정 무렵이었는데, 아마 이 년, 아니면 삼 년 전이었을 것이다. 대기실 의자에는 빈자리가 없었다. 부모들이 아직 다 크지 않은 아이들을 무릎에 앉히고 앉아 있거나, 품에 안고 서성이고 있었다. 사람들은 벽에 기댄 채 피를 흘리며 신음하거나 무릎에 토하고 있었다. 『칼과 총 클럽』*에 나오는 평범한 토요일 밤이었다. 나는 기도가 심하게 손상된(운전대 때문에? 남자친구 때문에?) 젊은 여자의 검사를 방금 마친 뒤였는데, 내시경을 비강부터 아래로 집어넣으면서 보니 성대 양쪽이 모두 훼손되어 있었다. 피와 침이 사방에서 부글거렸고, 내시경 튜브를 제대로 넣는 데 영원의 시간이 걸리는 것 같았다. 그 과정을 다 마치고는 대기실로 가서 그녀를 데리고 온 사람을 찾았다. 내가 차트에 적힌 이름을 부르는데, 내 뒤에 있던 여자가 내 어깨를 톡톡 치며 의사 선생님, 하고 말했다. 모두가 그렇게 했다. 환자건, 환자의 보호자건 그들은 의사 선생님, 간호사 선생님, 의사 선생님, 간호사 선생님, 하고 애타게 외쳤다. 앨버트 아인스타인 응급실은 인간의 요구가 회오리치는 사이클론**이었고, 버티는 요령은 자신이 하려고 하는 일에 집중하고 나머지는 무시하는 것이었다. 하지만 내가 돌아보자 그 여자는 나를 그런—뭐지? 놀란? 두려운?—표정으로 쳐다보고 있었다. 피가 묻었는지 확인하려고 내가 손을 얼굴로 가져갔던 게 기억난다. 전에 그런 일이 있었기 때문이다. 그녀는 키가 크고 처참할 정도로 말랐는데, 나는 그 유령 같은 모습을 보면서 속으로 말기 폐암이나 결핵 환자로 분류했다. 그 특정한 사람들 무리에서 그녀를 두드러져 보이게 할 만한 것은 없었다. 그녀가 내 기억에 그렇게라도 오래 남은 건 나를 시릴이라고 불렀기 때문이다.

그녀에게 내 아버지를 어떻게 아느냐고 물을 수도 있었겠지만, 그 순간 거기 있던 남자가 내가 방금 검사를 마친 여자가 자기 여자친구라고 말했다. 나는 그를 데리고 복도로 가면서 사실상 그가

---

* 유진 리처즈의 책으로, 대도시 병원의 응급실을 배경으로 한다.
** 인도양의 열대성 폭풍.

그녀의 목을 조른 사람일지도 모른다고 생각했다. 내가 대기실에 있었던 건 일 분도 채 되지 않았지만, 회색 머리칼을 땋고 나를 내 아버지의 이름으로 부른 여자에 대해 궁금해할 시간이 생겼을 때, 그녀는 이미 사라지고 없었고, 나는 더이상 흥미를 갖지 않았다. 나는 그녀가 콘로이 건물 중 하나에 세 들어 살던 사람이었는지, 아니면 아버지가 브루클린에서 알고 지낸 누군가였는지 궁금하지 않았다. 어머니라는 생각은 한 번도 해본 적이 없었다. 응급실에서 근무하는 다른 모든 사람들처럼 나는 닥친 일을 빠르게 처리해야 했고, 밤을 새워 일해야 했다.

인도로 달아난 뒤 다시는 소식을 듣지 못한 어머니를 둔 채 성장하는 것, 그건 다른 문제였다─그것에는 종결, 그 자체의 죽음이 있었다. 하지만 어머니가 커널행 1호선 지하철로 열다섯 정거장밖에 떨어지지 않은 곳에 사는데 연락이 닿지 않았다는 건 잔인한 일이었다. 어머니를 떠올리며 내가 품었던 그 어떤 낭만적인 생각도, 내 심장이 만들어낸 어떤 변명거리나 허용도, 성냥불처럼 꺼져버렸다.

다시 건물로 돌아갔을 때 도급업자는 로비에서 나를 기다리고 있었고, 우리는 건물 앞쪽 벽돌에서 떨어져나오려고 하는 창틀에 대해 이야기했다. 그는 한 시간 뒤 셀레스트가 학교에서 퇴근했을 때도 거기 머물면서 여전히 뭔가를 측정하고 있었다. 그녀는 몹시 들떠 있었고, 아주 명랑했으며, 거세게 불어온 바람에 노란 머리카락이 헝클어져 있었다. 그녀는 내게 학급 아이들에 관한 이야기를 했다. 아이들이 판지에서 나뭇잎을 오려내고 거기 각자 이름을 써서 교실 문짝에 붙여 나무 모양을 만들었다는 이야기도 했다. 그 말을 들으면서, 말하는 내용보다 기분좋은 목소리에 더 귀를 기울이며, 나는 셀레스트가 늘 그 자리에 있으리란 걸 알았다. 그녀는 내 곁을 지킬 사람임을 몇 번이고 입증했다. 남자가 자신의 어머니 같은 존재와 결혼하는 게 운명이라면, 음, 내 선택은 그 경향을 깨부수는 것이었다.

"아!" 그녀가 책가방을 바닥에 떨어뜨리고 키를 높여 내게 키스하며 말했다. "내가 말이 너무 많지! 애들처럼. 혼자 흥분해서는. 어른들의 세계에 대해 이야기해줘. 네 하루에 대해 말해줘."

하지만 나는 그녀에게 아무것도 말하지 않았다. 페이스트리 숍에 대한 이야기도, 플러퍼나 어머니에 대한 이야기도. 그 대신 나는 줄곧 생각해보았는데 지금이 우리가 결혼할 때인 것 같다고 말했다.

13장

나는 그 일에서 내 역할이 모두 메이브에게 떨어지지 않기를 바랐지만, 메이브는 라이덜까지 운전해 가서 설레스트와 그녀의 어머니와 점심을 먹으면서 냅킨 색깔이나, 피로연에서 증류주를 대접하는 것과 맥주와 와인과 건배용으로 샴페인만 대접하는 것의 이점 각각에 대해 이야기했다.

"냉동 채소." 메이브가 내게 나중에 말했다. "그건 내가 알아서 준비하겠다고 말하고 싶었어. 그 집 뒷마당에 작은 녹색 완두콩을 넘치도록 준비하면, 거기 앉아 잔디밭이 7월에도 여전히 충분히 푸르를지에 대한 대화를 또 하지 않아도 될 테니까."

"미안해." 내가 말했다. "누나가 그런 일을 맡아서는 안 되는 건데."

메이브가 눈알을 굴렸다. "음, 그렇다고 네가 할 것도 아니잖아. 내가 관여하거나, 결혼식에서 우리를 내세울 자리가 전혀 없거나,

둘 중 하나야."

"결혼식에서 우리 존재감을 나타낼 계획은 내가 세우고 있어."

"너는 이해하지 못하는구나. 나는 결혼을 안 했는데도 아는데."

설레스트는 메이브 자신이 결혼하지도 않았는데 내 결혼을 지켜봐야 하는 건 힘든 일이라고 말했다. 설레스트는 서른일곱 살인 메이브가 누군가를 만날 가능성은 거의 없다며, 그러니 이 결혼 계획이 메이브에게 즐거움을 주는 일은 확실히 아닐 거라고 말했다. 하지만 그건 사실이 아니었다. 첫번째로 메이브는 내게 행복을 빌어주는 데 인색한 적이 없었고, 두번째로 자신의 결혼에 대해 스쳐가는 관심이라도 표현한 적이 없었다. 메이브는 결혼식에 대해선 아무렇지 않았다. 문제는 신부였다.

나는 누나에게 여러 여자를 만나봤지만 설레스트가 최선의 선택이라는 걸 설명하려고 애썼다. 내가 성급한 결정을 내린 것도 아니었다. 우리는 대학생 때부터 만났다 헤어지기를 반복했다.

"네가 가장 좋아하지 않는 여자 집단에서 가장 좋아하는 여자를 고른 거야." 메이브가 말했다. "네 통제집단은 근본적으로 잘못됐어."

하지만 나는 오롯이 내 길을 순탄하게 해주고 내 삶을 지지해줄 여자를 고른 것이었다. 문제는, 메이브가 자신이 직접 그걸 해줄 수 있다고 생각하는 것이었다.

메이브가 연애를 하는지 하지 않는지에 대해 나는 전혀 아는 게 없었다. 하지만 이 말은 할 수 있다. 나는 누나가 혈당을 체크하고 인슐린 주사를 직접 놓는 것을 평생 보아왔지만, 전적으로 위급한 상황이 아닌 한 주위에 다른 사람들이 있을 때는 그러지 않았다.

내가 메디컬스쿨에 들어갔을 때, 그리고 더 나중에 레지던트 과정을 밟을 때, 나는 누나와 그 일의 관리 방법에 대해 이야기해보려고 했지만, 누나는 그런 이야기는 전혀 나누려고 하지 않았다. "내 전담 내분비학 전문의가 있어." 누나가 말했다.

"나는 누나의 전담 내분비학 전문의가 되는 것에는 아무 관심이 없어. 단지 누나의 남동생으로서 누나의 건강에 관심이 있다고 말하는 거야."

"아주 친절하구나. 이제 그만."

메이브와 나는 결혼에 의구심을 가질 이유가 수도 없이 많았지만—우리의 어린 시절 이야기를 들으면 누구라도 우리가 결혼에 대해 좋지 않은 감정을 가졌으리라 생각할 것이다—굳이 추측해보면, 내 비난은 앤드리아나 부모님 중 한 명에게 돌려져서는 안 될 것이다. 굳이 짐작해보면, 메이브의 경우에 배에 바늘을 찔러넣어야 할 때가 되면 누구와도 한 공간에 같이 있는 걸 견디지 못했을 것이다.

"내가 결혼하지 않는 게, 네가 설레스트와 결혼하는 것과 무슨 상관이 있는지 다시 말해줘."

"없어. 그냥 누나 마음이 괜찮은지 확인하고 싶은 거야."

"내 말 믿어." 메이브가 말했다. "나는 설레스트와 결혼하고 싶지 않아. 걔앤 전부 네 거야."

메이브가 없었다면 결혼식의 모든 면, 비용이나 결정에 대한 모든 것을 전부 노크로스 가족이 떠안았을 것이다. 메이브는 우리 콘로이 가족은 그런 불공평한 상태로 가족 동맹을 맺어서는 안 된다고 믿었다. 어쨌거나 결혼과 혈연으로 맺어진 친척 어른과 온갖 사촌 육촌을 다 합치면, 노크로스 집안의 식구들은 하늘의 별보다 더 많을 것이고, 콘로이 집안은 우리 둘이 전부였다. 내 생각에도 우리 쪽에서 누군가가 나설 필요가 있었고, 우리 쪽은 나와 메이브 뿐이므로 그 사람은 메이브가 될 터였다. 나는 그 무렵 기술자들을 만나면서 건식 벽을 수리하는 굉장히 어려운 기술을 배우는 중이었다. 결혼식의 세부적인 내용에는 관여할 수 없을 만큼 바빠서, 나 대신 설레스트의 부모님 집에서 십오 분이 걸릴까 말까 하는 거리에 사는 누나를 내 사절로 보냈다.

이런 분업의 분위기 속에서, 메이브는 신문에 실을 우리의 결혼 소식을 직접 쓰겠다고 나섰다. 윌리엄과 줄리 노크로스의 딸 메리 설레스트 노크로스가 엘나 콘로이와 고故 시릴 콘로이의 아들인 대니얼 제임스 콘로이와 7월 23일 토요일에 결혼식을 올립니다.

하지만 설레스트는 '고'가 들어가는 게 싫다고 했다. 그녀는 결혼식이 행복한 행사라는 관점에서 그게 분위기를 가라앉힌다고 생각했다.

"그러면 네 엄마는?" 메이브가 설레스트의 목소리를 이상하게 흉내내면서 전화로 내게 말했다. "결혼 소식에 엄마 이름이 들어가는 게 진짜로 좋아?"

"아." 내가 말했다.

"내가 그애한테 사실 네겐 엄마가 있다고 말했어. 사라진 엄마와 죽은 아빠. 그게 우리가 가진 거야. 그애가 우리 부모님이 어째서 여기 없는지 알게 되니까, 우리 쪽은 아예 이름을 빼도 되는지 묻더라. 그런다고 우리가 그분들의 마음을 상하게 만드는 건 아니지 않느냐는 듯이."

"그래?" 그게 터무니없는 제안으로 생각되지는 않았다.

"우리가 내 마음을 상하게 만들겠는데." 메이브가 말했다. "너는 비 온 뒤 돋아난 버섯이 아니야. 네겐 부모님이 있어."

줄리 노크로스, 늘 이성적인 내 미래의 장모가 메이브의 편을 들고 나섰다. "그렇게 해야 옳아." 그녀가 딸에게 말했다. 타협안이 제시되었는데, 양쪽 부모의 이름 모두 청첩장에 올리지 않는다는 것이었고, 메이브는 한참 불평하다가 마침내 항복했다.

그리고 이 모든 과정에서 나는 어머니가 이 근처에서 돌아다니고 있다는 말은 누나에게 한 번도 하지 않았다. 내가 그걸 미룬 것은 그러는 게 메이브의 건강을 해칠 거라고 생각해서가 아니라, 어머니가 없는 게 우리에게 더 좋을 거라고 생각했기 때문이다. 플러피가 알려준 소식 덕에 내가 깨달은 것이었다. 혼돈과 망명의 숱한 세월 뒤, 우리의 삶은 마침내 안착했다. 신탁금을 꺼내 쓰는 건 이제 더이상 내 일이 아니었으므로, 우리는 앤드리아에 대해서도 거의 대화를 나누지 않았다. 우리는 그녀에 대해 생각하지 않았다. 나는 의사로서 일하고 있지도 않았다. 나는 건물 세 채를 갖고 있었다. 그리고 곧 결혼할 예정이었다. 메이브는 뭔지 몰라도 자기만의 이유로 불평 없이 오터슨 씨의 회사에 계속 잘 다니고 있었다. 누나는 내가 설레스트와 결혼하는 것을 원치 않았지만, 그럼에도 내가 본 그 어느 때보다 행복해 보였다. 과거에 반응하면서 살아온 긴 세월 끝에, 우리는 기적적으로 고착되지 않고 여느 사람처럼 시간의 흐름에 맞추어 나아가고 있었다. 메이브에게 우리의 어머니가 이곳에 있다고 말하는 것, 부모님이 이혼했는지도 확실치 않다고 말하는 것은 내 인생을 소비하면서 내가 밟아 끄려고 했던 불을 다시 살리는 것을 의미했다. 우리가 어머니를 찾아야 할 이유가 무엇인가? 어머니는 아예 우리를 찾으려 하지 않는데?

메이브가 알 자격이 없다는 것도 아니고, 내가 절대 말하지 않겠다는 것도 아니다. 나는 그저 지금이 적당한 때가 아니라고 생각했다.

설레스트와 나는 7월 말의 어느 무더운 날 라이덜에 있는 세인트힐러리교회에서 결혼식을 올렸다. 가을 결혼식이 더 쾌적하겠지만, 설레스트는 9월 개학 전에 모든 것을 마무리짓고 싶다고 말했다. 메이브는 설레스트가 내게 결정을 철회할 시간을 주고 싶지 않은 거라고 말했다. 노크로스 집안에서 피로연에 쓸 천막을 빌렸고, 설레스트와 메이브는 이 행사를 위해 서로 마음이 잘 맞지 않는 부분들은 제쳐놓았다. 모리 에이블이 내 들러리를 섰다. 그는 내가 변절해 과학을 저버린 것을 아주 재미있게 여겼다. "내 전문적인 이력의 절반을 네게 낭비한 거야." 그가 아들을 자랑스러워하는 아버지처럼 내 어깨에 팔을 두르고 말했다. 몇 년 뒤에 나는 리버사이드 드라이브에 있는 건물을 사게 되는데, 아르데코 양식의 로비가 있고 엘리베이터 문에 녹색 유리가 끼워진 전쟁 전의 보석상자* 같은 집이었다. 나는 에이블 부부에게 원룸형 아파트에 지불할 만한 금액으로 위층 절반과 옥상 열쇠를 주었다. 그들은 남은 인생을 거기서 보낸다고 했다.

---

* 최상의 자재로 만들어진 작고 고급스러운 집을 말하며, 유명한 건축가인 루이스 설리번과 프랭크 로이드 라이트가 종종 그들의 디자인에 대해 이 용어를 썼다.

설레스트는 쓰던 피임기구를 신혼여행지에서 대서양에 던졌다. 이른아침에 우리는 그것이 잔잔한 파도를 타고 메인주 해안에서부터 깐닥깐닥 떠가는 것을 지켜보았다.

"그거 약간 구역질나는데." 내가 말했다.

"사람들은 해파리인 줄 알 거야." 그녀는 속을 비운 분홍색 케이스를 탁 닫고 손가방 안에 떨어뜨렸다. 우리는 전날 물속에 들어가려고 했지만, 7월 말인데도 무릎 높이 이상으로 들어가는 게 불가능해서 호텔로 돌아갔고, 설레스트는 내가 다시 벗길 수 있게 수영복을 입었다. 그녀는 우리가 상황 때문에 너무 오래 기다렸다고 생각했다. 스물아홉 살인 그녀는 자연의 주기를 또 한번 늦추려고 하지 않았다. 아홉 달 뒤에 우리 딸이 태어났다. 많은 저항을 물리치고 나는 아기에게 누나의 이름을 붙여주었고, 메이라고 부르기로 타협했다.

메이에 관해서는 모든 것이 수월했다. 나는 설레스트에게 집에서 낳고 싶으면 침대에 방수포를 씌우고 내가 아이를 받을 수 있다고 말했지만, 그녀는 그러지 않았다. 우리는 한밤중에 택시를 타고 컬럼비아 장로교회 병원으로 갔고, 여섯 시간 뒤 내 동기였던 의사가 우리의 딸을 받았다. 설레스트의 어머니가 일주일 동안 와서 지냈고, 메이브는 하루 동안 와 있었다. 메이브와 줄리 노크로스는 결혼식 준비를 하면서 서로를 좋아하게 되었고, 메이브는 자신과 설레스트의 사이가 어머니와 함께 있을 때 훨씬 좋다는 사실을 깨달았다. 그래서 누나가 잠시 와보기로 한 것이었다. 설레스트는 컬럼비아 학교에서 교사 일을 그만두었고, 다섯 달 뒤에 다시 임신했다. 그녀는 자기는 아기 갖는 걸 잘한다고 즐겨 말했다. 그러니 자신의 장점을 잘 발휘할 거라면서.

하지만 아기가 생기는 것은 대체로 운의 문제이고, 첫번째가 쉬웠다고 두번째도 쉬우라는 법은 없었다. 두번째 임신을 하고 이십오 주가 지났을 때 셀레스트는 진통을 느끼기 시작했고, 침대에 가만히 누워 있으라는 권고를 받았다. 자궁경관의 활동이 활발하지 않아서, 끊임없이 중력이 당기는 상황에서 아기를 제자리에 받쳐주지 못한다고 했다. 그녀는 그것을 개인적인 비난으로 받아들였다.

"작년엔 아무도 자궁경관의 활동이 활발하지 않다고 말하지 않았어." 그녀가 말했다.

내가 의사로서 약물을 투여하고 혈압을 지켜볼 수 있을 만큼 자격이 충분하다고 여겨지지 않았다면, 병원에서는 그녀를 입원시켰을 것이다. 일하는 것과 셀레스트를 돌보는 것은 동시에 해도, 메이를 봐주는 것은 내가 할 수 없는 일이었다.

"누군가를 고용해야 할 것 같아." 내가 말했다. 셀레스트는 자신의 어머니를 뉴욕으로 오게 하고 싶지는 않다는 점과 메이브가 도와주러 오는 것은 논의할 여지가 없다는 점을 분명히 했다.

"나는 그저 우리가 아는 사람이면 좋겠어." 셀레스트가 말했다. 늘 상황을 잘 관리해왔던 그녀는 그렇게 하지 못하는 자신에 대해 좌절감과 두려움과 분노를 느꼈다. "모르는 사람에게 메이를 맡기고 싶진 않아."

"플러피에게 연락해볼게." 내가 말했지만, 그 제안이 전적으로 진심은 아니었다. 플러피를 부르는 것은 다른 것과 마찬가지로 크게 뒷걸음질을 치는 것처럼 느껴졌다. 나는 메이를 골반에 올려 안았고, 아기는 꼼지락거리며 제 엄마에게 포동포동한 손을 뻗었다.

"플러피가 뭐야?"

"플러피가 누구야, 겠지."

"무슨 말을 하는 거야?"

"내가 플러피에 대해 한 번도 말 안 했었나?"

설레스트가 한숨을 쉬고 이불을 반듯하게 폈다. "안 한 것 같은데. 누구도 플러피라는 이름은 잊을 수 없지."

우리가 사귄 지 얼마 되지 않았을 때 설레스트가 내 눈 옆에 있는 작은 흉터에 대해 물었고, 나는 초트에서 복식 경기를 하다가 백핸드에 맞았다고 말했다. 내 침대에 누운 예쁜 여자에게 아일랜드인 보모가 숟가락으로 나를 쳤다고 말할 생각은 없었다. 내가 플러피에 대한 말을 꺼낸 적이 없다는 건 설레스트가 내 아버지의 일에 대해서도 모른다는 말이었다. 고용주와 자고 아이를 때린 여자를 후보로 내미는 것은 어려운 일이었겠지만, 사실 나는 모든 것에 대해 그녀를 용서했다. 메이브가 말한 것처럼 우리의 삶에서 그 시절의 누구에 대해서도 원한을 품지 않았다. "우리 보모였어. 지금은 브롱크스에 살고." 내가 말했다.

"샌디와 조슬린이 보모라고 생각했는데."

"샌디는 살림을 맡았고, 조슬린은 요리를 했어. 플러피가 보모였고."

설레스트는 눈을 감고 평화롭게 고개를 끄덕였다. "그 사람들이 각각 뭘 분담하는지 잘 모르겠어."

"연락해볼까?" 자신의 무게를 한곳에 모을 수 있는 신기한 능력을 지닌 메이가 내 품에서 감자가 담긴 50파운드짜리 자루로 변했다. 나는 메이를 제 엄마 옆에 내려놓았다.

"못할 거 있어? 당신이 이렇게 잘 자랐는걸." 설레스트가 우리 딸에게 손을 내밀었다. 그녀는 지금 딸의 옆에 누울 수는 있지만 딸을 안아올릴 수는 없었다. "적어도 거기를 출발점으로 하자."

우리가 같은 지붕 아래 마지막으로 살고 거의 삼십 년이 지나, 플러피는 그렇게 우리 딸을 봐주러 116번가로 오게 되었다. 설레스트는 이 합의에 대해 그보다 더 기뻐할 수 없었다.

"벼룩이 사방에 있었어요!" 우리가 그녀를 고용한 다음날 나는 플러피가 이내에게 그렇게 말하는 것을 들었다. 나는 앞문으로 들어와 입구의 작은 현관에 서서 그 말을 들었다. 엿들은 건 아니었는데, 그러기엔 아파트가 너무 작았다. 그들은 내가 거기 있다는 사실을 완벽히 잘 알고 있었다. "내가 처음으로 콘로이 가족을 맞으러 갔을 때, 식구들이 거기 서서 몸을 긁고 있더라고요. 나는 좋은 인상을 주고 싶어 죽을 지경이었는데 말이죠. 그 집이 비었을 때 내가 관리를 맡았기 때문에, 그들이 나를 계속 써주길 바랐거든요. 그래서 가장 좋은 옷을 입고 나를 소개하러 갔는데, 거기 그들이 박스를 잔뜩 쌓아놓고 있는 거예요. 메이브의 작은 다리에 벼룩이 붙어 있고요. 벼룩이 설탕 덩어리처럼 붙어서 메이브를 쫓아갔어요."

"잠깐만요." 설레스트가 말했다. "그 집에서 살았던 거 아니었어요?"

"나는 차고에 살았어요. 그 위에 부모님이 반후베이크 가족을 위해 일할 때 살던 주거 공간이 있었어요. 물론 그 나이든 여인을 보살피던 시기에는 나도 본채에서 살았지만요. 그분을 절대 혼자 둔 적은 없었어요. 하지만 그분이 돌아가신 뒤에, 음, 모든 일이 너무 슬프게 느껴져서 다시 차고로 돌아간 거고요. 나는 거기서 자랐어요. 그땐 집안일을 하는 여자들 중 하나였는데, 그러다 그 집 전체에서 혼자 일하게 되고, 간병인이 되고, 관리인이 되고, 콘로이 가족이 오고 나서는 아이들을 돌보게 된 거예요. 처음에는 메이브, 다음에는 대니."

그러고는 정부가 되었죠, 나는 우편물을 내려놓으면서 생각했다.

"나는 집 관리만 못하고 뭐든 잘했어요. 그건 끔찍이 못했지만."

"그건 완전히 다른 일이잖아요." 셀레스트가 말했다. "사람을 돌보는 것과 빈집을 관리하는 건요."

"나는 그 집이 무서웠어요. 반후베이크 부부가 유령이 되어 아직 거기 살고 있다는 생각이 계속 들었죠. 그들이 죽었는데도, 그들이 없는 집은 상상할 수 없었어요. 일주일에 한 번씩 가장 밝은 낮에 잽싸게 들어가 둘러보고 나오는 것도 간신히 한 거라서 라쿤이 그 모든 벼룩과 함께 침범해 연회실을 갉아먹은 것은 까맣게 몰랐어요. 은행 간부가 왔을 때나 콘로이 가족이 그 집을 보러 왔을 때는 벼룩이 없었으니까 분명 알을 깐 지 얼마 되지 않았을 거예요. 하지만 그들이 이사하자 사방에 벼룩이 나타난 거죠. 벼룩이 러그 위에서, 벽에서 뛰어다니는 게 보일 정도였어요. 콘로이 가족이 나를 그 자리에서 내쫓았다고 해도 나는 그들을 비난할 수 없었을 거예요."

"벼룩이 아주머니 잘못은 아니었잖아요." 셀레스트가 말했다.

"하지만 생각해보면 맞아요. 내 일터에서 까맣게 몰랐던 거니까요. 어떻게 할까요? 아기를 내려놓고 점심을 만들까요?"

"대니?" 셀레스트가 나를 불렀다. "점심 먹고 싶어?"

나는 침실로 들어왔다. 설레스트는 우리 침대에 드러누워 있었고, 플러피는 메이를 품에 안고 의자에 앉아 있었다.

설레스트가 나를 올려다보고 미소를 지었다. "플러피가 벼룩 이야기를 해주고 있었어."

"대니의 어머니가 나를 계속 일하게 해줬어요." 플러피는 그것이 내가 한 일인 것처럼 미소를 지으며 말했다. "그분 나이가 나보다 아주 많은 것도 아니었지만, 나는 그분을 내 어머니인 것처럼 대했어요. 나는 너무 외로웠어요! 그리고 그분은 너무 친절했고요. 엘나는 자기 마음이 그렇게 비참한데도 늘 내가 거기 있어서 자신이 행복한 것처럼 나를 대해줬어요."

"벼룩 때문에 비참해요?"

"그 집 때문에요. 불쌍한 엘나는 그 집을 싫어했어요."

"내가 점심으로 먹을 걸 좀 사올게." 내가 말했다.

"왜 '불쌍한 엘나'예요?" 설레스트가 물었다. 내가 내 인생 이야기를 다 해준 뒤로 아내는 내 어머니를 특히 안 좋게 평가하고 있었다. 아내는 두 아이를 두고 떠나는 것은 어떤 이유로도 안 된다고 믿었다.

플러피가 자신의 가슴에서 잠들어 있는 내 딸을 내려다보았다. "그런 곳에서 살기엔 너무 선량하셨으니까요."

설레스트가 어리둥절한 표정으로 나를 올려다보았다. "당신이 거기가 멋진 장소라고 했던 것 같은데."

"샌드위치 사러 간다." 내가 돌아서며 말했다. 나는 플러피에게 그만하라고 말하고 싶었다. 하지만 왜? 그녀는 세상에서 그 이야기를 듣고 싶어할 유일한 사람인 설레스트에게 이야기를 하고 있는 것이다. 플러피는 또 한 밤을 살아남으려는 셰에라자드처럼 셀레스트에게 더치 하우스에 대한 이야기를 하고 있었고, 마침내 근심을 덜어냈으니 셀레스트는 무슨 일이 있어도 플러피를 보내지 않으려고 할 것이었다.

케빈은 조산되었고, 생의 첫 육 주를 인큐베이터 박스에서 보내면서 투명한 플라스틱 벽을 통해 개구리 눈으로 우리를 쳐다보았다. 그러는 동안 플러피는 메이와 함께 집에 있었다. "다 문제없이 괜찮아." 플러피가 내게 말하고, 새가 모이를 쪼듯 속사포로 내 딸의 머리에 키스했다. "우리 모두 각자 있어야 하는 곳에 있어." 셀레스트가 병원에 있는 동안 메이브가 기차를 타고 와서 자신과 이름이 같은 아이와 시간을 보냈고, 그만큼 플러피와 같이 시간을 보냈다. 메이브와 플러피는 함께 있을 때 과거에 대해 채워지지 않는 식욕을 보였다. 그들은 더치 하우스의 방을 하나씩 훑어나갔다. "그 레인지 기억나?" 그들 중 하나가 말한다. "성냥으로 화구에 불을 붙여야 했잖아. 불이 붙는 데 시간이 너무 많이 걸려서, 나는 늘 내가 불을 내서 우릴 하늘나라로 날려버리는 게 아닌가 생각했지." "삼층 침실에 있던 그 분홍색 실크 시트 기억나요? 살면서 그런 시트는 다시 못 봤죠. 장담하는데 아직 완전히 말짱할 거예요. 아무도 그 침대에서 잠을 자지 않았으니까." "우리 둘이 수영장에서 수영한 거 기억나? 조슬린이 평일 한창 일할 시간에 보모가 물개처럼 물장구를 치는 건 좋아 보이지 않는다고 말했었는데." 그러면서 그들은 메이가 따라 웃을 때까지 웃고 또 웃었다.

나는 메이가 태어난 직후에 셀레스트에게 자연사박물관 바로 북쪽의 브라운스톤 건물을 사주고 주말에 내가 직접 수리했다. 우리로서는 분에 넘치는 큰 사층짜리 건물로, 우리가 남은 평생을 보내도 될 만한 그런 집이었다. 동네가 완벽하지는 않았지만, 우리가 사는 동네보다 더 좋았다. 젠트리피케이션의 바람이 어퍼웨스트사이드 쪽으로 이동하기 시작했고, 나는 그것을 앞지르고 싶었다. 스물다섯 개 블록을 이동해 우리의 새 삶을 시작하는 것이었다. 나는 샌디와 조슬린에게 보수를 주면서 주말에 와서 플러피와 함께 박스에 짐을 꾸리거나 푸는 일을 해달라고 부탁했다.

"지금 이사를 한다고?" 우리가 신생아중환자실 대기실에 앉아 있을 때 설레스트가 내게 물었다. 면회 시간은 아홉시부터였다.

"이사하기 좋은 때란 결코 없지." 내가 말했다. "이렇게 하면 케빈이 새집에 올 수 있잖아."

새집은 침실이 네 개였지만, 우리는 케빈과 메이가 어렸을 때는 한방을 쓰게 했다. "돌아다니는 수고가 덜어지네요." 플러피가 말했다. "이 집에는 계단이 왜 이렇게 많은지." 설레스트도 그게 좋겠다고 했고, 나는 비좁은 아기방에 1인용 침대를 간신히 집어넣었다. 설레스트는 결국 응급 제왕절개 수술을 받았던 터라, 아이들 중 어느 하나가 울 때 이동 거리가 너무 멀지 않으면 좋겠다고 말했다.

어느 밤 꼭대기 층에 있는 우리 침실에서 스웨터 한 벌을 설레스트에게 갖다주고, 일층에 널어놓은 빨래를 뒤집고, 삼층에서 메이의 기저귀를 갈고 새 옷을 입히고 더러워진 옷은 세탁실로 다시 가지고 내려온 뒤, 플러피는 뺨이 빨개진 채 가슴팍을 들썩거리며 카우치 위 설레스트 옆에 털썩 주저앉았다.

"괜찮아요?" 설레스트가 케빈을 안은 채 물었다. 메이는 내가 방금 불을 지핀 벽난로 쪽으로 고르지 않은 몇 걸음을 옮겼다.

"메이." 내가 말했다.

플러피가 숨을 깊이 들이쉬고 두 손을 내밀었는데, 바로 그 순간에 메이가 돌아서서 그녀를 향해 곧장 아장아장 걸어왔다.

"계단이 더럽게 많아." 설레스트가 말했다.

플러피가 고개를 끄덕였고, 곧 호흡을 되찾았다. "불쌍한 반후베이크 노부인이 죽어갈 때가 생각나네요. 내가 그 계단을 얼마나 싫어했는데."

"넘어졌어요?" 내가 물었는데, 나는 반후베이크 부부가 담배 제조업을 했고 죽었다는 것 말고는 하나도 몰랐다.

"음, 계단에서 굴러떨어졌는지를 묻는 거라면, 그렇지 않았어. 정원에서 작약꽃을 자르다가 쓰러졌지. 부드럽고 싱싱한 풀밭에 쓰러져 골반이 부러졌고."

"언제요?"

"언제냐고?" 플러피가 그 질문에 순간 당황했는지 그 말을 반복했다. "그때가 한창 전쟁중일 때란 건 알겠다. 그 집 아들들은 그때쯤 다 죽었어. 반후베이크 씨도 죽었고. 나하고 미시즈만 그 집에서 살았어."

플러피는 처음 우리집에 일하러 왔을 때 설레스트를 미시즈라고 부르려고 했지만, 설레스트가 싫다고 했다.

"아들들은 어떻게 죽었어요?" 설레스트는 케빈의 목까지 이불을 덮어주었다. 불을 지펴놓아도 방안은 추웠다. 창문을 손볼 필요가 있었다.

"모두에 대해 묻는 거지? 라이너스는 백혈병을 앓았어. 어렸을 때 저세상으로 갔는데, 열두 살이 채 안 됐을 때일 거야. 더 손위인 피터와 마튼은 다 프랑스에서 죽었어. 그들은 미국에서 받아주지 않으면 네덜란드로 돌아가서 싸우겠다고 했지. 하나가 죽었다는 소식을 듣고 채 한 달도 되지 않아 다른 하나가 죽었다는 소식이 전해졌어. 다들 그림책에 등장하는 왕자님처럼 잘생겼었는데. 내 마음은 늘 어느 쪽을 더 사랑하는지를 놓고 갈팡질팡했지."

"그러면 반후베이크 씨는요?" 내가 벽난로 근처 큰 의자에 앉으며 말했다. 재깍기리는 시계 소리에 맞춰 밤의 시간이 일 분 일 분 흘러갔다. 나는 처음에는 그들과 계속 같이 있을 생각이 없었지만, 그럼에도 남아 있었다. 거실의 깜박거리는 불빛이 우리를 감싸주었다. 나는 차들이 한 블록 떨어진 곳에서 브로드웨이의 양방향으로 빠르게 달려가는 소리를 들을 수 있었다. 빗소리가 들렸다.

"폐기종이었어. 내가 절대 담배를 피우지 않는 이유가 그거야. 늙은 반후베이크 씨는 가족에게 무슨 일이 생길 때마다 담배를 피워댔어. 끔찍한 죽음이었지." 플러피가 나를 보며 말했다.

설레스트가 엉덩이 아래로 발을 당겨 넣었다. "그래서 반후베이크 부인은요?" 그녀는 이야기를 원했다. 메이가 플러피의 무릎에서 잠시 옹알거렸고, 이어 귀기울여 들으려는 것처럼 자세를 잡았다.

"내가 구급차를 불렀고, 사람들이 와서 부인을 들어 정원 밖으로 옮긴 뒤 실어갔어. 나는 우리에게 마지막으로 남은 차를 몰고 뒤따라갔고. 내 아버지가 운전사로 일했기 때문에 나도 운전할 줄 알았거든. 병원에 가서는 노부인의 병실을 지키면서 거기서 자도 되겠냐고 물었더니 간호사가 안 된다고 했어. 부인의 골반에 핀을 집어넣는 수술을 할 예정이라 휴식이 필요할 거라면서. 내 부모님은 버지니아에서 두 분이 같이 하는 일을 구한 상태였고, 그 집에서 일하던 다른 사람들은 대공황 때 이미 해고된 뒤였어. 당시 그 집에 남은 사람은 나 혼자뿐이었어. 스무 살이 넘었을 때였지만, 평생 혼자 잠을 자본 적이 없었는데." 플러피가 그 생각에 고개를 가로저었다. "엄청 겁이 났지. 사람들이 말하는 소리가 계속 들리는 것 같았어. 그러다 어두워지고 어느 시점에 지키는 사람은 나고, 내가 미시즈를 무사히 지켜야 한다는 걸 깨달았어. 그 반대가 아니라. 나는 이 작은 체구의 늙은 여인이 나를 보호하고 있었다고 생각한 걸까?"

메이가 하품을 하더니 스르르 눈이 감기기 전에 플러피가 정말로 거기 있는지 확인하려고 마지막으로 한 번 올려다보고, 플러피의 불룩한 가슴에 머리를 툭 떨어뜨렸다.

"병원에서 죽었어요?" 내가 물었다. 나는 골반에 핀을 꽂는 것이 1940년대에 아주 좋은 결과를 낳았을 거라고는 생각하지 않았다.

"오, 아니야. 괜찮은 상태로 퇴원했어. 나는 날마다 면회하러 갔고, 두 주 뒤에 구급대원들이 다시 집에 데려다줬어. 내가 계단을 왜 싫어하는가, 그게 무엇보다 내 이야기의 주제였지. 그들이 그녀를 들것에 실어 계단 위로 옮겼고, 침대에 눕혔어. 나는 베개를 잘 받쳐주었고. 미시즈는 집에 돌아온 게 기쁜 모양이었어. 남자들에게 고맙다고, 몸무게가 많이 나가서 미안하다고 말했는데, 사실 그녀의 몸무게는 암탉 정도밖에 안 됐어. 반후베이크 부인은 네 부모님이 주무시던 큰 앞쪽 침실에서 잠을 잤어. 남자들이 떠난 뒤 내가 그분에게 차를 마시고 싶은지 물으니까, 마시겠다고 했어. 그래서 내가 뛰어내려가 차를 준비했는데, 그때부터 그 끝없는 일이 시작된 거야. 하나를 해주면 또하나, 또하나가 생기는 식이었지. 나는 오 분마다 계단을 오르락내리락했는데, 그건 괜찮았어. 나는 젊었으니까. 하지만 일주일 정도 지나자 내가 어떤 실수를 했는지 깨달았지. 그녀를 아래층에서 지내게 해야 했던 거였어. 전망을 볼 수 있는 현관 쪽에. 아래층에서는 풀도 보고 나무도 보고 새도 보고, 여전히 그녀의 것이었던 모든 걸 볼 수 있었으니까. 이층에서 보이는 건 벽난로뿐이었어. 그녀가 누운 자리에서 보이는 건 하늘뿐이었고. 그녀는 걸고 불평한 적 없었지만, 나는 그녀를 생각하면 너무 슬펐어. 그녀가 더 괜찮아지지 않으리란 걸 알고 있었으니까. 더 나아질 이유가 없었어. 그녀는 사랑스러운 늙은 새 같았지. 내가 가게에 가거나 약을 받아와야 할 때는 매번 잠이 푹 들도록 약을 한 알 더 줬어. 내가 거기 없으면 그녀는 어리둥절해서 스스로 침대에서 빠져나오려고 할 테니까. 자기 골반이 부러진 걸 기억하질 못하니 그게 문제였어. 늘 몸을 일으키려고 했거든. 내가 가만히 있으라고 말해놓고 아래층으로 날아 내려가 그녀가 필요하다고 한 걸 곧바로 들고 올라오는데도, 그런 때 중 절반은 침대에서 빠져나오려고 한 발을 바닥에 딛고 있었어. 그러면 나는 그녀를 침대 한가운데로 끌어놓고 아기에게 그러듯 베개를 쌓아 벽을 만들었지. 그러고는 다시 두 배로 빠르게 계단을 뛰어내려갔어. 마라톤에 나가도 됐을 텐데, 그때는 아마 마라톤 같은 게 없었을걸." 그녀는 메이를 내려다보고 아기의 가늘고 검은 머리칼을 쓰다듬어주었다. "몸 전체에 굳은살이 박였어."

전에 한번 셀레스트가 메이브에 대해 무슨 말을 하려고 한 적이 있었는데, 플러피는 듣지 않겠다고 했다. "나는 내 아이들을 사랑해요." 그녀가 말했다. "그리고 메이브는 내 첫 아기였고요. 내가 메이브의 목숨을 구했어요. 메이브가 당뇨병에 걸렸을 때 내가 병원에 데려갔어요. 귀여운 메이가 커가는데 누가 나보고 그애에 대한 안 좋은 이야기를 들으라고 하면 어떻겠어요." 플러피가 메이를 골반에 얹고 몇 번 퉝겨주었고, 메이가 까르륵 웃었다. "그런 일은 없을 거야." 플러피가 또박또박 아기에게 말했다.

설레스트는 재빨리 그 노선에 동참했다. 지금 그녀의 삶에서 어른과 맺은 가장 중심적인 관계는 플러피와의 것이었고, 그녀는 자기 혼자 감당할 만큼 아이들이 충분히 컸다고 여겨지는 날이 오는 것에 대한 두려움 속에서 살았다. 그녀에겐 터울이 얼마 지지 않는 두 아이를 키워줄 다른 손이 필요했을 뿐 아니라, 플러피는 아이들에게 귓병이나 발진이 생겼을 때, 아이들이 지루해할 때 뭘 어떻게 하면 되는지 알았다. 플러피는 소아과 의사를 찾아갈 일이 생겼을 때도 나보다 더 잘 알았다. 아기와 관련된 문제에서 천재였을 뿐 아니라 엄마들에 대해서도 섬세한 감각을 지니고 있었다. 케빈과 메이를 보살피는 것만큼이나 설레스트를 잘 돌봐서, 설레스트가 훌륭한 결정을 내릴 때마다 매번 칭찬했고, 설레스트에게 쉴 때가 되면 쉬라는 말도 해주고 스튜 만드는 방법도 가르쳐주었다. 비가 오거나 날이 어둡거나 단순히 너무 추워서 밖에 나갈 수 없을 때는 반후베이크 가족의 이야기가 담긴 끝없는 보물상자의 뚜껑을 다시 열었다. 설레스트 또한 그 이야기에 빠져 있었다.

"차고는 집 옆으로 한참 떨어져 있었지만, 변기 시트 위에 올라서서 창문을 열면 파티에 오는 손님들이 다 보였어. 당시 그들이 열었던 그런 파티는 아마 다시 없을 거야, 이 세상에는. 창문이란 창문은 다 열어놓고, 손님들은 테라스에서 창문을 통해 안으로 들어왔어. 추울 때는 위층 연회실에서 춤을 췄지만, 날씨가 좋으면 낮에 일꾼들이 밖으로 나가 니스칠이 된 조각 목재를 끼워맞춰 댄스 플로어를 만들었어. 그렇게 하면 손님들이 잔디밭에서 춤을 출 수 있었지. 작은 오케스트라가 있었고, 웃음소리가 끊이지 않았어. 내 어머니는 지구상에서 가장 부드러운 소리는 부유한 여자들의 웃음소리라고 말하곤 했어. 어머니는 부엌에서 일하면서 종일 이 것저것 준비했고, 새벽 두세시까지 음식을 내가고, 파티가 끝나면 그 전부를 치웠어. 도와줄 사람이야 충분했지만, 거긴 어머니의 부엌이었어. 아버지는 차를 전부 멀리 옮겨 대났다가 손님들이 떠날 준비가 됐을 때 다시 가져왔어. 나는 아무리 깨어 있으려고 애써도 손님들이 왔을 때는 이미 카우치에 누워 곤히 잠들어 있었어. 아직 어린아이였지만, 어머니는 나를 깨워서 병에 남은 양이 얼마건 간에 김빠진 샴페인을 잔에 따라주곤 했어. 어머니가 나를 깨워 말했어. '피오나, 내가 뭘 가져왔는지 봐!' 그러면 난 그걸 단숨에 비우고 곧바로 다시 잠이 들었어. 다섯 살도 넘지 않았을 때일 거야. 그 샴페인은 세상에서 가장 멋진 것이었어."

"아빠가 그 집을 사는 돈을 어떻게 마련했을 것 같아요?" 나는 어느 늦은 밤 거의 성스러울 만큼 고요한 순간에 플러피에게 물었다. 두 아이는 각자의 침대에서 잠들어 있었고, 설레스트는 아기방의 작은 침대에 잠시 누워 있으려던 것이 그만 깊이 잠들어버렸다. 플러피와 나는 나란히 서서, 플러피는 접시를 씻고 나는 물기를 닦았다.

"네 아빠가 프랑스에 있을 때 병원에서 한 소년을 만났대."

나는 두 손에 저녁을 먹은 접시를 쥔 채 그녀를 돌아보았다. "그 이야기를 알아요?" 내가 무슨 생각으로 그 질문을 했는지 모르지만, 그녀가 그 대답을 알리라고도 결코 생각한 적이 없었다.

플러피가 고개를 끄덕였다. "네 아빠는 비행기에서 추락해서 어깨가 부러졌어. 병원에 한참 있었던 것 같아. 그리고 거긴 늘 많은 사람이 오갔고. 며칠 동안 그의 옆 간이침대에는 가슴에 총상을 입은 소년이 누워 있었어. 난 그런 이야기는 너무 많이 생각하지 않으려고. 그 소년은 깨어 있을 때가 많지 않았는데, 깨어났을 때는 네 아빠에게 말을 했어. 그 소년이 자기한테 돈이 있다면 호섬에 땅을 사겠다고 한 거야. 거긴 틀림없다고, 소년이 말했어. 그래서 네 아빠가 이유를 물었지. 아마 누군가 이야기를 나눌 상대가 있다는 게 좋았을 거야. 소년은 시릴에게, 전쟁이나 지금 상황 때문에 자유롭게 말할 수 없지만 두 단어는 기억해두라고 말했어. 호섬, 그리고 펜실베이니아. 네 아빠는 그걸 기억한 거야."

나는 비눗물이 묻은 플러피의 손에서 접시를 하나 더 받았고, 이어 유리잔을 받았다. 부엌은 집의 안쪽에 있고, 개수대 위로 창문이 있었다. 플러피는 늘 개수대 위에 창문이 있는 것보다 여자에게 더 큰 호사는 없다고 말했다. "아빠가 직접 그렇게 말했어요?"

"네 아빠가? 아니, 그럴 리가. 네 아빠는 내가 시간을 물어봐도 대답을 안 해줄 사람이었어. 네 엄마가 말해준 거지. 네 엄마와 나는 도둑들처럼 사이가 가까웠어.* 너희 가족이 더치 하우스에 나타났던 그 첫날 네 엄마는 자기 가족이 가난하다고 믿었다는 걸 염두

---

* 원문은 'Thick as thieves'로 비밀을 공유하는 아주 가까운 사이를 일컫는다.

에 둬야 해. 그래서 그녀가 네 아빠에게 돈을 어떻게 구했는지 캐물었지. 실토하게 만든 거야. 그녀는 그가 뭔가 불법적인 일을 했다고 믿었어. 당시에는 누구도 그런 돈을 가지고 있지 않았거든."

나는 학부생 시절의 나를 생각했다. 압류된 건물을 처음 발견했던 그때, 아버지는 어떻게 벼락부자가 됐는지 궁금해하던 그때를. "그리고 어떻게 됐는데요?"

"음, 그 불쌍한 소년이 죽었어. 물론 네 아빠에겐 그 소년에 대해 생각할 시간이 충분히 주어졌지. 그는 석 달 너 그 간이침대에 누워 있다가 수송선에 자리가 나서 그걸 타고 집으로 돌아왔어. 그 뒤로 그는 필라델피아 조선소에서 사무 보는 일을 하게 됐어. 그전엔 평생 하루도 필라델피아에 가본 적이 없었어. 네 엄마하고 가정을 꾸린 뒤 지도를 꺼냈는데, 호셤만 눈에 보였던 거야. 한 시간 거리도 되지 않았어. 그래서 거기 가보기로 마음을 먹었어. 내 생각엔 소년을 추모하려는 마음이었던 것 같아. 네 아빠가 어떻게 거기 갔는지는 전혀 알 수 없지만, 가보니 농지뿐이었어. 그는 거기 매물로 나온 게 뭐라도 있는지 보려고 여기저기 물어봤고, 10에이커를 헐값에 팔겠다는 남자를 찾았어. 거기서 그런 표현이 나온 거야. 흙값이 헐값이지.*"

"하지만 그 땅을 살 돈은 어디서 구했어요?" 값이 아주 싸도 돈이 없으면 별로 의미가 없었다. 나는 그걸 경험으로 알았다.

"그에겐 테네시강 유역 개발공사에서 일해서 모아둔 돈이 있었어. 전쟁 전에 삼 년 동안 댐을 짓는 일을 했거든. 푼돈을 받았지

---

* 원문은 'Cheap dirt was dirt cheap'이다.

만, 네 아빠는 처음 손에 쥔 오 센트짜리 동전 한푼 쓰지 않을 사람이었지. 잘 생각해봐, 그때 두 사람은 결혼한 상태였는데, 네 엄마는 하나도 몰랐다는 사실을 말이야. 저축금이든 소년이든 호섬이든 그 어떤 것도 몰랐대. 여섯 달 뒤에 해군이 그에게 연락을 해와서, 거기 해군기지를 지으려 한다고 말한 거야."

"그런 일이 있었군요."

플러피가 고개를 끄덕였다. 뺨도 발갛고, 물에 담근 손도 발갰다. "그것뿐이라면 그저 훈훈한 이야기로 끝나겠지만, 그는 거길 판 돈을 강가에 있는 큰 공장 건물을 사는 데 투자했어. 그리고 거길 팔아서 넓은 땅을 사들이기 시작했고. 그러는 동안 네 엄마는 저녁식사를 만들기 위해 강낭콩을 물에 불렸고, 네 아빠는 해군기지에서 해군이 필요로 하는 보급품을 주문했어. 그리고 네 엄마와 네 누나와 함께 해군기지에서 살았던 거지. 그러던 어느 날 그가 말했어. '이봐, 엘나, 내가 차를 빌렸어. 당신에게 보여줄 굉장한 선물이 있어.' 네 엄마가 아빠를 죽이지 않은 게 정말로 기적이었지."

우리가 어깨를 맞대고 서서 설거지를 끝내면서 내 삶에서 가장 풀리지 않던 미스터리가 풀렸을 때, 나는 불현듯 이 여인이 내가 아이였을 때 나를 후려친 사람인 것을 떠올렸다. 그녀는 내 아버지와 잤고, 결혼하길 원했다. 나는 플러피가 자기 뜻을 이루었다면 우리에겐 더 좋은 삶이 있지 않았을까 생각했다.

14장

나는 결혼해서 처음 살던 건물을 좋은 값에 팔았고, 처음 산 브라운스톤 건물 두 채도 팔았다. 그리고 그렇게 생긴 돈으로 우리가 살던 곳에서 여섯 블록 떨어진 브로드웨이에 있는 주상복합 건물을 한 채 샀다. 임대를 놓을 수 있는 서른 채의 집이 있었고, 아래층에는 이탈리아 레스토랑이 있었다. 연중 하루도 빠지지 않고 깨어 있는 시간에는 늘 그 건물에 가 있는다 해도 필요한 수리를 다 하지 못했을 것이다. 통제할 수 없는 증기열, 불법으로 버려진 쓰레기, 어느 세입자의 딸은 물을 내리면 내려가는지 보려고 오렌지를 변기에 넣었고, 또다른 세입자는 고양이가 복도에서 똥을 싸도록 문을 열어놓았고, 그보다 두 집 아래에서 키우는 테리어 개는 늘 그 똥을 찾아 먹고 복도 바닥에 토했다. 위급한 상황이 생길 때마다 나는 새로운 뭔가를 고치는 방법을 배웠고, 내가 해결해줄 수 없는 문제를 가진 사람들을 달래는 법을 배웠다.

나는 돈을 벌었다. 관리인을 고용하고, 관리회사를 만들었다. 구입할 가치가 있는 건물인지 알아보는 가장 확실한 방법은 먼저 관리해보는 것, 혹은 매물로 나온 다른 건물이 있는 블록의 건물을 관리해보는 것이었다. 굳이 말하면, 당시에는 뉴욕의 꽤 많은 건물이 매물로 나와 있었다. 나는 시의원과 경찰을 알았다. 지하층을 들락거렸다. 메이브는 내 회사의 회계를 맡아, 우리의 개인 세금은 물론이고 기업의 세금도 처리해주었다. 셀레스트는 그게 자꾸 신경에 거슬리는 모양이었다.

"당신 누나가 우리 삶에 사사건건 끼어들 권리는 없어."

"내가 누나에게 부탁한 거라면 당연히 그럴 권리가 있지."

셀레스트는 이제 아이들하고만 집에 있다보니 생각을 지나치게 많이 하는 습관이 생겼다. 플러피는 여기서 남쪽으로 열 블록 떨어진, 쌍둥이를 입양한 우리 친구의 집에서 다시 아기를 돌보는 일을 하고 있었다. 그녀는 애초에 약속한 것보다 몇 년 더 우리와 함께 지냈고, 여전히 일주일에 한 번씩 우리를 보러 와서 수프를 만들어주고 케빈을 품에 안고 왈츠를 추며 부엌을 돌아다녔다. 이제 셀레스트 혼자 빨래를 했고, 다른 엄마들과 놀이 약속을 잡아 아이들을 공원에 데려갔으며, 등장인물마다 특징을 불어넣어 『당근 씨』를 백만 번은 읽어주었다. "어린 소년이 당근 씨를 심었어요. 소년의 엄마가 말했어요. '자라지 않으면 어쩌지.'" 셀레스트는 모든 것에 최선의 노력을 기울였지만, 그래도 방황하는 큰 뇌를 충분히 다 활용할 수 없었는지 종종 누나에 대한 반감을 표현하는 데 이용하곤 했다.

"가족에게 회계를 맡길 순 없어. 전문가를 찾아야지."

"메이브가 전문가야. 누나가 오터슨 씨 회사에서 뭘 한다고 생각해?" 아이들 둘 다 잠들어 있었고, 저 아래 브로드웨이에서 사이렌을 울리며 지나가는 소방차도 아이들의 꿈을 방해하지는 않겠지만, 부모가 다투는 소리는 깊은 잠에 빠진 아이도 벌떡 일어나게 할 수 있을 것이었다.

"무슨 말 하는 거야, 대니. 누나는 채소 운송을 하는 거잖아. 우리는 진짜 사업을 하는 거고. 돈이 걸려 있는 문제야."

내 사업에 뭐가 걸려 있는지 설레스트는 전혀 알지 못했다. 그녀는 우리가 가진 자산의 힘이나 부채의 규모에 대해 전혀 몰랐다. 내게 묻지도 않았다. 나 때문에 우리가 처하게 된 터무니없는 재무적인 위험을 이해한다면, 그녀는 하룻밤도 더 잠을 이룰 수 없을 것이었다. 그녀는 그저 메이브가 깊이 개입하는 걸 원하지 않는다는 마음만 확실한 것뿐이었는데, 사실 메이브는 세법과 주택저당증권에 대해 잘 알고 있어서 여러모로 우리의 배를 움직이는 사람이었다. "좋아, 먼저, 오터슨 씨 회사는 진짜 사업을 하는 기업이야." 메이브는 그래서는 안 됐겠지만, 자신의 회사 수익을 내게 말해주었다.

설레스트가 두 손을 들었다. "라이머콩에 대한 강의는 하지 마."

"두번째로, 나를 봐, 진지하게 하는 이야기야. 두번째는 메이브가 철저히 윤리적이라는 거야. 뉴욕 부동산회사의 일을 처리하는 일부 회계사들에 대해 말할 수 있는 수준 이상이야. 누나는 우리의 이익을 최선에 두는 것 말고는 다른 관심은 전혀 없어."

"당신의 이익을 최선으로 두겠다는 거겠지." 그녀가 단조로운 목소리로 조그맣게 말했다. "내 이익 따위엔 관심도 없고."

"우리 사업이 성공하는 게 당신에게 최선의 이익이야."

"누나한테 아예 우리집에 와서 살라고 하지 그래? 그러면 누나가 좋아할 거 아니야? 우리 침대에서 잠도 자고 말이지. 우린 아무 비밀이 없으니까."

"당신 아버지도 우리 치아를 관리해주잖아."

설레스트가 고개를 저었다. "그건 같지 않아."

"당신 치아, 내 치아, 아이들 치아. 그런데 그거 알아? 나는 그러는 게 좋아. 당신 아버지에게 감사해. 치료를 잘하시니 내가 충치를 때우러 라이덜에 가는 거고. 나는 그분을 신뢰해."

"그게 우리 둘이 오랫동안 의문을 품었던 걸 입증해주는 것 같네."

"그게 뭔데?"

"당신이 나보다 더 괜찮은 사람인 거." 그리고 설레스트는 아이들에게 우리의 말소리가 들리지 않았는지 확인하려고 침실에서 나갔다.

설레스트는 나에 대해 좋아하지 않는 모든 것을 메이브의 탓으로 돌렸다. 남편의 누나에게 화내는 게 남편에게 화내는 것보다 훨씬 쉬웠기 때문이다. 그녀는 애초에 실망했던 것들은 상자에 담아두었겠지만, 어디로 가든 그 상자를 들고 다녔다. 그녀가 토머스모어를 졸업했을 때 내가 그녀와 결혼하지 않아서 라이덜로 돌아가야 했던 일은 결코 완전히 잊히지 않을 것이었다. 그건 실패를 의미했기 때문이다. 내가 부동산에 빠져들수록 더 행복해진다는 사실도 그녀로서는 이해할 수 없는 일이었다. 그건 설레스트가 애초에 나를 오해했던 것이다. 그녀는 내게 길을 잘못 선택한 것을 스스로 깨달을 자유를 주려고 했지만, 나는 모리 에이블과 만나 점심을 먹거나 생계를 위해 응급실에서 총상에 압박을 가하는 내 동기를 우연히 만나지 않는 한 결코 의학을 떠올리지 않았다. 메이가 크리스마스 선물로 모노폴리 세트를 사달라고 할 만큼 컸을 때, 나는 트리 옆에 앉았고 우리는 같이 게임을 했다. 내 아버지가 보드게임을 하는 것은 상상할 수 없지만, 이건 정말 놀라웠다. 집과 호텔, 증서와 집세, 횡재와 세금. 모노폴리는 하나의 세상이었다. 메이는 늘 스코티 개를 골랐다. 케빈은 그 무렵엔 오래 게임을 할 정도의 나이는 아니라서, 보드판 가장자리를 따라 스포츠카를 굴리거나 작은 녹색 집들로 피라미드를 만들었다. 주사위를 굴리고 철로 만들어진 작은 말을 앞으로 옮길 때마다 나는 내가 얼마나 운이 좋은지 생각했다. 도시, 직업, 가족, 집. 나는 상자 같은 방에서 누군가의 아버지에게 췌장암에 걸렸다고, 누군가의 어머니에게 가슴에서 혹이 만져진다고, 누군가의 부모에게 할 수 있는 모든 방법을 다 써봤다고 말하면서 하루를 보내지 않아도 되는 것이다.

그렇다고 내가 의사가 된 사실이 전혀 드러나지 않았다는 뜻은 아니다. 아이들이 자라면서 내가 그 시절에 배운 것이 활용된 순간도 꽤 많았다. 예컨대 우리가 스테이션왜건을 몰고, 아이들을 통해 친구가 된—삶의 어느 시기에는 그것이 친구를 사귀는 방법이므로—길버트 가족과 함께 브라이턴 비치로 놀러갔을 때가 그랬다. 길버트 부부의 아들인 앤디가 발을 못에 깊이 찔렸다. 못은 판자에 박혀 있던 것인데, 판자가 모래에 반쯤 파묻혀 있었던 것이다. 나는 그 일이 일어나는 것을 보지 못했다. 남자아이들이 물에서 나와 서로를 쫓으며 놀 때였다. 나는 척이라는 이름의 강단 있는 국선변호인인 앤디의 아버지와 우리의 두 딸과 함께 해변에 나가 있었다. 하나는 그의 딸, 또하나는 내 딸이었다. 딸들이 들통을 들고 마모된 바다 유리 조각을 찾으려고 파도가 치는 깊지 않은 물속에 서 있는데, 바다와 바람과 다른 아이들이 꽥꽥거리고 장난치며 노는 소리 가운데 앤디 길버트의 비명소리가 들려왔다. 셀레스트와 그애의 어머니는 수건을 깔고 누워 이야기를 나누면서 아들들이 수영하는 것을 지켜보고 있던 터라 훨씬 가까운 거리에 있었다. 우리 모두 곧바로 앤디에게 달려갔다. 아버지들, 어머니들, 누이들. 아이는 아마 아홉 살쯤이었을 텐데, 케빈의 친구였고 케빈이 그해 여름에 아홉 살이었다. 그 아이의 어머니는 갈색 생머리에 빨간색 투피스 수영복을 입은 아름다운 여인이었는데(유감스럽게도 그건 기억이 나는데 그녀의 이름은 잊었다) 자신이 무슨 짓을 하는 건지 전혀 모른 채 아들의 발에 손을 뻗고 있었고, 그 순간 셀레스트가 그녀의 어깨에 손을 올리며 "안 돼요, 대니에게 맡겨요" 하고 말했다.

그 여자, 그 또다른 엄마가 내 아내를, 이어 나를 쳐다보았다. 내가 발에 박힌 못을 빼내는 일에 대해 뭘 아느냐는 표정이 역력했다. 우리가 막 그 자리에 도착했을 때 못에 찔려 비명을 지르고 있는 친구에게 우리 아들 케빈이 말했다. "괜찮아, 우리 아빠가 의사 비슷한 거야."

그리고 길버트 부부가 여전히 어리둥절한 채 겁을 먹어 어쩔 줄 모르던 그 순간에, 나는 앤디의 발 양옆에 내 발을 놓고 판자를 고정한 뒤 아이의 보드라운 발등과 판자 사이에 내 손가락 끝을 집어넣고 재빨리 발을 들어올렸다. 아이는 비명을 질렀지만, 당연히 비명을 질렀지만, 피가 많이 흐르지 않는 걸 보니 적어도 동맥이 끊어지지는 않은 모양이었다. 아이는 열기 속에서 바들바들 몸을 떨며 울고 있었고, 나는 바다에서 나와 미끈거리는 그 아이를 안아올리고 눈이 멀 것 같은 오후의 햇살 속에서 차로 걸어가기 시작했다. 나머지는 해변에서 허둥지둥 우리의 하루를 정리했다. 척 길버트가 내 뒤로 와서 다른 아이가 같은 실수를 하지 않게 판자를 집어올렸다. 아니면 그저 증거를 수집하려는 변호사의 본능이었을 것이다. 내 본능이 못을 제거하는 것이었듯이.

그날 밤 저녁을 먹는 자리에서 메이는 우리의 하루에 대한 이야기를 끝없이 늘어놓았다. 나는 우리가 맨해튼 쪽으로 돌아가 그곳 병원에 가야 한다고 생각했고, 길버트 부부는 교통 체증에 붙들리는 것을 걱정했고, 우리는 결국 브루클린의 응급실로 가기로 결정했다. 거기서 모두 고단하고 버석거리는 몸으로 앉아 있었다. 응급실 의사가 앤디에게 파상풍 예방 주사를 놓고, 발을 깨끗이 씻은 뒤 엑스레이를 찍고 붕대를 감아주었다. 브라이턴 비치에서 급히 출발하느라 길버트 부인이 수영복 위에 걸치는 겉옷을 놓고 온 바람에, 그녀는 빨간색 수영복 상의와 허리에 두른 수건 차림으로 대기실에 앉아 있다가 의사와 마주해야 했다. 메이는 외국에서 그 소식을 갖고 돌아온 것처럼 우리 모두에게 그 이야기를 늘어놓았다. 나는 길버트 가족을 이스트사이드에 있는 그들의 아파트에 내려주면서, 우리 딸이 지겨울 만큼 그 일을 세밀하게 재연한 것을 그들이 과연 어떻게 받아들였을지 궁금했다. 메이는 중간에서 이야기를 시작해(바다 유리, 비명소리), 다시 처음으로 돌아갔다가 마지막에 이르렀다. 그러고는 우리가 차를 타고 해변으로 가던 때에 대해 이야기했고, 각자 점심으로 뭘 먹었는지, 먹고 나서 바로 물에 들어가면 안 되는데 남자애들이 곧장 수영하러 들어간 것을 이야기했다. 메이는 또 앤디의 누나이자 자신의 친구인 핍, 그리고 나하고 길버트 씨가 자기와 함께 해변에 내려간 것을 이야기했다. "핍이 막 조개껍데기를 찾았을 때," 메이가 심각한 분위기로 말했다. "그 첫번째 비명소리가 들렸어요."

"이제 그만." 마침내 아이 엄마가 말했다. "우리도 거기 있었잖아." 설레스트는 찬 닭고기 요리가 담긴 접시를 돌리고 있었다. 햇볕에 너무 많이 노출되어 어깨, 가슴, 얼굴의 하얀 피부가 검붉게 타 있었다. 나는 사실상 그녀의 몸에서 뿜어지는 열기를 느낄 수 있었다. 우리 모두 지쳐 있었다.

"아빠는 앤디에게 발을 만져도 되는지 물어보지 않았어요." 메이가 굴하지 않고 내게 말했다. "앤디의 엄마 아빠한테도 물어보지 않았고요. 먼저 물어봐야 하는 것 아니에요?"

나는 메이를 보고 싱긋 웃어주었다. 검은 머리칼을 가진 내 어여쁜 딸. "아니."

"메디컬스쿨에서 그렇게 하는 방법을 가르쳐줘요?" 케빈이 물었다. 아이들 누구도 햇볕 화상을 입지 않았다. 설레스트는 아이들만 신경쓰고 자기는 챙기지 않은 것이다.

"그럼." 나는 모래밭에서 발을 못에 찔린 사람이 내 아들이 아닌 게 얼마나 기쁜 일인지 처음으로 인식하면서, 그렇게 말했다. "한 학기에는 해변에서 아이들이 발을 못에 찔렸을 때 그걸 빼내는 방법을 배우고, 다음 학기에는 목구멍에 생선뼈가 걸린 사람을 구하는 방법을 배우지."

메디컬스쿨이 내게 가르친 것은 결정을 내리는 법에 관한 것이었다. 문제를 정의하고, 선택지를 따져보고, 행동한다―그 모든 것을 동시에 한다. 어떤 면에서는 부동산도 내게 같은 것을 가르쳤다. 나는 해부학을 단 하루도 배우지 않았어도, 앤디 길버트의 발에서 못을 빼낼 수 있었을 것이다.

"그걸 가볍게 생각해선 안 돼." 아내가 말했다. "당신은 뭘 어떻게 하면 되는지 알고 있었어."

메이와 케빈이 동작을 멈추었다. 케빈은 한 손에 옥수수자루를 들고 있었다. 메이는 포크를 내려놓았다. 우리는 아내가 그 말을 하기를 기다리고 있었다. 설레스트를 쳐다보며 기다렸다. 그녀가 고개를 가로저었고, 햇볕 속에 오후 한나절을 보냈을 뿐인데 구불거리는 머리칼의 색깔이 좀 바래 있었다. "음, 그건 사실이야."

"당신은 의사야." 메이가 몸을 앞으로 숙여 눈높이를 내게 맞추며 말했다. "당신은 의사여야 한다니까." 메이는 우리 모두를 흉내낼 수 있었지만, 특히 설레스트를 흉내내는 게 기가 막혔다.

우리가 아주 멋진 삶, 메디컬스쿨 친구들은 처방전 용지를 다 써 없애지 않는 한 결코 알지 못할 그런 삶을 살고 있다는 것은 중요하지 않았다. 설레스트는 나를 의사로 소개하는 걸 더 좋아했다. 내 남편, 닥터 콘로이예요. 사실, 내가 제발 좀 그만하라고 해도 그녀는 종종 그렇게 했다. 내게 붙는 직함은 누나를 제외하고 우리가 가장 자주 하는 논쟁의 원인이었다.

하지만 그날 밤 설레스트는 침대에서 몸을 펴고 내 몸 위로 올라와, 머리를 내 어깨에 내려놓았다. 그날 하루 겪은 일이 힘들었는지 말싸움을 할 의욕은 다 빠져나간 것 같았다. "척추 해줘." 그녀가 말했다.

그녀는 아직 샤워를 하지 않아 여전히 바다 냄새가 났다. 브라이턴 비치로 불어오던 바람 같은. 나는 손가락을 그녀의 머리칼 속에 집어넣고 두개골의 아래쪽을 만졌다. "환추, 축추, 1번 경추." 나는 피아노 건반처럼 하나씩 꾹꾹 눌러나가면서 만졌다가 놓았다가, 모두 일곱 개를 헤아렸다. "흉추. 자외선 차단제를 잘 발랐어야지."

"쉿. 분위기 망치지 마."

"흉추." 나는 열두 개를 헤아렸고, 이어 요추로 넘어갔다. 그녀가 부드럽게 소의 울음 같은 소리를 낼 때까지 그녀의 등허리에 깊게 원을 그렸다.

"기억나?" 그녀가 물었다.

"물론 기억하지." 나는 그녀의 펼쳐진 몸의 무게가 내 몸에 닿는 느낌을 사랑했다. 그녀의 피부에서 뿜어나오는 그 지독한 열기마저.

"그 시절 내내 내가 당신이 공부하는 걸 도와줬지."

"그 시절 내내 당신은 내가 공부를 하지 못하게 했어." 나는 그녀의 정수리에 키스했다.

"당신은 좋은 의사였어." 그녀가 속삭였다.

"나 그런 거 아니었는데." 내가 말했고, 그럼에도 그녀는 얼굴을 들어 내 얼굴 쪽으로 향했다.

메디컬스쿨을 끝내고도 한참의 세월이 지나, 내가 사고팔았던 건물 일부를 통해 우리집의 값을 다 갚고도 돈을 더 모을 만큼 충분한 수익을 냈을 때, 나는 공정함이라는 불가능한 개념에 사로잡혔다. 내 교육에는 너무 많은 시간과 돈이 낭비되었지만, 메이브에게는 아무것도 주어진 것이 없었다. 메이와 케빈을 위해서는 이미 준비된 신탁금이 있으니, 메이브가 로스쿨이나 비즈니스스쿨에 가서 안 될 이유가 뭐가 있는가? 너무 늦은 건 없었다. 누나는 어쨌거나 늘 똑똑한 사람이었고, 누나가 무엇을 공부하기로 하건 내게 큰 도움이 될 것이었다.

"나는 이미 너한테 큰 도움이 되고 있잖아." 그녀가 말했다. "그걸 위해 법학 학위가 필요하진 않아."

"그러면 수학에서 학위를 받아. 내가 누나에게 관심 없는 공부를 하라고 하겠어? 나는 그저 누나가 삶 전체를 오터슨 씨 회사에 바치는 걸 원하지 않아."

누나는 잠시 말이 없었다. 이 이야기를 본격적으로 하고 싶은지 아닌지 결정하려는 것 같았다. "내 직장 문제에 네가 왜 그렇게 신경을 써?"

"누나 수준보다 낮은 일이니까." 내 안의 모든 것이 들고일어나 누나에게 그녀 자신이 이미 알고 있는 것을 말해주었다. "거긴 누나가 대학에 다닐 때 여름에 집에 돌아와서 일하던 곳인데, 누나는 지금 마흔여덟 살이 됐는데도 아직 그 일을 하고 있잖아. 누난 늘 나한텐 내 능력치 이상을 하라고 밀어붙였잖아. 내가 그 호의를 갚아주면 왜 안 돼?"

메이브는 화가 나면 날수록 생각이 깊어졌다. 누나의 이런 태도는 우리 아버지를 연상시켰다. 누나가 말하는 단어 하나하나가 개별 포장되어 나오는 것 같았다. "이게 내가 너를 메디컬스쿨에 보낸 것에 대한 벌이라면, 좋아, 받아들일게. 어쨌거나 내가 너를 네 능력치 이상으로 밀어붙이진 않았어. 너도 그건 알고 있으리라 생각해. 하지만 이게 네가 내 생업에 관심이 있다는 뜻이라면, 말해줄게. 나는 내가 하는 일을 좋아해. 같이 일하는 사람들을 좋아하고. 내가 힘을 보태서 키운 이 회사를 좋아해. 나는 근무시간을 유연하게 조절할 수도 있고, 안과나 치과를 포함한 건강보험도 보장받고, 세계 여행을 할 만큼 유급 휴가도 모아놓았어. 이 일을 좋아하니까 세계 여행은 가지 않겠지만."

나도 내가 왜 이 문제를 그냥 놓아둘 수 없었는지 그 이유를 모른다. "누나도 다른 뭔가를 좋아할지 모르잖아. 해보지도 않았으면서."

"오터슨 씨에겐 내가 필요해. 그걸 모르겠어? 그는 트럭 운송과 냉장 보관에 대해선 많이 알고, 채소에 대해서는 조금 알고, 돈에 대해서는 아무것도 몰라. 나는 매일 내가 꼭 필요한 존재라는 생각을 하게 돼. 그러니 나를 그냥 내버려둬."

오터슨 씨 회사에서 메이브는 정규직 직원이었지만, 맡은 일을 업무 시간의 절반 만에 해치웠다. 지금 시점에 오터슨 씨는 누나가 어디서 일을 하건, 일하는 데 얼마나 시간을 쓰건 신경쓰지 않았고, 누나는 늘 맡은 일은 다 해냈다. 그는 누나에게 CFO 직함을 주었지만, 나는 그 회사에 CFO가 필요한지 알 수 없었다. 내 회사의 회계를 맡은 것은 누나에게 부업이었지만, 누나가 조금이라도 소홀했던 적은 한 번도 없었다. 누나의 시선은 참새에도 닿아 있었다.* 내가 소유한 건물의 로비에 전구가 나가면 누나는 그것을 교체한 기록까지 남기려고 했다. 나는 일주일에 한 번씩 누나에게 영

---

* 가스펠 곡명으로, 환난의 시기에 신은 모든 사람을 돌아본다는 뜻.

수증, 청구서, 집세 전표를 서류철에 넣어 보냈다. 누나는 우리의 아버지가 쓰던 것과 다르지 않은 장부에 모든 것을 기록했다. 우리는 젠킨타운에 있는 은행을 이용했고, 모든 계좌에서 메이브의 이름을 사용했다. 누나가 수표를 써주었다. 그리고 뉴욕주 세법, 도시 세금, 리베이트, 인센티브를 꾸준히 살폈다. 누나는 기한을 넘긴 세입자들에게 엄정하고 공정한 편지를 써 보냈다. 나는 한 달에 한 번 누나의 월급에 대한 수표를 넣어 보냈지만, 누나는 한 달에 한 번 그걸 현금으로 찾아가지 않았다.

"누나한테 주거나, 아니면 다른 사람에게 줘야지." 내가 말했다. "그리고 누군가에게는 이게 진짜 직장이야."

"너 정말로 누구 이 일을 직업으로 할 수 있을 사람을 찾아야겠다." 누나는 내 회사 일을 자신의 집 부엌 식탁에서 저녁을 먹으면서 했다. "목요일마다." 누나가 말했다.

메이브는 이매큘리트 컨셉션 교회에서 두 블록 떨어진 빨간 벽돌 단층집을 빌려 살았다. 침실 두 개에, 깊숙한 앞쪽 포치가 있었다. 부엌은 햇볕이 잘 들고 구식이었으며 넓은 직사각형 마당을 내다보고 있었는데, 누나가 거기 뒤쪽 울타리를 따라 달리아와 접시꽃을 심어놓았다. 집이 정말이지 너무 작다는 것만 빼면, 그 집에 문제될 것은 전혀 없었다. 벽장들은 작았고, 욕실은 하나뿐이었다.

"나는 네가 얼마나 부자인지에는 관심 없어. 욕실은 한 번에 한 곳만 쓰는 거잖아." 메이브가 말했다.

"음, 내가 가끔 오잖아." 하지만 내가 자고 가는 일은 이제 드물었다. 그 사실을 처음 지적한 사람이 메이브였을 것이다.

"우리가 욕실을 같이 쓴 게 몇 년인 줄 알아?"

나는 월급 대신 집을 한 채 사주겠다고 제안했지만, 누나는 그것도 거부했다. 누나는 누구도 자신에게 어디서 살거나 살지 말라고 일러주는 일은 다시 없을 거라고 말했다. 나조차 그런 말은 할 수 없다고. "산딸기를 넉넉히 수확하기까지 오 년이 걸렸어." 그녀가 말했다.

그래서 나는 누나의 집 주인을 찾아가 누나가 살고 있는 집을 샀다. 내가 부동산을 사고판 역사에서 의심의 여지 없이 최악의 거래였다. 팔겠다고 내놓지도 않은 집을 원한다는 사실이 분명해지면 집주인은 터무니없이 높은 가격을 부를 수 있었고, 그는 정말로 그렇게 했다. 그건 상관없었다. 나는 매주 청구서와 영수증을 담아 보내는 서류철에 매입 증서를 넣어 누나에게 우편으로 보냈다. 메이브는 좀처럼 흥분하지 않고 놀라는 일은 결코 없는 사람이었지만, 이번에는 둘 다였다.

"오후 내내 이곳을 돌아다녔어." 나하고 통화가 됐을 때, 누나가 말했다. "집을 소유하게 되니 달라 보여. 전에는 그걸 전혀 몰랐어. 더 좋아 보여. 이제 누구도 나를 이 집에서 쫓아내지 못할 거야. 나는 늙은 반후베이크 부인처럼 될 거야. 죽어서나 여길 나갈 거야."

*

내가 도시로 돌아가는 길에, 우리는 충동적으로 더치 하우스에 잠시 들렀다. 이렇게 하면 기차를 타러 가면서 늦은 오후 최악의 교통 체증을 피할 수 있었다. 린든나무 뒤에서 두 남자가 커다란 잔디 깎는 기계를 타고 넓은 잔디밭을 직선으로 왕복하고 있었고,

우리는 차창을 내리고 잘린 풀의 냄새를 맞아들였다.

그때는 우리 둘 다 사십대였는데, 나는 시작에 가깝고 메이브는 끝에 가까웠다. 젠킨타운을 오가는 것은 일상이 된 지 오래였다. 나는 매달 첫번째 금요일에 아침 기차를 타고 그리로 갔고, 같은 날 밤에 집으로 돌아왔으며, 이동하는 동안 메이브에게 가져갈 서류를 정리했다. 회사가 커진 만큼 매주 가서 누나와 함께 청구서와 계약서를 꼼꼼히 살펴볼 수도 있었다. 한 달에 두 번은 반드시 가야 했지만, 떠나는 모든 순간이 셀레스트와의 싸움을 의미했다. 그녀는 지금은 우리 아이들 옆에 있어줄 시기라고 말했다. "케빈과 메이가 여전히 우리를 잘 따라." 셀레스트는 말했다. "앞으로도 계속 그러진 않을 거라고." 그녀가 틀리지 않았지만, 그럼에도 나는 집에 가는 것을 중단할 수 없었고 그러고 싶지도 않았다. 나는 타협했고, 셀레스트는 결코 그렇게 보지 않았지만, 셀레스트가 원하는 방향으로 무겁게 기울어 있었다.

메이브와 나는 함께 있는 시간에 처리할 일이 아주 많아서, 몇 달이 지나니 더치 하우스는 우리 마음에 거의 떠오르지도 않게 되었다. 우리 차가 지금 거기 세워져 있는 것은 순전히 향수 때문으로, 그마저 그 집에 살 때의 우리가 아니라, 반후베이크 스트리트에 몇 시간 동안 차를 세워놓고 담배를 피우던 시절의 우리에 대한 것이었다.

"그 집에 다시 들어가볼 수 있으면 좋겠다고 바란 적 있어?" 메이브가 물었다.

잔디 깎는 장면은 쟁기와 노새를 연상시켰다. "그 집이 매물로 나오면 들어가본다? 아마 그러겠지. 가서 초인종을 누른다? 아니."

메이브의 머리칼은 회색이 점점 많아지고 있었고, 그래서 원래 나이보다 더 들어 보였다. "그게 아니라, 내가 말하는 건 좀더 꿈같은 거야. 가능하다면 들어가보고 싶으냐고? 그냥 둘러보면서 그 장소에 무슨 일이 생겼는지 보는 정도로?"

샌디와 조슬린이 부엌에서 웃고 있는 동안 나는 파란 테이블에 앉아 숙제를 했고, 아침에 아버지는 식사실에서 손에 신문을 접어든 채 커피를 마시고 담배를 피웠다. 앤드리아는 현관의 대리석 바닥을 또각또각 걸어 지나갔고, 노마와 브라이트는 웃으면서 계단을 뛰어올라갔으며, 학생인 메이브는 담요처럼 풍성한 검은 머리카락을 등뒤로 길게 늘어뜨리고 있었다. 나는 고개를 가로저었다. "아니. 절대. 누나는 어떤데?"

메이브는 머리를 머리받침에 댄 채 고개를 한쪽으로 기울였다. "어떤 일이 있어도 절대. 정말 솔직히 말하면, 그러면 나는 죽을 것 같아."

"음, 그럼 누나가 다시 그곳에 오란 말을 듣지 않는 게 다행인 거네." 해가 모든 풀잎에 햇빛을 칠해놓아, 잔디밭은 잔디 깎는 기계가 지나간 넓이만큼 줄무늬를 이루고 있었다—짙은 녹색, 옅은 녹색, 짙은 녹색.

메이브는 전망이 보이는 쪽으로 고개를 돌렸다. "우리가 언제 변했는지 모르겠다."

우리는 그게 어느 시점이건 그 저택이 차로 바뀌어버린 시점에 변했다. 올즈모빌로, 폴크스바겐으로, 두 대의 볼보로. 우리의 기억은 반후베이크 스트리트에 저장되어 있을 뿐, 더이상 더치 하우스에는 없었다. 누군가가 나보고 어디 출신인지 아주 구체적으로 말해달라고 한다면 나는 예전 부크스바움 가족의 집 앞 아스팔트 땅 출신이라고 말할 것이다. 그 집은 그때는 슐츠 가족의 집이었다가, 지금은 내가 이름을 모르는 사람들이 살고 있었다. 나는 조경사의 트럭 때문에 짜증이 났는데, 긴 금속 트레일러가 우리의 고정 장소를 침범해 있었던 것이다. 나는 그 거리에 있는 집을 사지는 않겠지만, 거리 자체는 매물로 나오면 내 것으로 만들 것이었다. 하지만 그런 말은 전혀 하지 않았다. 내가 누나의 질문에 한 대답은 그저 모르겠다는 말뿐이었다.

"넌 그때 정말로 정신과 치료를 받았어야 했어." 누나가 말했다. "그랬다면 아주 도움이 됐을 텐데. 플러피도 같은 말을 하더라. 자기도 다시 가보지 않을 거라고. 오랫동안 더치 하우스의 이 방 저 방을 돌아다니는 꿈을 꿨대. 우리도 거기 있었고. 자기 부모님과 샌디와 조슬린과 반후베이크 가족 전부가 다 같이 멋진 시간을 보내고 있었대. 자기가 어릴 때 그 집에서 열렸던 개츠비풍 성대한 파티 같은 걸 하면서 말이야. 자기는 오랫동안 그 집에 다시 들어가보기를 바랐지만, 이제는 문이 열려 있어도 들어갈 수 있을 것 같지 않대."

플러피는 송환되어 그들과 한 무리가 된 지 오래였다. 샌디와 조슬린과 플러피와 누나가 다시 뭉친 것이다. 더치 하우스에서 일하던 사람들과 그들의 여자 공작이 분기별로 같이 점심을 먹고, 벼룩 잡는 빗으로 과거를 샅샅이 파헤쳤다. 메이브는 샌디와 조슬린의 기억보다, 심지어 자신의 기억보다 플러피의 기억이 더 진실이라고 믿었다. 플러피가 자신이 아는 사실을 간직한 그대로 그 집을 떠났기 때문이었다. 샌디와 조슬린은 둘이서 끝없이 이야기를 나누고 누나와 함께 한 무리가 된 우리 역사의 뼈를 잘근잘근 씹었지만, 플러피는 그러지 않았다. 아버지가 플러피에게 가방을 들려 진입로 끝으로 내쫓은 뒤, 그녀가 누구와 이야기를 나눌 수 있었겠는가? 새 고용주들? 남자친구? 그녀는 우리집에서 일할 때조차 설레스트가 듣고 싶어하는 이야기를 했다. 반후베이크 가족이나 파티나 옷 이야기 같은 것을. 플러피의 이야기가 콘로이 가족이 그 집에 들어오는 지점에 이르자 설레스트의 주의가 흐트러졌는데, 내 생각엔 메이브가 각 장의 중심에 너무 확고한 자리를 차지하고 있었기 때문인 것 같다. 하지만 그러는 편이 더 나았다. 플러피의 이야기는 자기 혼자 간직하고 있던 것이기에 여전히 생생한 것이었다. 플러피가 지금 아는 것은 예전에 알던 그대로였다.

"플러피 말로는 엄마는 수녀가 되고 싶어했대." 메이브가 말했다. "어느 시점에 정말 그랬을 법하지 않아? 아빠가 엄마와 결혼하려고 수녀원에 가서 엄마를 데리고 나왔을 때 엄마는 이미 견습 수녀였대. 플러피는 두 분이 같은 동네에서 자랐다고 했어. 아빠가 엄마의 오빠인 제임스하고 친구였다고. 나는 그건 우리도 알고 있다고, 우리가 애들이었을 때 브루클린으로 가서 부모님이 살던 아파트 건물을 찾아가봤다고 말했어. 플러피는 아빠가 엄마를 찾아간 게 엄마가 서원하기 전이었고, 그래서 그렇게 된 거라고 말했어. 엄마가 완전히 사라지기 전에 종종 집을 비우곤 했었잖아? 수녀원으로 돌아간 거였대. 수녀님들은 엄마를 사랑했고. 모두가 엄마를 사랑했지만, 수녀님들이 특히 사랑했다는 말이야. 그들은 늘 아빠에게 전화를 걸어서, 며칠 더 거기서 지내게 하겠다고 말했대. '그녀는 휴식이 좀 필요해요.' 그렇게 말하면서."

"그 일은 다 잘 지나간 거겠지."

잔디 깎는 기계 두 대가 진입로를 달려내려와 거리로 들어오더니, 기계를 트레일러에 연결시켜야 하니 메이브에게 우리 차를 뒤로 빼달라고 말했다. "나는 말이지, 이젠 그런 건 신경도 안 써." 누나가 말했다. "하지만 내가 자랄 때 그걸 알았다면, 장담하는데 아빠를 자극하기 위해서라도 수녀원에 들어가려고 했을 거야."

나는 마음속에 문득 떠오른 메이브의 모습에 미소를 지었다. 감청색 수녀복을 입은 키 크고 완고한 메이브. 나는 우리 어머니가 여전히 거기 어딘가 무료 급식소에서 일하는지, 그 모습이 수녀가 되고 싶어한 어머니의 한 부분인지 궁금했다. 몇 년 전 그 사실을 알게 되었을 때 메이브에게 이야기를 했어야 했겠지만, 그러지 않았다. 내가 시간을 너무 오래 끌었다는 사실을 깨닫자 문제는 복잡해졌다. "그렇게 했다면 틀림없이 아빠의 관심을 끌었겠다."

"그렇지." 메이브가 차에 시동을 걸고 기어를 후진으로 바꾸었다. "그랬어야 했겠지."

*

"맙소사." 나중에 내가 그 이야기를 했을 때 설레스트는 그렇게 말했다. "헨젤과 그레텔 같은 거네. 두 사람은 나이를 얼마나 먹었건 서로 손을 잡고 어두운 숲길을 계속 걸어가고 있는 거야. 둘이 추억을 나누는 게 싫증난 적 있어?"

나는 내 삶의 긴 시절들을 통과하며 아내에게는 누나 이야기는 아무것도 하지 않겠다고, 젠킨타운의 날씨나 기차를 타고 집으로 돌아오는 길이 어땠는지에 대해서만 말하고 그 이상은 말하지 않겠다고 혼자 맹세하곤 했었다. 하지만 그 전략은 설레스트를 화나게 했고, 그녀는 내가 자기를 차단한다고 말했다. 그래서 그때 나는 생각을 바꾸어 그녀가 옳다고 결론을 내렸다. 결혼한 부부는 자신에게 일어나는 일을 서로 이야기해야 한다. 비밀을 두는 것으로는 어떤 좋은 일도 생기지 않았다. 그 시절에 나는 그녀가 내게 젠킨타운에 다녀온 건 어땠는지, 혹은 누나와는 어떻게 되어가고 있는지 물어보면 솔직하게 대답했다.

내가 어떻게 말했는지에 따라 상황이 달라진 적은 없었다. 내 대답은 아무리 온유한 것이라도 그녀의 마음을 점화시켰다. "당신 누나는 오십이 거의 다 돼가지고! 정말로 아직 엄마를 되찾을 수 있고 집도 되찾을 거라고 생각하는 거야?"

"나는 그런 말은 한 적 없어. 내가 한 말은, 우리 엄마가 젊었을 때 수녀원에 들어가고 싶어했다는 말을 누나가 해줬다는 거야. 나는 그게 재미있는 이야기라고 생각한 거고. 이제 그만하자."

설레스트는 듣고 있지 않았다. 메이브와 관련된 이야기라면 그녀는 듣지 않았다. "언제쯤 누나한테, 그래, 끔찍한 어린 시절이었어, 부자로 살다가 부자가 아니게 되는 건 정말 힘든 일이야, 하지만 이제는 모두 어른이 되어야 할 때잖아, 하고 말할래?"

나는 설레스트가 이미 알고 있는 것을 짚어주려다가 참았다. 그녀의 부모님은 아직 건강히 살아 있고 긴 결혼생활을 이어오면서 줄줄이 키워온 품종견인 래브라도레트리버를 잃은 아픔을 지금도 달래고 있고, 그중 한 마리가 몇 년 전 앞쪽 대문을 통과해 잽싸게 달려나가다가 봄 같은 한창나이에 차에 치인 일이 있긴 했어도, 라이털에서 정사각형 모양의 노크로스 사유지에서 여전히 잘살고 있지 않느냐고. 설레스트의 가족은 좋은 사람들이었고, 그들에게는 좋은 일들이 일어났다. 나는 그게 다른 식이기를 바라지는 않았다.

내가 마음에 들지 않았던 것은, 메이브가 이 도시로 와서 우리와 함께 지내는 걸 설레스트 본인이 원하지 않을 텐데도 자꾸 그 문제를 걸고넘어지는 것이었다. "냉동 채소 사업에서 중요한 일을 맡아서 너무 바쁘다고 그날 오지도 못한다는 거지? 당신 누나는 자기가 부르기민 하면 당신이 모든 걸―사업도 가족도―다 팽개치고 자기한테 달려가주길 바라나?"

"내가 누나 집 잔디를 깎으러 가는 건 아니잖아. 누나는 그런 일을 혼자 다 하고, 그런 걸 우리에게 기대하지도 않아. 거기 가는 건 내가 할 수 있는 최소한이야."

"매번 그렇다는 거야?"

입 밖에 나온 말은 결코 아니지만, 완벽히 분명한 사실은 메이브에겐 남편도, 자식도 없으니 누나의 시간이 덜 소중하게 여겨진다는 것이었다. "당신이 뭘 바라는지 말할 때 신중해야 해." 내가 말했다. "메이브가 한 달에 한 번씩 여기로 온다고 해서 당신이 더 행복해지진 않을 것 같은데."

우리의 언쟁이 전면전이 되어간다고 확신하던 차에, 이 문장을 들은 설레스트의 반응이 갑자기 식었다. 그녀가 두 손에 얼굴을 묻고 웃기 시작했다. "어쩜, 어쩜." 그녀가 말했다. "당신 말이 맞아. 당신이 젠킨타운에 가. 내가 무슨 말을 하는 건지 모르겠네."

메이브가 자신이 뉴욕을 싫어하는 이유를 내게 말할 필요는 없었다. 교통, 쓰레기, 인파, 끊임없는 소음, 어디에나 눈에 보이는 가난, 누나가 이유를 대려면 뭐든 댈 수 있었다. 여러 해 동안 궁금해하다가 마침내 물어보았을 때, 누나는 내가 모른다는 걸 믿을 수 없다는 듯 나를 쳐다보았다.

"뭔데?"

"설레스트." 누나가 말했다.

"설레스트를 피하려고 뉴욕이라는 도시 전체를 포기했다고?"

"다른 이유가 뭐 있겠어?"

오래전에 메이브와 설레스트가 서로에게 어떤 부당한 행동을 했건, 지금 그것은 추상적인 개념이 되어 있었다. 그들이 서로를 미워하는 건 이제는 습관이었다. 나는 그들이 둘만, 나와는 아무 상관 없는 두 여자로만 만났다면 서로 아주 많이 좋아했으리라는 생각을 하지 않을 수 없었다. 분명 맨 처음에는 그랬다. 누나와 아내는 똑똑하고 재미있었고 아주 충실했다. 그들은 나를 다른 누구보다 사랑한다고 앞다투어 주장했지만, 그들이 서로 헐뜯는 것을 지켜보면서 내가 감당해야 하는 희생은 모르는 척했다. 나는 두 사람을 모두 탓했다. 지금쯤이면 그들도 그런 문제는 덮어둘 수 있어야 했다. 그들이 원했다면 원한을 밀쳐놓을 수 있었을 것이다. 하지만 그들은 그러지 않았다. 그들은 각자의 원한을 고수했다. 두 사람다 마찬가지였다.

메이브는 대체로 뉴욕에 오지 않았지만, 규칙에는 예외가 있다는 걸 누나도 알고 있었다. 누나는 메이와 케빈이 첫영성체를 하던 날에 왔고, 가끔 생일에도 나타났다. 누나는 아이들이 노크로스 가족을 만나러 오는 걸 가장 좋아했다. 메이브는 늘 저녁식사에 초대를 받았다. 케빈을 집에 데려가서 하룻밤 재우고 아침에는 직장에 데려갔다. 케빈은 저녁 접시에 올라오는 채소에는 반응이 시큰둥했지만, 채소를 냉동된 형태로 보는 건 너무 재미있는 모양이었다. 공장에서는 시간 가는 줄 몰랐다. 거대한 강철 기계가 작은 당근을 써는 순서와 정밀함을 사랑했고, 그 공간에 스민 냉기와 7월에도 스웨터를 입는 사람들을 사랑했다. 그애는 그게 오터슨 씨 가족이 스웨덴 태생이기 때문이라고 말했다. "추운 날씨 사람들요." 그애가 말했다. 그애는 오터슨 씨를 농작물 산업의 윌리 웡카*라고 생각했다. 메이브는 그애에게 완두콩이 비닐봉지에 담겨 봉합되는 과정을 구경시켜주고 뿌듯한 하루를 보내게 한 뒤 제 할아버지 할머니 집에 다시 데려다주었고, 그애는 거기 가자마자 제 엄마에게 전화를 걸어 채소와 관련된 일을 하고 싶다고 말했다.

메이와 보내는 하루는 케빈과 보내는 하루와는 전혀 비슷하지 않았다. 메이는 고모와 함께 사진첩을 한 페이지씩 넘겨 보며 사람들의 턱밑에 일일이 손가락을 대고 물어보는 것을 좋아했다. "메이브 고모." 그애가 말했다. "고모가 정말로 이렇게 어렸어요?" 과거에 이끌리는 것이 물려받은 특성인 듯 메이는 더치 하우스 앞에 고모와 함께 차를 대고 있는 것을 무엇보다 좋아했다. 메이는 자기도 아주 어렸을 때 거기 살았는데 너무 어려서 기억이 나지 않는 거라고 억지를 부렸다. 자신의 어린 시절에 대한 기억에다 플러피가 파티와 춤에 대해 해준 이야기를 겹쳤다. 이따금 자기도 플러피와 함께 차고 위에 살았고, 함께 김빠진 샴페인을 마셨다는 말도 했다. 또 어떤 때는 자기는 반후베이크 집안의 먼 친척인데, 수없이 들었

---

* 로알드 달의 소설 『찰리와 초콜릿 공장』에 나오는 천재 초콜릿 발명가 이름.

던 이야기를 들먹이며 창가 자리가 있는 그 호화로운 침실에서 잠들었다는 이야기도 했다. 그 이야기를 하도 많이 들어서 그런 걸 텐데, 메이는 정말 기억이 난다고 장담했다.

어느 밤 내 딸이 손님방에서 잠든 뒤, 메이브가 내게 전화를 걸어왔다. "내가 그 집에 수영장이 있었다고 말하니까 그애가 몹시 화난 것 같더라. 여긴 너무 덥다고. 오늘 38도는 됐을 거야. 메이가 '나는 그 수영장에서 수영할 모든 권리가 있어요' 그러던데."

"그래서 뭐라고 답했어?"

메이브가 웃었다. "진실을 말해줬지. 불쌍한 귀여운 달걀. 네겐 권리가 전혀 없다고 말해줬어."

15장

메이는 그 시절에 무용을 하는 것에 대해 아주 진지했다. 여덟 살 때 용케 아메리칸 발레 학교에 들어갔다. 우리는 메이가 발등이 높고 턴아웃을 잘한다는 말을 들었다. 매일 아침 아이는 머리를 높게 틀어올려 핀을 꽂은 채 조리대에 한 손을 짚고 서서, 발끝을 뾰족하게 뻗은 뒤 허공에서 우아하게 반원을 그렸다. 몇 년 뒤 메이는 자신은 발레가 무대에 설 수 있는 가장 직접적인 길 같다고 말했고, 그애의 말이 맞았다. 열한 살 때 그애는 뉴욕시티 발레단에서 올린 〈호두까기 인형〉 무대에 섰고, 쥐 군대에서 한 역할을 맡았다. 다른 아이였다면 튈 스커트를 입고 눈송이들과 춤을 추고 싶었겠지만, 메이는 크고 털이 달린 머리와 길고 채찍 같은 꼬리에 몹시 흥분했다.

"엘리스 선생님이 그러는데, 더 작은 극단에서 이 아이들을 다른 역으로 다시 뽑아간대요." 메이는 캐스팅되었을 때 그렇게 말했다. "하지만 뉴욕에는 재능 있는 사람이 너무 많아요. 한 번 쥐면 영원한 쥐예요. 앞으로도 그 역만 주어져요."

"그건 작은 역이 아니야." 아이 엄마가 말했다. "그저 작은 쥐인 거지."

메이는 리허설을 하는 긴 가을 내내 그 역할 속에 살면서 두 손을 오므려 턱밑에 대고 집안을 종종거리며 돌아다니거나, 앞니로 당근을 야금거려 남동생을 끝없이 짜증나게 만들었다. 그애는 고모가 와서 자신이 뉴욕 무대에 선 걸(메이가 쓴 표현이다) 꼭 봐야 한다고 고집을 부렸고, 고모는 이번이 바로 규칙을 깨는 예외에 해당한다는 데 동의했다.

메이브는 첫번째 일요일 낮 공연에 맞춰 설레스트의 부모님을 뉴욕에 데려간다는 계획을 세웠다. 누나가 라이덜에서 그들을 태우고 기차역으로 가서, 셋이 한꺼번에 도착하는 것이다. 설레스트의 남동생 하나가 뉴로셸에 살고 여동생이 뉴욕에 살아서, 그들도 각자의 가족과 함께 오기로 했다. 우리는 어느 쥐가 우리 쥐인지 알아볼 방법이 없다는 것을 고려하여 막강한 관객 군단을 형성했다. 극장이 어두워지고 관객이 집단적으로 부스럭거리는 소리가 멈추자 차이콥스키의 서곡이 흘러나오면서 막이 올라갔다. 일반적인 아이들은 결코 입지 않을 옷을 입은 아름다운 아이들이 크리스마스트리로 뛰어나왔고, 더치 하우스라고 해도 될 만한 무대배경에 조명이 밝혀졌다. 그게 가능하다면 건축학적 신기루였고, 진짜가 아닌 걸 알면서도 잠시 무턱대고 진짜라고 믿어버리는 시각적인 착각이었다. 메이브가 앉은 자리가 노크로스와 콘로이 가족이 차지한 긴 열에서 내 옆으로 여섯 좌석 떨어진 곳이라, 나는 몸을 기울여 누나에게 그걸 봤냐고 물어볼 수 없었다. 정교한 장식이 된 벽난로 위로 반후베이크 부부의 것은 아니지만 큰 초상화 두 점이 보였는데, 각각 상대의 방향으로 조금씩 자세를 틀고 있었다. 긴 녹색 소파도 보였다. 우리 것도 녹색이었나? 테이블, 의자들, 또 하나의 소파, 옹이가 있는 나무로 만들고 앞면에 유리를 끼운 아주 큰 책장에는 알고 보니 모두 네덜란드어로 쓰인 아름다운 가죽 장정의 책이 가득 꽂혀 있었다. 소년 시절에 책상에서 열쇠를 꺼낸 뒤 의자 위에 올라가 유리문을 열어본 첫 순간이 기억났다. 한 권씩 꺼내, 익숙한 알파벳이 무의미한 조합으로 배열된 것을 봤을 때의 놀라움이란. 발레의 무대배경이 바로 그러했다. 무대 위로 샹들리에가 매달려 있을 텐데, 그건 의심의 여지가 없었다. 어린 시절에 바닥에 드러누워 전구와 크리스털로 조합된 샹들리에를 쳐다보며 보낸 시간이 얼마나 많았던가? 도서관에서 읽은 내용에 따르면 그건 자기 최면이었다. 물론 가구는 무용수들에게 공간을 만들어주기 위해 납작하게 제작되고 뒤로 밀어붙여져 부자연스러운 선을 그리고 있었지만, 내가 무대에 올라가서 그걸 다시 배치할 수 있다면 내 과거를 재창조할 수도 있었을 것이다. 솔직히 그건 그냥 〈호두까기 인형〉이 아니었다. 떨어져서 바라보는 모든 호화로움의 형태가 내 어린 시절을 보여주는 창문처럼 느껴졌다. 그게 내 어린 시절과의 거리였다. 셀레스트는 내 왼쪽에, 케빈은 오른쪽에 있었고, 그들의 얼굴은 무대조명 때문에 달아올라 있었다. 파티 손님들이 춤을 추고 있었고, 아이들은 손을 잡고 그들 주위로 원을 만들었다. 모두 춤추며 양옆으로 사라지고 무대에 밤이 내리자 사악한 마우스 킹을 선두로 쥐들이 입장했다. 쥐들은 바닥에 구르고 작은 발을 허공에 맹렬하게 차올렸다. 나는 셀레스트의 손을 내 손으로 덮었다. 이렇게 쥐들이 많다니. 춤추는 아이들이 이렇게 많다니. 호두까기 인형의 병사들이 등장했고, 전쟁이 시작되었다. 살아 있는 쥐들이 죽은 쥐들을 끌고 나가면서 다른 무용수들이 들어올 자리가 만들어졌다.

1막에는 어느 정도 스토리라인이 있었지만, 2막은 춤 말고는 아무것도 없었다. 스페인 춤, 아랍 춤, 중국 춤, 러시아 춤이 등장했고, 끝없이 춤추는 꽃들이 있었다. 춤이 너무 많다는 게 발레에 대해 할 만한 불평은 아니겠지만, 쥐의 등장을 기다릴 일도 없고 생각에 잠길 가구도 없어지니 의미를 찾기가 힘들었다. 케빈이 내 팔을 쿡 찔러, 내가 그쪽으로 몸을 기울였다. 아이의 입에서 버터스카치 라이프세이버 캔디 냄새가 났다. "어떻게 이렇게 길 수 있어요?" 아이가 소곤거렸다.

나는 어쩔 수 없다는 듯 아이를 쳐다보고 입을 벙긋거려 몰라, 하고 말했다. 셀레스트와 나는 아이들이 어렸을 때 성당에 데려가려고 몇 차례 미지근한 시도를 했으나 곧 포기하고 자게 내버려두었다. 끊임없는 자극이 주어지는 도시에서, 우리는 아이들에게 앉아서 〈호두까기 인형〉의 2막을 끝까지 보는 데 필요한 강한 내적인 삶을 계발할 기회를 주는 데 실패한 것이다.

마침내 발레가 끝나고 슈거플럼 요정과 호두까기 인형과 클라라와 엉클 드로셀마이어와 눈송이들이 각각 받아야 할 만큼의 천둥소리 같은 박수를 받고 나자(쥐들에게는 커튼콜이 없었다), 관객은 전부 코트를 챙기고 일어나 통로로 나갔다. 메이브만 빼고. 누나는 시선을 앞으로 한 채 자신의 자리에 그대로 앉아 있었다. 장모의 손이 메이브의 어깨에 올라가 있는 것이 보이더니, 이어 장모가 누나에게 몸을 기울여 뭔가 말했다. 우리 주위는 부스럭거리는 움직임과 함께 굉장히 어수선했다. 우리 가족은 길을 막은 채 나아가지 않고 있었다. 우리 옆줄에 앉아 있던 할머니와 어머니들이 걸음을 돌려 반대쪽 출구로 향했다.

"대니?" 장모가 나를 불렀다.

우리는 막강한 부대였다. 콘로이 가족 몇 명과 다수의 노크로스 가족—배우자, 아이들, 부모, 형제자매. 나는 그들 모두를 지나갔다. 메이브의 코와 턱에 땀방울이 송골송골했다. 머리칼은 우리 모두 발레를 보는 동안 혼자 수영을 하고 나온 것처럼 흠뻑 젖어 있었다. 메이브의 손가방이 바닥에 놓여 있고, 나는 그 안에 예전에 본 것과 같은 노란 상자가 지금은 고무줄로 묶여 있는 것을 발견했다. 그리고 그 안에 들어 있는 작은 비닐봉지에서 글루코스 알약 두 개를 꺼냈다.

"집에 갈게." 누나가 조용한 목소리로, 눈꺼풀은 거의 감겨 있었지만 여전히 시선을 앞으로 한 채 말했다.

나는 글루코스 알약을 누나의 이 사이로 넣고, 한 알을 더 넣었다. 그리고 씹어먹으라고 말했다.

"나는 뭘 해야 하지?" 장인이 물었다. 우리 중 누구도 빌 노크로스가 운전해서 이 도시로 오는 것을 바라지 않았기 때문에, 메이브가 그들을 태워 기차역에 갔었다. "구급차를 불러야 하나?"

"아니요." 메이브가 여전히 고개를 돌리지 않은 채 말했다.

"괜찮을 거예요." 나는 이게 우리가 늘 겪는 일인 것처럼 빌에게 말했다. 아주 오래된 고요가 내게 내려앉았다.

"그것 좀⋯⋯" 메이브가 말하고 눈을 감았다.

"뭐?"

그때 셀레스트와 케빈이 오렌지주스 한 잔과 얼음이 가득 담긴 헝겊 냅킨을 들고 나타났다. 그들이 사라진 줄도 몰랐는데, 알아서 필요한 것을 준비해 가져왔다. 그들은 알고 있었던 것이다. 셀레스트가 우리 뒷줄에 서서, 흠뻑 젖은 양모 같은 메이브의 머리칼을 들어올리고 목에 얼음주머니를 대주었다. 케빈이 내게 주스를 건넸다.

"어떻게 이렇게 빨리 가져왔니?" 통로에는 어린 여자애들과 보호자들이 북적거리면서 제테 동작 하나하나에 대해 흥분한 채 이야기를 늘어놓고 있었다.

"뛰었어요." 공연 내내 에너지를 분출하지 못해 숨막혀하던 아들이 말했다. "위급한 상황이라고 말했어요."

케빈은 사람들을 피해서 움직이는 요령을 알았다―도시에서 자란 이점이었다. 나는 메이브의 입술 아래 내 손수건을 갖다댔다. "한 모금 마셔봐."

"네가 주스를 가져온 걸 알면 누나가 엄청 질투할 텐데." 셀레스트가 케빈에게 말했다. "누나는 쥐보단 영웅이 되려고 했을 거야."

케빈이 빙긋 웃었다. 지루했지만 꾹 참은 데 대한 보상이었다. "고모는 괜찮을까요?"

"괜찮아." 메이브가 조용히 말했다.

"모두 데리고 로비에 나가 있으세요." 셀레스트가 케빈처럼 자신이 할 일을 찾고 있는 아버지에게 말했다. "곧 나갈게요."

메이브는 눈을 꾹 감았다가 더 크게 떴다. 알약을 씹고 주스를 마시려고 애썼지만 조금 성공했을 뿐이었다. 일부가 입가로 줄줄 흘러내리고 있었다. 나는 셀레스트에게 잔을 주고 노란 상자에서 검사지를 꺼냈다. 검사지에 갖다대려고 잡은 누나의 손가락은 차고 축축했다.

"어떻게 된 거야?" 셀레스트가 내게 물었다.

메이브가 고개를 끄덕이고 한 모금 마셨다. 누나는 서서히 정신이 돌아오고 있었다. "춤이 너무 길었어."

사람들은 극장을 떠날 때는 늘 급했다. 모두 화장실에 가는 첫번째 사람, 예약이 취소되기 전에 레스토랑에 가기 위해 택시를 타는 첫번째 사람이 되기 바랐다. 요란한 기립 박수가 터지고 장미꽃을 건넨 뒤 십 분도 채 되지 않아 거대한 뉴욕 스테이트 시어터는 이미 거의 텅 비었다. 맨 앞줄에 앉아 있던 마지막 여자애들마저 모피 칼라 코트를 입은 채 피루엣을 하면서 통로를 빠져나갔다. 벨벳 좌석이 전부 접히면서 세워졌다. 흰색 셔츠에 단추를 채운 녹색 조끼를 입은 안내인 여자가 우리 줄에서 걸음을 멈추었다. "도와드려요?"

"여긴 괜찮아요." 내가 말했다. "잠시 시간이 필요한 것뿐이에요."

"이 사람이 의사예요." 셀레스트가 말했다.

메이브가 미소를 지으며 의사라는 단어를 벙긋거렸다.

안내인이 고개를 끄덕였다. "필요한 게 있으면 알려주세요."

"여기 잠시 앉아 있기만 하면 돼요."

"천천히 하세요." 여자가 말했다.

"미안해요." 메이브가 말했다. 나는 누나의 얼굴을 닦아주었다. 검사지는 누나의 혈당 수치가 삼십팔이라고 알려주었다. 구십은

될 줄 알았고, 칠십이었다고 해도 나는 다행으로 여겼을 것이다.

"몸 상태가 좋지 않았으면 누군가에게 알렸어야죠." 셀레스트가 메이브의 정수리로 얼음을 옮기며 말했다.

"아, 그거 좋은데." 메이브가 말했다. "일어나고 싶지 않았어. 나는……" 누나가 숨을 깊이 들이쉬고 눈을 감았다.

나는 주스를 한 모금 더 마시라고 말했다.

누나가 한 모금 마시고 다시 말을 시작했다. "내가 폐를 끼친 건가?" 메이브는 블라우스 위에 스웨터를 껴입고 모직 바지를 입었는데, 전부 젖어 있었다.

셀레스트는 메이브의 머리칼을 한 손으로 모아 들고 다른 손에는 얼음주머니를 들었다. "무대 뒤로 가서 메이를 데려온 다음에, 우리는 저녁을 먹으러 갈 거야." 그녀가 내게 말했다. "언니는 몸 상태가 괜찮아지면 집으로 모셔와."

"대니도 가야지." 메이브가 말했다. 여전히 우리 중 누구도 쳐다보지 않았다.

"대니는 안 갈 거예요." 셀레스트가 말했다. "식구가 너무 많아서 누구도 대니가 없다고 아쉬워하지 않을 거예요. 데탕트 상황이에요, 됐죠? 아프잖아요. 메이가 언니를 보고 싶어할 테니 꼭 집에 오고요." 그녀는 얼음 조각을, 흠뻑 젖은 냅킨을 내게 건넸다. 글루코스의 효과가 나타나고 있었다. 나는 누나의 얼굴에 서서히 혈색이 돌아오는 것을 지켜보았다.

"메이한테 멋진 쥐였다고 말해줘." 메이브가 말했다.

"직접 말해주세요." 셀레스트가 말했다.

"나는 네 부모님을 댁에 모셔다드려야 해." 메이브의 목소리는 다른 상황이었다면 좀 묵직하게 울리는 편이었지만, 지금은 너무 가벼워서 셀레스트가 누나의 말을 어떻게 들을 수 있었는지조차 알 수 없었다. 목소리가 둥둥 떠서 높은 천장을 향해 날아갔다.

셀레스트가 고개를 가로저었다. "이번에는 좀 다르게, 대니가 시키는 대로 해보세요. 저는 가봐야겠어요."

나는 셀레스트에게 몸을 기울여 키스했다. 위기에 대처하는 그녀의 능력은 기대 이상이었다. 그녀는 바닥에 흩어진 팸플릿을 줍거나 사탕 포장지를 쓰레받기에 담으면서 걸어오고 있는 안내인들을 지나갔다.

메이브와 나는 함께 극장 좌석에 앉아 있었다. 누나가 내 어깨에 머리를 기댔다.

"쟤 아주 착했어." 메이브가 말했다.

"대체로 그래."

"데탕트라." 메이브가 말했다.

"상태는 좀 괜찮아지고 있는 거지."

"조금. 하지만 앉아 있는 게 좋아." 누나가 내 손수건으로 얼굴과 목을 톡톡 찍어냈다. 나는 누나의 손을 잡고 피검사를 다시 하기 위해 손끝에 구멍을 하나 더 뚫었다.

"어떻게 나왔어?"

나는 검사지를 빤히 쳐다보았다. "사십이."

"조금 더 기다려야겠다." 누나가 눈을 감았다.

나는 바다처럼 펼쳐진 빈 좌석을 바라보며 우리 위로 떠 있는 뒤섞인 향수 냄새를 들이마셨다. 쥐와 눈송이와 크리스마스트리와 거실로 설정된 무대배경, 어둠 속에 앉아 관람하던 관객—이제 모든 것이 사라졌고, 모두 가버렸고, 우리 둘뿐이었다.

그건 그저 조금의 계산 착오였다. 메이브는 괜찮을 것이다.

나는 메이브를 차에 태우고 다니면서 내 건물들을 보여주는 꿈을 꾸기 시작했다. 할렘에 데려가 내가 처음 구입한 브라운스톤 건물을 보여주고, 워싱턴하이츠로 가서 내가 다섯 달 동안 보유했던 두 개의 주차장 위에 세워진 헬스 사이언스 빌딩을 보여준다. 나는 누나에게 그 전부를 구경시켜줄 수 있었다. 메이브는 내 사업을 동전 하나까지 알고 있었겠지만, 실제로 본 적은 한 번도 없었다. 구경을 다 끝내면 마지막엔 카페 룩셈부르크에 가서 스테이크와 감자튀김을 먹고 집으로 돌아간다. 케빈과 메이는 누나가 집에 온 것을 몹시 기뻐할 것이고, 그러면 메이브와 설레스트도 어쩌면 지금이 신경전을 그만둘 때라고 생각할 것이다. 그런 일이 일어난다면 오늘이 바로 그날이 될 것이다. 우리가 〈호두까기 인형〉에 정신이 팔려 있었고, 누나의 혈당이 급격히 떨어진 이날이. 설레스트는 어쨌거나 누나에게 도움이 되어주었고, 메이브는 고마워했다. 가장 해묵은 분노도 물러날 수 있었다. 누나가 와인을 마실 만큼 기운을 차리면, 한 잔을 마신 뒤 계단을 올라가 메이의 방으로 갈 것이고, 또하나의 침대에서 동물 인형을 밀어내고 어둠 속에서 빈 공간을 사이에 둔 채 나란히 누울 것이다. 메이는 뚫린 눈구멍 두 개로 보면 세상이 어떻게 보이는지 말해줄 것이고, 메이브는 열네번째 줄에서 뭘 봤는지 말해줄 것이다. 이층에 있는 우리 침대에서 설레스트는 내게 누나가 여기 있어도 괜찮다고, 괜찮은 것 이상이라고 말해줄 것이다. 그녀는 마침내 메이브를 내가 줄곧 알아온 사람으로 보게 될 것이다.

"아니야." 메이브가 말했다. "집에 데려다줘."

"그러지 말고 가자." 내가 말했다. "중요한 밤이잖아."

누나가 스웨터의 목 부분을 잡았다. "남은 밤 동안 계속 이 옷을 입고 있을 수가 없어. 집으로 가는 동안에도 견딜 수 있을지 모르겠는걸."

"옷을 좀 사줄게. 누나가 대학생 때 내가 누나한테 가서 같이 지낸 거 기억나? 아빠가 칫솔도 아무것도 없이 나를 거기 내려놓고 갔잖아. 누나가 나를 데리고 쇼핑하러 갔었지."

"오, 대니. 진짜로 하는 말이야? 나는 쇼핑하러 갈 수 없어. 노크로스 가족과 발레 이야기를 하면서 저녁 시간을 보낼 수도 없고. 여기 앉아 있으면서도 거의 눈을 뜰 수가 없는걸. 내 차는 기차역에 있어. 아침에는 직장에서 회의가 있고. 뭔가 요기를 하고 내 침대에서 자고 싶어." 누나는 앉은 채로 나를 돌아보았다. 우리는 곧 뉴욕 스테이트 시어터에서 환영받지 못하는 존재가 될 것이었다.

누나의 말이 물론 옳았다. 나는 어떻게 누나에게 도시를 구경시켜주고 밤의 절반을 깨어 있게 할지가 아니라, 어떻게 누나를 로비로 데려갈지를 고민했어야 했다. 나약하다는 건 누나에게 붙일 수 있는 단어는 아니었지만, 누나의 얼굴에 나타난 모든 것이 그렇다고 말해주었다. 누나가 내 손을 잡았다. "이렇게 해줘. 네가 나를 차로 집까지 데려다주고 하룻밤 자고 가. 네가 내 집에서 자고 간 게 몇 년 됐지? 아침에 우리는 새들보다 먼저 일어날 거야. 그때쯤이면 나는 괜찮을 거야. 네가 나를 기차역에 데려가면 내가 차를 찾을 수 있을 거고, 넌 차가 막히기 전에 곧장 뉴욕으로 돌아가. 일곱시면 네 집에 도착할 수 있을 거야. 그렇게 하면 아무 문제 없을 거야, 그렇지? 설레스트는 여기 가족이 있으니 됐고."

문제가 될 건 아주 많았지만, 우리가 달리 어떻게 할 수 있었을지 나는 모르겠다. 모두 메이와 저녁을 먹으러 가서 설레스트가 레스토랑으로 가져온 쥐 모양 케이크를 나눠 먹기 전에, 메이브와 나는 택시를 타고 내 집으로 돌아갔다. 메이가 실망하고 설레스트가 몹시 화를 내리란 걸 알았지만, 나는 또한 메이브가 얼마나 아팠고 지금 얼마나 지쳤는지도 알고 있었다. 세상에서 누나만이 내게 같은 식으로 해주리란 것도 나는 알았다. 메이브는 우리가 겨울에 부츠를 신고 벗기 좋으라고 현관문 옆에 두는 작은 벤치에 앉았고, 나는 위층으로 뛰어올라가 가방을 꾸린 뒤 편지를 남겼다.

메이브는 자신의 집으로 가는 길 거의 내내 차에서 잠을 잤다. 12월 초였고, 날은 짧고 추웠다. 나는 어둠 속에서 젠킨타운으로 운전해 가는 내내 함께하지 못한 저녁식사와 쥐 머리를 쓰고 춤추던 메이의 모습만 생각했다. 메이브의 집에 도착하자마자 집으로 전화를 걸었지만, 아무도 받지 않았다. "설레스트, 설레스트, 설레스트." 내가 자동응답기에 대고 말했다. 나는 그녀가 부엌에서 전화기를 쳐다본 뒤 외면하는 모습을 상상했다. 메이브는 곧장 목욕을 하러 갔다. 나는 달걀과 토스트 요리를 만들었고, 우리는 누나의 부엌 작은 식탁에 앉아 그것을 먹었다. 우리가 자러 갔을 때는 아직 여덟시도 채 되지 않은 시간이었다.

"적어도 이제 우리는 침대를 하나씩 차지할 수 있게 됐네." 내가 말했다. "누나가 카우치에서 자지 않아도 돼."

"난 카우치에서 자도 아무렇지 않았어." 누나가 말했다.

우리는 복도에서 잘 자라는 인사를 했다. 메이브의 또다른 침실은 사무실을 겸하고 있었고, 책등에 콘로이라고 적힌 바인더가 책장 가득 꽂혀 있는 것이 보였다. 나는 그날의 재앙에 대한 생각을 떨쳐버리려고 기분 전환 삼아 한 권을 꺼냈다가 잠시 눈을 붙였고, 곧바로 잠이 들었다.

메이브가 방문을 두드려 깨웠을 때 나는 헤엄쳐 케빈에게 다가가려고 애쓰는 꿈을 꾸는 중이었다. 다가가려고 손을 젓는 것이 아이를 더 멀리 밀어내는 것 같았고, 마침내 나는 거센 물살 위로 아이의 머리가 올라와 있는 것을 보려고 안달이 났다. 돌이오리고 계속 소리를 질렀지만, 너무 멀어서 아이는 내 말을 듣지 못했다. 나는 똑바로 일어나 앉아 숨을 헉헉거리면서 내가 어디 있는지 생각해내려고 애썼다. 그리고 기억해냈다. 깨어난 게 그렇게 기뻤던 적이 없었다.

메이브가 문을 빠끔 열었다. "너무 이른가?"

아침이 되니, 어제의 계획이 전적으로 지각 있고 필요했던 것으로 느껴졌다. 메이브는 부엌에서 다시 평소의 밝은 모습으로 커피를 준비했고, 어제 일은 아예 일어나지도 않았던 것처럼 기분이 아주 좋다고 내게 말했다. ("나는 그저 목욕하고 하룻밤 폭 자는 게 필요했을 뿐이야.") 나는 상황을 수습할 수 있을 만큼 충분히 일찍 집에 돌아갈 수 있을 것 같았다. 우리는 다시 어둠 속으로 나갔고, 이제 막 네시가 지나 있었다. 메이브는 자신의 작은 집의 뒷문을 잠갔다. 우리가 예정한 것보다 이른 시간이었다. 잃을 것은 전혀 없었다.

"그 집에 가자." 우리가 다시 차에 타자마자 메이브가 말했다.

"진심이야?"

"우리가 이 시간에는 거기 가본 적이 없었잖아."

"우리가 이 시간에는 뭐든 해본 적이 없었지."

"그런다고 늦진 않을 거야." 누나는 활력이 넘쳤다. 나는 누나가 아침을 어떤 식으로 맞는지 잊고 있었다. 파도를 타고 밀려오는 하루하루를 누나가 붙잡아 타는 것 같았다. 더치 하우스는 메이브가 사는 곳에서 멀지 않았고, 대체로 우리가 가려고 하는 방향의 범위 안에 있었다. 게다가 우리가 아주 일찍 길을 나섰기 때문에 그런다고 손해볼 일은 없는 것 같았다. 동네는 어둡고 가로등이 켜져 있었다. 일곱시를 넘기기 전까지는 날이 밝지 않을 것이다. 나는 어두울 때 뉴욕을 떠났고, 다시 날이 밝기 전에 집에 도착할 것이다. 상황이 그렇게 나쁘진 않았다.

반후베이크 스트리트에 있는 집들은 완전히 어두웠던 적이 없었다. 늘 집에 돌아올 누군가를 기다리는 것처럼 밤새 포치 전등을 켜두었다. 진입로 끝에는 가스등이 깜박거렸고 거실 앞쪽 창문의 램프는 밤새 켜져 있었지만, 어둠을 밝히는 이 모든 작은 전구의 반짝임에도, 이곳에는 주민 모두를 계속 침대에 누워 있게 하고 심지어 개들도 잠들어 있게 하는 정적이 감돌고 있었다. 나는 우리가 늘 대는 자리에 차를 세우고 시동을 껐다. 서쪽에서 비치는 달빛은 어떤 별빛도 삼켜버릴 만큼 환했다. 달빛은 만물에 공평하게 비쳤다. 잎이 없는 나무와 진입로에도, 잎이 흩어진 너른 잔디밭이나 넓은 돌계단에도. 달빛은 집 전체를 비추었고, 메이브와 내가 앉아 있는 차 안까지 쏟아져들어왔다. 소년 시절의 나는 청명하고 추운 겨울밤 새벽이 오기 몇 시간 전인 이때 이런 풍경을 보긴 했을까? 나는 이웃의 다른 모두처럼 침대에 누워 깊이 잠들어 있었을 것이다.

"메이와 케빈에게 미안하다고 전해줘." 메이브가 말했다.

우리는 차 안에 같이 앉아 있었고, 각자의 생각에 깊이 빠져 있었다. 그게 발레와 그 이후 저녁식사에 대한 이야기라는 걸 깨닫기까지 잠시 시간이 걸렸다. "화나진 않았을 거야."

"내가 메이를 위한 자리를 망쳤다고 생각하고 싶지 않아."

주변의 모든 것이 은은하게 반짝거리는 서리와 달빛뿐인 이 순간에 나는 메이에게 생각을 집중시킬 수 없었다. 아마 나는 여전히 반쯤 잠들어 있었을 것이다. "이렇게 이른 아침 시간에 여기 와본 적 있어?"

메이브는 고개를 가로저었다. 심지어 누나는 집을 보고 있는 것 같지도 않았다. 집이 어둠을 배경으로 우뚝 솟은 모습이 어찌나 아름다운지. 대체로 나는 그 집을 바라보는 걸 오래전에 그만두었지만, 이따금 뭔가가, 뭔가 이런 일이 일어나면 내 눈이 다시 뜨여, 그 집이 그 자리에—거대하고 부조리하고 웅장하게—서 있는 것을 보게 된다. 호두까기 인형 여단이 어느 순간에라도 어두운 울타리에서 쏟아져나와 쥐 대대와 마주칠 수 있었다. 잔디밭은 설탕을 뿌려놓은 것처럼 얼음이 얼어 있었다. 링컨센터의 무대가 더치 하우스처럼 보이도록 만들어진 게 아니라, 더치 하우스가 우스꽝스러운 동화 발레의 무대인 셈이었다. 우리 아버지는 맨 처음 이곳 진입로로 들어섰을 때 깜짝 놀라며 여기가 자신이 가정을 일구고 싶은 곳이라는 계시를 받았을까? 새로 부자가 되는 가난한 남자란 그런 것일까?

"봐." 메이브가 소곤거렸다.

주 침실의 불이 켜졌다. 주 침실은 집 앞과 마주했고, 딸린 옷방

은 더 작아도 방 자체는 더 좋은 메이브의 방은 뒤쪽 정원을 내다
보고 있었다. 몇 분 뒤 우리는 위층 복도의 불이, 이어 계단의 불이
켜지는 것을 보았다. 내가 초트에서 돌아왔을 때 메이브가 나를 여
기 처음 데려온 그날처럼. 하지만 지금은 그 과정 전체가 거꾸로
일어나고 있었다. 차 안에서, 어둠 속에서 우리는 아무 말 하지 않
았다. 오 분이, 십 분이 지났다. 이어 한 여자가 옅은 색깔의 코트
를 입고 진입로를 걸어왔다. 논리적으로 따지면 가정부나 딸들 중
누구여야 했지만, 우리가 보기엔 멀리서 봐도 앤드리아인 게 분명
했다. 머리카락은 뒤로 넘겨 하나로 묶었고, 아침햇살 속에 금발은
더욱 밝아 보였다. 그녀는 두 팔로 몸을 감싸 코트를 단단히 여미
고 있었고, 분홍색 자락이 뒤에서 끌렸다. 슬리퍼를 신은 것 같았
는데, 부츠 같기도 했다. 어떻게 봐도 그녀가 우리에게 곧장 다가
오고 있는 것처럼 보였다.

"우리가 보일 거야." 메이브의 목소리는 낮았고, 나는 혹시라도
누나가 차에서 내리려고 할까봐 누나의 손목을 잡았다.

진입로 끝으로부터 10피트는 넉넉히 떨어진 지점에서, 앤드리
아는 걸음을 멈추고 달을 향해 얼굴을 들었고 코트 칼라를 모아 잡
으려고 한 손을 위로 올렸다. 스카프를 가져오지 않은 모양이었다.
이른아침의 어둠이 이렇게 투명하다는 것을, 달이 이렇게 둥글다
는 것을 예상치 못한 모양이었다. 그녀는 거기 서서 그 모든 풍경
을 흡수했다. 그녀는 나보다 스무 살이 더 많았다. 내 기억엔 그랬
다. 나는 마흔두 살이었다. 메이브는 마흔아홉으로, 곧 쉰이 될 터
였다. 앤드리아는 몇 걸음 우리 쪽으로 다가왔고, 메이브는 내 손
가락에 깍지를 끼었다. 우리의 계모는 그야말로 너무 가까이 있었

다. 길 건너에서 쳐다볼 수 있는 가장 가까운 거리였다. 나는 그녀
가 얼마나 나이들었는지, 얼마나 정확히 그녀 그대로의 모습—눈,
코, 턱—인지 동시에 볼 수 있었다. 그녀에게 특별한 건 아무것도
없었다. 그녀는 내가 어린 시절에 알던 여인이자 지금은 전혀 모르
는 여인이었고, 몇 년 동안 아버지와 결혼생활을 한 여인이었다.
그녀가 몸을 숙이고 콩자갈이 깔린 땅에서 접힌 신문을 주워 한쪽
팔에 낀 채 돌아서더니, 서리로 뒤덮인 앞쪽 잔디밭으로 걸어갔다.

"어디 기려는 걸까?" 메이브기 속삭였는데, 마치 그 모습이 꼭
우리 사유지의 남쪽 경계를 이루는 산울타리로 걸어가려는 것처럼
보였기 때문이다. 달이 그녀의 하야스름한 코트에, 하야스름한 머
리칼에 걸려 있었다. 그녀는 마침내 나무들이 만든 경계선 뒤로 들
어가버렸고, 우리는 더이상 그녀를 볼 수 없었다. 우리는 기다렸
다. 앤드리아는 다시 앞문 쪽에 나타나지 않았다.

"뒤쪽으로 돌아간 걸까? 그럴 만한 이유가 없는데. 얼어붙을 듯
추운 날씨잖아." 더치 하우스로 올 때 내가 운전한 적이 없었다는
사실을, 이 자리에서 보니 전망이 미묘하게 다르다는 사실을 나는
그제야 알아차렸다.

"가자." 메이브가 말했다.

우리는 곧장 기차역으로 가서 누나의 차를 찾는 대신 작은 식당
에 들러, 어제 저녁식사와 같은 달걀과 토스트를 먹으면서 앤드리
아가 신문을 가지러 간 장면을 프레임별로 나누어 분석했다. 그녀
는 거기서 우리는 볼 수 없었던 뭔가를 본 것일까? 그건 슬리퍼였
나, 부츠였나? 앤드리아는 결코 신문을 가지러 직접 가지 않았다.
그녀는 잠옷을 입은 채로는 결코 아래층으로 내려오지 않았다. 어

쩌면 우리 누구도 깨어 있지 않았을 때는 그랬을지 몰랐다. 물론 그녀는 지금 집에 혼자 살고 있을 것이다. 노마와 브라이트는 우리 생각엔 늘 어렸지만, 지금쯤 삼십대 후반이 되었을 것이다. 앤드리아는 얼마나 오래 거기 혼자 살았을까?

마침내 우리가 모든 사실과 가설을 늘어놓는 데 지쳤을 때 메이브는 커피잔을 컵받침에 내려놓았다. "난 이제 끝이야." 누나가 말했다.

종업원이 왔고, 나는 계산서를 갖다달라고 했다.

메이브가 고개를 가로저었다. 그리고 두 손을 테이블에 올리고, 아버지가 누나에게 입버릇처럼 지적한 대로 나를 똑바로 쳐다보았다. "난 앤드리아하고 이제 끝이야. 바로 여기서 네게 서약하는 거야. 그 집하고도 끝이야. 더이상 거기 돌아가지 않아."

"알았어." 내가 말했다.

"그 여자가 차 쪽으로 걸어오기 시작했을 때 심장발작이 일어나는 줄 알았어. 그 여잘 다시 보는 것만으로 가슴에 진짜 통증이 느껴졌는데, 그 여자가 우릴 쫓아낸 게 대체 언제 이야기야?"

"이십칠 년 전이지."

"그거면 충분하다, 안 그래? 우리 더이상 이러지 말자. 다른 데가도 되잖아. 수목원에 차를 세우고 나무를 바라볼 수도 있고."

습관은 재미있는 것이다. 당신은 잘 알고 있다고 생각할지 몰라도, 그 행동을 하고 있을 때 그게 어떻게 보이는지는 결코 보지 못한다. 나는 지난 시절 내내 설레스트가 메이브와 나에 대해, 우리가 어린 시절에 살던 집 앞에 차를 세우는 게 얼마나 미친 짓인지에 대해 말했던 것을, 내가 설레스트는 그 문제를 결코 이해하지 못한다고 생각했던 것을 떠올리고 있었다.

"실망한 것 같은데." 메이브가 말했다.

"내가?" 나는 칸막이 자리에 앉은 채 뒤로 기댔다. "이게 뭐가 실망스러워." 우리는 불행에서 페티시를 만들어냈고, 그것을 사랑하게 된 것이었다. 나는 우리가 이 행동을 멈추기로 한 것에 대해서가 아니라, 그렇게 오랫동안 지속해왔다는 사실에 구역질이 났다.

하지만 나는 어느 것도 말할 필요가 없었는데, 메이브가 그 전부를 완벽하게 이해하고 있었기 때문이다. "그 여자가 조금만 더 일찍 신문을 가지러 나왔다고 생각해봐." 누나가 말했다. "이를테면 이십 년 전에."

"우리는 그때 우리의 삶을 시작할 수도 있었어."

내가 음식값을 낸 뒤 우리는 차에 탔고, 서티스 스트리트 기차역의 주차장으로 차를 몰았다. 메이가 춤추는 걸 보려고 메이브가 뉴욕에 온 게 고작 어제였다. 더치 하우스에 들르고 식당에 가는 바람에, 일찍 일어나 생긴 여유 시간을 낭비했다고 말할 수도 있었다. 젠킨타운으로 돌아가는 메이브는 심한 교통 체증을 겪지 않겠지만, 나는 지금 도시로 돌아가려면 엄청난 교통 혼잡을 경험하게 될 것이다. 나는 설레스트에게 그 모든 것을 최선을 다해 설명할 것이다. 사라져서 미안하다고, 늦게 돌아와 미안하다고 말하고, 우리가 무엇을 이루어냈는지 말할 것이다.

메이브와 나는 동의했다. 우리의 더치 하우스 시절은 끝났다고.

3부

16장

"만약 메이브가 아프면 네가 신경을 써야 해." 아버지가 돌아가신 뒤 메이브와 내가 살던 작은 아파트에서 조슬린이 내게 말했었다. "당황해서는 안 돼. 사람은 당황하면 상황을 악화시킬 뿐이거든." 무엇이 오래 남는지는 재미있다. 그녀의 가르침은 일주일도 지나지 않아, 어쩌면 하루도 채 지나지 않아 내 마음에서 떠났다. 나는 효율성에 대한 내 능력과 침착성에 대한 내 능력을 동일한 것으로 보았는데, 그것은 시간이 지나면서 사실로 판명되었다. 오터슨 씨가 병원에서 내게 전화를 걸어 메이브가 심장발작을 일으킨 것을 알려주었을 때, 나는 셀레스트에게 전화해서 내 가방을 싸고 내 차를 가져와달라고 부탁했다.

"나도 같이 갈까?" 그녀가 말했다.

나는 고맙지만 괜찮다고 말했다. "조슬린을 불러줘." 내가 말했는데, 조슬린이 내 마음에 걸려 있었기 때문이다. 아버지도 내 마음에 걸려 있었다. 그 일이 있었을 때 아버지는 쉰세 살이었고, 메이브는 지금 쉰두 살이었다. 나는 점차 아버지의 죽음에 대한 생각보다, 그날 비숍맥데빗고등학교에서 기하학 수업 도중에 밖으로 나오면서 신과 한 거래가 더 생각났다. 메이브를 살려주면 그 대가로 뭘 가져가도 괜찮다고. 누구를 데려가도 괜찮다고.

관상동맥질환 집중치료실의 작은 대기실은 화장실과 음수대 옆이라 가려져 잘 보이지 않았다. 거기 오터슨 씨가 양쪽 팔꿈치로 무릎을 짚은 채 회색 의자에 일주일은 앉아 있던 사람처럼 앉아 있었다. 머리카락은 숱이 줄고 회색이 되어 있었다. 샌디와 조슬린이 그와 함께 있었다. 그들은 무슨 일이 일어났는지 이미 들은 뒤였으나 한번 더 말해달라고 했다. 오터슨 씨가 메이브의 목숨을 구한 것이다.

"광고주와 회의를 하고 있는데, 메이브가 일어서더니 집에 가봐야겠다고 하더군요." 오터슨 씨가 조용한 목소리로 이야기하기 시작했다. 그는 회색 정장 바지와 흰색 셔츠를 입고 있었다. 재킷도 벗고 타이도 풀어놓은 채였다. "몸이 안 좋은데도 방치한 채 참을 수 있을 만큼 참았던 게 분명해 보였어요. 메이브가 어떤 사람인지 알잖아요."

우리 모두 동의했다.

그들은 당장 회의실에서 나왔다. 그는 혈당이 낮은지 물었고, 그녀는 아니라고, 이건 뭔가 다른 거라고, 어쩌면 독감에 걸린 것 같다고 말했다. "내가 집에 태워주겠다고 말해도 메이브는 아무 말이 없더군요." 오터슨 씨가 말했다. "상태가 그만큼 나빴다는 거죠."

집까지 두 블록 남았을 때 그는 차를 돌려 메이브를 애빙턴에 있는 병원으로 데려갔다. 다른 무엇보다 직관을 따른 거라고 했다. 누나는 차문의 유리에 머리를 대고 있었다. "녹아내리고 있는 것 같았어요." 그가 말했다. "뭐라고 설명할 수 없네요."

오터슨 씨가 누나를 집에 내려주고 앞문까지 바래다준 뒤 가서 쉬라고 했으면 그걸로 끝이었을 것이다.

내가 회복실로 가서 누나를 봤을 때 메이브가 나머지 이야기를 해주었다. 누나는 여전히 마취가 풀리지 않아 멍한 상태였지만 계속 웃으려고 애썼다. 누나는 오터슨 씨가 접수대에서 일하는 응급실 여자 직원에게 목소리를 높였다고 말했다. 오터슨 씨가 목소리를 높였다는 건, 다른 사람으로 치면 총을 겨누는 것과 같다고. 메이브는 그가 당뇨병이라고 말하는 소리를 들었다. 관상동맥이라고 말하는 소리도 들었지만, 누나는 그가 그저 누구라도 와서 좀 도와달라고 그런 말들을 내뱉은 거라고 생각했다. 심장에 문제가 있다는 생각은 떠오르지도 않았다. 그리고 마침내 누나는 느꼈다. 서서히 턱으로 밀고 올라오는 압력, 공간이 뒤로 빙글빙글 도는 느낌, 가혹한 열기 속에서 마지막 층의 콘크리트 계단을 올라가는 아버지.

"그런 얼굴 하지 마." 누나가 작은 소리로 말했다. "다시 자야겠어." 병원에서 방을 너무 밝게 해놓아서 누나의 눈을 내 손으로 가려주고 싶었지만, 그러는 대신 간호사가 들어와 나를 밖으로 내보낼 때까지 누나의 손을 잡고 심장 모니터의 눈금이 천천히 오르내리는 것을 지켜보았다. 나는 대기실에서 밤을 보낸 그 시간 내내 침착했고, 내가 가보라고 몇 번이나 말해도 오터슨 씨는 자정 너머까지 남아 있었다. 나는 다음날 오후에 심장 전문의가 스텐트를 삽입한 것 때문에 악성 부정맥이 생겨 예상보다 누나를 치료실에 더 오래 둬야 할 것 같다고 말하는 동안에도 침착했다. 나는 메이브의 집으로 가서 샤워를 하고 낮잠을 잤다. 대기실과 누나의 집을 왔다 갔다하고, 면회가 금지된 손님들을 맞고, 누나 곁에 앉아 있을 수 있는 하루 세 번의 시간을 기다리면서도 침착했다. 대기실로 가서 거기 다른 사람—바싹 야위고 회색 머리칼을 짧게 깎은 늙은 여자—이 앉아 있는 것을 발견한 넷째 날 아침까지는 침착했다. 나는 고개를 끄덕여 그녀에게 인사하고 늘 앉는 자리에 앉았다. 분명 아는 여자 같아서, 메이브의 친구인지 물으려던 찰나였다. 그 순간 나는 그 여자가 내 어머니인 것을 깨달았다.

메이브의 심장발작이 미끼가 되어 마룻장 밑에 있던 어머니가 끌려 올라온 것이다. 어머니는 졸업식 때도, 아버지의 장례식 때도 나타나지 않았다. 우리가 집에서 나가라는 말을 들었을 때도 어머니는 나타나지 않았다. 내 결혼식 때도, 우리 아이들이 태어났을 때도, 모든 문제를 깊이 이야기해볼 수 있는 시간과 에너지 말고는 아무것도 없는 추수감사절이나 부활절이나 수많은 토요일에도 나타나지 않았다. 그런데 지금 여기, 애빙턴 메모리얼 병원에 나타난 것이다. 죽음의 천사처럼. 누구도 죽음과는 대화를 시작하지 않아야 했기에, 나는 그녀에게 아무 말도 하지 않았다.

"오, 대니." 그녀가 말했다. 그녀는 울고 있었다. 그리고 한 손으로 눈을 가렸다. 그녀의 손목은 연필 열 자루를 하나로 묶어놓은 것처럼 보였다.

나는 사람들이 병원에서 분노에 깊이 빠질 때 무슨 일이 일어나는지 알았다. 병원에서는 그런 사람들을 쫓아냈다. 분노가 정당한 것인지 아닌지는 중요하지 않았다. 조슬린은 화가 난 사람은 도움이 되지 않는다고 말했고, 메이브를 돌보는 것은 내 일이었다.

"네가 의사였다고 하더구나." 그녀가 마침내 말했다.

"그랬죠."

메이브가 쉰두 살이면 그녀는 몇 살이지? 일흔셋? 십 년은 더 늙어 보였다.

"기억나니?" 그녀가 물었다.

나는 내가 이만큼이라도 인정해야 하는지 고민하면서 느리게 고개를 끄덕였다. "머리를 땋았었죠."

그녀가 한 손으로 짧은 머리칼을 쓸었다. "이가 생겼어. 전에도 생겼는데, 이번엔, 글쎄, 신경이 많이 쓰이네."

나는 그녀에게 무엇을 원하는지 물었다.

어머니가 다시 시선을 아래로 떨궜다. 유령이라고 해도 될 것 같았다. "너를 만나서," 그녀가 나를 보지 않고 말했다. "미안하다고 말하고 싶었어." 그녀가 스웨터 소매로 눈 위를 쓱 문질렀다. 그녀는 병원 대기실에서 기다리는 여느 늙은 여인과 같았지만, 키가 조금 더 크고 조금 더 말랐다. 청바지를 입고 파란색 캔버스 테니스화를 신고 있었다. "정말 미안하다."

"괜찮아요." 내가 말했다. "다 지난 일인걸요."

"메이브를 보러 왔어." 그녀가 손가락에 낀 작은 금반지를 돌리며 말했다.

나는 플러피를 죽이겠다고 속으로 다짐했다. "메이브가 많이 아파요." 나는 플러피가 나타나서 그녀를 변명해주기 전에, 샌디와 조슬린과 오터슨 씨와 나머지 사람들이 나타나 그녀가 있어야 하는지 떠나야 하는지에 대한 투표를 하기 전에 그녀를 쫓아내야 한다고 생각하며 말했다. "좋아지면 그때 다시 오세요. 지금은 회복에 집중할 때예요. 기다릴 수 있죠? 이렇게 시간이 많이 흘렀잖아요?"

어머니의 고개가 하루가 저물 때의 해바라기처럼 아래로 조금 숙어지더니, 턱이 가슴께의 움푹 팬 뼈 위로 걸릴 때까지 아래로 아래로 내려갔다. 눈물이 잠시 턱에 걸려 있다가 떨어졌다. 그러고는 내게 그날 아침 이미 메이브를 만났다고 말했다.

일곱시도 채 되지 않은 시각이었다. 내가 메이브의 부엌에서 달걀 요리를 먹고 있는 동안 이미니는 유리로 만든 이항 같은 관상동맥질환 집중치료실에서 메이브의 침대 옆에 앉아 딸의 손을 잡고 울면서 누나의 가슴 위에 자신의 슬픔과 부끄러움의 엄청난 무게를 고스란히 쏟아놓고 있었던 것이다. 그녀는 아마 자신이 써볼 수 있는 가장 직접적인 방법을 써서 치료실에 들어갔을 것이다. 진실이나, 진실의 일부를 말하는 방법으로. 책임 간호사에게 가서 딸이 심장발작을 일으킨 메이브 콘로이인데 지금 자기가 여기 왔다고, 엄마가 방금 도착했다고 말했을 것이다. 어머니라는 존재가 심장발작을 일으키기 직전처럼 보였으니, 간호사는 규정을 완화하여 어머니를 치료실에 들였을 테고 치료실의 일정을 어겨가며 아주 긴 면회 시간을 허락했을 텐데, 그건 어머니를 위해서였지 딸을 위해서는 아니었다. 내가 그 사실을 아는 것은 간호사와 직접 이야기를 나누어봤기 때문이다. 그렇게 한 건 나중에, 다시 내가 말할 시간이 생겼을 때였다.

"좋아하더라." 어머니가 말했고, 목소리는 한 페이지가 넘어갈 때처럼 조용했다. 그녀는 정말로 절실한 눈빛으로 나를 쳐다보았는데, 이 상황을 바로잡아달라고 내게 부탁하는 건지, 아니면 자신이 이걸 바로잡기 위해 돌아왔다고 말하는 것인지 나로서는 알 수 없었다.

나는 황급히 일어서서, 대기실에 그녀를 둔 채 엘리베이터를 포기하고 계단을 이용해 다섯 층을 내려갔다. 4월이었고, 비가 내리기 시작했다. 나는 살면서 처음으로 아버지가, 내가 늘 그랬으리라 생각한 추상적이고 무뚝뚝한 방식 이상으로 누나를 사랑했을 수도 있겠다고 생각했다. 그는 메이브가 위험한 상태에 있다고 믿고 어머니로부터 안전하게 보호해야 한다고 생각한 걸까? 나는 차들이 줄지어 세워져 있는 곳을 미친듯이 왔다갔다했다. 누군가가 병실에서 창문 밖을 내다보고 나를 발견했다면 저 사람 참 불쌍하네, 자기가 어디 주차했는지 기억이 안 나나봐, 하고 말했을 것이다. 나는 누나를 어머니로부터 안전하게 지키고 싶었다. 그게 누구건 그토록 무신경하게 떠났다가 상상할 수 있는 최악의 시간에 다시 나타날 수 있는 사람으로부터 누나를 안전하게 지키고 싶었다. 나는 누나를 향한 내 헌신을 증명하고 싶었고, 이제 내가 지켜보고 있으니 다시 누나에게 해로운 일은 없을 거라고 안심시켜주고 싶었다. 하지만 누나는 잠들어 있었다.

이 이야기에 '돌아온 어머니'가 들어올 자리는 없었다. 부자 남편은 전 아내가 돌아온 것을 축하하는 잔치를 열지 않았다. 집에서 그 긴 세월을 버틴 아들들은 문에 화환을 걸지도, 양을 잡지도, 와인을 꺼내지도 않았다. 그녀는 떠나면서 모두를 각자의 방식으로 죽인 것이고, 몇십 년이 지난 지금 그들은 그녀가 돌아오는 걸 원치 않았다. 아버지와 아들들은 채찍처럼 코트를 때리는 바람을 맞으며 서둘러 대문으로 걸어가 문을 잠갔다. 친구 하나가 그들에게 귀띔해준 것이다. 그들은 그녀가 오고 있다는 것을 알았고, 대문은 반드시 잠겨 있어야 했다.

관상동맥질환 집중치료실에 있는 환자에게는 하루에 십오 분씩 세 번 면회가 허용되었고, 한 번에 한 명씩이었다. 다음 두 번인 아침 시간과 오후 중반의 시간에도 어머니가 침대에 누워 있는 메이브를 면회했다. 간호사가 대기실로 와서 메이브가 어머니를 찾는다고 말했다. 나는 그날 저녁 일곱시에 면회가 허락되었고, 지금은 화를 내거나 대항하거나 상의할 순간이 아니라는 것을 깨달았다. 잘못은 바로잡히지 않을 것이고, 부당함이 검토되지도 않을 것이다. 나는 들어가서 누나를 만나면 된다. 그러면 된다. 아주 짧은 시간 동안 의사로 일했을 뿐이지만, 나는 좋은 의도로 한 일이 환자에게 큰 혼란을 일으킬 수 있다는 것을 알고 있었다.

내가 누나를 마지막으로 본 뒤 꼬박 스물네 시간이 흘렀기 때문이거나, 어머니가 온 것이 누나를 행복감에 흥분시켰기 때문일 텐데, 메이브의 상태는 전보다 더 나아 보였다. 누나는 침대 옆에 하나 있는 의자에 앉아 있었고, 모니터는 삑삑거리면서 심장의 기능이 좋아진 것을 알리고 있었다. "달라 보이는데!" 내가 말하고 허리를 숙여 키스했다.

메이브가 크리스마스 아침의 미소를 지어 보였다. 잘 보여주지 않는, 이를 다 드러낸 숨김없는 미소. 누나는 당장에 벌떡 일어나 두 팔로 나를 감싸안을 것처럼 보였다. "믿어져?"

나는 뭘? 하고 말하지 않았다. 그리고 알아! 아주 많이 좋아지고 있어! 하고 말하지도 않았다. 나는 누나가 무엇을 말하고 있는지 알았고, 지금은 시치미를 뗄 시간이 아니었다. 그래서 "깜짝 놀랄 일이었지" 하고 말했다.

"엄마 말이, 플러피가 엄마를 찾아서 내가 아프다고 말해줬대."
메이브의 눈이 희미한 햇살 속에서 반짝거리고 있었다. "그래서 당
장 온 거래."

나는 당장 더하기 사십이 년, 이라고 말하지 않았다. "엄마가 누나
걱정을 하고 있었던 거 알아. 모두가 누나 걱정을 해. 내 생각엔 누
나가 아는 사람은 전부 찾아온 것 같은데."

"대니, 우리 엄마가 여기 왔어. 다른 사람은 중요하지 않아. 엄마
예쁘지 않아?"

나는 흐트러진 침대에 걸터앉았다. "예뻐." 내가 말했다.

"너는 별로인 모양이다."

"좋아. 누나가 좋다니까 좋아."

"맙소사."

"메이브, 나는 누나가 건강하면 좋겠어. 뭐든 누나에게 최선이
되길 바라."

"너는 거짓말하는 법을 좀 배워야겠어." 누나의 머리칼은 빗질
이 되어 있었고, 나는 어머니가 빗겨준 게 아닌지 궁금했다.

"거짓말하는 거 맞아." 내가 말했다. "내가 얼마나 거짓말을 잘
하는지 누나는 믿지 못할걸."

"나는 너무 좋아. 방금 심장발작으로 쓰러졌는데, 지금이 내 인
생에서 최고로 행복한 날이 됐어."

나는 누나에게 어느 정도 진실을 말했다. 누나의 행복이 내가 걱
정하는 전부라는 것을.

"나는 엄마가 내 장례식이 아니라 심장발작 때문에 돌아온 게

그냥 기뻐."

"왜 그런 말을 해?" 오터슨 씨가 내 사무실로 전화한 그때 이후 처음으로 나는 감정에 굴복할지도 모르는 위험에 빠졌다.

"사실이야." 누나가 말했다. "엄마를 집에서 지내게 해. 집에 음식이 떨어지지 않게 하고. 엄마가 밤새 대기실에 있는 건 싫어."

나는 고개를 끄덕였다. 억눌러야 하는 감정이 너무 많아서 한마디도 더 할 수 없었다.

"나는 엄마를 사랑해." 메이브가 말했다. "나를 생각해서 망치지 말아줘. 내가 수족관에 갇혀 있는 동안 엄마를 쫓아버리지 마."

그날 나중에 나는 메이브의 집으로 가서 내 물건을 챙겼다. 어쨌거나 내가 호텔에서 지내는 편이 더 나을 것이었다. 나는 샌디에게 어머니를 태워 메이브의 집에 데려다주라고 부탁했다. 샌디는 내가 어떻게 느끼는지를 포함해 이미 모든 것을 알고 있었다. 내가 내 감정을 말로 표현하는 능력이 부족한 것을 고려하면 그건 기적 같았다. 조각을 짜맞춰보면, 샌디와 조슬린과 플러피는 엘나 콘로이가 돌아온 것에 자기만의 방식으로 대처했다.

"이게 힘든 일이라는 거 알아." 샌디가 내게 말했다. "나도 그게 얼마나 힘든 일인지 아니까. 하지만 네가 당시의 어머니에 대해 안다면, 다시 만난 게 기쁠 거야."

나는 그저 그녀를 쳐다보았다.

"그래, 어쩌면 기쁘지 않겠지. 하지만 우리는 메이브를 위해 그렇게 해줘야 해." 내가 그러기로 하면 그녀가 나를 돕겠다는 말이었다. 샌디는 늘 나머지 두 사람보다 덜 심각한 태도를 보였다.

어머니는 자신을 해명하는 어떤 말도 하지 않았다. 대기실에 함께 있을 때 어머니는 언제 나갈지 고민하는 사람처럼 창가 근처에 앉아 있었다. 어머니가 느끼는 고통에서 고음의 소리가 윙윙 새어 나오는 것 같았다. 터지기 직전의 막대 형광등 소리 같고 이명 같은, 거의 감지되지 않지만 나를 거의 미치게 몰아가는 듯한 소리가. 곧 어머니는 한마디 말도 없이, 자신을 견디는 것조차 한순간도 더 하지 못했을 것처럼 그 자리를 떠났다. 몇 시간 뒤에 돌아온 그녀는 좀더 편안해 보였다. 샌디는 어머니가 다른 층에 가서 같이 걸어다녀줄 사람들, 소식을 기다리는 환자나 불안한 가족을 찾아냈을 거라고 말했다. 처음 보는 사람들과 몇 시간이고 여기저기 간호사실을 빙빙 돌아다녔을 거라고.

"병원에선 그러도록 그냥 둬요?" 내가 물었다. 나는 그것을 막는 규정이 있으리라 생각했었다.

샌디는 어깨를 으쓱했다. "사람들에게 자기도 딸이 심장발작으로 입원해서 소식을 기다린다고 말하는걸. 네 어머니가 딱히 위험해 보이는 인물은 아니잖아."

그게 내가 납득할 수 없는 점이었다.

샌디가 한숨을 쉬었다. "알아. 나도 그녀가 그렇게 늙지 않았다면 여전히 화가 나 있을 거야."

나는 샌디와 어머니가 거의 같은 나이라고 생각했고, 적어도 어림잡아 그럴 것 같았다. 하지만 나도 샌디가 무슨 의미로 그렇게 말했는지 알고 있었다. 어머니는 수백 년 동안 얼음 속에 박혀 있다가 자신의 의지와 무관하게 녹기 시작한 순례자 같았다. 어머니에게서 보이는 모든 것이, 어머니는 지금쯤 죽은 사람이어야 한다는 것을 나타내고 있었다.

플러피는 나를 슬슬 피해다니는 데 아주 능해서, 마침내 그녀 혼자 엘리베이터 앞에 서 있는 것을 내가 발견했을 때 그녀는 나를 찾고 있었던 것처럼 행동했다. "네가 괜찮은 남자인 거 늘 알고 있었어." 그녀가 말했는데, 나보고 더 다정하게 대해주라는 의미였다.

"잘못된 결정을 내린 적이 있었던 건 알고 있지만, 이번에는 정말로 이전 경우와는 비교도 안 되던데요."

플러피는 흔들리지 않았다. "나는 메이브에게 최선이라고 생각되는 것을 했어." 우리 앞에서 엘리베이디 문이 열렸고, 우리는 처다보는 사람들에게 고개를 가로저었다.

"메이브가 당뇨병 환자였을 때도 엄마의 소식을 듣는 건 안 좋은 생각이었는데, 심장발작이 일어난 당뇨병 환자가 된 지금은 그게 좋은 생각 같아요?"

"그건 달라." 플러피가 뺨을 붉히며 말했다.

"나는 이해가 안 되니까, 설명해주세요." 내가 플러피를 얼마나 깊이 신뢰하는지, 그녀가 설레스트와 내게 우리 아이들을 키우는 법을 어떻게 가르쳤는지, 우리가 케빈과 메이를 그녀에게만 맡기고 얼마나 당당하게 집을 비웠는지 떠올리려 애썼다.

"메이브가 죽을까봐 두려웠어." 플러피가 말했고, 눈에 눈물이 글썽글썽했다. "나는 메이브가 죽기 전에 엄마를 만나기를 바랐어."

하지만 당연히 메이브는 죽지 않았다. 하루하루 좋아지고 있었고, 병이 악화되는 것을 이겨나갔다. 누나는 매일 어머니 말고 아무도 찾지 않았다.

나는 어머니가 자신의 일정에 메이브를 끼워넣는다는 것 자체가 놀라웠다. 그녀는 꽃 카트를 밀고 다니거나, 옥신각신할 엄마가 없는 사람들을 찾아가 옆에 앉아 있을 권리를 용케 확보했다. 우리끼리만 있을 때 어머니는 입을 다물고 있는 편이어서, 나는 그녀가 누구와, 혹은 어떻게 이야기해서 이런 일을 허락받았는지 알지 못했다. 나는 어머니가 불안해서 대기실에 가만히 앉아 있지 못하는 거라고 생각했지만, 나하고 같이 앉아 있고 싶지 않았다는 게 아마 진실에 더 가까웠을 것이다. 그녀는 나를 쳐다보지 못했다. 플러피가 면회를 오거나, 샌디나 조슬린, 오터슨 씨, 노크로스 가족, 우리와 오랫동안 친하게 지내는 구치 변호사, 직장이나 성당이나 이웃에서 메이브의 친구들이 오면 어머니가 그 자리에 나타나 신문이나 잡지를 치우거나 누가 물이나 오렌지를 원하는지 살폈다. 그녀는 늘 누군가에게 오렌지 껍질을 까주고 있었다. 특별한 요령이 있었다.

"인도는 어땠어요?" 어느 오후 조슬린은 어머니가 휴가를 떠났다가 방금 돌아온 것처럼 물었다. 조슬린은 여전히 우리 어머니를 가장 미심쩍게 보는 사람으로 남아 있었다. 아마 두번째로 미심쩍게 봤다고 말해야 할 것이다.

나는 어머니의 눈밑 다크서클이 얼마간 줄어든 것을 알아차렸다. 인간의 역사에서, 어머니는 병원 대기실에서 상태가 좋아진 유일한 사람이었을 것이다. 조슬린과 나도 거기 플러피와 함께 있었다. 샌디는 일하러 갔다. 엘나가 곧 우리에게 뭔가 말하려고 하는 참이었다.

"인도는 실수였어." 어머니가 마침내 말했다.

"하지만 사람들에게 도움을 주고 싶었던 거잖아요." 플러피가 말했다. "도움을 줬고요."

"왜 인도였어요?" 나는 말없이 앉아 대화를 끝까지 들을 생각이었지만, 이 시점에서 호기심이 그 마음을 이겼다.

어머니가 진녹색 스웨터 소맷동에 달랑거리는 실오라기를 뜯어냈다. 어머니는 날마다 같은 스웨터를 입었다. "잡지에서 마더 테레사에 관한 글을 읽었어. 극빈자들을 도울 수 있게 자신을 콜카타로 보내달라고 수녀님들에게 부탁했다는 내용이었어. 지금은 무슨 잡지였는지도 기억이 안 나네. 너희 아빠가 구독한 거였는데."

반후베이크 스트리트에 사는 다른 여자들이 가든 클럽에서 중요한 직책을 차지하거나 여름 댄스파티에 가던 1950년경, 더치 하우스의 부엌에 앉아 〈뉴스위크〉나 〈라이프〉에 실린 글을 읽는 어머니, 나는 어머니에 대해 그런 모습은 연결지을 수 없었다.

"정말 위대한 여성이죠, 마더 테레사는." 플러피가 말했다.

어머니가 고개를 끄덕였다. "물론 그때는 마더 테레사가 아니었지만."

"마더 테레사하고 같이 일했어요?" 조슬린이 물었다.

이 시점에는 뭐든 가능해 보였다. 어머니가 하얀 면으로 된 사리를 입고 죽어가는 이를 품에 안은 모습까지. 어머니에게는 이미 인간의 모든 근심을 떨쳐버린 듯한 단순함이 감돌고 있었다. 아니면 내가 어머니의 얼굴에 보이는 뼈의 윤곽선에서 너무 많은 것을 읽어내고 있었을 것이다. 무릎에 포개 얹은 어머니의 길고 얇은 손을 보면 불쏘시개 생각이 났다. 그녀의 오른손 손가락이 왼손에 끼고 있는 반지로 자꾸 향했다.

"그러려고 했는데, 그 배는 뭄바이행이었어. 떠나기 전에 지도를 봐야 한다는 생각은 하지도 않았던 것 같아. 결국 그 나라의 반대쪽으로 가고 말았지." 어머니는 사람들은 모두 실수하기 마련이라는 듯 그렇게 말했다. "사람들이 기차를 타야 한다고 했어. 그래서 나는 콜카타로 가려고, 정말 거기 가려고 했는데, 뭄바이에서 며칠을 보내고 나니……" 어머니는 거기서 문장을 끝냈다.

"그래서요?" 플러피가 재촉했다.

"뭄바이에 할일이 많았어." 어머니가 조용히 말했다.

"브루클린에도 할일은 많아요." 나는 발치에 있는 스티로폼 컵을 집어들었고, 커피는 식어 있었다. 내가 병원에서 식은 커피를 마시던 나날이 있었지만, 지금은 끝났다.

"대니." 플러피가 내게 주의를 주었지만, 나는 무엇 때문에 그러는 것인지 몰랐다.

"아니, 얘 말이 맞아요." 어머니가 말했다. "그렇게 했어야 해. 필라델피아에 사는 가난한 사람들에게 봉사하다가 밤에 집으로 돌아갈 수도 있었는데, 하느님이 거위를 주신 걸 알아차리지 못했던 거지.* 그 집 때문에……"

"그 집 때문이라고요?" 어머니가 우리를 방치한 것을 더치 하우스 탓으로 돌릴 권리는 없다는 듯 조슬린이 말했다.

"그것 때문에 균형 감각이 완전히 사라져서."

"아주 큰 집이었죠." 플러피가 말했다.

대기실의 높은 천장 구석에 걸려 있는 텔레비전에서는 오래된 집을 철거하는 것에 대한 프로그램이 나오고 있었다. 리모컨이 없어서, 거기 간 첫날에 내가 의자 위에 올라가 소리를 죽여놓았다.

---

* 바보 같은 짓을 했다는 뜻의 관용어.

나흘이 지난 지금, 텔레비전에서는 사람들이 조용히 빈방을 돌아다니며 곧 허물어야 할 벽들을 손가락으로 가리켰다.

"나는 네 아빠가 왜 그 집을 원했는지 결코 이해할 수 없었고, 그는 내가 왜 원하지 않는지 결코 이해하지 못했어."

"엄마는 왜 좋아하지 않았어요?" 아름다운 집보다 더 지옥인 장소들은 당연히 있었다.

"우리는 가난한 사람들이었으니까." 어머니가 말했다. 나는 어머니도 격앙된 목소리로 말을 할 수 있는지는 몰랐었다. "너는 그런 집엔 아무런 관심이 없었어. 벽난로며 층계참이며, 우리를 시중드는 사람들이며."

플러피가 조그맣게 쿵 소리를 냈다. "그건 말도 안 되는 소리예요. 우리는 결코 시중을 든 적이 없어요. 부인이 제게 매일 아침을 차려주셨잖아요."

어머니가 고개를 가로저었다. "나 자신이 너무 부끄러웠어요."

"아빠가 아니라요?" 나는 그 대상이 당연히 아버지일 거라고 생각했다. 결국 그 집을 산 것은 그였다.

"네 아버지는 부끄러워하지 않았어." 어머니가 잘못 알아듣고 말했다. "얼마나 좋아했는데. 하루에 열 번은 내게 보여줄 뭔가를 찾아냈어. '엘나, 와서 이 계단 난간 좀 볼래?' '엘나, 나와서 여기 차고 좀 봐.'"

"그는 차고를 참 좋아했어요." 플러피가 말했다.

"그는 다른 누군가는 그 집에서 우울할 수 있다는 걸 결코 이해하지 못했어."

"반후베이크 부부는 우울해했어요." 플러피가 말했다. "적어도 마지막에는요."

"그 집을 벗어나기 위해 인도로 갔다고요?" 물론 집이나 남편만
은 아니었다. 이층에는 두 아이가 잠들어 있었고, 그 아이들은 언
급도 되지 않았다.

어머니의 옅은 색깔 눈은 백내장으로 뿌예 보였고, 나는 어머니
의 눈이 얼마나 잘 볼 수 있는지 궁금했다. "그것 말고 무슨 이유가
있었겠니?"

"저는 아빠 때문이었다고 생각했던 것 같아요."

"나는 너희 아빠를 사랑했어." 어머니가 말했다. 그 말은 바로
그 자리에서 기다리고 있던 것 같았다. 손을 뻗어 잡을 필요도 없
었다. 나는 너희 아빠를 사랑했어.

그 말이 플러피에게는 일어나라는 큐사인과 같았다. 그녀는 앞
꿈치를 바닥에 딛으며 몸을 쭉 펴고 두 팔을 머리 위로 들어올렸
다. 그리고 하지 않은 부탁에 답을 하는 것처럼 그 블록을 걸어가
우리에게 맛있는 커피를 사오겠다고 했고, 그러자 어머니도 일어
서서 자신은 새로 태어난 아기들을 보러 삼층에 올라가겠다고 했
다. 나는 공중전화로 셜레스트에게 전화를 걸겠다고 했고, 조슬린
은 그렇다면 자신은 집으로 돌아가겠다고 했다. 우리는 대화를 나
누다가 잠시도 더 견딜 수 없어지는 순간이 오면 말을 멈추었다.

물론 그 긴 하루하루에 이야기를 들려주리라 기대된 사람이 어
머니만은 아니었다. 우리 모두 어떻게든 시간을 보낼 필요가 있었
다. 조슬린은 은퇴했지만, 샌디는 계속 일했다. 샌디는 카펫을 청
소할 때 청소기를 한 방향으로만 밀라고 하는 고용인에 대해 이야
기했다. 플러피는 콘로이 가족이 오기 전의 더치 하우스에 대해,

돈이 다 떨어진 뒤 반후베이크 부인을 돌본 일에 대해, 보석 몇 점을 팔러 기차를 타고 뉴욕으로 갔던 일에 대해 이야기했다. 내겐 그 행동이 그 시절에 젊은 여자가 하기에는 굉장히 용감한 행동으로 여겨졌다.

"필라델피아에서 팔 수는 없었어요?" 내가 그녀에게 물었다.

"당연히 그럴 수 있었지." 그녀가 말했다. "하지만 내가 필라델피아에서 누구에게 반지를 팔았건 그 사람이 다시 맨해튼으로 가져가 두 배의 액수로 되팔았을 거야."

플러피는 반후베이크 부인의 골반이 부러졌을 때 병원비를 감당하기 위해 세 줄짜리 진주 목걸이를 팔았고, 노부인이 죽었을 때 장례를 치러주기 위해 브로치를 팔았다. 작은 새 모양으로 부리에 에메랄드가 박혀 있는 금 브로치였다.

"그래도 남은 게 좀 있었어." 플러피가 말했다. "처음 판 것 같은 물건은 없었지만, 미시즈와 내가 생활을 유지할 만큼은 됐어. 그녀가 얼마나 오래 버틸지는 몰랐어. 그 집을 판 은행가들? 완전히 멍청이들이지. 그들은 감정을 받으려고 내게 값어치가 나가는 모든 것의 목록을 만들게 했어. 난 대부분 그대로 뒀지만, 내가 가져간 것도 있었어." 그녀가 손을 들어 고풍스러운 세팅이 된 다이아몬드 반지를 보여주었다. 양쪽에 작은 루비가 박혀 있었다. 내가 플러피를 알고 지낸 그 시간 내내 그녀는 그 반지를 끼고 있었다.

아버지가 부속물까지 포함해 그 집을 통째로 구입한 것을 감안하면 그건 깜짝 놀랄 만한 고백이었다. 반지가 반후베이크 부인의 것이니 다른 모든 것처럼 그것 또한 아버지의 것이 될 테고, 그렇다면 그는 그걸 어머니에게 줬을 것이고, 어머니는 메이브가 컸을

때 줬거나, 설레스트에게 주라고 내게 줬을 것이다. 하지만 이 생
각은 아버지가 보석상자 안을 샅샅이 살피는 유의 사람이거나—
아버지는 그런 사람이 아니었다—어머니가 떠나지 않고 머물러
있는 사람이라는 것을 전제로 하는 것이었다. 혹은 더 그럴듯한 이
야기는 앤드리아가 나타나기 전까지만 그 반지가 그 자리에 있었
을 거라는 것이다. 앤드리아는 그 집에 딸린 보석이라면 모르고 넘
어갔을 리 없었다.

플러피는 우리 중 누가 그 반지를 달라고 했다면 돌려줬겠지만,
어머니는 그러는 대신 몸을 앞으로 숙여 플러피의 손을 흐릿한 눈
으로 한참 쳐다보았다. "정말 예쁘다." 어머니가 말하며 플러피의
손에 키스했다. "잘했어요."

*

메디컬스쿨에 들어가고 처음 젠킨타운에 돌아간 때는 1970년의
추수감사절이었을 것이다. 에이블 박사가 예견한 대로 첫 학기에
는 과제가 눈사태처럼 쏟아졌고, 나는 그것을 따라잡느라 급급했
다. 거기다 설레스트와 내가 아파트를 잘 활용하고 있었다는 사실
과 내겐 주말에 집에 돌아갈 시간도 없고 그러고 싶은 마음도 없었
다는 것을 추가해야 한다. 아직 결혼 이야기가 나오기 전의 일이어
서, 메이브와 설레스트는 친구처럼 지냈다. 설레스트와 나는 추수
감사절 전날 밤 기차를 타고 함께 필라델피아로 왔다. 메이브가 우
리를 마중나왔고, 우리는 설레스트를 그녀의 집에 내려주었다. 다
음날 메이브와 나는 다시 노크로스 가족의 집으로 가서 함께 식사

했다. 남자 어른들과 아이들은 마당에서 터치풋볼을 했고—케네디 일가를 기리며, 우리가 말했다—여자 어른들과 아이들은 감자 껍질을 벗기고 그레이비소스를 만들고 마지막 순간까지 필요한 일을 했다. 그들은 메이브가 요리할 줄 모른다고 한 게 정말로 농담이 아니란 걸 깨닫자 밖으로 보내 식탁을 준비하라고 했다.

차려진 음식은 어마어마했고, 꼬마들은 언젠가 식사실로 쳐들어 가는 것을 꿈꾸는 대역들처럼 서재에 모여 카드 테이블에서 식사했다. 친척 어른들과 사촌들, 거기 더해 갈 곳 없는 어중이떠중이들이 있었는데, 거기 나와 메이브가 포함되었다. 설레스트의 어머니는 늘 명절에 엄청난 일을 해냈는데, 저녁식사란 게 병원 카페테리아에서 대충 먹거나 환자 배식판에서 롤빵을 집어먹는 것이 전부인 생활을 몇 달 하고 나면 특히 감사하는 마음이 들었다. 빌 노크로스가 간단한 축복의 기도를 하는 동안 모든 식탁에서 사람들이 서로 손을 잡고 고개를 숙였다. "이 모든 것과 주님이 베푸신 이 모든 자비를 우리가 진심으로 감사하게 하소서." 우리가 눈을 들자마자, 작은 양파가 들어간 깍지콩 요리를 담은 그릇들과 수북이 담긴 스터핑과 으깬 감자와 고구마 요리가 나왔고, 칠면조 고기 썬 것이 담긴 큰 접시와 소스 그릇에 담긴 그레이비소스가 시계 방향으로 테이블을 돌았다.

"무슨 일을 해요?" 왼쪽에 앉은 여자가 내게 물었다. 그녀는 설레스트의 많은 친척 어른 중 하나였다. 이름은 기억나지 않지만, 문 앞에서 서로 소개를 받기는 했었다.

"대니는 컬럼비아 메디컬스쿨에 다녀요." 노크로스 부인이 식탁 맞은편에서 말했다. 그건 누가 혹 물어봐도 나로서는 굳이 알려주고 싶지 않은 정보였다.

"메디컬스쿨에요?" 친척 어른이 말했고, 이어 설레스트를 빤히 쳐다보았다. "메디컬스쿨에 다닌다는 말은 안 해줬잖아."

긴 식탁의 중간 자리에 침묵이 흘렀고, 설레스트는 예쁜 어깨를 으쓱했다. "안 물어보셨잖아요."

"어떤 과를 전공할 건가?" 친척 아저씨 하나가 물었다. 바로 그 순간 나는 관심의 대상이 되었다. 나는 그가 이 여자 친척의 배우자인지 아닌지도 몰랐다.

나는 내가 워싱턴하이츠에서 봐둔 비어 있는 건물 전부를 그려보았고, 잠시 그들에게 진실을 말하면 정말 재미있겠다고 생각했다. 나는 부동산 사업을 할 계획이라고 말이다. 테이블 끝에서 메이브가 내게 환한 웃음을 날리며 자신만이 이게 얼마나 터무니없는 상황인지 알고 있다는 것을 확인시켜주었다. "모르겠습니다." 내가 말했다.

"사람을 잘라야 해요?" 설레스트의 남동생이 물었다. 올해가 그 애가 식사실로 들어온 최초의 해라고 들었다. 그는 테이블에서 최연소자였다.

"테디." 그애 어머니가 주의를 주었다.

"부검 말이에요." 테디가 지겨워 죽겠다는 듯 말했다. "그걸 해야 하잖아요."

"하지." 내가 말했다. "하지만 그 이야기는 저녁을 먹으면서는 절대 하지 않는다는 서약을 받아."

그렇게 그 이야기가 중단되자, 그 자리에 앉은 사람들이 감사의 웃음을 한차례 터뜨렸다. 멀리서 누군가가 메이브에게 그녀 역시 의사인지 물어보는 말소리가 들렸다. "아니요." 메이브가 포크로 깍지콩을 찍어올리며 말했다. "저는 채소와 관련된 일을 해요."

식사가 끝났고 주말에 먹을 음식이 잔뜩 남았다. 설레스트는 내게 작별 키스를 했다. 메이브는 일요일 아침 기차를 타러 가는 길에 들러서 데려가겠다고 설레스트에게 약속했다. 그들은 차를 세워둔 곳까지 나와 우리를 배웅해주었다. 행복한 노크로스 가족 모두가 우리에게 같이 있자고 했다. 이제 곧 영화를 보고, 팝콘을 먹으면서 하트 카드 게임을 할 기라고. 럼피가 집에서 마당으로 달려나와 수북이 쌓인 낙엽을 보고 짖어댔고, 그들이 개를 휘휘 몰아 다시 안으로 보냈다.

"지금이 기회야." 메이브가 소곤거리고 운전석 자리에 홀쩍 올라탔다. 나는 차의 반대쪽으로 돌아가 누나의 옆자리에 앉았고, 그러는 동안 그들은 거기 서서 우리가 차를 출발시키고 멀어질 때 단체로 손을 흔들며 웃었다.

노크로스 가족이 이른 식사를 했기 때문에 아직 땅거미도 내리기 전이었다. 우리에겐 더치 하우스의 불이 켜지기 전에 그리로 가볼 만큼 충분한 시간이 있었다. 조슬린에게는 늦은 저녁에 파이를 먹으러 그녀의 집에 가겠다고 말해놓았으니, 이건 다른 사람들이 준비해준 멋진 식사 중간에 잠시 하는 막간극 같은 것이었다. 당시만 해도 우리는 우리가 어렸을 때 추수감사절이 어땠는지에 대한 정확한 감정을 떠올릴 수 있을 만큼 아직 어렸지만, 그 기억에 그리움은 묻어 있지 않았다. 그것은 나와 메이브와 아버지가 식사실에서 저녁을 먹고 샌디와 조슬린이 각자의 가정으로 돌아가야 해서 마음이 급한데도 그걸 들키지 않으려고 최선을 다하던 기억이

나, 그 시간을 앤드리아와 그녀의 딸들과 함께 보내고 샌디와 조슬린이 노골적으로 서두르는 기색을 보이던 시절에 대한 기억이었다. 메이브가 삼층으로 추방된 그 재앙적인 추수감사절 이후 누나는 엘킨스파크와는 거리를 두고 지냈고, 누나의 자리가 비어 있는 것이 연중 다른 어느 밤보다 추수감사절에 왜 더 힘든지 결코 이해할 수는 없었지만, 매년 나는 식탁에 앉아 누나의 빈자리를 보면서 참담한 기분을 느꼈다. 노크로스 가족과 함께 보낸 이 특별한 추수감사절이 많은 부분을 보상해주었고, 우리가 빠져나가는 것이 달아나려는 것처럼 보이긴 했으나, 우리 둘 다 떠날 때는 회복된 기분을 느꼈다. 어쩌면 우리는 어린 시절의 처량한 명절을 극복하는 것이 가능할 수도 있으리라 생각했다.

"좀 봐줘." 메이브가 차창을 내려 냉랭한 공기를 들이며 말했다. "하지만 지금 당장은 담배 없이는 죽을 것 같아." 누나는 한 개비를 뽑은 뒤 담뱃갑을 내게 내밀면서 나 스스로 결정하게 했고, 이어 라이터도 건넸다. 곧 우리는 각자의 차창 밖으로 담배 연기를 내뿜고 있었다.

"아까 저녁식사가 좋았던 만큼, 이 담배는 어쩌면 더 좋을 거야." 내가 말했다.

"네가 당장 나를 부검하면 내가 닭다리와 그레이비소스에 불과하단 걸 알게 될걸. 어쩌면 내 오른팔 안의 작은 정맥에 으깬 감자가 들어 있을지도 모르지." 메이브는 탄수화물을 조심했다. 조슬린의 집에서 파이 한 조각을 먹기 위해 노크로스 가족의 집에서는 포기했다.

"내가 누나 사례를 병례 검토회에 넘길 수도 있어." 내가 말했고, 빌 노크로스가 칠면조 사체를 톱으로 써는 것을 떠올렸다.

메이브가 어깨를 가볍게 으쓱했다. "너보고 사람 몸을 자르라고 한다는 걸 믿을 수 없어."

"나는 누나가 나를 메디컬스쿨에 보낸 걸 믿을 수 없어."

누나가 웃었다. 그리고 저녁 먹은 게 올라오는 걸 누르려는 듯 손가락을 입술에 갖다댔다. "오, 불평은 그만. 진짜, 인간 해부 말고 다른 끔찍한 것 하나만 말해줘."

나는 고개를 뒤로 살짝 기울여 연기를 내뿜었다. 메이브는 늘 내가 담배를 피울 때마다 사형집행장에 가는 길인 것처럼 보인다고 말했고, 나는 이것이 정말로 내 마지막 담배여야 한다고 생각하고 있었다. 나도 뭐가 좋고 안 좋고는 알았지만, 의사들이 여전히 주머니에 말보로 한 갑을 넣고 다니던 시절이었다. 특히 정형외과 의사들이 그랬다. 담배를 피우지 않고는 정형외과 의사가 될 수 없었다. "가장 나쁜 건, 자신이 죽으리란 걸 알고 있는 거지."

누나가 나를 보았고, 검은 눈썹이 위로 치켜졌다. "너는 그걸 몰랐어?"

나는 고개를 끄덕였다. "자기는 안다고 생각하지. 아흔여섯 살이 되면 추수감사절 저녁식사를 거하게 하고 카우치에 누워 깨어나지 않으리라 생각하겠지만, 그때조차 정말로 확실히는 몰라. 특별한 섭리가 작용할 수도 있으니까. 모두 그렇게 생각해."

"나는 잠시라도 내가 아흔여섯 살에 카우치에 누워 죽을 거라곤 생각해본 적 없어. 애초에 아흔여섯까지 살 거라고 생각해본 적도 없지만."

하지만 나는 귀기울이지 않고 내 말을 계속했다. "총에 맞아 죽거나 칼부림하다 죽거나 창문 밖으로 떨어지거나 일어날 법하지 않은 온갖 다른 방법을 제외하고라도, 죽는 데 얼마나 많은 방법이 있는지 그저 깨닫지 못하는 거야."

"말씀해주세요, 의사 선생님, 무슨 일이 일어날까요?" 누나는 나를 놀리지 않으려고 애썼지만, 진실은 이것이었다. 죽음은 당시에 내가 생각하는 모든 것이었다는 사실.

"백혈구가 너무 많아서, 적혈구가 너무 없어서, 철이 너무 많아서. 아니면 호흡기 감염이나 패혈증 때문에. 담관이 막힐 수도 있어. 식도가 파열될 수도 있고. 암일 수도 있겠지." 나는 누나를 쳐다보았다. "우리가 밤새 여기 앉아 암 이야기를 할 수도 있어. 진심으로 하는 말인데, 정해진 건 없어. 이유야 뭐가 됐건 몸의 기능이 삐끗해서 잘못되는 방법은 수천 가지나 되지만, 너무 늦어질 때까지 그 어느 것도 몰라."

"그렇다면 무엇보다 의사가 왜 필요한지 의문이 드네."

"정확해."

"음." 메이브가 담배를 길게 한 모금 빨며 말했다. "나는 내가 어떻게 죽을지 이미 아니까 그 걱정은 안 해도 되겠다."

나는 방금 켜진 가로등 불빛과 앤드리아가 더치 하우스에 켜놓은 불빛을 받은 누나의 옆얼굴을 보았다. 그녀의 모든 것이 날카롭고 곧고 아름다웠고, 그녀에 관한 모든 것이 생명과 건강을 말해주고 있었다. "어떻게 죽을 건데?" 알고 싶은 마음이 하나도 없었는데, 내가 왜 그걸 물어봤는지 모르겠다.

내 메디컬스쿨 동기들이 자신들의 죽음에 대한 가설을 세우면서 느긋이 질병 목록을 훑어보는 태도를 보였다면, 메이브의 목소리에서는 권위가 느껴졌다. "심장병이나 뇌졸중으로. 당뇨병 환자들은 그렇게 가. 아빠를 변수에 넣는다면 아마 심장병일 테고, 난 그건 괜찮아. 그게 더 빠르잖아, 안 그래? 탕."

갑자기 나는 누나에게 화가 났다. 누나는 자신이 지금 무슨 이야기를 하고 있는지 전혀 몰랐고, 어쨌거나 그날은 추수감사절이어서, 노크로스 가족이 하트 게임의 패를 돌리고 있을 것처럼 우리도 게임을 하고 있어야 할 시간이었다. "누나가 그렇게 심장발작이 걱정이라면 우린 왜 여기 앉아 담배를 피우고 있지?"

누나가 눈을 깜박였다. "난 걱정 안 해. 말했잖아, 나는 아흔여섯 살에 저녁을 먹은 뒤 죽음을 맞이할 사람은 아니라고. 그건 너지."

나는 내 담배를 차창 밖으로 던졌다.

"맙소사, 대니. 문을 열고 다시 주워." 누나가 내 어깨를 손등으로 탁 쳤다. "거긴 부크스바움 부인의 집 마당이잖아."

17장

"우리가 그 작은 집에서 살았던 거 기억나? 옆집 헨더슨 부인이 캘리포니아에 사는 아들한테서 오렌지 한 박스를 받았잖아?" 메이브가 옮겨진 1인실에서 어머니가 병원 침대 옆에 앉아 이야기를 시작했다. "우리에게 세 개를 줬지."

메이브는 메이가 여러 해 전에 골라준 분홍색 셔닐 욕실 가운을 입고 있었고, 누나 옆의 협탁에는 오터슨 씨가 가져온, 작은 분홍색 장미를 촘촘히 묶은 꽃다발이 놓여 있었다. 누나의 뺨이 발그레했다. "우리는 오렌지 두 개를 세 쪽씩 쪼갰고 엄마가 껍질을 전부 칼로 벗겨냈어요. 세번째 오렌지는 즙을 이용해 케이크를 만들었고요. 오븐에서 케이크를 꺼낸 뒤에 엄마는 같이 먹자고 헨더슨 부인을 모시고 오게 했었죠."

"초창기였지." 어머니가 말했다.

그들은 애정이 가득 담긴 목소리로 그 작은 집의 내용물을 열거했다. 발굽이 단풍나무로 된 울퉁불퉁한 갈색 카우치, 한쪽 팔걸이에 커피가 튄 얼룩이 있는 부드러운 노란색 의자. 철물점 그림이 넣어진 액자(그게 어디서 생겼지? 또 어디로 사라졌지? 그들은 궁금해했다), 부엌에 있는 작은 식탁과 의자들, 싱크대 위로 벽에 나사를 박아 고정한 흰색 철제 찬장과 그 안에 놓인 접시 네 개, 그릇 네 개, 컵 네 개, 유리잔 네 개.

"왜 네 개씩이에요?" 나는 심장 수치가 더 좋아질 수 있다고 생각하면서 모니터를 보고 있었다.

"너를 기다리고 있었거든." 어머니가 말했다.

어머니는 메이브의 안전한 날개 아래에서는 말하는 게 더 편안해 보였다.

"제 침대는 거실 구석에 있었어요." 메이브가 말했다.

"그래서 매일 밤 너희 아빠는 침대 옆에 칸막이를 펼쳐 세우면서 '지금 메이브의 방을 만들고 있어' 하고 말하곤 했지."

그 작은 집에 살 때, 그들은 해군기지 PX에서 물건을 샀고, 식료품은 어머니가 매듭 끈으로 만든 독창적인 장바구니에 담아 집으로 가져왔다. 그들은 자선 나눔 활동을 위해 캔 제품을 모았고, 이웃의 아기를 돌봤으며, 월요일과 금요일에는 성당에서 가난한 사람들을 위해 마련한 푸드 팬트리*에서 일했다. 늘 메이브와 어머니 두 사람이었다. 겨울에 어머니는 어느 성당 여자가 준 스웨터를 풀어 모자와 스카프와 손모아장갑을 떠서 누나에게 주었다. 여름

---

* 포장의 손상 등으로 시장에서 유통할 수 없게 된 식품을 기업에서 기부받아 빈곤자들에게 배급하는 활동.

에는 가족 모두 함께 토마토와 가지와 감자와 옥수수와 완두와 시금치를 심은 정원에서 잡초를 뽑았다. 유리병에 렐리시를 보관하고 피클과 잼을 만들었다. 내가 신문을 들고 구석에 앉아 있는 동안, 그들은 자신들이 이룬 업적을 하나도 빼놓지 않고 마지막 것까지 열거했다.

"정원에 토끼를 가둬놨던 토끼 울타리 기억나?" 어머니가 물었다.

"모든 게 기억나요." 메이브는 침대에서 나와, 접은 담요를 무릎에 덮고 창가 의자에 앉아 있었다. "밤에 전등을 끄고 침실 옷방으로 램프를 옮긴 뒤, 신발을 밖으로 밀어놓고 바닥에 앉아 책을 읽었던 것도 기억나요. 아빠는 공습 순찰중이었고요. 거기 안에 들어가려면 엄마는 무릎을 바짝 끌어당겨야 했고, 나는 엄마를 뒤따라 들어가서 엄마 무릎 위에 앉았어요."

"이 아인 네 살 때 책을 읽을 수 있었단다." 어머니가 내게 말했다. "내가 본 아이들 중 가장 똑똑했어."

"엄마가 문짝 밑에 수건을 끼워놓아 불빛이 새어나가지 않게 했죠." 메이브가 말했다. "말도 안 되는 소리지만, 어쨌거나 저는 불빛도 배급을 받는 거라는 생각을 했었어요. 모든 게 배급제니까 사용하고 있지 않은 불빛이 바닥으로 흘러나가게 해서는 안 되었던 거죠. 그 모든 걸 우리와 함께 벽장 안에 가둬야 했어요."

그들은 그 작은 집이 해군기지 어디에 있었는지, 어느 구석이었는지, 어느 나무 아래였는지는 기억해냈지만, 아버지가 거기서 하는 일이 정확히 뭐였는지는 기억하지 못했다. "뭔가 주문하는 일을 한 것 같아." 어머니가 말했다. 그건 중요하지 않았다. 그들은 앞쪽에 콘크리트 벽돌로 만든 두 단짜리 작은 계단이 있었다는 것과 이

윗집에서 뿌리째 받아와 심은 빨간 제라늄이 테라코타 화분에서 꽃을 피웠다는 것에 대해서는 확신했다. 문을 열면 곧바로 거실이었고, 부모님이 쓰던 작은 침실은 오른쪽에, 부엌은 왼쪽에, 그 사이에 욕실이 있었다.

"그 집은 크기가 우표만 했어요." 메이브가 말했다.

"누나 집보다 더 작아?" 내가 물었는데, 내가 아는 한 메이브는 인형의 집에서 살았기 때문이다.

이미니와 누나, 두 사람이 서로를 쳐다보더니 웃었다.

내 어머니는 내가 아이였을 때 집을 떠났다. 나는 그녀를 그리워하지 않았다. 메이브가 있었다. 검은 머리칼에, 빨간 코트를 입은 모습으로 계단 맨 아래 서 있었다. 흰색 대리석 바닥에는 작고 검은 사각형 무늬가 있었고, 그녀 뒤로 보이는 창문에서는 눈 내리는 풍경이 반짝거리는 홑이불처럼 펼쳐지고 있었다. 창문은 극장 스크린처럼 넓었고, 괘종시계를 장식한 배는 물결 속을 왔다갔다 하며 일 분 일 분 시간을 흘려보냈다. "대니!" 누나가 나를 불렀다. "아침식사 시간이야. 이제 좀 움직여." 누나는 겨울 아침에는 집에서도 코트를 입었는데, 날이 너무 추웠기 때문이고, 키가 너무 크고 너무 말라서 모든 에너지가 몸을 따뜻하게 하기보단 키를 크게 하는 데 쓰였기 때문이다. "너는 늘 떠날 사람처럼 보이는구나." 아버지는 누나 옆을 지나갈 때면 코트가 눈에 거슬린다는 듯 그렇게 말했다.

"대니!" 누나가 외쳤다. "쟁반에 담아서 올라갈 순 없어."

내가 자는 침대에 이불이 무더기로 쌓여 있어, 그 무게가 나를 그 자리에 눌러놓았다. 더치 하우스에서는 겨울 아침에 일어나면 다른 어떤 것보다 가장 먼저 온종일 침대에 누워 있으면 어떤 기분일까 하는 생각이 들었다. 하지만 계단 저 아래에서 들리는 누나의 목소리가, 나는 너무 어려 아직 마실 수 없는 커피 냄새와 함께 내 몸을 일으켰다. "키 크는 걸 좀 막아봐." 조슬린이 종종 말했다. "누나처럼 크고 싶진 않지?" 바닥에는 슬리퍼가, 침대 발치에는 모직 욕실 가운이 놓여 있었다. 나는 얼어붙을 듯한 추위를 느끼며 비틀비틀 층계참으로 나가 섰다.

"왕자님 나타나셨네!" 메이브가 외쳤고, 얼굴이 불빛을 향해 조금 들려 있었다. "어서 와, 팬케이크 구워놨어. 날 기다리게 만들지 마."

내 어린 시절의 기쁨은 어머니가 떠났을 때가 아니라, 메이브가 떠났을 때 끝났다. 앤드리아와 아버지가 결혼한 그해에.

어머니는 그 시간 내내 어디 있었는가? 상관없었다. 메이브가 퇴원하자 어머니와 메이브는 메이브의 침대에 함께 앉았다. 그들의 긴 다리 네 개가 나란히 쭉 뻗어 있었다. 내가 집안을 돌아다니면 이런 문장, 이런 단어가 들리곤 했다. 인도, 고아원, 샌프란시스코, 1966년. 나는 1966년에 초트를 졸업하고 컬럼비아에 다니기 시작했고, 어머니는 자신이 일하던 고아원에 거액의 기부금을 받는 대신 샌프란시스코행 배에 탄 인도의 부잣집 아이들의 보호자가 되어주기로 했다. 아니면 거기가 나병 환자 수용소였던가? 어머니는 인도로 다시 돌아가지 않았다. 샌프란시스코에 머물렀다. 로스앤젤레스로 가고, 이어 두랑고로, 미시시피로 갔다. 가난한 사람들은 어디에나 있다는 것을 깨달았다. 나는 차고로 가서 메이브의 잔디 깎는 기계를 찾았다. 차를 운전해 주유소로 가서 기름을 사왔고, 잔디를 깎았다. 나는 그 일에 엄청난 만족감을 느껴서, 마쳤을 때는 예초기를 꺼내 화단과 보도의 가장자리도 손질했다. 맨해튼에서 건물주는 직접 잔디를 깎을 일이 아예 없었다.

메이브가 퇴원하자 나는 호텔방을 포기하고 메이브의 카우치에서 하룻밤을 지새웠다. 혹시라도 누나의 심장이 멎을까봐 거기 있으려고 했지만, 잠시도 견딜 수가 없었다. 다음날 아침에, 나는 노크로스 가족의 집으로 옮겨서 설레스트의 낡은 침대를 썼다. 플러피는 집으로 돌아갔지만, 내 어머니는 늘 거기 있었다. 메이브의 친구들이 구운 닭고기 요리와 사과와 호박빵을 담은 봉지와 함께 캐서롤을 앞쪽 포치에 놓고 갔고, 음식이 너무 많아 샌디와 조슬린이 그 절반을 그들의 집으로 가져가야 했다. 메이브와 내 어머니는 굴뚝새만큼 먹었다—나는 그들이 달걀 하나로 요리한 스크램블드에그를 나눠 먹는 것을 보았다. 메이브는 행복했지만 지쳐 있었고, 전혀 누나의 모습 같지 않았다. 누나는 오터슨 씨 회사에서 하는 일에 대해서도, 내게 해줄 일이나 부재한 사이 방치되어 있던 그어떤 것에 대해서도 말해주지 않았다. 누나는 카우치에 앉은 채 어머니가 토스트를 가져오게 했다. 그들 사이에 거리는 없었고, 비난도 없었다. 그들은 둘만의 기억의 천국에서 함께 살고 있었다.

"둘이 있게 해줘." 설레스트가 전화로 내게 말했다. "둘이 잘해왔잖아. 사람들은 문을 부술 것처럼 두드려대면서 도움을 주겠다고 하지만, 어쨌거나 메이브에게 필요한 건 휴식이야. 의사들이 늘 말하는 게 그거 아니야? 같이 있어줄 사람이 더 필요하지는 않아."

나는 내가 같이 있어줄 아무나는 아니라고 생각한다고 말했지만, 그 말을 하자마자 내가 정확히 그런 사람인 것을 깨달았다. 그들은 내가 가기를 기다리고 있었다.

"조만간 뉴욕으로 돌아와. 그럴 이유가 줄줄이 있어."

"곧 돌아갈게." 내가 아내에게 말했다. "그저 다 괜찮은지 확인하고 싶을 뿐이야."

"괜찮아?" 셀레스트가 물었다. 셀레스트는 내 어머니를 한 번도 만나본 적이 없었지만, 자연스레 생겨난 불신은 나 자신의 그것을 훨씬 넘어서 있었다.

나는 메이브의 부엌에 서 있었다. 어머니는 의사의 지시를 써놓은 종이를 냉장고에 자석으로 붙여놓았다. 플라스틱 약병을 다른 보관용기 앞에 한 줄로 나란히 세워놓고 각각의 약을 몇시에 줘야 하는지 적어놓았다. 어머니는 방문객의 수를 신중히 제한하고, 방문 시간이 끝나면 문 쪽으로 슬쩍 찔렀다. 물론 오터슨 씨는 예외여서, 그에게는 존중을 다했다. 오터슨 씨는 자신이 환영받는 시간보다 결코 더 오래 머물지 않았고, 날씨가 좋으면 메이브와 같이 거리를 걷다가 돌아왔다. 그렇지 않으면 어머니가 메이브를 데리고 두 시간마다 뒷마당을 두 바퀴씩 돌았다. 지금 그들은 거실에서, 두 사람 다 읽은 『하우스키핑』이라는 소설에 대해 이야기를 나누고 있었는데, 두 사람 다 자기가 가장 좋아하는 책이라고 말했다.

"응?" 셀레스트가 묻고, 이어 말했다. "아니. 잠깐 기다려. 아빠야. 받아봐." 아내는 다시 내게 말했다. "딸한테 인사해."

"안녕, 아빠." 메이가 말했다. "아빠가 집에 빨리 안 오면 저자극성 강아지를 키울 거예요. 스탠더드푸들로 할까 생각중이에요. 이름은 스텔라로 할 거고요. 고양이를 갖고 싶었는데, 엄마가 저자극성 고양이 같은 건 없다고 했어요. 엄마는 케빈이 고양이 알레르기가 있다고 말하는데, 엄마가 어떻게 알아요? 그앤 고양이 근처에 가본 적도 없는데."

"무슨 이야기를 하는 거니?"

"잠깐만요." 메이가 목소리를 낮춰 말했고, 문이 닫히는 소리가 들렸다. "내가 개를 키운다는 이야기만 하면 엄마는 방에서 나가요. 마술을 쓴 것 같다니까요. 나도 메이브 고모 보러 젠킨타운에 갈 거예요."

"엄마가 같이 오니?"

메이가 어른의 온갖 바보 같은 면을 마주할 때 주로 내는 소리를 냈다. "혼자 갈 거예요. 아빠가 기차역에 저를 데리러 와야 해요."

"혼자 기차를 타고 온다는 말은 아니겠지." 우리는 메이가 혼자 지하철을 타게 하지 않았다. 버스는 혼자 타게 하고 택시도 그렇게 했지만, 열차는 어떤 종류든 허락하지 않았다.

"있잖아요, 메이브 고모가 심장발작으로 쓰러졌어요." 아이는 새 소식을 전하듯 말했다. "고모는 내가 왜 아직 고모를 보러 오지 않는지 궁금할 거예요. 그리고 엄마가 그러는데, 우리의 인도 할머니가 집에 와 계신대요. 나는 할머니도 만나보고 싶어요. 지금 이 시점에 새 할머니를 찾아낸다는 거 굉장하잖아요."

무슨 시점이라는 거지? "할머니는 인도 사람이 아니야." 나는 부엌 밖으로 카우치 위 메이브 옆에 앉아 있는 하얀 얼굴의 아일랜드계 어머니를 바라보았고, 이어 두 사람 모두를 등졌다. "할머니가 인도에서 살긴 했는데, 오래전 일이야."

"뭐가 됐건 나는 기차를 탈 거예요. 아빠도 부활절에 메이브 고모를 보러 갔다가 뉴욕에서 돌아올 때 혼자 기차를 탔다면서요. 나는 열네 살이라고요, 맙소사."

"나는 네가 맙소사, 라고 말하는 게 싫어. 꼭 내 아버지 같거든."

"여자가 남자보다 빨리 성숙한다니까, 그걸 고려하면 엄밀히 말해 지금의 나는 그때 아빠보다 두 살 이상 더 많은 거라고요."

내가 정말로 그 이야기를 했던가? 물론 메이는 그때의 나보다나이가 더 많았다. 아마 이십 년은 더. 하지만 메이 혼자 기차를 타게 할 생각은 전혀 없었다. "그거 좋은 생각이다만, 내일 메이브 고모를 데리고 병원에 갔다 온 뒤에 아빠는 집에 돌아갈 거야."

"아빠가 의사잖아요." 아이가 빽 소리를 지르며 말했다.

"저기 말이다, 메이, 엄마한테 잘해드려."

"잘하고 있어요." 아이가 대답했다. "하지만 엄마 때문에 미쳐버릴 것 같아요. 『펜실베이니아에 갈 수 없는 육백만 가지 이유』라는 책을 쓰려고 해요. 할머니에게 인사드리게 해주세요."

어머니는 내 아이들에 대해 묻지 않았다. 한마디도 하지 않았다. 플러피는 자기가 이미 아이들에 대해—케빈의 과학 성적이나 메이의 무용에 대해—다 말했고, 메이브도 말했기 때문이라고 했다. 플러피는 어머니가 정말로 알고 싶어했다고, 어머니가 내게 물어보지 않은 건 내 탓이라고 했다. 내 입에서 나오는 문장에 내가 어떻게든 기필코 얼음을 씌워놓아서 그렇다고. "할머니는 주무셔." 내가 말했다.

"왜 주무세요? 지금 두신데요. 아픈 사람은 할머니가 아니잖아요."

"할머니는 나이가 많으니까." 내가 다시 고개를 돌려 다른 방에 있는 어머니를 쳐다보며 말했다. 어머니는 웃고 있었다. 짧은 머리칼, 풍상에 시든 피부, 검버섯이 생긴 손, 어떤 누구의 어머니일 수도 있었지만, 그녀는 내 어머니였다. "깨어나시면 네가 전화했다고 말씀드릴게."

어머니가 부재한 시간 동안 갔었다고 주장한 많은 장소들 중 어머니가 어느 한 곳에라도 실제로 살았음을 나타내는 표시는 전혀 없었다. 어머니의 가방이 메이브의 옷방에 있으니, 지금은 어머니가 메이브의 집에서 산다고 할 수 있는지도 궁금했다. 나는 집에 돌아가자마자 지난 두 주 동안의 이야기를 자세히 풀어놓으면서 내가 품은 모든 의심으로 설레스트를 즐겁게 해주었다.

"그분이 노숙자라는 거야?" 설레스트가 물었다. 그녀가 저녁식사를 준비하는 동안 우리는 부엌에 서 있었다. 생선을 좋아하지 않지만 먹으면 더 똑똑해진다고 읽은 메이와 우리 둘은 연어를 먹었고, 그런 건 신경쓰지 않는 케빈은 햄버거를 두 개 먹었다. 내가 하루 전날 문을 열고 처음 들어갔을 때 아이들은 아주 좋아했지만, 그뒤에는 내가 자기들이 늘 알던 사람 그대로인 것을 깨달았다.

"집이 없다는 의미에선 노숙자고, 다리 밑에서 잠을 자는지의 문제라면 노숙자는 아니야." 하지만 내가 어떻게 알겠는가?

"당신 부모님이 혹시 이혼이란 걸 애초에 하지 않았다는 것도 가능한가? 플러피는 그렇게 생각하더라고. 플러피는 당신 어머니가 여전히 그 집의 주인인데, 그걸 모르는 걸 수도 있다고 생각해."

나는 플러피가 추측으로 그 이야기를 꺼냈을 거라고 생각했다. 당연히 설레스트에게 전부 이야기하지는 않았을 것이다. "이혼한 건 맞아. 아빠는 미영사관에서 근무하는 남자에게 돈을 주고 뭄바이에서 엄마가 탄 배를 기다리게 했어. 미리 우편으로 이혼 서류를 보내놓았고, 그 남자는 엄마를 곧장 영사관으로 데려가 공증인 앞에서 서류에 서명하게 한 거야. 모든 게 아주 법적으로 진행됐지. 이혼 서류를 들고 있던 남자는 엄마에게 아빠가 쓴 편지 또한 건넸고, 거기엔 다시는 집에 돌아오지 말라는 말이 적혀 있었어. 그 남자가 그 자리에서 모든 걸 처리한 것 같아." 이건 누가 내게 해준 이야기라기보단 내 주변에서 들려온 무수한 이야기 중 하나였고, 메이브는 만약 그 편지가 사랑과 연민의 증거였더라면 어머니는 그 자리에서 곧장 건널 판자를 건너 집으로 돌아오는 배를 탔을 거라고 말했다. 어머니는 그랬을 거라고 인정했다.

"그런 거면 당신 어머니가 숨은 부자는 아니네."

내가 고개를 끄덕였다. "보란듯이 가난한 거지."

"그러면 이제 당신이랑 누나가 어머니를 돌봐야 하는 건가?" 셀레스트는 개수대에 놓아둔 작고 빨간 감자를 한 알씩 솔로 문질러 다듬었고, 나는 그러는 동안 따놓은 와인이 없는지 냉장고 안을 살폈다.

"내가 엄마를 돌볼 일은 없어."

"하지만 당신은 메이브를 돌보고 있고, 메이브는 어머니를 돌보게 되겠지."

나는 그 문제를 생각해보았다. 그리고 와인을 찾아냈다. "음, 당분간은 어머니가 메이브를 돌보는 거지." 음식도 만들고 약도 챙기고 빨래도 하고 방문객도 맞고.

"당신 역할은?"

나는 지켜보고 있었고, 그게 내 역할이었다. 나는 모든 상황에 내 불편한 존재를 끼워넣고 있었다. "나는 메이브가 괜찮은지, 그것만 확실히 해두고 싶어."

"메이브가 또 심장발작을 일으킬까봐 두려워서, 아니면 메이브가 결국 당신보다 어머니를 더 좋아하게 될까봐 두려워서?"

나는 와인을 잔 두 개에 다 따를 생각이었지만, 우리의 대화가 흘러가는 방향을 보고 내 잔에만 따르기로 했다. "이건 시합이 아니야."

"알았어, 훌륭해. 이게 시합이 아니면 두 사람만 있게 놔둬. 당신은 어머니한테 관심이 별로 없는 것 같고, 메이브는 이미니 말고 누구에게도 눈길을 주지 않는 것 같으니까."

이 시점에 나는 메이브가 아플 때 설레스트가 놀랄 만큼 사려 깊었다는 말을 해야 한다. 이틀에 한 번씩 사랑한다는 말이 담긴 아이들의 카드를 보냈고, 메이브가 퇴원했을 때는 어마어마하게 큰 통에 담긴 작약이 앞쪽 포치에 놓여 있었다. 펜실베이니아주 동부 전체에 남은 작약이 한 송이도 없을 것 같았다.

"설레스트한테 내가 작약 좋아한다고 말했어?" 메이브가 카드를 보면서 내게 물었다.

하지만 사실 나는 누나가 작약을 좋아한다는 걸 몰랐다.

"우리가 왜 이 문제로 다투는 거지?" 내가 설레스트에게 물었다. "나는 집에 와서 그저 좋아."

그녀가 마지막으로 다듬은 감자를 물 빼는 소쿠리에 다시 넣고 손을 닦았다. "내가 아는 대로라면 메이브는 줄곧 어머니가 돌아오기를 바랐어. 당신하고 누나가 그 오래된 집 앞에 차를 세우는 건 그러면 메이브가 엄마를 떠올릴 수 있기 때문이고, 두 사람이 서로 손목이 철사로 묶인 것처럼 인생을 헤쳐가는 건 엄마에게 버림받았기 때문이야. 그리고 어머니가 돌아오니까, 당신 누나는—하느님 그녀를 살펴주시길—마침내 행복한 거야. 당신은 우울하기로 작정한 사람 같고. 당신 스스로 고통에서 벗어나지 않고 싶어하는 것 같아. 메이브가 그렇게 많이 걱정되면, 그리고 메이브가 지금 행복하면, 왜 그냥 행복하게 두지 않아? 누나는 어머니와 함께 살고, 당신은 우리와 함께 살면 돼."

"그건 거래 같은 게 아니야."

"하지만 그게 당신이 두려워하는 거야, 안 그래? 당신 어머니가 벌받지 않는 것. 메이브가 당신하고 있을 때보다 어머니하고 있을 때 더 행복해하는 것."

메이가 이층에서 소리를 질렀다. "엄마 아빠가 이야기하는 소리가 내 귀에 한 단어도 안 빼고 다 들리는 거 모르세요? 이 집에는 환기구가 있다고요. 두 분. 싸우고 싶으면 레스토랑으로 가세요."

"우리는 싸우는 게 아니야." 내가 목소리를 키워 말했다. 나는 아내를 보고 있었고, 아주 잠시 그녀의 동그랗고 푸른 눈과 노란 머리카락을 보았다. 내 인생의 절반 이상을 알아온 여인이 내 눈앞에 떠올랐다가, 그만큼 빠르게 사라졌다.

"우리 싸우는 거 맞아." 설레스트가 말했다. 시선을 내게 붙박은 채, 목소리를 나만큼 키워서. "하지만 곧 끝날 거야."

나는 여러 아파트를 돌며 무너질 것 같은 벽이 없는지 살피고 케빈과 농구를 하고 메이가 독백할 대사를 암기하는 것을 도우면서 그해 여름 전부를 뉴욕의 집에서 보낼 수도 있었을 것이다. 설레스트 말고는 누구도 신경쓰지 않았을 테고, 설레스트는 행복해했을 것이다. 하지만 마치 메이브가 정말로 무사하다고 믿을 수 있는 방법이 내 눈으로 직접 확인하는 것밖에 없는 것처럼, 나는 한 주도 거르지 않고 젠킨타운으로 돌아갔다. 나를 늘 반겨주는 노크로스 가족의 정사각형 집에서 잠을 잤고, 래브라도레트리버종 개는 이제 라모나라는 이름이었다. 그곳과 메이브의 집을 오가고 철물점을 끊임없이 왕복해야 했기 때문에 뉴욕에서 차를 몰고 거기로 갔다. 나는 새로운 할일이 없는지 계속 찾았는데, 한편으로는 거실에 가만히 앉아 그들을 쳐다보고만 있는 것을 피하고 내 존재를 정당화하기 위해서였다. 전등 스위치를 고치거나 캐비닛에 페인트칠을 하거나 썩은 창틀을 바꾸고 싶다는 마음은 숨은 의미를 생각해볼 필요도 없는 은유 같은 것이었다.

매주 내가 떠날 때마다 아이들 하나나 둘이 같이 가고 싶다고 선언했다. 아이들은 그곳에 가서 하는 모든 걸 좋아하는 것 같았다. 셀레스트의 부모님과 보내는 시간, 메이브와 보내는 시간, 도시 밖에서 보내는 여름날까지. 그들은 어머니를 추운 지방에서 굴러들어온 스파이처럼 '요주의 인물'이라고 불렀다. 어머니는 아이들에게 흥미로운 존재였고, 아이들은 어머니에게 흥미로운 존재였다. 셀레스트와 나는 아이들을 내 어머니에게서 떼어놓고 싶다는 데 마음이 같았지만, 그럴수록 아이들은 차를 향해 질주할 뿐이었고, 그게 그렇게 나쁜 것은 아니었다. 당시에도 나는 거기 가는 것을 상황의 큰 부산물로 인식했다. 케빈과 나는 대니 타타불에 대해 분석하면서 그가 양키스에서 최고 연봉을 받는 선수가 될 자격이 있는지를 따졌고, 한편 메이는 우리 대화의 사운드트랙처럼 노래를 불렀다. 우리는 이 년 전 메이를 〈집시〉 리바이벌 공연에 데려갔는데, 메이는 아직 그 여운에서 벗어나지 못하고 있었다. "에그

롤 좀 드세요, 골드스톤 씨. 냅킨을 쓰세요, 젓가락을 들어요, 의자에 앉아요!" 아이는 열정적으로 알토 성역대의 노래를 뽑아냈다. 우리는 아이를 뒷좌석에 앉게 했다. 아이는 노래에 더 집중하고 시간을 쓰려고 아메리칸 발레 학교는 그만두었다.

"이게 발레보다 더 나빠요." 케빈이 말했다.

어머니의 말에는 점점 더 힘이 실리고 있었다. 우리 사이에 진정한 대화는 오가지 않았음에도 그녀는 내가 있는 자리에서 점점 편안한 모습을 보이고 있었다. 아이들은 어머니에게 고마운 존재였는데, 그들은 아무 반감을 보이지 않았기 때문이다. 어머니와 케빈은 어머니가 성장하던 시대에 있었던 다저스 대 양키스의 경기에 대해 이야기했고, 그러는 동안 메이는 메이브와 함께 프랑스어로 말하고 메이브는 메이의 머리칼을 프렌치 스타일로 땋아주었다. 메이는 6학년 때부터 프랑스어를 배워서, 우리가 이번 여름에 자기를 파리에 보내줬어야 한다고 생각했다. 열네 살짜리 아이는 여름을 혼자 파리에서 보내지 않는다고 말해주는 대신, 나는 메이브가 아픈 상황이니 파리는 불가능할 거라고 말해주었다. 그래서 메이는 틈만 나면 동사 활용을 연습하기로 한 것이었다. je chante, tu chantes, il chante, nous chantons, vous chantez, ils chantent.* 나는 굴뚝 연통을 교체하는 작업을 하고 있었다. 카펫 위에 신문을 펼쳐놓았지만, 내가 예상한 것보다 더 규모가 크고 지저분한 작업이었다.

---

* 프랑스어에서 동사의 형태는 주어와 시제에 따라 달라진다. '나는 노래한다, 너는 노래한다, 그는 노래한다, 우리는 노래한다, 너희는 노래한다, 그들은 노래한다'라는 뜻.

"나는 프렌치 보더거라이*를 사랑했어." 프렌치라는 이름의 야구 선수 이야기가 내 딸과 아들의 관심을 모두 끌리라 생각하며 말한 것이었다. "내가 수녀원에 들어가기 직전에, 아버지가 나하고 같이 보려고 에베츠 필드**에서 하는 경기 표 두 장을 샀어. 아버지가 그 돈을 어떻게 마련했는지 모르겠지만, 자리는 삼루수 바로 뒤, 프렌치 바로 뒤였어. 그 시간 내내 아버지가 '주위를 잘 살펴봐, 엘나. 여기 온 수녀님이 어디 있니?' 하고 말했단다."

"할미니가 수녀님이었이요?" 게빈이 자신이 수녀에 대해 알고 있는 것과 할머니에 대해 알고 있는 것 사이에 연관성을 찾을 수 없다는 듯 그렇게 물었다.

어머니가 고개를 가로저었다. "나는 관광객에 가까웠어. 거기서 두 달도 채 지내지 않았는걸."

"Pourquoi es-tu parti?" 메이가 물었다.

"왜 떠났는지 묻는 거예요." 메이브가 말했다.

당시 어머니는 늘 깜짝 놀란 표정을 하고 있었다. 우리가 그 모든 걸 모른다는 사실이 늘 놀랍다는 듯이. "시릴이 찾아와서 나를 데려갔어. 그는 테네시강 유역 개발공사를 하러 몇 년 동안 테네시에 가 있다가 다시 집으로 돌아왔는데, 그때 내 오빠를 만난 거야. 시릴과 제임스는 예전부터 친구 사이였거든. 제임스가 내가 어디 갔는지 알려줬어. 제임스는 내가 수녀 되는 걸 싫어했거든. 시릴이

---

* 미국의 프로야구 선수로, 1934년에서 1945년까지 시카고 화이트삭스, 브루클린 다저스 등에서 외야수 및 삼루수로 활약했다.
** 뉴욕주 브루클린에 있는 야구장으로, 예전에 브루클린 다저스의 홈구장으로 사용되었다.

브루클린에서 수녀원까지 먼길을 걸어왔고, 마침내 거기 도착했을 때 문을 열어준 수녀님에게 자기가 오빠인데 아주 안 좋은 소식을 가져왔다고 말한 거야. 비극적인 소식을 가져왔다고. 당시 수녀원에서는 방문자를 받지 않았는데도 수녀님은 나를 부르러 왔어."

"할아버지가 뭐라고 말했어요?" 잠시 케빈은 야구에 대한 생각은 아예 잊었다.

"시릴이 말했지. '엘나, 여긴 당신이 있을 곳이 아니야.'"

우리 모두 서로 쳐다보았다. 내 아들이, 내 누나가, 머리칼을 절반만 땋은 내 딸이. 그리고 마침내 메이브가 말했다. "그게 다예요?"

"지금은 그 이야기가 대단치 않게 들릴 거야." 어머니가 말했다. "하지만 그게 모든 걸 바꿔놓았어. 그게 너희 넷이 여기 있는 이유라는 것, 그건 말해줄 수 있겠구나. 그는 밖에서 나를 기다리겠다고 말했고, 나는 들어가서 작은 가방을 챙기고 모두에게 작별인사를 했어. 그때는 젊다고 해도 지금과는 달랐지. 우린 상황을 철저히 잘 따져보지 못했어. 전쟁이 다가오고 있었고, 모두 그 사실을 알고 있었어. 우리는 맨해튼을 통과하면서 수녀원에서 웨스트사이드까지 쭉 걸었어. 다리를 건너기 직전에 커피와 샌드위치를 먹었고, 브루클린에 이르렀을 때는 이미 모든 문제에 대한 이야기를 마친 뒤였어. 결혼하고 가정을 꾸리기로 했고, 정말로 그렇게 했어."

"그를 사랑했어요?" 메이가 메이브에게 물었고, 메이브가 프랑스어로 말했다. "L'aimais-tu."

"L'aimais-tu?" 메이가 내 어머니에게 물었는데, 어떤 질문은 프랑스어로 할 때 가장 잘 전달되기 때문이었다.

"물론 사랑했지." 어머니가 말했다. "우리가 브루클린에 돌아갔을 때쯤엔 사랑했어."

그날 밤 우리가 떠나기 전에, 메이는 손가방에서 무지개 광채가 나는 분홍색 매니큐어를 꺼내 할머니의 손톱에 발라준 뒤 고모의 손톱에, 그리고 자신의 손톱에 발랐다. 하나하나 바를 때마다 정성을 들이고 집중했다. 다 끝난 뒤 어머니는 감탄을 멈추지 못했다. "작은 조개 같구나." 어머니가 말했고, 그들은 함께 불빛 속에서 손을 위아래로 뒤집어보았다.

"손톱에 매니큐어 칠해본 적 없으셨죠?" 메이가 물었다.

어머니가 고개를 가로저었다.

"부자였을 때도 안 해보셨죠?"

어머니가 메이의 손을 잡아 메이브와 자신의 손에 올리고 그 모든 반짝거리는 조개를 한꺼번에 쳐다보았다. "그때도 안 해봤지." 어머니가 말했다.

여름을 보내는 동안 설레스트도 그곳에 왔다. 그녀는 자신의 부모님을 보러 오곤 했다. 케빈을 내려주고 메이를 데려가고, 그렇게 하면서 내 어머니를 여러 번 만났다. 하지만 그들이 같은 공간에 있을 때조차 설레스트는 어머니를 피하는 방법을 알아냈다. "부모님 집에 다시 가봐야 해요." 그녀는 문을 열고 들어오자마자 말했다. "엄마가 저녁 차리는 걸 돕겠다고 약속했거든요."

"아무렴 그래야지!" 어머니가 말했고, 메이브는 마당으로 나가 설레스트가 집으로 가져갈 수 있게 자주색 접시꽃을 잘라 한 묶음 가져왔다. 그들 중 누구도 설레스트가 이미 문 쪽으로 가고 있는 걸 보지 못한 것 같았다. 심장발작이 일어나고 어머니가 돌아오는 와중에 메이브가 내 아내를 향해 들고 있던 밝은 분노의 횃불은

꺼지고 잊힌 것 같았다. 누나는 설레스트가 식탁에 같이 앉은 것에 대해 전적으로 좋아했던 만큼, 설레스트를 보내는 것에 대해서도 전적으로 좋아했다. 나는 부엌 바닥에 앉아, 냄비와 팬을 쉽게 꺼낼 수 있도록 각각의 그릇장 바닥에 설치한 레일에 내가 만든 얇은 나무판을 나사로 고정시키고 있었다. 케빈은 내 옆에 앉아 내가 달라고 할 때마다 나사를 건넸고, 그해 여름 내내 끊임없이 돌아다닌 설레스트는 두 손에 한아름 꽃을 든 채 잠시 걸음을 멈추고 나를 쳐다보았다.

"나도 늘 그게 있었으면 했는데." 그녀는 내가 그런 게 있다는 걸 아는 게 놀랍다는 듯 말했다.

나는 전동드릴을 내려놓았다. "정말로? 나한테 말했었나?"

그녀가 고개를 가로젓고 손목시계를 쳐다보았다. 그러고는 아이들에게 갈 시간이라고 말했다.

그렇게 하루하루가 흘러갔다. 메이브는 오터슨 씨의 회사로 돌아가 예전처럼 불규칙적인 일정에 따라 움직였다. 누나가 직장에 대한 걱정은 덜한다고 말해야겠지만, 솔직히 누나가 그 걱정을 한 적이 있었던 것 같지도 않았다. 케빈과 메이는 개학해서 다시 학교에 갔다. 내가 젠킨타운으로 가는 간격이 점점 길어졌고, 그리고 더 길어졌다. 우리 어머니는 거기서 지냈다. 그녀는 소맷동의 올이 풀리는 진녹색 스웨터를 버렸고, 메이브는 그녀에게 새 옷을 사주고 손님방에 새 침대보와 커튼을 들여놓았다. 이제 그 방은 더이상 손님방이라고 불리지 않았다. 그들은 함께 필라델피아로 운전해 가서 오케스트라 공연도 보았다. 필라델피아 공립도서관에 가서 책도 읽었다. 어머니는 가톨릭 자선단체에서 하는 푸드 팬트리 일을 자원했고, 두 주도 안 돼서 책임자를 만나고 있었다. 지역사회에서 많은 도움을 필요로 한다고, 어머니는 말했다. 그리고 그 필요를 채울 방안을 내놓았다.

메이브와 어머니는 늦가을 어느 금요일에 치킨 앤드 덤플링을 만들고 있었다. 새로 알게 된 사실은, 어머니가 음식을 잘 만드는 사람이었다는 것이다. 부엌은 비좁고 따뜻했고, 그들은 서로의 주변에서 효율적으로 움직였다. "더 있다 가." 내가 더치오븐의 뚜껑을 들고 기기 얼굴을 가져가 김이 솔솔 나는 냄비 안을 들여다보는데 어머니가 말했다.

나는 고개를 가로저었다. "케빈이 시합에 나가요. 이십 분 전에 차를 탔어야 해요."

메이브가 밀가루 묻은 손을 허리에 묶어둔 행주에 닦았다. "잠시 밖에 나가자. 네가 가기 전에 홈통에 대해 물어보고 싶은 게 있어."

누나는 문 앞에서 빨간색 두꺼운 모직 반코트를 걸쳤다. 누나는 늘 그걸 헛간 코트라고 불렀지만, 누나가 헛간에 들어가본 적이 있었을 것 같진 않았다. 우리는 추운 날 늦은 오후의 햇살 속으로 걸어나갔고, 다음번 방문했을 때 갈퀴로 쓸어달라는 부탁을 받게 될 빨간색과 금색의 나뭇잎이 우리 발치에 떨어져 나뒹굴고 있었다. 우리는 집 모퉁이에 멈춰 서서 홈통이 지붕에서 떨어져나오기 시작한 지점을 살펴보았다.

"그래서 그건 언제 끝나?" 메이브가 고개를 들며 물었다.

지붕에 대해 이야기한다고 생각하면서, 나 역시 고개를 들었다. "뭐가 언제 끝나?"

"심술부리는 거, 벌주는 거." 메이브가 손을 코트 주머니 깊숙이 집어넣었다. "너한테 힘든 일인 거 알지만, 내 진짜 마음을 말해주면, 이제 그런 식으로 생각하는 거 지긋지긋해. 내 심장발작이 네게 힘들었다는 식으로, 우리 어머니가 돌아온 게 네게 힘들었다는 식으로."

나는 놀랐고, 그만큼 빨리 방어적이 되었다. 지난 여섯 달 동안 내 생활은 메이브에게 집중되어 있었고, 어머니에 대한 감정을 나 혼자 안고 있으려고 노력도 많이 했다. 솔직히, 나는 더 괜찮아져 있었다. "나는 누나가 걱정이야, 그냥 그거야. 누나가 괜찮은지 확인하고 싶은 거라고."

"그거라면, 난 괜찮아."

메이브와 나는 모든 것을 이야기하는 사이였기 때문에, 전에 이 이야기를 하지 않았다는 게 터무니없게 느껴졌다. 하지만 더이상 우리 둘만 있을 기회가 없었다. 우리의 종달새 같은 어머니가 늘 우리 사이에 들어와 자리를 잡고, 우리의 대화를 수프 레시피나 가난에 대한 향수어린 추억으로 축소시켰다. "이 모든 게 괜찮아?"

메이브가 길을 내려다보았다. 나는 우리끼리 따로 나온 이유가 우리 삶의 상황을 이야기하기 위해서란 걸 몰랐었기 때문에 코트를 입고 나올 생각을 미처 못해서, 지금은 추웠다. "시간은 한정적이야." 메이브가 말했다. "지금은 그걸 더 잘 알 것 같아. 열 살 때부터 엄마가 돌아오기를 바랐는데, 이제 엄마가 여기 있어. 나는 그 시간을 내 분노를 표출하는 데 쓸 수도 있고, 세상에서 가장 운이 좋은 사람으로 느끼며 보낼 수도 있어."

"선택지는 그 두 개야?" 나는 더이상 그러지는 않지만, 차를 몰고 더치 하우스 앞으로 가서 잠시 우리끼리만 앉아 있으면 좋겠다고 생각했다.

메이브는 홈통을 돌아보고 고개를 끄덕였다. "거의 그렇지."

오터슨 씨의 통찰력과 메이브의 회복을 빼면, 나는 관련된 어떤 문제에 대해서도 운이 좋다는 느낌은 상상할 수 없었다. 어머니의 이득은 내 결정적인 손실을 의미했다. "엄마가 떠난 뒤 우리에게 무슨 일이 일어났는지 엄마가 알긴 해? 앤드리아에 대해, 앤드리아 가 우리를 어떻게 내쳤는지에 대해 말했어?"

"맙소사, 엄마는 당연히 앤드리아에 대해 알고 있어. 우리가 여름 내내 카드 게임만 한 줄 알아? 나는 엄마에게 그사이 일어난 모든 일에 대해 말했고, 나도 엄마에게 어떤 일이 있었는지 알아. 누군가에 대해 관심을 가질 때 뭘 알아낼 수 있는지는 놀랍지. 그리고 이 모든 대화는 네게 열려 있어. 네가 배제됐다고 생각하지 마. 엄마가 말을 시작할 때마다 방에서 나갈 핑계를 찾은 건 너야."

"엄마는 내겐 관심이 없어."

메이브가 고개를 가로저었다. "철 좀 들어."

마흔다섯 살이 들기엔 우스꽝스러운 소리로 들려 나는 웃기 시작했고, 그러다 뚝 멈추었다. 우리가 무슨 일로든 싸운 건 정말 오랜만이었다. "좋아, 누나가 엄마에 대해 그렇게 많이 안다면, 엄마가 왜 떠났는지 말해봐. 벽지가 마음에 들지 않아서, 그런 이유는 대지 마."

"엄마는……" 메이브가 말을 멈추고 숨을 내쉬었고, 얼어붙은 숨을 보자마자 나는 담배 연기가 떠올랐다. "사람들을 돕고 싶어했어."

"가족 말고 다른 사람들."

"그건 엄마의 실수였어. 그거 모르겠어? 엄마는 그걸 아주 부끄

382

러워해. 엄마가 인도에서 돌아왔을 때 우리에게 한 번도 연락하지 않은 게 그래서고. 엄마는 지금 네가 엄마를 대하는 식으로 우리가 엄마를 대할까봐 두려웠던 거야. 네가 엄마한테 못되게 굴어도 엄마는 자기가 그런 일을 당해도 마땅하다고 믿고 있어."

"나는 못되게 굴지 않았어, 믿어줘. 하지만 그건 엄마가 마땅히 느껴야 하는 거야. 실수한다는 건, 바닥 판자가 자리를 잡을 시간을 충분히 주지 않고 마감해버리는 걸 말하니까. 인도에 사는 가난한 사람들을 돕기 위해 자기 자식을 버리는 건, 모르는 사람의 애정을 바라는 나르시시스트라는 의미야. 케빈과 메이를 보면서, 나는 누가 그애들에게 그런 짓을 할 수 있을까 생각해. 어떤 사람이 자기 아이들을 두고 떠나지?" 관상동맥질환 집중치료실의 대기실로 들어가 거기서 어머니를 본 순간부터 내 입안에 그 말이 담겨 있었던 것처럼 느껴졌다.

"남자들은 어떻고!" 메이브가 거의 소리치듯 말했다. "남자들은 늘 자기 아이들을 떠나는데 세상은 그런 남자를 칭송하지. 부처도 떠났고, 오디세우스도 떠났고, 누구도 그들의 자식들에 대한 말은 하지 않아. 그들은 뭐가 됐건 자기들이 하고 싶은 걸 하겠다고 그 고귀한 여행을 시작했고, 우리는 수천 년이 지난 지금도 여전히 그걸 찬양하고 있어. 우리 엄마는 떠났지만 돌아왔고, 우리는 괜찮아. 그 상황을 좋아하진 않았지만, 어쨌든 우린 살아남았어. 나는 네가 엄마를 사랑하지 않든 좋아하지 않든 상관없지만, 네가 엄마한테 예의는 갖춰주면 좋겠다. 내가 그걸 원한다는 것 말고 다른 이유는 없다 해도. 네가 나한테 그만큼은 진 빚이 있잖아."

누나의 뺨이 빨갰고, 그저 날씨가 추워서 그랬을 수도 있지만,

누나의 심장을 걱정하지 않을 수 없었다. 나는 아무 말 하지 않았다.

"분명히 해두자면, 나는 비참한 게 지긋지긋해." 누나가 말하고, 돌아서서 다시 안으로 들어갔다. 나만 혼자 나뭇잎의 소용돌이 속에 남겨져 내가 누나에게 진 빚이 무엇일지 생각했다. 어떻게 계산해도, 모든 게 빚이었다.

그래서 나는 달라지기로 결심했다. 내 성격과 나이를 고려하면 달라지는 건 불가능해 보였지만, 그러지 않으면 내가 무엇을 잃게 될지 정확히 알고 있었다. 화학의 문제로 다시 돌아온 거였다. 요점은 내가 그걸 좋아하는지, 좋아하지 않는지가 아니었다. 요점은 그렇게 해야 한다는 것이었다.

18장

　메이브와 어머니가 필라델피아미술관에서 하는 피사로 전시회 표가 있다면서, 전시를 보고 나서 나를 태워가면 될 것 같다고 해서 나는 기차를 탔다. 나는 역사 안으로 걸어들어갔고, 곧바로 열린 문을 통해 날아들어와 안에 갇힌 참새 두 마리를 걱정하고 있는 그들을 보았다. 이번만큼은 누나가 나를 보기 전에 내가 먼저 누나를 보았다. 누나는 곧고 강해 보였고, 머리를 뒤로 젖힌 채 어머니에게 새가 어디 내려앉았는지 보여주려고 손가락으로 천장을 가리키고 있었다. 누나가 심장발작을 일으킨 지 일 년이 지났다—건강하게 지낸 한 해, 두 사람이 오롯이 함께 보낸 한 해였다.

　"기차에서 누구 낚은 건 아니지?" 내가 다가갔을 때 메이브가 말했다. 누나가 나를 데리러 와서 내 몸을 잡고 흔들던 시절을 상기시키는 오래된 농담이었다.

　"아무 일 없이 평온하게 타고 왔어." 내가 두 사람에게 키스했다.

우리가 주차장에 도착했을 때 어머니는 자기가 운전하겠다고 말했다. 메이브는 완전히 회복된 뒤, 어머니의 건강 개선 계획에 착수했다. 지난 여섯 달 동안 어머니는 양쪽 눈에 백내장 수술을 받았고, 기저세포암종을 세 개 제거했고(왼쪽 관자놀이에서 하나, 왼쪽 귀 위에서 하나, 오른쪽 콧구멍에서 하나), 치과 치료를 상당히 받았다. 하우스키핑, 메이브는 그걸 그렇게 불렀다. 내가 비용을 댔다. 처음에 메이브는 그 문제로 나와 다퉜지만, 나는 누나가 바라는 게 내가 더 잘하는 거라면, 더 잘하게 두라고 말했다. 셀레스트에게 이런 이야기는 아예 하지 않았다.

"다시 눈이 잘 보인다는 게 어떤 건지 넌 몰라." 어머니가 말했다. "그건……" 어머니가 전신주를 가리켰다. "여섯 달 전만 해도 나는 저게 나무라고 말했을 거야."

"보는 관점에 따라 나무일 수도 있어요." 메이브가 말하고 자신의 스테이션왜건 뒷좌석에 올라탔다.

어머니는 안과 의사가 선물로 준 아주 큰 재키 오나시스 스타일의 선글라스를 쓰고 있었다. "시비츠 선생님이 내 백내장 상태가 아주 안 좋았던 이유가 선글라스를 쓰지 않았기 때문이래. 내가 주로 햇빛이 강한 지역에서 살았잖아."

메이브가 손가방을 열고 선글라스를 찾는 동안 어머니는 주차장을 빠져나와 필라델피아의 미로를 통과했다. 나는 어머니와 같은 차에 탄다는 게 유난히 불안했지만, 일단 차들 사이에서 자리를 잡자 어머니는 속도를 높여 유지했다. 어머니와 메이브는 여전히 피사로에 대해, 노르망디와 파리에서 그린 그의 작품들과 그가 사람과 빛을 이해한 방식에 대해 이야기했다. 그들은 피사로가 두 사람이 존경하는 친구인 것처럼 이야기했다.

"우리, 파리에 가요." 메이브가 어머니에게 말했다. 어디에도 가고 싶어하지 않았던 메이브가.

어머니는 그러자고 했다. "지금이 딱 좋은 때야"라고 말했다.

나는 필라델피아로 가는 기차를 타면 늘 화학이 생각났다. 그리고 모리 에이블이 1장을 확실히 이해하지 못하면 2장을 공부하는 건 불가능하다고 말해주던 것이. 어머니가 돌아왔을 때 메이브가 한 게 바로 그것이었다. 무슨 일이 일어났는지 완벽히 이해하게 될 때까지 처음으로 되돌아간 것이다. 하지만 나로 말하자면 이 학문은 정반대였다. 어머니를 지금의 모습—볼보를 모는 늙은 여인—으로 볼 수 있을 때만 나는 그녀가 괜찮다고 생각했다. 열정적이고, 도움을 베풀려고 하고, 멋지게 웃는 사람이었다. 그녀는 다른 사람의 어머니 같았고, 나는 내 어머니라는 사실을 대체로 무시할 수 있었다. 혹은 다르게 표현하면, 나는 그녀를 메이브의 어머니로 생각했다. 그러는 편이 우리 모두를 위해 좋았다.

나는 인상주의에 관한 그들의 대화에 거의 주의를 기울이지 않고, 주변의 차들만 유심히 쳐다보면서 우리 속도와 비교해 그들의 속도를 주목하고 그들과의 거리를 계산했다. 우리는 도시를 한참 벗어나 있어서 아슬아슬한 상황은 거의 없었다. 내 아이들이 운전을 배우는 것에 전혀 관심이 없다는 점에 나는 감사했다. 뉴욕 생활의 많은 장점 중 하나는 길에 나가면 어디든 데려다줄 택시들이 줄을 서서 기다리고 있다는 것이었다. "운전 잘하시네요." 내가 마침내 어머니에게 말했다.

"운전은 줄곧 했지." 어머니가 우스꽝스러운 선글라스를 쓴 얼굴을 내게 돌리며 말했다. "지난 몇 년, 잘 보이지 않을 때도 했는 걸. 맙소사, 뉴욕과 로스앤젤레스에서도 했고. 뭄바이에서도 했고. 멕시코시티에서도 했어. 거기가 최악이었던 것 같아." 어머니는 방향 지시등을 켠 뒤 의식하지 않고 차선을 바꿨다. "너희 아빠가 내게 운전하는 법을 가르쳐줬지."

"이제 우리 모두 공유하는 게 생겼네요." 메이브가 말했다.

내가 열다섯 살 때 아버지는 교회 주차장에서 내게 몇 차례 운전을 가르쳐주었다. 우리기 일요일에 집밖에서 보내는 시간을 연장하려고 쓴 여러 가지 방법 중 하나였다. "아빠가 브루클린에서 운전하는 법을 가르쳐줬다고요?"

"오, 맙소사, 아니야. 당시 브루클린에서 살 때는 아무도 차가 없었어. 운전을 배운 건 우리가 시골로 이사한 뒤였어. 너희 아빠가 어느 날 밤 집에 돌아와 말했어. '엘나, 당신에게 줄 차를 샀어. 가자, 내가 어떻게 하는지 가르쳐줄게.' 그러고는 내게 진입로를 몇 차례 왕복하게 하더니 거리로 나가보라고 했어. 이틀 뒤에 나는 운전면허증을 땄고. 그때는 뭘 하든 북적거리지 않았어. 누군가를 차로 칠지도 모른다는 걱정은 하지 않아도 됐단다."

내가 어머니에 대해 알게 된 또 한 가지는 이것이었다. 말하기를 좋아한다는 것. "그래도," 내가 말했다. "이틀이면 빠른 거예요."

"너희 아빠는 뭘 할 때 늘 그런 식이었어."

"아빠는 늘 그런 식이었어요." 메이브가 말했다.

"그 차가 생겼을 때만큼 고마웠던 적이 없었어. 그걸 사는 데 쓴 돈에 대해서도 기분이 나쁘지 않았어. 차는 스튜드베이커 챔피언이었어. 그리운 챔피언. 그 당시 여기 땅 전부가 농지였어. 바로 저쪽에." 어머니가 가게와 아파트 건물이 길게 늘어선 블록을 가리켰다. "저긴 소들을 풀어놓는 들판이었고. 나는 전에는 시골에 살았던 적이 없어서, 너무 고요하니까 오히려 불안하더라. 너는 학교에 다니기 시작했을 때였고." 어머니가 메이브에게 말했다. "내가 하는 건 그저 그 큰 집에 온종일 앉아 네가 돌아오기를 기다리는 거였어. 플러피와 샌디가 없었다면 나는 미쳐버렸겠지만, 그들도 나를 약간은 미치게 만들었어. 내가 이렇게 말했다고 그들에게 말하면 안 돼."

"당연히 안 해요." 메이브가 말하고 몸을 앞으로 숙여 머리를 앞의 두 좌석 사이에 조금 집어넣었다.

"나는 그들을 아주 많이 사랑했지만, 그들은 내가 무엇에도 손을 못 대게 했어. 늘 내 앞을 바쁘게 왔다갔다하면서 뭔가를 씻거나 정리하거나 했지. 내가 조슬린을 고용한 건, 샌디가 자기 언니가 없으면 여기 있지 않겠다고 할까봐 그런 거였어. 그러다가 조슬린이 요리를 도맡게 된 거야. 내가 잘하는 것 하나가 요리인데, 그들은 심지어 내가 저녁식사를 만드는 것도 못하게 했어. 챔피언을 갖게 된 뒤로 한동안 상황이 정말로 좋아졌어. 아침에 너를 학교에 데려다준 뒤에, 필라델피아로 차를 몰고 가서 해군기지에 사는 우리 친구들을 만나거나, 이매큘리트 컨셉션 교회로 가서 하교 시간이 될 때까지 일손을 도왔어. 그때 자비의 성모 동정회 수녀님들과 친해졌어. 정말 유쾌한 분들이었지. 우리는 옷 나눔 활동을 시작했고, 나는 수녀님들과 함께 차를 몰고 다니면서 사람들이 입지 않는 옷을 모으고, 그걸 집으로 가져와 세탁하고 수선해서 다시 차에 싣고 교회로 가져갔어. 우리가 처음 이사했을 때 그 집에 옷이 많았어. 반후베이크 가족이 입던 옷. 많은 옷이 못쓰게 된 상태였지만, 어떤 옷은 샌디와 내가 수선했어. 코트는 전부 입을 만하게 고쳤어. 캐시미어도, 모피도. 우리가 뭘 찾아냈는지 믿지 못할걸."

나는 플러피의 다이아몬드를 생각했다.

"그 옷들이 어떻게 됐는지 늘 궁금했어요." 메이브가 말했다.

"네 아빠는 내가 그 차에서 아예 사는 것 같다고 말하곤 했어." 어머니가 애초의 요점을 벗어나지 않고 말했다. "집세를 걷으러 다닐 때 나보고 운전하라고 했어. 알겠지만, 너희 아빠는 운전하는 건 전혀 좋아하지 않았거든. 나는 차 뒤쪽에 스튜 병을 잔뜩 실었지. 그들 대부분이 가진 게 전혀 없는 사람들이었어. 어느 날은 어느 집을 찾아갔더니, 다섯 아이가 방 두 개를 나눠 쓰고 있고, 어머니는 울고 있었어. 내가 말했지. '앞으로 집세는 내지 않아도 돼요! 우리가 사는 집에 한번 와보세요.' 그리고 그게 끝이었어." 어머니가 웃었다. "그는 너무 화가 나서 나를 다시는 데리고 가지 않았어. 그리고 매주 집에 돌아오면 사람들이 나는 어디 있는지 묻는다고 했어. 그들이 원하는 건 스튜라고, 그는 말했지."

내 기억엔, 아버지는 운전하는 걸 좋아했다. 그게 중요하진 않지만.

어머니는 신호등에 걸려 차를 세웠고, 한쪽, 이어 다른 쪽을 쳐다보았다. "이 거리를 봐, 집들이 가득 들어섰구나. 예전엔 이 거리에 집이 세 채밖에 없었는데."

두 블록 더 가서 어머니는 좌회전을 했고, 이어 다시 좌회전을 했다. 나는 어머니가 어떻게 운전하고 있는지에만 너무 신경을 써서, 어머니가 어디로 가고 있는지 알아차리지 못했다. 우리는 엘킨스파크에 들어와 있었다. 어머니는 반후베이크 스트리트로 가고 있었다.

"여기로 돌아온 뒤에 이곳에 와본 적 있으세요?" 내가 물었지만, 정말로 그 질문을 하고 싶었던 대상은 메이브였다. 어머니를 여기로 데려와본 적 있어? 우리는 더치 하우스를 오랫동안 피했었기 때문에, 다시 그 동네에 들어서자 낯설게 느껴졌다. 어딘가 있어서는 안 될 곳에 붙잡혀버린 것처럼.

어머니가 고개를 가로저었다. "나는 여기 이제 아는 사람이 없어. 너는 여전히 아는 이웃이 있니?"

메이브가 차창 밖을 보았다. "있었죠. 하지만 더는 없어요. 대니와 제가 가끔 이리로 와서 집 앞에 차를 세우곤 했어요." 그건 고백처럼 들렸지만, 무엇을 고백하는 거라고 해야 할까? 가끔 우리는 차 안에 앉아 대화를 나누었다.

"그 집에 다시 갔다고?"

"그 거리로 돌아간 거죠." 메이브가 말했다. "차를 몰고 그리로 갔어요. 우리가 왜 그랬지?" 메이브가 내게 물었다. 더없이 천진한 영혼처럼. "옛 시절이 그리워서?"

"너희 계모는 만나러 간 적이 있었니?" 어머니가 물었다.

우리가 앤드리아를 보러 간 적이 있느냐고? 우리가 찾아가 안부를 물었느냐고? 나는 메이브와 어머니가 앤드리아에 대한 대화를 나눌 때 함께 있었던 적이 없었다. 내가 원하지 않았다. 과거에 대한 생각은 현재에 충실하려는 내 노력에 방해가 되었다. 어머니가 앤드리아의 등장을 예측할 길이 없었다는 건 이해했지만, 그렇다고 자식을 버리는 건 자식을 운에 맡긴다는 의미와 같았다.

"한 번도." 메이브가 아무렇지 않게 말했다.

"하지만 왜? 여기 왔었다면서? 그 집을 보고 싶었다면서?" 어머니가 속도를 늦추고 차를 세웠다. 그녀는 엉뚱한 장소에 들어와 있었다. 부크스바움 가족이 살던 집과는 여전히 한 블록 떨어져 있었다.

"우리는……" 내가 적당한 단어를 찾는 사이, 메이브가 나 대신 문장을 끝냈다.

"환영받지 못하니까요."

"어른이 됐는데도?" 어머니가 선글라스를 벗었다. 그리고 나를, 이어 누나를 보았다. 암이 제거된 자리가 쭈글쭈글해지고 붉어져 있었다.

메이브는 그것에 대해 생각했고, 고개를 저었다. "네."

늦은 봄이었고, 가을을 치지 않는다면 반후베이크 스트리트가 연중 가장 아름다운 시간이었다. 나는 차창을 내렸고, 꽃잎과 새 잎과 풀의 향기가 차 안으로 흘러들어와 우리는 머리가 어질어질했다. 우리를 어질어질하게 만든 게 그것이었나? 나는 메이브가 혹 조수석 서랍에 아직 담배를 두고 있을지 궁금했다.

"그럼 가보자." 어머니가 말했다. "잠깐 들어가보고 인사나 하지 뭐."

"안 돼요." 내가 말했다.

"우리 셋을 봐, 집 때문에 이렇게 망가져서는. 그건 미친 짓이야. 진입로 끝까지 가서, 누가 사는지 보자. 지금은 다른 사람이 살지도 모르잖아."

"그렇지 않아요." 메이브가 말했다.

"우리한테 좋을 거야." 어머니가 기어를 드라이브로 바꾸며 말했다. 그녀는 이것을 영적인 훈련으로 보는 게 분명했다. 그녀에게 아무 의미 없는 것이었다.

"그러지 마세요." 메이브가 말했다. 마치 예정된 대로 상황이 펼쳐지는 중이며 차에서 뛰어내리는 것 말고는 멈출 방법이 없는 것을 이해하고 있다는 듯, 누나의 목소리에서는 어떤 긴장감도, 다급함도 느껴지지 않았다. 우리는 앞으로, 앞으로, 앞으로 나아가고 있었다.

어머니는 언제 떠났는가? 한밤중에? 가방을 들고 어둠 속에서 밖으로 걸어갔는가? 아버지에게 작별인사는 했는가? 우리 방에 들어와 우리가 자는 모습은 보았는가?

어머니는 린든나무 사이 좁은 길로 차를 몰았다. 진입로는 내가 기억하는 것만큼 길지 않았지만, 집은 정확히 똑같아 보였다. 햇볕이 잘 들고, 꽃으로 장식되어 있고, 반짝거렸다. 나는 초트에서의 초기 시절 이후로 세상에는 더 큰 집, 더 웅장하고 더 터무니없는 집이 많다는 것을 알고 있었지만, 어떤 집도 이만큼 아름답지는 않았다. 타이어에 깔려 자그락거리는 익숙한 콩자갈 소리가 들렸고, 그 돌계단 앞에 차가 멈추자 나는 아버지의 마음이 얼마나 부풀었을지, 누나가 얼마나 풀밭을 뛰어다니고 싶었을지 상상할 수 있었다. 어머니만이 그렇게 많은 유리를 올려다보며 이 시골 땅에 왜 이런 환상적인 박물관이 있는지 의아하게 여겼을 것이다.

어머니가 숨을 내쉬었다. 그리고 머리 위에 올려 쓴 짙은 선글라스를 빼서 좌석 사이 콘솔에 놓았다. "가보자."

메이브는 안전벨트를 여전히 맨 채였다.

어머니가 딸을 돌아보았다. "과거는 과거라고, 보낼 건 보내야 한다고 늘 말한 사람이 너 아니었니? 이렇게 하면 우리에게 좋을 거야."

메이브는 고개를 돌려 집을 외면했다.

"내가 고아원에서 일했을 때 사람들은 늘 돌아왔어. 나만큼 늙은 사람도 있었지. 그들은 들어와서 복도를 돌아다니며 방마다 들여다봤어. 거기 아이들에게 말도 걸고. 그러는 게 도움이 됐다고 했어."

"여긴 고아원이 아니잖아요." 메이브가 말했다. "우린 고아가 아니고요."

어머니가 고개를 가로저었고, 이어 나를 보았다. "넌 가볼 거니?"

"음, 아니요." 내가 말했다.

"가봐." 메이브가 말했다.

내가 돌아보았지만, 누나는 나를 쳐다보지 않았다. "우리가 이것 때문에 여기 있을 필요는 없어." 내가 누나에게 말했다.

"진심이야." 누나가 말했다. "넌 같이 가. 난 기다릴게."

그래서 나는 갔다. 시험에 빠진, 겹겹이 포개진 충성심은 해부하기에 너무 복잡했기에, 그리고 이제야 인정하지만 늙어가는 인도의 고아들이 그랬듯이 나 역시 궁금했기에. 나는 과거를 보고 싶었다. 나는 차에서 내려 다시 더치 하우스 앞에 섰고, 어머니가 다가와 내 옆에 섰다. 그 순간은 우리 둘뿐이었다. 나와 엘나. 이런 일이 일어나리라곤 생각도 하지 못했다.

뒤따른 일은 기다릴 새도 없이 일어났다. 우리가 계단 앞에 다다랐을 때 유리문 건너편에 앤드리아가 서 있었다. 구치 변호사를 만나러 가는 길인 것처럼 금색 단추가 달린 푸른색 트위드 슈트를 입고 있었고, 립스틱을 바르고 굽 낮은 구두를 신었다. 우리가 거기 있는 것을 보자 그녀는 두 손을 올리고 유리문을 세게 치기 시작했다. 입이 울부짖는 형태로 둥글게 벌어져 있었다. 나는 늦은 밤 응급실에서 그 소리를 들었다. 뽑아낸 칼, 죽은 아이.

"저 사람이 앤드리아예요." 내가 어머니에게, 이게 얼마나 어처구니없이 나쁜 생각이었는지 강조하려고 말했다. 우리 아버지의 두 번째 아내는 체구가 자그마한 여자였는데, 예전보다 더 작아졌거나, 원래 내가 기억하고 있는 모습보다 더 작았다. 그녀는 전사가 북을 치듯 창문을 두들기고 있었다. 비명을 지르고 창문을 두들기는 소리와 함께, 그녀의 반지가 유리에 부딪히는 소리가 들렸다. 금속이 유리를 쪼개는 선명한 소리. 우리는 얼어붙었다. 우리 둘은 밖에서, 메이브는 차에서, 집의 앞면 전체가 백만 개의 칼날로 부서지고 그녀가 지옥의 분노처럼 우리에게 덤벼드는 순간을 기다렸다.

머리를 한 가닥으로 길게 땋고 소아과 간호사들이 입는 화사한 파스텔 색깔 간호복을 입은 덩치 좋은 히스패닉계 여자가 어느새 프레임 안에 나타나 앤드리아를 두 팔로 보듬고 뒤로 끌어당겼다. 그녀는 스테이션왜건 앞에 서 있는 우리를, 키가 크고 마르고 비슷하게 생긴 두 사람을 보았다. 더벅머리 같은 회색 머리카락에 주름이 깊이 패고 초자연적인 고요가 담긴 뚫어 보는 시선을 가진 어머니가 걱정 마요, 우리는 공격하려는 게 아니에요, 하고 말하듯 고개를 끄덕였다. 그러자 여자가 문을 열었다. 그녀의 의도는 분명 우리가 누군지 물어보려는 것이었겠지만, 그럴 새도 없이 앤드리아가 고양이처럼 튀어나왔다. 순식간에 테라스를 지나 곧장 내게로 왔고,

내 심장을 통과할 기세로 내게 달려들었다. 나를 주먹으로 어찌나 세게 쳤는지, 내 폐에서 공기가 훅 빠져나왔다. 그녀는 내 셔츠에 얼굴을 묻었고, 작은 팔로 내 허리를 꼭 끌어안았다. 그녀는 엉엉 울고 있었고, 좁은 등이 서러움에 긴장해 있었다. 순식간에 메이브 가 차에서 내렸다. 누나는 앤드리아의 어깨를 잡고 내게서 떼어내 려고 했다.

"맙소사." 메이브가 말했다. "앤드리아, 그만."

하지만 그만하게 할 수가 없었다. 앤드리아는 데모의 현장에서 담장에 사슬로 묶인 시위자처럼 자신을 내게 묶었고, 나는 그녀의 심장박동과 거친 숨소리를 느낄 수 있었다. 나는 앤드리아가 그 집 에 온 첫날 그녀와 악수했고, 작은 부엌에서 그녀를 스쳐지나가거 나 크리스마스 사진을 찍으며 어쩔 수 없이 붙어서야 했을 때를 빼 면, 우리의 몸은 결코 다시 닿을 일이 없었다. 결혼식 때도 그랬고, 장례식 때도 당연히 그랬다. 나는 그녀의 정수리를 내려다보았는 데, 금발 머리는 뒤로 빗어 넘겨 목덜미 쪽에서 클립으로 고정해놓 았다. 가르마가 있는 곳에서 아주 가는 흰색 선이 보였다. 향수 냄 새도 맡을 수 있었다.

어머니가 앤드리아의 등에 손을 얹었다. "콘로이 부인?" 어머니 가 말했다.

메이브는 내게 아주 바짝 붙어서 있었다. "도대체 무슨 짓이에 요?"

그 히스패닉계 여자는 누가 봐도 무릎이 안 좋은 것 같았는데, 절뚝거리면서 계단을 내려와 우리에게 다가왔다. "미시즈." 그녀 가 앤드리아에게 말했다. "미시즈, 안으로 들어가야 해요."

"이 여자 좀 떼어내주겠어요?" 메이브가 부탁했는데, 목소리는 분노로 불타오르는 듯했고 손은 내 어깨를 잡고 있었다. 우리 두 사람만 그 자리에 존재했다.

"당신." 앤드리아가 말했고, 이어 헉헉거리며 숨을 가다듬었다. 그녀는 세상 전부의 종말처럼 울고 있었다. "당신, 당신."

"미시즈." 여자는 우리에게 이르자 다시 말했고, 그녀의 뻣뻣한 무릎을 보니 아버지 생각이 났다. 아버지도 계단을 그렇게 내려갔다. "왜 울어요? 친구분들이 인사를 하러 왔잖아요." 그녀는 그 사실을 확인하려고 나를 보았지만, 나는 우리가 거기서 뭘 하고 있는지 전혀 알 수 없었다.

"엘나 콘로이라고 해요." 어머니가 마침내 말했다. "여긴 내 아이들, 대니와 메이브고요. 콘로이 부인은 이 아이들의 계모예요."

그 말을 들은 여자의 얼굴에 큰 미소가 떠올랐다. "미시즈, 봐요. 가족이 왔어요! 가족이 당신을 보러 왔다고요."

앤드리아는 내 안으로 기어들어올 것처럼 내 흉골 아래쪽에 자신의 이마를 비볐다.

"미시즈." 여자가 말하면서 앤드리아의 머리를 쓰다듬었다. "이제 가족하고 같이 안으로 들어가요. 안으로 들어가서 앉아요."

앤드리아를 다시 집안으로 데려가는 건 작은 일이 아니었다. 앤드리아는 따개비의 의지력을 갖고 있었다. 나는 그녀를 안고 한 계단 또 한 계단 올라갔다. 무겁지는 않았지만, 내게 매달려 있어서 어떻게 해볼 수가 없었다. 스타킹 신은 발에서 신발이 벗겨져, 어머니가 주우려고 허리를 숙였다.

"이런 꿈을 꾼 적이 한 번 있었어." 메이브가 내게 말했고, 나는 웃기 시작했다.

"어머니가 와보고 싶어하셨어요." 나는 앤드리아의 머리 너머에 서 있는 여자에게 말했다. 그녀가 살림을 해주는 사람인지, 간호사인지, 관리인이지 나는 몰랐다.

여자는 무릎이 허락하는 한 우리보다 앞서서 집안으로 들어갔다. "의사 선생님!" 그녀가 위층을 향해 소리쳤다.

"그러지 마." 앤드리아가 내 셔츠에 얼굴을 묻은 채 말했고, 나는 그녀가 무슨 말을 하는지 정확히 알았다. 소리지르지 마, 뛰지 마.

나는 그녀를 안아들고 마지막 계단을 올라갔다. 그렇게 하려면 내 한쪽 팔로 그녀의 등을 감싸안고 있어야 했다. 나는 이 순간을 감당할 만큼 큰 상상력을 타고난 사람은 아니었다.

"네 아버지가 돌아왔다고 생각하는 거야." 어머니가 늦은 오후 햇살의 반사광을 막으려고 빈손으로 손차양을 만들어 눈을 가렸다. "네가 시릴이라고 생각해." 그러고는 현관으로 들어가, 대리석 상판의 둥근 테이블을 지나고 프렌치 의자 두 개, 틀이 금색 문어 다리 모양인 거울, 채색된 두 줄의 금속 파도 사이를 오가는 배가 달려 있는 괘종시계를 지났다.

내 꿈속에서, 그사이 시간은 결코 더치 하우스에 친절하지 않았다. 내가 없던 세월 동안 집은 초라한 것이 되어, 화려한 껍질은 벗겨지고 나달나달한 것만 남았으리라 확신했었다. 하지만 사실 그런 일은 전혀 일어나지 않았다. 그 집은 우리가 삼십 년 전에 걸어나왔을 때와 똑같아 보였다. 나는 내게 꼭 붙어 있는 앤드리아를 매단 채 응접실로 들어왔고, 내 셔츠에는 젖은 마스카라와 눈물 얼룩이 여기저기 검게 묻어 있었다. 아마 가구 몇 점이 재배치되고 천이 갈리고 뭔가가 교체되었겠지만, 누가 기억하겠는가? 실크 커튼, 노란 실크 의자, 천장에 닿을 만큼 높은 유리 앞면 책장에 여전히 꽂혀 있던 영원히 읽히지 않을 네덜란드어 책. 심지어는 은색 담배 상자도 반후베이크 부부가 이 땅을 걸어다니던 시절에 그랬던 것처럼 소파 옆 작은 테이블에 반짝반짝 닦인 채 기다리고 있었다. 앤드리아의 몸과 내 몸을 함께 접어서야 나는 간신히 앉을 수 있었다. 그녀는 내 팔 밑을 파고들어 둥지를 틀듯 자신의 작고 가벼운 몸을 편안히 붙이고 자리를 잡았다. 그녀는 울음을 멈추고 이제는 조용히 입맛 다시는 소리를 내고 있었다. 그녀는 내가 알았던 사람이 전혀 아니었다.

메이브와 어머니는 말없이 방으로 들어갔고, 두 사람 다 다시 보게 되리라 생각하지 못한 것들을 보았다. 태피스트리 오토만, 중국 램프, 커튼을 모아 고정한, 푸른색과 녹색의 견연사로 만든 술이 풍성한 장식끈. 내가 전에 두 사람이 이 방에 있는 걸 본 적이 있었다면, 그건 기억이 생성되기 전에 일어난 일이다. 나는 손수건을 가지고 다니라고 가르친 사람이 메이브나 샌디가 아니라 앤드리아였던 것을 떠올리며, 손수건을 꺼내 앤드리아에게 건넸다. 그녀는 그것으로 얼굴을 닦더니, 곧 내 가슴에 귀를 바짝 대고 내 심장소리를 들었다. 어머니와 누나가 벽난로 쪽으로 가서 반후베이크 부부 아래 섰다.

"나는 이 사람들이 싫었어." 어머니가 여전히 앤드리아의 신발을 든 채 조용히 말했다.

메이브가 고개를 끄덕였고, 누나의 시선은 우리의 어린 시절 동안 우리를 따라다녔던 그들의 시선에 닿아 있었다. "나는 이 사람들을 사랑했어요."

그 순간 노마가 "이네즈! 미안, 미안" 하고 소리치며 계단을 뛰어내려왔다. "병원에서 전화가 와서요. 무슨 일이에요?" 노마는 뛰어서 넓은 현관을 통과했다. 노마는 늘 뛰어다녔고, 그애 어머니는 늘 멈추라고 말했었다. 지금은 왜 멈춘 거지? 내 어머니와 누나가 푸른색 델프트 자기 벽난로 앞에 서 있는 걸 보고? 내가 넝쿨처럼 자신의 어머니를 감고 카우치에 앉아 있는 것을 보고? 이네즈가 환하게 웃었다. 가족이 보러 온 것이다.

내가 거리에서 그애를 봤다면 알아보지 못했을 테고, 어쩌면 거리에서 봤을 수도 있지만, 이 방에서는 의심의 여지가 없었다. 노마는 자기 어머니보다 키가 상당히 더 크고 아주 튼튼해 보였다. 작은 금테 안경을 썼는데, 그건 존 레넌이나 테디 루스벨트를 좋아한다는 걸 나타냈다. 숱이 많은 머리칼은 뒤로 모아 하나로 대충 묶고 있었다. 우리가 떠난 뒤로 삼십 년의 시간이 흘렀지만, 나는 그애를 알았다. 그애가 자신의 꿈 이야기를 해주려고 깊이 잠든 나를 깨운 밤이 숱하게 많았다. "노마, 여긴 우리 어머니, 엘나 콘로이." 내가 말했고, 이어 어머니를 보았다. "노마는 우리의 법적인 동생이에요."

"내가 오빠 의붓동생이었지." 노마가 말했다. 그애는 방안을, 거기 모인 우리 전체의 타블로*를 보고 있었지만, 시선은 자꾸 메이브를 향했다. "어떡하지." 그애가 말했다. "정말 미안해."

---

* 프랑스어 'tableau'는 회화, 그림, 화판 등을 뜻하며 인물들이 조각상처럼 정지된 채 하나의 장면을 마치 회화처럼 재현해 보여주는 것을 가리킨다.

"노마가 내 방을 차지했거든요." 메이브가 우리 어머니에게 말했다.

노마가 눈을 깜박였다. 그녀는 검은 바지에 분홍색 블라우스를 입고 있었다. 장식이나 프릴 등 눈에 띨 만한 것은 하나도 없는 옷차림이 자신은 엄마의 딸이 아니라고 선언하고 있었다. "그 방을 말한 게 아니라."

"창가 자리가 있는 그 방 말이니?" 우리 어머니가 자신의 딸이 그 시절에 잠을 자던 방을 갑자기 그려볼 수 있게 된 것처럼 말했다.

메이브가 천장을, 에그 앤드 다트 문양의 크라운 몰딩을 올려다보았다. "사실 집 전체를 다 가졌죠. 아니, 저애 엄마가 그랬다는 뜻이에요."

그 순간 나는 그 침실의 무게에 여전히 내리눌리고 있는, 다시 여덟 살이 된 노마를 보았다. "정말 미안해." 그애가 다시 말했다.

이만큼 시간이 흐른 뒤에도 그애는 거기서 잠을 자는가? 이 집에서 살고 메이브의 침대에서 잠을 자는가?

메이브가 그애를 똑바로 쳐다보았다. "농담이야." 누나가 속삭였다.

노마가 고개를 가로저었다. "오빠랑 언니가 떠난 뒤로 정말 보고 싶었어."

"네 어머니가 우리를 내쫓았는데도?" 메이브가 노마에게 그 말을 하려던 건 아니었지만, 어쩔 수가 없었던 것이다. 너무도 긴 시간을 참아왔다.

"그때도." 노마가 말했다. "그리고 몇 분 전까지 줄곧."

"네 어머니는 어떻게 지내니?" 엘나가 우리는 모르고 있다는 듯 물었다. 아마 화제를 바꾸고 싶었을 것이다. 노마와 메이브 사이에 흐르는 전류를 우리 어머니는 이해할 수 없었을 것이다. 어머니는 그 자리에 없었다.

화장지 박스가 커피 테이블에 놓여 있었다. 앤드리아가 정신이 말짱했다면 응접실에 화장지 같은 건 놓아두지 않았을 것이다. 노마는 화장지를 뽑으러 더 가까이 왔다. "일차 진행성 실어증이거나, 나이를 먹어서 생기는 보통의 알츠하이머병일 거예요. 확실히는 모르지만, 할 수 있는 게 전혀 없으니 어느 쪽이든 사실 상관은 없어요." 노마의 어머니는 적어도 그 순간만큼은 노마의 마음에서 가장 나중 순위였다.

"네가 어머니를 돌보는 거니?" 메이브가 물었다. 나는 정말로, 누나가 카펫에 침을 뱉을지도 모르겠다고 생각했다.

노마는 머리를 땋은 여인 쪽으로 손을 내밀었다. "이네즈가 거의 다 해요. 저는 몇 달 전에야 돌아온 거고요."

이네즈가 미소를 지었다. 자신의 어머니는 아닌 것이다.

엘나는 와서 앤드리아 앞에 무릎을 꿇고 발에 신발을 다시 신겨준 뒤 아버지와 사별한 작은 체구의 여자가 샌드위치처럼 우리 두 사람 사이에 들어오게 카우치에 앉았다. "딸이 집에 돌아와서 얼마나 좋아요." 그녀가 내 계모에게 말했다.

그러자 앤드리아는 여전히 혀 차는 소리를 내면서 처음으로 우리 어머니를 보았고, 이어 반후베이크 부부의 초상 맞은편 벽에 걸려 있는 그림을 가리켰다. "내 딸이야." 그녀가 말했다.

우리는 돌아보았다. 우리 모두가. 거기 내 누나의 초상화가 늘 걸려 있던 정확히 그 자리에 걸려 있었다. 메이브가 열 살 때였고,

윤기가 도는 검은 머리카락이 빨간 코트의 어깨 아래로 내려와 있었다. 누나 뒤로 전망실 벽지에서는 상상 속의 제비가 우아하게 분홍 장미를 스쳐 날아가고 있었고, 메이브의 푸른 눈은 짙은 색으로 반짝거렸다. 그 그림을 본 누구라도 그 소녀가 어떤 모습으로 컸을지 궁금해했을 것이다. 소녀의 모습은 정말로 아름다웠고, 온 세상이 소녀 앞에 별로 뒤덮인 채 펼쳐져 있었다.

메이브는 우리가 앉아 있는 소파를 크게 돌아, 방을 가로질러 한때 자신이었던 소녀 앞에 가서 섰다. "앤드리아가 당연히 버렸을 거라고 생각했는데." 누나가 말했다.

"엄마는 그 그림 좋아해." 노마가 말했다.

앤드리아는 깊게 고개를 끄덕이고 그림을 가리켰다. "내 딸이야."

"아니에요." 메이브가 말했다.

"내 딸이야." 앤드리아가 다시 말했다. 그리고 다시 몸을 돌려 반후베이크 부부를 쳐다보았다. "내 부모님."

메이브는 그 생각에 익숙해지려는 듯 가만히 서 있었다. 우리는 누나가 액자의 양옆을 꽉 잡고 그림을 벽에서 떼어내는 모습을 홀린 듯 지켜보았다. 누나의 머리칼 색깔에 맞추려고 검게 래커칠을 한 게 분명한 그 액자는 가로로 길었지만 그림 자체는 열 살짜리 아이의 허리부터 상반신 정도의 크기에 불과했다. 누나가 못에 걸린 철사를 빼려고 잠시 애를 썼고, 노마가 캔버스 뒤로 손을 뻗어 도와주었다. 그림이 벽에서 떨어져나왔다.

"무거워." 노마가 말하고, 도와주려고 두 손을 내밀었다.

"내가 할 수 있어." 메이브가 말했다. 벽지에 검은 직사각형 자국이 남아, 그림이 걸려 있던 자리를 표시해주었다.

"이걸 메이에게 줘야겠어." 메이브가 내게 말했다. "메이처럼 보여."

앤드리아는 무릎 위에 손수건을 놓고 반듯하게 폈다. 그리고 네 귀퉁이 각각이 가운데로 가게 다시 접기 시작했다.

메이브는 동작을 멈추고 노마를 보았다. 그리고 두 손으로 액자를 잡은 채 몸을 앞으로 숙여 노마에게 키스했다. "너희를 생각하면 돌아왔어야 했는데." 누나가 말했다. "너하고 브라이트."

그리고 누나는 그 집에서 나갔다.

내가 누나를 쫓아가려고 일어서면, 혹은 그림이 약간 폭력적인 방법으로 떠나는 것을 알면, 앤드리아가 패닉 증상을 보일 거라고 예상했지만, 그녀는 내 손수건에 사로잡혀 있었다. 내가 일어섰을 때 그녀는 잠시 균형을 잃었다가, 지지대가 필요한 식물처럼 기우뚱 내 어머니에게 몸을 기댔다. 어머니가 한 팔로 앤드리아를 감싸 안았는데, 안 그럴 이유가 뭐겠는가? 메이브는 이미 나간 뒤였다.

나는 문 앞에서 노마를 살짝 포옹했다. 메이브가 그애들을 다시 생각했었는지는 알 수 없었지만, 그랬을 법한 일이었다. 우리의 어린 시절은 불 같았다. 한집에 네 아이가 있었는데, 그중 두 아이만 쫓겨났다.

"난 잠시 여기 있을게." 어머니가 내게 말했다. 콘로이 부인 두 사람이 한자리에 함께 앉아 있는 것을 보는 건 재미있는 일이었다―재미있다는 게 적절한 말은 아닐지라도. 키가 작은 쪽은 인형처럼 옷을 입었고, 큰 쪽은 여전히 죽음을 연상시켰다.

"필요한 만큼 여기 계세요." 내가 말했고, 진심이었다. 세상 모든 시간만큼. 나는 누나와 함께 차 안에서 기다릴 것이다.

나는 앞쪽 유리문 밖으로 나와, 아름다운 하루의 늦은 오후 속으로 들어갔다. 이 위치에서 세상을 보는 게 낯설게 느껴지지 않았고, 그게 어떤 차이를 만들지도 않았다. 메이브는 차 뒤쪽에 그림을 놓고 운전석에 앉아 있었다. 차창이 모두 내려져 있었고, 그녀는 담배를 피우고 있었다. 내가 차에 올라탔을 때 누나가 내게 담뱃갑을 내밀었다.

　"네게 맹세할게. 앞으로는 담배 안 피워." 누나가 말했다.

　"나도." 내가 성냥을 받았다.

　"이 일이 정말로 일어난 걸까?"

　나는 내 셔츠에 묻은 큰 얼룩을 가리켰다. 립스틱과 마스카라 자국을.

　메이브가 고개를 가로저었다. "앤드리아가 정신이 나갔어. 그건 어떤 종류의 정의일까?"

　"난 우리가 달에 갔다 온 느낌이야."

　"노마는 어떻고!" 메이브가 나를 쳐다보았다. "아, 맙소사. 불쌍한 노마."

　"적어도 누나는 앤드리아의 딸 그림을 가져왔잖아. 나는 그런 일을 그렇게 침착하게 해내지 못했을 거야."

　"나는 그 여자가 당연히 그림을 불태웠을 줄 알았어."

　"그 여잔 그 집을 사랑했어. 그 집의 모든 것을 사랑했어."

　"다만."

　"음, 우리는 제거했지. 그렇게 함으로써 완벽해졌어."

　"모든 게 완벽했어!" 누나가 말했다. "그게 믿어져? 내가 뭘 기대했는지 모르겠지만, 난 우리가 떠난 뒤에 그곳이 더 좋아 보일

거라곤 생각하지 않았어. 늘 우리가 없는 그 집은 죽을 거라고 생
각했어. 뭐랄까, 와르르 무너질 거라고 생각했어. 집이 슬픔 때문
에 죽기도 하나?"

"품위 있는 집만."

메이브가 웃었다. "그렇다면 그 집은 품위 없는 집이었어. 내가
그 화가 이야기 했던가?"

조금은 알았지만, 전부는 몰랐다. 전부 알고 싶었다. "말해줘."

"이름은 사이먼이었어." 누나가 말했다. "시카고에 살았지만,
스코틀랜드 출신이었지. 아주 유명한 사람이었어. 아니면 내가 유
명한 사람이라고 생각했거나. 나는 열 살이었으니까."

"아주 잘 그린 그림이야."

메이브가 뒷좌석을 보았다. "그래. 아름다워. 메이 같지 않아?"

"누나 같지. 메이가 누나를 닮았고."

누나가 담배를 한 모금 빤 뒤 고개를 뒤로 젖혀 눈을 감았다. 나
는 우리가 정확히 똑같은 방식으로 느끼고 있다는 것을 알 수 있었
다. 물에 빠져 거의 죽을 뻔하다가 살아남을 수 있는 마지막 순간
에 건져올려진 것처럼. 우리는 살 것이라 기대하지 않았지만 살아
남았다. "아빠는 당시 깜짝 놀라게 하는 데 선수였어. 엄마의 초상
화를 그리게 하려고 사이먼을 고용해서 시카고에서 이리로 오게
했지. 사이먼은 두 주 동안 머물 계획이었어. 그림은 아주 크게, 반
후베이크 부인만큼 크게 그리기로 했고. 그리고 나중에 다시 와서
아빠를 그리기로 했어. 그게 계획이었어. 다 완성되면 벽난로 위에
두 명의 콘로이가 걸리게 되는 거지."

"반후베이크 부부는 어디로 보내고?"

메이브가 눈을 뜨고 내게 미소를 지어 보였다. "이래서 네가 좋아." 누나가 말했다. "내가 물은 것도 정확히 그거였어. 반후베이크 부부는 연회실로 올라가 춤을 추는 거지."

"그 이야기를 누가 다 해줬어?"

"사이먼이. 말할 필요도 없지. 사이먼과 나는 이야기를 나눌 시간이 많았거든."

"누나가 말하려는 게, 우리 엄마는 드레스를 입고 두 주 동안 서서 초상화를 그리는 것도 하지 않으려고 했다는 거지?" 우리 어머니, 가난한 이들의 어여쁜 자매이자 뼈와 테니스화로 이루어진 사람.

"그렇지. 그럴 수가 없었던 거야. 그리고 엄마가 싫다고 하니까 아빠는 자기 초상화도 그리지 않겠다고 한 거고."

"그렇게 했다간 아빠가 반후베이크 부인과 함께 벽난로 위에 걸려야 할 테니까."

"정확해. 물론 문제는 화가가 이미 와 있었다는 거고, 보수의 절반을 선불로 줬다는 거였어. 너는 너무 어리고 초상화를 그리기엔 자꾸 꼼지락거려서, 내가 마지막 순간에 끌려간 거였어. 사이먼은 차고 안에서 새로 캔버스 틀을 만들고, 캔버스 천을 틀에 씌워 잘 랐어."

"얼마나 오래 모델을 섰어?"

"충분히 오래는 아니었어. 나는 그를 사랑하게 됐거든. 두 주 동안 자기를 똑바로 보는 누군가와 사랑에 빠지지 않는 게 가능할 것 같지 않아. 아빠는 돈을 쓴 것과 또다시 엄마를 기쁘게 해주는 데 실패했다는 사실에 화가 많이 났고, 엄마는 분노했거나 질색했거나 뭐든 당시 엄마의 모습이었어. 두 사람은 서로 말도 하지 않았고, 사이먼에게도 말을 걸지 않았지. 그가 방으로 들어오면 그들은 나가버렸어. 하지만 사이먼은 신경쓰지 않았어. 그림을 그리는 한에는 누구를 그리든 중요하지 않았거든. 그가 신경쓰는 건 오로지 빛이었어. 나는 그해 여름까진 빛에 대해 생각해본 적이 없었어. 종일 빛 속에 앉아 있는 건 계시와 같았어. 우리는 날이 어두워질 때까지 저녁을 먹지 않았고, 먹더라도 우리 둘뿐이었어. 조슬린이 부엌에 먹을 걸 두고 갔어. 어느 날 사이먼이 내게 말했어. '아무거나 빨간 옷 가지고 있니?' 그래서 나는 겨울 코트가 빨간색이라고 말했어. 그가 말했어. '가서 코트를 입고 와.' 아니면 특이한 발음으로 '카서 코트를 입코 와'. 나는 삼나무로 된 옷방으로 가서 코트를 꺼내 입었어. 그가 나를 보더니 말했어. '딸아, 넌 빨간색만 입어야겠다.' 그는 나를 딸이라고 불렀어. 그가 나를 데려가겠다고 했으면 나는 생각해볼 틈도 없이 당장 그와 함께 시카고로 갔을 거야."

"그랬다면 나는 누나를 아주 많이 보고 싶어했을 거야."

누나가 나를 돌아보고, 다시 그림을 보았다. "내 얼굴 표정 보이지? 그게 사이먼을 보고 있을 때의 표정이야." 누나는 마지막 담배를 한 모금 빨고 차창 밖으로 꽁초를 던졌다. "그가 떠난 뒤엔 모든 게 정말로 지옥 같아졌어. 아니면 내가 전망실에 앉아 있던 그 두 주 동안 이미 지옥이 돼버렸는데 내가 너무 행복해서 눈치를 못 챘던 것일 수도 있지. 엄마는 그 집에서 계속 살지 못했을 거야. 난 정말로 그렇게 믿어. 그 저택에서 억지로 살면서 자신의 초상화를 그렸다면, 엄마는 미쳐버렸을걸."

"엄마는 지금 저 안에서 충분히 편안한 것 같은데." 내가 그 집을 쳐다보았지만, 창문으로 우리를 보고 있는 사람은 아무도 없었다. 나는 담배를 밖으로 던지고 재채기를 했고, 우리는 곧 각각 한 개비씩 더 불을 붙였다.

"이제 그 집에는 어머니가 가엾게 여길 만한 사람들이 살고 있어. 엄마가 거기 살았을 때 가엾게 여길 수 있었던 사람은 오로지 엄마뿐이었고." 누나가 담배를 빨고 폐에 고인 연기를 뱉어냈다. "그게 용납이 안 됐던 거지."

메이브의 말이 당연히 맞았지만, 그런 통찰이 위로가 되지는 않았다. 마침내 그 집에서 나와 그림을 놓아둔 뒷좌석에 다시 올라탔을 때 어머니는 달라져 있었다. 어머니가 뭐라고 말하기도 전에, 어머니에게서 전에는 보지 못한 목적의식이 느껴졌다. 나는 이제 상황이 달라지리란 걸 알았다. 어머니는 다시 자신의 일을 시작할 것이다.

"사랑스러운 사람들이야." 어머니가 말했다. "이네즈는 성자고. 노마가 처음으로 한 달 이상 고용할 수 있었던 사람이래. 노마는 메디컬스쿨에 들어간 뒤로 팰로앨토에 가서 살았고. 줄곧 캘리포니아에서 이곳을 관리해왔는데, 이렇게 결딴이 나버린 거래. 집에 돌아와 어머니를 돌봐야 했다는구나."

"그만큼은 우리도 알아냈어요." 우리는 각자 마지막 담배의 마지막 한 모금을 빨고는 잔디밭에 다트처럼 던졌다. 이어 메이브는 진입로를 통과해 반후베이크 스트리트까지 곧장 차를 몰았다. 우리는 뒤돌아보지 않았다.

"노마는 처음에 어머니를 요양원에 보내려고 했는데, 앤드리아가 집을 떠나지 않으려고 했대."

"나라면 집에서 끌어냈을 텐데." 메이브가 말했다.

"집을 나가면 편하지 않은가봐. 집에 사람이 있는 것도 좋아하지 않고. 청소나 수리를 하러 오는 사람에게도 짜증을 내고, 모든 것에 그랬다는구나. 노마가 아주 힘들었다더라."

"노마는 의사예요?" 내가 물었다. 집안의 누군가는 의사가 됐어야 할 것이다.

"소아 종양 전문의. 다 너 때문이었다고 하더라. 네가 메디컬스쿨에 들어가니까 그애 엄마가 경쟁심에 불탔던가봐."

불쌍한 노마. 다른 누군가가 그런 경쟁에 어쩔 수 없이 휘말리리라는 생각은 한 번도 해본 적이 없었다. "걔 동생은요? 브라이트는 어떻게 됐대요?"

"요가 강사래. 밴프에 살고 있고."

"소아 종양 전문의가 스탠퍼드를 버리고 엄마를 돌보러 오고, 요가 강사는 캐나다에 계속 살고요?" 메이브가 물었다.

"그런 것 같은데." 어머니가 말했다. "내가 아는 건 그저 동생은 집에 오지 않는다는 거야."

"응원한다, 브라이트." 메이브가 말했다.

"노마는 도움이 필요해. 노마와 이네즈 둘 다. 노마는 필라델피아 아동병원에서 이제 막 근무를 시작했어."

나는 남은 돈이 아직 엄청날 거라고 말했다. 그 집은 변한 게 없었다. 앤드리아는 어디에도 가지 않았다.

"앤드리아는 돈에 대해 J. D. 록펠러보다 더 많이 알아요." 메이브가 말했다. "내 말 믿어요. 그 여잔 돈을 가졌어요."

"돈이 문제인 것 같진 않아. 믿을 수 있는 사람이 필요하대. 앤드리아가 같이 있어서 편안한 사람."

메이브가 브레이크를 너무 급하게 밟아서 나는 누나가 우리 목
숨을 구하려고 그런 거라고, 내 사각지대에서 충돌이 일어날 뻔했
던 게 틀림없다고 생각했다. 누나와 나는 안전벨트를 하고 있었지
만, 어머니와 그림은 무자비한 힘에 떠밀려 앞좌석 쪽으로 내던져
졌다.

"잘 들으세요." 메이브가 고개를 사정없이 흔들었고, 목의 인대
가 누나의 머리를 지탱하려 애쓰고 있었다. "엄마는 거기 다시 가
지 않을 거예요. 엄마는 궁금한 거였어요. 우리는 동행한 거고요.
그걸로 끝이에요."

어머니는 다쳤는지 확인하려고 몸을 흔들어보았다. 어머니가 코
를 만졌다. 손가락에 피가 묻어났다. "그들은 나를 필요로 해." 어
머니가 말했다.

"내가 엄마를 필요로 해요!" 메이브가 말했고, 목소리가 높아졌
다. "나는 늘 엄마를 필요로 했어요. 엄마는 그 집에 다시 돌아가지
않아요."

어머니가 주머니에서 화장지를 꺼내 코밑에 갖다댔다가, 그림
을 제자리에 다시 잘 놓았다. 그리고 한 손으로 안전벨트를 했다.
우리 뒤에서 도요타가 경적을 눌렀다. "이 이야기는 집에 가서 하
자." 어머니는 이미 결정을 내렸지만, 자식들의 입맛에 맞게 전달
할 방법을 찾지 못한 것이었다.

메이브는 다음날 나를 기차역까지만 데려다줄 생각이었으나, 차
가 별로 막히지 않고 몹시 화난 상태였으므로 결국 나를 뉴욕까지

데려다주고 말았다. "봉사니 용서니 평화니 그런 개소리가 다 뭐야. 난 엄마가 내 집이랑 앤드리아 사이를 왔다갔다하게 두지 않을 거야."

"엄마한테 떠나라고 할 생각이야?" 나는 그 여인은 메이브의 어머니, 메이브의 기쁨이라는 것을 스스로 상기하며, 내 목소리가 격앙되게 들리지 않으려고 애썼다.

누나는 그 생각에 한 방 맞은 것 같았다. "엄만 그 집으로 들어가버릴걸. 그러면 그들도 좋아할 거고. 엄마는 계속 앤드리아가 엄마와 같이 있을 때 편안해하니 자기가 도와줘야 한다는 말만 해. 내가 앤드리아가 편안한지 신경이라도 쓴다는 듯이 말이야."

"내가 말해볼게." 내가 말했다. "누나 건강에 좋지 않다고 말할게."

"그 말은 벌써 했지. 그런데 그거 내 건강에 진짜 안 좋아. 엄마가 그 여자를 위해 거기로 가고 나를 위해서는……" 누나가 그 말을 하기 전에 잠시 멈추었다.

어쨌거나 그사이 일어난 모든 일 때문에 우리는 뒷좌석에 둔 그림을 잊고 있었다. "가져가서 메이 줘." 메이브가 내 집 앞에 차를 세우며 말했다.

"아니야." 내가 말했다. "그건 누나 거야. 메이가 커서 자기 집을 갖게 되면 그때 줘. 누나가 한동안 가지고 있을 필요가 있어. 누나 집 벽난로 위에 걸어놓고 사이먼을 생각하든가."

메이브가 고개를 가로저었다. "나는 그 집에 있던 건 뭐든 원하지 않아. 진심인데, 그러면 지금보다 더 미칠 것 같아."

나는 초상화 속 소녀를 보았다. 소녀는 늘 그 모습으로 머물러야 할 것이다. "그럼 누나가 나중에 다시 가져가겠다고 약속해."

"그럴게." 누나가 말했다.

"주차할 곳을 찾아보고, 누나가 들어가서 메이에게 직접 줘." 우리는 이중 주차를 한 상태였다.

메이브가 고개를 가로저었다. "차 댈 데가 어디 있어. 제발."

"아, 왜 그래. 바보같이 굴지 말고. 지금 여기 왔잖아."

누나는 고개를 가로저었다. 거의 울 것처럼 보였다. "피곤해." 그러고는 다시 제발이라고 말했다.

그래서 나는 누나를 보냈다. 그리고 뒤쪽으로 돌아가 그림과 내 더플백을 꺼냈다. 비가 내리기 시작해서, 길에 서서 누나가 차를 몰고 떠나는 것을 지켜보진 않았다. 손도 흔들지 못했다. 나는 열쇠를 찾고 서둘러 그림을 챙겨 안으로 들어갔다.

우리는 그뒤로 충분한 대화를 나누었다. 어머니는 날마다 앤드리아와 노마와 그 집에 대해 보고했고, 그것이 메이브를 완전히 미치게 만들었다. 누나는 오터슨 씨의 회사에 대해 말했다. 나는 사고 싶은 건물이 하나 있지만 그걸 사려면 팔고 싶지 않은 다른 건물을 팔아야 한다고 말했다. 그리고 메이가 그 그림을 너무 좋아하더라고 말했다. "그걸 거실에 걸었어. 벽난로 위에."

"내가 매일 거실에 있어?"

"정말 아름다워."

"설레스트는 괜찮대?"

"설레스트가 싫어하기엔 메이를 너무 많이 닮았어. 메이만 빼고 모두 메이라고 생각해. 누가 물어보면 메이는 '저하고 고모의 초상화예요' 하고 말해."

우리가 더치 하우스에 갔다 오고 두 주 뒤, 해가 뜨기 직전에 어머니가 전화를 걸어 메이브가 죽었다고 알려왔다.

"누나 거기 있어요?" 내가 물었다. 나는 어머니의 말을 믿지 않았다. 메이브가 수화기를 들고 직접 말해주기를 바랐다.

셀레스트는 침대에 앉아 있다가 나를 쳐다보았다. "무슨 일인데?"

"여기 있어." 어머니가 말했다. "내가 같이 있어."

"구급차는 불렀어요?"

"부를 거야. 너한테 먼저 알리고 싶었어."

"나한테 전화하느라 시간 낭비 하지 마요! 구급차를 불러요." 내 목소리가 갈라지고 있었다.

"오, 대니." 어머니가 말했고, 이어 울기 시작했다.

19장

   나는 메이브가 죽은 직후의 시간은 거의 기억하지 못한다. 오터슨 씨가 장례식 미사에서 가족과 함께 앉아 두 손에 얼굴을 묻고 울었던 것 말고는. 그의 슬픔은 내 것만큼 깊고 넓은 강물이었다. 장례식이 끝나고 그에게 가봤어야 한다는 걸, 그를 위로했어야 한다는 걸 알았지만, 내 안에 위로는 없었다.

20장

누나의 이야기가 내가 하려고 한 유일한 것이었지만, 몇 가지 할 말이 더 남았다. 삼 년 뒤 셀레스트와 내가 변호사 사무실에서 우리의 이혼에 관한 세부 사항을 조정하고 있을 때였는데, 그녀가 집을 원하지 않는다고 말한 것이다. "나는 그 집이 좋았던 적이 없어." 그녀가 말했다.

"우리집 말하는 거야?"

그녀가 고개를 끄덕였다. "내 취향이 아니야. 무겁고 오래된 느낌이야. 너무 어두워. 당신은 집에 종일 있지 않으니 그런 생각을 할 필요가 없겠지만."

나는 당시 그녀를 놀라게 해주고 싶었다. 방마다 데리고 다니면서 이걸 임대할 용도로 구매할 계획이라고 믿게 만들었다. 그녀에게 여길 두 공간으로 나눌 수 있다고 말했다. 심지어 넷으로도 나눌 수 있었지만, 물론 그렇게 하려면 정말로 고된 일이 될 터였다.

설레스트는 더없이 즐거워했고, 메이를 가슴띠로 고정해 안은 채 계단을 오르내리면서 욕실들을 구경하고 수압을 점검했다. 나는 그때 그녀에게 그 집이 마음에 드는지 묻지 않았다. 그럴 수도 있었지만 그러지 않았다. 그 대신 증서를 내밀었다. 내 마음속에서 그것은 그때까지 내가 보여준 몇 안 되는 정말로 로맨틱한 제스처 중 하나였다. "우리집이야." 내가 말했다.

나는 오로지 양해를 구하고 복도로 나와, 이 이혼 절차를 벗어나서 누나에게 전화하고 싶은 심정뿐이었다. 그 마음이 자꾸만 들었다.

그야말로 아이러니한 것은 메이브가 죽고 난 뒤 내가 더 나은 남편이 되었다는 사실이다. 슬픔 속에서 나는 가족에게 돌아갔다. 처음으로 나는 온전히 그들과 함께였고, 뉴욕의 시민이었으며, 내 아내와 아이들은 나를 세상에 붙박아주는 닻이었다. 하지만 내가 늘 반쯤 믿었던 농담이 결국 진실이 되었다. 설레스트는 나에 대해 싫어했던 모든 것을 줄곧 누나의 탓으로 돌렸지만, 비난을 떠안을 누나가 없어지자 자신이 누구와 결혼했는지를 생각해보게 된 것이다.

어머니는 더치 하우스에 계속 머물면서 앤드리아를 돌봤고, 나는 오랫동안 어머니를 용서하지 않았다. 내게 어떤 과학의 부스러기가 붙어 있음에도 불구하고, 나는 우리가 어렸을 때 아버지가 해준 이야기를 믿게 되었다. 메이브는 어머니가 떠난 것 때문에 병이 들었고, 돌아오면 죽으리란 것을. 아무리 어리석은 생각일지라도 그 일이 실제로 벌어지면 공명을 일으킨다. 나는 경계심이 없었던 나 자신을 책망했다. 매시간 누나를 생각했다. 어머니는 지워냈다.

하지만 어느 날 우리가 이혼하고 다시 친구가 될 만큼 한참의 시간이 지났을 때 설레스트가 차에 짐을 실어 자신의 부모님 집으로 옮겨달라고 부탁했고, 나는 그러겠다고 했다. 노크로스 가족은 느긋해 보였고, 다루기 힘든 래브라도종의 마지막 개도 잉키라는 이름의 작고 친근한 스패니얼종으로 바뀌어 있었다. 나는 차에서 짐을 내렸고, 잠시 그들과 이야기를 나누었다. 그러고는 지난 시절이 떠올라, 길 건너에 차를 대고 잠시만 있으려고 더치 하우스로 차를 몰았다. 하지만 그게 뭐였건 그 옛날 우리가 진입로로 들어서는 것을 막았던 장벽은 이제 걷혔고, 나는 집 앞으로 가서 초인종을 눌렀다.

샌디가 문을 열어주었다.

우리는 오후 햇살 속에서 현관에 서 있었다. 나는 마침내 집의 상태가 아주 나빠졌으리라 기대했지만, 이번에도 집은 정확히 내가 기억하던 그대로였다. 집이 따뜻한 손길로 관리된 흔적을 보려니 기분이 좋지 않았다.

"나도 한동안 와보지 않았어." 샌디가 내 손을 잡고 죄의식이 느껴지는 목소리로 말했다. 그녀의 풍성한 흰색 머리칼은 여전히 머리핀으로 고정되어 있었다. "하지만 네 어머니가 보고 싶었어. 메이브도. 그애라면 내가 어떻게 하는 걸 좋아할지도 계속 떠오르고. 누구도 더 젊어지진 않아."

"여기 계셔서 기뻐요." 내가 말했다.

"가끔 점심 먹으러 오곤 해. 가끔 내가 도움이 되는 일이 있기도 하고. 솔직히 이러는 게 나한테 좋아. 뒤쪽에 있는 노마의 새 모이통에 사료를 채워주기도 해. 노마는 새를 아주 좋아한단다. 그건 네 아빠를 닮은 것 같아."

나는 높은 천장을, 샹들리에를 올려다보았다. "떠난 영혼이 많네요."

샌디가 미소를 지었다. "내가 오는 게 떠난 영혼 때문인걸. 여기 오면 조슬린이 생각나. 그때 우리가 어땠는지가. 알다시피, 우리는 다 어렸잖아. 그때 우리는 여전히 가장 아름다운 모습이었지."

조슬린은 이 년 전에 죽었다. 독감에 걸렸고, 병세가 얼마나 위중한지 깨달았을 때는 이미 끝이었다. 셀레스트가 나와 같이 장례식장에 가주었다. 노크로스 부부도 왔다. 분명히 말해두는데, 조슬린은 내 어머니를 결코 용서하지 않았지만, 그 문제에 나보다는 더 너그러웠다. "네 어머니는 너희를 키우는 일을 우리에게 맡기고 갔지만, 너희가 우리 자식일 수는 없었어." 한번은 그녀가 내게 말했다. "내가 어떻게 그런 일을 용서할 수 있겠니?"

샌디와 나는 부엌으로 갔고, 그녀가 커피를 준비하는 동안 나는 작은 테이블에 앉아 있었다. 나는 앤드리아에 대해 물었다.

"이빨 빠진 짐승이지." 그녀가 말했다. "그 여잔 아무것도 몰라. 노마는 이제 정말로 그녀를 다른 곳으로 옮기고 집을 팔 수 있겠지만, 늘 앤드리아가 이제 곧 죽을 것 같은 느낌이 있는데다. 이제껏 그녀를 그렇게 돌봐주고 마지막 순간에 내보내는 게 무슨 의미가 있겠니?"

"그게 끝이라면요."

샌디가 한숨을 쉬고 냉장고에서 작은 통에 든 우유를 꺼냈다. 냉장고는 새것이었다. "누가 알아? 내 남편 생각이 나네. 심장에 감염병이 생겼을 때 제이미는 서른여섯 살이었어. 아무도 이유를 몰랐지. 그리고 메이브, 그앤 우리 모두를 합한 것보다 더 튼튼했어. 당뇨병이 있었지만, 메이브는 백 살까지 살아야 했어."

나는 샌디의 남편이 죽은 원인을 알았던 적이 없고, 그의 이름을 알았던 적도 없었다. 그 문제라면 나는 메이브가 무엇 때문에 죽었는지도 몰랐지만, 가능한 원인은 아주 많았다. 오래전 추수감사절에 셀레스트의 남동생이 내가 부검을 해야 하는지 물었던 게 기억났다. 부검이라면 나도 충분히 했는데, 누구도 누나에게 그걸 하게 하지는 않을 것이었다. "적어도 앤드리아보다는 오래 살았어야죠."

"하지만 그렇게 돼버렸지." 샌디가 말했다.

나는 그녀와 함께 부엌에 있는 게 편안했다. 거기 레인지와 창문과 샌디와 시계가 있었다. 우리 사이 놓인 테이블 위에는 브루클린에서 내 어머니의 어머니가 쓰던 압착유리로 만든 버터 접시가 있었고, 그 안에 반만 남은 스틱 버터가 있었다. "이걸 봐요." 내가 말하고, 손가락으로 접시의 가장자리를 만졌다.

"엄마에게 그렇게 야멸차게 굴어서는 안 돼." 샌디가 말했다.

그건 내가 늘 메이에게 하는 말이 아닌가? "제가 그런 것 같지는 않은데요." 우리는—어머니와 나는—서로의 인생에서 겹치는 부분이 거의 없었다. 그게 우리 각자에게 아주 큰 손실이라는 생각은 들지 않았다.

"그분은 성자야." 샌디가 말했다.

나는 그녀를 보며 미소를 지었다. 누구도 샌디보다 더 마음이 곱지 않았다. "어머니는 성자가 아니에요. 모르는 사람을 돌본다고 성자가 되는 건 아니죠."

샌디가 고개를 끄덕이고 커피를 한 모금 마셨다. "우리 같은 사람들이 이해하긴 힘든 것 같구나. 솔직히 말하면, 가끔은 참을 수가 없어. 적어도 나는 그래. 나는 그저 그녀가 우리 같은 사람이면 좋겠구나. 하지만 성자를 생각하면, 그들 중 누구도 가족을 행복하게 해주진 않았던 것 같아."

"그랬겠죠." 나는 어떤 성자가 있는지도 떠오르지 않았고, 성자의 가족은 더더욱 떠오르지 않았다.

샌디가 자신의 작은 손을 내 손에 얹고 꾹 눌렀다. "위층에 올라가서 인사를 드리렴."

그래서 나는 무릎이 성하지 않은 남자가 왜 이렇게 계단이 많은 집을 샀는지 의아하게 생각하며 부모님의 방에 올라갔다. 계단을 다 오르니 작은 카우치와 노마와 브라이트가 인형을 안고 앉아 누가 오가는지를 지켜보던 의자 두 개가 있었다. 나는 내 방으로, 그리고 메이브의 방으로 들어가는 문을 쳐다보았다. 힘들지 않았다. 나는 힘든 일은 이미 다 일어났다는 생각을 갖고 있었다.

앤드리아는 창가에 놓인 병원용 침대에 누워 있었고, 어머니는 옆에 앉아 푸딩을 한 입씩 스푼으로 떠먹이고 있었다. 어머니는 여전히 머리칼이 짧았다. 이제는 하얗게 셌다. 남편의 첫 아내가 자기에게 음식을 먹이고 있다는 사실을 알면, 그리고 그 아내의 머리에 종종 이가 있었다는 걸 알면 앤드리아가 무슨 생각을 할지 궁금했다.

"저기 왔네요!" 어머니가 나를 보고 미소를 지었고, 내가 때맞춰 문을 통과해 들어온 것처럼 말했다. 어머니는 앤드리아에게 몸을 기울였다. "내가 뭐라 그랬어요?"

앤드리아는 입을 벌리고 스푼을 기다렸다.

"이 동네에 왔다가요." 내가 말했다. 그렇게 긴 시간이 지난 뒤 어머니가 돌아온 것도 어느 정도는 그런 식이 아니었는가? 어머니가 얼마나 메이브와 닮았는지, 혹은 메이브가 더 오래 살았다면 얼마나 어머니를 닮았을지가 보였다. 그 얼굴은 메이브가 나이들면 갖게 될 얼굴이었다.

어머니가 내게 손을 내밀었다. "앤드리아가 너를 볼 수 있게 이리로 오렴."

나는 침대로 가서 앤드리아 옆에 섰다. 어머니가 한 팔로 내 허리를 감았다. "무슨 말이든 해봐."

"안녕하세요, 앤드리아." 내가 말했다. 어떤 분노도 이만큼 오래 살아남지 못했을 것이다. 적어도 내 마음속에 남은 어떤 분노도 이보다는. 앤드리아는 아이처럼 작았다. 하얗게 센 가는 머리카락이 분홍색 베개 위에 흩어져 있었고, 민낯에 입은 어둡고 벌어진 구멍 같았다. 그녀가 나를 올려다보고 눈을 몇 번 깜박인 뒤 미소를 지었다. 그리고 새의 작은 발톱 같은 손을 들어올렸고 나는 그 손을 잡았다. 처음으로 나는 그녀와 어머니가 같은 결혼반지를 끼고 있는 것을 보았다. 철사보다 폭이 더 넓지 않은 금반지.

"너를 쳐다보네!" 어머니가 말했다. "어쩜."

그런 걸 미소라고 부를 수 있다면 앤드리아는 미소를 짓고 있었다. 내 아버지를 다시 본 것이 기뻐서였다. 나는 몸을 숙여 두 사람의 이마에 키스했다. 한 사람, 또 한 사람. 그러는 게 전혀 힘들지 않았다.

앤드리아는 푸딩을 배불리 먹고 나자 웅크린 자세로 잠들었다. 어머니와 나는 텅 빈 벽난로 앞 의자에 앉아 있었다.

"어디서 주무세요?" 내가 물었고, 어머니는 내 뒤의 침대를 가리켰다. 아버지와 자던 침대, 반후베이크 부인이 골반이 부러졌을 때 죽기를 기다리며 누워 있던 그 침대를.

"밤중에 가끔 혼란스러워하더라고. 자꾸 일어나려고 해. 같이 있어주는 게 도움이 되더라." 어머니가 고개를 저었다. "이 말은 해야겠다, 대니. 여기서 잠을 깨면, 눈을 뜨기도 전에 그게, 방과 집이 느껴져. 매일 아침 나는 잠시 스물여덟 살이 되고, 메이브는 복도 맞은편 방에 있고, 아기인 너는 내 옆에 놓아둔 아기침대에 누워 있어. 돌아누우면서 나는 거기 네 아버지가 있을 거라고 기대한단다. 그건 아름다운 일이야."

"집이 거북하진 않아요?"

어머니는 어깨를 으쓱했다. "내가 어디 사는지 신경쓰는 건 오래전에 포기했어. 아무튼 이러는 게 내겐 좋은 것 같아. 내게 겸손을 가르쳐줘. 그녀가 내게 겸손을 가르쳐줘." 어머니는 메이브가 하듯이 고개를 뒤로 젖혔다. "도움은 필요한 사람에게 베풀어야 해. 자신의 기분을 좋게 만들어주는 사람에게만 베푸는 게 아니라. 앤드리아는 내 모든 실수에 대한 속죄야."

"이번주를 넘기지 못할 것 같아 보여요."

"알아. 그 이야기를 한 게 벌써 몇 넌이지. 우리를 계속 깜짝깜짝 놀라게 하고 있고."

"노마는 어때요?"

어머니가 미소를 지었다. "노마는 진짜 괜찮은 아이야. 일도 아주 열심히 하고. 그 많은 아픈 아이들을 돌보고 집에 돌아와 엄마를 또 보살핀단다. 결코 불평하는 일도 없어. 자랄 때 엄마 때문에 마음이 편했을 것 같지도 않은데."

"지금도 물론 그애 마음이 편하진 않겠죠."

"음." 어머니가 나를 아주 다정한 시선으로 쳐다보며 말했다. "엄마들이 어떤 식인지 알잖니."

나는 내가 이 방에서 보낸 시간이 거의 없다는 사실을 깨달았다. 이 방을 아버지만 썼을 때는 거의 들어오지 않았고, 앤드리아와 같이 쓰던 시절에는 한 번도 들어오지 않았다. 여긴 메이브의 침실보다 더 컸고, 델프트 자기로 만들어진 큰 벽난로는 훌륭한 작품이었지만, 그럼에도 앤드리이기 맞았디 ─ 창가 자리가 있는 방이 더 좋았다. 뒤쪽 정원을 바라보는 방식이라든가, 더 온화한 빛 같은 게.

"질문이 있어요." 내가 이렇게 말한 건 이런 의문이 들어서였다. 내가 어머니에게 뭐라도 물은 적이 있었나? 오래전 그 시절에 병원 대기실에서 몇 번 어색하게 마주친 것 말고 우리 둘만 같이 있던 적이 있었나?

"뭐든." 어머니가 말했다.

"왜 우리를 데리고 떠나지 않았어요?"

"인도로?"

"인도로, 당연히요. 아니면 어디로든요. 엄마에게 이 집이 그렇게 끔찍한 장소였다면, 우리에게도 끔찍한 장소일지 모른다는 생각은 해보지 않았어요?"

어머니는 잠시 생각을 했다. 아마 자신이 어떻게 느꼈는지 떠올리려는 것 같았다. 그 일은 아주 오래전에 일어났다. "나는 거기가 너희에겐 아주 좋은 장소라고 생각했어." 그녀가 마침내 말했다. "세상에는 아무것도 갖지 못한 아이들이 아주 많은데, 너와 네 누나는 모든 걸 다 가졌으니까 ─ 아빠와 플러피와 샌디와 조슬린도

있었고. 이 집도 있었고. 나는 너희를 아주 많이 사랑했지만, 너희
는 괜찮으리란 걸 알았어."

샌디의 말이 아마 맞았을 것이다. 어머니는 성자였고, 성자는 보
편적으로 가족에게 멸시를 당했다. 나는 어느 삶이 더 좋은지 말할
수 없었을 것이다. 앤드리아와 같이 사는 삶인지, 뭄바이 거리를
떠돌며 어머니를 쫓아가는 삶인지. 결과는 이러나저러나 비슷했을
것이다.

"그리고 어쩼거나," 어머니가 잠시 생각한 뒤 말했다. "네 아버
지가 결코 너희를 보내지 않았을 거야."

그뒤로 분위기가 달라졌고, 변화는 쭉 이어졌다. 나는 엘킨스파
크를 종종 찾아갔다. 나보고 그러지 말라고 하는 사람은 없었다.
내가 어머니에 대해 품었던 분노는 마지막 숨을 내쉬고 소멸했다.
더이상 분노가 있을 자리는 없었다. 내게 남겨진 것은 사랑은 아니
었으나 뭔가, 아마도 익숙함이었을 것이다. 우리는 서로에게서 어
느 정도 위로를 찾았다. 당시 메이는 아주 바빴지만, 가끔 내가 올
때 같이 오곤 했다. 메이는 뉴욕대학교에 다니고 있었다. 자신의
인생 전체에 대한 설계도가 이미 그려져 있었다. 케빈은 다트머스
에 다녔고, 그래서 자주 보지 못했다. 우리 모두 그렇듯, 그애는 메
이보다 한 살 아래였지만 이십 년은 더 어렸다. 메이는 엘킨스파
크에 가면 할아버지 할머니를 다 볼 수 있었고, 또한 그 집에 사로
잡혀 있었다. 법의학 수사관처럼 그 집 전체를 살피고 다녔다. 금
속 탐지기나 청진기를 쓴다고 해도 될 정도였다. 지하층에서 시작
해 위로 올라갔다. 그애가 찾아낸 것은 믿을 수 없을 정도였다. 크
리스마스 장식, 성적표, 립스틱이 가득 들어 있는 신발상자. 삼층

옷방에서 처마 공간으로 이어지는 작은 문도 찾아냈다. 나는 잊고 있던 것이었다. 메이브의 책을 넣은 박스가 여전히 거기 있었는데, 책들 중 절반은 프랑스어로 되어 있고, 노트에는 수학 방정식이 빼곡히 적혀 있었다. 내가 한 번도 본 적 없는 인형도 여러 개 있었다. 누나가 대학생일 때 내가 보낸 편지도 있었다. 메이는 저녁을 먹으면서 그중 하나를 즉석에서 읽기 시작했다.

"메이브에게, 지난밤에 앤드리아가 사과 케이크를 좋아하지 않는다고 선언했어. 모두 사과 케이크를 좋아하지만, 이제 조슬린은 더이상 그걸 만들 수 없을 것 같아. 조슬린은 그게 무슨 상관이냐며 자기 집에서 케이크를 만들고 조각을 내서 가져오겠다고 했어." 메이는 신기하게도 열한 살 때 내 말투를 정확히 알고 있었다. "지난 토요일에 우리는 집세를 걷으러 서른일곱 곳에 들렀고, 지하층 세탁기에서 모은 돈을 합치니 쿼터로 28.5달러였어."

"너 그거 지어낸 거지?" 내가 물었다.

메이가 편지를 흔들었다. "하느님께 맹세코, 아빠가 그만큼 재미없었던 거예요. 이런 게 한 페이지가 더 있어요."

노마가 웃었다. 우리 넷은 부엌에 있었다. 나와 노마와 메이, 그리고 어머니는 푸른 테이블에 비좁게 둘러앉아 있었다. 나는 문득 아버지가 세탁기와 건조기에서 꺼낸 쿼터를 늘 식사실 테이블에 달린 비밀 서랍에 넣어두곤 했던 게 기억났다. 누구든 돈이 좀 필요하면 거기 가서 한 움큼 집어가곤 했다. "잠시 이리로." 내가 말했고, 우리 넷은 그 끔찍한 식사실로 갔다. 나는 테이블 가장자리 밑을 더듬었고 마침내 찾아냈다. 서랍이 뒤틀려 있어 간신히 당겨 열었는데, 그 안에 쿼터가 수북했다. 보물상자.

"이건 아예 몰랐어!" 노마가 말했다. "브라이트하고 여길 깨끗이 닦곤 했는데도."

"내가 여기 살 때는 네 아버지가 그러지 않았는데." 어머니가 말했다.

메이는 동전들 속에 손가락을 대고 앞으로 끌었다. 아버지가 아무나 가져가라고 거기 둔 건 아니었을 것이다. 아마 메이브와 나를 위해서였을 것이다.

아침에 나는 창밖을 내다보았고, 내 딸이 노란 뗏목 튜브에 누워 수영장에 떠 있는 것을 보았다. 딸의 검은 머리카락이 켈프 줄기처럼 뒤에서 끌려가고 있었다. 이따금 긴 한쪽 다리를 뻗어 발로 벽을 밀었다. 나는 밖으로 나가 아이에게 잠은 잘 잤느냐고 물었다.

"아직 자는 중이에요." 딸이 말했고, 젖은 팔로 눈을 가렸다. "여기 너무 좋아요. 이 집을 사야겠어요."

몇 달 전에 마침내 앤드리아가 죽었고, 더치 하우스를 어떻게 할지에 대한 논의가 이어지고 있었다. 장례식 때도 오지 않은 브라이트는 노마에게 그 집이 홀랑 타서 없어져도 자신은 상관하지 않겠다고 했다. 돈은 충분했다. 그 동네가 지정된 용도로 보건대, 그 땅은 팔리면 재개발될 것이 확실했다. 집을 허물게 거의 확실했고, 그 안의 내용물은 따로따로 팔려나갈 것이다. 벽난로도, 계단 난간도, 세공이 된 패널도, 식사실 천장에 새겨진 황금 잎사귀 화환도 하나하나가 피카소 작품만큼 가치가 있었다. 그 전부를 해체하고 땅을 팔거나 우리가 직접 개발한다면, 그 가치는 두 배, 어쩌면 세 배가 될 것이다.

"하지만 그렇게 하려면 우리는 그 집을 죽여야 하는데." 노마가 말했고, 그게 좋은 일인지 나쁜 일인지는 메이 말고는 누구도 알지 못했다.

"여긴 첫출발을 하기에 적당한 집은 아니야." 내가 딸에게 말했다.

메이는 손을 뻗어 올려 다이빙보드에서 몸을 밀어냈다. "제가 노마에게 기다려달라고 부탁했어요. 몇 년 동안만요. 저하고 이 집하고 영적으로 연결되는 느낌이 있어요." 이제 메이에게는 에이전트가 있었다. 광고를 몇 편 찍었다. 영화 두 편에서 작은 역을 맡았는데, 그중 하나가 주목을 받았다. 메이가 누구보다 먼저 그 말을 하고 다닐 사람이지만, 그애는 성공을 향해 나아가고 있었다. "한동안 여길 갖고 있겠대요."

노마도, 브라이트도 자식이 없었다. 노마는 어린 시절에 대해 말하면서, 자신이 다른 이를, 특히 사랑하는 이를 힘들게 하는 걸 상상할 수 없다고 했다. 소아 종양학이라는 학문이 그 생각을 더욱 공고히 해준 것 같았다. "그 집을 메이나 케빈이 가지면 좋을 것 같아." 노마가 내게 말했다. "거긴 오빠 집이니까."

"내 집이 아니야." 내가 말했다.

우리―노마와 나―는 그 전부에 대해 이야기하는 시간을 가졌다. 어린 시절, 우리의 부모님, 유산, 메디컬스쿨, 신탁금에 대해. 노마는 팰로앨토로 돌아가기로 했다. 원래 다녔던 직장을 되찾았고, 한동안 자신의 집을 빌려 살던 사람들에게 집을 비워달라고 통보했다. 자신의 삶을 얼마나 그리워했는지 깨닫는 중이라고 말했다. 어느 밤 와인을 두어 잔 마신 뒤 그애가 내게 누이가 되어줄 수 있을 거라고 말했다. "메이브는 될 수 없어도." 그애가 말했다. "메이브는 절대 될 수 없어도, 좀 다른, 좀 못한 누이는 될 수 있을 거야. 두번째 결혼에서 생긴 이복누이처럼."

"나는 너를 두번째 결혼에서 생긴 이복누이라고 생각했어."

그애가 고개를 가로저었다. "나는 오빠의 의붓누이지."

내 어머니는 더치 하우스에 계속 살았다. 자신은 라쿤이 연회실에 진을 치지 않게 방지하는 일종의 관리자라고 했다. 샌디를 오게 해서 같이 살았다. 샌디는 골반에 생긴 활액낭염 때문에 계단을 오르내릴 때마다 끙끙거렸다. 어머니는 앤드리아가 죽고 나서 다시 밖에서 돌아다니기 시작했다. 집을 아주 오래 비운 적은 한 번도 없었지만, 일할 것은 아직 충분히 많다고 했다. 그 무렵 어머니는 인도에서 살았던 시절의 이야기를 해주기 시작했다. 혹은 내가 듣기 시작했거나. 어머니는 자신이 원한 것은 오로지 가난한 사람들을 위해 봉사하는 것이었지만, 고아원을 운영하는 수녀들은 그녀에게 늘 깨끗한 사리를 입혀 돈을 구해오라고 파티에 보냈다고 했다. "그때가 1951년이었어. 영국인들은 철수했고, 미국인들은 당시 아주 이국적인 존재로 여겨졌지. 나는 초대받은 모든 파티에 갔어. 알고 보니 나는 부자들에게 돈을 기부해달라고 부탁하는 데 특별한 재능이 있었어." 그래서 어머니는 계속해서 가난한 사람들 편에서 부자의 의무감을 덜어주었다. 어머니는 남은 평생 그 일을 했다.

플러피는 딸과 함께 살러 샌타바버라로 갔지만, 가끔 놀러왔고, 올 때마다 옛날에 쓰던 차고 위의 방에서 자고 싶어했다.

메이가 자신의 운명을 일구어낼 때까지 노마는 더치 하우스를 팔지 않겠다고 약속했고, 메이는 네번째 영화에서 그것을 이루어냈다. 그애는 깜짝 놀랄 정도의 자기 확신을 가진 태도로 걷잡을 수 없는 성공의 파도를 맞이했다. 메이는 늘 그 일이 이런 식으로 일어날 거라고 말했었지만, 그럼에도 불구하고 우리는 기절할 정도로 놀랐다. 메이는 아직 너무 어렸다. 우리는 마음을 단단히 먹는 것 말고는 할일이 없었다.

에이전트의 충고에 따라, 메이는 린든나무 뒤에 검은색 철제 울타리를 높게 설치했고, 이제 진입로 끝에는 게이트가 있어 비밀번호를 모르거나 경비가 없으면 박스에 대고 말해야 했다. 나는 앤드리아가 그린 길 아주 좋아했을 거라는 생각을 하지 않을 수 없었다.

메이가 뉴욕에서 메이브의 초상화를 다시 가져와 전에 걸려 있던 빈자리에 되돌려놓았다. 메이가 엘킨스파크에서 보내는 시간은 많지 않았지만, 와 있을 때는 전설이 될 만한 파티를 열었다. 혹은 그애가 그렇게 내게 말해주었다.

"금요일에 오세요." 메이가 말했다. "엄마하고 케빈하고 같이요. 아빠가 와서 봐주시면 좋겠어요."

메이는 부풀려서 말하는 경향이 있는 듯 보였지만, 진실은 늘 메이의 말 그대로였다. 플러피와 노마가 그 자리에 없는 게 안타까울 뿐이었다. 6월의 어느 밤이었고, 집 창문은 죄다 열어놓은 채였다. 차창에 짙은 선팅이 된 검은 세단을 타고 나타난 젊은 사람들—메이가 내게 굉장히 유명하다고 말해준 사람들—이 두 개 층을 올라가 연회실에서 춤을 추었고 창밖으로 별을 쳐다보았다. 설레스트는 일찍 와서 메이의 조수들이 만반의 준비를 할 수 있게 도왔다. 이 평균 키의 금발 여자가 메이의 엄마라고는 누구도 믿지 않았다.

"사람들한테 얘기해줘요!" 메이가 내게 말했고, 나는 말하고 또 말했다. 메이의 유전자는 신체적으로 엄마 쪽의 기여는 완전히 무시한 것 같았지만, 메이에게는 셀레스트의 집요함이 있었다.

케빈은 한 가지도 놓치지 않으려고 문 앞에 자리를 잡고 서 있었다. 나는 케빈이 언젠가 내 일을 물려받기를 바랐지만, 그는 오히려 메디컬스쿨에 들어갔다. 의사가 되는 게 얼마나 더 좋은 일인지 평생 들으면서 산 것이 영향력이 없지 않았다.

샌디와 내 어머니는 한동안 파티에 머물렀지만, 그리 오래 있지는 않았다. 나는 그들을 젠킨타운에 있는 조용한 메이브의 옛집에 데려다주었다. 다시 돌아왔을 때는 진입로에 세워진 차가 너무 많아, 길가에 차를 대고 게이트를 통과해 안으로 걸어들어갔다. 집에는 내가 전에는 한 번도 보지 못했던 방식으로 불이 환하게 켜져 있었고, 모든 층의 모든 창문이 금색 불빛을 쏟아내고 있었다. 테라스에는 유리컵에 넣은 촛불이 빙 둘려 있고, 음악소리—메이에게 소리를 작게 해놓으라고 말했었다—가 들렸는데, 작은 밴드의 연주를 배경으로 어둡고 조용한 목소리를 가진 여자가 노래를 부르고 있었다. 그 여자가 만드는 소리가 너무 맑고 나직하고 슬퍼서, 나는 동네 사람 전부가 몸을 앞으로 숙이고 귀기울여 듣는 장면을 상상했다. 가사는 한 단어도 들리지 않고, 그저 사람들이 수영장으로 뛰어들 때 내지르는 꽥 소리에 대조되어 들리는 멜로디뿐이었다. 나는 안으로 들어가 셀레스트를 찾은 뒤 나하고 같이 뉴욕으로 돌아가고 싶은지 물어볼 생각이었다. 우리가 그렇게 늙지는 않았지만, 이런 자리에 있기엔 너무 늙었다. 잠을 자려면 우리는 뉴욕으로 돌아갈 수밖에 없었다.

린든나무가 산울타리와 접한 마당 저 안쪽 구석에서, 나는 누군가가 애디론댁 의자에 앉아 담배를 피우고 있는 것을 보았다. 의자는 집에서 흘러나오는 불빛이 닿는 범위를 한참 지난 곳에 있어, 어둠과 더 짙은 어둠 속에서 내가 정말로 확실히 알 수 있는 것은 오로지 사람 하나와 의자 하나, 그리고 간간이 발하는 작은 오렌지 색 불빛뿐이었다. 누나다, 나는 혼잣말을 했다. 메이브는 파티를 싫어하는 사람이었다. 누나라면 밖으로 나왔을 것이다. 나는 거기 조용히 서 있었다. 겁을 주어 누나를 쫓아내는 게 가능하기라도 한 것처럼. 나는 가끔 나 자신에게 이런 작은 탐닉을 허락했다. 내가 정신을 집중하면 누나가 더치 하우스 바깥 어둠 속에 앉아 있는 모습을 볼 수 있으리라는 믿음을. 나는 누나가 이 모든 것을 봤다면 무슨 말을 했을지 궁금했다.

바보들, 누나라면 담배 연기를 조금 내뿜으며 이렇게 말했을 것이다.

의자에 앉은 사람은 고개를 흔들고 맨 발가락을 내민 채 긴 다리를 쭉 뻗었다. 그럼에도 그 환영은 기적처럼 유지되었고, 나는 너무 분명히 보지 않으려고 별이 한가득 뿌려진 하늘을 올려다보았다. 메이브는 풀밭에 담배를 버렸고, 나를 맞으려고 일어섰다. 한순간 더, 그 사람은 누나였다.

"아빠?" 메이가 불렀다.

"담배는 안 피운다고 말해줘."

딸아이가 진주가 가득 달린 하얀 슬립 같은 옷을 입은 채 어둠 속에서 내게 다가왔다. 내 딸, 내 어여쁜 아이. 딸은 내 허리에 한 팔을 두르고 잠시 내 어깨에 머리를 얹었다. 검은 머리칼이 딸의 얼굴에 흘러내렸다. "담배 안 피워요." 딸이 말했다. "방금 끊었어요."

"우리 딸 착하구나." 내가 말했다. 우리는 아침에 그 문제에 대해 이야기할 것이다.

우리는 거기 풀밭에 서서, 젊은 사람들이 유리창에 번득번득 나타났다 사라지는 모습을 바라보았다—불빛을 향해 날아드는 나방처럼. "오 진짜, 이 집 너무 좋아요." 메이가 말했다.

"네 집이야."

메이가 싱긋 웃었다. 어둠 속에서라도 그건 보였을 것이다. "좋아요." 딸이 말했다. "안으로 데려다주세요."

집은 스쳐간 모든 이를 기억할까

우리나라에 번역되어 출간된 앤 패칫의 소설은『벨칸토』『경이의 땅』『커먼웰스』, 그리고 이번에 출간되는『더치 하우스』까지 총 네 권이다. 영어로는 지금까지 여덟 권의 소설이 세상에 나왔다. 유명한 작가지만, 우리나라에서는 아직 지지 기반이 약한 것 같아 아쉬움이 크다. 생생한 캐릭터, 솔깃한 문장, 힘있는 서사, 깊은 통찰까지 작가의 역량이 뛰어난 만큼 더욱 그렇다. 개인적으로는 앤 패칫의 작품에 강한 흡입력을 느낀다. 전작인『커먼웰스』를 번역할 때도 그랬다. 물론 세상 모든 일에는 개인마다의 차이가 있고, 작가와 독자 사이에도 분명 서로 맞고 안 맞고가 있다. 취향의 차이 때문이기도 할 것이고, 경험의 차이 때문이기도 할 것이며, 세상을 바라보는 관점이나 사유의 방향성 차이 때문이기도 할 것이다. 혹은 또다른 이유나. 작품에 대한 끌림이 있듯, 인간과 인간 사이에도 끌림이 있고, 사물과 인간 사이에도 끌림이 있다. 그러니 당연히 집과 인간 사이에도 끌어당김의 역학이 작용할 것이다. 이 소설 『더치 하우스』가 보여주는 것처럼.

집이 비중 있게 등장하는 문학이나 예술 작품은 많다. 에드워드 호퍼의 그림을 비롯하여 집의 내부 혹은 외부를 의미심장하게 보여주는 미술 작품이 생각난다. 이 책에서 '개츠비풍'이라는 표현이 나오듯 『위대한 개츠비』에서도 집은 하나의 상징이었고, 앤 패칫이 어느 인터뷰에서 언급한 E.M. 포스터의 『하워즈 엔드』에서는 집이 거의 주인공과 같았다. 『더치 하우스』에서 역시 집은 막강한 배경이자 주인공에 비등한 중요 캐릭터이다. 그리고 이 집에서 어린 시절을 보내는 메이브와 대니는 이 소설의 주인공이다.

집이 작품의 배경이 되려면 주인공들이 반드시 그 집에서 살아야 할 것 같지만, 이 소설에서 집과 주인공들의 관계는 꼭 그렇지도 않다. 대니와 메이브는 더치 하우스의 안에도 존재하지만, 밖에도 존재한다. 먼저 그들이 더치 하우스 안에서 살 때를 잠시 들여다보자. 우리의 관심은 좀더 집 자체에 머문다. 언제 지어졌는가, 왜 지어졌는가, 어떤 구조로 되어 있고, 지하실은 어떤 형태이며, 각 층은 어떤 용도인가. 샹들리에는 어떠한가. 화려한가, 소박한가. 그리고 그 집에서는 누가 살았는가. 하지만 그들이 밖에 존재할 때 더치 하우스는 미련과 갈망과 상실과 그 밖의 모든 것을 상징하는 복합적인 의미를 띠기에 더욱 중요해진다. 아버지 시릴이 죽고 그들이 더치 하우스에서 쫓겨나면서부터 소설의 거의 모든 전개는 집 밖에서 일어난다. 주인공은 물론이고, 독자도 그 집의 내부와는 차단된 채 그 집을 겉에서만 바라보는 묘한 구조가 된다. 그 집을 차지한 앤드리아와 그녀의 두 딸 노마와 브라이트의 삶에 대해서도 거의 알 수 없다. 알 수 있는 것은 더치 하우스 안의 과거와 더치 하우스 밖의 현재뿐이다.

이 소설에 등장하는 집이 더치 하우스만은 아니다. 대니가 아내인 셀레스트에게 로맨틱한 제스처로 선물하는 뉴욕의 집, 메이브가 다른 어떤 집도 원하지 않고 마지막 순간까지 거의 모든 시간을 보내는 엘킨스파크의 집, 아버지 시릴과 어린 대니가 잠깐씩 세를 받으며 스쳐지나가는 가난한 이들의 집, 그리고 노숙자들에게는 집이 없다는 사실까지, 소설 속에서 집은 다양한 삶의 형태를 드러낸다. 메이브와 셀레스트가 처음으로 인사를 나누는 순간에도 집은 그들을 이어주는 중요한 매개 역할을 한다. "집은 너무 슬프다. 누군가가 떠났을 때의 모습 그대로, 다시 데려오려는 듯 그이의 편안함에 맞춘 형태로. 하지만 기쁘게 해줄 사람을 잃은 채, 집은 그렇게 시들어간다."

인간이 지나간 일을 의식과 무의식 속에 저장하듯 집도 과거의 일을 그 구조 속에 이런저런 흔적으로 저장할까. 그 공간을 스쳐간 모든 이가 흘린, 혹은 함께 나눈 감정이 새겨지는 것이다. 그걸 기억이라 부른다면, 집의 현재는 그 집을 스쳐간 모든 일과 사람에 대한 기억의 합이 된다. 어쩌면 우리 개개인의 현재도 우리를 스쳐간 모든 일과 사람에 대한 기억의 합인지도 모른다.

집에 주어지는 사랑과 관심이 부족하면 어떻게 될까. 플러피가 혼자 더치 하우스를 지킬 때 일어난 일을 보면 우리는 집이 어느 정도까지 외로워지는지 알 수 있다. 외로우면 누가 와도 반긴다. 자신을 갉아먹고 망가뜨릴 라쿤이 오더라도 말이다. 우리 인간도 그런 것 같다. 외로우면 누구하고도 만날 수 있을 것처럼 절박한 기분이 된다. 외로움에 거의 죽어가던 집이, 어떤 존재와 관계를 맺고 서로 애착의 대상이 되고 기억을 만들기 시작하면, 살아난다. 시릴의 가족은 더치 하우스에 다시 생명을 불어넣었다. 하지만 집은 과연 그들에게 만족했을까? 그 집에서 살기로 한 사람들은 그 집에 만족했을까?

앤 패칫은 집에 대해 '우리의 내면적인 삶의 외현外現'이라고 말한다. 하지만 내 생각에 집과 인간은 좀더 상호주의적인 것 같다. 내가 집을 선택하기도 하지만, 집이 나를 선택할 수도 있는 것이다. 엘나는 그 집을 견디지 못해 나오지만, 집의 시점에서는 집이 엘나를 쫓아낸 것일 수도 있다. 정체성에 맞지 않는다는 이유로. 그러면 더치 하우스는 어떤 정체성을 갖고 있는가? 더치 하우스는 파티가 열리는 곳이었다. 플러피의 말에 의하면 세상에 다시 없을 화려한 파티가 열렸던 곳이다. 그래서 그런지 시릴의 두 아내인 엘나와 앤드리아가 살던 시기의 집은 행복해 보이지 않는다. 엘나도 더치 하우스를 싫어했지만 더치 하우스도 엘나를 싫어했던 것 같다. 한편 앤드리아는 더치 하우스를 너무나 사랑했다. 하지만 앤드리아가 살던 때에도 파티는 열리지 않았다. 앤드리아는 누구보다 화려한 것을 좋아했을 사람이지만 거기서 열린 행사라곤 결혼식과 장례식이 전부였다. 심지어 즐거워야 할 결혼식도 즐거워 보이지 않는다. 메이브와 대니는 아버지의 눈치도 보이고 이런저런 이유로 친구들을 데려와 놀지도 못한다. 그 시기의 더치 하우스에는 사람도 살고 집도 살아 있는 것 같지만 활기가 없다. 소설의 마지막에 이르러서야 다시 파티가 열리고, 인고의 세월을 보낸 더치 하우스는 비로소 정체성과 활기를 되찾는다.

　이제 더치 하우스 밖으로 나와보자. 앤드리아는 메이브의 말을 빌리면 더치 하우스를 완벽히 사랑하기 위해 메이브와 대니를 쫓아내고, 쫓겨난 둘의 가슴속에는 집에 대한 미련이 사라지지 않는다. 미련은 기억에서 비롯된다. 더치 하우스에 대해 메이브와 대니는 어떤 것을 기억하는가. 하지만 과거에 대한 기억이란 늘 부실하기 짝이 없다. 과거를 실제로 있었던 그대로 보는 게 가능하냐는 대니의 질문에 메이브는 답한다. "하지만 우리는 현재를 과거에 투사하지. 우리는 과거를 지금 알고 있는 것의 렌즈를 통해 돌아봐. 그러니 우리는 과거를 과거의 우리로서 보지 못하고 현재의 우리로서 볼 뿐이야. 그건 과거가 급격히 다른 모습이 된다는 걸 의미하고." 이에 더해, 앤 패칫이 인터뷰에서 기억에 대해 밝힌 내용도 인상적이다. "나는 내 기억이 아주 정확하다고 생각해요. 내가 내 기억을 가족이나 친구의 기억과 같이 놓고 본다면, 그들은 나와는 아주 다르지만 진실하고 정확한 기억을 가지고 있을 거예요." 앤 패칫의 말은 기억에 관해 분명하고 확실한 것은 없다는 메시지일 것이다. 어쩌면 가장 정확한 기억은 인간의 기억이 아니라 사물의 기억인지도 모른다.

　더치 하우스는 대니의 동선을 쫓아가는 반후베이크 부부의 초상화 속 눈처럼 그곳에서 일어나는 모든 일을 지켜본다. 그 집을 찾아오는 사람들, 그 집에서 자고 가는 사람들, 그 집에 일하러 오는 사람들, 그 집에 사는 사람들, 그리고 그 집에서 죽어나간 사람과 한 번 나간 뒤 다시 돌아오지 않은 사람들까지. 지하실이 다른 세기에 지어진 것이라는 표현을 보면, 사실상 반후베이크 부부가 그 집을 짓기 전에도 집이 있었고 누군가가 살았을 가능성이 있다. 역사는 그렇게 유구한 것이다. 더치 하우스는 1922년 그 집이 지어진 시점부터 경제 대공황과 2차대전, 뒤따르는 혼란과 발전의 시대를 거치며 존재를 지속한다. 그리고 우리가 모르는 미래에 허물어지는 그 순간까지 주인을 바꿔가며 개개인보다 오래 살아남는다. 그 모든 세밀한 순간이 전부 기억이 되어 하나의 결로 새겨진다면, 더치 하우스는 그 자체로 긴 역사의 기억일 것이다.

어쨌거나 메이브와 대니는 더치 하우스에서 쫓겨났다. 더치 하우스에 대한 앤드리아의 지나친 사랑 때문이건, 더치 하우스에 대한 엘나의 사랑의 부재 때문이건, 혹은 더치 하우스가 메이브와 대니를 내쳤기 때문이건, 그 일로 메이브와 대니는 깊은 상처를 입었고, 1963년부터 이십칠 년에 걸쳐 메이브가 이제 그만을 선언할 때까지 더치 하우스와 기묘한 관계를 쌓아간다. 미련과 집착은, 혹은 상처는 사람을 자꾸 같은 자리로 이끈다. 그들은 더치 하우스 길 건너에 걸핏하면 찾아가서 무엇을 했던 걸까? 그들에게는 어떤 일이 일어났을까? 묘하게도 그 시간은 아물지 않은 상처를 확인하는 시간이면서, 남매의 유대를 다지는 시간이면서, 알게 모르게 어머니와 아버지를 추억하는 시간이면서, 가장 중요하게는 상처가 치유되는 시간이었다. 그 시간을 거치며 그들은 성장했고, 앞으로 나아갔으며, 어떤 형태로든 자립적인 삶의 형태를 만들어갔다. 흔히 우리는 상처에서 벗어나기 위해 회피하고 묻어버리는 방법을 쓰지만, 긴 세월이 걸린 그들의 직면은 어쩌면 비효율적이고 미련해 보일 수도 있으나 사실은 상처를 직면하는 가장 정직한 방법이자 가장 효율적인 방법인지도 모르겠다.

그렇다면 더치 하우스도 그 과정 속에서 뭔가를 느꼈을까? 이를테면 연민과 분노를, 혹은 그들에 대한 그리움 같은 것을? 아무리 집을 의인화해도, 집이 모든 것을 받아주고 지켜보고 기억한다 해도, 필립 라킨의 시에서와는 다르게 집은 인간에게 감정이 없고, 인간을 위해 슬퍼하는 일 따윈 하지 않는 것 같다. "내 꿈속에서, 그사이 시간은 결코 더치 하우스에 친절하지 않았다." "난 우리가 떠난 뒤에 그곳이 더 좋아 보일 거라곤 생각하지 않았어. 나는 늘 우리가 없는 그 집은 죽을 거라고 생각했어. 뭐랄까, 와르르 무너질 거라고 생각했어. 집이 슬픔 때문에 죽기도 하나?"

*

"나는 악한 사람에 대해 쓰지 않아요. 이건 어떤 대상에 너무 가까워질 때 나타나는 내 약점인데요. 결국 그들에게 공감하고 말아요. 하지만 정말로 악한 사람을 그리고 싶었어요. 그래서 이 책을 1인칭으로 쓰게 된 거예요. 대니가 앤드리아에 대해 알고 있는 전부는 앤드리아가 대니에게 보여주기로 한 모습이에요."

앤 패칫은 어느 인터뷰에서 이렇게 말했다. 이 소설에서 가장 악하게 그려지는 인물은 단연코 앤드리아다. 앤드리아는 자신의 두 딸을 데리고 더치 하우스를 점령했고, 재산이 자기에게 돌아오도록 수를 썼으며, 메이브를 소공녀처럼 다락으로 쫓아버렸고, 메이브와 대니를 끝내 집에서 쫓아냈다. 그 이기심에 분노가 일어난다. 그런데 곱씹으면 곱씹을수록 전혀 다른 인물에 대한 분노가 동시에 그만큼의, 혹은 그보다 더 센 강도로 일어난다. 악한 앤드리아보다 선의 궁극적인 표상이라 할 만한 엘나에게 말이다. 피붙이인 자식은 보편적인 선을 위해 과연 희생되어도 괜찮은가. 성인의 반열에 오르려면 그 정도는 해야 하는가? 엘나는 대니와 시릴을 제외한 모든 이의 입에서 천사로서 칭송받는 인물이다. 엘나는 "도움은 필요한 사람에게 베풀어야 해. 자신의 기분을 좋게 만들어주는 사람에게만 베푸는 게 아니라"라는 신념을 가졌고, 그것을 본인의 소명이라고 생각한다. 심지어 가족을 버리고 인도로 떠나고, 플러피의 말을 빌리면 자식들에 대한 미안함을 속죄하려고 노숙자를 돌본다. 자식을 돌보는 것은 자식이 죽을 만큼 아파야 가능하다. 그런 때마저 오롯이 자식을 쳐다보는 게 아니고 늘 바깥을 두리번거린다.

이건 선일까, 아니면 세상 어느 것보다 중요한 자식에 대한 책임을 망각한 어리석음의 한 단면일까. 앤드리아는 신데렐라의 계모처럼 악의 표상일까, 아니면 제대로 된 사랑을 받을 줄도, 할 줄도 모르는 연민의 대상일까. 개인적으로는 다섯 줄로 된 19장에 이르렀을 때 울컥했다. 슬픔의 눈물이었다기보단 이른바 선의 무책임한 한 모습과 그에 뒤따른 희생에 대한 분노의 눈물이었던 것 같다. 사실 이 문제를 선과 악으로 나누기는 조심스럽다. 이 소설 속에서 이기심은 사람을 내쫓았으나, 이타심은 누군가를 이른 죽음으로 몰아넣었다. 악이 사람을 죽이는 것도 아니고, 선이 사람을 살리는 것도 아니다. 선이 이타주의와 등가가 아니고 악이 이기주의와 등가가 아니듯, 물욕이 악이 아니고 영적인 욕구가 선은 아니다. 분명한 것은, 우리는 이것을 선이라, 저것을 악이라 쉽사리 말할 수 없고, 우리 대부분은 이분법적으로 정확히 나뉘지 않는 세상에서 누군가를, 혹은 자기 자신을 원망하고 살아가고 있으며, 그럼에도 불구하고 어떻게든 살아내고 있다는 사실일 것이다.

*

인식의 형성에 대한 곁가지 이야기를 덧붙이고 싶다. 이 소설에서 아주 흥미롭게 읽은 부분 중 하나였다. 대니가 어떤 대상이나 현상을 어떻게 인식하는가에 관한 부분이다. 대니의 인식은 종종 오해임이 드러나는데, 보통 그의 오해는 누구도 이야기해주지 않은 뭔가를 스스로 해석하거나 추론하면서 형성된 것이었다. 샌디와 조슬린은 왜 같이 일하는지, 삼층 침실에 걸린 초상화는 누구의 것인지, 아버지는 어쩌다 무릎을 다쳤는지 등. 그러다 어떤 계기로 어라, 내가 잘못 알고 있었네, 하고 깨닫는 순간이 온다. "문제는 내가 세상일에 잠들어 있었던 거라고 말하고 싶었다. 내 집에서조차 나는 무슨 일이 벌어지고 있는지 몰랐던 것이다."

우리는 주변에 대해 깊이 생각해보지 않고 마음대로 판단하고, 잘 아는 것도 없으면서 잘 아는 것처럼 느끼고, 쉽게 가정한다. 그렇게 자연스럽게 만들어진 가정이 어느새 진실처럼 되어버린다. 깨지는 순간까지 견고하게 자리를 잡고 지속되는 오해들. 대체로는 그런 오해가 우리 삶을 크게 바꿔놓지 않는다고 느끼지만, "내가 잘못 알고 있었다"는 깨달음은 때로 자신의 관점 전체를 바꿔놓기도 한다. 그것은 내가 대상을, 혹은 더 넓게는 세상을 보는 프레임이 변하기 때문이고, 그런 순간에는 내가 나를 보는 프레임도 변한다. 그리고 기존의 프레임이 깨지는 순간에는 늘 크고 작은 자극이 있다. 앤드리아가 시야에 나타난 순간 메이브와 대니가 자신들을 얽어매고 있던 기존의 인식 틀에서 벗어난 것처럼. "우리가 잃은 것이 어머니나 아버지가 아니라 집인 척했다. 우리가 잃은 것이 그 안에서 여전히 사는 그 사람에게 빼앗긴 것인 척했다."

*

마지막으로 돌봄에 대해. "아이들을 두고 떠난 뒤에, 당신이 여전히 살아 있다는 걸 영원히 알리지 않을 건가요? 아이들이 당신을 기억할 만큼 충분히 자라기도 전에 두고 떠날 건가요?" 양육자의 존재 여부나 특성이 아이들의 성장에 미치는 영향은 전작인 『커먼웰스』에서도 의미 있게 다루어진 주제다. 성장의 과정에는, 성장의 주체인 당사자야 당연히 중요하고(부연하면, 양육자가 누구인지와 상관없는 성장의 방향성이 있고, 그것에는 기질이 큰 영향을 미칠 것이다), 그와 거의 같은 비중으로 성장을 돕는 양육자 또한 중요하다. 양육자의 존재가 부재하거나 미약할 때 질적, 양적으로 성장에 영향을 미친다는 것을 우리는 잘 알고 있다. 누군가를 돌보는 역할은 영혼이 원숙해야 가능할 것 같지만, 현실적으로 그건 불가능하다. 무엇보다 우리 모두 불완전한 존재이기 때문이다. 그러니 우리는 다 부족한 상태로 누군가를 돌본다. 엘나는 가난한 타인을 돌보고, 메이브는 엄마를 대신해 동생 대니를 돌보고, 샌디와 조슬린은 타인의 가정을 돌보고, 플러피는 아기를 돌보고, 노마는 엄마인 앤드리아를 돌본다. 설레스트는 대니와 아이들을 돌보고, 대니는 병든 메이브를 돌보고, 시릴은 자기 건물에 세들어 사는 남자의 아들을 돌본다. 내가 보기에, 이 소설 속에서 아무도 진심으로 돌보지 않은 유일한 사람은 앤드리아다. 앤드리아가 사랑한 것은 더치 하우스뿐이다. 그마저 왜곡되고 과잉되게.

*

긴 글을 마무리하면서 살짝 아쉬워, 이 소설에서 자주 등장한 한 단어에 대해 간단히 말하려고 한다. 『더치 하우스』에는 유독 타이밍이라는 단어가 많이 보인다. 곰곰이 생각해보면 소설 속의, 혹은 일상에서 우리에게 일어나는 모든 사건은 타이밍에 관한 것이다. 그리고 타이밍은 결국 시간 속의 한 지점이다. 그 타이밍이 이야기를 끌어간다. 타이밍에 대해 지금 다소 엉뚱하게 떠오르는 질문은 이것이다. 소설 속에서 수없이 많았던 타이밍 중에 메이브가 심장마비에 걸렸다 깨어난 순간에 엄마가 나타났다. 그것도 사십이 년 만에. 그 타이밍은 어떤가? 혹은 당신의 인생이 소설이 된다면, 당신에게 일어난 수없이 많은 크고 작은 사건 중에 당신의 마음을 가장 강하게 붙잡고 있는 그 특정한 사건의 타이밍은 어떤가?

정연희

옮긴이 **정연희**
서울대학교 영어교육과를 졸업하고 미국 펜실베이니아대학교에서 석사학위를 받았다.
전문 번역가로 활동하고 있으며, 옮긴 책으로『커먼웰스』『사라진 반쪽』『디어 라이프』
『착한 여자의 사랑』『소녀와 여자들의 삶』『운명과 분노』『플로리다』『다시, 올리브』
『내 이름은 루시 바턴』『무엇이든 가능하다』『버지스 형제』『에이미와 이저벨』『엘리너
올리펀트는 완전 괜찮아』『그 겨울의 일주일』『비와 별이 내리는 밤』『헬프』등이 있다.

문학동네 세계문학
더치 하우스

초판 인쇄 2022년 6월 3일 | 초판 발행 2022년 6월 17일

지은이 앤 패칫 | 옮긴이 정연희
책임편집 박효정 | 편집 윤정민 이희연
디자인 백주영 이원경 | 저작권 박지영 형소진 이영은 김하림
마케팅 정민호 이숙재 박치우 한민아 김혜연 박지영 안남영 김수현 정경주
브랜딩 함유지 함근아 김희숙 안나연 박민재 박진희 정승민
제작 강신은 김동욱 임현식 | 제작처 천광인쇄사

펴낸곳 (주)문학동네 | 펴낸이 김소영
출판등록 1993년 10월 22일 제2003-000045호
주소 10881 경기도 파주시 회동길 210
전자우편 editor@munhak.com | 대표전화 031) 955-8888 | 팩스 031) 955-8855
문의전화 031) 955-3578(마케팅) 031) 955-2685(편집)
문학동네카페 http://cafe.naver.com/mhdn
인스타그램 @munhakdongne | 트위터 @munhakdongne
북클럽문학동네 http://bookclubmunhak.com

ISBN 978-89-546-8742-3 03840

www.munhak.com